天国沉宝

宝木 著

咸丰三年，春分刚过。辽阔的江淮大地，江岸柳青青，莺飞草长，油菜抽薹，蚕豆花香……

羊城晚报出版社
·广州·

图书在版编目（CIP）数据

天国沉宝／宝木著. —广州：羊城晚报出版社，2017.12
ISBN 978-7-5543-0509-6

Ⅰ. ①天… Ⅱ. ①宝… Ⅲ. ①长篇小说—中国—当代
Ⅳ. ①I247.5

中国版本图书馆CIP数据核字（2017）第284421号

天国沉宝
Tianguo Chenbao

策划编辑　吴　江
责任编辑　吴　江
责任技编　张广生
装帧设计　友间文化
责任校对　梁巧玲　余静梅
出版发行　羊城晚报出版社
（广州市天河区黄埔大道中309号羊城创意产业园3-13B　邮编：510665）
发行部电话：（020）87133824
出 版 人　吴　江
经　　销　广东新华发行集团股份有限公司
印　　刷　佛山市浩文彩色印刷有限公司（佛山市南海区狮山科技工业园A区）
规　　格　787毫米×1092毫米　1/16　印张37.5　字数740千
版　　次　2017年12月第1版　2017年12月第1次印刷
书　　号　ISBN 978-7-5543-0509-6
定　　价　61.80元

总序

洪秀全起义的宗旨是拯救劳苦大众，本意是希望建立一个“耕者有其田”、人人平等的“小天堂”，可他所建的“天国”远非乐园。

曾国藩镇压太平天国起义，目的是“以武止乱”，创造一个没有动荡、人民安居乐业的环境，但所经受的血雨腥风也使他深受震撼。

钱江早年辅佐洪秀全实现建立“小天堂”的理想，后来，因目睹战争给人民带来深重灾难的惨状，目睹洪秀全背弃理想的所作所为，决意寻找其他救国救民的途径。

李鸿章参与剿灭太平天国，是帮助老师曾国藩实现“治国、平天下”的理想，后来，看到沿江经济受到毁灭性打击，决意与钱江联手，用太平天国财宝救难民、助农业、扶工商、襄洋务；同时，认为“长毛”虽为乱民，但乱民也是人，因此，在“长毛”失败后，为他们出逃海外谋生大开绿灯。

19世纪中叶，一批有理想、有抱负的人，一批国之栋梁，尽管走的路不同、采取的手段有异，尽管也犯过错误，甚至对历史、对人民犯下了一些罪行，但是，都具有一种“挽大厦于将倾，拯黎民于水火”的悲天悯人之情怀和勇于担当之精神。

目录

第一回

李鸿章募兵运漕镇
范瑾瑜献策蓼花洲

咸丰三年，春分刚过。辽阔的江淮大地，正岸柳青青，莺飞草长，油菜抽薹，蚕豆花香；桃花红，李花白，迎春花儿黄。一派仲春的大好风光。

一条大堤顺着蜿蜒曲折的运漕河，向远处延伸，那远处有一座人烟辐辏、繁华富庶的古镇，古称“蓼花洲”，今唤“运漕镇”。堤面上，一位身穿清廷七品官官服、骑着高头大马的中年汉子却无心欣赏这水乡之美、田园之静，他正急匆匆地催促着马儿快跑，后面紧跟着的两名随从累得满头大汗。

“抓住他，他是清妖！”不知何时，中年汉子身后，不知从何处冒出一群人，奔跑着，叫嚷着，追赶他。两名随从大声说道：“大人，快跑，前面过了河，很快就到运漕镇了！”他下意识地回头看了一下，这不看不要紧，一看吓出他一身冷汗！

后面足足有二十多人，个个手执明晃晃的刀枪，人人身穿黄衣、头戴黄帽，离他不过十五丈！两名随从迎了上去，欲挡住来人。他大声呼喊：“不要硬拼，他们人多，快走！”两名随从仿佛没有听见他的呼喊，很快与来人刀兵相接。他站在那里，眼睁睁地看着两名随从倒在了血泊中！这是他有生以来第一次看到的情景，他愣了一愣神，后面的人举着刀枪向他奔过来！

“驾！”他一拍马背，一勒马缰绳，策马飞奔！

“站住！再不站住，我们就放箭啦！”后面的人一边紧追不舍，一边大声喊叫。

他只当没听见，不住地快马加鞭。

“嗖——”，一支冷箭尖啸着擦过耳边，落在马前；“嗖——”，一支冷箭穿过他宽大的袍袖，掉在地面上！他也顾不了这些。

突然，他重重地摔倒在地，几乎同时，高头大马一声惨叫，滚倒在大堤上。他不知从哪里来的力气，一个翻身，迅速站起来，后面的人离他不过三十丈！此时，他觉得两眼迷蒙，好像被什么罩住了双眼。他用宽大的袍袖抹了两下，自言自语说：“吓死我了，原来是汗水，我还以为是血呢！”看到不是血，他似乎放心了许多，拔腿就跑，无奈，官服终究还是有点肥大，裹在身上，根本就跑不动。

其实，他完全可以脱掉官服，那样至少能够跑得更快一点。然而，在他看来，这件官服比他的生命更重要，因为官服里面缝着咸丰皇帝给他的密诏！

他是谁？咸丰皇帝为什么会将密诏赐予一个七品官员？

他就是李鸿章！少年高中进士，供职于翰林院，任翰林庶吉士编修，等待他的将是一片美好的仕宦前程！然而，安庆失守，庐州告急，家乡沦陷，太平军肆虐江淮，这个年仅三十岁的读书人，在翰林院坐不住了，他决心远效班超“投笔从戎”，近学他的老师兵部侍郎曾国藩办团练以抗太平军！他向咸丰皇帝上了一道奏折，他的勇敢、真诚感动了皇帝，使皇帝从他的身上仿佛看到了大清中兴的希望！皇帝不仅立即准他回乡办团，而且还将一项绝密的任务交给他——找到被太平军从安庆城掠走的稀世珍宝！

咸丰皇帝在紫禁城养心殿秘密召见了李鸿章，赐给他一道密诏，嘱咐他按此密诏提示寻找被太平军夺去的两件无价之宝！李鸿章看了一眼密诏，上面只有十四个字：

一棵白菜半个瓜，

千万银子难买它！

李鸿章傻眼了，他根本不明白这道密诏的意思，他不敢问“白菜”是什么，“瓜”是什么，但“千万银子”是“成千上万两银子”还是“一千万两银子”还是敢问的。皇帝告诉他，那是“一千万两银子”！他更加觉得不可思议，什么样的“白菜”、什么样的“瓜”竟然如此值钱！皇帝告诉他，《古今金石名录》上有详细记载，还配有实物写真图，但并没有把《古今金石名录》这本书交给他。皇帝还一再叮嘱李鸿章，不能让任何朝廷官员知道密诏之事，尤其不能让曾家兄弟知道！

李鸿章离京前，自己动手将密诏缝于官服之中，因此，逃命之时，他不敢扔掉官服，遗弃密诏！

幸好，他生来两腿就长，跑一步，顶后面的人跑上一步半。就这样，不知跑了多长时间，后面的人竟也一直没能追上他。

跑着跑着，感觉前面好像有一条河。跑近一看，果然是一条河！河面足有六十丈宽，河水不知深浅！

李鸿章向周围看看，除了河口一条小渔船外，方圆一两里路一块木板都没有！后面的叫喊声越来越近了，他一回头，差不多能看清后面人的眉毛胡须！怎么办？他不管三七二十一，就顺着河堤向河滩上滑去。李鸿章大声呼喊：“救命啦！船家！救命啦！船家！”

真是天可怜见，船家竟然将船划到了河滩边。李鸿章实在顾不了礼数，直接从河滩跑向那艘渔船！接着，连滚带爬地上了渔船，两腿绵软无力，站都站不稳，便一屁股坐在船头甲板上。

“船家，行行好，开船吧，长毛追过来了！”李鸿章几乎是哀求了。

渔船很快驶到对岸，后面追赶的长毛兵见有大河阻隔，便撤回去了。

此时，李鸿章才松了一口气，看看自己乘坐的船，宽不到一丈，长不到三丈，船分成三部分，他坐在船头，挨着船头就是船舱，上面盖着几块竹篾船篷，船篷虽黑，却油光发亮；船舱后面便是一大堆渔具。

“船家，谢谢！”他简直不敢相信，站在他面前的竟然是两位姑娘！刚才，上船十分惶急，连船上的人是男是女都没有看清！看到两位姑娘，他连忙改口：“谢谢，两位姑娘！”

“谁要你谢！”顺着声音，李鸿章看到说话的姑娘穿着一件蓝色外套，外套还有淡青色镶边，下面一条墨绿色裤子，裤脚宽大；虽然春寒料峭，但仍赤着脚，一双大脚稳稳地抓住船板。姑娘正睁着一双大眼上下打量他，由于神情严肃，显得脸上皮肤紧绷，两眼窈陷。

李鸿章连忙说：“感谢姑娘救命之恩，我日后一定报答！”那穿蓝衣的姑娘冷笑一声：“自己的性命差点就丢了，还说什么报答别人！好了，下船吧！”

李鸿章刚准备站起来，然而，左腿却疼得钻心；他撩起裤管，原来左膝盖掉了一大块皮，露出血红的肉！他勉强地撑起来，一瘸一拐地准备下船。

“等等，这位大人要到哪里去？如果不远，我们就好人做到底，送你一程吧！”说话的是另一个姑娘，年龄小一些；瓜子脸，大眼，两根长辫子拖到腰部；穿着水红色上衣，上现淡紫色水莲花。显得特别亲和。

“多谢姑娘好意！我要去运漕镇！请问这是什么地方，离运漕镇有多远？”李鸿章问道。

“去运漕镇？这里是三汊河，离运漕镇还有十五里路。你腿受伤了，怎么走？”穿水红上衣的姑娘似乎同情他，继续关切地问：“大人，到运漕找哪个人？”李鸿章说：“到运漕袁府找顺公。”

“姐姐，原来是到袁大哥叔叔家去的，我们送他吧！”红衣姑娘高兴地说。

“我问你，你是袁叔叔家什么人？”蓝衣姑娘脸色柔和了许多。

“姑娘，说来话长，袁府与我们家有好几代交情了，这次来运漕，实在是有很重要的事情！”李鸿章说道。

“妹妹，我们送他一程吧！”

“哎，好的！到时候，袁大哥又欠你一个人情了！我看袁大哥将来拿什么还你？”红衣姑娘打趣地说道。

“死丫头，再多嘴，我剪了你舌头！”蓝衣姑娘嗔怒道。

“好吧，你坐稳了，我们要快点划船了！”蓝衣姑娘在左前方摇橹，红衣姑娘到船尾右后方摇橹，船行得还算不慢。

不知行了多久，李鸿章突然看见迎面驶来一条大船，船头站着一个英武的年轻人。李鸿章揉揉眼睛，仔细一看，船头之人国字脸，大眼，宽肩膀！“啊，是世坦！”他大声喊道：“世坦侄儿，我在这里！”

船头之人听到有人喊他，忙向前看看，也大声喊道：“李大人，我是世坦，奉叔叔之命来接您！”

“袁大哥来了！”红衣姑娘高兴地跑到船头，向蓝衣姑娘笑着说道。“他来了就来了呗，有什么大惊小怪的！”蓝衣姑娘说着，又向袁世坦喊话：“世坦哥哥，我船上的人就是李大人吗？”袁世坦十分高兴，笑着说：“青萍妹妹，李大人怎么在你的船上？”青萍说：“世坦哥哥，先别问原因，李大人受伤了，赶快把他抬到大船上去吧！”

渔船靠近了大船，从大船上下来了两个帮手，连同袁世坦，三个人共同把李大人扶上了大船。李大人向青萍拱手作揖：“多谢青萍姑娘，还有你妹妹！”“李大人，我叫红菱，我们姓水！”李大人忙说：“多谢水青萍、水红菱两位姑娘救命之恩，我李鸿章没齿难忘！”直到此时，水青萍、水红菱姐妹才知道她们无意中竟然救了朝廷命官李鸿章翰林大人！

袁世坦忙向李鸿章谢罪：“李大人，小侄来迟，险些酿成大错！还请大人恕罪！”李鸿章笑笑说：“吓出我一身冷汗！可怜我那两名随从，他们跟着我，一天福都没有享到，就命丧黄泉了！”说完，泪如雨下。袁世坦忙问是什么事情，李鸿章讲述了两位随从为了保护他而献出了生命的事情，不禁又是泪水滂沱！袁世坦等人劝了好一阵子，才劝住了李鸿章！

“李大人，船舱已经准备好几杯水酒了，给大人压压惊！”几个人说着，就来搀扶李鸿章到船舱。李鸿章摆摆手：“不用了，我就站在船头，你们忙自己的事情去吧，不用管我！”

袁世坦说：“大人，您受伤了，还是到舱里歇歇吧！”

李鸿章说：“没有事了，真奇怪，现在一点都不疼了！”

李鸿章站在船头，水青萍这时才算看清了他的全貌。原来，李大人比世坦哥哥还要高出半个头，只是面容清瘦，下巴稍尖，还没有养蓄胡须，不过，这倒也显得相当精干，与刚才的那副狼狈相一比，简直判若两人！

袁世坦说：“青萍妹妹、红菱妹妹，把你们小船系到大船船尾吧！我们一道回运漕！”水青萍没有说话，只是默默地把渔船系在了大船船尾，同时，放下渔网，让妹妹上了大船，自己在渔船上照顾渔网。

袁世坦没有说什么，他陪着李鸿章站在船头。

李鸿章忽然想起了什么，问：“世坦，你怎么想起来到运漕河下游来找我呢？我在信中说，是从东关坐船到运漕的啊！”

袁世坦说：“回大人的话。叔叔接到大人的信，说二月十二到运漕，就立即报告运漕巡检司麦巡检、运漕粮台总管罗粮台，叔叔、麦巡检、罗粮台又会同运漕大商家洪仪泰洪老掌柜、汪氏酱坊汪老掌柜、五福和荤馆李掌柜，已经将大人要来运漕募兵、平定长毛叛乱的消息告知父老乡亲，现在，全运漕几万士民无人不知、无人不晓。这几天，每天都有不少青壮年到巡检司衙署打听募兵的事情。昨天上午，运漕镇上上下下大概有一千人聚集在大码头，迎接大人。众人一直等到未时，都没有等到大人，大家非常担心大人的安危，毕竟兵荒马乱，世道不太平！”

李鸿章听后，深受感动，说：“真没有想到运漕百姓如此深明大义！那后来呢？”

袁世坦接着说："后来，范先生劝大家不必担心，说大人胸有成竹，足智多谋，一定不会有事的！"

李鸿章一听，疑惑地问："你说，什么范先生？范先生是谁？他怎么就断定我没有事呢？"

袁世坦说："范先生名讳范瑾瑜，就是'怀瑾握瑜'的'瑾瑜'，他也确实当得了这两个字。家住运漕镇北五里沟头凤尾洲西范村，是亚父范增的后代。祖上，自巢县亚父迁至西范。其人，神机妙算，众人称之为'活诸葛'。他说，大人一定改变了行动路线，既然不是从东关来运漕，那就有可能从雍家镇来运漕。"

李鸿章听罢，沉吟半晌，问道："此人怎么就判断出我要从雍家镇来运漕呢？"

袁世坦说："范先生分析大人灭贼心切，想打探长毛消息，而雍家镇离裕溪口很近，各方面消息来得真切，大人肯定从雍家镇经过，顺便摸一摸长毛兵的动向。"

李鸿章又问："我与范先生素未谋面，他哪里就知道我灭贼心切呢？"

袁世坦笑了笑，说："大人当年上京赶考，曾做过一首诗，诗中有'意气高于百尺楼'之句，范先生从这首诗里看出大人雄心万丈，此番回乡办团练，当然会有早日灭贼、建功立业的志向了！"

李鸿章感叹："范瑾瑜，'怀瑾握瑜'，果然名不虚传！"

说话间，早已到达运漕镇。

船尚未停靠码头，码头上的人就喊起来了："李大人，我们已经恭候多时了！"

李鸿章向码头望去，码头上、河堤上站满了人，一大群人将袁百顺簇拥在最前面，大家都向他拱手。

袁百顺挪了挪身子，突然，一块石碑映入李鸿章的眼帘，那石碑素朴古拙，李鸿章的目光不由自主地被石碑吸引过去了！李鸿章就是这样的人，几年的翰林院生活使他对碑碣石刻产生了特殊的感情，几乎到了条件反射的程度，一看到石碑，他就抑制不住自己的兴趣。

李鸿章看到，那石碑高应有三至四尺，宽至少也有一尺五寸，上无螭首，下无龟趺，斑驳的漆面上，四个凹刻的大字十分醒目：

漕川古渡

“漕川古渡！漕川古渡！漕川古渡！”李鸿章在心里反复默念着这四个字，念着念着，总觉得这“渡”字似曾相识，它大气磅礴却又朴素率真，别具神采，自成一体！“朱元璋的字！”李鸿章脱口而出。站在身旁的袁世坦问道：“大人说的是那块石碑上的字吧？运漕镇的人都说那是朱元璋写的，不过，没有任何证据，能证明镇上人的说法。”

李鸿章微微一笑，说：“世坦，别的不说，就那个‘渡’字绝对是朱元璋御笔亲书。我在老师曾大人家里住过一年，帮老师整理文案，见过朱元璋手书《率师征陈友谅至潇湘所写》，其中第一、二句各有一个‘渡’，其笔法、气势与‘漕川古渡’石碑上的‘渡’如出一辙！”

袁世坦瞪大眼睛：“大人，天下真有这样的巧合？”李鸿章吟哦道：“马渡江头苜蓿香，片云片雨渡潇湘！”袁世坦惊讶不已：“大人真是好记性！”李鸿章说：“世坦，下船吧！”

袁世坦护卫着李鸿章走下船，以袁百顺为首的一群人立即围了上来。

袁百顺一手拉住李鸿章，激动地说：“大人一路辛苦，我们昨天还在担心，此行终于有惊无险！”

李鸿章指着紧随袁世坦下船的水家姐妹，说：“多亏了水家两位姑娘，否则，我今天就要命丧长毛之手了！可怜我的两名随从！”说完，又流下了眼泪。众人一面感谢水家姐妹救了李鸿章一命，一面问袁世坦李大人为何落泪，袁世坦讲述了两位随从为掩护李鸿章逃跑而牺牲性命的事情，大家忙劝李鸿章节哀顺变！

袁百顺说：“大人，现在已近中午，我早在五福和设下一席，为大人接风洗尘。请！”

李鸿章说：“不忙吃饭，先到巡检司衙署，看看募兵准备情况。”

一个武官模样的人走上前来，向李鸿章一施礼，说：“李大人，下官即为运漕巡检司巡检麦某，这位是罗粮台。接到大人谕示，我们就在袁掌柜、洪老掌柜、汪老掌柜、李掌柜以及运漕各界人士的帮助下，预选了两千人，正等大人来挑选！”罗粮台也向李鸿章施了礼，并做了自我介绍。

李鸿章一看眼前二人，自称“麦巡检”的，身材瘦小，但十分精明强干；那位罗粮台听起来倒像是运漕本地口音。于是，询问二人籍贯。麦巡检说：“下官广东三水芦苞镇人，来运漕已有三四年了，运漕话也能说得让人听得懂。”罗粮台说：“卑职运漕本地人，大人有何吩咐，就请明示！”

李鸿章说："想不到二位办事能力如此之强，真是有点屈才啊！感谢诸位和运漕父老乡亲，我李鸿章日后定会报答运漕！"

运漕巡检司位于运漕镇大码头西临河处，坐北朝南。巡检司衙署由门楼、照壁、仪门厅、正厅和后堂组成。李鸿章一行人来到巡检司大院，首先映入眼帘的是正殿。正殿面阔五间，进深四间，两边有风火山墙，房屋为硬山顶穿斗式木架构。正殿四周有花墙围绕，自成一个四合小院，院内台阶均由整条青石砌成。

李鸿章落座后，众人陪侍两旁，商量选拔兵勇之事。李鸿章想起自己水性不太好，更兼将来与长毛作战之地皆为水乡，因此，说道："依我看，在常规的体质检查、技能测试外，还需加上一条水上功夫。"众人认为很有必要。

袁百顺见大事已经商定，便说："大人，诸位，午饭时间到了，还是先入席吧，边吃边谈！"众人都说"好"，正待起身，只听门外传来吟诵诗文的声音，抑扬顿挫，而又豪气十足。

李鸿章一听，"这不是我写的诗吗？来人是谁，是范先生吗？"

丈夫只手把吴钩，意气高于百尺楼。

一万年来谁著史？八千里外觅封侯。

定将捷足随途骥，哪有闲情逐水鸥。

笑指卢沟桥畔月，几人从此到瀛洲？

"好诗！好诗！雄心万丈，豪气干云！有此胸怀，将来必为国家栋梁！"

李鸿章寻声望去，但见来人二十出头，相貌清秀，眉目有神，身着一件青色长衫，一身书生气。李鸿章便断定此人就是范瑾瑜，于是，走上前，拱手作揖，说："足下莫非就是人称'活诸葛'的范瑾瑜范先生？"来人说道："大人，少年高中，官至翰林；国难当头，毅然放弃京官安逸生活，涉此险地，回乡办团，真有悲天悯人之情怀！"

李鸿章说："过奖，过奖！若不是范先生神机妙算，此刻，我恐怕还在运漕河上漂泊呢！多谢先生！"范瑾瑜说道："一来大人洪福，二来运漕乡亲惦记，与在下何干？得此谬奖，实在惭愧！"

众人皆曰："既然范先生来了，我们就一起去五福和吧，平时很难请到你的！"

众人簇拥着李鸿章，折过下大街，转入西大街，步行足有半里路，来到五福和荤馆。这五福和位于西大街靠西的地段，三进楼房，两个大的"四水归堂”天井院，楼下有大厅、包厢，楼上为雅座，全部开起来，可以摆下五十张十二人的大桌子。五福和掌柜李昌和笑容满面，将李鸿章等人引进二楼临街一座大房雅座内。

李掌柜先让人沏上好茶，招呼众人坐下，很快传上四盘糕点、几碟瓜子。李鸿章等人饮茶，品尝糕点，一个个赞不绝口。

李昌和向众人施了一礼，说道：“李大人，罗大人，麦大人，各位掌柜，稍坐，品茶聊天，我这就去办几个小菜，让各位大人和掌柜品鉴。”

袁百顺说：“久闻五福和有‘八大四’，我到今天都没有吃全，李掌柜今天就办个‘八大四’吧！”

李昌和笑着说：“袁掌柜真有眼力，我今天中午就是想请各位行家来品一品最完全的‘八大四’，吃得好，也帮我传扬传扬！”说着，就去厨房办菜肴去了。

李鸿章问道：“什么是‘八大四’？”袁百顺指了指旁边的汪氏酱坊汪老掌柜说：“汪老掌柜吃过‘八大四’，还是请他介绍介绍吧！”

汪老掌柜说道：“李大人，在下确曾于去年接待芜湖客商时，托李掌柜办过‘八大四’。这‘八大四’共三十道菜，有四个冷菜，四个热菜，四个炒菜，八个绝品，另有后四道，外加两个汤。虽是脱胎于徽菜，但也自成一体。芜湖客商吃了还想吃。”

袁百顺说：“我也算是半个老饕了，都没有吃全‘八大四’，今天沾大人的光，饱一饱口福。不过，有菜没酒，就不能尽兴了！”说着，对站在一旁沏茶端水的袁世坦说：“世坦，我要你带上珍藏十年的‘大麦烧’，你带来了没有？”袁世坦忙说：“叔叔，早带来了。”袁百顺说：“李掌柜请大人吃‘八大四’，我要请大人喝‘大麦烧’。”说话间，袁世坦早将两坛“大麦烧”放到了旁边的小桌子上。袁百顺说：“世坦，还不打开？”袁世坦正要开坛，洪仪泰洪老掌柜站起身来，问：“袁老掌柜，你说你的‘大麦烧’珍藏几年了？”袁百顺答道：“十年！”洪老掌柜笑笑说：“十年的酒也能拿来招待贵客？小二，去洪仪泰，叫我儿子把西边小酒库里那两坛三十年‘大麦烧’拿来！”袁百顺笑着说：“洪老掌柜还有这样的绝品！看来，我这‘砖’不抛出来，是引不来你的‘玉’啊！”

李鸿章问：“早就听说运漕洪仪泰‘大麦烧’‘五加皮’，这酒到底怎么样？”

洪老掌柜不慌不忙，走向窗前，推开格子窗，霎时，一阵酒香扑面而来，迅速弥漫在房内，挥之不去。洪老掌柜说："这就是洪仪泰糟坊的酒香！"

李鸿章真是未饮先醉，问："如此好酒，定有奇法酿造！"

洪老掌柜说："洪仪泰糟坊'大麦烧'用的方子还是当年曹操传下来的。"

李鸿章不禁有些诧异："曹操传下来的？"

范瑾瑜说："曹操当年下江南，为了防止瘟疫，激励士气，就将献给汉献帝的'九酝春'法又带到军中。曹操败退后，一批军中酿酒师看中了运漕河甘洌的河水，就留在了运漕，从事酿酒。洪仪泰康熙年间从徽州迁来运漕，遍搜古方奇法，得'九酝春'法。此法配合运漕河甘洌的河水，酿出的'蓼花醉'酒体清洌，回味绵长，行销安徽、江苏、江西数省两百多个县，但因'蓼'字难认，后来就改称'大麦烧'。"

李鸿章说："'蓼花醉''大麦烧'两个名号各得其宜，何不一起保留？"众人都说李大人见识果然不同凡响。

正说着话，一个年轻人手里提着一包东西进了雅座，他的后面跟着两个男子，每人抱着一坛酒。年轻人将东西放下，指挥那两个男子放好酒，嘱咐那两个男子一番，便回转身来，先向李鸿章行了一个大礼："见过李大人！"又向罗粮台、麦巡检、袁百顺及汪老掌柜等行礼，分别打过招呼。洪老掌柜对李鸿章说："大人，这就是犬子洪启元。"

李鸿章细细打量来人，但见他身材中等，圆脸略长，脸上总挂着一副真诚的笑容；上穿牙黄色纺绸外套，下着深灰色裤子。便问道："启元贤侄今年多大了？"洪启元恭敬地答道："回大人，小侄今天十八周岁。"袁百顺接着说："我记得启元与我家世坦同年同月，只是不同日。"大家看看两人，觉得两人与兄弟相仿佛。

菜早就端上来了，众人一齐举箸，袁世坦、洪启元为众人斟酒倒茶，并未入席。李鸿章咂了两口"大麦烧"，仿佛陶醉在酒香之中，半天未入口。还是袁百顺提醒，李鸿章便一饮而尽，滴酒不剩！三杯酒下肚，李鸿章大声说："喝到这样的好酒，死也值了！"说完，又满满斟起两大杯酒，洒在地上，动情地说："两位兄弟，你们也尝一尝三十年的'大麦烧'吧！"众人见了，无不动容！

这时，李掌柜来了，洪启元便将带来的一包东西交给他，李掌柜会意，提着那包东西说道："各位大人、掌柜，开春不久，青虾难买，'炒青虾'原料不够，可否改为别的菜？"众人没有说话，其实是在等着李鸿章表态。李鸿章未置可否，不过，顺便说了一句："我在合肥时，就听说运漕青虾嫩滑可口、鲜美异常，早就想尝尝。既然原料不够，那就换别的菜吧！"谁不明白这话的意思，李大人今天认准了"运漕青虾"！

袁百顺说："有一家倒是有青虾卖。"洪老掌柜一拍脑袋："水老头家。水老头和他的两个女儿水性方圆五十里首屈一指，别人打不到的鱼，他们能打到；养护鱼虾技术也是一流的，天冷，别人家的虾子养不住，他家能养住。我洪仪泰常年在他家买鱼虾。启元，你去找一下水老头，他那里应该有！"

洪启元说："父亲，我听说水大叔到东关去了，现在是水青萍当家，这水青萍只服袁大哥一个人，我想请袁大哥一道去。"

袁百顺不语，有顷，有点无奈地说道："那就让世坦也去吧。世坦，不论有没有，速去速回！"袁世坦一听这话，立马回答道："好的，叔叔，我这就跟启元贤弟一道去。肯定能买到青虾！"说罢，洪启元、袁世坦便下楼去找水青萍买虾。

李鸿章似乎看出了端倪，便问袁百顺："顺公好像不乐意世坦去找水家姐妹？"袁百顺未及回答，洪老掌柜抢过话头："我来揭一下顺公老底。水青萍与世坦贤侄平时往来较多，年轻人一来二去，心生爱慕是很自然的，但运漕一带有个不成文的规矩，也不知道哪朝哪代传下来的，也不知道合理不合理，岸上的人一般不与船上的人通婚。顺公是怕世坦贤侄心里恋着水青萍。"袁百顺说："洪老掌柜不要揭我的老底了，你也有一块心病。你难道不担心启元贤侄与水红菱走得很近吗？"洪老掌柜摇摇头："顺公，我还是开明的，我家启元真能找到水红菱那样的姑娘，我也会八抬大轿娶回家做儿媳妇的！"袁百顺说："只怕洪老掌柜心里不这么想！当然，你开明也不无道理，你们家启元尚未定亲；我就不同了，去年家兄来到运漕，给世坦定了亲，定了亲，就不能让他这样不顾礼数地与别的女孩子交往了。"

李鸿章忙问："世坦贤侄定了亲，女方是哪里的？"

众人尚未回答，范瑾瑜说道："回大人的话，世坦贤弟的未婚妻便是在下的妹妹，闺字金莼，'黄金'的'金'，'鲈鱼莼菜'的'莼'。定亲之前，在下并不知道世坦贤弟与水姑娘关系亲密，否则，在下肯定不同意拆散两个相恋的人。"

李鸿章若有所思，说："我也听说船上的人与岸上的人从来不通婚的习俗，其实，这个习俗要不得，船上人有船上人的长处，岸上人有岸上人的优点，如果能通婚，各方面的优势都能得以发挥，岂不是更好？"

范瑾瑜说："大人是否想过，通婚之后住哪里？船上人俗称'下河猫子'，在下看了一些古代的书，其实他们的学名叫'疍民'，是汉人的一个分支，但自秦代以来，一直不服王化，所以历代政府也懒得管他们，任由他们自生自灭。政府不把他们当子民看待，岸上人也就看不起他们，不允许他们上岸，这样，船上人与岸上人的关系就越来越疏远，他们终生都住在渔船上，我们这里俗称'猫子船'。也有在岸上搭棚的，不过，都是搭在河堤临水一面的斜坡上，或者搭在河滩上，为防水浸，下面一层都是空的，四只脚高高吊起，故称'吊脚寮'。有'吊脚寮'的疍户一般经济状况都比较好，头脑也要开化一些。像水老头家，在运漕河一带疍户中，'吊脚寮'搭得最大、最结实，家里人常年住在'吊脚寮'里，也算是半上岸的疍户了。"

李鸿章连连点头，说："疍户住的地方实在太小，我在水家姐妹的船头坐着，腿都无法伸直。这么说来，岸上、船上彼此通婚确有难度。"

袁百顺说："大人有所不知，水老头家的三条船都算是大的了，您大概还没有见过更小的船。大人想一想，疍户一般不愿让自己女儿嫁到岸上人家，因为他们与岸上人不同，他们是重女轻男的，家里一定要生女儿，没有女儿的都要买个女儿。而岸上人又不可能住到他们船上或'吊脚寮'里。世坦与水姑娘能有好的结果吗？"

众人点头称是。

"世坦、启元应该快回来了吧？"

再说，袁世坦、洪启元很快走到小码头，来到水家"吊脚寮"前，水家两姐妹都不在寮里；他们向河面上一望，水红菱正在船上冲着他俩笑呢。

"袁大哥，启元哥哥，你们有什么事吗？"水红菱笑着问道。洪启元一看水红菱笑得那么甜媚，心里简直跟喝了蜂蜜一样，甜透了！

袁世坦忙说："找你姐姐青萍姑娘。"

水红菱转过头向河面望去，袁世坦、洪启元也随着水红菱一起望过去，但见几十丈开外的河心上，一只小船稳稳地漂在那里，水青萍背对着北岸，在收拢渔网。这时，洪启元说："袁大哥，你听，青萍姑娘好像在唱歌。"袁世坦一听，果然从水面上传来一阵歌声，唱歌的人似乎也陶醉在自己的歌声里。

水红菱正要喊姐姐，袁世坦忙阻止了她，说：“听青萍姑娘把歌唱完。”

“远望妹子身穿蓝，穿蓝妹子会打扮。

问妹打扮为什么，打扮好给哥哥看。”

水上，水青萍唱得动情；水边，袁世坦听得动心。

洪启元看出了一点名堂，于是对袁世坦说：“袁大哥，别光顾着听歌，忘了我们的正经事。”这时，水青萍也已转过身来，一看水边的袁世坦、洪启元两人，似乎有点害羞，便划着船向他们两人靠过来。

袁世坦说：“青萍妹妹，还有青虾吗？”水青萍说：“别人来差不多还有，你来了，就没有了。要青虾干什么？是不是李大人想吃？”洪启元笑着说：“真是心有灵犀一点通，袁大哥还没有说，青萍姑娘就知道了。”水青萍说：“你也识不到几个字，不要在我面前装斯文。”说完，又对水红菱说：“你和洪大哥先把虾拿到五福和，我和世坦哥哥随后就到。”

洪启元、水红菱提着养虾的木桶走了。

袁世坦笑着对水青萍说：“刚才听妹妹唱歌，我都有点忘情了。妹妹的歌是唱给我听的吗？”水青萍一笑：“真不害臊！我没见过脸皮这么厚的人。”两人边走边聊，水青萍说：“世坦哥哥，我有一件事求你帮忙。”袁世坦说：“青萍妹妹的事就是我的事！说吧。”水青萍说：“我也想当团勇。你求李大人收下我吧！”袁世坦“扑哧”一笑：“就你？笑死我了！”水青萍说：“人家是在跟你说正经事，你笑什么？我也知道，我当团勇难度很大，一来我是女的，二来我是疍户，岸上人瞧不起疍户。”袁世坦说：“李大人不是那样的人，他对任何人都一视同仁，只是女的在军营里确实不方便。不过，我还是向李大人恳求几句，尽量让他录用你。”

他俩来到五福和时，爆炒“运漕青虾”早已上桌，差不多已经吃掉一半了。李鸿章此时已是醉眼蒙眬，连夸青虾爽口。

袁百顺说：“世坦、启元，你们两个年轻人还没有敬李大人酒呢！”袁世坦立即帮李鸿章斟满酒，自己也斟了满满一大杯，走到李鸿章面前，说：“小侄敬大人酒！”李鸿章一饮而尽。袁世坦又斟了一杯，欲再敬。李鸿章说：“不用了，不必多礼！去敬一下各位长辈吧！”袁世坦说：“大人，小侄有一事相求。”李鸿章乜斜着眼，打量着袁世坦：“哟，学会请托了？说吧，什么事？”袁世坦说：“请大人先饮了此杯，恕小侄无礼。”李鸿章又一饮而尽，袁世坦说：“大人此番选拔团勇，小侄想推荐一个人。”李鸿章问：“谁？”

袁世坦说："水青萍！"

李鸿章沉吟片刻，说道："这要别人父母同意才行啊！"水青萍说："我父亲一定会同意的！求大人收下我吧！我能帮助大人训练水营。"李鸿章诚恳地说："姑娘富有侠义精神，也有很强的正义感，刚才大家都说水家父女三人水性在方圆五十里范围内首屈一指，这些我都知道，不过，你看，团勇都是男的，你一个女孩子在军营里确实不方便。还有，眼下战乱纷起，基本上是居无定所。如果将来有了象样的大营，我肯定会录用姑娘的。"

水青萍不高兴了："大人绕来绕去，就是不想收留我了！女孩子怎么啦，女孩子就不能当兵了吗？古时候花木兰还代父从军呢！不收就不收，不要搬出一大堆理由。我就知道你们这些当官的，都是过河拆桥的！"说完，扭头欲走，却被袁世坦一把抓住，袁世坦说："青萍姑娘错看了李大人，李大人绝不是那样的人！"李鸿章说："姑娘，我李鸿章是不是过河拆桥之人，你、我说了都不算，谁说了也不算，关键是看我今后的做法。路遥知马力，日久见人心。我说话算话，一旦有了大营，可以随时录用你！"水青萍这才道谢一声，离开了。

水红菱觉得姐姐刚才说话太过分了，于是，向李鸿章道歉："李大人，各位大人、掌柜，我姐姐就是那个急脾气，刚才冲撞、冒犯了各位，小女在此向各位赔罪！"说罢，微笑着向众人深深鞠了一躬。李鸿章说："姑娘切不可这样，我这次到运漕募兵，恰恰需要青萍姑娘这样敢作敢为之人，她能如此深明大义，我很高兴。只是眼下确有难处。还请红菱姑娘向青萍姑娘多做解释，也不负我的良苦用心。"水红菱说："多谢李大人如此雅量，小女一定向家姐转达大人的关心。告辞！"说罢，转身离去。

洪老掌柜望着水红菱远去的背影，感慨道："谁能相信这是一个年仅十六岁的疍户女儿讲的话，入情入理，滴水不漏！"洪启元听了父亲说的这番话，心里乐滋滋的，父亲这应该算是同意自己与红菱妹妹交往了。

李鸿章不言不语，众人不知所措。过了好一会，李鸿章说："姓水，一个青萍，一个红菱，名字这么有诗意，看来水老头不简单啦！"汪老掌柜说："水老头与其他疍户相比，是有几点不同。一是与岸上人来往较多；二是有公益心，记得运漕镇北修白骨塔时，他还捐了十两银子，对一个疍户来说，十两银子已经是一个不小的数目了；三是允许女儿和岸上人交往。听说，他以前曾跑过江湖，识文断字，两个女儿也都识得几个字。"

李鸿章点点头，仿佛心里有数，看看时间，已是未时三刻了，于是说道：“酒也足了，饭也饱了。运漕的好酒好菜，我平生还是第一回吃！”正欲起身，李昌和匆匆跑来，说道：“大人，请稍坐，还有几个茶点。”李鸿章说：“还有茶点？”袁百顺说：“我记得这‘八大四’都上全了，怎么还会有茶点呢？”洪老掌柜笑而不语。袁百顺说：“洪老掌柜，是不是你在玩什么‘花头精’？不要再打哑谜了！”洪老掌柜笑笑说：“顺公，看把你急的！老朽想趁此机会，请李大人、罗大人、麦大人和各位掌柜品尝洪仪泰绝品！”李鸿章说：“还有绝品啊？我们不都喝完你的三十年‘大麦烧’了吗？”洪老掌柜说：“大人，洪仪泰的绝品不只是酒。大人，请看！”

须臾，传上十道热气腾腾的茶点，李鸿章看得是眼花缭乱，馋得是涎水三尺。洪老掌柜一一介绍，都是豆制品，有皮子、千张、白干子、酱油干子、臭干子、老豆腐、嫩豆腐、豆腐花。洪老掌柜指着其中一道煮干丝，说：“这种干子在做的时候就加进了几种香料，还有水老头专供的草虾榨出来的汁，鲜美异常。干子可以片成三十二层，切出的干丝细得可以穿针，但绝不会断。当然，这刀工只有李掌柜才能做到，鲍家素馆最多也只能片出二十四层。再放到三年以上老母鸡汤中，用文火煮上半个时辰，盛上来，放上一点作料，那味道恐怕只有天上才有，人间绝无！来，大人请，各位请！”众人一齐举箸，一直吃到申时初。

袁百顺取出纹银三十两，交给李昌和。李昌和说：“顺公，三十两，原料、人工已经足够了，不过，李掌柜亲自下厨、洪仪泰三十年‘大麦烧’、最后十道茶点，怕是三百两也无处去买。难得李大人、罗大人、麦大人、各位掌柜如此赏脸，我李昌和平时想请都请不到，就请各位给一次机会吧！”袁百顺一想，李昌和说得对，便不再坚持。

撤席以后，李鸿章等一行人到茶厅用茶，李鸿章长叹一声，众人忙问：“大人何故长叹？”李鸿章不语。范瑾瑜说：“李大人这是在忧国忧民啊！李大人感叹盛筵不再，不久，战火就要烧到运漕镇，到那时，繁华富庶的运漕镇还能保全吗？”众人默然，只有轻轻的饮茶声。

还是李鸿章打破了沉默。他问：“范先生，据你判断，长毛下一步该如何行动？西征？北伐？”范瑾瑜说：“大人，据在下判断，西征、北伐都会，长毛极有可能两个方向用兵，且先北伐、后西征。”李鸿章问：“何以见得？”范瑾瑜说：“长毛内部不团结。现在大权实际上控制在东逆杨秀清手里，杨贼心胸狭窄，玩弄权术，排斥异己。西征必然用到水营，而长毛水营真正能打仗的将领是罗大纲，这个人性格耿直，不招杨贼喜欢，杨贼也不放心罗大纲带兵西征。北伐主要是陆军，杨贼正想给他的党羽林凤祥、李开芳立功的机会，当然要让他们率兵北伐了！可是，包括洪贼在内，军师钱江、翼逆石达开等人都会主张西征的。所以，在下判断应该既有北伐，又有西征。我们要尽快练好团勇，以应对战局变化。"李鸿章听罢，点点头。

接着，又是令人窒息的沉默！

有顷，李鸿章问："范先生，李某自幼读圣贤之书，总想能够报效国家、造福百姓，可是，眼下国家之事糜烂至此，你说我到底该怎么办？"范瑾瑜用手比画出"九"的数字，然后，一字一顿地说："建新军，富百姓，和列国。"李鸿章似懂非懂，欲待问个明白，范瑾瑜却说："今日天色已晚，且大人身心疲惫，明天再说吧！"

第二天一早，李鸿章便去找范瑾瑜，然而，范瑾瑜却不知去向。李鸿章急了，发动所有认识的人，几乎将运漕镇和西范村翻了两遍，也没有见到范瑾瑜的影子。李鸿章只好一边安排袁世坦、麦巡检、水青萍考核、选拔团勇，一边焦急地等候范瑾瑜的消息。

七天之后，就在李鸿章觉得范瑾瑜真的不会再来的时候，范瑾瑜居然回来了！李鸿章顿觉喜从天降，他一把拉住范瑾瑜的手说："范先生，你让我想得好苦啊！"范瑾瑜说："大人，在下出去七天，打听到一个重要情况。"李鸿章忙问："是长毛要打过来了吗？"范瑾瑜说："不是，但也与长毛有关。大人，猜猜长毛从广西到江苏，一路上抢了多少银子？抢了多少奇珍异宝？"李鸿章摇摇头。范瑾瑜说："一千八百万两银子！"李鸿章怀疑自己听错了，大清国一年的财政收入不过六千万两银子，这相当于三分之一的大清国都被长毛洗劫一空了！想想也是，被长毛攻破的桂林、九江、武昌、安庆、江宁，哪一座城市不是一座金山银山宝山！

范瑾瑜说到奇珍异宝，李鸿章忽然想起皇帝给他的密诏，什么"白菜"、什么"西瓜"，于是问范瑾瑜："范先生说到长毛抢了无数珍宝，有没有什么白菜、西瓜？"范瑾瑜一时被李鸿章问糊涂了，李鸿章便拿出密诏给范瑾瑜看。范瑾瑜反复玩味着皇帝密诏上的两句话"一棵白菜半个瓜，千万银子难买它"，想着想着，忽然想起自己曾经从一个古董商人那里借过一本书，叫什么《古今金石名录》，因为自己对金石没有什么兴趣，只是随便翻翻，好像是看到过“翠玉白菜”“翡翠西瓜”的实物写真图，但那两件东西到底是什么，它们的来龙去脉，自己还真的不清楚，可是，书已经还给了那个古董商人，而那个古董商人现在又不在运漕！想到这里，他对李鸿章说：“大人，在下好像在一本《古今金石名录》里见过什么‘白菜’、‘西瓜’的写真图，但不知道是不是皇帝密诏里面说的那两件！”李鸿章一听《古今金石名录》，立即显出兴奋的样子，忙说：“是的，是的，皇帝正是说那本书里有详细介绍。范先生，书还在吗？”范瑾瑜说：“大人，书是一个古董商人的，早已还给他了，那个古董商人现在不在运漕。在下当时对金石兴趣不大，只是随便翻翻，并没有认真阅读。真是书到用时方恨少！”李鸿章佩服范瑾瑜真是无书不读，只是眼下也很难断定密诏上说的东西是不是“翠玉白菜”“翡翠西瓜”，更不知道它们现在到底在何处。

范瑾瑜又说：“大人，在下终于打听清楚了，那天追杀大人的十几个长毛士卒是石达开派出来侦察沿江、沿河一带军情的，看来，石达开还真是主张西征！”

李鸿章是完全相信范瑾瑜说的话，但没有想到，石达开动作竟然这么快！

第二回

建王府贪求『圣库』宝　论征伐伤及兄弟心

“快，快开城门，我们是翼王派出的哨探，有重要军情禀报翼王！”天京城仪凤门外，一位太平军卒帅向守门士兵通报。城门楼上的士兵立即报告守门旅帅，旅帅从堞楼向下探望，只见一群太平军官兵正在城门外等候城门打开。旅帅问：“可有翼王口令？”城下卒帅应声而答：“西进！西进！”旅帅命令道：“打开城门！”

卒帅与二十多名士兵鱼贯而入，经过狮子山下，沿仪凤门大街，穿过三牌楼、马台街，直奔清溪里巷熊宅。来到熊宅门前，卒帅止住手下士兵，自己向熊宅卫士说道：“烦请禀报翼王，有重要军情！”须臾，卫士说：“卒帅请入，余人在外等候！”

卒帅进入熊宅，整座宅院特别宁静，似乎没有人。向前穿过天井，即来到大厅。大厅中堂早已撤去了香案等物品，原来的中堂画、中堂对联也换了下来，取而代之的是一幅巨大的地图，地图足有五尺长、三尺高。有两个人正在对着地图比画着什么。

卒帅也是这座宅院的常客，他认得那两个人，尽管只能看到他们的后背。一位是翼王，一位是军师。今天的翼王一身白衫白裤，配着他那高大和谐的体形，越发显得潇洒无伦。军师还是像平时一样，穿着一件长衫，显得有点瘦弱。

卒帅看到他们二人正在讨论着什么，不敢轻易打断他们的话头，便站在他们身后五尺开外的地方。

“你不是说有重要军情报告吗？怎么不说话？”翼王转过身来，英俊的面庞，魁梧的身材，得体的举止，儒雅的气质，令卒帅不敢相信眼前的这位二十多岁的青年就是那位指挥千军万马打下天京城的翼王！

这时，军师钱江也转过身来，卒帅看到，军师似乎比前些日子又消瘦了许多，虽然天气不热，但还是不停地摇着手里的折叠纸扇。

“回禀军师、翼王，刚才进门时看见军师、翼王正在共商军机大事，不敢贸然禀告。”卒帅说道。

“说吧，有什么重要军情，我也听听。”军师钱江合上手中的纸扇说道。

“属下奉翼王之命，前往裕溪口一带哨探敌情，过了雍家镇沿着运漕河河堤向西走了约十里，发现一个清妖官员，骑着一匹高头大马，带着两名随从，也向西走去。我们杀死了两名随从，射翻了那匹高头大马，紧追不舍。后来，那个清妖官员被一条渔船救走了。我们没有船，周围一两里范围内都找不到船，只好撤了回来。属下无能，没有捉住他，请翼王惩罚！”

“你刚才说到从雍家镇往西十多里还有一条小河，是什么走向的？”军师钱江问道。

“小河是南北走向的，从北边汇入运漕河。”卒帅答道。

“好了，这里没有你的事了，辛苦了；你报告的军情很重要！”石达开说。

卒帅正欲告退，钱江问道：“那个官员的样子你看清没有？”

“看得不太清楚。只是觉得他很瘦很高。”卒帅答道。

“比翼王高吗？比我还瘦吗？”钱江问道。

“比翼王高出半个头，跟军师差不多瘦。”卒帅看看石达开，又看看钱江，不知何故，忍不住地笑了。

石达开、钱江也笑了。石达开挥挥手，让卒帅退下。

钱江、石达开又转向地图，良久，钱江说：“翼王，你看，那个清妖官员应该逃往哪里？逃到那里干什么？”

石达开拔出“流光宝剑”，指着地图，说道：“军师，依我看，他们遇到的那条河就叫后河，后河与运漕河交汇处名叫三汊河。那个清妖官员渡过后河向西逃去，必定是逃往运漕镇。”

钱江纳闷了：那个清妖官员逃到运漕镇做什么？是侦得了我军军情，向运漕驻军报告吗？不对，运漕并没有多少驻军！“又高又瘦，穿着官服？”钱江反复咀嚼这两句话，仿佛其中包含着无尽的秘密！念着想着，想着念着，突然，一个名字脱口而出：“李鸿章！”

石达开也正在思索着同样的问题：那个清妖官员是谁？他逃到运漕镇做什么？突然听到钱江说出“李鸿章”这样的名字，一时还真不知道“李鸿章”究竟是何方神圣。石达开问道：“李鸿章是谁？”

钱江笑着说：“翼王，我可以断定那个清妖官员就是李鸿章，他到运漕的目的是两个字——募兵！”

石达开还是有点懵，钱江向石达开点点头，对石达开说：“翼王想必也清楚，上个月，清妖狗皇帝咸丰派安徽籍官员吕贤基回乡办团练，吕贤基便拉上李鸿章。据说，李鸿章高大瘦削，我断定，他就是李鸿章！”

“李鸿章”三个字，石达开今天还是第一次听说，他真的不知道这个“李鸿章”是干什么的，于是问道：“那个李鸿章在京城是个什么官？”钱江说道：“翰林院庶吉士编修。”石达开不禁笑了笑，说：“一个翰林院编修会带兵打仗吗？”钱江说道：“其他人也许不行，但李鸿章此人不可小觑。其胸怀大志，据说在京城曾拜曾国藩为师，深得曾国藩韬略。这次，他差不多是单枪匹马勇闯雍家镇，足见他是个有胆略之人！”石达开点点头。

钱江长叹一声，石达开问道：“军师何故长叹？”钱江说：“敌人已经在反扑了，而我们自从进了天京城，一个多月来，没有任何行动。翼王知道这是为什么吗？”石达开说：“小弟不知，还请军师明言。”钱江顿足说道：“金银财宝！都是让金银财宝给害的！当初建立严格的‘圣库’制度，是为了给我们提供经济上的保障，没想到，这项制度过于严苛，导致现在‘圣库’存银一千多万两，各种珍宝成千上万。有些人便想守着这些金银财宝过自己的奢华日子，不思进取，长此以往，我看最后都会淹死在这些金银财宝中！”石达开似乎明白了钱江的意思，说道：“军师，小弟简单地清点了一下‘圣库’，现有足色白银一千八百万两银子，黄金约二十万两，《古今金石名录》上记载的稀世之珍不下百件，其中两件尤为珍贵，是从安庆得到的！”钱江问道：“翼王所说的大概是一棵‘白菜’、半个‘西瓜’吧？”石达开说：“正是！小弟估计这两件宝贝迟早会化公为私，东王曾经几次到‘圣库’来欣赏这两件宝物，目光中充满了艳羡和攫取！”

钱江一听到杨秀清，就有点烦，杨秀清实在是太贪了，用“雁过拔毛”来形容一点都不为过。钱江挥挥手，说道：“翼王，先不要说东王的事情。说说正事吧！孤城难守啊！我们必须开疆拓土！”石达开问：“军师以为向何方用兵为宜？”钱江微微一笑：“翼王何必问我？翼王的口令不已经说明了用兵的方向了！”两人相视一笑。石达开说：“军师，我们现在就去两江总督府，建议天王西征。”钱江说：“西征是当下最正确的策略，只怕东王那里难以通过。”石达开豪气顿减。

钱江、石达开来到两江总督府，拜见天王。天王问：“军师、翼王，有什么消息，说来朕听听！”钱江说道：“天王，我军虽然打下天京城，但目前仍存有三大危险。”洪秀全问：“有何三大危险？”钱江说：“一是天京城周围处在清妖包围之中，如果不肃清周围清妖，解除肘腋之患，恐怕……”洪秀全连忙说：“军师说得对，古人说‘卧榻之侧，岂容他人鼾睡’，这个，朕会考虑的。”石达开说道：“天王，臣弟认为第二大危险主要来自天京上游，上游许多重镇为清妖占据，一旦他们顺江而下，天京城将很难守住。守天京，必须夺取上游武昌，牢牢占据安庆、芜湖。”洪秀全轻叹一声，说：“唉，朕何尝不是这样想的呢？”钱江说道：“天王，第三大危险来自湖南、安徽团练。”“团练？”洪秀全不以为然地说：“军师实在是多虑了！清妖正规军八旗绿营都不堪我军一击，团练乃游兵散勇、乌合之众，何足虑哉！”说完，哈哈大笑！

天国上下的这种盲目乐观正是钱江最担心的。钱江深知，太平军之所以一路势如破竹，主要是没有遇上强劲的对手，但是，眼下，一个强大的对手正在形成与成长之中，不能再以老眼光来看待新事物了。钱江恳切地说：“天王，八旗绿营早已腐朽不堪，实在是不值一提。而团练就不一样了。臣已探知，曾妖头曾国藩在湖南办的团练有模有样，战斗力远非八旗绿营所能比拟的。而紧邻天京的庐州，吕贤基也在办团练，他的手下李鸿章向团勇们提出的口号是‘保家卫国’，也就是说，他们是保卫自己的家乡，这种作战的原动力也不是八旗绿营所具有的。因此，恳请天王，趁着吕贤基、李鸿章回乡不久、团勇尚未练成之机，一举摧灭他们，永绝后患！”

见洪秀全有点触动，石达开进一步说：“占领武昌，把守湖口，曾妖头办的团练就只能闷死在湖南境内。如此，我军趁机占据江淮、皖南、鄂东、赣北、湘北，扼守要冲，然后南下江苏、浙江，则天下富庶之地皆为我天国所有了！此后，养精蓄锐，全军北上，直捣黄龙，夺取天下！”

洪秀全听罢，精神振奋，面红耳赤，仿佛打了鸡血一样，慷慨激昂：“军师，翼王，你们说得透彻，与朕不谋而合！速请东王、北王、大纲兄弟来此商定西征之事！”随即，派人去请杨秀清、韦昌辉、罗大纲等来两江总督府议事。

洪秀全站起来，来回踱着步，像在思考什么很棘手的问题，本来就很高的颧骨这回更加凸显出来。少顷，他用手捻了捻胡须，虽然早已蓄须，怎奈只有四十岁，故胡须尚不长，也不密。

突然，他对钱江说：“军师，这天京城不是虎踞龙盘之地吗，为何朕定都于此，时间不长，就陷入了清妖的包围之中呢？”钱江说：“天王，天京城有利有弊，利在于它一向有帝都之象，历史上也有不少王朝以此为都。这弊嘛，”钱江顿了顿，看看洪秀全，洪秀全说：“军师直说，朕不介意。”钱江这才继续说道：“从地理位置看，天京虽有长江之险，但若从上游顺江而下，这天险也就不攻自破了；其次，站在钟山向北望去，群山阻隔，无法看到中原大地，给人以‘半壁江山’的感觉。历史上定都于此的王朝都只拥有半壁江山，而且年祚不长。”洪秀全说：“那大明王朝呢？”钱江说：“大明王朝自成祖起，就已迁都北京，从地理位置看，北京确实是中华大地上最适合做都城的地方。”

洪秀全没有说话，两眼看着远处。钱江知道天王肯定是想起了罗大纲反对定都天京的那些话，但既然天王没有说出来，自己当然也就不好再说了，因为一提起那些话，就容易让天王生气，天王当时是赞成罗大纲的，但是，杨秀清表演了“天父下凡”的闹剧，天王只好屈从了。偌大的两江总督府大厅静得出奇，只能听见三个人的呼吸声。

过了一会，洪秀全自言自语：“大纲兄弟，你为何不加入拜上帝教呢？”石达开忙说：“人各有志，不必勉强。天王何必再提过去的事？”洪秀全摇摇头，说：“翼王，你不懂朕的心思，不必插话。军师，试想当初大纲兄弟入了我教，依你看，朕会封他做什么王？”洪秀全突然有此一问，这倒是钱江没有料到的，不过，钱江很快就明白了洪秀全的意思，于是说道：“臣以为天王会封大纲兄弟做‘航王’的！”洪秀全点点头，石达开终于明白了洪秀全为什么突然想起罗大纲了。

“冬官正丞相罗大纲拜见天王！”洪秀全一看，来人虎目虬髯，相貌狞悍，年不过四十，正是自己的大纲兄弟。连忙向前走上几步，一把拉住罗大纲的手，说："大纲兄弟，朕要是没记错的话，朕、你还有军师，我们今年都四十整了，也算是真正的人到中年。朕已经有几个儿子了，大纲兄弟还不抓紧时间与三娘弟妹给朕再添几个侄子！"说完，爽朗大笑，钱江、石达开也跟着笑起来，这回轮到罗大纲这个汉子不好意思了，他红着脸，笑着说："天王不要只盯着臣，军师到现在还是光棍一条呢，我着什么急？"洪秀全故作神秘地问："大纲兄弟，三娘弟妹是不是有喜了？只告诉朕一个人！"罗大纲实在无法躲过洪秀全的热情与真诚，红着脸说："臣不敢隐瞒，差不多一个月。军师、翼王也都不是外人，知道也无妨。"洪秀全向着钱江、石达开说："你们看，还是大纲兄弟有力气，结婚才三个月，就已经种上了！"众人一阵欢笑，大厅里充满着愉快而融洽的气氛！

"天王，这么急叫臣弟有什么事？"众人忙止住了笑。但见来人中等身材，黄瘦微须，左目已损，然右眼仍露出凶光。洪秀全重新坐下，大厅气氛瞬时变得凝重起来。

洪秀全说："东王，朕听说天京上游许多我们曾经打下来的城镇又落入清妖之手了，今天请诸位来，就是想听一听诸位对目前这种局势的看法。"东王杨秀清尚未答言，北王韦昌辉也来了，杨秀清朝韦昌辉努努嘴，韦昌辉便站到石达开身旁。

杨秀清说："天王，臣弟正在安排此事，天王尽管放心，不出一月，定然扫平天京上游。今天，臣弟也有两件事，本不想惊动天王，听听军师、翼王、北王诸位高见即可，既然天王也在场，那就请天王定夺吧！"

洪秀全心里不太舒服，但还是心平气和地问："东王所说的是哪两件事？"杨秀清说："也不是什么大事，一是营建王府，二是出兵北伐。"

洪秀全一听，心里有点堵得慌，这还不是什么大事吗？于是，提高了嗓门，说道："营建王府，出兵北伐，这两件都是军国大事，朕岂能不事先知道？"杨秀清说："天王已将日常事务交给臣弟，臣弟能直接处理的，就不必劳烦天王了。这两件事，臣弟能处理好；再说，各王都是由臣弟节制的，臣弟也不是一个人拿主意，还有各王献计献策呢！"

洪秀全抑制住内心的愤懑，语调平和地说："东王说说如何北伐。"杨秀清说："臣弟以为，由林凤祥、李开芳率精兵十万，趁着中原空虚，迅速北上，直捣黄龙，拿下北京城，杀了咸丰那个狗皇帝！"洪秀全大吃一惊，没想到杨秀清竟然使出如此昏招。钱江、石达开也觉得杨秀清太冒险了，罗大纲、韦昌辉简直不敢相信，这样的大事，杨秀清竟敢如此自专，根本不把天王放在眼里！

罗大纲是个直脾气，忍不住说道："东王要派十万精兵北伐，那天京城不就是一座空城了吗？再说，天京周边、天京上游敌人的力量还很强大，本来就已经对天京构成严重的威胁了，如果一下子抽出十万精兵，那天京城还能保得住吗？"杨秀清没有说话，而是用那一只凶残的右眼狠狠地瞪了一下罗大纲。

见有人说话了，石达开便趁势说道："当初定都天京，原本就是想好好经营南方，待到时机成熟，再一举北伐，那样，北方可以传檄而定。现在，肘腋之患尚未清除，以重兵北伐实在是太冒险了。弟以为，先西征天京上游，占领安庆，扼守武昌、湖口，则曾国藩、吕贤基便无能为力了；然后，控制江淮、皖南、鄂东、赣北，夺取江苏、浙江，则天下大半财富均为我天国所有了。以江南财富兼江淮兵力，分三路北伐，一自武昌直取西安，一自安庆出兵横扫河南河北，一自天京直上，拿下山东，此后，一路兵控制西北、西南局势，两路兵汇合，直捣北京，那时，清廷狗皇帝就会被赶回他的老家，天下便在我天国掌握之中了！"

钱江也认为石达开说得很有道理，韦昌辉也赞成石达开的观点，洪秀全便缓缓说道："北王、军师还有翼王的说法正合朕的心意，朕以为西征之事可以交与翼王、军师去筹办。如果东王坚持北伐，朕觉得亦可一试，但不能举全国之力，可派偏师长驱直入，胜则扩大天国疆域，即使不利，撤回来也说不上是失败，至少让清妖还有咸丰那个狗皇帝知道我天国的厉害！东王以为何如？"

钱江、罗大纲、石达开、韦昌辉一致认为天王洪秀全"两路出兵"之策，虽不是上上之策，但至少可解天京威胁，开拓天国疆土，也不失为中上之策。杨秀清见众人都站在自己的对立面，也不好再说什么，右眼眼珠滴溜溜地转了几转，说道："天王英明，但北伐、西征这些具体事务不需要军师、翼王亲自出马，国家刚建立，正是百废待举之时，军师、翼王还是留在天京要好一些。臣弟举荐西征统帅两人，还请天王恩准！"

韦昌辉一想，这不是要剥夺军师、翼王的指挥权吗？心里也着实觉得杨秀清太过分了。于是说道："东王，西征军统帅还是翼王亲自担任为宜，翼王足智多谋，在军中威望甚高，天国将士都乐于为他所用，此番西征，关系到我天国京城安危，非翼王担不了这个重任！"杨秀清瞪了韦昌辉一眼，韦昌辉心里一怵，便不敢言语了。

钱江说："北王不要性急，待东王推出备选人员后，再议不迟。"石达开也说："建国之初，千头万绪，东王说得对，弟与军师留在天京，也好直接建言献策，弟暂不担任西征军主帅。"

杨秀清也不理会石达开等人说的话，直接说道："臣弟推荐夏官副丞相赖汉英、殿前一检点曾天养两位统军西征，并命'航王'唐正财以水营支持。"

关乎天京安危的西征，需要调动千军万马、协调各方支持的西征，竟然只交给夏官副丞相、殿前一检点，这太儿戏了，洪秀全觉得杨秀清这不是在办事，而是在与自己、与军师等兄弟们赌气，这样意气用事是很危险的！于是，他提醒杨秀清："东王推举的两个人确实有相当的能力，但西征事关重大，需要各方协助，他们两人还是人微言轻啦！这样吧，让大纲兄弟为主帅，赖汉英、曾天养为副帅，大纲兄弟的水营正好能够发挥作用。"钱江、石达开、韦昌辉异口同声地说："天王考虑周到，还请东王用大纲兄弟为主帅！"

杨秀清举起双手，几乎是咆哮了："天王，罗大纲一直未归顺我教，常言道：'非我族类，其心必异。'西征这样的大事，交给一个外人，臣弟实在放心不下！"

罗大纲被激怒了，他直接对着杨秀清大声说："东王此言差矣！我罗大纲自从归顺天王，哪一次作战不是冲锋在前、亲冒矢石？我何时有过异心？东王可以不认为我是拜上帝教的人，但我罗大纲一直认为自己就是天王的人！"

钱江说道："东王这样说，对大纲兄弟确实伤害很大。大纲兄弟一向忠心耿耿，为天国立下了汗马功劳，天王早已将大纲兄弟看得比自己亲兄弟还重，前不久，天王还亲自为大纲兄弟与三娘女侠主婚；我钱江，还有已故南王，一向视大纲兄弟为亲兄弟，也因为大纲兄弟是一个忠直之人！东王怎么能把大纲兄弟看成外人呢？"

洪秀全站起身，离开座席，向前走了几步，神情严肃，步履沉重，杨秀清一看，觉得洪秀全比平时魁梧得多了，心里也有一点害怕，正等着洪秀全发作。洪秀全并没有理睬他，而是径直走到罗大纲面前，拉住罗大纲的手说："大纲兄弟，你先留在天京帮朕吧，另外，也顺便照顾照顾三娘弟妹。"罗大纲哽咽着说："难得天王不弃，大纲生死追随天王！"

杨秀清见洪秀全并没有向他发作，胆子又大了一点，说道："天王，营建王府的事情还没有着落呢！"洪秀全不经意地说："朕觉得眼下要用钱的地方太多，营建王府一事稍微推后一点吧！”

石达开一向不赞成事业尚未成功就考虑享乐的态度，此时，见洪秀全也是不赞同立即营建王府，觉得机会来了，可以打消杨秀清建王府的念头。于是，他说道：“天王，臣弟认为眼下不宜大建王府。首先，天京城内的衙署、官廨不少，还有逃走的大户人家的园子也很多，这些地方完全可以作办公务之用。其二，西征、北伐在即，我等更应全力谋划这些事。第三，国之初建，需要用钱之处太多了，大建王府会耗光‘圣库’藏银。最后，也是最重要的一点，我天国自金田起义以来，大家都是同甘共苦的，臣弟担心，王府一建，必然疏远与将士、百姓的关系，会失去人心。有此四条理由，臣弟认为王府可以缓建甚至不建！”

钱江接过石达开的话，说：“自古以来，得民心者得天下。历史上许多开国君主在立国之初都很节俭，都能与民同甘共苦；何况我天国目前尚未拥有半壁江山，夺取全国之路还很长，更需克勤克俭，凝聚人心。臣担心王府一建，奢靡之风会随之而起，如此，则物欲膨胀、不思进取，后果不堪设想啊！天王，您是只想偏于东南一隅，还是要做全天下的君主？还请天王三思！”

韦昌辉看看洪秀全，见洪秀全沉默不语，于是，小心翼翼地说道：“天王，臣弟以为军师、翼王说得对、讲得好，我们从金田一路杀到天京，难道仅仅是为了蜷缩在这一座天京城里享受清福吗？天王的志向是拯救天下百姓，臣弟等也是为着实现天王的志向，才舍下生命财产，投奔天王的！”

洪秀全仿佛受到了提醒，只见他手一挥，然后又捏了捏剑柄，果断说道：“朕金田起义是为了拯救天下百姓，而不是自己享乐。朕决定了，暂不建王府！东王，你就让朕做一回主吧！”

众人一齐将眼光投向杨秀清，只见杨秀清脸色由红变青，由青变紫，由紫变黑，突然牙关紧咬，两手将头发一撩，一头乱发便遮住了他的嘴脸。众人顿觉不妙，就听“咚”的一声，杨秀清仰面倒在地上，一目紧闭，昏死过去。一会儿，杨秀清突然如诈尸般坐起，随后僵直地站在那里，口里念念有词：“天父有言！”洪秀全、钱江、石达开、韦昌辉连忙跪在杨秀清面前，罗大纲站在那里，看着杨秀清演戏！

杨秀清用手指着洪秀全说道：“天父有言。不建王府，如何体现我天国的威仪？杨秀清忠心耿耿，能力超群，天国大事小事皆应由他操持。洪秀全只需保重身体，引导天国教民弃恶从善。从今天起，由杨秀清主持营建王府，制订天国礼仪，共建‘小天堂’。”半晌，无声。接着，杨秀清全身松弛了下来，恢复了正常人的状态，对洪秀全说：“天王，刚才天父说了，王府是要建的。天王从今而后只需在‘小天堂’里享受快乐、保重身体就行了，天国大事小事都由臣弟代劳。”洪秀全无可奈何，有气无力地说：“东王，你安排吧，朕听着就是了。”

杨秀清此时来了精神，站到天王御座旁侧，大声宣布道：“天父有言，着迅速营建天朝宫殿、东王府、西王府、南王府、北王府、翼王府等。天朝宫殿选址两江总督府，东王府在江宁将军署，北王府放在淮清桥一带，翼王府就斛斗巷刘宅扩建。”接着，他又宣布了西王府、南王府、燕王府、豫王府等地址，最后，杨秀清对钱江说：“军师，你自己选址来建造军师府吧。”钱江说道：“东王，军师府就不要再单独建了，我想把慧园庵稍稍修葺一下，直接搬进去就行了。”洪秀全说：“军师，你怎么能不建府呢？慧园庵未免太寒酸了吧！”钱江说：“天王知道，臣一向喜欢清静，慧园庵地处城南，相对偏僻一点，早晚可以享受周围宁谧的环境。请天王恩准！”洪秀全便不再说什么了，算是默许。

杨秀清也没有再坚持，因为他知道钱江一向就不喜欢热闹和排场，于是，又转向洪秀全说：“天朝宫殿由蒙得恩总管，东王府由陈承瑢总管，其他各王府管理人员由各王自己选定。按规制，天王实际上就是我天国的皇帝，皇帝就不能没有娘娘、嫔妃，天朝宫殿就是我天国的皇宫，皇宫就不能没有宫女。因此，臣弟欲为天王物色嫔妃八十八人，……”杨秀清的话还没有说完，洪秀全急忙打断他的话，说：“等等，东王，你说要给朕配八十八个嫔妃，你想累死朕啦？朕的王娘赖氏是朕的原配妻子，跟着朕没享过一天的福，朕不想再娶妻子，最多配两三个王妃也就罢了！”杨秀清嘴角露出微微笑意，似乎在笑话洪秀全没有见过世面，说道：“天王此言差矣，自古以来一国之君哪里仅有两个妃子的？天王这样做，外人会耻笑我堂堂天国竟然如此小家子气！臣弟岂止给天王挑选八十八个嫔妃，臣弟还要选一些民女到天朝宫殿担任女官，负责宫中日常事务。”洪秀全问：“什么是女官？”杨秀清说：“天王，皇帝身边都有许多太监打理日常事务，天国不设太监，因为那太没有人性了，但天朝宫殿又不能让普通男子随便出入，臣弟想，还是设女官吧。”洪秀全真有点佩服杨秀清的脑袋瓜子，怎么会想出“女官”这么个玩意，于是问道：“要设多少女官？”杨秀清一口气说道：“王娘一人，嫔妃八十八人，王子三人，每人两名女官伺候，至少一百八十四人；宫殿洗衣做饭、洒扫庭除、看门守护、代办文书、传递信息、陪侍读书等一应事务，皆由女官负责，约需女官三百多人。总计，天朝宫殿女官五百人。”

洪秀全惊讶得半天合不拢嘴：“那要多大开销？朕有蒙得恩就够了，不需要那么多人！”杨秀清说：“臣弟听说咸丰那个狗皇帝还算是比较节俭的皇帝，都有几百太监、几百宫女，天王将来是要取代咸丰的，怎么能比他小气呢？臣弟原打算设置两千女官，超过咸丰，但一想，天国初创，用钱之处不少，就压缩了！天王，切不可推辞，否则，天王威仪如何体现？”洪秀全摇摇头，只好接受了。

杨秀清指手画脚地说：“天朝宫殿许多物件都要以黄金打造，这是天父的旨意。天王外出，须坐八十八抬大轿。”洪秀全一听，简直怀疑自己的耳朵，“八十八抬大轿”闻所未闻！于是，他说道：“八十八抬大轿？东王，你可真能想到，朕还是头一回听说。这八十八抬大轿出门，街巷能过吗？”杨秀清说：“不能过。臣弟考虑拆除民房，拓宽街道。”洪秀全问：“那老百姓住哪里？”杨秀清十分轻松地说：“天王放心，天父会保佑他们的！”

杨秀清说：“天王，其他各王王府规模、配备人员、使用仪仗，臣弟一一去办，不劳天王操心。”说完，准备告辞而去，钱江忙止住杨秀清：“东王，且留步，尚有一事要议。”杨秀清不耐烦了，说道：“军师，这些事，你同北王、翼王商量吧，我没有不允的！”说完，昂然而去。

罗大纲愤愤地说：“天王，不是臣挑唆，东王也太嚣张了，全不把天王和众位兄弟放在眼里！天王，您可不能再受他挟制啊！”

洪秀全说：“大纲兄弟，东王动辄搬出天父来，朕有什么办法？”

钱江说：“都怪我当初将计就计，现在倒好，弄出个太上皇来了！”

洪秀全安慰道：“军师，朕怎么能怪你呢？当初要不是你将计就计，人心早就散了，哪有金田起义，哪有我们的今天！朕只是想，东王也是做实事的人，他多管一点，朕就少操一点心。哪一天，他不想管太多的事，朕再多操一点心。噢，军师，你刚才说有什么事？”

钱江说道：“天王，有兴趣先听臣讲一个故事吗？”

洪秀全笑笑说：“军师还会讲故事？倒是新鲜。好吧，说出来，朕和几位都听一听。”

钱江慢悠悠地说：“一只狗熊去掰苞米，它掰下一根苞米棒棒就往胳肢窝一夹，不过，它的胳肢窝夹不了多少东西，当第二根苞米棒棒放进胳肢窝时，在它手臂一抬的当儿，第一根苞米棒棒就掉落到地上。就这样，它忙了一个下午，到傍晚准备回去的时候，它发现自己的胳肢窝里只有一根苞米棒棒。它很纳闷，为什么自己忙了一个下午，只掰了一根苞米棒棒呢？”说完，钱江望着洪秀全。洪秀全问：“军师，讲完啦？”钱江说：“讲完了。”洪秀全说：“军师，什么也别说了，朕就是那只狗熊。不过，朕不想成为那只狗熊，应该怎么做？”

钱江说道：“天王，臣以为有十二个字可以让我们不做狗熊。”

洪秀全问道：“十二个字？哪十二个字？”

钱江一字一顿地说：“打下一片，巩固一片，发展一片。”

洪秀全两指捻须，似在沉吟，半晌，说道：“军师高见。可是，我们打仗的猛将不少，但治理地方的能员朕好像还没有发现。”说完，眼光在钱江、石达开、罗大纲身上扫来扫去。

钱江指着石达开，对洪秀全说：“天王放着这么优秀的人才不用，还说没有能员。”

石达开说：“天王，臣弟正要禀告，臣弟愿意先去安徽试一试。”

洪秀全说：“翼王，你肯定有什么好方法，说说吧，大家都来参详参详。”

石达开谦虚地说：“天王，臣弟也没有什么好方法。不过，臣弟认为天京城好比宝塔塔顶，但一座宝塔光有塔顶是不够的，它只能飘浮在空中，它必须还要有塔身、塔基。那塔身、塔基就是省、府、州、县。所以，我们不仅要有自己的都城，更要有自己的省城、府城、州城、县城；不仅要有天王，还要有省长、府尹、州官、县令。要建立地方各级政权，有地方各级衙门公署，这才像一个真正的国家！”

罗大纲一听，不禁拍掌赞道：“军师、翼王不仅忠心耿耿，而且足智多谋，我天国有这样的栋梁之材，何愁不能灭掉咸丰那个狗皇帝！”

洪秀全高兴地说：“军师，翼王，听了你们一席话，如拨云见日。那就请翼王先去安徽，做出样子后，将来向其他各省推广。军师还请就留在天京，朕早晚也方便请教。”说完，看到钱江等人并没有要离开的意思，估计他们应该还有什么事情没有说，便不忙做出退朝的举动。

果然，停了一会，钱江说道：“天王，我天国夺取天下、治理天下都需要人才，而我天国所在的两江地区人才济济，如群星璀璨，天王何不效法前代贤君，开科取士？”石达开也说道：“为天国长治久安考虑，还应该每年选拔优秀人士充任文臣武将，一来可以分担诸王身上的事务，二来也显得我天国尊贤礼士、气象恢宏。”

洪秀全直点头，说：“好的，好的！此事就交给军师、翼王去操办吧。我们也要选拔文举、武举，考出文状元、武状元。朕也要钦点几回文武状元。”说罢，哈哈大笑。

钱江一听此言，心里有一种说不出的滋味，总觉得有一种不祥之兆，但又不好说。于是，与诸位一起退朝。

与罗大纲、韦昌辉分手后，石达开问钱江：“军师好像有什么心事？”钱江说道：“其实也没有什么，只是感觉哪里有点不对劲，但又很难说清楚。算了吧，翼王，你看，今天的两件事是否还应该向东王禀报一下呢？”石达开说：“应该如此，这两件事都不是小事，弟与军师都去见东王吧。”

石达开、钱江来到杨秀清临时办公处明皇城江宁将军署，杨秀清听说二人到来，连忙出门相迎，这倒令二人出乎意料。杨秀清将二人迎进大厅，看座、上茶，自己也端出一杯茶，装出一副斯文的样子，说道：“军师是浙江人，应该能品出此茶。”钱江呷了一口，说道：“极品，极品，雨前西湖龙井！”杨秀清笑着说：“军师要是喜欢，就从我这里带几斤回府。”钱江说道：“多谢美意！但我一介穷儒，怕糟蹋了它。”杨秀清见话不投机，便不再说话。

石达开说：“东王，臣弟与军师造府有两件事情禀报。”杨秀清用右眼瞄了瞄石达开，慢吞吞地说：“翼王请讲。”石达开说：“臣弟想去安徽，建立地方各级政权，征收赋税，保障天京。”杨秀清问道：“那你打算带多少人马？”石达开说：“臣弟去安徽主要目的不在于打仗，而在于经营地方，五千兵马足够了。”杨秀清摇摇头说：“安徽形势复杂，五千兵马如何应付得过来？这样吧，我给你一万人马！”对于杨秀清的慷慨，石达开一时还适应不过来，他不知道杨秀清葫芦里卖的是什么药。

钱江说道：“东王如此慷慨，真难得！愚兄也有一事要请教东王。”杨秀清说：“军师请教我，实在不敢当！不过，有用得着我的地方，尽管吩咐。”钱江说：“开科取士！”杨秀清先是愣了一愣，随即说道：“好事啊，我完全赞成。不过，我们天国也要有文举、武举，有文状元、武状元，还应该有男状元、女状元。”钱江问道：“要有女状元？”杨秀清肯定地说：“各王府要设置女官，下级女官固然好办，征调一般民女即可；但中上级女官还需要识文断字的妇女，而要招进这些妇女，当然要考试了。”钱江不能不佩服眼前这个一目残废的丑陋的烧炭汉子，也亏他想得出，于是说道：“愚兄与翼王负责选拔男举子、男状元，东王亲自去挑选女举人、女状元，东王对女人还是颇有研究的嘛。”说完，三个人哈哈大笑，只是杨秀清的笑有点淫荡。

杨秀清又说道：“军师、翼王也来指教我如何营造王府一事，我一个人实在忙不过来。”石达开说：“以东王才干，区区小事，还不轻而易举！”杨秀清说：“巧妇难为无米之炊啊！”石达开问道：“东王此言何意？臣弟愚鲁，还请明示。”杨秀清说：“万事俱备，只欠东风。这东风就是银子！”“银子？”石达开随口说道。杨秀清并没有在意石达开说了什么，他只在意算账：“我粗略地匡算了一下，营造天朝宫殿、东王府、西王府、南王府、北王府、翼王府等，修葺慧园庵，整理其他官署衙门，拓宽城市道路，设置王府女官，怎么节省，也要五百万两！”“五百万两？”石达开不敢相信，杨秀清怎么变得如此豪奢！想当初，五两银子都要掰成十两来用！想了一想，说道：“东王，‘圣库’目前存银不足千万两，北伐、西征需要银子，天京城内日常开支需要银子，其他需要银子的事项还有不少，臣弟每天都在为银子的事情烦恼，现在一下子拨出五百万两，臣弟担心‘圣库’告急！”

杨秀清说：“北伐军队两万人，一百万两足够了；西征军队五万人，二百万两就行了。银子用完了，可以用‘打先锋’的办法解决嘛。至于天京城日常开支及其他杂项，有二百万两还不够吗？翼王、军师，你们认为呢？”

钱江一直没有插上话，现在听见杨秀清也征询自己意见，于是说道：“愚兄的慧园庵就不要大修了，稍加整理即可，三五万两银子足以应付。”石达开仿佛受到了启发，立即接过钱江的话，说：“斛斗巷刘宅本身就很宽敞、气派，也不用大修，臣弟想三五万两银子也可以对付得过去。至于南王府、西王府，平时并无重要事情办理，府中人员也不必配备很多，兼之房屋本来就很轩敞，最多用三五十万两银子罢了。而北王府，甚至都不用整修。当然，天朝宫殿、东王府，无论如何都应该建得雄伟富丽。即使这样，总计三百万两银子应该足够了！”

杨秀清一脸阴沉，好一会，才慢悠悠地说：“翼王不愧为我天国第一理财好手！待我禀告天王，请翼王来主持营造王府之事，我去安徽。”石达开怎么也没有想到，自己一番真话竟然严重得罪了东王，正不知如何收场。钱江一看，杨秀清已经发飙，也许又要上演“天父下凡”的闹剧。他反复权衡了经营安徽、开科取士与多花二百万两银子的轻重，遂用商量的口吻向石达开说：“翼王，其实东王的想法是营建王府一步到位，省得将来又要重新翻建，愚兄以为也有可取之处。翼王能否想想办法，筹措多点银子，先保证王府营建所需，其他用项再紧缩一点。”石达开立即会意，钱江这是在为自己找个台阶，于是顺势而言：“好吧，东王、军师，臣弟再去想想办法吧，营建王府毕竟是件十分重要的事情。”杨秀清这才有了一点笑脸，说：“没有翼王办不到的事情，只有翼王不肯办的事情。翼王何时去安徽，说一声，也好为翼王送行。”石达开笑笑说：“东王事务繁忙，臣弟怎敢让东王分心？”杨秀清皮笑肉不笑地说：“这样也好，翼王、军师也有要务在身，大家都是在为天国效力，我就不讲客套话了。至于翼王所需兵马，我看，还是让你的那些老部下去吧，他们更了解翼王。选拔人才一事，军师、翼王你们先去做，做出个样子，我也好学一学。”钱江、石达开一看，到了该走的时候了，于是起身告辞。

杨秀清请二位稍候片刻，自己转入后堂。很快，便闻一阵莺声燕语：“见过军师！见过翼王！”两人一看，但见四位妙龄少女，年龄不过十五六岁，个个玄发香艳，蛾眉皓齿，蜜意添羞，深情暗露，半像梨花半像桃；更兼莺啼宛转、燕喃细柔，着实令人销魂失魄！杨秀清指着四位少女说：“新得江南少女数名，温婉可爱，善解人意，我尚未尝鲜，就赠予军师、翼王，还请笑纳！”又对四位少女说：“你们二人伺候军师，你们二人伺候翼王。去！”四位少女齐答一声“遵命”，便两两拥着钱江、石达开，慌得二人连说“不必”。杨秀清说：“你们如果不能让军师、翼王接纳，就别想活命了！”四位少女一齐哀求二位，钱江、石达开素知杨秀清心狠手毒，不想四位少女因自己而惨死，只好谢过杨秀清，带着少女离开江宁将军署。

两人一路无话。安顿好四位少女后，钱江对石达开说：“翼王，去安徽前，先开科取士吧。”石达开说：“小弟负责选拔武举、武状元，军师就选拔文举、文状元吧。”钱江表示赞同，二人分头准备去了。

第三回 琴沙岛偶连天京城 张自芳初结石达开

次日一早，钱江、石达开就接到天王圣旨，圣旨说，天朝宫殿正在营造，天王现暂迁往两江总督府东北角竺桥彭宅办理公务、朝会臣工。二人连忙跑到竺桥彭宅，一看都傻眼了，几天前还是一所民宅，今天就被改造成了临时宫殿。

拜见天王后，钱江问道："天王迁殿这样的大事，臣等事先竟毫不知晓。"洪秀全说："军师也别见怪，朕也是昨晚才知道的，考虑到天色已晚，就没有告知各位了。"石达开不解地问："天王也是昨晚才知道的？"洪秀全说："要说东王办事能力还真有点强，不声不响就把彭宅改造成一座小型宫殿，还给朕打造了一顶纯金王冠。"说完，指着头上的王冠，对钱江、石达开说："军师、翼王，这顶王冠好看吗？"二人一看，金光闪闪，烁得人两眼难睁。钱江说："天王，这顶王冠少说也有二十多斤重，整天顶着二十多斤的东西，不觉得累吗？"洪秀全说："军师的问题朕也问过东王了，东王说做天王将来一统天下哪有不累的？"钱江语带讥讽地说："这个理由恐怕只有东王才能想得出来。东王真是心思用尽啊！"

钱江还真的说对了，他一眼就看出杨秀清这样做，无非是用尽心思蒙蔽、蛊惑洪秀全，用黄金磨蚀洪秀全的理想，让洪秀全渐渐放松对太平天国的控制，从而一步步地从洪秀全手里夺取太平天国的领导权。不过，钱江实在是小看了杨秀清，因为杨秀清要的不只是权，还有太平天国两年来积攒下来的无法统计的真金白银和数不胜数的奇珍异宝。

太平天国自金田起事至定都天京，一路上攻下了近二十座县城、近十个府治，外加湖北、安徽、江苏三大省城。所经地区无不是繁华富庶地，花团锦簇乡，真是户盈罗绮，市列珠玑，金银遍地，财宝成堆！

在汉口镇，杨秀清简直不敢相信天下竟有如此富裕的地方，那一条汉正街差不多就是金银垒成的！商家富户及平民百姓“进贡”的物品，光是装船，就装了三天三夜，太平军“打先锋”得来的银子少说也有一百万两。攻下武昌后，杨秀清一进入湖北省府库，就傻眼了！活了三十年，何曾见过这么多的金银！黄金晃眼，白银烁目，杨秀清那一只眼怎么看也看不过来！他带着一批人，清点了几天，才勉强算出府库黄金共三十万两、白银五百万两！

到了安庆，两个士兵在府库里发现了一棵白菜、半个西瓜，那一棵白菜，杨秀清没有太在意，他更欣赏的是那半个西瓜。

那是一片切开的半个西瓜。瓜不大，长约五寸，最厚处约三寸。瓜皮翠生生、绿莹莹的，还带有墨绿色的条纹。紧挨着翠绿色的瓜皮，是一圈白边，乍一看，白边似乎还渗出了一滴滴水珠。被白边围着的是瓜瓤，红润润的，水汪汪的，让人忍不住想咬上一口。最绝的是瓜瓤上面还散布着几粒瓜子，黑得发亮！

杨秀清到底还是有点小聪明，内心清楚这半个西瓜绝非凡品，但因见识有限，根本不知道这半个西瓜的材质和来历，他手下的人也没有谁能够说出个一二。正好，军师钱江来了，杨秀清忙问钱江，钱江的一番话让杨秀清从此便有了一个“西瓜情结”。

原来，钱江在《高宗实录》和《古今金石名录》上看到过这件稀世之珍。当年，乾隆皇帝派兵南征缅甸，缅甸国王为表忠心，进贡了一块巨大的球形翡翠，乾隆命工匠从中间切开，得到两块“半个西瓜”。后来，徽班进京为乾隆祝寿，乾隆龙颜大悦，便将其中半个翡翠西瓜赐给安徽，永久保藏！

杨秀清问钱江，这“半个西瓜”值多少钱，钱江说它是无价之宝，单就它的材质和做工来看，少说也值五百万两银子！杨秀清内心受到极大的震动，恨不得马上就将这“半个西瓜”据为己有，但是，太平天国规定所有缴获品必须上交“圣库”，而“圣库”现在还掌握在石达开手里，便只好作罢，他坚信，将来这“半个西瓜”绝对逃不出自己的手掌心！

太平军开到江宁城下时，一万多艘船只载着难以计数的辎重、粮食、金银、珍宝；打下江宁城，城内的富裕程度超出了所有人的想象！杨秀清再也不想走了，能不能打到京城、一统天下，他不再关心了，他只想在江宁城好好享受一番，就是死，也要死在这温柔富贵乡！

他在稳住了权力之后，一只贼眼立即盯上了“圣库”。他绞尽脑汁，大兴土木，营建王府，目的在于从中贪得工程银子；他费尽心思，打造“纯金王冠”，目的在于强化洪秀全对黄金的痴迷，引开洪秀全的视线，便于自己对“半个西瓜”下手；他大费周章，挑选美女，送给洪秀全，一方面可以监视洪秀全，另一方面要消磨掉洪秀全的斗志，以便让自己牢牢抓住太平天国的权柄！杨秀清真的会做事，他不是一下子送给洪秀全几十个美女，而是先送两个绝品美女让洪秀全尝尝甜头，然后再用肉弹对洪秀全发动大规模的进攻！

随着一阵喧嚣，杨秀清带着一群少女闯进了天王临时宫殿。杨秀清一见二人，便笑着说：“原说要给天王选妃八十八个，不过，现在临时宫殿太小，住不了那么多人，所以暂选二十二人。”接着，又对洪秀全说：“天王，臣弟昨晚送的两个王妃服侍还算周到吧？”洪秀全笑嘻嘻地说：“周到！周到！”杨秀清高兴地说：“天王，待您一一试过这二十人，就是神仙也难有您快活了！”洪秀全不住地点头：“那是，那是！东王，这就是‘小天堂’吗？”杨秀清说：“回天王的话，这还不算，等天朝宫殿落成后，王妃、女官配备到位了，到时候，连漱盂都是用黄金打造的，那才是天王的‘小天堂’！”

杨秀清手一挥，二十名少女便走向后堂，等候天王临幸。杨秀清说：“天王，臣弟请当今江南一流造园高手设计了天朝宫殿，这是设计图本，也请军师、翼王一起来看看。”说完，就在地面上铺开巨幅设计图，又借过石达开的“流光宝剑”，一一比画给洪秀全、钱江、石达开看。

钱江、石达开好容易听完了，心想：这得耗多少银子啊？还没等他俩开口问，杨秀清就已经回答了：“天王，臣弟估算了一下，天朝宫殿及殿内所有设施、人员配备，需一次性投入三百万两银子，以后维持天朝宫殿正常开支，每年需银五十万两。”洪秀全一听要这么多的银子，而且以后每年还要砸进去五十万两，实在有点于心不忍，于是说道：“东王，你的好意朕心领了，还是缩小规模吧！造一座一百万两的宫殿也就差不多了！”杨秀清说：“天王难道不记得昨晚臣弟的一片肺腑之言了？没有威仪，没有享受，那这个天王做得还有什么乐趣？”洪秀全昨晚已经被杨秀清说动了心，再加上昨夜与两个妖妃的几场酣战，让他真正体会到了什么是天王的乐趣。于是，他点点头，算是认可了杨秀清带来的设计图本。杨秀清告辞。

钱江、石达开本来还打算向天王进谏，但见到事已如此，便没有提出任何建议了，因为他们知道，天王刚刚尝到甜头，现在说什么他也是听不进去的。两人只有打道回府。他们特地去两江总督府看看，却见一大群人正准备拆除外墙。钱江问道："你们为什么要拆掉这些外墙呢？"其中一个貌似小头目的人说道："东王命令我等三个月内建好天朝宫殿！"钱江、石达开默然回到自己住处，继续准备开科取士事宜。

一晃十多天过去了，钱江选出了文举二十五人，推荐状元人选三人，由洪秀全亲自面试。

钱江、石达开数日来一直在筹备开科取士等各项事宜，因此，并没有每天都去朝觐天王，况且，天王也说过，没有急事，就不必每天都来临时宫殿。这一天，文状元人选出来了，两人便带着第一批及第人员来到临时宫殿。洪秀全老半天才出来，两人一见，大惊失色：洪秀全这几天明显消瘦了很多，两眼窈陷得很深，脸色蜡黄，走路都有点发飘。

看见钱江、石达开，洪秀全问："军师、翼王，见朕何事？"钱江说道："奉天王旨意，臣已选出举子二十五人，其中状元人选三人。请天王亲自面试，钦点状元！"洪秀全疲惫地说："军师、翼王自己决定就行了，何必再来烦朕？"石达开说："天王说过要钦点状元，再说，这也是国家威仪，天王不点，谁人敢点？"洪秀全这才觉得自己应该钦点状元。

点完状元后，洪秀全说："翼王，武状元就由你来确定了。翼王本来武艺就高强，一定不会看走眼的；朕下一道圣旨，由翼王全权代朕挑选武状元。好了，二位回去准备吧！"钱江问道："天王，这批状元、举子如何安排？"洪秀全说："一切由军师做主。"钱江说道："天王，他们都是百里挑一的人才，不可怠慢，更不可浪费、埋没了！"洪秀全看到钱江非常认真的样子，似乎清醒了许多，说："传朕口谕，照例赐琼林宴、披红插花、打马游街，然后由军师、东王、翼王、北王等量才录用！"

虽然洪秀全对开科取士并不特别在意，但是，文举游街，还是轰动了整个天京城，这或多或少地给天国增加了几分好评。不久，文状元、文举都得到了妥当的安排。

石达开对钱江说："军师，你选出二十五名文举，小弟明天选拔武举可不限名额。”钱江问石达开：“翼王如何选拔？”石达开说：“请军师明日来演武场，一看便知。”说完，神秘地一笑。

次日，钱江早早来到演武场，说是演武场，其实就是石达开临时住处斛斗巷刘宅的一个天井院。钱江一进院中，便看见两块巨大的石碑矗立于院子中央。天井院的一个小角落里，整整齐齐地摆放着兵器。钱江目测了一下，每块石碑足有两丈高、五尺宽、八寸厚，便问石达开弄这么两块石碑干什么，石达开笑而不答。

上午巳时正，随着一通喧天锣鼓，一百多青年壮汉迅速涌进天井院中，围在两块石碑四周，其中一位黄衣黄裤、身佩短刀的年轻人显得格外有精神。

“翼王有令，各位武士可以用任何方式击打东边那块石碑，打碎、打断、打动者均可直接成为武举。”传令官说完，一百多名壮汉辗转腾挪、拳打脚踢，使尽力气，然而，石碑依然稳稳地立在那里，纹丝不动！壮汉们未免有些泄气：“这不是唬人吗？”“谁能打动这块石碑？”

石达开出场了，众武士向两边闪开。石达开说：“众位武士，不必气恼。本王选拔武举还有一个办法，不用互相比武，只需与本王过招。凡能接本王三招以上者，直接成为武举；接的招数越多，名次越靠前；接招数最多的，就是武状元。”众武士一看，赫赫有名的翼王原来却是一副文弱书生的打扮，内心有点失望，也有点轻视。石达开看在眼里，很清楚这些武士们心里想的是什么。于是，他走到西边那块石碑前，摸摸那块石碑，然后说：“众位武士，本王也曾学过几招，为了让大家看清本王拳路、剑法，现在本王就演练一番。先请一位壮士上来试试。”

石达开话音刚落，那位黄衣黄裤、身佩短刀的年轻人便走上前来，双手冲石达开一抱拳，说道：“翼王在上，和州人刘元合请翼王赐教！”石达开一看，此人身材中等偏高，一脸英气，显得十分壮实，有点从心眼里喜欢这个年轻人。于是说道：“刘元合？年轻人，先别急着与本王过招，先来试试西边这块石碑，看看有没有裂缝。”刘元合连击三掌，声响清脆，然石碑却是一动不动。他又绕着石碑走了一圈，仔细查看，但并没有看到一条裂纹。他向石达开报告：“禀告翼王，石碑并无裂纹。”

石达开面向众人，说道：“请各位武士站到距离石碑两丈开外之地，本王想与石碑较较劲。”说完，一套拳术打得众人两眼应接不暇，就在众人陶醉在他的拳术表演中时，只听“嗨”的一声，紧接着又是“轰”的一声，众人不知发生了何事，待定神一看，原来西边那块石碑自离地一尺左右之处被齐齐斩断，断裂处犹如刀削般平整！石达开冲着众人一抱拳："各位武士，本王献丑了！"

"好一个'大力开碑手'！"石达开一看，说话的正是刚才那个刘元合，便向他笑笑。此时，石达开看到人群中有人表现出胆怯的神情，也有不少人东张西望，看来是在寻找退路。石达开说："众位武士，如果不想参加武举考试，本王一律每人赠送十两程仪，让诸位回去！"话一落音，就有三十多名武士便说自己不敢班门弄斧，石达开当即每人赠送十两银子，让他们回去。然后，又面向剩下来的武士，说道："想用兵器与本王过招也可以。"说完，接过传令官送来的"流光宝剑"，众人一看，寒光闪闪。石达开舞起剑来，一会儿，只听"当啷"一声，紧接着又是"轰"的一声，东边那块石碑从中间裂成两半，分别向两边倒去。在场所有的人都倒吸了一口凉气！

"当今世上，只有三个人能舞得了'流光宝剑'，一位是天竺武士鸠摩寿，一位是日本浪人井上天花，没想到还有一位竟然是翼王！在下佩服！"刘元合真诚地说道，石达开也报以微笑，觉得刘元合非同寻常。

又走了一批武士，天井院内只有四五十个人了。那四五十人先后与石达开过招，说来也奇怪，能接三招以上的，不多不少，正是二十五人！钱江对石达开说："翼王，你的武举正好是二十五人啦，真是英雄所见略同！哈哈哈！"和州人刘元合拳接十五招、刀接十五招，被石达开定为唯一的武状元人选。其余二十多人，石达开表示去留自便，没想到，二十多人全部留了下来，石达开问他们为什么这样，他们一齐跪下，恳请石达开收为徒弟。石达开说："这要看你们的表现和造化，先在军中听用，以后择优录用为入室弟子。"众人一齐谢过翼王。石达开安顿好武举及留下来的人，带着唯一武状元人选刘元合，与钱江一齐去禀告天王。

路上，石达开问刘元合："刘壮士何以说出我的拳术是'大力开碑手'？"刘元合说："回翼王的话，家师曾经向属下提到过。"石达开惊讶不已，看着眼前这位比自己小不了几岁的年轻人。问道："尊师是谁？"刘元合不知道石达开为何惊讶，但话已出口，并引起了翼王的关注，只得硬着头皮说："家师号'惠生长老'，具体名讳连属下也不知道。"石达开越发惊讶，忙问："惠生是你的师父？"刘元合仿佛觉得翼王与自己师父之间有什么关系，于是说道："翼王认得家师？"石达开笑笑说："岂止认得？"然后，似有所思，自言自语：“惠生师兄，想不到你的徒弟都这么大了！”钱江看见刘元合愣在一旁，忙对刘元合说：“傻小子，还不快拜见师叔！”刘元合经钱江提醒，方才倒身下拜：“师叔在上，请受师侄一拜！”石达开拉起刘元合，上上下下打量了几个来回，高兴而又严肃地说：“元合，‘师叔’只能暗地里叫，不要轻易暴露身份！”刘元合回答：“翼王，属下明白！”

刘元合觉得今天的事情太不可思议了，自己第一眼见到翼王，就很自然地想到师弟石浩然，两人竟是那么相像，连亲兄弟怕也没那么相像；现在，翼王又成了自己的师叔。与翼王真是太有缘了！

三个人各自在想着心事，不知不觉来到了彭宅，洪秀全早就听说武举考试中竟然有人能够连接石达开十五招，所以，当刘元合等三人觐见天王时，尽管身体十分疲劳，也强打精神坐在天王宝座上，审视着眼前的这个“奇人”：身材中等偏高，浑身透出习武之人的英武之气，说话得体，声音洪亮。洪秀全不禁打心底里喜欢起刘元合！天王说道：“名不虚传！刘状元，朕任命你为军师府一等检点。赏戴簪花，赐琼林宴，骑马游街，炫耀三日！”刘元合忙倒身下拜，诚惶诚恐地说：“谢天王隆恩！”三人谢过洪秀全，去准备“骑马游街”的事情了。

刘状元要骑马游街的消息传遍了整个天京城，因为在此之前很多人都知道翼王武功了得，至今没听说谁跟翼王过过招，现在竟然有人连接翼王十五招，看来肯定是个奇人！天京城官商士民涌上街头，争相目睹刘状元的风采！两天时间过去了，第三天人似乎少了一些，因为大家看见刘状元始终是一副忠厚老实相，与常人无异。

眼看太阳偏西，刘状元游街队伍行进到了玄津桥，打算前往天王临时宫殿缴旨复命，三天的“炫耀”也就算结束了。

然而，前导仪仗队伍一阵混乱，刘元合正准备问个究竟，但见一位身着粉色衣裙的少女拨开众人，直冲自己马前，拦住了自己的马。刘元合忙勒住马头，冲对方一抱拳，说道：“姑娘芳名？何事拦我马头？”那姑娘微微一笑，小嘴一撇，露出一脸的不屑：“堂堂天国武状元，竟然仗势欺人！”刘元合不解，忙问身边的人是怎么回事，有一人回答道：“禀告武状元，刚才这位姑娘冲撞了游街队伍，按律要捉拿问罪，只是她武功高强，属下拿不住她，属下愿接受武状元惩罚！”

刘元合似乎明白是怎么一回事了，他笑笑说：“没关系，本状元不会责怪你们的！”又转过脸来，看了看眼前的那位姑娘，说道：“姑娘，他们也是履行职责，不要见怪！你走吧，本状元也要回去缴旨了！”说完，勒起马缰绳，欲待起步。不料，那姑娘一把拉住马缰绳，说道：“欺负了本姑娘，不赔礼不道歉，就想溜！敢做不敢当！算什么武状元！我看你这武状元不知道是如何骗来的！”

刘元合一听别人说他这“武状元”来路不正，心里自然有些恼火，但他现在只想着要尽快到天王那里缴旨，于是，仍然赔着笑脸说道：“对不起，手下冲撞了姑娘，我代他们向你赔罪！至于状元，那是翼王选拔、天王钦点的。”那姑娘攥住马缰绳的手松了一下，那马不习惯陌生的人，便跳了一下，差点把刘元合给颠了下来。

那姑娘见状，哈哈大笑：“就这熊包相，也是天国武状元！不是天国实在无人，就是翼王有眼无珠！”

刘元合被激怒了，因为他不能容忍别人说他三师叔石达开的坏话。他喝道：“你站住！”那姑娘转过身来，语带挑衅：“怎么样？想打架？就你这熊包相，也配与本姑娘较量？恕不奉陪！”

刘元合被彻底激怒了，他跳下马，将马交给仪仗队伍，嘱咐他们先去禀报翼王、军师，自己先教训教训眼前这个不知天高地厚的小丫头。一听说武状元要打架，除了几个必须回去禀报消息的人外，其他人都留了下来，要看热闹。

刘元合一跃，跃到那姑娘面前，说道：“刘某正想向姑娘讨教几招！”那姑娘淡淡地说：“怎么，想打架？本姑娘没那个闲工夫！让开，本姑娘有要事，耽误了大事，你吃罪不起！”说着，便推开刘元合。刘元合一把抓住她的手臂，便欲动手，却不料那姑娘一甩手，甩开了刘元合，几乎是同时，姑娘手一摊，手背狠狠地击中刘元合前胸。刘元合这下真火了，再也不客气了，与那姑娘真斗起来。本想三招两式击败姑娘，好早点去天王临时宫殿复命，却不料那姑娘两条胳臂就像两条花蛇一样缠住自己两臂，令自己无法脱身。虽有绝招，但担心会打伤对方，因此，一直没有使出来。

“元合，骑马游街，怎么与人打起架了？”刘元合一看，原来是翼王来了。那姑娘也愣了一下神，刘元合趁机摆脱了她的缠斗，跑到石达开面前，说：“翼王，这位姑娘挑衅属下，属下不得已，才与她交手的。真没想到，属下连一个小姑娘都对付不了。属下无能！”石达开笑笑说：“你是不好意思对一个小姑娘使出绝招。那姑娘的武功是‘红船咏春’，一旦被她缠住，急切很难脱身。来，本王教你一招，破了她的拳法，又不会伤着她的人！”于是，对着刘元合耳语一番。

刘元合信心十足，走到那姑娘面前，说：“姑娘，我们不要这样死缠烂打。”那姑娘笑笑说：“谁想与你死缠烂打？你赢不了我，难道要我让你不成？”刘元合说：“姑娘，我要是在十招之内赢了你，你怎么办？”那姑娘又笑了笑，说：“赢我？就凭你？也罢，本姑娘还有急事，你要是侥幸赢了我，我放你走！”说完，冲刘元合又笑了笑，刘元合这才认真地看了看对方，只见姑娘身材匀称，面容秀丽，笑起来特别甜，不知何故，十七八岁的年纪，头发却挽在了脑后，显得有点不相称。那姑娘说：“不害羞！看什么看？看招！”说时迟那时快，两手早已搭上了刘元合的两臂。刘元合与她缠斗了一会，突出奇招，那姑娘踉跄几步，一下子跌坐在地上。刘元合赶忙跑过去，要拉她起来，那姑娘两指狠狠地掐了掐刘元合的手背，刘元合疼得几乎要掉出泪来！“谁要你可怜？本姑娘输了，你走吧！”刘元合站在那里，一时间竟不知所措。

“紫芸，你这个野丫头，叫你去办事，你却在这里与人打架！打架倒也罢了，还打输了！丢尽了我的脸！”刘元合一看，说话的是一位青年女子，年纪二十七八，全身一袭黑衣。那个叫紫芸的姑娘站起来，用手拍了拍身上的尘土，满脸委屈地说：“师父，本来这个武状元打不赢我，是那个叫什么’王’的教了他一招，才……”紫芸用手指指站在一旁的石达开。

“紫芸，过来，为师教你一招，再与那小子斗一斗！”说完，对紫芸耳语了一阵。紫芸与刘元合又缠斗起来，斗了不下十个回合，仍然分不出胜负。

石达开站在一旁，看着那位黑衣女子，圆脸，挽髻，一副“自梳女”打扮，又看到她的徒弟紫芸所使用的武功，心里已经明白了来人是谁。于是，他叫停两人的打斗。刘元合回到石达开身边，紫芸回到黑衣女子身边。

石达开冲黑衣女子一抱拳，诚恳地说道：“黑色香云纱，‘玄光’宝剑，‘红船咏春’，莫非就是江湖上传扬之‘红船女侠’！”那黑衣女子看看石达开，只见他白衫白裤，倜傥风流，身佩“流光”宝剑，心里便知对方就是翼王石达开。于是，同样诚恳地说道：“足下莫非就是文武全才、年少有为的翼王！”两人异口同声：“久仰，久仰！”“民女便是张自芳！”“在下便是石达开！”大有相见恨晚之意！

石达开笑笑说：“张女侠勿怪，部下得罪爱徒，并非有意挑衅。”张自芳收起“玄光”宝剑，对石达开说：“这也是她咎由自取！紫芸，还不过去给刘状元赔罪？”石达开说：“这位姑娘芳名紫芸，不知尊姓？”张自芳说：“姓冯；是我大弟子。成天调皮撒野，今天算是碰到对手了。紫芸，听到没有，叫你过去给刘状元赔罪呢！”冯紫芸一脸的不高兴，慢慢挨到刘元合面前，刘元合慌忙向张自芳施礼：“张女侠，元合也有过错，怎敢要冯姑娘赔罪？”石达开哈哈大笑：“张女侠，我看算了吧。这叫做不打不相识嘛。”

石达开又说：“不知张女侠来天京，有何指教？”张自芳说：“指教倒是不敢，只是有要事禀告天王。民女的师兄还在三水琴沙岛等着天王圣谕呢！”石达开说：“在下就陪张女侠去见天王。”一行四人正要往前走，钱江从后面赶来了，叫住了石达开，石达开向钱江介绍了张自芳、冯紫芸，钱江也做了自我介绍。

五个人一起向天王临时宫殿走去，众人一看，啧啧称奇：白衫白裤，一袭黑衣，黄衣黄裤，粉色衣裙，一领青衫。真是难得，五个人竟穿着五种不同颜色的衣服！

早有人通报“武状元进殿缴旨”，洪秀全便宣刘元合等人进殿。五人进得临时宫殿，见洪秀全一脸倦容，身后站着两个妖媚女子给他捶背。看见五人，洪秀全挥挥手，那两个妖媚女子便走入后堂。

刘元合行礼，拜伏道：“启禀天王陛下，臣刘元合缴旨！”洪秀全温和地说：“武状元平身！走近前来，让朕瞧瞧！”刘元合不敢违拗，只得走到洪秀全面前，恭恭敬敬地立在那里。众人不解洪秀全何意，只是看着洪秀全，一言不发。

洪秀全朝向后堂，说道：“请慈萱！”“慈萱？二公主？天王难道是……”石达开紧张地念叨着，钱江冲石达开点点头，小声说：“翼王莫急，稍待片刻，便知分晓。”石达开不再说话。

冯紫芸在从三水到天京的途中，就听师父说过，天王为了纪念苦命的赖王娘，把二公主的名字改为“赖慈萱”，她很想知道天国的“二公主”究竟有着怎样一副花容月貌，没想到，一进天王宫殿，就要看见“二公主”了，本来应该是一件高兴的事，可不知为什么，看着武状元站在天王身边，她心里怎么也高兴不起来。

刘元合不知道“慈萱”是谁，正疑惑间，一位少女走到洪秀全面前，叫了一声“父王”，随后即站在刘元合的对面。“父王？她是公主？”刘元合惊诧不已！洪秀全笑了笑，说道："慈萱，他就是武状元刘元合！"刘元合明白了，原来是公主要看看"武状元"，他顿时觉得脸上有点燥热，下意识地低下头，别过脸，以掩饰内心的慌乱。慈萱本来还大大方方的，但被洪秀全当着刘元合的面说破了心思，此时反而不知所措。她满脸绯红，声细如蚊："父王——"。洪秀全开心地笑起来了："哈哈哈，你们俩，一个是朕的二女儿，一个是朕的武状元，都是一家人，没什么好害羞的！以后见面次数多了，就不会这么扭扭捏捏的了！好吧！慈萱，回后堂吧！"赖慈萱偷偷瞟了刘元合一眼，犹犹豫豫地走向后堂。至此，刘元合方长舒了一口气，而钱江、石达开心里悬着的一块石头也暂时落了地，他们真的担心洪秀全会突然宣布招刘元合为"驸马"，让天国损失一位潜力很大的干将！

最觉得轻松的是冯紫芸，赖慈萱一出场，她的心里就莫名其妙地紧张，虽然在她眼里，赖慈萱不过是一个有着"公主"头衔的漂亮村姑，无论哪一方面都比不上自己！望着赖慈萱走向后堂的背影，冯紫芸如释重负，她希望尽快驱散刚才那团凝固的空气，于是，提醒师父张自芳呈送李文茂的书信。

张自芳呈上书信，洪秀全看看信封，原来是凤凰仪粤班著名武生李文茂写来的。洪秀全在广东的时候，曾经看过李文茂饰演的武生，那叫一个精彩！他迫不及待地拆开信封，抖出书信，看着看着，不禁拍案叫好！

洪秀全放下书信，沉思一会，问道："起义的人员、物资以及募集来的百万两银子，全部集中于琴沙岛，那里安全吗？琴沙岛朕曾经上过，岛上环境很好，但距离三水县城太近，文茂兄声势那么大，不怕引起官府注意吗？"张自芳说："回天王的话，自从天王首义以来，两广境内烽烟四起，八旗绿营顾此失彼、疲于奔命，但收效甚微，因此，他们干脆缩在广州、肇庆、桂林、柳州几个城市不出来，根本不管我们在干什么。"洪秀全明白了，原来两广的形势比两年前乱多了，早知如此，当初就不该来天京，想着想着，他甚至有点羡慕李文茂了。洪秀全说："文茂兄真是英雄！我听大纲兄弟说，文茂兄仗义疏财，深得百姓爱戴，此番举义，定能大获成功！朕在此预祝啦！"说完，接连打了几个呵欠，众人看到洪秀全硬撑的样子，也不好长时间打扰他，便欲告辞。洪秀全对石达开说："翼王，安顿好张女侠师徒。"张自芳说："天王，不必劳烦翼王了！民女从三水琴沙岛出发时，就听说苏三娘嫁给罗大纲，改称罗三娘，民女与她颇熟识，就住她那儿。"洪秀全说："军师、翼王、刘状元，你们陪张女侠师徒走一趟吧！"钱江等人应声而去。

从天王临时宫殿出来，走过一条街，就来到了一座宅院，宅院不大，但门口收拾得挺干净。石达开说：“张女侠，这里就是罗丞相的住处。”钱江向里屋喊了一声：“大纲兄弟，有客人来了！”就听见里面传来洪钟般的声音：“军师啊？谁来了？”伴着话音，罗大纲早迎出门外。一见张自芳，罗大纲立即咧开大嘴，笑了起来，笑得十分粗犷、豪爽：“哈哈哈哈，张女侠来了，肯定带来了李大哥的好消息。李大哥以前就和我约好的，说等到我们打了大胜仗，他就举义。我想，他一定是准备举义了！”罗大纲的热情、直率感染着每一个人，大家都从内心感到了温暖。张自芳朝院子里看了一眼，问道：“罗大哥，我的师妹呢？你俩结婚，我后来才知道。什么时候给我生一个小侄子来？”罗大纲不好意思，直挠头，“呵呵”地笑道：“没那么快。”钱江趁着罗大纲害羞之机，又开起了玩笑：“大纲兄弟用点力啊，平时没那么温柔的，是不是被三娘吓的？”罗大纲更加不好意思了，红着脸说：“军师不要开玩笑，你知道大纲笨嘴拙舌的！”说完，众人又是一阵欢笑。

“大纲，还不让我师姐进屋，站在门口干吗？”众人一看，原来是罗三娘从里屋走了出来。她一边走，一边扣着纽扣，因为外套纽扣尚未全部扣好，所以露出了里面艳红的小夹袄；头发显得有些凌乱，散散地披在肩上，垂在胸前。张自芳一看，师妹比以前更加妖娆了！走进屋，罗三娘一把抱住张自芳，无限怜爱地说：“师姐，我的好师姐，你可想死师妹了！你还是以前那般超凡脱俗、冷艳高傲、拒人于千里之外的样子！”张自芳被罗三娘勒得有点喘不过气来，于是说道：“师妹，别搂得那么紧，别人看见笑话！”钱江笑着说：“三娘这样搂着别人，就不怕大纲兄弟吃醋？”罗三娘笑了笑，笑得特别甜媚，说道：“哼，他敢！”看见冯紫芸，罗三娘一把拉到身边，仔细打量着她：“这位姑娘是师姐的弟子吗？一点也不像。你们看，她长得多甜美！哪像我这个师姐，整天绷着个脸，好像全国的人都欠她钱似的！”张自芳说：“紫芸，快叫师叔，省得她再编排我们师徒俩！”冯紫芸甜甜一笑，又甜甜地喊了一声：“师叔！”乐得罗三娘笑开了花！

刘元合刚才在天王临时宫殿听到天王称罗大纲为“兄弟”，觉得罗大纲肯定是一个不同寻常之人。待见到罗大纲，却让他有出乎意料之感，一个被天王称为“兄弟”的人，原来却是一个凶神恶煞般的粗人；更可笑的是，这么个粗人也还会脸红害羞。于是，罗大纲给他留下了极深的印象。当然，另一个人也给他留下了极深的印象，她就是罗三娘。这个女人，艳丽，妖娆，放肆，豪爽，刘元合都是第一次看到；在刘元合心目中，罗三娘简直就是一个谜，她到底是魔鬼还是天使？“不管是什么样的人，作为晚辈，自己也该拜见他们两位！”刘元合想到这里，立即向罗大纲、罗三娘施礼，恭敬地说道：“晚辈和州人刘元合拜见罗丞相、罗夫人！”

罗大纲端详了一下刘元合，看到刘元合一脸的忠勇之气，心里甚是喜欢，说道：“你就是能连接翼王十五招的武状元？不简单啦！这几天事情杂，没有看你这个武状元到底是怎样游街的。”罗三娘抢着说：“武状元真不简单！我罗三娘原来认为能接翼王十五招的人不是一方宗师，至少也应该有四五十岁，没想到是这么嫩的年轻人！武状元，你有二十了吧？”刘元合被罗三娘夸得不好意思，红着脸说：“禀告罗夫人，元合今天十九岁，以后还要请罗丞相、罗夫人多多提携！”“什么罗夫人、罗夫人的，叫我‘罗三娘’就行；也不要叫什么‘丞相’，叫叔叔就行！”罗三娘把罗大纲的话都代说了。

张自芳不禁暗暗吃惊：眼前的这个年轻人能连接翼王十五招，可不一般啊！那刚才与紫芸交手时，一定是多有谦让，只是紫芸这丫头没看出来，我也是一时心急，竟也没有看出。于是，她对着冯紫芸说：“紫芸，你这丫头听着，武状元能连接翼王十五招，怎么会与你打个平手呢？明摆着是让你的！以后不许在武状元面前逞能！”冯紫芸对罗三娘夸奖刘元合的武功本来就很有意见，现在又被师父教训了一顿，便更加不服气了，她狠狠地瞪了刘元合一眼，说道：“师父，他没让我。他一直就没有打赢我，是翼王教了他几招，他用了翼王的招数才打赢我的。我没有输给他，我是输给了翼王！”张自芳说：“傻丫头，你要是有武状元一半懂人情世故就好了，他不但给你留足了面子，也给我留足了面子！”冯紫芸不说话了，她假装往后退，实则悄悄地绕到了刘元合的背后，趁着刘元合不注意，拿出平生最大的本领，狠狠地给了刘元合一招；然而，她一拳砸到刘元合后背，就像砸在了一堆棉花上，软软的，一下子失去了着力点。那边，刘元合受到突然袭击，本能地还手，没想到出手太重，冯紫芸一下子被打出一丈开外，撞在一根柱子上，又重重地摔倒在地。

这一切，发生得十分突然，在场的虽然大多数是武功盖世之人，但大家注意力不在于此，等到反应过来，冯紫芸已经摔倒在地！刘元合自己也没有想到，怎么就把冯紫芸打得那么狠，于是，赶忙跑过去，伸手拉起冯紫芸。冯紫芸起来后，挣脱了刘元合的手，直视着刘元合，吓得刘元合不自觉地往后退了好几步。一会儿，冯紫芸问道：“说，为什么你的背后像棉花一样软？是不是塞满了棉花？”张自芳大吃一惊，忙问：“翼王，武状元怎么会有这种内功？是你传给他的吗？”石达开说：“不瞒张女侠，达开也是后来才知道的，武状元原来是我二师兄惠生长老的大弟子！”张自芳点点头，说：“原来如此！丫头，你明白没有？你十个冯紫芸也未必是一个刘元合的对手，以后不许在武状元面前逞能了！”

冯紫芸羞得满脸通红，低着头对刘元合说：“武状元，我不该在背后偷袭你！更不该在你背后被你打败，太丢人了！”刘元合正为自己刚才出手太重而自责，听了冯紫芸这番话，便向张自芳、冯紫芸说道：“张女侠，冯姑娘，刚才一时失手，还请原谅！”罗三娘一看，原来绕了这么一个大圈子，这一群人不是沾亲，就是带故，于是，招呼大家：“哎呀呀，说来说去，大家都是一家人。坐下聊聊，马上吃饭！”

众人入席，虽然没有山珍海味，倒是有不少清爽可口的江南小菜，正好下酒。罗大纲拎出两坛酒，坛盖一揭，酒香顿时弥漫在客厅里，直往每个人鼻子里钻。刘元合问道：“罗丞相哪来的运漕‘大麦烧’？”罗大纲说：“武状元真是行家，这是我在天京城找了几天，才找到的好酒！”刘元合抱过酒坛，给每人斟了满满一大碗，罗大纲说：“难得大家能聚在一起，今晚就来个一醉方休！”钱江看看罗三娘，又看看罗大纲，说：“大纲兄弟，三娘怕不能饮酒吧！”罗三娘说：“我能饮多少酒，军师是见识过的，怎么说出这样的话？”钱江笑着说：“怕影响我的小侄儿。”罗大纲说：“原来是这个意思！军师只管放心，就是饮下一坛酒，三娘也能步履如飞。”罗三娘接着说：“我和大纲都豪饮，我们的儿子不能不喝酒！现在就该培养培养。这就叫‘胎教’！”“胎教！胎教！”众人一齐说来，早已是推杯换盏，觥筹交错，人人酒酣耳热，畅快淋漓！

席间，大家无话不谈，说着说着，不自觉地说到了天王，众人情绪突然低落了下来，仿佛心里压着一块大石头，谁也没有说话。

冯紫芸憋不住了。首先打破了沉默，她说：“天王看起来好像很累，怎么一点精神都没有？我想象中的天王应该威武雄壮，精神抖擞，跺跺脚都会地动山摇的！”张自芳白了冯紫芸一眼，说道：“野丫头，说话一点分寸都没有，你不说话别人会当你是哑巴吗？”罗大纲为冯紫芸打抱不平，他说：“紫芸姑娘说的是实情。要说天王，我罗大纲应该算是很了解他的。现在的天王，不要说跟在永安时比，就是跟二十天之前比，也相差很多！这一切都是东王干的好事！”罗三娘说：“你提那个酸人干吗？你不怕扫了大家的兴？”钱江缓慢说道：“大纲兄弟说的是事实，天王现在的情况，东王实在是难辞其咎。你想想：第一，每天头上顶着一个二十多斤重的东西，能不累吗？每夜要临幸几个王妃，就是个铁人，也会被锈蚀的！以前成天离不开我，现在倒好，一见我就有点烦，三言两语就把我给打发走了！嗨！”石达开长叹一声：“嗨——！军师，小弟遭遇和你一样！我真不知道这样下去，天国将来会怎么样？军师、丞相，天王与二位亲如兄弟，你们二位有时间去劝劝天王吧！”钱江、罗大纲点点头，算是同意了。

张自芳有点不理解了，她问钱江：“军师，东王不是天王的好兄弟吗？为什么要把天王往邪路上引呢？”钱江真的不知如何回答，只好说：“天王年轻时受过不少苦，从来没有真正享受几天快乐的日子，东王给天王创造条件享受生活的乐趣，也是出于对天王的尊重。这就要看天王自己的修为了，能不能在诱惑面前坚持自己的理想，为创造一个属于全体百姓的‘小天堂’而奋斗。”罗大纲听着钱江这一番转弯抹角的话，心里就焦躁，钱江话音刚落，他就说道：“军师也真是的，在张女侠面前还藏着掖着的！我罗大纲就直说了，这正是东王的诡计！包藏祸心！明眼人都能看出来。北伐军交给他的亲信指挥，西征大军也由他的亲信指挥，军师、翼王在京城里几乎就是两个闲人。什么事都是他一个人说了算，天王偶尔做一两回主，又被他玩弄什么‘天父下凡’的把戏给压住了！这不是架空天王又是什么？现在，我们这些正直的兄弟在天国还有点影响，等到哪一天连我们都没有声音了，这天国姓‘洪’还是姓‘杨’，都说不定！”罗大纲的话很有道理，其实大家也都能看到，只是一来没把事情想得那么坏，二来相信一切可以挽回。钱江说：“大纲兄弟说的这些话，不无道理。抽个时间，我和大纲兄弟还是去向天王建言，希望他振作起来！天王毕竟是天王，我不相信一个曾经咏出‘古来事业由人做，黑雾收残一鉴中’的天王会任由自己萎靡下去！”

罗大纲听了钱江的几句话，精神为之一振，说道：“我罗大纲当初认为跟了天王可以干出一番事业，现在还是认为可以帮助天王平定天下。不过，我们这些正直之人，不能总让东王晾在一边，他不安排我们事情，我们要自己主动找事做。”钱江说：“大纲兄弟的话我完全赞成。翼王，何时启程去经营安徽？”石达开说：“军师，待小弟将‘圣库’的事情处理好，就立即去安徽。丞相，小弟去安徽后，天王就交给你了！”钱江说道：“翼王，过几天，我打算过裕溪口，沿运漕河西上，到运漕一带侦察一下李鸿章的动向。”石达开说：“小弟也想去见见那个李鸿章。此人竟然敢于只带两个随从就闯入雍家镇，看来也不是个平常角色！”

酒也喝得差不多了，钱江、石达开、刘元合欲告辞而去，突然门口卫士禀报，说佐天侯陈承瑢刚才朝里屋伸头看了一下，招呼都不打，就走了。罗大纲一听，气不打一处来，愤愤地说：“一定是东王派来打探我们情况的！”钱江说：“我们没有什么让他打探的，只要行事光明磊落，怕什么呢？”几个人相约次日一早就去见天王，禀报下一步行动安排。

陈承瑢到底要干什么呢？

第四回 钱东平品联三台阁 李少荃训勇巡检司

陈承瑢到底是来干什么的呢？原来，他果真是杨秀清派来打探情况的，只不过不仅仅是今晚。自从杨秀清那天在天王面前“天父下凡”以来，陈承瑢等杨秀清的直系部下就一直分头盯梢罗大纲、钱江、石达开、韦昌辉等人，甚至杨秀清挑选的王妃里面也有专盯洪秀全的，因此，自洪秀全开始，天国所有在京重要人物的一举一动、一言一行，杨秀清都一清二楚。

听说佛山李文茂派张自芳送信给洪秀全，杨秀清便命令陈承瑢亲自全程跟踪，这样，便有了刚才陈承瑢在罗大纲住处暴露行迹的事情。

要说陈承瑢，这个人也很不简单，他虽然很得杨秀清信任，但内心还是认为杨秀清成不了大事的，离开了天国，离开了天王，他杨秀清不过就是一个烧炭工。因此，他在做事时，并没有把事情做绝。凡是有杨秀清其他眼线在场的，他都会把所见所闻如实禀报给杨秀清，并积极向杨秀清提出建议；凡是自己独自去窥探军师、诸王、罗大纲等情况的，他都会精心筛选一番，对消息进行真真假假处理后，再禀报杨秀清。今天来盯梢张自芳等人的事，是他一个人来的，当他回到江宁将军署后，只是报告了一些无关紧要的事情，当然，对钱江等人次日要去洪秀全那儿这样的大事，他也不敢不报。

杨秀清一边听陈承瑢汇报，一边右眼珠不停地打转，随后便问身边的唐正财：“航王，你看他们去天王那里会说些什么？”唐正财一脸的奸笑，说道：

"东王，属下估计他们又要怂恿天王做出什么对东王不利的事情。"杨秀清鼻子里哼了一声："跟没说的一样。陈承瑢，你说说看。"陈承瑢虽然封爵佐天侯，但从不被杨秀清尊重，他也习惯了杨秀清对他直呼其名。陈承瑢说："东王，属下认为他们会讨论几件事。第一，恢复罗大纲水营总头领职务，由罗大纲带领水营在长江江面上作战，以策应西征大军。第二，翼王去经营安徽之事。因为安徽现在绝大多数地方都是清妖所占，翼王带的兵马又不多，他们肯定争取为翼王增兵。"唐正财急了，他连忙说："凭什么要把我训练的水营交给罗大纲？一个江洋大盗也配指挥天国水营？"杨秀清止住了唐正财，觉得唐正财也太小家子气了，便说道："天国水营当然不能交给罗大纲。翼王要去安徽，只有五千人马！"

唐正财耸肩胁腰，一副哈巴狗模样，向杨秀清献计献策："东王，军师、翼王、罗大纲也不能长时间待在天京城内，时间一长，很难保证他们不谋划出什么诡计来！"这一句话正说中了杨秀清的心思，他对唐正财说："航王，依你看，应该怎样打发他们呢？"唐正财眨眨眼，谄媚地笑着说："东王，首先打发翼王去安徽；然后，建议军师到安徽去侦察敌情；最后，命令罗大纲带几千人攻打江北无关紧要的小城。"杨秀清一惊，问道："军师、翼王都去安徽，他们不是又在一起了吗？"唐正财说道："好办，让翼王去打庐州，让军师去和州、无为州侦察敌情。这样，一来可以分开他们，二来可以让他们远离天王，三嘛，"唐正财顿了顿，然后神秘地说："说不定，军师会有去无回。"说完，不住地奸笑，杨秀清直点头。杨秀清又说："天王身边王妃密报，军师他们经常劝天王要振作，现在，把这几个人赶出天京城，洪天王就真的振作不起来了！"陈承瑢大吃一惊，原来连天王身边的妃子里面都有杨秀清安插的眼线，自己要想办法告诉天王！

陈承瑢回到自己住处，苦思冥想，如何才能让天王得知？只有巧妙地告诉蒙得恩！话说蒙得恩正在书房整理一天下来各地呈报，突然一把飞镖"当"的一声钉在了木柱上，同时钉在木柱上的还有一张纸。蒙得恩打开一看，原来是两行字：

"天王身边有眼线

王容"

看了一会，想了一会，不明白；但不管怎样，都应立即禀报天王。洪秀全早已躺在温柔富贵乡中做美梦了，但一听是蒙得恩来了，还是立即穿上衣服，走出来。蒙得恩急切拿过一支蜡烛，引着洪秀全走到一座假山下，把纸条交给洪秀全。洪秀全一看，大惊失色："原来如此！可见未安好心！"接着又说："难为他对朕忠心耿耿！"说完，附在蒙得恩耳边说了几句，蒙得恩点头应承。洪秀全将纸条撕得粉碎，扔进阴沟里。蒙得恩告辞离去。

次日，钱江、石达开、罗大纲、张自芳、刘元合、冯紫芸都来到了天王临时宫殿，洪秀全很高兴地接见了众人。洪秀全真诚地说："张女侠，三水琴沙岛那里的事情不是很紧急，朕已经派人送回信给文茂兄了，你们师徒就先留在这里帮帮我们吧！"张自芳说："禀报天王，三水琴沙岛的事情暂时还用不上民女，民女打算先在翼王帐下效力，恳请天王恩准！"洪秀全十分高兴，连说"好""好"："那张女侠就做翼王直属的'恩赏丞相'吧！"石达开说："臣弟禀告天王，请刘状元挑选千名壮士，并请冯姑娘协助刘状元训练壮士，训练成熟后，一则护卫军师，二则负责押运粮食。"洪秀全也恩准了。钱江正要上奏，却不料杨秀清来了。杨秀清一来，刚才活跃的空气瞬间凝固了。杨秀清不理睬这些，而是径直走到洪秀全面前，说道："天王，臣弟有事要说。"洪秀全漫不经心地说："东王请讲。"

杨秀清站在那里，大大咧咧地开讲："翼王尽快去安徽，做出个模样来，好推广；罗大纲丞相领五千人马驻守江浦、六合，一方面策应翼王在安徽的行动，另一方面拱卫京城。"洪秀全问："东王，大纲兄弟所领是否为水营？"杨秀清说："天王，罗大纲丞相暂不领水营，只带五千陆师去江北。"接着，杨秀清又对钱江说："军师是江南人，应该对沿江一带比较熟悉，就烦请军师微服，前往和州、无为州侦察敌情。"洪秀全急了，连忙说："和州、无为州尚不为我天国所有，军师单枪匹马深涉险处，太冒险了！再说，自古至今，哪有让军师冒险去侦察敌情的呢？"钱江说道："天王放心，臣能去得，也定能回来。再说，三国时，司马懿也曾亲历险地侦察敌情的。"洪秀全见钱江态度坚决而诚恳，料他必有把握，于是说："那请军师多多保重！"

最后，石达开说："天王，臣弟已选址水西门灯笼巷建造'圣库'；臣弟清点了'圣库'存银，尚有一千八百万两，其他奇珍异宝也都一一登记造册。臣弟不久要去经营安徽，因此，拟将'圣库'交与他人管理。"天王回说："再议。"

众人告辞。

此后数日，刘元合挑选了八百壮士，组成"军师卫队"；冯紫芸被授予

“职同指挥”一职，配合刘元合训练“军师卫队”。钱江嘱咐冯紫芸留在天京，继续训练卫队，自己欲与石达开、刘元合前往运漕镇。张自芳闻讯后，也要陪护钱江，钱江不好推却。于是，四人便乔装打扮一番，向运漕镇进发。

为了隐瞒身份，钱江化名“金戈道长”，石达开化名“羽田公”，张自芳化名“长弓女”；刘元合觉得自己不过一个无名小卒，也就没有取化名。

四人由仪凤门出，从下关码头上船，至裕溪口换上小船，直驶运漕镇。距镇约三四里，有一座三层高阁临河耸立，阁呈塔形，六角状，由六根巨柱拔地支撑。仔细一看，便见三个大字稳稳地落在匾额上，道是：

三台阁

钱江命船即在此靠岸，带着其他三人弃舟上岸。

四人绕着三台阁走了一周，发现此阁建于明朝嘉靖年间。钱江看到几副楹联颇有意思，便吟诵赏玩不已。

第一副，为明和州太守黄国宾所撰：

古阁重新，四面云山供画本

长天一色，满湖烟水上吟眸

写尽三台阁周围如诗如画之景色。

另一副，为当代运漕举人曹渊声题：

道岸本难登，犹如天在山头，行到山头天更远

书囊原无底，恰似月晃水面，拨开水面月还深

钱江点点头，自言自语道：“是啊，人生奋斗哪有尽头呢？”

转过北面，却是一副无名联，题撰者不知何许人也：

我欲作一副对联，东扯西拉无非是湖光山色

你看那许多船只，南来北往莫过于利锁名缰

钱江笑笑说：“还是这个人看得透啊！看来，运漕镇真是一处藏龙卧虎之地！”

石达开问道：“金戈道长何作此叹？”钱江说：“这三副楹联各有千秋，一副绘出三台阁风光；一副道出人生哲理，生而有涯，奋斗拼搏无涯；最后一副则是将自然与人生并提，自然无非就是湖光山色，而人生本来就是冲着‘名利’二字去的。走，我们登阁饱览风光如何？”

四人登上第三层，临河放眼望去，远处春水荡漾，烟波浩渺；近处古镇人头攒动，村落炊烟袅袅，一派和平安宁之景象。走下三台阁，转向西，有一

条约两丈长画廊，无非绘着些“忠孝节义”之类的人物故事，画廊尽头，是三间平房。四人走进平房，但见大厅内供奉着太上老君，两边厢房空空荡荡，并无一人。四人觉得有些冷清，欲从后门出去，无奈平房没有后门，只好原路折回，向左一转，就是平房后墙。

“金戈道长，这里贴着一张告示。”张自芳首先发现了贴在后墙上的告示。仔细一看，告示竟然是横行排列，而不是习惯上的竖行排列，不过，这倒也方便识得少许几个字的乡民阅读。

告　示

护境安民子弟兵

长毛为虐，涂炭生灵。为拯救百姓于水火之中，翰林庶吉士编修李公鸿章大人，前来运漕募集兵勇，筹训“团练”。经各项考核，选拔出兵勇五百，将于咸丰三年三月二十八日巳时编营训诫。届时，恭迎十里八乡父老乡亲前来运漕巡检司衙署观临。

附：团勇主要教习官

袁世坦，安徽合肥人，教练“大力移山拳”。

麦巡检，广东三水人，教练“五枚百叶拳”。

水青萍，安徽运漕人，教练“歪家飞鱼漂”。

团练第一营

咸丰三年三月二十四日

保家卫国真英雄

石达开一看，不禁倒吸一口凉气，脸色顿时凝重起来。钱江问道：“羽田公何以如此严肃？”石达开说：“金戈道长有所不知，袁世坦教的‘大力移山拳’正是小弟大师兄‘惠民长老’的绝学，小弟根本不是他的对手；只是不知这袁世坦练到了第几重，五重以下，小弟还能应付几招。”刘元合惊讶得张大了嘴，感叹世界真是太小了！他说：“想不到在这座古镇上还有此等绝学，更想不到竟然与我大师伯有关！”

张自芳也现出忧虑神情，钱江便知大概是麦巡检武功了得，于是小心翼翼地问张自芳：“长弓女是不是看到过麦巡检的武功？”张自芳点点头，说道：“金戈道长，‘红船咏春’祖师即为南少林五枚师太。师太一生所创拳术甚多，其中最著名的就是‘红船咏春’和‘五枚百叶拳’，据说，这两种拳不相上下，看来，那个麦巡检不可小视！”石达开好像想起了什么，一会儿，突然“噢”了一声，众人忙问何事。石达开说：“我早年在衡山卖艺时，有一个广东三水人向我挑战，虽然被我击败，但他的武功确实不同凡响。他也姓麦，用的应该就是‘五枚百叶拳’。”张自芳似乎也想起来了，问道：“羽田公，你说的那个人是不是叫麦帮森？”石达开连连说“是”。张自芳笑了笑说：“也是我一时紧张，竟忘了麦帮森！那就没有什么可忧虑的了，他的独生女是我的小徒弟，叫麦靖芝。那个小丫头人品很正，为人贞静，因为父亲在外做官，母亲无人陪伴，所以学成后，就回到三水芦苞家中陪伴母亲了。临行前，我赠给她一把宝剑，名曰‘贞靖’。”刘元合笑了笑，钱江问道：“元合，你笑什么？”刘元合说：“金戈道长，我笑天下的师父为什么都偏爱自己的小徒弟。”张自芳问：“元合此话怎讲？”刘元合说：“我的师父也把自己最好用的一把剑送给了我的师弟石浩然，还为宝剑取了个好听的名字，叫‘忠靖’。”钱江说道：“这名字真奇，与‘贞靖’正好配成一对。”刘元合说：“还有更奇的呢，我的师弟石浩然竟然也是三水人！”这回轮到大家一齐感叹这个世界真小了！

钱江对那个“疍家飞鱼漂”感到好奇，张自芳说：“这‘疍家飞鱼漂’我曾经也见过，虽不是什么绝世武功，但也了不得！得此技能，可在水下憋气游出数十丈远，我亲眼见过三水几个疍民憋一口气，就能从琴沙岛游到西江对岸高要县。还有踩水行走，顺风顺水‘红单船’都没有他快！”钱江深有感慨地说：“这些技能，我不要说没有见过，就是听都没有听过！”张自芳说：“金戈道长没有在水上生活过，怎么能见到这种技能呢？这是全天下疍家都会的。他们成年累月在水上生活，没有这个本领，恐怕连命都难保了！”

钱江沉思了一会儿，慢慢地向前走了几步，众人也跟着他向前走。过了一会儿，钱江站住了，说道：“羽田公、长弓女、元合，看来运漕镇还真是藏龙卧虎之地，我们凡事小心为妙，尽量不要与镇上人发生冲突。我、羽田公、长弓女，少说话，凡事都让元合去与镇上人沟通，元合毕竟是沿河一带的人，说话口音差不多。”大家点头默记。

石达开看看钱江，似乎想说什么，但又没有开口。钱江笑着说：“羽田公是不是认为我们来得太巧了，正好赶上李鸿章编营训勇？”石达开说：“金戈道长一下子就看出了小弟的心思，小弟也想混入乡民中间，到现场看看，但又担心麦巡检认出小弟，给大家带来麻烦。”钱江转向刘元合，刘元合立即会意：“金戈道长放心，元合知道有一处地方，可以俯览运漕巡检司演武厅，又不会被发现。”石达开一听，非常高兴，问道：“什么地方？”刘元合说：“大码头长安客栈。”

刘元合头前带路，钱江、石达开、张自芳紧随其后。“金戈道长，前面就是大码头！”钱江顺着刘元合手指的方向望去，暮色笼罩下的河面，腾起一层薄薄的雾气，河中间只有一两艘渡船，大多数船只都停泊在码头的台阶下、水跳旁，有的船上已经掌灯。蓦地，矗立于大码头河堤上的一块石碑闯入钱江的视野，引起了钱江的兴趣。石碑正面朝向码头，背面对着大街，碑上的字看不清楚。钱江说道：“元合，这里竟有一块如此古朴的石碑！”刘元合笑着说：“金戈道长，您说是那块石碑呀！碑上有四个大字，叫‘漕川古渡’，镇上人都说是朱元璋写的，不过，是真是假，谁也说不清。”这倒出乎钱江意料之外，却也引起了钱江更浓厚的兴趣。他走到石碑正面，看了看，又点了点头。

钱江来到刘元合面前，十分肯定地说：“元合，我敢断定是朱元璋亲自写的！”石达开问：“金戈道长说话一向是有根据的，难道这……”“是的！”钱江接着说：“那个‘古’字的风格我再熟悉不过的了，刚健质朴，霸气逼人。”张自芳不解地问：“金戈道长仅凭一个‘古’字的风格就能断定是朱元璋的字，这未免太武断了吧！像朱元璋那样咄咄逼人的，历史上大有人在，或许是其他人呢。”钱江微微一笑，顺手打开折扇，不无得意地说：“长弓女只知其一，不知其二。我见过朱元璋手书个人诗作的真迹，那上面的‘古’字与石碑上的‘古’字如同孪生兄弟，难分彼此。”刘元合问：“朱元璋还会写诗？”钱江收起折扇，吟诵起朱元璋的诗句：“停骖伤古意，云合草头黄。”“踞蟠千古肇英豪，王气葱葱五色精。”刘元合高兴地说：“还真有‘古’字呢！金戈道长博学多闻，真令世人望尘莫及啊！”石达开见暮色渐浓，提醒众人道：“天色不早了，快去客栈吧！改日再听金戈道长说古论今吧！”

一行四人来到长安客栈，掌柜的很热情，连忙招呼他们。刘元合一看，觉得弄错了。长安客栈明明是在大码头西紧邻巡检司东面院墙的，怎么现在是在大码头东面呢？这如何看到李鸿章编营训勇呢？想到这里，他问掌柜：“掌柜的，我记得长安客栈是在大码头西边的，怎么现在搬到了东面？”掌柜的笑笑说：“客官说的是原临河驿客栈吧！不过，现在临河驿客栈也属于长安客栈了。客官要住西边房间，也很方便，不必过街，直接从天桥上走过去就行了。”“不过，”掌柜的看看刘元合，见刘元合没有什么反应，便说：“小可建议客官暂时不要到西边住。”刘元合以为这里有什么情况，便问道：“掌柜的，那西边客栈不能住吗？”掌柜的笑笑说：“不瞒各位客官，西边正在改建。是这样的，原来临河驿客栈老板回徽州做茶叶生意去了，就把这间客栈盘给小可了，小可想按照长安客栈的规制进行改建。现在，原临河驿客栈后半部分已经拆除了，仅有前半部分，住在那里有碍观瞻。”刘元合说：“没关系，我们也不是什么娇贵之人，就住西边吧。”掌柜的说：“好的，小可这就招呼几位贵客。不过，小可明说了，因为西边环境不太好，所以房费按七折收取，本客栈最讲一个‘诚’字。不敢欺瞒几位贵客。”

掌柜的吩咐小二好好伺候几位贵客，小二便领着四人上了二楼，走过天桥，来到客栈西边房间。小二选了两间靠西的房间，安顿好四人，便走了。钱江、石达开、刘元合住在紧邻巡检司衙署的房间，张自芳一人住在他们隔壁。张自芳放好所带物品后，也来到他们三人的房间。刘元合一看，原来的天井院没有了，西、北、东三面的房子均已被拆除，唯独留下了南面的房子。天井院原有“美人靠”，坐在“美人靠”旁，原来只能看到天井上方的天空，看不到外面；不过，现在这三面房子一拆，南面房间外回廊上的“美人靠”就直接面对院外的北边、西边。这样，坐在“美人靠”上，正好可以将巡检司衙署一览无余，比他上次来的时候视野开阔多了！

四人坐在“美人靠”上，看着巡检司衙署，只见观礼台左侧有一块巨石，看样子该有千把斤；观礼台右侧是一口足有六尺高的大水缸，里面注满了水。衙署里的人进进出出，十分忙碌。不一会儿，演武厅两边分别竖起了两面牙旗，分别印着七个字，一面是“保家卫国真英雄”，一面是“护境安民子弟兵”。随后，巡检司衙署便安静了下来。

众人这时才觉得有点饿了。钱江提出到街上吃点东西，大家都赞同。四人穿过天桥，下到一楼，准备出门。掌柜的忙问：“四位客官是要上街吃晚饭吗？”刘元合说：“是的！”掌柜的笑着说：“客官，小可客栈里有酒有肉，何不就在客栈里用餐？四位别误会，不是小可强留，而是今明两天镇上餐馆一律不对外营业，小可是不想让四位白跑一趟。”刘元合看看掌柜的，掌柜的一脸真诚，不像是说假话，但转念一想，偌大的运漕镇，餐馆那么多，不可能全部不对外营业，便说：“谢谢掌柜的一番好意，我们还是出去找找吧。”掌柜的知道，自己再说“挽留”之类的话，会招致对方误解的，于是，笑着说：

“客官请自便。小可会为几位留一点酒饭的。”四人道谢而去。

刘元合前头带路，出了客栈，向右一拐，穿过大街，向北走了三十多丈远，又折向西，便是西大街了。刘元合说：“西大街有好几家餐馆，家家价廉物美。”四个人向前行走不过二十丈，早望见一家餐馆，只是大门紧闭，确实不在营业。刘元合不解地说：“往常到了这个时候，家家餐馆都是高朋满座，灯红酒绿，今天怎么啦？”很快，来到这家餐馆门口，钱江一眼就看见贴在门口的“启告”：“敬告各位客官，为准备犒劳新募兵勇事宜，本店今明两日暂停对外营业，后日（三月二十九日）恢复正常。”落款时间是“咸丰三年三月二十七日”。钱江说：“看来长安客栈掌柜的并没有骗我们，我们还是回去吧！这个小镇上的人真厚道！”刘元合说：“金戈道长，我们再向前看看吧！”一连走了几家餐馆，均是大门紧闭，并“敬告客官”。刘元合也有点焦躁了，但还是硬着头皮往前走，因为他知道前面有两家大餐馆，那就是“五福和荤馆”和“鲍义兴素馆”。

来到“五福和荤馆”前，刘元合的心彻底凉了，原来“五福和”及隔壁的“鲍义兴”都是“敬告客官”，并且还说两馆将在犒劳新募兵勇时，拿出自己的绝活！几个人有点失望，钱江说：“元合，你也尽力了，我们还是返回吧！”众人正准备回头，忽然从前方不远处传来了几下钟声，钱江问道：“元合，前面有寺院吗？”刘元合说：“金戈道长，前方不远处是正觉寺，很多人都说是唐朝修建的。”钱江一听是唐朝修建的，马上来劲了，饥饿感立即消失得无影无踪。钱江说：“既是唐朝建的寺院，我们应该去看看！”众人不好违拗，只好继续向前走去。

“正觉寺！”石达开脱口而出，众人看过去，寺院不大，却很古老。石达开说：“多幽静的所在！能在这里住上一年半载，人生便没有多少烦恼了！”钱江说道：“羽田公想隐居了？现在还早，‘身退’也要等‘功成’啊！”说完，笑了笑。刘元合一看钱江、石达开兴致挺高，便顺便说了一句：“正觉寺的右前方就是西来庵。”“西来庵？有多远？”张自芳不知何故，觉得这三个字一下子触动了自己的神经，很想去看一看。刘元合说：“不远，两者相距不过三十丈。”钱江说：“那顺便看看吧！”

从西来庵出来，天真的黑了，刘元合说：“金戈道长，我们还是回客栈吧。”众人回到客栈，掌柜的忙迎了出来：“四位辛苦了，小可这就去准备饭菜！”酒菜似乎早已准备就绪，很快便端上桌来。四个人坐定，掌柜的挨着刘元合坐下，为四人及自己斟满了酒，然后端起酒杯，说道："四位客官，请！"说完，自己一饮而尽；稍后，钱江等四人也把酒喝了。掌柜的还要给四人斟酒，钱江怕酒后误事，谢绝了掌柜的好意。虽然时菜可口，但四人并未品出什么味道，只是草草地用了晚餐。掌柜的早命人沏上了一壶好茶，四人与掌柜的品起茶来。

掌柜的说："小可知道四位客官一定会转回来的，所以一直在等你们回来。"钱江忍不住了，终于还是开口说话了："掌柜的太较真了，假如我们几人就在馄饨摊上，买两碗馄饨填填肚子呢，那掌柜的不就空等一场了？"掌柜的笑笑说："四位客官来到客栈，只有这位小官人问这问那，你们三位自始至终一言不发，小可就猜到你们三位一定是这位小官人邀请来的。哪有带着尊贵的客人去吃两碗馄饨的道理呢？四位尽管放心，小可客栈南来北往的人多了，从来没有谁受到打扰！"钱江问道："这李大人犒劳兵勇，与镇上餐馆何干？"掌柜的颇为自豪地说："小可就知道客官要问起此事。实不相瞒，李大人运漕募兵，应者云集。李大人对应征的三千青壮年逐一考核，最后选拔出五百人。选上的欣喜若狂，那些没有选上的赖在巡检司衙署不肯走，李大人、麦巡检安抚了好几天，那些人才恋恋不舍地回家去了。"钱江问道："为什么会这样呢？还有，掌柜的并没有直接回答我的问题。"掌柜的呷了一口茶，慢悠悠地说道："客官不要急，听小可慢慢说。这一切都要归功于李大人的两句话、八个字——'保家卫国，护境安民'。客官想一想，保卫自己的家乡，谁不拥护？大家都说李大人将来一定能拜相封侯，庇佑运漕！"掌柜的真能侃，一直侃到接近亥时。

四人回到房间，钱江忽然问石达开："羽田公，你估计这李鸿章大人现在正在做什么呢？"石达开其实也正在想着这个问题，于是顺口答道："在做什么呢？小弟认为，正在安排明天编营训勇之事。"大家又都陷入沉思之中——李鸿章现在到底在做什么呢？

李鸿章正在袁府品茶。招募兵勇进行得非常顺利，完全出乎他的意料；运漕绅商士民的热情拥戴，让他从心底里生出感激之情。袁百顺、洪老掌柜、汪老掌柜陪坐，袁世坦不停地给大家添茶续水，范瑾瑜坐在一旁，看着袁世坦忙来忙去，几次想说什么，但又忍住了。李鸿章看在眼里急在心里："范先生，你平时能说会道，为什么现在开不了口？"李鸿章想给范瑾瑜做一些铺垫，于是问袁世坦："世坦贤侄，明天最后一项安排团勇与亲人话别，场地够吗？

到时候怕有几千人啦！”袁世坦回答道：“大人，小侄已经通知了长安客栈及附近几家商铺，明天腾出地方，让团勇与亲人话别。”李鸿章又问：“团勇的未婚妻都通知到了吗？这是很重要的事啊！”袁世坦说：“大人放心，都通知到了。”李鸿章笑了笑，再问：“‘坦’字营管带袁世坦的未婚妻通知到了吗？”一句话把袁世坦的脸都问红了，他站在那里，不知如何回答，惹得众人哈哈大笑。过了一会，袁世坦说：“大人，小侄不敢隐瞒，没有通知。”李鸿章假装生气，说道：“这怎么行呢？执行命令怎么能打折扣呢？我命令你连夜去西范，通知范姑娘！”袁世坦一看李鸿章不像是在开玩笑，急得直挠头。

此时，范瑾瑜说话了：“大人，属下看世坦老弟这几天特别忙，已经派人通知了舍妹，舍妹明天一定会来送别世坦老弟。”袁世坦一时慌得手足无措，他深怪范瑾瑜多事，但又不敢发作，只好对范瑾瑜干瞪眼。范瑾瑜忙说：“世坦老弟，不是愚兄多事，舍妹已经几次托人来打听我们编营训勇的事情了。你可能不了解，舍妹心思缜密远远超过愚兄，她一直在关心着我们的事情呢！”李鸿章趁机说道：“世坦贤侄，你看范姑娘多关心你！明天范姑娘来了，你要好好待她，否则，就是违抗军令，轻则受到斥责，重则领受刑杖！”袁世坦一听李鸿章说了这样的话，当然不敢再对范瑾瑜瞪眼了，但心里还是很纠结，因为水青萍已经说过，明天要送给他一件珍贵的礼物，他很担心，到时候两个姑娘见面会闹出麻烦。李鸿章见袁世坦不说话，便加重了语气：“世坦，范姑娘还是有功之人呢，你听到没有？”袁世坦不知道李鸿章说的“有功之人”是什么意思，但还是连忙说道：“大人，小侄记在心里。”此时，脸更加红了，连耳后、颌下、脖颈都红了，又惹得众人一阵欢笑。袁百顺说：“大人，世坦脸皮薄，不要再打趣他了。我看，时间也不早了，还是早点休息吧。”

李鸿章倒头便睡，一觉醒来，天已大亮，这是三个月来他睡的第一个好觉，大事已定，他悬着的心总算暂时放了下来。

然而，钱江等人却是翻来覆去，难以入眠，直至寅时，方才迷迷糊糊地睡着，也不知睡了多少时候，他们被一阵喧天的锣鼓声吵醒了。四人匆忙洗漱，吃过早餐，已是辰时五刻余，离巳时不到三刻钟了。四人连忙坐在“美人靠”上，掌柜的送来香茗，他们一边品着香茗，一边观察演武厅的动静。

又是一阵喧闹的锣鼓声，众人望去，原来是几个兵勇来到演武厅。兵勇一身簇新的衣服，胸带红花，身披红色绶带，绶带上有八个黄色大字，虽然看得不算真切，但应是“保家卫国，护境安民”。跟随兵勇的几个村上的耆老，大声说道："大圩湾村送新募兵勇到！"只见一个身材魁梧的年轻人从演武厅观礼台上走下来，他与新兵一样，胸带红花，身披红色绶带，只不过他的绶带宽一些，上面的字也大一些，果然是"保家卫国，护境安民"八个字！几位老者一见年轻人，连忙说道："袁管带，新募兵勇一十二名送到！"那个年轻人忙向老人施礼："世坦多谢老伯！请新兵签押。"新兵签押结束后，早有人带去营房准备稍后编营训勇大典。

集合号响了，袁世坦站在观礼台中央，看着新募兵勇一阵小跑从营房出来，跑向演武厅；片刻，五百名新兵全部列队完毕，整整齐齐，安安静静。接着，袁世坦来到观礼台西侧，各小队队长向袁世坦报告"集合完毕，请指示"。袁世坦向着观礼台照壁后，喊道："队伍集合完毕，有请李大人！"

一位身着官服、身形瘦长的汉子从照壁后面走向观礼台中央，那汉子约莫三十出头，钱江知道他是李鸿章。李鸿章到观礼台中央站定，尚未开言，一阵阵口号声在演武厅响起，震耳欲聋："保家卫国！""护境安民！""保家卫国！""护境安民！"李鸿章示意安静，顿时演武厅一片肃静！

袁世坦宣布："新募兵勇编营训勇大典现在开始！"台下掌声雷动。待掌声稍息，袁世坦又说："恭请父老乡亲入演武厅观礼！"话音刚落，足足有数百人涌入演武厅，围在兵勇四周，还有不少人在演武厅门口踮脚、翘首，想一睹新募兵勇的神采！

"请翰林庶吉士编修李大人训示！"又是一阵雷鸣般的掌声。

李鸿章整了整官服，挺直地站立着，清了清喉咙，说道："军士们，现在我宣布：'保家卫国、护境安民'新募兵勇第一营'坦'字营正式编营！袁世坦管带！"袁世坦立即答道："有！"李鸿章说："授旗开始！"随李鸿章一起出来并一直站在李鸿章身后的年轻人抖开一面锦旗，上绣一个大大的"坦"字，恭恭敬敬地双手呈给李鸿章。袁世坦快步跑到李鸿章面前，立正，行军礼，双手接过营旗，觉得旗子很厚，倒像是一块毡子。随即转向团勇，立在观礼台上，团勇向营旗行礼。

李鸿章指着营旗，对团勇说："军士们，你们知道这面营旗的来历吗？"接着，李鸿章用手捏一捏旗面，说道："你们看，这旗面不是普通的绸布，而是用红丝线一针一线绣出来的。"下面一片赞叹声！李鸿章又指着旗上的"坦"字，说："这个'坦'字绣得更加讲究，它是用三股丝线、两股金线绞在一起绣出来的！"袁世坦都有点惊讶：一个"坦"字犯得着花这么大的代价吗？谁家女人有这个闲工夫？

李鸿章提高了嗓门，继续说道："这表明什么？这表明了运漕镇父老乡亲对我们这支队伍寄予厚望！我还告诉大家一个秘密，这面营旗是范府范大小姐联合西范村十位姑娘辛苦了三天三夜才绣成的！父老乡亲如此拥护我们，我们能辜负他们一片心意吗？"台下五百团勇齐声答道："不能！"

钱江看着李鸿章的种种举动，觉得李鸿章不是在表演，而是有着一种发自内心的真诚！

袁世坦总算明白了范金莼的功劳是什么，心里五味杂陈，有点感激，更多的是烦，他在担心，一旦娶了范金莼，自己就彻底失去了自由——这女孩子太喜欢管事了！他多么希望这面营旗出自水青萍之手，可是，水青萍偏偏不是那种心思细密之人！

这时，李鸿章又说道："告诉大家一个特大的好消息！"话未落音，一群身穿绸缎衣服的人抬着一卷卷用红绸布包着的东西，来到观礼台上，放好物品后，面向团勇，眼含期许，站定。台下团勇们很快认出了那些人都是镇上各大商户老板及十里八乡富户，有洪仪泰、汪森和、五福和、李源兴、严昌发、钱义发，还有鲍义兴、陈万源、薛兴隆、徐同泰、徐应有，又有益丰、庆丰、源丰、祥丰，连龙兴池、德昌园、长安客栈、南楼旅馆的老板也都到场了，台上十分拥挤。

李鸿章对兵勇们说："台上的各位掌柜、先生，我不用介绍，各位应该比我更熟！正是他们，还有运漕镇父老乡亲为我们置办了崭新的军衣、军鞋，购买了充足的武器弹药，还有，为我们筹集了第一笔军饷：十万银元！"

台下欢声雷动，李鸿章说："现在，向台上的父老乡亲代表深深鞠一躬！"李鸿章、袁世坦、一直站在李鸿章身边的年轻人、台下五百兵勇齐刷刷向台上几十位商家富户鞠躬，慌得大家连说"折寿，折寿！"

李鸿章说："请范先生主持发第一个月军饷，每人五块银元！"台下的人十分激动，"五块银元，军饷不少啊！"发饷完毕，李鸿章恭送台上诸人离开，又向众人说道："军士们，我们是父老乡亲的子弟兵。我们当兵的目的是'保家卫国，护境安民'，一支子弟兵队伍必须有铁的纪律。现在，请范先生宣布纪律，并教唱《子弟兵爱民歌》！"李鸿章退场，一直在他身边的年轻人站到了观礼台中央。

那年轻人不过二十一二岁，相貌清秀，一身儒士打扮。只听他开口说道：

"各位军士，本人姓范名瑾瑜，受李大人委托，向各位宣布纪律。"声音不是很大，但每个字都非常清晰，每句话都有震撼力，台下鸦雀无声。钱江觉得范瑾瑜一定不是平凡之辈，石达开也认为范瑾瑜不简单。

范瑾瑜说："不过，在宣布纪律前，我还有几句话要说。各位，今天我们'坦'字营正式编营，虽然只有区区五百人，但这五百人是我们这支队伍的起点，将来会扩大到五千人、五万人，甚至五十万人！我们今天的武器是长剑短刀、步枪火铳，以后我们的武器是百发百中的洋枪、威风凛凛的洋炮！今天我们坐的是木船，将来我们坐的是大兵舰，不，我们开的是大兵舰！今天，我们的主要任务是灭长毛、保乡里；日后，我们要打洋人、卫国家！但是，这一切都离不开老百姓的支持和拥护，失去了老百姓，我们就什么都不是！老百姓是水，我们是鱼，没有了水，我们只会变成一条条死鱼！"接着，范瑾瑜宣布了纪律。末了，范瑾瑜大声问道："明白了没有？"台下齐答："明白！"范瑾瑜又问："记住了没有？"台下齐答："记住了！"

范瑾瑜说："好！为了让各位牢记军纪，李大人把军纪编成了歌曲，现在，由我来教唱。"说完，早有人展开写在红布上的歌词，范瑾瑜指着右边第一行六个字，问道："认得这六个字吗？"台下没有多少声响。范瑾瑜说："我知道很多人不认识。不过，今天不认识，不代表明天还不认识；现在不认识，不代表将来也不认识！从今天下午起，以后凡是打仗、练兵空闲时间，大家都要识文断字。今天，你们是普通一兵；将来，我们队伍扩大了，你们就是军官！今天，你们坐小木船；将来，你们中间有些人就应该去开动能装几千人、几十门大炮的大兵舰！不识字，拿什么去指挥你们的士兵？不识字，凭什么去开大兵舰？跟我读！子—弟—兵—爱—民—歌！"台下集体发声："子—弟—兵—爱—民—歌！"

钱江感叹不已："这何止是诸葛亮再世！李鸿章太厉害了！"石达开说："他们的建军思想、发展战略，远远高于我们！"张自芳何曾见过这样的军队，也对李鸿章治军大加赞叹。

不知何时，整齐而响亮的歌声传了过来，四人侧耳细听，歌词听得清清楚楚。

三军个个仔细听，行军先要爱百姓；
贼匪害了百姓们，全靠官兵来救人。
第一号令要严明，兵勇不许乱出营；

勿走大家讹钱文，勿走小家调妇人。
第二扎营不要懒，莫去人家取门板；
莫拆民房搬砖石，莫踹禾苗坏田产。
军士与民如一家，千计不可欺负他；
日日熟唱爱民歌，天和地和人也和。

唱完歌，范瑾瑜说："练兵一日不可懈怠！本军三大教习请登台亮相！"

首先上来的是袁世坦，他对兵勇说："本管带负责教习各位'大力移山拳'。"

接着，麦巡检登场了，石达开一见，不禁失声叫出："果然是他！"好在现场有嘈杂声，加上距离比较远，麦巡检并没有听到石达开说的话，也没有注意外面楼上几个人。他说："本巡检不做自我介绍了，各位应该都是老熟人了；本巡检将与各位一起练习'百叶拳'！"

一位十七八岁、身着蓝衫蓝裤的姑娘上场了，台下一阵骚动声："咦，她不是前几天考核我们水性的那个水姑娘吗？一个小姑娘能教我们什么？"水青萍知道兵勇们还不了解自己的功夫，于是说道："小女子就不谦虚了，先来献丑！"说完，径直走向观礼台右侧那口大缸，只见她纵身一跃，跳上缸沿，稳稳地站在缸沿上，台下兵勇不知道水姑娘要做什么。一会儿，但见水姑娘迈出一步，一脚踏在水面上，紧接着，另一只脚也踏在水面上，竟像踏在平地上一样。台下兵勇一阵惊呼："好轻功！"水姑娘留在水面上的身体越来越短，最后完全沉入水底，好长时间没有露面。台下兵勇一看，水姑娘该不会淹死了吧，至少有一炷香的工夫了！正在大家为水姑娘捏着一把汗、担心忧虑之时，只见水姑娘的头慢慢地露出水面，最后，下巴以上全部露出水面。众人一阵欢呼！水青萍把手伸出来，对袁世坦说："袁管带，请一名团勇上来！"袁世坦便命一名团勇爬上了缸沿。水青萍说："各位军士，现在水深五尺八寸，本姑娘身高不足五尺，除去露出的头部，脚下离缸底至少一尺五寸。现在，请这位兄弟站到本姑娘的肩膀上，看本姑娘能够坚持多长时间！"团勇站到水青萍肩上，水青萍坚持了足足两刻钟！众人惊呼不已！

水青萍"呼"的一下又稳稳地站在了缸沿上，台下钦佩之声此起彼伏。水青萍说："各位，只要坚持练习，你们也能做到！"

接下来，袁世坦、麦巡检的表演越发精彩，令团勇们佩服得五体投地！

"壮行宴"开始了，运漕镇八大著名餐馆掌柜亲自掌厨，洪仪泰也拿出了珍藏二十年的“大麦烧”，李鸿章、范瑾瑜、袁世坦、麦巡检、水青萍及李昌和、洪启元等分头敬酒，气氛十分融洽！

“壮行宴”结束后，团勇们在各自队长带领下，奔赴事先安排好的地点与亲人话别。有父母鼓励儿子的，有妻子嘱咐丈夫的，送衣、送鞋、送吃的，场面之感人，难以尽说！

“世坦哥哥！”袁世坦回头一看，一个十七八岁的少女正满脸羞红地站在自己身后，袁世坦心里知道，她就是范金莼，自己的未婚妻。虽然心里不愿意这桩婚事，但昨天晚上李大人一再叮嘱要善待范金莼，所以，也就转过身来，看着范金莼。只见范金莼身穿鹅黄色外套，外套领口、袖口处印着紫红色大花牡丹，配以淡青色叶子，确实好看；一件大红色下缀黄色流苏的披肩很自然地搭在肩上，与外套相映生辉。通身体现出一种富贵气！

“你来干什么？还没出阁，就来这里，好意思吗？”袁世坦本来不想说这些话，但不知何故，竟鬼使神差地说了出来。范金莼睁着一双亮亮的眼睛，理直气壮地说：“世坦哥哥，我怎么就不能来了？其一，你们通知未婚妻可以来；其二，不管你喜欢不喜欢，我也是你三媒六证定过亲的未婚妻！”话说得很有道理，但语气却很温和。袁世坦心里不敢小觑范金莼，便再看看她，只见她发乌眼亮，齿白唇红，圆润饱满，表现出一副雍容华贵之态！“这就是父母所说的旺夫相吗？”袁世坦心里这样想着，他也见过一些女子，但从没有见过像范金莼这样显得雍容华贵的女孩子！范金莼被袁世坦看得不好意思，便说：“世坦哥哥，有什么要吩咐我的吗？我一定照办！”袁世坦猛然醒悟，脱口而出：“是你有什么话说吧？有话就快说吧！等一会儿还要集合呢！”范金莼从怀里掏出一块金锁，对袁世坦说：“世坦哥哥，你一当上管带，以后就很少回来了。我找了最工巧的银匠，打了一把金锁送给你，你把它带在身边吧！”袁世坦本想不要，但又怕推来推去，别人看见了，不好意思。于是，便做贼似的，拿过金锁，连忙揣进自己怀里，极不情愿地说：“谢谢范姑娘！实在受之有愧！”范金莼笑了笑，笑得那么温和，说：“世坦哥哥，以后叫我‘金莼妹妹’好吗？‘范姑娘’这个称呼，让我觉得你离我好远啊！”袁世坦不知怎么的，自范金莼说出了第一套大道理，就在心里有点敬畏她，不敢违拗她的意思，便连忙说：“金莼妹妹。”范金莼高兴地回答：“哎，世坦哥哥！”两个人都闹得面红耳赤。

“世坦哥哥！”袁世坦一听，糟了，青萍妹妹来了，这下两人见面，岂不尴尬；但他又不是绝情之人，他从内心真的很喜欢青萍妹妹。看着跑过来的水青萍，袁世坦说："青萍……"顿觉不妥，忙改口说："水姑娘！"水青萍一愣，自己什么时候在世坦哥哥的嘴里又变成了"水姑娘"。待看到范金莼站在那儿，她明白了，原来世坦哥哥的未婚妻来了。水青萍本想转身就走，不料范金莼却大大方方地迎了上来，叫住她："你就是水姑娘吧？"水青萍一时接不上话，只是含糊地答道："是，你是？"明知道人家就是世坦哥哥的未婚妻，偏偏有此多余的一问，应该是自己太不自信了吧！范金莼笑容可掬地说："水姑娘，我是世坦哥哥的未婚妻。谢谢你这么多天来，帮助李大人、帮助世坦哥哥选拔兵勇，也谢谢你帮我照顾世坦哥哥！"水青萍情绪十分懊丧，怎么一来就让那个范姑娘占了上风！本来，她以为范金莼恐怕要对自己怒目相向，甚至出言相讥，那样，自己就会和范金莼辩上几句，相信也不一定就会输给她。现在倒好，范金莼笑容满面、语气友好且充满真诚的感激之情，自己还真的无话可说了，俗话说"伸手不打笑脸人"，自己恶语相向，一则底气不足，二则也显得太没有素质了！想到这里，水青萍挤出了一丝笑容，说道："哪里，哪里！世坦哥哥他不需要别人照顾。我来是有公事向世坦哥哥禀告的。"范金莼心里知道，水青萍已经在气势上输给了自己，也就没有必要把她逼到墙角，于是，淡淡地说道："既是有公事，你们谈吧。我回避一下，等会儿再来。"说完，并没有立即走开。水青萍看到范金莼根本就没有要走的意思，更没有给自己与世坦哥哥此时单独相处的机会，心里很不舒服。转而一想，算了，反正自己现在还在训练团勇，与世坦哥哥单独相处的机会很多，不过，给世坦哥哥准备的礼物还想在这个特殊的时候送给他，因为自己很希望能成为世坦哥哥的"亲人"。水青萍说："世坦哥哥，今后打仗多在河湖港汊，我给你准备了一件羊皮背心。这个羊皮背心是双层的，可以吹气。一旦落到水里，马上吹几口气，就可以让整个人浮起来。"说完，拿出羊皮背心，打开，吹上几口气，羊皮背心马上鼓起来了，再用木塞塞住吹气口，上面坐一个人都可以。袁世坦看着，觉得挺奇怪的，便问："你们疍家平时不是在腰间拴上两个葫芦的吗？怎么又变成羊皮背心呢？"水青萍神秘地说："别人家确实是这样。我父亲年轻时走过江湖，在黄河看见羊皮筏子，就想到了这个办法。这件背心，我缝了几个晚上才缝好的。我们疍家女孩针线活不好，缝得不好看，世坦哥哥不要笑话！"袁世坦觉得怪怪的，今天青萍妹妹说话怎么这么温柔，这根本不是她平时的做派！范金莼高兴地拿过羊皮背心，左看看，右瞧瞧，称赞道："能把羊皮缝得这么细密，还说针线活不好，水姑娘你太谦虚了！还是水姑娘想得周到，难为你一片真心！我替世坦哥哥收下了！”说着，把羊皮背心夹在怀里，双掌合十，向水青萍道谢，接着，又把羊皮背心交到袁世坦手上，说：“好好谢谢人家水姑娘！”水青萍郁闷到底，这个好人又给范姑娘做了，自己真的不是范姑娘的对手！

袁世坦说：“金莼妹妹，我看时间也不早了，你还是回去吧。”范金莼说：“不忙，下午我哥送我回家。你在外面凡事都要听李大人的，遇事多和我哥商量。千万注意安全，千万保重身体！我先去袁府了。”水青萍总算松了一口气，说道：“范姑娘，我送你去吧。”袁世坦可不想水青萍也走了，忙说道：“青萍……”正准备改口，范金莼却笑着说：“习惯了，就别改过来，我也想有青萍这么一个好妹妹！青萍妹妹，不必了，我自己认得路，你与世坦哥哥还有很多事要做，不能浪费你的时间。”说完，深情地看了袁世坦一眼，转身走了，不过，那晶晶亮亮的眼睛，令袁世坦无论如何也忘不了！

第五回

凤尾洲纵论天下势
芦苇丛稍显慈悲怀

范金莼走后，水青萍开始在袁世坦面前泻火了：“袁大管带，平时威风八面，没想到一见到人家范姑娘，乖得跟小学生一样，将来又是一个怕老婆的！”袁世坦心里也不是个滋味，本来他是想借与亲人话别的机会，和青萍妹妹说说心里话，偏偏插进来一个金莼妹妹，而且又是一个十分温柔却有着极强约束力的金莼妹妹，他真是一点办法都没有！望着水青萍幽怨的眼神，觉得挺对不起青萍妹妹的。“怎样才能让她开心呢？”袁世坦想了一会儿：“对，穿起羊皮背心！”于是，他对水青萍说：“青萍妹妹！”水青萍忙打断他的话：“刚才见面的时候，你是怎么叫我的？‘水姑娘’！现在，人家批准了，你就敢叫‘青萍妹妹’了！我不稀罕！你还是把‘妹妹’这个称呼留给范姑娘吧！”袁世坦很委屈地说：“你见到她不也是变了一个人吗？还说我呢？”水青萍一想，“扑哧”一笑，撒娇地撅起小嘴：“袁大管带，有何吩咐？”袁世坦知道水青萍的气早已消了一半多了，他想再来一个“锦上添花”，就说道：“我想试试你送给我的背心。”水青萍其实也知道世坦哥哥是想让她高兴，便顺水推舟地说：“好吧，我正想看看是否合身！”

袁世坦脱去外套，一团金晃晃的东西滑落到了地面上，袁世坦尚未来得及拾起，水青萍早把它抢在手中，原来是一块金光闪闪的金锁，上面还有一根挺长的红头绳，仔细一看，红头绳上还绞着几根青丝！水青萍问：“这是她送的？”袁世坦点点头，接着说道：“我还没来得及看，当时怕别人看见，就一把抓过来，塞在了衣服里。”水青萍冷笑一声：“范姑娘真是心思缜密！你看，人家把自己的头发都缠到了系锁的红头绳上了，真贴心啦！难怪人称‘女诸葛’！”袁世坦绝对是大吃一惊，忙问：“什么？谁的头发？”水青萍没好气地说：“能是谁的？还不是人家范姑娘的！看她那么聪明，说不定在头发上下了咒！”袁世坦问：“什么下了咒？你越说我越糊涂了！”水青萍估计袁世坦也不知道这些说法，于是说道：“用咒语拴住你的心，不让你跑掉！脸皮真厚，还没出阁，就把自己的头发给了未婚夫！没见过这么不知羞耻的人！”袁世坦一时不知如何是好，那块金锁仿佛就是一块烫手的山芋，拿又拿不得，扔又扔不得。水青萍把金锁往袁世坦手上一搁，说道：“别脱了，把锁收好，这可是真金子的，值不少钱呢！”袁世坦说：“我试试背心吧！”水青萍气呼呼地说：“算了，别试了，人家头发都贴着你的胸口了，我那件背心再合身，又能怎么样！”说完，扭头就走，留下袁世坦一个人在那里发呆！

这边袁世坦在发呆，那边楼上也有一个人在发呆，他就是刘元合。刘元合看了一上午的“编营大典”，不能不佩服李鸿章、范瑾瑜、袁世坦诸人，能让运漕镇两万多人都那么拥戴他们，真不简单！看看他们还有五百兵勇精神振奋、信心百倍的样子，对比自己在天京城见到的钩心斗角、萎靡不振，觉得自己是不是走错了人生关键的一步！但转念一想，天国人马几十万，还有像军师、翼王、罗丞相这样的忠直之士，也应该不会衰落的！钱江看到刘元合在发呆，便问：“元合，怎么独自发呆呢？”刘元合回答道：“金戈道长，元合在想，李鸿章他们能长久吗？才区区五百人，一仗打败了，不就全完了？”石达开笑笑说：“元合，不能这样看，李鸿章他们治军思想、发展战略及与老百姓的关系，都远胜我们。只要水不干，他们这条鱼就能越养越肥，慢慢地就会变成一群鱼、一湖鱼、一海鱼！”张自芳也说：“是的，这样一支军队会越战越强。”刘元合听到的都是异口同声地赞美李鸿章的话，心里很不是滋味，于是说道：“金戈道长，如果我们也向他们学习，不是比他们更强大吗？羽田公迟早会重掌军权的，到那时，我们就会有很大的发展机会了！”钱江点点头，心想，这也算是“孺子可教”，我要好好开启他的智慧。钱江说道：“他人的长处我们要学，我们的长处也不能丢。明天去下面村子走一走，顺便察看一下运漕镇周围的地形地貌。”

次日一早，用过早茶，钱江问刘元合：“元合，你能大致地讲一下运漕镇的地理形势吗？有些情况，地图上是没有的。”刘元合说：“是，金戈道长！运漕镇所在的地方是一个东西长三十里、南北宽五到八里的圩子，称为杨柳圩，镇在杨柳圩南临河处，向西十五里为黄雒河，向东十五里是三汊河。”刘元合用手指蘸水在桌子上画了杨柳圩的大致情形，大家研究后决定，从镇北门上船，向北行驶，直至五里沟头，再由后河河堤走到大圩湾，从大圩湾乘船到王港，自王港上运漕河河堤，步行回运漕镇。

行动路线确定后，四人来到北门，看见一条大沟，名“五里沟”。宽约十来丈，沟水清澈，水流缓慢，在一大片用长条石搭成的水跳旁，停泊着三四条小船。刘元合找了一条比较新的小船，拉着钱江等人上了船。船不大，约有两丈长、八尺宽，但坐在上面却很稳。船夫是个四十来岁的中年汉子，他在船后搬起两桨，船便离了岸，船夫将船调整好方向，便向北划去。

沟水清澄，水草清晰可见，偶有受到惊吓的小鱼小虾跳到了船舱，船夫便把他们捧起又放回沟里，那小鱼小虾就快快乐乐地游走了。船轻轻地划着，两岸飘来了甜丝丝的香味，沟堤斜坡上，满眼望去，全是金黄一片，但仔细一看，原来金黄色只是浮在顶上一层，下面结满了鼓鼓的青色的荚，钱江知道，那是油菜籽的荚。在油菜地旁边，在田埂两边，长满了蚕豆，蚕豆花黑白相间，犹如一只只小蝴蝶；也有的结出了嫩嫩的豆荚。望着豆荚，钱江想起了“茴香豆”，不自觉地吞了两下口水；刘元合也想起了“五香蚕豆”，脸上露出神往的表情。

沿途油菜田边，有不少农民在做农活，也有小孩子用小铲在田埂边挖一种草，那草叶子大大的，梗子很嫩。钱江便问刘元合：“那些小孩挖的草能吃吗？”刘元合笑笑说：“那不是普通的草，那是鹅儿肠，很嫩，很香，十分爽口。”

船行半个时辰左右，到了五里沟尽头。众人上岸，不多时便来到一处村庄，一打听，原来是大尹村。村庄上的几条狗早迎上来了，但并没有狂吠，而是在他们腿边闻了几下，就走开了。几个老人带着小孩在门口剥蚕豆，几只鸡在旁边转来转去，伺机偷吃小孩弄碎了的蚕豆瓣。前面不远处又有一处村庄，不过三十户人家，原来是东范村。众人继续往前走，走到一处较大的村庄，村庄里有一处较大的院落，砖墙瓦房，与众不同。

四人路过村口时，从一间朴草屋里传来了有节奏的“咯咚”“咯咚”的声音，再仔细一听，还有一个女人的唱歌声。歌声细腻悠长，委婉动听。走进去一看，原来是一个少妇一边摇着摇篮，一边哼唱着催眠曲。刘元合对钱江说："这是我们家乡经常能听到的《摇篮曲》。"说完，刘元合也唱给钱江听，曲调与那少妇的完全相同。不知是时间太长了，还是村庄太安静了，少妇哼唱的声音越来越小，最后几乎听不见了，原来少妇也伏在摇篮边睡着了，她脚边的花猫头埋在胸前，正呼呼大睡。四人的到来，没有引起任何人、哪怕是任何猫狗的注意！

一会儿，也许是公鸡觉得太寂寞了，于是伸长了脖子，清脆地打鸣。远近的公鸡先后响应，打鸣声此起彼伏，村庄似乎又热闹了起来。

村中间那座大宅院也很安静，一个年轻人正坐在树荫下看书，仿佛外面纷乱的世界与他没有丝毫关系。刘元合眼尖，一下子就认出年轻人正是昨天编营大典上教唱《子弟兵爱民歌》的范瑾瑜！刘元合轻轻拉了一下钱江的长衫，向范瑾瑜努努嘴，钱江立刻明白了刘元合的意思。

昨天编营大典结束后，钱江觉得这个范瑾瑜很不简单，想进一步了解他，真巧，今天在这里就看到了范瑾瑜，机不可失，时不再来，应该想办法接近！钱江故意大声说："元合，我渴了，你去讨杯茶来给我喝！"同时，看着范瑾瑜向刘元合使眼色，刘元合会意，便快步走向范瑾瑜身边。

见有人来，范瑾瑜放下书，看了看刘元合，刘元合一拱手，说："先生，我们几个人走的时间长了，有点口渴，能否给我们一杯茶喝？"范瑾瑜看看来人，壮实，精悍，有点习武之人的气质；再看后面三个，两男一女，虽然衣着朴素，但个个气宇轩昂，不像普通人。范瑾瑜站起身，一边让家人安放小桌椅、冲泡茶叶，一边招呼钱江等人入座。众人坐定后，范瑾瑜亲自敬茶："几位尝尝，这是雨前昭关翠须，两刀一枪，全是嫩芽。"钱江咂了两口，看了看茶汤，说："虽是上年陈茶，但茶汤依旧澄碧透明，见出先生保藏功夫非同一般！"范瑾瑜一听，便知对方也是一位品茶的行家，于是谦逊几句："过奖了！先生才是真正的行家！"

钱江啜了几口茶，问道："未请教足下尊姓大名？"范瑾瑜轻轻一笑，说道："在下姓范，名瑾瑜。几位……"刘元合正要回答，钱江抢先说道："我等几位皆是路过的客商。在下姓金，因做过一段时间的火居道士，人称'金戈道长'。"石达开欠了欠身子，说："在下姓禹，'大禹'的'禹'，名'禹田公'。"张自芳说道："小女子名姓就不必说吧。"范瑾瑜说："请便。"刘元合不敢说出真名，怕范瑾瑜知道自己身份，范瑾瑜见到刘元合面有难色，便说："没有关系！"

范瑾瑜心里犯嘀咕了，眼前的四个人，没有一个人像经商的，为什么要说谎呢？不管它，先看看再说。

五个人品着茶，谈一些不着边际的话。钱江忽然若有所思，几度欲言又止，范瑾瑜笑着说："金戈道长有话直说。"钱江说道："我们一进运漕镇，就听人们说西范村有一个'活诸葛'，还说着足下的名讳，不知是不是足下？或可同名同姓？"范瑾瑜说："金戈道长说笑了，乡亲们的谬奖也能当真！在下是读过几年书，不过并没有去应举，适逢李鸿章李大人来运漕，在下觉得李大人人还不错，又加上亲戚推荐，便去帮了几天忙。"钱江说道："哦，原来如此。听镇上人说，李大人这次只招募到五百兵勇，是不是太少了？我一路过来，听人传说，长毛可有数十万人马啊！"

范瑾瑜心想，来人还挺关心时势的，只是不知何故，明显在为"长毛"帮腔。突然，一个念头闪过："该不会是长毛派出的探子吧。听说，长毛中的'翼逆'石达开特别注意谍报工作！"想到这里，范瑾瑜笑了一笑："李大人虽然只有区区五百兵勇，但只要把'保家卫国''护境安民''子弟兵'这十一个字经营好，便不愁五千人、五万人乃至五十万人！反过来，在下倒是觉得长毛危险，肯定长不了！"钱江故作惊讶，装作不经意地问道："先生是否有点故作高深？即使是三岁孩童，也知道长毛势大，何以就长不了？"

范瑾瑜听后，似乎肯定了刚才的判断，对方四人应该就是长毛的探子，于是进一步说道："用三十二个字概括一下长毛的情况：君臣不和，政体乖异；定都险地，分兵失策；贤士失权，庸者当道；祸生肘腋，乱起萧墙。"石达开瞪大了眼睛，直视着范瑾瑜；张自芳心里暗暗佩服范瑾瑜；钱江抿着嘴，似笑非笑。

范瑾瑜问道："不知诸位认为对否？"钱江被范瑾瑜这么一问，心下着实有点慌，忙说："在下不知，愿闻其详！"范瑾瑜心里想，急于掩饰，更说明我的判断是正确的，于是，决定乘胜追击。范瑾瑜侃侃而谈，四人如坐针毡，钱江打开折扇，不住地扇着脸上的汗，石达开也有点坐立不安，刘元合脸上露出惊恐的神色，张自芳也有点失望的表情。

范瑾瑜呷了一口茶，说道："在下若是洪秀全，只需重用两人，即可转危为安。"钱江问道："不知足下说的是哪两人？"范瑾瑜看看钱江，又看看石达开，慢悠悠地说："军师钱江，钱东平！"钱江一愣，心想：好家伙，目光如此敏锐！石达开问：“还有一位呢？”范瑾瑜看着石达开，神秘一笑：“他们的翼王，我们叫‘石逆’，石达开！”石达开心中一震，面露不自然神色，稍后，又努力恢复了平静。

钱江担心，再这样下去，会暴露身份，那就糟了！于是，站起身，拱拱手：“先生高见，闻所未闻；只是打扰时间太长，在下几位还有一些事情，先告辞了！”其他三人也欲站起，范瑾瑜说：“不忙，不忙！几位就在舍下用过午餐，下午再走也无妨，这样吧，请几位移步客厅，准备用餐。”

钱江推辞说：“不必了吧。如今范先生已是李大人重要谋臣，家里或许有些机密，我们与先生不过一茶之缘，先生就这么放心？”范瑾瑜笑笑说：“家里还有什么机密吗？不过，不要说几位都是生意人，即使是长毛探子，我们也不会抓，更不会杀。让他们来看看也好。再说了，我们的目的不在于杀一两个人，或者说并不在于杀人，我们主要是平定洪杨逆乱。几位与在下甚为投机，便是在下的朋友，留吃一顿饭，又有何妨！道长切勿再推辞！”范瑾瑜此时隐约知道几个人就是长毛探子，就索性把话说得十分明白。钱江知道，对方已经意识到四人是探子，想走也走不了，硬拼肯定不是办法，不妨留下来，看还有什么高见。于是，就随着范瑾瑜来到客厅，分宾主坐下后，范瑾瑜便招呼开饭。

先端上来的是五小碟蒸蚕豆，这正是钱江、刘元合十分喜爱的，钱江尝了一粒，蚕豆很嫩，有点面，还有点甜。石达开、张自芳、刘元合都说“蚕豆好吃”。

钱江问道：“敢问先生，那钱江究竟是什么人，能有那么大的能耐？”范瑾瑜心想，你大概是明知故问吧。也罢，我就说一说给你听，也叫你心服口服。

范瑾瑜伸出一个大拇指，说：“钱东平先生可比历史上一个人！”钱江问道：“何人？”范瑾瑜突然站了起来，恭恭敬敬地说：“在下远祖范亚父！”说完，又坐下。钱江惊问：“为何不像张良？”范瑾瑜说：“在下不敢为祖上讳。亚父固然足智多谋，但也有两大不足。其一，所投非人。其二，为自己主公设置了一大障碍，拥立了楚怀王熊心。”钱江想了一想，觉得范增确实如此，当年他明知天命不在项家，却因为建功立业心切，投靠了项家；拥立了楚怀王，固然可以在一定时间内起到凝聚人心的作用，但也为项羽日后称帝埋下了隐患。可是，自己与范增之间有什么相似点呢？范瑾瑜为钱江做了详细分析："钱东平先生有宰辅之才，早年追随林则徐林大人，做了不少有益之事；林大人去世后，东平先生失去了用武之地，而又急于要干出一番大事，青史留名，匆忙中便投靠了洪秀全。哪知洪秀全又不是目光远大之主，因此，甚为可惜！在下若遇东平先生，必晓之以理，劝其投靠李大人，将来定有一番大作为，也不辜负了东平先生鸿鹄之志！东平先生当年为了让洪秀全队伍人心不散，无奈之下，默认了杨秀清在长毛军中的地位，导致现在长毛'政体乖异'，连他自己也遭到排挤！唉！"真是一语惊醒梦中人！一个二十出头的年轻人竟然把自己看得这么透，钱江哪里还吃得下去！

钱江吃不下去，范瑾瑜看在眼里，明白在心里，知道来人极有可能就是钱江下属，于是，很客气招呼大家："几位，不要光听我说，这几样时鲜小菜还没有品尝呢。"刘元合一看，四盘时鲜小菜，一盘是青蒌蒿，一盘是炒荠菜，一盘鹅儿肠，还有一盘豌豆苗，只是不知这生长时间略有先后的四样小菜为什么能同时出现。范瑾瑜见刘元合有点疑问，估计是他不解这几样为什么能同时出现，就笑了笑说："这四样小菜，只有一样是从油菜田里挖上来的野菜，青蒌蒿、荠菜、豌豆苗都是在下自己种的，其实也不难，只要掌握好温度、湿度就可以了。"刘元合说："范先生真了不起，我们也很有口福！"望着几道碧绿的小菜，钱江胃口大开，五人一伸箸，如风卷残云，四道小菜立时去了一半。平时吃惯了鱼肉荤腥，偶尔吃一吃农家野菜，顿觉异常清爽，心里也清静得多了！

钱江情绪平稳了不少，谈话气氛也顿时变得轻松起来。钱江问道："先生对钱江如此了解，是不是与钱江打过交道？"石达开、张自芳、刘元合都看着范瑾瑜，不知范瑾瑜会说出什么。范瑾瑜微微一笑，说道："那倒没有。在下曾经很想能当面向东平先生请教，可惜无缘得见。在下在江宁城住过七天，一来考察洪杨起事的真实情况，二来想能够亲耳聆听东平先生的教诲，三欲一睹石达开风流潇洒的神采！却不料，失望而归！"钱江及众人稍微松了一口气，毕竟眼前这个人没有见过钱江。钱江又问："何故失望？"

范瑾瑜说："洪杨起事，所喊的口号徒有其表，大业尚未成功，便要自己享乐，漂亮的说辞可以鼓动一时，哪能诓骗一世呢？如此，焉能不败？在下打听到东平先生住在慧园庵，曾两度前往，但均无功而返。盘桓数日，见无事可为，也就返回运漕。"

钱江觉得眼前这个年轻人与自己真有缘，很想知道他两度到慧园庵的真实意图。钱江问道：“先生两度到慧园庵欲见钱江，难道仅仅是为了当面听他说几句话吗？”范瑾瑜说：“当然不止这些。在下到江宁第二日即前往慧园庵，那次是希望能够亲耳聆听东平先生的教诲。第二次去慧园庵，是第六日，即在返回的前一日，是打算劝东平先生离开洪秀全，另投明主。当然，也去了石达开住处，目的也是劝石达开转投明主。”石达开说：“钱江、石达开二人，听说对洪秀全很效忠，足下未必能以言辞动之。”范瑾瑜说：“在下也知道他们不会为口舌所动，但在下仰慕二人，不想二人明珠蒙尘，到时候玉石俱焚，为洪杨陪葬！”

钱江不服气地说：“洪杨未必会失败，倒是足下选择有点冒险。”范瑾瑜笑着说：“如果说在下选择有点冒险，那么在下认为这个险值得冒！李大人不是一般文人，在下对其详加考察，用时七日，发现他志向远大，讲求实际，胸有韬略，又能从小事做起。最主要的是有两点，一是韧劲，一是人缘，这个人缘不仅仅是关系网，更重要的是老百姓。李大人与普通官僚不同，他有富民强国的愿望，在翰林院时，就喜读中外经世致用之书，有学习西夷技术的想法。在下与李大人有过一席长谈，李大人对引进西夷技术有一套独特的见解、详细的规划。李大人曾说，平定了洪杨逆乱，即使不做官，也要推动朝廷富民强国。在下投奔李大人，近期目标是平定洪杨逆乱，为国计民生创造一个安宁的环境；远期目标就是引进西夷技术，提高生产效率，为老百姓找到致富之路，让国家实力得到增强。到那时，民富国强，再有一支不同于八旗绿营的新式军队，试问：世界上还有哪个国家敢欺负我们？”

这一番话真正说到钱江心坎上了！钱江，自道光十九年投靠林则徐开始，奔走十几年，其实就是为了富民强国，让洋人不敢欺负中国人！他积极筹划起义，也是为了推翻腐朽的落后的清朝，建立一个强大的国家！石达开的初衷又何尝不是如此呢？

因此，范瑾瑜一席话，说得四人热血沸腾。不过，钱江仍然不动声色地说：“在下听说洪杨起事的初衷也是建立一个强大的外人不敢欺负的国家。”范瑾瑜说：“洪杨初衷的确如此，但他们现在已经背叛了自己的理想，他们的‘小天堂’不是全体中国人的‘天堂’，而是他们自己穷奢极欲的‘天堂’！试问：这样的‘天堂’能长久吗？还有，名为‘打先锋’，实际上就是抢劫老百姓的财产，短短两年，竟然劫夺了白银近两千万两，还有数都数不清的珠玉珍宝！”钱江、石达开默然无声。

范瑾瑜顿了顿，又说："国家最基础的是什么？是人！洪杨逆乱以来，自金田、永安、武昌、安庆直至江宁，一路残杀，有多少无辜百姓死于他们的屠刀之下！"钱江虽然保持沉默，但脸色比较难看。石达开说："先生此言差矣！打仗哪有不死人的呢？"范瑾瑜气愤地说："是的，打仗肯定会死人的，但平民百姓无辜大量死亡，那正常吗？别的不说，仅就江宁一城，大清驻军不过万人，但江宁死亡人数何止五万？满城被攻破时，六万旗人中，男性成年者除少部分战死外，其余全部被杀；男性未成年者都被割去生殖器而痛杀！女性幼童、老妇被诱至火药桶处，全部炸死，尸骨无存！更令人气愤的是，六七千年轻妇女被押入江南贡院女营之中，饱受摧残、蹂躏！其罪行令人发指！也许，对满人这样，是因为满人曾经欺负过汉人。但是，对汉人又如何呢？他们在江宁城外的汉人居住区实行男馆、女馆体制，不听从者即被残杀。据在下在江宁五日考察，汉人自杀者不下万人，汉人被杀者不下万人，汉人被驱赶至江中淹死者又岂止万人！这样见人就杀的'小天堂'能不短命吗？"

"别说了！太残忍了！"钱江、石达开同时喊了出来。

范瑾瑜却并没有停下，继续说道："在下还听说洪杨起事之初，投效之人数十万，所到之处尚能受到百姓欢迎。可是，到了武昌、安庆、江宁，他们全变了，变得面目狰狞、令人恐惧了！老百姓一听到'长毛'二字，就面色恐慌、心惊胆战！民心尽失的那一天，就是洪杨走向衰落的那一天！多行不义必自毙！"

钱江不自觉地落下眼泪，他为自己没有能够阻止太平军滥杀无辜、残害百姓而自责，更为太平军内部矛盾重重、难以发展壮大而痛苦！范瑾瑜说："道长何故流泪？"钱江抽噎着说："我为那些无辜百姓而伤感。"范瑾瑜说："既是这样，以后攻下城池后，就不要再滥杀无辜了！"钱江、石达开默然无语。

范瑾瑜长叹一声："不说了，我们吃饭吧。"钱江、石达开等人匆忙扒了几口饭，便推说吃饱了，搁下了碗筷；范瑾瑜也搁下碗筷，有人很快撤走杯盘碗盏，送上香茗。范瑾瑜说："金戈道长喝点茶吧。"钱江说："不必了，我们也该回去了。"

范瑾瑜此时已经完全能够确认来人的身份，那个道长模样的极有可能就是钱江本人，那个自称"禹田公"的应该就是石达开，其他两人地位必不低。范瑾瑜要想捉住此四人向朝廷邀功，也并不困难，但是，一来钱江、石达开在长毛军中算是比较文明的，滥杀从来没有他们两人的份，他们留在长毛军中还能阻止滥杀无辜；二来，杀了他们两人，引来的必然是长毛穷凶极恶的报复，到那时，皖中一带必然是寸草不留，虽然那样会加速长毛的灭亡，但是，空无一人的胜利能算胜利吗？范瑾瑜明知李大人区区五百兵勇目前不是长毛对手，长毛很快就会占领运漕镇的，有钱江、石达开两人在，就有繁华、富庶的运漕镇在。长毛不怕速战，怕的是拖延，与整个大清国相比，长毛更耗不起。因此，范瑾瑜制定的大战略是“以时间换人口，以时间换经济”，宁可慢一点，也不能把军队、地方的家底拼光！

范瑾瑜今天就是要把自己的想法告诉钱江、石达开，由他们去影响长毛军，给地方未来发展留一点基础。

范瑾瑜前头带路，钱江四人紧随其后，从西范村出来，走过一条窄窄的田埂，又爬了一个约三丈长的土坡，便来到了河堤上。站在河堤向北一望，一片旱地，上面长满了旱粮作物；河虽然不宽，但看那几只船，就知道河水比较深。远处河面上，几只疍家船泊在那里。钱江顿觉头脑清醒了很多，石达开内心的压抑感也减了不少，张自芳、刘元合步履比刚才轻快多了。

沿河堤向东走不上半里，范瑾瑜指着南面圩内一大片平整的农田，说道：“那一片就是凤尾洲。凤尾洲原是河心小洲，后来，河堤北移，就成了圩田了。一般的圩田是不间作的，但这片由河心小洲演变成的农田采取的却是间作的方式，今年正好不种庄稼。”钱江一听“凤尾洲”三个字，心中一动，似有所感，便顺着范瑾瑜手指的方向看去，那是一片好地，东西长约三里，南北最宽处约两里，最窄处也有一里多，背面紧接河堤，其他三面均有小水沟与周围村庄隔开，地理环境这么好的地方还真难得一见。“凤尾洲”三个字从此深深地刻在钱江的脑子里。

钱江问道：“范先生，’凤尾洲’那片地方应该是府上的吧？”范瑾瑜笑笑说：“本来确实姓范，祖父把它捐出去了，作为‘义田’，两年一次，圩内青壮年义务劳作，所产粮食、油料等物上交镇上‘义仓’救济鳏寡孤独之人。”石达开深有感慨地说：“范先生祖上积德，善有善报！”范瑾瑜说：“运漕镇‘义田’非此一处，小圩湾、大圩湾许多河滩地，都是镇上大户人家的‘义田’，他们出钱雇佣劳力进行耕种，收入上交‘义仓’。在全杨柳圩，‘义田’大概占十五分之一，将近一万小亩。因此，一般水旱灾害，杨柳圩基本上不需政府救济，内部就可协调。杨柳圩内老百姓尊富、敬富，从来没有仇富，因为富户没有谁为富不仁。”

钱江看看范瑾瑜，笑着说：“范先生说得真好，这样一来，即使是赤贫的人也能过上温饱的日子，谁还去为匪为盗。难怪在下一路走来，城里乡下都是一片太平宁静的景象，这真是一处世外桃源啊！”

范瑾瑜却有着不同的看法，他说：“金戈道长说‘世外桃源’，在下不敢苟同，因为运漕镇与外面的联系还是挺多的，上至安庆、汉口，下至苏州、松江，北到京城，南达两广，都有往来。镇上几个主要大户不少来自徽州，典型的徽商。他们有一个不成文的规定，每年腊月二十六、二十七、二十八这三天，这些平时批零兼营的商家只做批发、不做零售，让利给小的零售商，小零售商当然也会让利给普通老百姓。徽商很懂得‘养鸡生蛋’的道理，不做那些‘杀鸡取卵’‘焚林而猎’‘竭泽而渔’的事情。你给人活路，人家就会给你活路。可是，在下真担心一旦长毛打进来了，这种良好的社会风气就会败坏，到那时，运漕镇就衰落了！长毛攻下过的城市，没有一座不衰落的！武昌、安庆、江宁，曾经何等繁华，遍地是金银，长毛一过，顿时萧条，有人感叹，没有上百年是无法恢复元气的！这样白骨蔽野、万户萧疏的天下，就是打下来，又有何用？唉！运漕镇不知何时遭劫了！”说完，掏出巾帕，拭泪。

钱江、石达开一言不发，但脸色很难看，默默地走了几步，钱江说：“在下走南闯北，倒也听说长毛军中还是有好人的，至少是头脑清醒的人，如果这些人来占领运漕、甚至经营安徽，给老百姓活路，那先生应该不会过于担心了吧！”

范瑾瑜终于得到了钱江、石达开的承诺，于是，高兴地说：“如此，在下就先在此拜谢了！”钱江、石达开笑笑说：“先生是否高兴得太早了，我们又不是长毛的统帅，我们说的只是一种愿望，未必能变成现实。先生在此拜谢谁呢？”范瑾瑜心想，这不过是欲盖弥彰罢了，于是，肯定地说：“不管是谁，在下都会谢他的！有朝一日，在下会与他结成朋友的！”

“大圩湾到了，几位可以在此上船。”范瑾瑜指着一条小沟上停泊着的三两只船，说道。范瑾瑜领着四人走下河堤，选了一条小船，似乎比来时的船还要小，四人有点疑惑。范瑾瑜说：“这条小沟比五里沟窄而浅，滩又多，小船反而更快。”众人上船，向范瑾瑜道谢。范瑾瑜说：“金戈道长，明日返程，在下派人护送诸位至裕溪口，何如？”钱江拱手谢道：“多谢先生美意。但在下数人皆为平民百姓，先生特意派人护送，声势太大，多有不便。”范瑾瑜笑着说：“金戈道长放心，在下不会闹出很大动静，只悄悄地派人护送几位至裕溪口，放心！”钱江听到“放心”两个字，知道范瑾瑜已经识破了自己和石达开的身份，便嘱咐石达开、张自芳、刘元合小心在意，明日天不亮就起程。

目送范瑾瑜渐渐远去的背影，石达开有点担心：“金戈道长，范先生会不会阻挠我们回去？”钱江略一思忖，说道：“羽田公放心吧，范先生应该不会的，他还托我们将来好好照顾运漕镇呢！”刘元合接过话头，说道：“范先生说得有道理，他们的想法也很不错，其实，真像他们所说的那样，对我们也有好处。”

船行了半里多路，前面一条狭长的滩地将小沟分为两条，船从西边一条行过。河滩足有一里路长，上面长满了芦苇，芦苇都已有一人多高，叶子肥大而密集，阵阵风过，叶子发出沙沙的响声。突然，传来一阵尖利的鸟鸣。钱江向鸟鸣处望去，只见两只鸟一边焦急地盘旋着，一边发出凄厉的叫声。再仔细看看，原来，在两只鸟下方芦根旁，有一堆黑乎乎的东西。钱江问船夫那两只鸟为何叫得那么凄惨，船夫回答说是一阵疾风把鸟窝吹下来了，而且鸟窝里面肯定有鸟蛋。钱江对刘元合说：“元合，你去把鸟窝捡起来安放好！”刘元合答应着，正准备行动。船夫却说：“道长真是大善人，算了，小人觉得几位不像是可以进得了芦苇丛的人，小人去吧！”说着，将船靠边停好，下了船，跑向芦苇丛，捡起鸟窝，将鸟窝安放好，上船，继续前行。两只鸟欢快地在窝边飞上飞下，高兴地和鸣着。

石达开见此情景，心里知道钱江已经被范瑾瑜的一席话打动了，石达开自己其实也被范瑾瑜的爱民之情感染了。是啊，我们当初起义打出的旗号不就是让老百姓过上好日子吗？为什么会渐渐蜕变成现在这个样子呢？

一行无话，直至王港，弃舟登岸，朝运漕镇走去。四人从三元观遗址，进入东河街，远远看到一处仓库，走近一看，原来是“运漕粮台”。

钱江等人打听到，运漕粮台是方圆一百五十里内最大的粮台，直接属于安徽省总粮台调度。粮台设总理事一人，品级为正九品，与运漕巡检司巡检相同。现任总理事姓罗，运漕本地人，人称“罗粮台”。粮台共设八所，分别是文案所、内银钱所、外银钱所、军械所、火器所、侦探所、发审所、采编所。这罗粮台特别能干，借鉴古代“推陈出新”之法管理粮食，新粮、陈粮各得其所，累千聚万不差分毫，粮库常年存粮二十六万石，今年仍有存粮二十一万石。罗粮台还有麦巡检因工作成绩突出，获上级奖励，据说上司已经将他们晋升为从八品的文书上报朝廷，等候朝廷批复。

对于自己能否升为从八品，罗粮台、麦巡检并不关心，他们在意的是长毛来劫粮时，粮食能否保得住。两人曾向上司呈报，希望朝廷能派兵来支援粮台，可眼下朝廷哪里有兵可派。两人也知道李鸿章尽管募兵五百，但以李鸿章目前的实力，即使全军参战，也未必能守得住粮食。两人又希望将粮食疏散一些去其他地方，可一时又难以实施。两人日夜忧虑，三十出头的罗粮台头发都急白了。朝廷的意思是只要能保住百分之二十的粮食，两人就无罪。可是，这里的每一粒粮食都是两人或征或购得来的，只有他俩最清楚这些粮食来之不易，他俩平时把粮食看得比自己生命都重要。

李鸿章也对二人说，能够保有百分之二十就可以了。但二人向李鸿章表态，誓与粮食共存亡，若被长毛抢走一粒粮食，二人即自杀向朝廷谢罪！李鸿章实际上也没有更多的办法，只能对二人的精神表示嘉许。就在前几天，李鸿章得知二人已为自己准备好棺材，本想劝二人“留得青山在，不愁没柴烧”，但被二人一番慷慨陈词说动了，只能含着泪默许二人届时以身殉粮！

钱江感叹道：“羽田公，我们即将面对的就是这样一批忠勇之士，这些人若在平时，又有谁知道他们恪尽职守乃至欲以身殉职呢？真是‘疾风知劲草，板荡识诚臣’啊！”石达开叹息道：“运漕粮食不能不取，但不可全取，至少留百分之二十，以全二人之忠。”刘元合说：“即使我们取一粒粮食，他二人也会自杀身亡的。”张自芳很长时间没有说话了，直到谈论这个问题，她才说道：“取粮之后，厚葬两位吧，也算对他们有个交代了！”

钱江心事重重，连晚饭都懒得吃，石达开问道：“金戈道长为何这般心事重重？”钱江说道：“我们的对手很强大，也叫人佩服！”刘元合说：“金戈道长说的是李鸿章吗？”钱江点点头。一会儿，又说：“我们已知李鸿章的才能，但不知李鸿章的人品如何。我们想办法查考查考。”刘元合说：“李鸿章应该住在袁府，不过，以我们现在的身份，也不好去了解啊！”石达开想了一想，说道：“古人说‘慎独’。在私交空间里最能了解一个人的品质。李鸿章既然住在袁府，夜晚必与袁百顺交谈，我们不妨从他私下交谈中了解他。”钱江说道：“办法虽然好，但如何进入他的私交空间呢？”刘元合想了好一会，终于想起什么来了，他说：“我们这里大户人家一般都在房顶盖上几块明瓦，到时候，我们上房顶从明瓦往里侦察，便知详情。”钱江应允。四人静坐，只待夜深之时，侦察李鸿章私交详情。

第六回

受宝剑翰林胆气壮 睹惨象军师心底寒

钱江忙活了一天，李鸿章这一天更没有闲着，或者从某种意义上说，就是结结实实地忙了一天。昨天坦字营编营大典反响很好，运漕镇老百姓对这一支军队寄予了厚望。下午，坦字营训练开始，先后训练了“大力移山拳”“五枚百叶拳”的马步，也训练了踩水基本功。今天，上午训练“大力移山拳”“五枚百叶拳”马步及开式，下午继续训练踩水。李鸿章跟在后面跑了一整天，到傍晚时分，才三十出头的他竟然累得腰酸背痛，两条腿都拎不起来了。

李鸿章来到临时军帐，刚坐下，袁世坦就进来了，首先一个军礼，接着将一张卷起来的红纸打开，呈给李鸿章，铿锵有力地说：“禀告大人，这是坦字营作息时间安排，请审查！”李鸿章接过一看，上面清清楚楚写着十几行字：

团练第一营坦字营作息时间安排

卯时一刻	起床
卯时二刻	会操
卯正	军官营帐点卯
辰时	早餐，学习军纪，教唱军歌
巳时	训练拳术
午时	午餐
午时末	午休

未时正至申时正	训练水上技能
申时正至酉时正	训练步伐、队列、阵法
酉时正	晚餐
戌时正至亥初	学习军纪，教唱军歌，学习文化
亥时正	就寝

李鸿章一看，头皮都发麻，心想："范先生，你这也太琐碎了吧？你都跟谁学的？"但嘴上还是说："好！照此执行！"

袁世坦并没有说完，继续说道："大人曾说今天晚餐要亲自检查伙食，晚餐即将开始，请大人移步食堂。五百兵勇正在彼处恭候！"李鸿章一想："我说过吗？我什么时候说过要亲自检查伙食的？"当然，这种想法不能表露出来，于是，他立即站了起来，在袁世坦引导下，步入食堂。一进食堂，李鸿章傻眼了，饭菜已经全部上齐，五百兵勇齐刷刷地站在那里，没有一点声音，食堂前后门门口各站着两个哨兵，麦巡检、水青萍则站在团勇中间。一见李鸿章到场，团勇们立即齐唱《子弟兵爱民歌》。李鸿章待他们唱完第一段，便示意坐下，开饭。团勇们在得到袁世坦命令后，方才吃饭。李鸿章在袁世坦、麦巡检、水青萍的陪同下，随机抽取一两桌检查了一下，伙食还不错，因为连李鸿章平时觉得最难吃的茼蒿，今天都有一股难得的清香、一种难得的爽口！还有，油水也重，能够保证团勇们高强度的训练！

李鸿章很满意地离开了食堂，袁世坦送李鸿章到军帐，李鸿章小声地说："世坦，告诉麦巡检、水姑娘，今晚袁府请客，稍后大家去那里吃饭吧。"袁世坦立即行了一个军礼："禀告大人，坦字营军纪规定，教官必须与团勇同吃同住，特殊情况不能同住的，需等团勇就寝后方可离营。属下、麦巡检、水姑娘均不敢违反军纪，请大人原谅！"李鸿章一片好心，却招来袁世坦一大堆大道理，心有不悦，于是说："那就辛苦你们了！"袁世坦又行了一个军礼："禀告大人，坦字营子时初即不准自由出入，请大人在子时初之前必须回营，否则，就请大人今夜不必回营了！"李鸿章其实根本没有听清楚，只是随便应了一句："好！"袁世坦立正，敬礼："大人，属下告退！"说完，转身走了。

李鸿章心里真有点不舒服，哪来的那么多规矩？范先生你还要不要人活了？自己在翰林院时，早上去点个卯，一天不与别人打照面，都没有谁来管。想不到，在自己筹建的军队里还要被自己的下属管！这对平时散漫惯了的李鸿章来说，军纪还真的像一道紧箍咒，令人很不畅快。但是，一想到现在自己也是一名军人了，军人就应该遵守军纪，心里平静了许多，同时，暗暗告诫自己，切不可贪杯酗酒！

袁百顺等人早在巡检司门外等候李鸿章了，几个人一同来到袁府，刚落座，菜、酒就上桌了。一番觥筹交错之后，袁百顺手一挥，几个家丁抬出一堆东西，随即离开。李鸿章还没有看清是什么，袁百顺等人就说："李大人，这是运漕绅商孝敬大人的！"李鸿章一看，全是黄白之物，立即变脸说："顺公，几位掌柜，我李鸿章岂是此等贪财之人，各位不是爱我，而是害我！这些钱财，我李某人断不可收！"几个绅商还认为李鸿章是在做样子，便劝道："这也是大家的一片心意，盛情难却，别冷了乡亲们的心！"李鸿章衣袖一拂，严肃地说："李某人宁可得罪全运漕镇人，也绝不收受各位钱财！各位如果相逼，请允许李某人就此告辞！"态度之坚决，令人不寒而栗。袁百顺又说道："李大人，既然大家都把这些东西拿来了，李大人不入私囊，就带回去充作军饷吧！"李鸿章态度虽然缓和了一点，但语气仍然十分坚定："顺公，诸位掌柜，坦字营有规定，任何人不得私自接受捐赠，营内收支自有专人管理，我李某人不能带头违反军纪！再说，李某人此次来运漕募兵，各位掌柜及运漕父老乡亲已经出了不少力，不能再让大家破费了，各位还要维持产业，为繁荣运漕经济做出贡献。这样吧，请顺公开出名单，明天我亲自上门，一一退还！"袁百顺等人至此，方才知道李大人真的不贪财，而且还能体恤绅商百姓；几位深受感动，觉得李大人确实非常人可比！袁百顺说："我们几位错看了李大人，来，诸位，自罚一杯！此后，断不可再做给李大人添麻烦的事！酒后，个人取回自己的钱物！"李鸿章也举起了酒杯，深深鞠了一躬，深情地说："一谢各位相助，让李某人很快聚兵；二谢各位理解，全李某人品节！"说完，众人一饮而尽！

李鸿章如此动情的一幕，早被躲在房顶上的钱江等人看得一清二楚。

酒酣耳热之际，袁百顺取出一柄宝剑，剑鞘上刻有"补天"二字。袁百顺双手托剑，恭恭敬敬地献给李鸿章："李大人，此宝剑名'补天'剑，由一位乡民托洪老掌柜转赠李大人，还请大人收下！"李鸿章郑重地接过宝剑，赏玩不已，连说"补天""补天"。李鸿章乘着酒兴，说起了这"补天"二字的来历，这是他在《山海经》中读到的。

当年共工怒触不周之山，天柱折，四维绝，天不周覆，地不周载，淫雨如注，大火不息，天下百姓命悬一线。女娲炼五色石补天，于是，天地方才运行有常。

“这‘补天’二字是谁想出来的？”李鸿章问。

“剑上原来就有的！”袁百顺回答道。

“有此等异事？”李鸿章不解地问道。

洪老掌柜说起了这把剑的来历。

说起这把剑来到运漕镇，还真是很神奇。这把剑是运漕镇东北八里之外黄墩一位乡民所献。这位乡民祖上是明朝开国功臣华高。当年，明太祖朱元璋与陈友谅决战鄱阳湖，正打得难分难解之时，华高率领以运漕、含山一带村民为主组成的巢湖水师加入了朱元璋队伍，彻底消灭了陈友谅的水师，奠定了大明一统江山的基础。朱元璋当上皇帝后，封华高为“巢国公”；又因运漕人立了大功，于是，钦定运漕为“十二圩盐引岸”之一，这样，运漕得以专享盐业之利。此后，运漕迅速繁荣，成为方圆一百五十里范围内最大的集镇。华高去世后，就葬在家乡黄墩，其后代一支即在墓旁聚居，朱元璋赐给华高的“补天”宝剑一直由这一支后代珍藏。此剑自华高去世后四百五十年间，并无异常表现。然而，李大人来运漕募兵这一段时间，剑总是在夜间“当当”作响。昨天上午，宝剑突然自己蹦出鞘。家人惶恐，忙携宝剑来问在下，在下认为这是宝剑在寻找新主人；华家后人当即表示将此剑赠予李大人。

众人都说：“这是天意！”

李鸿章将信将疑，便问：“哪有宝剑自己蹦出鞘的呢？”洪老掌柜说：“在下也正疑此事。不过，乡民献剑时的说辞也确有夸张成分，但宝剑赠英雄，倒也顺合天意！大人不必有什么疑虑了！”李鸿章抽出宝剑，但见寒光闪闪，剑脊上亦有“补天”二字，痕迹陈旧，不像是现錾上去的。

此时，李鸿章也颇有些醉意了，想想自己三个月来的经历，恍若梦中一般，觉得自己可以干出一番事业。于是，舞起宝剑，舞了一阵，便口占一绝：

“杯酒藉浇胸磊块，枕戈试放胆轮菌。

愁弹短铗成何事，力挽狂澜定有人！”

言罢，哈哈大笑。

“力挽狂澜定有人！”众人吟赏这句诗，齐声说道：“李大人将来定能力挽狂澜、扭转乾坤、补天安民！”

李鸿章说道：“李某人老师兵部侍郎曾大人回湖南办团练，乡人赠剑‘安天'，我今日获赠宝剑'补天'，看来，平定洪杨逆乱重任主要是老师来担当了，老师平定了叛乱后，医治战争创伤、筹谋国计民生的重任我能担当得了吗？"

"当然能够担当得了！"众人一看，原来是范瑾瑜。李鸿章忙说："范先生这么晚了，还回营啊？"范瑾瑜说道："大人，属下原说过只请一天假，现在来销假！"李鸿章说："范先生先饮一杯！"范瑾瑜正色道："大人，属下不能不禀告，现在已是亥末，接近子初了，请大人速回军营，过了规定时间，大人是不能回军营的！"

李鸿章一听，酒也醒了一半，心里很不是滋味，但也只能告辞回营。钱江等四人也回到了长安客栈。

袁世坦还没有休息，看见李鸿章满身酒气就要去团勇们休息的营房，忙拉住李鸿章："大人，军营内平时不得酗酒。大人酒已多，不能进团勇营房，还是进大人军帐吧！"李鸿章被拉进军帐，袁世坦连忙送上清茶一杯，让李鸿章醒酒。范瑾瑜待李鸿章坐定，便将白天所见所闻向李鸿章汇报了一下，袁世坦当即就要去搜寻钱江四人，李鸿章忙拦住袁世坦："袁管带，先听听范先生的计谋，再行动不迟。"

范瑾瑜说："李大人，袁管带，在下想'礼送'钱江四人出境。"李鸿章惊讶地问："如此大好时机，为何不抓住他们四人？"范瑾瑜耐心地剖析了其中的利弊，李鸿章听说后，十分赞赏范瑾瑜的"礼送"之策。随后，范瑾瑜进行了周密的部署，只待第二天天不亮"礼送"钱江四人出境。

再说钱江四人看到范瑾瑜进屋后，便急忙撤回长安客栈，刘元合问："金戈道长，范先生会不会把遇到我们的情况报告给李鸿章呢？"钱江轻轻一笑，说："他这么晚还匆匆跑回镇上，你以为他只是回营销假那么简单。"石达开不无担忧地说："那李鸿章会不会派人来抓我们呢？"张自芳也说："我也有此虑。"钱江说："李鸿章虽然想到来抓我们，但他最终还是会听从范瑾瑜劝谏，护送我们出境的！各位早点休息，高枕无忧，明天一早就起床，莫让别人久等。江淮人好客，既然肯放我们，就一定会为我们准备好丰盛的早餐，也算一个好人做到底！放心睡觉吧！"

次日清晨，天尚未亮，四人洗漱完毕，算了房钱，即向大码头走去，紧挨大码头正中央果然停着一艘大船，正对着那块"漕川古渡"的石碑。周围船民尚未起床，只有这一艘大船上有人在忙碌。钱江说道："船已经准备好了，还是大船、快船。上船吧！”刘元合忙上船头，问道：“船家，到裕溪口，去不去？”船上一位年轻人立即答道：“去，去！小人马上就开船！”刘元合先上了大船，钱江等人仍在码头水跳上。刘元合进入船舱，船舱侧卧着一个男人，正在打着鼾，看样子睡得很香。到船尾一看，只有一个女孩子，借着船上灯光，看到那女孩子大概十五六岁，身穿水红色衣服。看见刘元合，立即热情地站起来招呼道：“客官请坐，船马上就开！”刘元合打算回到船头，请钱江等人上船，路过船舱时，还真闻到了煮干丝的香味，但又没有看到早点，只在侧卧的那个男子头部放着一只大饭桶，刘元合估计那饭桶里面可能就是早点。

钱江、石达开、张自芳看见刘元合情绪轻松，知道可以上船，船头年轻人将四人引至船舱另一面坐下，自己到船头点了一下竹篙，船开动了。四人坐定后，对面那个男人还在睡觉，不过因为面朝船帮，看不清他的长相，但从身材看，估计是袁世坦。四人面朝船尾看去，船尾的姑娘划着大桨，船桨虽大，但那姑娘划得却很轻松。这时，船头的年轻人也跑过去帮助划桨，两人有说有笑，似乎很高兴。钱江看到后面不远处一直跟着一条小船。

大概走了半个时辰，天已经大亮了，船头年轻人说：“快起来，招待客人早茶！”原来侧卧的年轻人伸了一个懒腰，翻身起来，四人一看，果然是袁世坦。石达开、张自芳、刘元合顿时警觉起来，钱江示意不必紧张。

袁世坦冲四人一抱拳，和颜悦色地说：“有劳军师、翼王诸位久等，在下李鸿章李大人麾下袁世坦，奉李大人、范先生之命，护送几位。水姑娘，把茶点摆好！”船尾姑娘向那年轻人交代了几句，便来到船舱，从桶里取出几样点心和一壶新茶，就又跑到船尾。袁世坦说：“启元老弟，你也过来陪客人喝茶吧！”船尾的年轻人笑笑说：“有袁管带陪着就可以了，我和红菱妹妹早就泡了两碗炒米垫过肚子了！”袁世坦笑着说：“我就知道你是舍不得水姑娘，也罢，难得有这么个机会，你就和你的红菱妹妹好好说说体已话吧！”

袁世坦转过头来对着钱江四人说：“军师、翼王，两位英雄，请用早茶。时间太早，有的早点还没有出锅，只能勉强凑合，诸位不要见怪！”钱江笑着说：“感谢李大人放我们一马，更感谢如此款待我们！”袁世坦说：“军师应该知道我们李大人、范先生的一片苦心，他们也是用心良苦啊，还望军师等四位英雄对运漕父老乡亲高抬贵手，也不枉了我们相识一场！”

早茶喝完了，船大概已经快到三汊河了，此时正好辰时一刻。袁世坦站起来，双手抱拳，说道：“送君千里终有一别，在下就送到这里了，前面就是三汊河，过了三汊河就是雍家镇，几里水路过后，裕溪口就到了。桶里尚有我们李大人备的四份土仪，都是运漕镇声名远播的特色糕点，还请四位笑纳！”大船停下来，一直跟在后面的小船傍着大船停下了，钱江这才看清小船上竟有四人，其中两个人竟是麦巡检和水青萍，另两人不认识，他们攀上大船，替下了船尾的一对青年男女，袁世坦与那一对青年男女从大船下到小船，两船随即分开一丈多远。袁世坦站在小船上，向钱江、石达开、张自芳、刘元合说：“运漕镇就拜托四位了！在下先代运漕镇百姓向四位表示感谢！”钱江站在大船上，看着渐渐远去的小船，心潮激荡，哽咽着说：“袁管带，回报你家李大人、范先生，尽管放心！后会有期！”

小船上，麦巡检在摇橹，袁世坦、水青萍坐在船舱，水红菱早就脱去了鞋子，坐在船头，将两脚伸进河中，任凭河水从脚上滑过。洪启元见状，也脱了鞋袜，将脚伸进水里，脚一进水，他不禁“哎哟”一声。水红菱忙问是不是被鱼咬了，洪启元回答说：“水太凉了！”水红菱笑着说：“你真没出息，这么热的水你还嫌凉？你也太娇贵了！真是公子哥儿！”说完，用自己的脚在水中狠狠地踹了洪启元的脚，洪启元突然觉得很舒服，浑身像触了电一样。水红菱一边用自己的两只脚绞住洪启元的一只脚，一边歪着头看着洪启元，洪启元一看，简直惊呆了，粉红粉嫩的瓜子脸在水红色衣服的映衬下，越发好看。洪启元几乎不能自持了，要不是在船头，他可能早就抱过那张可爱的脸狠狠地亲她几口！

洪启元说：“红菱妹妹，我唱一首歌给你听。”水红菱放开洪启元的脚，坐正了身子，问道：“启元哥哥，你会唱什么歌？我从来都没有听你唱过歌呀！”洪启元说：“《采红菱》。”水红菱嗔了一下洪启元，两只小拳头不停地砸向洪启元肩头：“启元哥哥真坏，真坏！拿人家名字打趣！我不听，我不听！”洪启元认真地说：“红菱妹妹就是给我一百个胆子，我也不敢拿妹妹的名字打趣！这是我随叔叔到苏北泰州时，听别人唱的。”水红菱不打了，她低着头说：“启元哥哥，你唱吧！”

洪启元清了清嗓子，唱道：

“我们俩划着船儿采红菱呀采红菱，
得呀得郎有情，得呀得妹有心，
就好像两角菱，也是同日生，
我俩一条心。”

水红菱一听，立刻羞红了脸，她啐了一口洪启元，骂道："洪启元，你太过分了！你不但拿我的名字打趣，还把我的名字编到这些淫词艳曲里唱！我一定要告诉洪伯伯，让他打断你的狗腿！"说完，手狠狠地掐了一下洪启元的腿，疼得洪启元直咧嘴，但又不敢叫出声来。洪启元见真把红菱妹妹得罪了，连忙又是道歉，又是赔礼，好话说了一箩筐，但红菱妹妹就是不原谅。这下把洪启元急坏了，他坐在一旁不知所措，水红菱"扑哧"一笑："原来启元哥哥这么怕洪伯伯啊！早知这样，我就不吓唬你了！"洪启元一听这话，高兴地说："不是怕我父亲，是怕红菱妹妹生气！不过，红菱妹妹生气起来也很好看！"水红菱说："再油嘴滑舌的，我剪了你的舌头！"

水红菱坐在那里，想了一会，轻轻唱道：

"划着船儿到湖心，
你看呀么看分明，
湖水清呀照双影，
就好像两角菱。"

洪启元和着水红菱唱着：

"划着船儿到湖心，
你看呀么看分明，
一个你呀一个我，
就好像两角菱。"

"我们俩划着船儿采红菱呀采红菱，
得呀得郎有情，得呀得妹有心，
就好像两角菱，也是同日生，
我俩一条心。"

唱着唱着，水红菱很自然地靠向洪启元，洪启元一把揽过水红菱，轻声地对水红菱说："红菱妹妹，嫁给我吧！我俩以后天天都唱《采红菱》！"水红菱也轻声说："就怕洪伯伯不同意。"洪启元说："不会的，我父亲知道我俩的事，但他从不反对！告诉你一个秘密，我母亲家也是船上的。"水红菱不说话了，两人默默地相依相靠！

"我划累了，启元，来帮帮忙！"麦巡检说话了。

水红菱忙拉着洪启元向船尾走去，一边走一边说："哎呀，我们光顾着说话，让麦巡检一个人划了几里路的船。太不应该了！"说着，两人替下麦巡检，袁世坦说："麦巡检，你在船舱里小睡一会儿，我们到船头上去。"麦巡检也正想休息一下，二来也好让他们互诉衷肠。

袁世坦、水青萍坐在船头，麦巡检关上了舱门，独自在舱里睡觉。许久，袁世坦说："青萍妹妹，你还在生我的气吗？"水青萍没好气地说："别'妹妹''妹妹'的叫得那么亲热，留着这些亲热劲给人家范姑娘，她才是你的'金莼妹妹'！别跟我套近乎！"袁世坦被水青萍呛了几句，心里也不好受，但又如何向她解释呢？自己向她剖白吗？剖白后能兑现吗？袁世坦实在没有把握。袁世坦在家是一个孝子，一向不敢违忤父母的意思，可是，他又确实深爱着水青萍。昨天，范金莼给他留下的印象虽然不错，但在范金莼面前，他就显得不自然，甚至有些拘束，或者说有点敬畏。袁世坦心里矛盾极了！

见袁世坦不说话，水青萍说："怎么不说话了？是不是觉得我说得对？也是，人家范姑娘又善良，有大度，连我都不忍心伤害她。将心比心，我也知道昨天范姑娘内心是很痛苦的，然而表面上却装作若无其事，要是换了我，肯定首先不管三七二十一把人家骂一通，再甩她几个耳光，问她为什么那么骚，勾引我的未婚夫！"说完，自己倒先笑起来了。袁世坦也觉得水青萍说的话可笑，尤其是竟然说自己"骚"，知道水青萍已经没有太多的火气了，便半开玩笑地说："青萍妹妹，你怎么说自己骚啊？"水青萍一愣，问："我什么时候说自己骚了？"袁世坦笑着说："就是刚才，刚说过的话就不认账了！"水青萍这才知道自己一时兴起，说漏了嘴，脸一下子红了，骂道："世坦哥哥太不老实！人家那是打个比方！不过，想一想，我也够得上'骚'了！明知世坦哥哥有未婚妻，却还是不放手！可是，我真的喜欢世坦哥哥，跟你在一起，我感到安全、幸福！但是，话又说回来了，我又真的不忍心去伤害范姑娘！换做别人家的姑娘，我一定会把你从人家手里抢过来的！对范姑娘那么一个好人，我实在下不了手！"

袁世坦听完水青萍这一大段倾诉，也不敢说什么，其实，他真不知道该说什么。只听水青萍继续说道："世坦哥哥，麻烦你再向李大人求情，收我做团勇吧！我只想早早晚晚都能守在你身边！我知道这辈子没有机会嫁给你了，但只要每天能看见你，我就心满意足了，哪怕是看着你与范姑娘手牵手在花园散步！或者，你与范姑娘结婚了，我就做范姑娘贴身丫鬟，天天伺候世坦哥哥，也伺候范姑娘！我说的是真心话！"袁世坦听后，十分感动，连忙打断水青萍的话："怎么能让青萍妹妹做丫鬟呢？"水青萍顺口问道："那你想让我做什么？”袁世坦一时语塞。

水青萍轻轻叹了一口气，说道：“世坦哥哥，向李大人说说吧！”袁世坦几乎是噙着热泪答应了！

临近巳时，小船到达大码头，袁世坦、水青萍、麦巡检直奔巡检司衙署，向李鸿章、范瑾瑜汇报情况，随后便投入紧张的练兵工作之中了。洪启元、水红菱到来的时候，李鸿章向他们表示感谢，并请转达对他们家人的问候。李鸿章对范瑾瑜说：“范先生，钱江他们也该快到裕溪口了吧？”范瑾瑜回答说：“是的，大人，如果不出意外，他们想必是到裕溪口了！”

是的，钱江四人很快就到达了裕溪口，原因主要有两个，一是所乘之船为大船、快船，二是顺风顺水。裕溪口这个地方，钱江以前来过，甚至三个月前也经过，当时只觉得此处街市繁华，虽比不上运漕镇，但街市面积应有运漕镇五分之一大，人口也足有两三千吧，周围尚有十来个村庄，每村人口也不少于二百，裕溪口及其附近总人口应有五千。码头很长，从东南面临江码头起至西面临河码头止，估计有两里路长，停靠船只不少于五百只，大船、小船、渔船都有。船夫号子声、码头工人和小贩吆喝声夹杂着水面上的渔歌声，混成一片，令人感到十分嘈杂！

钱江等人从临河码头弃舟登岸，偌大的码头看不到几条船；上到堤岸，原来紧邻堤岸的街市不见了，房子全部被扒光，连墙砖都被搬走了，只剩下由不足半尺高的墙根构成的砖网格，每个方格大小不一，里面堆满了破衣服、烂棉絮等物品，不少网格内还残留着破烂不堪的灶台，偶尔可见几只肥硕的老鼠边嗅边走，似乎一点都不怕人。转向临江高处，周围村庄也都只剩下断壁残垣，只有几只野狗在乱砖丛中嗅来嗅去。临江码头三四条破旧的小船在江面上随风飘摇！整个裕溪口一片死寂！

“人都到哪里去了？”钱江不解地问道。“军师，你看！”刘元合指着一条砖铺道路说。众人一看，这条砖铺大道很宽，足有四丈宽，从江堤直向圩里延伸，大道尽头，是一座军营，大家一眼就认出那是天国的军营！军营位于一片圩田之中，周围都是结满青荚的油菜和葱翠碧绿的小麦。

“走，看看去！”钱江说道。众人顺着砖铺大道，向军营走去。大道长约一里半，有半里是江堤内的缓坡，另有一里穿行在油菜、小麦之中。“这要毁掉多少庄稼！”走到军营门口，才发现在江堤上看到的女墙，却是军营的城门楼子；军营城墙厚足有六尺，高足有一丈，周长也不下三四里。“这得要多少砖！”

钱江等人通报后，早有一名指挥前来营门接人，指挥自我介绍姓“苟”，是东王杨秀清的梅州老乡，东王常称他为“小狗子”。如今奉东王命令，驻守裕溪口。苟指挥对钱江等人还算比较尊重，谦恭地将诸位让进营帐，这营帐其实是一座庙宇式建筑，砖墙瓦顶，还散发出新鲜的锯末味，新建的！大厅高大轩敞，八仙桌、太师椅、屏风、格子窗应有尽有。钱江等人在太师椅上坐定，便有几个小卒上前来伺候茶水，少不了玉带糕、小麻饼、大金枣、拌干丝、焦切、酥糖，热情地请钱江等人品尝。

钱江淡淡地说：“苟指挥小日子过得不错啊，一下子拿出六样茶点，翼王、女侠、武状元，大家都尝尝。”刘元合其实也无所谓，因为这些东西自己在香泉时经常吃，便陪着大家吃了几口。苟指挥不无得意地说：“托东王洪福，把属下带到了这个鱼米之乡，真正过上了‘小天堂’的生活了！”钱江心想：“你是过上了‘小天堂’的生活了，但裕溪口五千百姓他们却是进了地狱！”钱江问道：“苟指挥这么快就建起一座如此坚固的堡垒，可见能力非同一般！翼王，你对军事很在行，你不妨全面了解一下苟指挥是怎样神速建起一座坚不可摧的堡垒的，我做一点记录，整理一下，也好向天王汇报，作为经验推广！”石达开明白钱江的意思，是要把苟指挥拆了多少民房、掠夺了多少民产、害死了多少人的罪状记录在案，便立即答道：“好的，军师你记，小弟来了解。”

苟指挥一听，神采飞扬地讲起自己如何强拆民房、如何“打先锋”掠民财、如何赶走裕溪口数千人的光辉战绩。

苟指挥说：“总计拆除民房三千多间，其中包括裕溪口街市一千五白间、周边村庄一千七百多间。勒令富户上交‘圣库’财物白银近十万两，天哪，这地方人太有钱了！五千人不到，就有十万两白银的财产，这还不包括房产、田产、家具、农具、船只及街市上买卖的物品等等！这些不动产少说也值五十万两！平均下来，每人竟有财富一百多两白银！比我们老家富裕多少倍！”苟指挥越说越激动，越说越神往，喝了一口茶，继续说道：“十万两白银，上交东王五万两，还有五万两留作军饷，属下活了二十多年，五十两银子都没有见过，现在一下子有了五万两，属下都不知道该怎么花！”

钱江插了一句：“那老百姓就没有反抗吗？”苟指挥说：“怎么没有？这地方的人太看重钱、看重房子了，许多年轻人跟我们拼命，都被我们打败了；

不少老年人看到钱被拿走、房子被拆，都自尽了。事后，我们也大略统计了一下，自杀的老年人应该不下五百吧，跟我们拼命战死的青壮年也有七八百人。剩下的人都走了，据说是逃到了别的地方投亲靠友了。至于去了哪里，我们也没管许多。”

如此草菅人命，如此麻木不仁！钱江几乎难以控制自己愤怒的情绪，但还是忍住了，没有发火。石达开静静地问：“那些青年妇女呢？”石达开的意思是想知道他们有没有强征民女，不料却被苟指挥误解成翼王想找个女人消遣一下，他有点紧张了：“禀告翼王，属下看那些大姑娘、小媳妇，长相都平平，也就没有征用了。她们早已到别处了！翼王若有需要，属下命人下去搜寻、征用就是了。”石达开等人长舒一口气，这里的妇女总算还没有被蹂躏、被糟蹋！便说：“不用了，本王只是随便问问。你们肯放过那些年轻女人，也算你们积了一点德！”

午饭上来了，有酒，有肉，十分丰盛。饭毕，苟指挥引着众人巡视了一遍裕溪口，看到西北处有一片乱葬岗，几十条野狗窜来窜去，想是在寻找人肉吧！

第二天，苟指挥找了一条船，送钱江四人到金柱关。在船上，钱江看着一片死气沉沉的裕溪口，心情沉重地说：“元合，还记得李鸿章的《子弟兵爱民歌》吗？”刘元合说：“记得。”“李鸿章对团勇扎营提出什么要求的？”刘元合想了想说：“第二扎营不要懒，莫去人家取门板。莫拆民房搬砖石，莫踹禾苗坏田产。”钱江十分痛心地说：“连官军都知道爱护百姓财产，可是，我们的天国，怎么变成这样啊！”

船到金柱关。金柱关位于姑溪河入长江处，距离太平州治当涂县城不足十里，地理位置十分重要。金柱关一旦失守，天京城就岌岌可危，因此，驻守金柱关的将领地位也比较高。眼下是杨秀清部下检点，据说姓朱，曾经救过杨秀清的命，与杨秀清的关系非同一般。

钱江四人先到当涂县城，毕竟是县城兼州治，面积比运漕镇稍大一点。四人进入县城后，不少民房要么大门紧锁，要么大门敞开而屋内空无一人。几个人转了几条街，想找个地方住下来，弄点吃的，却很难，常常是整条街不见一个人影，用“十室九空”来形容，绝不为过！好容易找到一家客栈，老板却鬼鬼祟祟地说：“客官快走，这里不安全！”钱江问道：“为什么不安全？既然不安全，你还开什么客栈？”老板看看四周，见没有别的人，就小声说：“这客栈不接待普通客人，只接待长毛兵。”石达开很不理解：“长毛兵不是有军营吗？为什么住客栈？”老板看石达开不是本地人，说说也无妨，便气愤地说道：“那些个长毛兵个个都是淫贼，每到晚上，就强搜民女到客栈来奸淫。客官一路走来，没看到街上有人吧，告诉你吧，人都跑光了，谁敢待在县城！”钱江问道：“既然人都跑光了，长毛兵还能搜到民女吗？”老板说：“搜不到，就从军营里带出来。”石达开惊讶地问：“你是说军营里面关着民女？”老板慌忙说：“客官，小声一点！长毛兵一到当涂，就强抢民女一千多人，长得漂亮一点的，就押送到了江宁，一般的就留在军营，由一个什么朱检点掌握，士兵交钱，就可以把民女带出来。”刘元合十分气愤地说：“竟有这种缺德事！”老板说：“更缺德的是几个士兵合伙带一个女的出来，轮流奸淫。就在小人客栈，这一个月，被轮流奸淫致死的女子就有两人！缺德啊！断子绝孙啊！长毛该杀！千刀万剐，下油锅！”老板恨不得把世界上最恶毒的话全部骂出来，钱江看到，老板因为气愤，脸上的肌肉都扭曲了！

张自芳也说：“该杀！应当千刀万剐！”老板一看张自芳是个女的，赶紧对她说：“大嫂，你快走吧，长毛兵来了，你就活不成了！求求你，不要留在小人客栈！”钱江说：“老板，我们不怕，先弄点吃的，我们饿了。”老板直点头，说：“客官，吃完就走吧！”说完，从后房端来几盘饭菜，粗劣不堪。老板抱歉地说：“现在兵荒马乱的，只能填饱肚子了！”几个人很快吃完了晚饭，老板一边收拾碗筷，一边说：“客官，长毛兵马上就要来了，你们从小巷子走，那样安全！”说完，死活不肯让钱江四人留宿。

正在僵持不下之时，门外传来了一阵喧嚣，几个士兵架着一个年轻女子来到客栈。一进客栈，便大声呼喊：“死老头，快打开一间房，老子们要爽爽！”老板忙不迭地说：“小的这就去办！”几个士兵架着年轻女子正要跟着老板寻找客房，石达开大喝一声：“站住！畜生！”几个士兵一看，原来还有四个人站在客栈柜台前。其中一个士兵高兴地说：“卒长，还有一个女人！”卒长定睛一看，“扑通”一声跪倒在地：“军师、翼王，属下该死，冲撞了你们！”石达开一把揪住卒长前胸，给了他几个耳光；刘元合、张自芳也分别给了另外几个士兵几个响亮的耳光！石达开骂道：“畜生，谁让你们这么做的？”张自芳指着几个士兵，大声说：“你们自己没有妻女姐妹吗？你们就这样糟践别人的妻女姐妹！简直连畜生都不如！”说完，拉过那个年轻女子，众人一看，只见她蓬头垢面，目光呆滞，衣衫褴褛，浑身无力。那女子还不忘向张自芳道谢，只是说话有气无力，最后说：“要不是几位英雄相救，民女今晚就没有性命了！”钱江让老板拿出几件衣服，到客房换上。老板先端来两碗稀粥，那年轻女子头都没有抬，一口气竟将两碗稀粥喝完了。喝完稀粥，女子有了点力气，拿着衣服到客房区洗涮、换衫。

钱江审讯几个士兵，刘元合做记录。经审讯，得知朱检点强抢民女已经到了令人发指的地步，连十三四岁的女童都不放过！民女家人被打、被关、被杀，民女被折磨致死的，有两三千人之多！目前尚有三百多年轻女子被关在军营里，供士兵淫乐。石达开将几个士兵绑在房柱上，待次日一早将其押往军营问罪。

老板此时才知道眼前的几位，竟然也是长毛的人，吓得全身发抖，不自觉地跪在石达开面前，说道：“长官，小人真的不知道，小人该死！”钱江心想，自己、翼王等人走后，金柱关守军必来报复，到时候岂不连累了好心人。于是，对老板说：“不关你事。老板，谢谢你给我们提供了食宿。只是，此处你也不能久留！元合，取一百两银子来，分给老板和那个年轻女子，让他们连夜远走高飞吧！”那年轻女子尚未嫁人、老板尚未娶妻，钱江等人做主，就将二人配为夫妻，对他们说：“你们走得越远越好！到远处去做个小生意吧！”老板和年轻女子接过银两，磕头感谢，又收拾了几件细软，向众人告辞，消失在茫茫夜色中！

钱江此时又想起了李鸿章的《子弟兵爱民歌》：“官兵不抢贼匪抢，官兵不淫贼匪淫。若是官兵也淫抢，便同贼匪一条心。”“是啊，这样下去，怎么得了！”自己不由得想起了杨秀清在上江考棚里关着的那些年轻女子，那可是六七千年轻女子啊！如果不是战争，她们中不少人现在还躲在母亲怀里撒娇呢！罪过！罪过！天国怎么会走到这一步的呢！

天亮后，四人押着几个士兵来到金柱关大营，朱检点听说军师、翼王来了，尽管有东王撑腰，但觉得面子还是要给的，便到军营门口迎接。

到了朱检点营帐，就看见里面绑着两个年轻貌美的女子，几乎是衣不蔽体，脸上还挂着眼泪。

石达开训斥朱检点，朱检点一开始还点头哈腰，后来听说石达开要处罚他，便立即变了脸：“翼王，属下归东王直接指挥，只有东王有权处罚属下。再说，连翼王不也受东王节制吗？”张自芳怒不可遏：“畜生！我不受东王节制！今天，我要替天行道，为这些被摧残的女子报仇！”说罢，拿过一把刀，手起刀落，将朱检点膑根割下，朱检点痛得昏死过去！据说，朱检点一家五世单传，至此终于断子绝孙了！活该！

石达开查出轮奸民女致死的士兵，刘元合将他们一一阉割，以示警示！

钱江四人命令士兵打开关押民女的营帐，从朱检点搜刮来的财宝中取出银两，嘱咐那些民女拿着银两远走嫁人。接着，又命令苏醒过来的朱检点在罪状上签字画押。

四人便向江浦进发。

刚到江浦，就听见哭爹喊娘的声音从江边传来。四人一看，原来是天国将士正在把成千上万的老百姓往江里驱赶，不肯走的，便被刀剑杀死。

石达开大叫："住手！"几个人早来到指挥官前，那指挥官姓杨，因与杨秀清认了兄弟，被封了国宗，平时仗着杨秀清的权势，根本不把别人放在眼里，但知道石达开武功了得，对石达开还是有所畏惧的。

钱江问道："杨国宗，为什么把他们赶到江里去呢？"杨国宗说道："军师有所不知，眼下粮食紧张，留着他们，我们就没得吃。"石达开说："杨国宗，为什么不放他们一条生路呢？让他们离开家乡，出去乞讨吧！"杨国宗想想也对，只要这些人不跟军队争口粮，怎么做都行！

上万人得救了！杨国宗还算配合，将此事原原本本写成书面报告呈给钱江。

第七回
严军纪铸造『天诛剑』
重粮食联络『红单船』

一行四人回到天京，张自芳、刘元合首先去了冯紫芸那儿，石达开回到自己住处，筹备继续清查“圣库”及即将经营安徽之事，唯有钱江径直前往彭宅，拜见天王。

钱江来到彭宅门口，看见蒙得恩，便问道：“天王在做什么？”蒙得恩示意钱江小声点，说道：“军师，天王正在施家法，今天上午天王特地挑选了十个王妃，准备当着所有王妃、宫女的面加以惩罚，以便让王妃、宫女们牢牢记住‘十该打’。”钱江大吃一惊，问道：“‘十该打’是什么？”蒙得恩说：“是天王为王妃、宫女们制定的条律，谁要是违反了，就要受到责打。由于实行才几天，很多王妃、宫女不是记不住，就是一不小心触犯了条律，天王挑选了十个王妃，做示范性惩罚。”钱江听了，不禁“哎”了一声：“我进去看看！”蒙得恩知道，此时只有钱江能劝住天王，便让钱江进入大殿。

钱江一进大殿，只见大殿下面跪着一批女子，洪秀全高高坐在御座上，俯视着面前赤裸全身跪着的十个女子。钱江再向前走，见每个女子后面紧挨臀部都有一块牌子，上面分别写着“一该打”至“十该打”的内容。

看见钱江来到面前，洪秀全并不叫赤裸女子回避，而是站起来对钱江说：“军师这一去，好几天都没有回来。你看，朕为了管住这些女人，真是费尽了心机，前几天才琢磨出一个‘十该打’来，今天正好首次施行，请军师也帮忙推敲一下。”接着，带钱江从十个跪着的女子身边走过，一边走，一边介绍说：“服侍不虔诚一该打，倔强不听教二该打，起眼看夫主三该打，问王不虔诚四该打……”钱江极力忍住自己内心的气恼，听洪秀全在炫耀他的“文治武功”：“躁气不纯净五该打，说话极大声六该打，有嘴不应声七该打……”钱江烦恼透顶，洪秀全依然自鸣得意地说着他的“发明”：“面情不喜欢八该打，左望或右望九该打，讲话不悠然十该打！”

钱江郑重地说：“这些都不该打！”然后，将记录的几份供状呈给洪秀全：“天王，这些都该杀！否则，天国就要完了！”洪秀全一听钱江如此说，便对众女子说：“军师在此，暂时饶过你们，你们全部退回自己的房间，不传唤就不许出来，记住‘倔强不听教二该打’‘起眼看大主三该打’‘左望或右望九该打’！”众女子一听说“不打了”，忙应道“是”，便迫不及待地回到自己房间，关上房门，庆幸今天逃过一劫。

洪秀全看完第一份供状，心情沉重，面色忧郁：“军师，裕溪口那几千百姓去了哪里？他们的生活有着落吗？”钱江摇摇头，说：“天王，请看第二份供状。”洪秀全看着看着，面色发红，胸口起伏，愤愤地说道：“什么选美？朕怎么没有看见从太平州送来的女子？——一定又是全部送到东王那里去了！”“天王，先息怒！看看第三份供状！”钱江说道。洪秀全手用力一挥：“军师，先不看了！蒙得恩！”蒙得恩应声答道：“臣在！”同时很快来到洪秀全面前，说：“天王有何吩咐？”洪秀全附在蒙得恩耳边说了几句，蒙得恩急了：“天王，断断不可！”洪秀全说：“朕说可以就可以，快，找个僻静的地方！”蒙得恩带着洪秀全、钱江来到一间僻静的柴房，洪秀全说：“快，与朕换一换，朕要以你的身份到军师住处，一个时辰后即回！”钱江明白，洪秀全是害怕杨秀清安插在身边的耳目，心里有点同情洪秀全。洪秀全换上了蒙得恩的衣服，又披上斗篷，裹上黄头巾，随钱江出门，好在那些守门宫女不敢抬头看是谁人出宫，洪秀全秘密出宫的事情也就无人知晓。

来到钱江住处，洪秀全立即打开第三份供状，看着看着，义愤填膺：“混账东西，竟敢如此草菅人命！军师，幸好你们及时赶到，否则，可怜那一万多平民百姓就要被赶到长江喂鱼了！”钱江说道：“天王息怒，臣与翼王、张女侠、武状元几人巡视天国军队驻扎之地，体察民情，就是想找出一个正确的治国御民方法，现在最要紧的是立即制止对百姓的伤害！”洪秀全指着这三份供状，气不打一处来：“军师，你看，全是杨秀清的人！杨秀清的老乡，杨秀清部下的检点，杨秀清新认的同姓兄弟！他杨秀清简直就是一手遮天！他杨秀清辜负了朕及兄弟们对他的信任！”洪秀全发泄一通后，心情稍微平静了一点，对钱江说：“军师，你以为朕不想做一个好天王吗？可是，连朕身边最近的人都不可信，朕的一举一动，他杨秀清一清二楚！刚才军师肯定认为朕昏庸不堪，竟然编出一个‘十该打’，在宫中打女人出气。朕倒是想痛打杨秀清一顿，可能吗？朕多少也读了一点史书，以前总是鄙视那些昏庸无能的皇帝，现在，朕不鄙视他们了，因为朕明白了，他们不是真正的昏庸无能，而是被权臣或外戚给挟持了，昏庸无能只是他们用来自保的方法而已！就像朕！”钱江从未听过洪秀全有如此深刻的认识、如此精辟的见解，这倒改变了他对洪秀全的看法，这一段时间，他差一点就把洪秀全看成是“扶不起来的刘阿斗”，现在看来，洪秀全能当上天王，也不仅仅是众兄弟们抬举、拥戴，还有他自己的天赋。

钱江一听洪秀全对他说出了心里话，觉得洪秀全对他是完全信任的，便趁机劝谏道：“天王，不如分东王之权，交给翼王、北王等人，这样，也避免了杨秀清一枝独大的局面的形成。”洪秀全说道：“军师，现在还不是时候。天国大局还需要杨秀清来支撑，因为绝大多数将士都是他的人，如果操之过急，他会狗急跳墙的。至于北王，一旦大权在握，其作为丝毫不逊于杨秀清，分杨秀清之权给北王，无异于饮鸩止渴。军师、朕与大纲都是同龄人，朕需要两个年轻有为、毫无私心之人，翼王可以算一个，但他只能做将帅，朝中仍然缺少主宰全局的辅臣。朕其实也很清楚，朕这辈子恐怕只能割据东南半壁江山了，一统中国的事情还是留给洪天贵福吧。不过，朕、军师和大纲兄弟可能都等不到那一天了。朕原来也想过，杨秀清毕竟比我们年轻十多岁，将来，他与翼王一文一武辅佐洪天贵福，朕在天上，也会放心的。没有想到，杨秀清竟然如此让朕失望！也许，他想建立他们杨家的天下。”

钱江大吃一惊，问洪秀全：“建立他们杨家的天下？此话从何说起？”

洪秀全说：“军师，我且问你，杨秀清急于营建王府目的何在？难道建几座王府就要消耗掉那么多的银两吗？朕派蒙得恩调查过了，即使按照杨秀清设计，一座天朝宫殿的建成，最多只需一百万两白银，而他杨秀清竟然说要三百万两白银，他想干什么？朕也算过了，即使所有的王府建成，最多只需三百万两白银，而杨秀清的预算却是八百万两白银，他为什么要多报五百万两？五百万两啦！朕还听说，‘圣库’里的奇珍异宝大多数已经落入杨秀清的私囊！天国的财宝慢慢地都姓杨了！他杨秀清能用得完吗？朕担心，有朝一日，他会用这些财宝收买下属，发动政变，建立他杨家的天下！”

钱江至此算是真正看清了杨秀清营建王府的真实目的，于是，对洪秀全说：“天王，既然如此，那我们应该尽早做出打算，首先必须对杨秀清的手下进行约束，不能让他们胡作非为！”洪秀全说：“军师替朕想办法吧！”接着又说道：“军师，以后有重要事情商量，朕还会假扮蒙得恩直接到你这里来的。以后，朕还会经常打王妃、宫女的，今天那十个王妃都是杨秀清的耳报神，朕因何责打她们，她们是知道的。朕打王妃、宫女，军师该怎么做就怎么做，必要时，可以当面斥责朕，不必顾虑！这样，才能掩人耳目！”说完，又悄悄地回到了临时宫殿。

“军师，回来了也不说一声！兄弟已在家摆上小酒，为军师接风了！”罗大纲来了。钱江忙把罗大纲拉进屋内，罗大纲却说：“快跟兄弟走，好几个人等着你呢！”罗大纲风风火火地拉着钱江一路小跑，来到自己的家。

到了罗大纲住处一看，原来张自芳、罗三娘、刘元合、冯紫芸都在，专等钱江。众人入席，酒过三巡，钱江问起军师卫队训练情况，并说：“技能重要，‘忠勇’二字更重要！”刘元合说：“军师放心，属下要他们每个人牢记，自己的生命是军师的，誓死保卫军师！”钱江摇摇头，说道：“不是这样的！他们有更重要的事情要做，比保护我重要得多！以后再说吧！”

罗大纲见钱江绕来绕去，都没有把最紧要的话说出来，早就急不可耐了，大声说道：“军师说话真急人，有什么话在兄弟这里不能说的，那好，兄弟回避一下！”其实，也并没有马上要走的意思。钱江拿出三份供状，让他们看。看完供状，罗大纲双目圆睁，虬髯抖动，狠狠地喝了一口酒，愤怒地骂道：“军师，让兄弟去把那条独眼龙给宰了！”众人劝住罗大纲，钱江说道：“这就是我要训练出一支忠勇诚信、技能全面的军师卫队的原因之一。我们要用这支军师卫队来保卫天国的法令！让那些肆无忌惮的人受到惩罚！这是我们公开的任务！”

张自芳问：“那不公开的任务又是什么呢？”钱江说道：“看好天国‘圣库’财宝！”罗三娘问：“‘圣库’财宝不是有人专门看守吗？”钱江说道：“我们看守财宝，不是怕外面人偷，而是防内部人拿！”罗大纲不解地问道：“内部有人拿吗？”钱江说：“是的，有人假借各种理由，比如营建王府，采取多报预算的方法，鲸吞‘圣库’财宝。虽然我们无法阻止，但至少要知道有人拿了多少。元合，你要精心挑选几十个人，专门负责这件事。至于如何操作，我们稍后再商量。”

吃完饭，钱江要回到自己住处，刘元合准备护送钱江，但钱江却让罗大纲送自己，并意味深长地对刘元合说：“元合，我就不要你照顾了，你好好照顾冯姑娘，这几天，冯姑娘辛苦了！”一句话把刘元合、冯紫芸两人说得脸红到了耳根。张自芳虽然不希望冯紫芸坏了“自梳女”的规矩，但刘元合确实是一个难得的年轻人，冯紫芸与刘元合交往，两人不会越轨的，于是，说道：“紫芸，你这个野丫头，你与武状元说一说军师卫队训练的情况，不要说得太晚！”冯紫芸一听，这不是鼓励自己与刘元合交往吗？师父什么时候改变想法的？自己虽然“野”一点，但“自梳女”的规矩还是懂的，也知道“自梳女”违反规矩后的下场，所以，一直小心翼翼地与刘元合往来着。师父说的“太晚”是子时之前，现在已经快亥时了，只有一个时辰，这一个时辰既漫长又短暂，漫长的是该说什么，短暂的是心里有太多的话想说！

刘元合跟着冯紫芸来到演武场旁边的一间小厅内，厅虽小，但平时迎往送来也在此厅，因此，茶具倒也一应俱全。刘元合要冯紫芸准备好开水、清洗茶具，冯紫芸不知道刘元合葫芦里卖的是什么药，也没多问，就开始准备了。刘元合出去了一会，就回来了，也不知从哪里弄来六只精致的菜碟、两双漂亮的竹筷，迅速在桌上摆好，六种茶点散发出阵阵香味，令人津液顿生。刘元合又泡上两杯茶，将一杯茶端到冯紫芸跟前。冯紫芸看着刘元合忙着这一切，心里不免嘀咕：“他到底想干什么？”

刘元合仿佛猜透了冯紫芸的心思，微笑着说：“紫芸姑娘大概还没有品尝过我们家乡的茶点吧。今晚我就请姑娘尝一尝，还望姑娘赏脸！”冯紫芸听着这些话，觉得太酸腐了，令人忍俊不禁。刘元合问：“紫芸姑娘笑什么？是不是我话说得不妥？”冯紫芸还是忍不住地笑，说道：“一个堂堂的武状元，一个壮实如牛一样的汉子，说话竟然这么文绉绉的，酸的让人牙疼！所以觉得好笑。”刘元合自己也笑了，是的，自己平时好像也挺朴实的，说话很实在，不知何故，见了冯紫芸，说什么话都觉得很别扭、很吃力。刘元合不知从哪来的勇气，直接说道：“紫芸姑娘，请吃茶点！”冯紫芸说：“这才有点像男子汉说的话！最好把那个‘请’字也去掉！——我问你，这几样东西我怎么都没有见过，说说它们的名字！”刘元合便一一介绍：“云片玉带糕，小麻饼，酥糖……”每介绍一样，冯紫芸便吃一样，到酥糖的时候，嘴里已经塞得满满的了，于是，连忙说道："慢！""噗——"，糖粉喷得刘元合满脸都是。刘元合顾不得擦去脸上的糖粉，立即说道："快，喝一口茶，不要急着咽，慢慢嚼！"冯紫芸好容易才吞下了满嘴的糕点，嗔怪说："你就想看人家的笑话，是不是？不吃了！"说完，假装要走，刘元合连忙好言解释道："一样一样细嚼慢咽，才能吃出味道。"冯紫芸说："你为什么不早说？"两人重又坐下，慢慢品尝，越吃越有味。冯紫芸忘情地吃着，她觉得这是自己十七年来吃过的最有味的东西！忽然，她注意到了刘元合脸上还有雪白的糖粉，于是，不自觉地掏出丝帕，帮刘元合擦去。刘元合一把抢过丝帕，说道："紫芸姑娘，丝帕被我的脸弄脏了，干脆送给我吧！"冯紫芸羞得满脸通红，啐道："你想得美，还给我！"刘元合只好将丝帕还给了冯紫芸，冯紫芸接过丝帕，很随意地擦了一下嘴，然后揣到了怀里，说道："吃饱了，快谈正事吧！"刘元合问："什么正事？"冯紫芸说："该死！武状元居然忘记了训练军师卫队的事情！"刘元合说："今天太晚了，快到子时了，明天再说吧。""什么，快到子时了？我要赶紧回去，迟了师父要责罚的！"说完，帮着刘元合收拾了茶具、茶点、碟子，就回自己房间了。

冯紫芸回到房间，见师傅张自芳已经睡下，便吹灭油灯，轻手轻脚地脱衣就寝。突然，一件东西掉落床上，她拾起来才发觉那一方丝帕原来并没有装进兜里。她拿起丝帕放在鼻子前闻了闻，有点甜味，更重的却是一股酸臭味，奇怪的是，她很喜欢这种酸臭味，这是她长了十七年从未闻过的气味！她睡下后，还时不时地闻闻丝帕，一种从未有过的感觉使她身上有点酥麻！她失眠了，翻来覆去，就是睡不着。一个又一个刘元合的面容从她脑海里飘过，酸腐的，阳刚的，委婉的，率真的，壮实的，温柔的……

"野丫头，都三更天了，你还在床上翻来覆去的干什么？快点睡觉，明天还要训练军师卫队呢！为师提醒你，刘元合那小子好是好，但你是'自梳女'，不要坏了规矩！"师父的话虽然声音不大，但对冯紫芸来说无疑是晴天霹雳，震撼力很强。师父曾经跟她说过，一旦"自梳"就必须守身如玉，如果与男人做出什么事来，就要被家族"浸猪笼"，投到水里活活呛死！师父曾经见过"自梳女"被"浸猪笼"的场面，十分恐怖！我不能坏了规矩，我要离刘元合远一点！

这样胡乱地想着，慢慢也就进入了梦乡；一觉醒来时，天已大亮。冯紫芸匆匆忙忙地洗漱完毕，又将丝帕洗了一下，晾在风口。待集合训练时，丝帕已被风吹干，她将丝帕叠起来，装进兜里，就看见刘元合朝她走过来了。真奇怪，平时见到刘元合，冯紫芸一直是大大方方、光明磊落的，今天却有点害羞、拘谨，胸口似乎被什么东西按住一样，透不过气来。“昨晚睡得可好？师父有没有骂你？”刘元合笑嘻嘻地说。冯紫芸一时竟张口结舌，什么话也答不上来。刘元合说：“我知道了，师父肯定骂了你！换成我，这么漂亮的女徒弟，与一个年轻男子聊到深更半夜，我还不扒了她的皮！”说完，又笑起来了。刘元合自从昨晚请了冯紫芸一顿后，在冯紫芸面前一下子变得大大方方、理直气壮了！冯紫芸被他这么一说，身上也觉得轻松了不少，胸口也不闷了，于是，又恢复了从前的“野”：“那是你的师父吧！我怀疑你个子不高，就是让师父打的，打得长不高！”说着，将丝帕塞到刘元合手里，刘元合问：“不要的，就给我？”冯紫芸没好气地说：“一脸臭汗，弄脏了我的丝帕，我还能用吗？本来想把它扔了，但又觉得可惜，送谁不是送，只不过送给你，方便一些罢了，你得意什么？”刘元合说归说，还是郑重地小心地将丝帕装进了贴身衬衣的兜里，同时向冯紫芸做了一个鬼脸。冯紫芸笑了：“别玩了，做正经事吧！”

两人集合好军师卫队，张自芳也来了，看见两人肩并肩站在那里，她又是欣喜，又是担心。欣喜的是，刘元合确实是一个值得托付终身的人，担心的是紫芸和自己“自梳女”的身份。她为什么又担心自己呢？本来，张自芳是铁下心不嫁人的，可是，自从看见石达开第一眼起，她就被石达开征服了，尽管她比石达开整整大四岁，尽管石达开还有几个王娘和王妃，尽管自己是“自梳女”的身份！她自己也不明白，为什么她的剑名与石达开的剑名都有一个“光”字，“玄光”“流光”，难道上天早已将她与石达开联系在一起了吗？自己当年下决心“自梳”，是在逃避什么呢，还是没有遇上自己的“真命天子”？又一想，那些“自梳女”是不是也像自己一样，要么在逃避什么，要么就是没有遇上真正的“意中人”！

不容她多想，刘元合、冯紫芸已经向她禀报训练项目了，张自芳点头同意。训练开始后，一千人分成两批，一批上午练习“红船咏春”，下午学习刘元合“大力倒海掌”、水上技能，另一批正好相反。

石达开来了，他看见刘元合教的拳术，便把刘元合叫到自己身边来，问道：“元合，你刚才是在教‘大力倒海掌’吗？”刘元合说：“是的，翼王。不过，属下只练到第三重，无法与高手过招。”石达开说：“确实如此。不要说高手，就是运漕的袁世坦也比你强，他的‘大力移山拳’已经练到第四重了，你的‘大力倒海掌’至少要练到第五重，才能应付他！”刘元合问道：“翼王，属下曾经听师父说什么九重功力，那九重功力是怎么样的呢？”石达开说：“‘大力’系列拳，每一重的功力是呈平方级数增长的，假如第一重的功力是一百，那么第二重的功力就不是二百，而是一万，第三重功力就是一万万，以此类推。当然，这些只是理论上的差别，实际运用起来，因各人体质、内功修为、抗打击毅力不同而有异。九重功力是什么样子的呢？本王告诉你。当年大师兄‘惠民长老’走在河堤上，用一双手推着一支二十多条船编成的船队走了两里路。二师兄‘惠生长老’，你的师父，站在一条大船的桅顶上，双手将另一条大船托起来，反扣到水面上！本王到今天，尚未有机会试试第九重的‘大力开碑手’！”如果这些话不是出自石达开之口，任谁说一万遍，刘元合也不会相信的！自己师父、袁世坦的师父本领竟如此了得！石达开看到刘元合在沉思，知道刘元合很想功力再上几重，便对刘元合说：“元合，本王当年和你师父在一起练功时，死乞白赖外加各种美食讨好，你的师父教给了本王‘大力倒海掌’第七重，现在本王将四、五、六重传给你，因为你的内功修为不够，第七重你无法承受。”刘元合当即倒身下拜：“谢谢翼王！”

石达开教完第四重时，张自芳来了。石达开忙问：“张女侠也在这里？”张自芳说：“督促小徒训练军师卫队。翼王怎么有空闲到这里来呢？”石达开说：“训练军师卫队，小弟也有份的，怎敢偷懒！”张自芳站了一会儿，对刘元合说：“元合，上午就练到这里，去通知紫芸，叫她也收队。”刘元合说：“是，张女侠！”说完，把队员带到冯紫芸的训练场，两人集合了军师卫队，讲了几条注意事项，宣布上午训练结束。

石达开看着肩并肩走过来的刘元合、冯紫芸，不无感慨地说：“元合这小子与冯姑娘还真般配！”张自芳问道：“翼王怎么也有这样的想法呢？要知道，紫芸那丫头是‘自梳女’，不能嫁人的！”石达开笑笑说：“张女侠，其实‘自梳女’嫁人的也不少，当然不是在小弟家乡。小弟曾听说，当年不少‘自梳女’到了南洋后，纷纷嫁了人，也没有人追究她们。冯姑娘若是嫁了刘元合，将来在这边生活，又有谁知道呢？就是知道了，又能拿他们怎么样？张女侠不必过于担心！”天地良心，石达开说的这些话，句句都是劝张自芳不要干涉徒弟与刘元合交往，然而，在张自芳听来，却觉得句句都与自己有关，心里“扑扑”直跳，脸上有点发烧，说话也心不在焉，应对一点不自然。石达开以为张自芳病了，便关切地问道：“张女侠怎么啦？是不是在发烧啊？”说完，伸出手，五指并拢，贴了贴张自芳的额头，刹那间，张自芳只觉得一阵晕眩，差一点没站住。此时，她恨自己自作多情，更恨自己心理如此脆弱，翼王真诚的关心被自己误解成示爱，恨不得找个地缝钻进去。于是，紧张地说：“翼王，没什么，可能是晒太阳时间太长了。我们走吧！”刘元合、冯紫芸目睹了此情此景，也为张自芳的表现感到奇怪，但又不敢问，只好不声不响地跟在后面。

来到演武场的小厅旁，张自芳挽留石达开坐一会儿，石达开推辞了：“张女侠，小弟明天再来！”又转过头来对刘元合说：“元合，好好练习，明天本王先考你，通过了，再教后面的功夫！”刘元合立即回答：“谢谢翼王，元合明白！”冯紫芸不高兴了，说道：“翼王真偏心，武状元功夫那么好，还要教他！”石达开说：“本王先教元合，然后由元合再教你，不就行了吗？”冯紫芸说：“谁要他教？男女授受不亲！”说完，拿眼睛去瞟师父张自芳，张自芳因刚才有石达开一顿劝导，心里也开明了许多，便说：“元合武功不错，你要好好向他学习！”刘元合、冯紫芸一听，犹如拿到了一张什么“准许证”，心里的高兴劲儿就别提了，只是脸上故意不表现出来。张自芳又对刘元合说：“元合，紫芸有点野，你要多管管，不要让她做出出格的事！”刘元合明白张自芳这几句话是什么意思，忙说：“张女侠放心，冯姑娘虽然性格活泼一点，但言谈举止俨然大家闺秀的风范，堪称楷模！”石达开说：“行了，元合，明天本王再来考你！”说完，告辞而去。

连续几天，天天如此，石达开发现刘元合武功悟性很高，练完第六重后，快赶上自己“大力开碑手”的第六重了，只是内功修为还差了一些，便教给他内功修炼的方法，嘱咐他早晚修炼。几天后，石达开被钱江叫去，共商军师卫队将来要承担的责任，石达开也向钱江说明了“圣库”财宝被私人鲸吞的情况，这也是他急于要将武功传授给刘元合的重要原因——保卫“圣库”财宝，记录“圣库”财宝流失的方向！

不久，天王召集王侯以上在京官员会议，商讨一些重要问题。朝会时，东王杨秀清、北王韦昌辉、翼王石达开、两位国宗等均到会，冬官丞相罗大纲应邀出席。钱江神情凝重地宣读了三份供状，众人听了简直不敢相信，杨秀清脸上有些挂不住了。钱江接着说：“诸位，你们能够想象出来吗？沿江人口密集的江宁府、太平州、和州许多村镇一个人影都没有！国家靠什么？国家靠人！

没有了人，我们靠什么去打仗！不用说打仗，恐怕连活下来都不容易！难道，我们只能每天都这样地去抢粮食、抢金银、抢女人，然后再杀光所有的男人？这样，我们还能维持多长时间？这种断子绝孙的事还能让它继续下去吗？”接着，钱江将三份供状扔在地上，用脚狠狠地跺了几脚，说道：“这是人做的事情吗？畜生也做不出来！不严惩不足以抚慰百姓的心！不严惩不能够挽回我天国的名声！”在场所有的人，除了杨秀清，都一致愤慨地说：“必须严惩！”杨秀清说话了：“军师，仅仅严惩这几个人就能解决问题吗？还有，这些事情原来都是允许的，严惩这几个人怕是有点不公平吧！”钱江愤怒地说道：“东王，天国哪一条法令允许他们胡作非为的！既有供状在此，若不严惩，天国法令如何贯彻下去！是的，仅仅严惩几个人是不够的，还应该建立一套检查监督制度，赋予检查监督之人以至高无上的权力！”

洪秀全说道：“军师有什么想法，尽管说！只要能够救我天国，朕都准许！”杨秀清此时也无话可说，像他这样的人也不可能不懂得钱江所阐明的道理，更何况现在把柄抓在别人手里，还能怎样！再有一点，那是最重要的，“圣库”财宝已经有百分之六十落在了自己手里，他不怕钱江，也不怕洪秀全。那些部下已经完成了“搜刮”民财的任务，不能再骄纵下去了，正好需要严惩几个以示警诫，自己不好出面，现在由钱江出面代他去办这种得罪人的事情，再好不过了！于是，趁着洪秀全要钱江拿出办法的机会，表明一下自己的态度，以进一步蒙骗洪秀全、钱江等人，转移他们对“圣库”财宝警惕的视线，当然是一桩赚钱的买卖。于是说：“军师，天王说了，只要对天国有利，就说出来吧！”钱江说：“东王有此配合态度，甚好！天王，臣对事不对人，臣就说了！”

钱江说：“第一，关于‘养鸡生蛋’的问题，上次廷议已经决定由翼王先到安徽实施。臣再补充一点，以后攻下任何一个村庄、一座城镇，对老百姓一定要给以活路，绝不允许抢劫民财、拆毁民房、强选民女、滥杀无辜的事情发生，一旦发生此事，必斩领兵主将以谢地方！第二，军队每到一处，所有士兵只能驻守营地，没有命令不得出军营，更不能扰民；地方管理另委派官员，不由军队指挥官兼管。第三，组成风纪纠察队，派出官员巡视我军占领的城镇、村庄，对违反风纪者严惩不贷，就地正法，可以先斩后奏！臣请担任风纪纠察队队长，臣举荐刘元合、冯紫芸分任副队长，刘元合训练的军师卫队即为风纪纠察队！”

洪秀全想了想说：“朕再加两条。第一，为风纪纠察队铸造‘天诛’宝剑，见宝剑如见天王，享有先斩后奏之权；第二，不论对王侯国宗，还是对普通将士、地方官吏，违反规定，一经查实，可现场执法，不必先行向朕报告！”洪秀全又看了看杨秀清，说道：“东王，抓紧时间发出诰谕吧！军师几天后，就要外出巡视了！”杨秀清无可奈何，只好说：“天王放心，臣弟马上去办！”

洪秀全说：“眼下人口众多，粮食总是短缺，军师有没有什么好办法解决这一问题？”

钱江说道：“臣已有对策，包括短期救急与长期稳定供应之策。短期救急，可取运漕粮台存粮。臣已打探清楚，运漕粮台目前存粮十六万石，每石一百六十斤，总计两千五百六十万斤，且品质上乘。臣拟与翼王谋划，以最快方式、伤人最少办法取运漕存粮。长远之策包括两块，一是招募流民，供给其基本农具，耕种抛荒田地；另外，在周围选址建几个大粮库。臣以为，可以首先在运漕建大粮库，运漕方圆一百五十里范围内都是肥沃的良田，并且还没有受到战争破坏，粮食长势喜人；运漕又是自明朝洪武年间以来江淮最大的粮食集散地，周围数百里范围内的百姓有把粮食卖到运漕的习惯。运漕建大粮库的事情，将来可以交给武状元去办。武状元是和州香泉人，距离运漕不过六十里，对运漕一带民风民情很熟悉，与当地商人农民沟通也更加容易。”杨秀清听了钱江的这些话，不禁后悔自己当初建议钱江去安徽侦察沿江敌情，本想害死钱江，让钱江有去无回，没有想到，却成就了钱江，让钱江彻底解决了困扰天国最严重的问题！这样的盖世之功又被钱江夺去了！

洪秀全来劲了，不禁拍案叫好：“如此，朕就一点不用担心这个最重大、最令人痛苦的问题了！军师，朕请你与翼王尽快办好这样的事情，朕为你们记头功！”钱江说：“天王，粮食运输问题眼看就是大问题！”杨秀清终于逮住机会说话了：“航王唐正财有船八千只，可以帮助军师运粮。”钱江说：“谢谢东王好意！不过，天京城所需粮食主要依靠水路运输，而在战争期间，水路运粮的风险极大，十斤粮食能够运抵三斤，就很不错了；况且，粮食问题是天京城稳定的头号问题，责任大于天。因此，第一，必须打造一支运粮船队，不计成本，只求运粮成效；第二，这支船队不归水营节制，而由专人控制，否则，一旦粮食运不进天京，追究起责任来难免会出现扯皮现象。”洪秀全一听，军师真是大才，非常高兴，说道：“军师，你就是朕的萧何，有你在，朕就不会饿肚子了！粮食储存、运输这些麻烦事，朕也不想过问太多，就全权由军师来处理吧，有什么开支，直接找翼王就行了！”杨秀清一看，又傻眼了，粮食征购、储存、运输、分拨大权又落到钱江手里了，今天真是一败涂地，什么都让钱江占了上风！杨秀清气得一眼发直，洪秀全并不理会，说道：“诸位若无其他事情，今天的廷议到此结束！”

罗大纲站出来了，他说：“天王，臣有一条计策，可以帮助军师安全运粮！”洪秀全说：“大纲兄弟，直接与军师商量就可以了，军师同意了，朕不会不同意的！”罗大纲一想，天王今天也许太累了，便没有再坚持，而是直接对钱江说：“军师，等一会儿到你府上，再向你说一说兄弟的想法。”洪秀全说：“各自回府吧！”杨秀清气呼呼地走了，众人也都回到各自府邸。

廷议一结束，钱江便会同石达开、刘元合、罗大纲等人落实“风纪纠察队”及粮食征购、储存、运输等一系列问题。石达开面带忧色说：“军师，你大概还不太知道‘圣库’白银及奇珍异宝流失的情况吧？”钱江说：“我没有过问这些事情。怎么啦？”石达开说：“形势十分严峻，银两已经流失百分之七十，小弟担心这样下去，再过几天，我们恐怕连建粮库、买粮食的银子都拿不出来了。”罗大纲说：“翼王，那怎么办？总不能到时候都饿肚子吧！”石达开说：“军师，为今之计，只有在小弟移交‘圣库’之前，先拨付二百万两银子给你，以确保天京城粮食供应。”钱江也犯愁了，这些银子放到哪里，继续放在“圣库”肯定保不住，甚至放在天京城内任何一个地方，这些银子也都不安全。石达开也觉得麻烦，银子没有地方保存。

突然，一个奇特、大胆的火花在头脑中闪了一下：在天京城外另建秘密“宝库”，一来确保有银子买粮食，二来防止天国财政枯竭或用度猛增而带来的不时之需！但这个秘密“宝库”建在哪里？石达开、钱江几乎是同时想到了“运漕镇”！首批二百万两银子如何带到运漕？钱江、石达开、罗大纲商量的结果是，趁着到运漕取粮的机会，先将银子带到三汊河存放起来，待以后攻下运漕镇，再将银子运过去。

商定了这些事以后，罗大纲说：“军师，兄弟听说清妖已经在广东征集‘红单船’，这些‘红单船’一旦来到长江，我军水营根本不是对手，到那时，长江一旦被封锁，就是再强大的运输船队也休想运一粒米进天京！”钱江觉得罗大纲说的情况非常重要，他当年跟随林则徐大人与洋人交涉时，亲眼见过“红单船”的厉害，但当时没有太留意，所以，对“红单船”的详细情况不甚了了。钱江问罗大纲："大纲兄弟，我也听说过'红单船'十分了得，但具体情况却不太清楚，你能否介绍一下。"

罗大纲开始介绍起"红单船"。"红单船"是广东沿海用来远洋运输的大船，船体平均长达十二丈，宽三丈，深一丈，载重一百二十万斤。船有三个帆，主桅高六丈多，主帆重达万斤。一艘船有十个水密隔舱。众人一听，早已咋舌，钱江说："如此大船，航行速度怎样？"罗大纲说："速度很快，最快可达长江上的民船三倍！这还不是最厉害的，最厉害的是全船可安放二三十门火炮，三面施放，令敌人闻风丧胆，连洋人的战船都惧怕三分！"

钱江问："那大纲兄弟打算用它来做什么？"罗大纲说："给军师运粮船队护航。一支五十条中等运粮船组成的船队只需两条'红单船'护航。"石达开问："清妖不是也征集了'红单船'吗？我们只有两条是否太少？"罗大纲说："这要看用来干什么了。如果用来组织水师，大概要用二十条；但用来运粮护航，只需两条。"石达开又问："那护航途中若遇清妖'红单船'船队的袭击，怎么办？"罗大纲笑着说："军师、翼王，不用担心。这些'红单船'船主都是江湖大佬，他们可以为清妖所用，也可以为我们天国所用，只要给银子。"钱江问道："一艘船一年需多少银子？"罗大纲说："至少五万两。别看五万两是大数字，但平均到每一天就只有一百多两，船上各色人等都要工钱，而且行船是风险极大的事情。另外，清妖征集的'红单船'也可以花钱买通他们，请他们不要骚扰我们的运粮船队。每年至少五万两银子。"石达开说："这点银子不多，如果能花这点银子就可以保证天京粮食供应，依小弟看，非常值得！那如何联系他们呢？"罗大纲一笑，说："军师、翼王别忘了，我罗大纲的名号在西北两江还是能叫得响的，兄弟为了天国军民不挨饿，愿意走一趟。"钱江、石达开握住罗大纲的手，激动地说："大纲兄弟，麻烦你了！千万保重！"罗大纲手一挥，说："不要那么生离死别，好不好？我谅他们不敢对我罗大纲怎样！"钱江、石达开感动不已，说道："大纲兄弟，我们没有白交了你这个兄弟！"罗大纲说："咳，举手之劳，别再婆婆妈妈的了！"说完，就回去准备。

罗大纲回家将此事告诉罗三娘，罗三娘有点担心："大纲，你与他们有一年多时间不怎么往来了，这次前去有多大把握？"罗大纲说："那些江湖大佬最重两个字，一个是'义'，不管隔了多少年，也不管换了几任当家的，只要曾经与他们有过往来，他们都会出手相助的；一个是'利'，他们跑船只为利，只要有利可图，有钱可赚，都会抢着去做的。再说，护航总比打仗安全吧，况且都是他们内部的人，给足银两就行了！”罗大纲正在做准备工作，钱江带人送来了十万两银子，罗大纲说：“军师，哪里需要这么多银子？现在是去谈判，待谈定了再交钱也不迟！”钱江笑笑说：“空口说白话，办事不容易啊！常言道‘黑眼珠见不得白银子’，带着现银总比口头承诺好！”不过，十万两现银目标确实太大，行动多有不便，于是，罗大纲只带了三万两白银，南下广东，到顺德一带联系“红单船”。只是，清朝政府早已捷足先登，罗大纲此行会有什么结果呢？

第八回 圣库财宝流失殆尽 水师设想胎死腹中

俗话说得好："银钱不走空路。"见到真金白银，再加上罗大纲在江湖上的名气，"红单船"的事情很快就办妥当。

"红单船"到达天京的消息，立即就被陈承瑢打探到了，并抢在唐正财之前报告了杨秀清。很快，唐正财也将"红单船"停靠下关的消息报告给了杨秀清。杨秀清、唐正财、陈承瑢三人便开始讨论"红单船"的性能、用途。杨秀清虽然是广东梅州人，但很小的时候就跟随叔父到了广西桂平紫荆山中烧炭，因此，对"红单船"没有任何印象，当陈承瑢向他报告时，他还认为"红单船"是漆成红色的船呢。唐正财木匠出身，靠着糊涂胆大和阿谀奉承，成为杨秀清最信任的人，太平天国的航王，但此人一般不会琢磨事情，只会揣摩杨秀清的喜怒，以便及时、准确地迎合杨秀清，所以，对"红单船"基本上是一窍不通。只有陈承瑢或多或少地了解一点。

陈承瑢说："'红单船'是广东商人用于远洋运输的大船，营运时政府会发给'红单'，即执照，所以叫做'红单船'。这种船在顺德陈村制造，船大首坚，航速很高，可安置二三十门火炮，且能三面施放，威力无比；广东水师多次征用'红单船'加强海防力量。"

杨秀清眨着一只鼠眼，不知在想什么。半晌，自言自语道："如果我天国水营都用'红单船'，那长江水道谁还敢与我们较量呢？"问陈承瑢："'红单船’与天国水营木船相比，怎么样？”陈承瑢真是不知如何回答，什么“天国水营”，简直就是一群乌合之众，那些小木船能做什么，在内河打鱼还差不多！想到这里，陈承瑢说：“东王，两者不好比较。就天国天威而言，我们水营自然是战无不胜的。但就实际情况而言，我们水营的那些船在内河捕鱼还是不错的，如果拿它们与‘红单船’比较，即使‘红单船’停在那里，一动不动，任凭我们那些小船撞击它，它都会稳如泰山，而我们的小船则如飞蛾扑火、自取灭亡！”杨秀清又问唐正财：“航王，你觉得那‘红单船’怎么样？”唐正财对水军业务是知之甚少，但杨秀清问了，自己也不能不答，于是，根据陈承瑢描述的内容，胡编了几句：“依属下看，‘红单船’战斗力虽然强，但是，属下估计造价很高，维护费用大，可以在长江上航行，在内河可能就航行不了。”

杨秀清又沉思片刻，想到：水战主要是长江，控制了长江，内河又算得了什么？造价虽高，但天国目前还有一些银子，应该可以应付。于是，问陈承瑢：“你有没有听说造价多少？”陈承瑢回答说：“属下听说造价一艘三万两白银，每年维护费用约五千两，一艘船至少可用二十年，这样下来，平均每年耗费不过六千五百两。想我天国长江航道，三十艘足以保证从武昌至天京畅通无阻。”杨秀清有点心动：“三十艘，一年才二十万两不到，就可以保证武昌到天京航运畅通无阻，还是非常值得的。”杨秀清萌生了建造“红单船”的想法，是啊，有了“红单船”，长江就完全控制在天国的手中了，而这“红单船”必须控制在我杨秀清的手中！

几乎是与此同时，钱江、石达开、罗大纲等人也在慧园庵商讨建造“红单船”的事情，大家认为，目前天国能够联系上“红单船”建造人、掌握“红单船”水战战法的只有罗大纲，一旦“红单船”装备到水营中，就可以帮助罗大纲夺取“航王”的称号，建成一支在大江上任意驰骋的天国水师！

钱江、石达开、罗大纲等人决定面见洪秀全，建议天王同意建造“红单船”！

那边杨秀清一拍桌子，吓了唐正财一跳，他正担心自己说错了话，惹怒了杨秀清，却不料杨秀清说：“航王，本王要你鸟枪换炮，造‘红单船’，以后这些‘红单船’也归你指挥！”唐正财一听，给自己配新家伙了，可是自己不会摆弄那玩意，平时连小木船都不会指挥，怎么指挥得了“红单船”呢？想到这里，面露难色。杨秀清不管这些，立即带着唐正财面见天王！

天王现在已经不在彭宅临时宫殿了，而是搬到了初具规模的“天朝宫殿”，那叫一个大气！洪秀全活了这么大，只有上京城赶考时绕着紫禁城外宫墙走过一圈，却不想自己现在住的宫殿比紫禁城还要大！杨秀清真会办事，短短三个月，一个两江总督衙署就被他改造成了“天朝宫殿”，八十八个王妃一个个貌美如花，令自己眼花缭乱而又赏心悦目！真是“小天堂”！

洪秀全刚坐上巨大的天王御座，杨秀清、唐正财就从东门进来了，随后，钱江、石达开、韦昌辉、罗大纲从西门进来，洪秀全满脸喜悦，招呼众人落座，但天国的大臣们一向就不喜欢坐着说话，所以虽有座椅，却仍然站在那里，洪秀全知道他们习惯了，也就没有强求。

杨秀清一看钱江他们也来了，为了不让钱江占上风，赶紧冲洪秀全拱一拱手，说道：“天王，臣弟有要事禀报！”洪秀全今天心情很好，便说：“东王请讲！”

杨秀清看了一眼钱江，又看了一眼唐正财，面对洪秀全说：“臣弟欲打造一批‘红单船’！有了’红单船’，则长江水道俱为我天国掌握了！”洪秀全以前在广东时也听说过“红单船”，知道“红单船”的威力，正想打造“红单船”这种水上巨无霸，现在一听杨秀清说到打造“红单船”，当然是想都没想，就同意了。洪秀全说：“东王，此事就交给大纲兄弟吧，大纲兄弟对‘红单船’比较了解。”杨秀清一听，傻了，自己好容易决定的事情，又便宜了罗大纲，心有不服，便说：“臣弟推荐航王督办此事！”洪秀全笑笑说：“东王，‘红单船’朕也有所耳闻，大纲兄弟与造船之人很熟悉，对‘红单船’水战战法也略知一二；航王是湖南人，一辈子没有到过广东，几乎都没有见过‘红单船’，怎么督造？将来如何指挥‘红单船’水战？航王，你说是不是？”

唐正财看看杨秀清，又看看洪秀全，不敢得罪其中任何一个人，又不能不回答，于是，眼珠一转，说道：“天王，‘红单船’威力确实够大，臣也听说过。不过，这种船主要是在海上发挥作用，在长江、内河的作用可能没有海上的大。再说了，在长江上组织‘红单船’水战，谁都没有试过，万一……”

罗大纲不容唐正财说完，立即反驳道：“兄弟我见过‘红单船’在西江水道巡航并打击江洋大盗的事情，而且广东船帮有一批人与兄弟熟识，兄弟可以先请他们来带一带我们的水师！”钱江、石达开、韦昌辉都赞同罗大纲的说法，洪秀全便劝杨秀清：“东王，你还有大事要处理，这样的事就交给大纲兄弟去办吧！办不好，再问他的罪也不迟啊！”杨秀清无话可说，气急败坏地拂衣而去，唐正财急忙跟在后面，屁颠屁颠地走了。

洪秀全看着杨秀清的背影，刚才的喜悦之情一扫而空，内心非常窝火，一个大臣在天王面前竟然这般嚣张，自己这天王做得也太窝囊了！钱江、石达开、韦昌辉、罗大纲也都摇摇头，叹息一番。

洪秀全说："大纲兄弟，速去着手督办此事，需要开支，直接去翼王那里！”罗大纲说："天王，臣这就去办！”石达开说："天王，臣弟很快要去经营安徽，不便于再管理圣库了，臣弟打算将圣库移交出来。”洪秀全问："翼王，你不管理，谁有这个能力管理圣库呢？军师要保障天京粮食供应，也管不过来呀！你们二位，一个管钱，一个管粮，朕放心！”石达开说："臣弟举荐一人，他的才能、声望足以管好圣库！”洪秀全问："谁？”石达开说："蒙得恩！”洪秀全略一沉思，点头认可。

众人告辞而去，石达开自去清查圣库账目，罗大纲准备联系广东船帮，钱江筹划运粮船队编队及训练事宜。

杨秀清一回到东王府，便指着唐正财的鼻子骂道："你简直就是猪，是一头蠢猪！”唐正财此时与其说是像猪，不如说是更像狗，一条被打断了脊梁的癞皮狗！狗一见主人发怒了，自然不敢说什么。陈承瑢也不知道发生了什么事，所以站在一旁大气不敢出。有一会儿工夫，杨秀清稍微平静了一些，唐正财便点头哈腰地说："东王，属下认为不如不打造‘红单船’。属下现有大小船只八千多艘，不信灭不了清妖的水师！”杨秀清一想，“红单船”一旦出笼，太平军水营大权就掌握在罗大纲的手中了，“自己得不到的，也绝不让别人得到”，这就是杨秀清一贯的心理。想到这里，他说："本王已在天王面前说了要打造‘红单船’，现在如何挽回？”唐正财谄媚地笑着说："东王，这个不难！到时候属下自有理由让天王回心转意！”说罢，向着杨秀清耳语了几句，杨秀清顿时眯着一只眼，笑了。陈承瑢心想，太平军水师彻底完蛋了，罗大纲自身安全也难保了！暗暗在心里骂道："这两个祸国殃民的逆贼！”

杨秀清对陈承瑢说："你尽快打听到关于‘红单船’的所有信息，如果遗漏一点，小心杖责！”陈承瑢一听，羞耻、恼怒不打一处来，但还是忍住了，回答道："是，东王！”杨秀清并没有在意陈承瑢微妙的表情，因为他没有必要在意别人的表情，他只在意别人是否在意他的表情。杨秀清自从第一次表演“天父下凡”获得巨大成功后，他的自信心越来越爆满，他甚至认为别人会把他施行的处罚当做一种荣耀，比如，自己上次杖责了陈承瑢，陈承瑢不但不生气，反而做事更加积极主动了。

陈承瑢经常受到杨秀清当众责骂，但慑于杨秀清的淫威，只能赔着笑脸。然而，一个多月前，杨秀清对他的杖责令他的忍耐已经到了极限了。那一次，杨秀清廷议惨败后，回到住处，首先就是拿陈承瑢出气，因为陈承瑢没能及时提供情报。杨秀清先是“猪”呀“狗”的痛骂了一通，可是，不知何故，越骂越不解气，最后竟对陈承瑢当众杖责。陈承瑢受到杖责后，半个月不能起床。杨秀清又换上另一副面孔，居然半个月“亲侍汤药”，他以为自己这样做就能让陈承瑢感激涕零，感恩戴德，他一直为自己这种“恩威并施”的手段“奏效”而自鸣得意。殊不知，陈承瑢恨不得把他杨秀清一刀刀给剐了！

为了避免自己再遭杨秀清羞辱，陈承瑢后来的工作确实“积极”了不少，不过，最关键的信息他总是有意无意给“遗漏”掉了，或者含糊不清、轻描淡写地一带而过。这次，他很快打探到了关于“红单船”的所有信息，经过过滤以后，他将两条最“重要”的信息报告给了杨秀清，一是“红单船”费用高，二是“红单船”只能在长江航行，进入不了内河，所以不太实用。杨秀清如获至宝，他太自信了，认为凭这两点足以让洪秀全改变主意，他没有想到，这两点简直不值一驳，他在此之前自己已经反驳过这两点了！

在这个世界上，越是愚蠢的人，越是认为自己最聪明，别人都是傻子！杨秀清就是这样的人！

杨秀清立即带着唐正财来到天朝宫殿，进得大殿，看到钱江、石达开、罗大纲、韦昌辉等人正站在那里，笑得前仰后合，他不明白是怎么回事。

到底是怎么回事呢？

原来，石达开回府后，立即组织人手清查“圣库”银两及珍宝，这一查，不禁吓出他一身冷汗，虽然时已六月，正值小暑节气，石达开仍然觉得脊背发凉：短短数月，“圣库”银两竟然减少了九分之五，前不久还是一千八百万两银子，转眼之间，只剩了八百万两！此外，大量奇珍异宝流失殆尽！

两大“镇库之宝”中的“翡翠西瓜”已经不见了！那可是价值连城的宝贝啊！询问管理人员，回答说是给杨秀清拿到东王府了！

“这还了得！连天王都没有动过这两大镇库之宝的念头，他杨秀清怎么可以拿走呢？”石达开怒骂道。

石达开立即将此事通报给钱江、罗大纲、韦昌辉等人，众人一致认为应该即刻向天王禀报这一严重情况！

石达开汇报说：“天王，灯笼巷建‘圣库’时，有存银一千八百万两。近几个月，存银数量急剧下降。臣弟整理了一下，主要开支有五大项目。其一，林凤祥、李开芳北伐，胡以晃西征，建官立制，日常用度，总计二百四十万两；其二，营建东王府及完善东王府各项配置，耗银三百万两；其三，营建天朝宫殿及完善天朝宫殿设施配置、人员配备，计银二百八十万两；其四，北王府、幼西王府、幼南王府、翼王府及城内所有衙署、官廨修整，用银八十万两；其五，航王唐正财所领水营独立账户支银一百万两。以上诸项共支存银一千万两！‘圣库’现有存银仅八百万两！”

洪秀全一听，这还了得，如此下去，区区八百万两仅够三个月的开支，怎么得了！他很恼火，东王府营建怎么就耗去三百万两银子？

洪秀全不满地说：“一个东王府怎么就耗银三百万两？”

石达开回答：“原因有三：一是东王府先后三易其址。首先选中江宁将军署，因常受清妖炮火威胁，东王便将府址改为上江考棚，后嫌上江考棚地面狭窄，最终定在旱西门内地势较高的黄泥岗虎贲仓前。二是东王府极其宏伟富丽，府内陈设极尽奢华，就连两大镇库之宝的“翡翠西瓜”也被东王拿到府中作为摆件！三是东王府下属侍从人员众多。”

“镇库之宝”洪秀全还是第一次听说，他连忙问：“什么镇库之宝？朕怎么没有听说过？”石达开说：“以前臣弟曾向天王禀报过，就是翠玉白菜和翡翠西瓜！”洪秀全似乎想起来了，石达开确实说过此事，那是在打下安庆城的时候，但洪秀全并没有将此事放在心上，因为受西方天主教的影响，他对黄金有着一种痴迷的情结，这也就是杨秀清给他打造纯金王冠、制造纯金用具的原因。

洪秀全问：“那一棵白菜和半个西瓜有什么稀奇之处，竟然能称得上是镇库之宝呢？”钱江答道：“天王，那可不是一般的白菜和西瓜，千万两银子也无处买得到！当年乾隆皇帝派兵南征缅甸时，缅甸国王进贡一块巨大的球形翡翠，乾隆皇帝便命紫禁城造办处能工巧匠将它从中间切开，变成两块‘半个西瓜’。平定准格尔后，从新疆得到两块和田玉，雕刻出两棵翠玉白菜。乾隆皇帝爱不释手。后来，安徽巡抚推荐徽班进京为乾隆庆寿，乾隆非常高兴，就将其中的一棵白菜和一片半个西瓜赐给安徽永久保藏。我军打下安庆城，得到了这两件稀世奇珍！”经过钱江这么一说，洪秀全才知道了那绝对不是普通的白菜和西瓜，便急忙命人到“圣库”将那棵白菜取来看看！

石达开亲自带人到圣库将翠玉白菜护送至天朝宫殿，洪秀全从未见过世上还有这样的宝贝！

这棵白菜长约六寸，宽约三寸，厚不到两寸。菜帮洁白，菜叶翠绿，与真正的白菜并无二致！最奇的是，菜叶上还有两只小虫子，一只是螽斯，另一只是蝗虫，两只小虫子活灵活现，连每一根触须都清晰可见！

洪秀全不理解为什么要雕上两只小虫子，钱江解释道，这两只虫子繁殖能力极强，寓意多子多孙。因为寓意很好，乾隆皇帝还曾经专门为它写了一首诗，题为《题和田玉镂霜松花插》。

洪秀全担心哪一天杨秀清贪心再起，又将这棵白菜化为己有，于是，执意要将这棵白菜赐给钱江，钱江虽然极力推辞，但最终还是接受了！

洪秀全又问：“翼王，东王府是怎样的奢华？你详细说来。”

石达开说：“臣弟了解了一下，东王府东西长约九十丈，南北进深约一百八十丈，自堂子大街一直延伸至虎贲仓，连虎贲仓东西两座小山也圈在府内。此外，虎贲仓山下有地道，绵延五里，直达清凉山。东王平时通过地道，前往清凉山看戏，纳凉。府前距大门十五丈处，有一照壁，长八十五丈，高三丈。照壁与大门之间建有望楼，五层，高约五丈，站在望楼上，可以看见对面浦口敌楼。府门外设大炮数门，早晚鸣放，威风无比，令天京城内军民人等只知有东王府，而不知有天朝宫殿。王府内厅房设计穷极工巧，骋心悦目，桌椅铺垫都是黄锻做成。‘圣库’奇珍异宝已有三分之二被东王拿去做王府摆设，东王还不惜人力，到处搜罗。东王府属下六部尚书七十二人，承宣二十四人，仆射三十二人，参护刀牌手一千六百人，连同各类典官、差役等人员，总计三千五百五十七人！臣弟知道，天朝宫殿各类典官、差役不过一千六百人！”

洪秀全早已气得脸红脖子粗，更何况石达开还拿天朝宫殿与东王府进行比较！但他没有说太多的话，只是淡淡地说了一句：“东王好气派、好享受啊！”

一听此话，罗大纲忍不住了，他说：“天王可能还不知道东王有多气派、多享受呢！别的不说，单就东王出行所乘的六十四抬大轿，还有大轿上精彩的故事真是闻所未闻！”洪秀全一听“精彩的故事”，便连忙要罗大纲说出来。

罗大纲正要说，钱江向罗大纲使眼色，意图阻止他说下去，罗大纲便不说话了。洪秀全问：“军师，你为什么不让大纲兄弟说呢？”钱江笑道：“怕大纲兄弟说出来有污圣听！”石达开也笑了，因为罗大纲在他面前说过那样的事情。洪秀全有点懵了：“你们几位笑什么？朕今天一定要听听！”

罗大纲说：“东王乘坐的大轿足有半间房子那么大，里面放了一张床，还有办公务的桌子。东王外出时，坐在轿子里，轿内有四个二八少女陪侍。那些少女个个美如天仙，水嫩水嫩的，穿着薄如蝉翼的衣裙，连内衣都不穿，据说是便于东王随时临幸。前几天，东王出行，突然一阵狂风掀开轿帘，大家一看，真精彩啊！原来东王赤身裸体地坐在床上，怀里抱着的少女正面对面地坐在东王的大腿上办公务呢！”洪秀全忍不住地大笑，不要说这辈子没有碰上这样的事情，即使是“听说”，今天也还是头一回“听说”！洪秀全笑着说：“大纲兄弟，真有你的，这样的事情也能讲出来！”罗大纲委屈地说：“是天王逼着臣说的！”洪秀全说：“军师、北王、翼王，是朕逼着大纲兄弟说的么？啊？你们倒是给朕做个证啊！”

君臣正在大笑，却不料杨秀清与唐正财来了。杨秀清一来，众人笑得更欢！杨秀清被弄得莫名其妙，于是，他大声说：“天王，臣弟有事要禀报！”众人这才止住了笑。

洪秀全问道：“东王有何事？请说吧！”

杨秀清说：“臣弟以为打造‘红单船’之事万万不可行！”众人一听，这杨秀清又在发什么疯，打造“红单船”的事情也是他首先提出来的，为什么几天就变卦了呢？

罗大纲早已为此事做了充分的准备，正要前往顺德陈村延请造船工匠，现在听杨秀清这么一说，便忍不住地问道：“东王为什么否定前几天才说过的话呢？打造‘红单船’也是东王提出来的呀！”杨秀清看看罗大纲，举起双手，向洪秀全走去，洪秀全顿时觉得他有点像登坛做法的道士，滑稽可笑。杨秀清说：“臣弟已经派人调查过了，‘红单船’费用高昂，天国暂时还承受不起！”洪秀全问：“‘红单船’费用高，怎么个高法？”

杨秀清一甩头发，一只小眼一瞪，说道：“一艘船造价五万两白银，每年维护要一万两白银；如果打造三十艘，仅第一年的投入即需白银一百八十万两！以后每年还要维护费三十万两！成本太高！”

罗大纲一听，十分气愤，立即回应道：“东王，大纲听说东王府营建，一下子就耗去银子三百万两，仅此一项，可供三十艘‘红单船’十年维护之用，即使除去造船费用一百五十万两，还可供五年维护之用！”

杨秀清听罗大纲说到东王府，立即黑着脸，说道："东王府掌管天国大小事务，谁跟东王府过不去，谁就是背叛天国！"接着，又对唐正财说："航王，你说一说水营现状，看看需不需要'红单船'。"

唐正财立即伸出原来缩在后面的脑袋，鼠眼一转，说道："天王，臣掌管的水营现有大小战船八千艘，足以控制长江水道及周围内河航道；臣的战船耗费极小，战船都是征自民间，不需一分一毫造船费用；战船无须养护，一有损坏，便再从民间征取。可以说是无本万利！"

罗大纲立即驳斥道："航王既然说你的水营无须花费，那你为何支取'圣库'银一百万两？难道这些银两被你私吞了不成？"唐正财没有想到罗大纲来了这么一句，头上紧张得冒汗，因为支取一百万两白银，已经送了三十万两给杨秀清，其余七十万两自己正准备打发亲信运回湖南老家。被罗大纲这么一问，还真一时答不上话来。杨秀清立即说道："罗丞相也是水军出身，曾在西江、郁江一带做过江洋大盗，应该知道一支水军不仅仅有船就有了一切，其他方面的费用难道要你罗丞相掏腰包来开支吗？"

罗大纲比较忌讳别人说他是"江洋大盗"，因为他当时只是起义，做的是梁山好汉们做的事，劫富济贫。听到杨秀清又在骂他是"江洋大盗"，便怒从心头起，恶向胆边生，一把揪住杨秀清的衣服，像拎小鸡似的把他提了起来，杨秀清四肢乱舞，嗷嗷直叫。众人一见，忙劝罗大纲不得鲁莽行事，罗大纲将杨秀清往地上一放，杨秀清踉跄了几步，方才站稳。

罗大纲上前几步，指着杨秀清的鼻子骂道："姓杨的，别以为我罗大纲不知道你的鬼主意！你之前提出打造'红单船'，不过是要给唐正财鸟枪换炮；你现在又出尔反尔，是因为唐正财根本就没有这个本事指挥'红单船'作战，你怕水营大权落到了我罗大纲手里，以后借水营来敛财就没有那么方便了！天国将要亡在你这种贪婪、自私、褊狭、狠毒、自以为是的小人手里！我罗大纲再警告你一句，以后再敢骂我'江洋大盗'，那我就做一回'江洋大盗'给你看看！"

有些人就是贱，你越尊重他，他越觉得自己了不起；你越敢骂他，他越不敢对你怎么样！杨秀清就是这样的人！

他想到借"天父下凡"的把戏除去罗大纲，但是，罗大纲并不相信"拜上帝教"，弄不好，自己的脑袋就先被罗大纲给割下了！因此，他只能忍住！

洪秀全心里挺高兴的，自己经常受杨秀清挟制，今天大纲兄弟替自己出了这口鸟气，但现在又不想与杨秀清摊牌，所以，就训斥了罗大纲几句：“大纲兄弟，不能这么做，这叫以下犯上，朕要狠狠地责罚你！”又对杨秀清说：“东王，大纲兄弟是个粗人，行事鲁莽，你大人不计小人过，高抬贵手吧！”钱江、石达开、韦昌辉都批评罗大纲，罗大纲只得向杨秀清道了歉意：“东王，俗话说得好，打人不打脸，骂人不揭短，我罗大纲最忌讳别人说我是‘江洋大盗’，因为我确实不是杀人越货、良莠不分的‘江洋大盗’，我罗大纲做事一向端正，天地可鉴！东王，刚才大纲一时兴起，冲撞了你，还请东王能够原谅！”

杨秀清转眼之间又开始神气了：“罗丞相，刚才本王也是一时口误，多有得罪！不说了，说说‘红单船’的第二个缺点吧！”转过身来，望着唐正财，唐正财连忙说：“天王，我天国水营虽是小船，但小船灵活，不仅可在长江畅通无阻，也可以深入内河、内湖，给清妖水师布下天罗地网，定叫他们有来无回！但‘红单船’体大狼犺，只能在长江上航行，控制不了内河，到时候说不定会成为清妖水师的靶子。臣已说完，请天王定夺！”

众人又是一番争辩，唇枪舌剑，谁也无法说服对方。洪秀全本来的心情挺好，这一两个时辰弄得他特别闹心，他不想这两帮子人争来争去，他还要考虑一个重要问题，讨论一下如何完善“圣库”制度。于是，他说道：“众位，‘红单船’的事先放一放，下次再议。朕希望各位能够议一议如何完善‘圣库’管理制度的问题。”

石达开很快将“圣库”账册呈给洪秀全，说道：“天王，臣弟不日将赴安徽，现将‘圣库’移交，还请天王另择贤良，掌管‘圣库’。”洪秀全假意问道：“翼王颇为识人，你认为谁适合管理‘圣库’呢？”石达开不假思索地说：“蒙得恩。此人做事公正，具有很强的理财能力，天朝宫殿一草一木、一砖一瓦在他手里都能很好地发挥作用。”洪秀全假意推辞：“蒙得恩为人、能力，朕当然知晓。只是他位卑职低，难免人微言轻，管不好‘圣库’。”石达开正在疑惑，他不知洪秀全为何推辞，突然，他明白了，原来洪秀全是要他再三推荐。于是，石达开又说：“俗话说，宰相门前七品官，蒙得恩是天朝宫殿总管，谁敢轻视他？天王，‘圣库’事体重大，此事非蒙得恩不能胜任！”洪秀全终于满意了，他随便地说了说：“好吧，既然翼王再三推荐，朕就让蒙得恩暂时代管‘圣库’吧！以后若有更贤能者，再让出来吧。诸位还有什么事？没有事，今天廷议到此结束！”

杨秀清忙说：“天王，臣弟还有事！”洪秀全不胜其烦，站起来说：“东王，还有什么事？”杨秀清说：“‘圣库’管理干系重大，一人为私，二人为公，臣弟以为应该由两个人共管，方能令人信服！”

洪秀全问：“是不是东王要推荐什么人啊？”杨秀清说：“天王，臣弟正想推荐一人与蒙得恩共管‘圣库’。”洪秀全问：“谁？”杨秀清说：“陈承瑢！”

洪秀全一惊，为什么是陈承瑢呢？难道是杨秀清在试探吗？又或者杨秀清发现了陈承瑢已经不和他一条心了吗？听说不久前，陈承瑢还挨了杨秀清一顿打。杨秀清开始对陈承瑢怀疑了吗？但转念一想，杨秀清自信过头，常常以为自己最聪明，自己的手下都会死心塌地的，不会怀疑陈承瑢有什么“背叛”行为。他推荐陈承瑢，一定是想自己以后拿银子方便一点而已！想到这里，洪秀全倒是巴不得陈承瑢也来管理“圣库”，这样，蒙得恩就可以更快、更方便地了解东王府的情况了。不过，越是希望陈承瑢参与进来，表面上越是要加以阻拦。

洪秀全说：“陈承瑢的为人，大家都不是很清楚，东王是否考虑另一人选呢？或者，诸位也可以推荐人选！”果然，钱江、石达开、韦昌辉、罗大纲纷纷推荐自己所了解的人，倒不是他们有什么企图，而是极力阻止杨秀清的亲信参与“圣库”的管理，阻止“圣库”最终变成杨秀清的私人“库房”。

洪秀全乐得在一旁看热闹，反正吵得越凶越好！杨秀清手舞足蹈，丑态百出，洪秀全只当是在观看猴子翻筋斗、竖蜻蜓！

正当众人争得不可开交之际，突然，随着一声凄厉的怪吼，杨秀清“砰”的一声倒地，直挺挺地躺在地上，一只眼睛紧闭，一会儿，全身抽搐，忽地又坐起。“天父来了！”洪秀全说声“不好”，连忙率钱江、石达开、韦昌辉等跪下，只见杨秀清披头散发，一只眼睛直直地望着前方，口中念念有词：“天父有言，尔等小子听着：第一，‘红单船’万万不可打造；第二，‘圣库’必须由蒙得恩、陈承瑢共管！”说完，又“砰”的一声躺倒在地，洪秀全等人连忙站起身，须臾，杨秀清也站起来了。杨秀清说：“天王，刚才天父跟臣弟说了，要臣弟转告天王，‘红单船’不可打造，‘圣库’应由蒙得恩、陈承瑢共管。臣弟不敢隐瞒，只能如实禀报！”洪秀全心想：“别在这跟我演戏了。这些东西都是我玩剩下来的，悔不该当初让你抢了先！”但嘴上仍说：“东王，朕及几位兄弟都听到了天父的教诲了，不敢不遵从！”杨秀清高兴地说：“如此，那臣弟就放心了！臣弟这就回去发诰谕！”说完，迈开大步，夸张性地甩开两只膀子，高兴地走了。唐正财也像狗一样跟在后面一路小跑。

看着杨秀清夸张的动作、滑稽的背影，罗大纲心里很是气愤，他对洪秀全说：“天王，天国水营危险啊！长江不再属于天国了！”洪秀全也很难过，望着大纲兄弟，想象天国的那些小木船被清妖水师撞得粉碎的情景，无奈地对罗大纲说：“大纲兄弟，刚才一幕你也看到了，朕有什么办法呢？”罗大纲说：“那是杨秀清玩的鬼把戏，臣见得多了，广东、广西一带农村那些端公都会，不理睬就行了！”洪秀全说：“大纲兄弟可以不信，但朕及天国上下不能不信啦，朕的天国就是建立在‘拜上帝教’的基础上，如果连朕都不信，那天国不就四分五裂了？不要紧，让他继续表演吧，朕心里有数！”

洪秀全“心里有数”，这个“数”其实是一条底线，那条底线就是不能触及他个人的地位，这一点，恐怕只有钱江清楚。每当钱江看到杨秀清的表演，心里就会产生一丝愧疚，当初是他和南王冯云山劝洪秀全接受的，现在，这反而成了束缚天国及洪秀全的一道紧箍咒！“何时才能结束杨秀清的表演？”石达开心里想着，但又不能说。

对杨秀清的表演不满、厌恶乃至仇恨的，莫过于韦昌辉了！前不久，韦昌辉去视察唐正财水营，他简直无法相信，堂堂天国水营竟然没有一艘象样的战船！一旦打起仗来，如何是好！韦昌辉归纳出水营存在的三大危险。第一，最大的危险是水营统领唐正财对水营管理、水战指挥几乎一窍不通，整天只知道拍杨秀清的马屁；想想当年的罗大纲，那才是真正的水营统领啊！第二，水营船只数量虽多，但大小不一，全是临时强征来的民船，有的特别单薄，别说打仗，即使是稍微大一点的风浪也会将它们拍碎；百分之四十的船存在不同程度的破损。第三，水战人才缺乏。水营百分之六十的都是临时征集来的船民，他们之所以来，是因为自己家里的船被强征了，一旦打起仗来，他们肯定会划着自己家里的船离开战场的，因为谁也不愿让自家船受损。而罗大纲以前带出来的真正水营将士不是遭到排挤，就是被编入李开芳的北伐军中，几乎不能发挥任何作用！

韦昌辉感到无比痛心！这难道就是当年横行西江、直下湘江的天国水营吗？他把唐正财狠狠地责骂了一顿，并准备禀报天王，撤掉唐正财水营统领职位，取消“航王”封号，由罗大纲来重整水营。哪知道，这触及了杨秀清的根本利益，杨秀清立即表演“天父下凡”的鬼把戏，把韦昌辉这个堂堂天国第五号人物狠狠责打了一顿！韦昌辉每念至此，肺都要气炸了！

今天，本来有一个极好的机会可以让罗大纲训练出天国的“铁甲水师”，但偏偏又让杨秀清那个家伙搞砸了！天国水营休矣！“不行，我要提醒天王，不能再让杨秀清那个家伙表演下去了！”

想到此，韦昌辉郑重地说：“天王，东王的‘天父下凡’越来越过分了，‘天父下凡’的次数也越来越多了。上次‘天父下凡’将臣弟责打了一顿，很难说将来不会责罚天王的！天王，要三思啊！是采取对策的时候了！”洪秀全尚未表态，蒙得恩押着两个宫女和一个士卒进来了，洪秀全立马明白是怎么回事了！对蒙得恩说：“立即处斩！”

石达开很惊讶，忙问何故，洪秀全说：“翼王，你知道吗？朕与诸位所说的话，包括大纲兄弟说的故事差一点又传到了东王府！喏，就这几个人！各位，你们应该知道朕为什么要弄出一个‘十该打’了吧！蒙得恩，加强监视，不能让北王刚才说的话传出去！”钱江说：“天王，先不忙处斩，要详加审问，看看还有什么人。”洪秀全说：“军师，东王的谋略你不清楚吗？他会让朕‘拔出萝卜带出泥’吗？各位，回去自己清查一下，凡有东王府挑选送来的侍女、差役，一个都不能放过！”众人如梦方醒，原来自己一直生活在杨秀清的监视之下，这太可怕了！洪秀全做出了一个决定，命石达开暗中挑选人员，换掉包括天朝宫殿、慧园庵在内的一切可疑人员。散朝后，石达开很快办妥了此事，从此，天朝宫殿、北王府、翼王府、慧园庵、罗大纲的家才算彻底摆脱了杨秀清的监视。

洪秀全通过几件事，慢慢知道，北王韦昌辉表面上首鼠两端，实际上是站在他这一边的，是一个可以依靠的人，从此，对韦昌辉便格外加以关注。

石达开找到钱江，商量由谁去主持运漕秘密“宝库”营建及管理事宜，钱江说出了一个人，石达开说：“非他莫属！”两人相视而笑！

第九回 安庆易制女侠动心 运漕取粮巡检殒命

话说钱江推荐由刘元合主持运漕秘密“宝库”营建及管理工作，石达开非常赞同，也认为此事“非元合莫属”。一提起刘元合，石达开忽然想起：“有好几天没有过问刘元合了，不知他的武功练得怎么样了？也不知他的军师卫队训练得怎么样了？因为很快就要派上用场了。首先就要押送二百万两银子存放三汊河，这可是一件重大而又充满危险的事情！我还是去看看！”想到这里，他辞别了钱江，来到演武场。一进演武场，迎面就遇见了张自芳，石达开问：“张女侠，元合呢？”张自芳说：“在那边。我去叫他。”石达开忙止住张自芳，悄悄地说：“张女侠，别忙，待我去考考他！”张自芳会意地笑了。

刘元合此时正在给队员分解武术动作，背对着石达开，因为注意力很集中，根本没有发觉石达开的踪迹，再加上石达开也有意识不让刘元合知晓，所以，刘元合一点都不知道石达开到这里来了。待到听到风声，已经迟了，石达开的掌已经劈过来了，速度之快，令刘元合防不胜防。刘元合一闪，躲过了一掌。然后，第二掌又来了，刘元合闪无可闪，只好接招。他用尽全力，与石达开打了三十多个回合，最终还是败在石达开手下。刘元合立即拜了一拜：“翼王，属下武功平庸，还需下苦功夫！”石达开笑着说：“不错。能在毫无防备的情况下与本王打三十多个回合，不容易。看出来，你练功还是勤的！”刘元合说：“属下练功一刻也不敢停，无奈天生愚钝，始终不得要领，翼王莫笑话属下！”石达开摸着刘元合肩膀说：“本王看出来，你并不愚钝，相反，悟性极高，假以时日，你也会修炼到第八重、第九重的！好好努力吧！”刘元合又拜了一拜：“翼王放心，属下定不会荒废武功的！”说完，目送石达开走出操练场地。

石达开边走边想：“元合武功进步很快，刚才我以六重功夫对他的六重功夫居然打了三十多个回合，可见他的内功修为还是比较高的！”“翼王，在想什么呢？”石达开抬眼一看，原来张自芳来到了自己身边。石达开笑笑说：“哦，张女侠，我在想元合确实是个可造之才！刚才，他竟与我打上了三十多个回合！”张自芳望着石达开，见石达开汗流满面，全身衣服也都湿透了，便说：“难怪翼王满身是汗！”石达开笑笑说：“张女侠误会了，我这汗是天气热，而不是与元合较量武功的！”张自芳一想，也笑了：“翼王不要见怪，刚才我也是一时口快，说话没经过脑子。与刘元合打那么几下，翼王怎么会流汗呢？”石达开用手背擦了一下眉眼上的汗水，好让自己两眼舒服一点。张自芳一看，下意识地掏出香云纱汗巾，就给石达开脸上擦汗。石达开也没有在意，一把揪过汗巾，自己擦了起来。张自芳双颊一下子通红，呼吸似乎都有点急促了，石达开忙问：“张女侠莫不是哪里不舒服？”说完，将汗巾还给了张自芳，说道：“不好意思，弄脏了你的汗巾，要不，我拿回去洗洗！”张自芳将汗巾收起来，依旧满脸红云，轻声说道：“不用，我自己洗！”

这一系列变化，都被悄悄来到两人身边的冯紫芸看在眼里，冯紫芸虽然看到了师父表情的变化，但又不敢说破，又怕师父发现了她，于是，假装快步跑过来似的，大声喊道：“翼王，师父！”张自芳、石达开回头一看，见冯紫芸跑过来了。张自芳怀疑冯紫芸看到了什么，便盯着冯紫芸的眼睛说：“野丫头，什么时候来的，都不说一声！”冯紫芸知道师父有点怀疑自己，忙说：“弟子刚从那边过来，看到师父、翼王，就追了上来。”说完，避开了师父的眼光，张自芳也没有再说什么了。石达开问：“冯姑娘，元合有没有和你切磋武艺？”冯紫芸说：“武状元还真听翼王的话，他教了属下一些武功，只是属下太笨，一时掌握不了那么多。翼王要找武状元吗？属下这就去叫他。”石达开说：“不用了！上午的训练也差不多了，你和元合收兵吧！”冯紫芸应了一声，便去找刘元合了！

石达开问张自芳：“张女侠，过几天，我就要去安庆。张女侠是留在这里继续指导元合、冯姑娘训练军师卫队呢，还是要回佛山与你师兄文茂大哥筹备起义的事情呢？”张自芳自从看见石达开后，就不想远离他，所以，张自芳说：“翼王，如果你不嫌累赘，我愿意到安庆给你帮帮手。至于训练军师卫队的事情，刘元合、紫芸那个野丫头两个人能做好。”石达开又问：“那你大师兄起义的事呢？”

一想到大师兄李文茂，张自芳的内心还是挺复杂的。一方面她很敬佩李文茂的为人，耿直，义气，好打抱不平，但另一方面，在她的心中，李文茂不像是师兄，倒像是长辈，所以，在“自梳”之前，她婉言拒绝过李文茂的追求。她自己也不清楚，“自梳”究竟是自己内心真实的追求呢，还是为了回避李文茂等众多追求者呢？从十七岁“自梳”以来，整整十年，她的内心一直都是闭锁着的，没有哪个男人能够闯进去；可是，在见到石达开的一刹那间，她的心房被打开了，石达开进入了她的心房，任凭她怎么赶也赶不出去！在石达开身边待的时间越长，她就越不想回到李文茂那里去！

张自芳淡淡地说：“筹划起义是男人们的事情，我一个女流之辈能做什么呢？翼王，你带我去安庆吧，一些打下手的事情，我还是能做的！”石达开想了一想，说道：“能得张女侠鼎力相助，我石达开的事情就完成一半了！好的，我去向天王禀报一下，天王会同意的。”张自芳不想把事情弄得那么正式，因为那样一来，天王肯定知道其中的隐情，所以，她对石达开说：“翼王，不要把动静弄得那么大，军师知道就可以了。”石达开一想，也是啊，特意去天王那里说，也不太好，于是，点点头同意了。

晚上，张自芳开始收拾行李，其实倒也没有什么收拾的，不过是“玄光”宝剑外加几套换洗衣服。很快，她似乎想起了什么，对冯紫芸说：“紫芸，今晚你不用帮为师洗衣服了！”冯紫芸假装什么也不知道，问道：“师父，为什么不要弟子洗？是弟子洗得不干净吗？”张自芳说：“过几天，为师要随翼王去安庆，到时候，你难道还要到安庆帮为师洗衣服吗？”冯紫芸笑着说：“师父到哪里，弟子就跟到哪里。”张自芳冷笑一声：“哼，野丫头尽会说谎！你留在天京，协助武状元训练军师卫队。为师警告你，不要太得意忘形，否则，为师要狠狠地责罚你！”冯紫芸知道师父是怕她与刘元合走得太近，担心会出什么事，就说：“师父不放心，就带弟子到安庆去吧！”张自芳心想：你还跟我装什么装！你那点花花肠子，我还看不出来吗？于是，说道：“为师要你留在天京，你就留在天京！只是凡事小心，不要闹出笑话。你也不小了，应该知道怎么做！”说完，便不再理睬冯紫芸，独自浣洗着刚换下来的汗衣。

入夜，张自芳躺在帐子里，怎么也睡不着。“那究竟是一种什么样的气味呢？为什么令自己蚀魂神往呢？”她在回味着擦过石达开脸的那块汗巾上的气味！“师父，你怎么啦？为什么睡不着？”冯紫芸问道。张自芳内心有点慌张，说实话，在这方面，她的经验并不比徒弟丰富，于是，以极其强硬的口气说：“野丫头，胡说什么？为师睡着了，又被你吵醒了！快睡觉！”冯紫芸不说话了，她知道师父不过是在强作镇定，但又不敢揭穿师父的真面目，心里笑了笑，睡觉去了。张自芳也不知什么时候才入睡的，总之，第二天醒来，感到有点困倦。

再说，石达开离开演武场后，径直去找钱江，商量如何经营安徽。钱江说了四条意见，石达开觉得每一件事都是自己想做的，只不过经钱江一说，就十分清楚地知道几件事的轻重缓急，以及每件事如何去操作，心里对钱江又增添了几分敬意！

钱江说：“翼王去安庆，事务必定繁忙，应该带一个帮手。我推荐张女侠。张女侠虽是习武出身，但做事颇有头绪，在军中威望也高，定能为翼王做不少事情。”这话本来是石达开要说的，但他不明白钱江为什么竟在他开口之前就说了这番话。难道是军师看出了我石达开的心思了吗？钱江见石达开不说话，便进一步说：“翼王，张女侠很仰慕你，你可不要辜负她啊！”石达开更加不明白了，他没有感到张自芳在自己面前有什么特殊的表现啊！再说了，人家张女侠号称“红船女侠”，能仰慕我石达开吗？于是，石达开说：“感谢军师推荐，小弟牢记就是了！”钱江一笑，笑得十分诡秘！

辞别钱江，石达开还在想着刚才什么“仰慕”“不要辜负”之类的话，想着想着，张自芳每次出现时的种种表现在头脑中连成一片了。“糟糕！张女侠不会……都怪自己太粗心，没有看出一丝痕迹！该不会伤了人家张女侠的心吧！”

到了安庆，石达开对张自芳表现得格外尊重，这令张自芳很不自在。有一天，张自芳实在忍不住了，她对石达开说：“翼王，以后别再叫我‘张女侠’了，听着就觉得我们之间距离很远！”石达开问：“那叫什么？”张自芳说：“众人面前当然还是照旧。只是我们私下里就可以改一改。我比你大四岁，你就叫我姐姐吧，我叫你弟弟！”说完，一双眼睛看着石达开，满含期待。石达开终于知道钱江所说的“仰慕”“不要辜负”的含义了，他本不想回应张自芳传递过来的感情，因为他给不了张自芳任何承诺，但又怕伤了张自芳的心，再一想，反正“姐弟”之称也没有什么，于是，就叫了一声“姐姐”，张自芳脸“刷”地就红了，轻轻地叫了一声“弟弟”。说石达开不动情，那是假话，但他还是克制了自己的感情，说道：“姐姐，这样称呼亲切，以后弟弟就这么叫了。”张自芳别提有多高兴了，不过，她还是假装矜持：“弟弟，姐姐真想有你这么一个弟弟！”两人都笑了。

相比天京，安庆似乎要凉爽一些，其实倒并不真正凉爽多少，主要是安庆城能够直接吹进江风，而天京城四周全是山，一丝凉风都进不去。石达开来到安庆，立即实施新政。

首先，设立乡官制度，挑选德才兼备且支持天国事业的人担任官员，负责征收粮食、棉花等农产品。由于石达开确定的农产品税额略低于清政府或大地主的税额，因此，农户一般都会踊跃缴纳。

与此同时，督促百姓编造粮册，核定田亩，按田亩征收粮赋。另外，打击豪强地主，赈恤贫苦农民。最后一点，恢复并保护工商业，设立榷关，征收工商业税。

石达开彻底抛弃了太平天国起义之初不允许百姓有私产的《待百姓条例》，从“抚安黎庶，援救生灵”出发，全面实行治国治民的新政策，取得了良好的效果。史称“安庆易制”。

“安庆易制”后，江淮一带原先反抗太平天国的老百姓慢慢地转变了态度，有的还帮助太平天国反抗清朝政府。当时，江淮一带流传着这样一首民谣，从中可见老百姓对太平天国统治的满意。

长毛打咸丰，米粮渐渐松。
白天三顿饭，晚上搞一盅。

“晚上搞一盅”，这不是地地道道的家乡话吗？难道民谣是从合肥县开始流传的？难道民心真的变了吗？李鸿章听到这首民谣，一则以忧，忧的是长毛收拢了人心，这样下去，灭掉长毛难度更大了；一则以喜，喜的是长毛终于懂得善待百姓了，安徽百姓不会受到惨无人道的蹂躏了。范瑾瑜说：“大人，看来钱江、石达开他们终于学会了如何治理老百姓了！”李鸿章说：“范先生，灭长毛不是一朝一夕的事，我们应做长远打算！”

太平军在安徽展开了一系列的军事行动，安庆失守后，安徽省府迁到了庐州，眼下庐州也吃紧了。不仅如此，运漕周围的和州、无为州、巢县都出现了太平军。太平军一路沿濡须河往东，一路沿天河往北，准备夹攻东关，而东关一失，全长一百五十里的运漕河就全部被太平军控制了，那样一来，太平军从长江到巢湖便畅通无阻。

东关吃紧，三十里外的东关吃紧！而东关守军基本上是八旗绿营兵，时任安徽巡抚的李嘉端从来就不相信八旗绿营还会打仗，环顾四周，终于选中了尚在运漕练兵的李鸿章。“养兵千日用兵一时。”李鸿章义不容辞地接受了守卫东关的任务，他也想检验一下自己这一支军队的战斗力。

临行前，李鸿章发出告示，要运漕父老乡亲保存实力，不要做无谓的牺牲，要等候官军打回来。李鸿章告辞了运漕商家富户，要他们尽量保存自己的产业，还特别嘱咐洪老掌柜，忍一时之气，等待他回来。李鸿章再次对麦巡检、罗粮台说：“本官了解钱江、石达开的为人，他们不会劫走运漕全部存粮二十一万石的，你们两位只要能守住百分之二十的存粮就可以了。留得青山在不愁没柴烧，万不可拼一命以保全节操！”麦巡检、罗粮台斩钉截铁地回答：“李大人，粮食就是下官的生命，丢了一粒粮，下官绝不苟且偷生！大人的恩德下官铭记在心，不过，请大人能够理解下官的选择！”李鸿章无可奈何地摇摇头，说：“祝你们一切顺利！”范瑾瑜也长叹了一声，知道今日一别，就是与两位壮士的诀别！大清有这样的忠贞刚烈之士，大清不会亡！

李鸿章移师东关，钱江便前往安庆与石达开谋划，取运漕之粮。钱江说道：“运漕人太过忠勇，取粮时间长，战死的人就多，因此，只能速战速决，而要速战速决，还需翼王亲自出马！”石达开说：“军师，你是知道的，小弟真的不想面对面地开罪于运漕百姓啊！”钱江说：“翼王当然不必亲领大军，不过，麦巡检还需要翼王制服他！”石达开说：“让洪仁达、何雅林部去取粮，小弟暗中相助！另外，顺便将暂存于翼王府的二百万两银子运至三汊河，让刘元合派人看守。”钱江展开一幅地图，指着地图说道：“翼王，我已谋划在此，还请翼王详察！”

石达开一看兵力部署，与自己想象的不谋而合：三层包围圈！

钱江说：“首先派出五百士兵进驻海子口至卫家湾一带，做出进攻东关的态势，将东关之敌牢牢地控制在濡须河一带。”石达开说：“其次，东面防三汊河至小晏桥，一百人就足够了；南面无为州也不需要多少人，倒是北面凌家滩、王海渡一带要重兵防守，一防东关之敌从西北偷攻运漕，一防铜城闸两百驻军增援运漕。”两人相视一笑，这就是第一层包围圈，这样，就完成了对杨柳圩的包围。

两人边谈边笑，不知不觉已是半日过去了。最后敲定，由洪仁达、何雅林率一万人取运漕粮，五千人防守，五千人运粮；石达开微服暗中相助，制服麦巡检；为方便今后对运漕的经营，钱江、刘元合、冯紫芸一律不参加运漕夺粮之战！

海子口至卫家湾一带突然出现不少太平军，这让李嘉端感到了压力，他命人提醒李鸿章死守东关，这时，只有靠李鸿章这五百人了，因为八旗绿营兵已经调防庐州。李鸿章命人打探敌情，得知凌家滩至王海渡也有太平军布防；紧接着，又探得了凤凰桥、卫家渡、三台阁都有太平军出没。李鸿章展开地图，一看，惊呼："运漕镇危矣！二十一万石粮食恐怕不保！"于是，命范瑾瑜、袁世坦守营，自己星夜驰往庐州。

李嘉端见到李鸿章，立即问道："少荃弟，是否东关有失？"李鸿章说："巡抚大人，下官来此，不为东关，而为运漕，为运漕二十一万石存粮！下官分析，长毛此举，不在攻东关，而在劫掠运漕粮食！请大人增兵守卫运漕！"李嘉端笑笑说："长毛诡计多端，他们佯攻运漕，实则为了夺取东关。少荃不必多虑，守住东关，本官为你记头功！"李鸿章急了，他说："大人，下官不是为了什么功不功的，下官真的担心运漕粮食安全！一旦运漕粮食有失，下官担心会对大人不利！"李嘉端严肃地说："本官守土有责，早将功名利禄置诸脑后。少荃，东关干系重大，一旦东关有失，则运漕河全境皆为长毛所有了，那时，庐州就完全陷入了长毛的三面包围之中！此与运漕存粮孰轻孰重，少荃就没有认真考虑过吗？本官已经说过了，守住东关，你就是头功！至于其他事情，本官自有安排！"李鸿章没有办法，只得回到东关，伺机出击，解运漕之围！

李鸿章一回到东关，便得知太平军水营要进攻东关的消息。李鸿章立即安排范瑾瑜率二百团勇把守东关各水路要隘，自己与袁世坦率三百团勇乘坐三十条船，与太平军水营在海子口至卫家湾一带交战。太平军水营坚持了两个时辰，到了未时初刻，便全部向下游撤退，李鸿章带领团勇向下游追击。追了一个多时辰，到了卫家渡，两支太平军水营合在一处，约有两千人，二百条船，阻住了运漕河河面，李鸿章虽竭力想冲破太平军的防线，无奈敌人太多，始终无法撼动。

李鸿章便命袁世坦带一百团勇弃舟登岸，从河堤冲向运漕镇，自己则率二百团勇牵制太平军水营。袁世坦冲到西来庵，与守在那里的太平军相遇了，由于太平军一千多人，因此，无论袁世坦如何英勇作战，也无法向前推进一步，双方胶着在西来庵一带。

袁世坦一看，自西来庵至三元观，三里长的河面上停满了太平军的运粮船，估计足有一千多只。对面凤凰桥则停满了太平军战船，少说也有三百只，三百只战船，将士就有三千人！自己的一百人不要说攻不进运漕镇，就是攻进运漕，恐怕也难把敌人击退。袁世坦一时攻不进运漕镇，也不知道镇里战况如何，他只看见太平军士兵潮水般从两个方向涌向粮台，而麦巡检、罗粮台手下所有的人加起来也不到两百，如何阻挡得了！不知道麦巡检、罗粮台他们现在怎么样了！

麦巡检、罗粮台两人从一大早发现三台阁、凤凰桥、卫家渡都有大批的太平军出现，就知道情况不妙：长毛来抢粮食了！运漕镇人心惶惶，都担心长毛打进来见男人就杀、见女人就抢。麦巡检、罗粮台一边告诉大家，要大家不用担心，长毛此次是来抢粮食的；一边提醒大家，长毛兵一打进运漕镇，大家就待在家里别出来，因为刀剑无情、枪子不长眼睛，以免误伤、冤死！

午饭后，船越来越多，最后竟然从西来庵一直停到了三元观，足足三里路，少说也有一千多只！他们很清楚，这些船都是来劫运粮食的。他们想放火烧了这些船，但是，长毛兵已经从西来庵布防至三元观，何止三千人！三千人密密麻麻地排列着，不要说一个人，就连一只苍蝇也休想越过长毛的防线！他们两人清点了手下的士卒、帮办，不足二百人，然后又遣散了一批手无缚鸡之力的文书、记账人员，只有一百五十人了。罗粮台将粮库档案、簿册全部整理好，交给洪仪泰藏起来。两人分别给家人留下了绝笔信，准备与粮食共存亡！

长毛兵越来越多，两人召集士兵，喝了壮行酒。麦巡检对士兵说：“养兵千日，用兵一时！兄弟们，到了为国家拼命的时候了！我们誓与粮台共存亡！”“誓与粮台共存亡！”呐喊声震天动地。“麦巡检，我们逃不出去了！罗粮台，留下我们吧！反正逃也是死，不如让我们死得更有价值！”麦巡检、罗粮台一看，原来是刚才被遣散的那些人，便问道：“为什么不走？”其中一个人说：“两位长官，运漕镇四面都有长毛兵，我们走不了！”罗粮台说：“你们从西来庵往西走，逃到东关去投靠李大人吧！”又有一个说：“我们到了西来庵，但西来庵那里正在发生激战，一千多长毛兵已经把李大人派来增援的人马包围起来了！”麦巡检问：“什么？李大人被包围了？”那人说道：“被围的不是李大人，好像是袁管带。听说李大人带领水营已经打到卫家渡了，却被长毛水营阻在那里，前进不了！”麦巡检意识到事情比想象的更严重，忙问：“谁能从秦家塘潜水过去，给李大人送信，请李大人立即撤兵；运漕镇长毛兵足足五千人！我们与粮台共存亡！”有几个人表示愿意从秦家塘潜水过去。罗粮台又说：“剩下的，你们连兵器都拿不动，赶快到老百姓家里去避一避，不要上去送死！”没有人愿意离开。时间不等人了，麦巡检说：“既然各位不愿离开，请受麦某人一拜，感谢各位临危不惧！那就请各位在战斗时往来通报信息吧！现在，本巡检做如下部署：罗粮台带一百二十人把守双闸口，本巡检带三十人把守三元观一带！人在粮食在！”“人在粮食在！”“人在粮食在！”又是一阵震耳欲聋的呐喊声。“出发！”他们刚离开，巡检司衙署就被太平军占领了！

罗粮台人马率先到达双闸口，罗粮台将一百二十人分成六队，分别把守粮台通往河堤的五个闸口，自己亲率二十人把守双闸口。夜幕降临，长毛兵发起攻击，罗粮台利用有利地形，防拒长毛兵。然而，罗粮台发现，长毛兵除了一部分在闸口前佯攻外，大多数攀上马头墙，登上房顶，从房顶上再落到罗粮台的防守线内，对罗粮台进行两面夹攻。罗粮台率众拼命抵抗，虽然也杀伤不少敌兵，但更多的敌兵像蚂蚁一样纷纷从房顶跃入防守线内，两军战得十分惨烈，不多时，街道上积满了战死士兵的尸体。几个闸口都被长毛突破了，罗粮台看看手下，只剩下十来人，且人人伤痕累累，表情痛苦万状。最后，一支五十多人的长毛兵突破了双闸口，罗粮台见大势已去，喊了一声：“麦兄弟，保重！罗某先走一步了！”霎时，一腔热血喷溅在双闸口的闸门上，令包围他的长毛兵无比震撼！有几个长毛兵将罗粮台遗体扶到墙角，放平，又按下了罗粮台圆睁的怒目，礼敬而去！

麦巡检自与罗粮台分别后，率领三十人来到由三元观进入东河街的街口驻防，以待长毛兵。黄昏后，何雅林亲自带领三百多太平军士兵与麦巡检展开较量。麦巡检凭借一身武功，一次又一次地打退了太平军的进攻，何雅林休想前进半步！然而，长毛兵越来越多，麦巡检带的三十个士兵有一半已经战死，麦巡检也无法打退何雅林，双方就这样对峙着！

镇西头西来庵附近，袁世坦正与那一千多太平军士兵进行拉锯战。此时，夜色笼罩着大地，袁世坦正一筹莫展之时，突然李鸿章出现了，且带了一百团勇。袁世坦说：“大人，此处危险，你回到船上去吧！”李鸿章说：“世坦，刚才从秦家塘泅水过来的粮库文书等几个人告诉我，罗粮台、麦巡检他们已经开赴保卫粮台的最前线了，此时应该与长毛兵打起来了。长毛人数众多，估计进攻粮库的至少有一千多人，此外，尚有三千多人把守着自西来庵至三元观的河堤。我担心他们有闪失，打算多带一些人冲进去！”袁世坦说：“大人万万不可！不如大人指挥这两百个团勇拖住这些人，属下一人去看看，这种情况下，人多也未必进得去。只是，水上那一百团勇怎么办？”李鸿章说：“放心，有水姑娘带着他们呢！”袁世坦问：“水姑娘什么时候来的？”李鸿章说：“刚到。听说从东关来了几百人与长毛在水上打起来了，水老头就估计到是我们，叫水姑娘过来帮忙。”袁世坦说：“大人保重，属下去看看！”又对身边几个武功基础比较好的团勇说：“你们一定要保证大人安全！必要时，把大人拉回船上！”说完，纵身一跃，踏着太平军士兵的头，很快飞上了附近瓦房的屋脊，走过屋脊，翻过马头墙，又穿过几条街道，来到了通往粮库的必经之地双闸口。

来到双闸口，袁世坦看到了极为惨烈的一幕，到处是巡检司衙署士兵的尸体，旁边还有不少太平军士兵的尸体，有的还扭打在一起，不见了罗粮台、麦巡检。他环顾四周，借助微弱的灯光，看见靠墙根平躺着一个穿官服的人，原来是罗粮台！“罗粮台已经战死！”“麦巡检怎么样了？他现在在哪儿？”就在此时，从三元观那里传来了一阵喊杀声，袁世坦迅速向三元观方向跑去。

到了三元观入东河街的街口，看到麦巡检带着十几个伤兵正在与太平军对阵。“麦巡检！”麦巡检回头一看，是袁世坦！他立即问道：“李大人呢？在下不是派人送信给你们，要你们赶快撤走吗？”袁世坦说：“李大人在西来庵与长毛兵作战，他要我来助你们！”麦巡检说：“你到罗粮台那里去吧，这里在下能守得住。”袁世坦难过地说：“麦巡检，不用啦。罗粮台已经为国捐躯了！”“罗兄弟，我要为你报仇！”麦巡检大喊一声，冲向敌阵，又击毙十来个太平军士兵；袁世坦也出手了，两人合力，很快撕开了一个口子，不少士兵倒在他们的拳下，眼看何雅林就要守不住了！

“麦帮森，我来会会你！”“麦帮森？此处并没有多少人知道我过去的名字，来者是谁？”只见来人一展拳脚，麦巡检认出来了，他几乎是下意识地说了一句：“惠及长老！”“惠及长老？原来惠及长老就是石达开！师父曾经说过，当年他们三兄弟名号依次是‘惠民’‘惠生’‘惠及’，连起来就是‘惠及民生’的意思。难道石达开是我的师叔？三师叔？”石达开笑了笑，说：“帮森大哥，此处恐怕只有你知道小弟名号‘惠及’，昔年比武乃武林中人友好切磋，今日战场上相见，小弟只能尽力而为！”麦巡检也笑笑说：“惠及，不必多说了，虽然愚兄技不如你，但各为其主，死而无怨！今日一战，愚兄必尽死力，誓死保卫粮库，若粮食有失，愚兄不论胜负，都将随死去的罗兄弟去了！出招吧！”

两人斗了十来个回合，袁世坦不要说帮不上忙，即使是看，也看不过来！此时，只听石达开说：“帮森兄小心了，小弟要使出‘大力开碑手’了！情势使然，休怪小弟无情！”“‘大力开碑手’？原来石达开真是我的三师叔！天啦，这世界也太小了吧！”袁世坦尚未回过神，只听“咚”的一声，麦巡检便跌坐在地，大口大口地吐着鲜血。石达开说：“帮森兄，小弟并未使出十分力气，你还有救。小弟敬佩你是条汉子，你走吧！”说完，又转过头来对袁世坦说：“袁世坦，你刚才也看到了，这就是‘大力开碑手’第八重武功，你那个‘大力移山拳’只练到第四重，本王不跟你打，免得‘惠民’师兄说本王欺负他徒弟！快把麦巡检背走吧，这是疗伤的药！拿去，好好替麦巡检疗伤！”

袁世坦真的无话可说，连麦巡检尚且不是石达开三师叔的对手，何况我袁世坦呢？我不能再受伤，否则，麦巡检无人照顾，李大人也很危险！于是，他欲扶起麦巡检，但被麦巡检拒绝了。麦巡检说：“人说‘惠及’仁义，愚兄今日相信了。只是丢了粮食，罗兄弟也去了，愚兄决定随罗兄弟一起去！愚兄别无挂念，唯有一女，名靖芠。将来‘惠及’如有机缘，还请多多看顾小女！愚兄有一封绝笔信，烦请‘惠及’带给小女！”石达开说：“帮森兄，常言道，留得青山在，不愁没柴烧。”麦巡检说：“粮食在，我麦帮森就在；粮食丢失一粒，我麦帮森就要以身殉国！这是我麦帮森的职分，‘惠及’就不要再劝了。袁管带，帮我把信呈给你师叔‘惠及’！”袁世坦将信呈给石达开，说：“‘惠及’师叔，还请善待运漕百姓！”石达开说：“放心！本王若是蹂躏运漕百姓，你师父也饶不了本王！”

“罗兄弟，你等等我，愚兄来了！”麦巡检大喊一声，一掌拍向自己印堂，壮烈而去！

石达开感慨地说：“英雄！真英雄！”又对袁世坦说：“放下麦巡检遗体，我们会将他与罗粮台一起厚葬的！快去保护你的李大人，否则，你吃罪不起！”

袁世坦内心受到极大的震撼，他从未目睹过如此壮烈而凛然的场面。想到李鸿章的安全，他急忙向西来庵跑去；路过洪仪泰时，他看见厅堂里站满了人，哭声一片，但他不敢耽误，很快来到李鸿章面前。李鸿章问：“情况怎么样？”袁世坦悲痛地说：“大人，麦巡检、罗粮台已经为国捐躯了！巡检司士兵全部壮烈牺牲！”李鸿章大哭起来，呼喊着麦巡检、罗粮台！李鸿章又问：“你是怎么杀出重围的？”袁世坦说：“大人，属下并非杀出重围，而是石达开要属下迅速回来保卫您的安全！”李鸿章惊讶不已，问：“石达开既然来了，为什么不打他的旗号？”袁世坦说：“石达开是微服参与战斗。他的武功太厉害了。他与麦巡检交战时，属下根本看不清他是如何出拳的。他说不与属下打，免得属下师父说他欺负属下！”李鸿章觉得今晚真是尽遇奇事，便问：“石达开如何认得你的师父？”袁世坦说：“他与属下师父是师兄弟，属下师父是大师兄，他是三师弟。”李鸿章一脸苦笑：“原来是你的师叔，难怪不与你交手！”

袁世坦问：“大人，从陆路打不进去，怎么办？”李鸿章说：“撤回船上，水战！”袁世坦即带团勇撤回卫家渡船上。水青萍忙迎上来，说：“李大人，袁管带，我们可以乘着夜色，奇袭长毛水营！”说完，讲出了如何奇袭，李鸿章、袁世坦表示赞同。

水青萍一声令下，三百团勇全部潜入水中，乘着夜色，泅到太平军水营船下，水青萍一声喊：“掀！”三百团勇同时出击，迅速掀翻了太平军水营六十多只船，船上太平军纷纷落水，团勇们与那些士兵在水下展开了一场搏斗，很快，水面上浮起了不少太平军士兵的尸体。其余水营士兵纷纷大哗，场面一片混乱！三百团勇又潜到尚未倾覆的船下，同时掀翻了几十只船。此时，驻守凤凰桥的太平军水营倾巢出动，前来增援。水青萍一声呼哨，三百团勇立即下潜，游到自己船边，纷纷翻身上船。水青萍逐船查点，只有数名团勇受了轻伤，团勇们首战告捷，兴致盎然，信心大增。

太平军增援水营赶到，意欲包围水青萍带领的团勇。水青萍命令团勇向上游撤退，退到秦湾附近，水青萍让部分团勇划着船继续向上游撤退，其余团勇跳入水中，向河湾浅滩游去。太平军水营不知河湾水情，派出六十多只战船围剿水中团勇。团勇们迅速向河滩游去，太平军战船紧追不舍。水青萍催促团勇快点上岸，就在团勇上岸之时，太平军数十只战船搁浅在河湾，此时，向上游撤退的团勇划着船杀回来，堵住了太平军水营的退路，岸上的团勇又杀下来，两下夹攻，太平军士兵纷纷弃船逃跑，由于不识水道，不少人淹死在河里。

太平军水营连吃两次败仗，便将战线收缩到西来庵至凤凰桥一带的水面上。袁世坦见状，立即率领三百团勇用船堵住太平军水营西进的水道，遏制太平军水营的进攻势头。此时，原来在西来庵岸上作战的太平军士兵，不知何故，只剩了一二百人。袁世坦一看，便带领一半以上团勇上岸与太平军作战，很快打退太平军，将太平军压制在小码头附近局促的空间内。很快，从各处赶来增援的太平军士兵阻止了袁世坦继续推进的势头。

双方僵持到卯初，但见河面上太平军纷纷撤退，随后，岸上太平军士兵也都纷纷上船，准备撤退。袁世坦、水青萍率团勇水陆并进，追击太平军。突然，前面太平军一个将领一箭射向袁世坦，箭落在袁世坦面前，箭头将一个方方的东西扎在地上。袁世坦捡起来一看，原来是一封信，信是写给李鸿章的。袁世坦喝令停止追击，一路快跑将信呈给李鸿章。

此时，已近卯正，天色微明，李鸿章拆开信，就着微明的天光，阅读此信。

李大人：

一夜鏖战，辛苦异常！本军仅来运漕借粮，不意，贵军突出意外，致使两军相遇，死伤无数，甚痛！前日侦得运漕存粮二十一万石，现借十六万石。罗粮台、麦巡检忠贞刚烈，令人钦佩！本欲厚葬二人，奈何时间匆迫，此事即拜托大人！请大人顺便代为安葬本军阵亡将士，勿使其暴尸荒野，不胜感激！

谨遵嘱托，运漕百姓一人未伤！

太平天国翼王　石达开

某月某日

李鸿章还能说什么呢？硬生生地看着别人从眼皮子底下运走粮食十六万石，两千五百六十万斤，自己却毫无办法！实力不如人啊！

李鸿章想到打扫战场、清理河道、安葬双方阵亡将士，这些事情甚为繁重，而自己军队仅有三百团勇，且很快又要回防东关，所以只能委托运漕商会。李鸿章自然而然地想起了运漕商会会长洪仪泰老掌柜，袁世坦至此，方才想起自己经过洪仪泰时看到洪仪泰厅堂站满了人的情景，并将此事禀报李鸿章。李鸿章立即说道："快，让水姑娘整束团勇，回防东关，我们去看看！"

来到洪仪泰，果见大厅黑压压一片，似乎还能听到隐隐约约的哭声。众人一看李鸿章来了，便向两边分去，留出一条道，让李鸿章进入。李鸿章走到最里面，只见洪仪泰洪老掌柜躺在一张凉床上，大口大口地喘着气；旁边伏着洪老太太，站着洪启元和水红菱。袁百顺、汪森和、李昌和等人也都焦急地看着洪老掌柜，束手无策。

李鸿章坐在凉床边，拉着洪老掌柜的手说：“老掌柜，几日不见，你这是怎么啦？”洪启元代为回答：“家父昨夜听说粮库失守、粮食被劫，一时急火攻心，猝然倒地；运漕名医圣手多方医治，均无效果。”说完，悲悲啼啼地又哭了起来。洪老掌柜此时已经说不出话，他做着各种动作，然后又望着李鸿章的官服，洪启元解释说：“家父的意思是后来听说李大人受阻西来庵，无法打进运漕镇，心里更加焦急，担心大人安全。看，大人的官服！”众人方才注意到李鸿章的官服已经皱得不成样子，上面沾满了泥浆、尘土和血迹，袁世坦的战袍有几处似乎被刀子割出了几个大口子！众人知道，这一夜作战的艰苦、激烈！

此时，洪老掌柜又看看袁百顺，伸出大拇指，将大拇指交到袁百顺手上，众人不解其意，洪老太太说道：“夫君是想请袁掌柜暂代运漕商会会长一职。”袁百顺表示感谢“信任”。

最后，拉过洪启元、水红菱，要他们跪在李鸿章面前，做出拜伏的样子。李鸿章问：“老掌柜，是要我代为主持启元贤侄与水姑娘的婚事吗？”洪老掌柜点点头。李鸿章又问：“何时办婚事？”洪老掌柜伸出三个指头，李鸿章说：“三年后？”“三个月后？”“三天后？”洪老掌柜满意地闭上眼睛，尽了他作为一个普通的国家子民所应尽的义务！

袁百顺迅速与李鸿章商量，组成三班人马：一班办理洪老掌柜、麦巡检、罗粮台葬礼；二班打扫战场，分别安葬双方阵亡将士；第三班筹备洪启元、水红菱的婚事。吩咐已毕，各自分头行动，李鸿章安抚阵亡将士遗孤、遗属，将罗粮台的儿子罗益丰托付给洪启元照顾；前两件事很快办好了，总计安葬己方阵亡将士一百五十二人，敌方阵亡官兵三百八十四人，清理倾覆、搁浅之敌方船只一百三十二艘。李鸿章亲自致祭洪老掌柜、麦巡检、罗粮台及敌我双方阵亡将士。

然而，第三件事情一开始就进行得不顺利，到处寻找洪仪泰亲家水老头，偏偏找寻不着。后来，终于找到了，也同意婚礼当天到场。可是，婚礼当天，从早上等到中午，从中午等到晚上，直至戌正时刻，仍不见水老头。忽然，有人说：“来了！来了！”众人一看，原来是水老头的邻居，那邻居向众人说道：“水大哥托小人转告各位，他已遁迹江湖，寻无可寻，婚礼照常举行！并留下三封信！”

第十回 范氏子三服袁世坦 疍家妹再救李鸿章

众人没等来水老头，只等来了三封信。送信人说：“第一封是呈给李大人的！”旁边的人忙将信拿过来，送到李鸿章手里。“第二封是给水家大小姐水青萍的。”李鸿章示意袁世坦接信。“第三封……第三封是给新郎新娘的！”众人一片欢呼，吵吵嚷嚷要洪启元、水红菱把信念出来。洪启元只好拆开信，当众念道：“红菱吾女，嫁给启元，是你正确的选择。望你们和和美美、尊老孝亲、努力经营！”众人似乎有点失望，原来不过是平常嘱咐之语。这时，有一个眼尖的年轻人说：“背面还有！”众人一看，果然背面还有。“念出来！念出来！”呼喊声此起彼伏，洪启元看了看背面的两行字，实在不想念。此时，水红菱以为洪启元遇到了什么难处，想出手相助，便悄悄地扯了扯洪启元的衣袖，洪启元将信交给了水红菱，水红菱一看背面，也是很平常的文字，待看到了最后一句，方知洪启元不愿念出的原因。水红菱一来要替洪启元解围，二来也想活跃一下气氛，于是，将盖头稍稍掀开一点，大声念着父亲的信：“启元吾婿，婚后好好经营你们的生活，善待红菱，否则，……”“否则什么？否则什么？”又是一片喊叫声。水红菱向着洪启元，大声说道：“否则，我揭了你的皮！”“揭皮！揭皮！”洪启元被吵闹声搅得心烦意乱，李鸿章宣布婚礼开始，一整套程序完毕后，新郎新娘被送入洞房，那里自有一班年轻人去闹洞房。李鸿章忙示意袁世坦可以离开了。

李鸿章回到巡检司衙署，方才展开水老头的信，但见信上写道：“李大人，小女青萍数日前水上夜战，战法已经成熟，可以独当一面，望大人收留，以报效国家！”李鸿章知道水青萍的能力，本来就想留用，现在水老头亲自推荐，焉有不允之理，只是觉得水老头此人来无影去无踪，实在有点神秘。三日后，李鸿章、袁世坦回到东关。

江淮地区到处传颂着李鸿章五百团勇逼退一万长毛军的传奇故事，真实情况只有李鸿章自己最明白，人家长毛兵本来就没有准备打仗，否则，区区五百团勇又怎能是他们的对手！李嘉端却不顾太平军劫走十六万石粮食的事实，硬是上奏朝廷，为李鸿章请功，李鸿章意欲劝阻，无奈奏章已去，李鸿章只好作罢！

袁世坦将信交给水青萍，水青萍看完信，默然不语，袁世坦忙问其故，水青萍将信递给袁世坦，说：“你拿去看看，就知道了！”袁世坦说：“你的家书，我一个外人怎好阅读？”水青萍说：“没关系，你看了就明白了！”袁世坦打开信，字不多，仅寥寥数行：

青萍吾女，强扭的瓜不甜，为父劝你该放手时就放手，切莫苦了自己，伤了他人！

袁世坦明白了，原来是说水青萍恋着袁世坦没有好结果，劝水青萍尽早从幻想中走出来，找到自己的幸福！

袁世坦说：“青萍妹妹，我觉得水叔叔的话有一定道理。”水青萍生气地说：“世坦哥哥，原来你也这么看！”袁世坦说：“青萍妹妹，你听我解释，我是怕将来会耽误妹妹一生！”水青萍说：“世坦哥哥，我早就说过了，你和范姑娘成家后，我就做范姑娘贴身的丫鬟、使女，只要能每天看见你，就行了！”袁世坦难过地说：“青萍妹妹，何必自苦呢？”水青萍说：“我决定了，世坦哥哥不用管我！”说完，拿着书信就走了。

袁世坦也没有办法。三年前，袁世坦在叔叔家认识了前来送鱼的水青萍，两人一来二往，彼此产生了好感；然而，一年前，父母却偏偏给自己订下了一门亲事，并一再说女方一脸福相，将来袁家要发达，就靠那个女孩了！自己虽然极力反对，但也无济于事。后来，范金莼亲自来找他，他才发现范金莼确有优点，一团和气，雍容大度，知书达理，也难怪父母喜欢她！袁世坦意识到，将来能够约束自己的人，极有可能就是范金莼，因为他一看见范金莼，就十分拘束不安！

袁世坦正在发呆，范瑾瑜走过来了。其实，他本来不是来找袁世坦的，他觉得似乎已经确定了皇帝老儿给李鸿章密诏里的“一棵白菜半个瓜，千万银子难买它”的含义，准备告诉李鸿章。

但一看见袁世坦，范瑾瑜便将“一棵白菜半个瓜”的事情放在了一边，因为，他觉得还有比“一棵白菜半个瓜”更重要的事情。然而，对这个“准大舅哥”，袁世坦烦得要死，不管谈论什么问题，总能联系到范金莼身上，一张嘴又特别会说，经常把袁世坦说得哑口无言，要不是看在李大人的面子上，他可能早就狠狠地揍了范瑾瑜一顿。

“世坦老弟，怎么发呆呢？”范瑾瑜随便一问，就让袁世坦头皮发麻。袁世坦淡淡地说道：“范先生，坐。无聊发呆。”范瑾瑜笑着说：“李大人收留了水姑娘，让她在军中训练水勇。”袁世坦问：“是吗？李大人不是一直不答应水姑娘留下来的吗？”范瑾瑜又问：“水姑娘留下来，你世坦老弟是不是特别高兴？”袁世坦心想，我高兴不高兴关你什么事？嘴上却说：“为李大人得到一名得力干将而高兴！”范瑾瑜说：“是啊，是啊！舍妹也想来军营中！”袁世坦大声说：“她来干什么？什么都不会，打起仗来，怎么办？”范瑾瑜缓缓地说：“现在兵荒马乱的，到军营中来，总比留在家乡安全啦！李大人已经说过，适当的时候，派世坦老弟回去把舍妹接来！”袁世坦只能以沉默来对抗范瑾瑜，范瑾瑜寒暄几句，就走了。

范瑾瑜呢，也是属于那种好管闲事的人。本来，范金莼的婚事应该是父母做主，再说，还有范金莼本人的表现，但他生怕妹妹得不到袁世坦的喜欢，也生怕袁世坦与水青萍之间会走到不可收拾的地步。所以，当李鸿章决定让水青萍加入团练时，范瑾瑜有点急了，他软磨硬套让李鸿章同意把范金莼也接到军营来，随后，便把这一消息告诉袁世坦，提醒袁世坦别忘了自己范家“准女婿”的身份。接着，他要做的事就是告诫水青萍，注意与袁世坦相处的分寸。

范瑾瑜来到水青萍住所，水青萍正在整理自己的物品，并没有看见他。范瑾瑜说：“恭喜水姑娘如愿以偿，加入了团练！”水青萍不想得罪他，便淡淡地说：“为李大人效力，是我一向的愿望！范先生不是早就成为李大人的谋士了吗？有什么喜不喜的？”范瑾瑜说：“水姑娘能成为一名团勇，世坦老弟也出了不少力，真是用心良苦啊！”水青萍听着范瑾瑜不阴不阳的话，心里就不高兴：“范先生，我能进团练，跟世坦哥哥没有什么关系！”范瑾瑜说：“‘世坦哥哥’，叫得这么亲热，连我都嫉妒袁世坦了！”水青萍意识到自己说的话不够妥当，顿时觉得不好意思，连忙说："范先生要是没有别的事，我还要到李大人那里去，不奉陪了！"说完，假装要动身。

范瑾瑜终于按捺不住了，他说："水姑娘，我是无事不登三宝殿。请水姑娘听我一句话，尽量远离袁世坦，不要让他产生误会！"水青萍恼火地问："请问范先生，大家同在一个军营，我怎样才能远离袁管带？你倒是教教我啊！"范瑾瑜说："实在不行，我建议你辞去军职，回到你的小船上去！"水青萍被激怒了："范瑾瑜，我加入团练，是李大人同意的，你凭什么建议我走？"范瑾瑜也发火了："凭什么？就凭袁世坦是我未来的妹夫！你知道，我妹妹范金莼承受着多大的内心痛苦吗？你也是女孩子，你就不能理解另一个女孩子的心意吗？"水青萍没好气地说："为什么一定要我去理解她，为什么就不能让她也理解理解我呢？我跟世坦哥哥认识都有三年了，她直到几个月前才见世坦哥哥第一面呢，我与世坦哥哥的关系她也知道，她为什么不知难而退，而要折磨自己呢？"范瑾瑜说："我妹妹与袁世坦毕竟是经过三媒六证定过婚的，你与袁世坦，哼，谁承认？不被承认，说句不好听的话，就是私奔！一个女孩子家不知羞，硬是追到军营里来，还这么理直气壮，真是少见！"水青萍说："范瑾瑜，你今天不是见到了吗？你让我走，我偏不走！"范瑾瑜碰了一鼻子灰，心情很糟，低着头走了。

过了一会儿，水青萍到李鸿章那里去说关于水勇训练的事情。水青萍的想法得到了李鸿章的赞同，于是，她去团勇中间考核、挑选，选出二十五名水性很好的团勇，让他们担任水营卒长，平时带着小队训练，水战时指挥打仗。水青萍按照父亲交给她的方法，分别训练内河水战、大江水战、海上作战。水青萍对团勇说："将来，我们要走出运漕河，走出长江，走向东洋大海！因此，我们从现在开始就要有长远打算，训练要有大布局、大场面！"十天分阶段训练后，五百团勇人人掌握了不同环境条件下作战的方法。李鸿章在濡须河上检阅了训练成果，五百团勇、几十条小船，竟能给人以千军万马的气势，李鸿章仿佛看到了坚船利炮在东洋大海上纵横驰骋的壮阔场景，不禁豪情万丈，吟诗作对，兴奋异常！李鸿章心想，一个十几岁的小姑娘怎会有此种胸襟、此等气魄，必定有高人指点，自己一定要问个明白！

晚上，李鸿章召开训练总结会，范瑾瑜、袁世坦、水青萍都出席了会议。李鸿章首先肯定了近几个月团练编营的指导思想、作风建设，充分肯定几个月来的训练成果，会议快要结束的时候，李鸿章问："水姑娘，看你训练水营，觉得你一定曾经到过大江、大海。”水青萍笑笑说：“大人一定是想问属下，一个内河疍户怎么知道大江水战、海上水战的！属下祖籍运漕疍户，属下很小的时候确实见过大海，但没有学过海战。那是道光二十年前的事，那时，父亲在关天培将军麾下服役，就将我们从运漕带到了钦州，仍以捕鱼为业。关天培将军自刎殉国后，父亲就带着母亲、我、妹妹回到老家运漕河，那年我才六岁。关将军殉国的事情对父亲刺激很大，他不甘心只做一个渔民，在他的心中，自己应该是一位铁甲水师的指挥官。于是，他安顿了我们母女三人，就南下北上到处寻找报国机会，同时与二三好友潜心研究水战。然而，朝廷大员庸庸碌碌，父亲到处碰壁，转了三年，又回到运漕，只不过受战友所托，帮助战友照顾妹妹，这样，父亲回运漕时，便带着战友的妹妹一起来的。母亲受不了刺激，在我十岁的时候投河自尽了！父亲非常懊悔，于是，为战友的妹妹置办了一条小船，让她自己生活。父亲一心想圆他的铁甲水师之梦，就教我内河水战、大江水战、海上水战。父亲从大人身上看到了建设一支强大水师的希望，所以就让我投奔大人。”李鸿章听完，肃然起敬，不自觉地站了起来，说：“难得水老前辈如此信任，我李鸿章将来若有机会，必定建设一支铁甲水师，结束我大清有海无防的历史！”袁世坦问：“既然水叔叔有如此情志，他为什么不亲自参加团练呢？”水青萍答道：“父亲主要是考虑自己年龄偏大，不适合沙场冲杀，但他会关注李大人这支军队的！”

范瑾瑜说：“难得水老前辈有这般志向。看来，水姑娘是全面得到了水老前辈的真传了！”李鸿章、袁世坦并不明白范瑾瑜此话的含义，也一个劲地跟着赞叹。

水青萍沉默不语，她知道范瑾瑜话中有话，但碍于情面，不想和他理论。范瑾瑜没有注意到水青萍的心理变化，还在继续说：“水老前辈后来还是有所醒悟，只不过迟了一点。哎，可怜水姑娘的母亲！”水青萍终于忍不住了，她对范瑾瑜说：“范先生，本姑娘家里的事情还轮不到你来评说！”接着，又对李鸿章说：“大人，属下任务已经完成，属下请辞！”李鸿章一愣，尚未回答，范瑾瑜抢先说：“水姑娘真是明白人，何时起程？”水青萍还是强忍着怒火，说道：“本姑娘何时走，不关范先生的事！”李鸿章、袁世坦几乎同时说：“水姑娘为什么要请辞呢？现在这里正需要你！”水青萍说：“大人，属下会的一点战术已经完全教给团勇了，日后只需袁管带督促他们训练就可以了。属下留在军营，确实有诸多不便，也碍手碍脚。更为严重的是，属下担心留在军营后，军营会成为官兵家属避难的场所！”李鸿章终于明白了水青萍的意思，本想调解一下范瑾瑜与水青萍之间的矛盾，但是一想，现在还不是时候，于是，只好让水青萍离开军营，回到疍家小船上捕鱼为生。

袁世坦知道，水青萍离开军营，一定是范瑾瑜说了些什么。水青萍离开后，他找到了范瑾瑜，问：“范先生，你一定在水姑娘面前说了些什么！否则，她不会走的！”范瑾瑜正高兴呢，笑着说：“世坦老弟，‘大哥’不喊，却喊什么‘范先生’！大哥这也是为你好！”袁世坦气愤地说：“你配做‘大哥’吗？信不信我揍你一顿！不是看在李大人的面子上，我早就揍你好几顿了！”范瑾瑜说：“好一个袁世坦，为了一个外面女人，竟然要打自己的大舅哥！你对得起我们范家吗？”袁世坦说：“我怎么就对不起你们了？我们袁家也没有受过你们范家的恩惠！我警告你，少管闲事，否则，我袁世坦认识你，我的拳头可不认识你！”范瑾瑜又弄得个灰头土脸，他始终就不明白，自己到底做错了什么。

再说，水青萍回到运漕，照例给袁府送鱼。那天送鱼时，遇到了在袁府帮忙管家的范金莼。范金莼主动迎上来，笑容可掬地说：“青萍妹妹，好久不见了！你不是加入了李大人的团练了吗？”水青萍正因为范瑾瑜的叽叽歪歪而辞去军职，心里对范家早就没有什么好感，现在听着范金莼的话，感觉好像是在讽刺自己，于是，很不高兴地说：“范姑娘是不是有点高兴啊？我辞了军职。”范金莼一听这话，知道肯定是自己哥哥在水青萍面前说了什么，于是，她说道：“是我哥哥在你面前说了什么话吗？我早就警告过他，叫他不要管青萍妹妹、我和世坦哥哥的事情，他就是不听！我跟他说过，青萍妹妹是个有家教、有廉耻的人，不会与世坦哥哥走到不可收拾的地步；我范金莼也不能一辈子靠着哥哥来挟制自己的男人！对不起，青萍妹妹！”范金莼一脸的真诚，不由水青萍不信。水青萍说：“范先生确实有点好管闲事！其实，我与世坦哥哥之间绝对不会发生苟且之事，我水青萍性格是外向了一点，但我不轻浮、不随便，范先生讲的那些话，对我来说真是一种侮辱！还是范姑娘明事理！”范金莼说：“青萍妹妹辞去军职，李大人必然如失左右手，现在长毛兵打东关肯定先用水营，李大人那里只有青萍妹妹识水性、懂水战。青萍妹妹此时不能离开李大人！要不，我请袁叔叔送你去东关！”水青萍低下头，想了一想，还是果断地说：“多谢范姑娘好意，我觉得，范姑娘真像我的好姐姐！不过，我现在真的不想回去了，我这样打鱼过活也挺自在的！”说完，就辞别范金莼，回到自己的罾家小船上！

平静的日子过了没有几天，大概是秋分已过、寒露将至之时，水青萍得知长毛兵几乎是兵不血刃地占领了运漕镇。占领运漕镇的这支长毛兵约四千人，由夏官副丞相侯裕田指挥。水青萍有些不明白的是，一个堂堂的副丞相只率领四千人马出征。然而，有一点很明白，这个侯裕田不简单，从他布兵列阵的形式看，是一个懂得水战的人，手下的水勇也还像个水勇。侯裕田一进入运漕镇，就立即入驻巡检司衙署，并号令本部人马平时只能在军营中，不得随意出营，更不得骚扰百姓，同时，惩罚了几个与百姓交易占百姓便宜的士卒，军队纪律相当不错。为了不影响来往商船，水营并未在大码头扎营，而是扎营于三元观至三台阁一带。发出告示安民，谕示士绅官民各安本职。没有勒索富户财物，只于关隘处设置榷关，征收商税；选拔乡官，负责征粮。因此，运漕百姓日常生活几乎没受什么影响。

水青萍预感到，侯裕田的水营战斗力比较强，她不禁为李大人担心起来。

侯裕田占领运漕镇的消息很快传到了东关，李鸿章即召范瑾瑜、袁世坦商量。范瑾瑜说："属下已经打听清楚了，运漕守将侯裕田是嘉应州人，原为官军，后降长毛，擅长水战，屡立战功，不可轻视。属下认为，目前只宜静观其变，不可轻举妄动。"李鸿章说："运漕父老乡亲出人、出钱、出物组建成一支'子弟兵'队伍，如今，运漕受到长毛蹂躏，我们怎能坐视不管？"范瑾瑜说："大人，运漕并未受到长毛蹂躏，属下探知，长毛在运漕执行的是石达开'安庆易制'的政策，还算是善待运漕百姓。据悉，侯裕田还亲自处罚了几个强买强卖的士卒，现在，整个军纪还算严明。再说，这一次他们也没有'打先锋'，没有搜刮民财，只是设置榷关以征商税，选拔乡官以征粮食，没有过分的行为，运漕百姓的日常生产、生活未受多大影响。最主要的是侯裕田有兵力四千，且他本人熟悉水战，很难将他们赶出运漕。望大人三思！"李鸿章激动地说："运漕沦陷，我不能坐视不管，运漕，我对它很有感情！"范瑾瑜说："大人，报答运漕百姓之恩也不在一朝一夕，将来有的是机会，眼下真的不可贸然出击！"李鸿章说："范先生，这样吧，我带两百团勇去试探敌情，你和世坦带三百团勇守住东关！"范瑾瑜说："大人，千万不可出击！"李鸿章手一挥："就这么定了！不用再说了！我不能辜负运漕！"范瑾瑜对李鸿章的感情用事毫无办法，只好对李鸿章说："大人，若是两天不回东关，属下即让袁管带去运漕接你回来！大人千万保重！军中可以没有范瑾瑜，但绝对不能没有大人！”

李鸿章随即率领二百团勇自东关开赴运漕，侯裕田闻讯，即命人打探敌情。探子报说只有二百人。侯裕田问：“对方何人领兵？”探子报说：“好像是李鸿章。”侯裕田没怎么听说过“李鸿章”，但略略知道一点他的情况：“李鸿章，就是在运漕编练团勇的那个李鸿章吗？”探子报说应该就是。侯裕田又问：“团勇是什么样的人？”说实话，太平军从广西打到天京，所遇到的都是清朝的正规军八旗绿营兵，作战能力不强，再加上太平军每战必派出数倍于清军的兵力，所以一路上所向披靡。而此时，曾国藩等清朝一些文官回乡办的团练，其战斗力尚未引起太平军重视。在不少太平军将领眼中，“团勇”不过是一群乌合之众，正规军尚且一触即溃，那“团勇”又算得了什么。侯裕田虽经钱江等人提醒，但没见过真正的“团勇”，当然也就没有把钱江等人的提醒放在心上。这一次占领运漕，不费吹灰之力，没有遇到一个人的抵抗。侯裕田决定亲自率领五百水军一举歼灭李鸿章这股“团勇”，省得他再来骚扰。在侯裕田看来，五百水军足够了，自己能率五百水军出战，简直是看得起李鸿章！

李鸿章不可不谨慎，运漕太平军有四千水军，且领军之人侯裕田官居夏官副丞相，擅长水战。自己只有两百团勇，虽然上次目睹了他们的英勇善战、不怕牺牲，但那是夜战，敌人不熟悉水情，再者，人家本来就不是想打仗的，那次获胜十分侥幸。他对团勇说：“本军此次运漕之战，对手人数众多，硬拼不行，只宜智取。俗话说，‘擒贼先擒王’，应该一鼓作气直取敌方主帅，俘获主帅后，要挟敌方退出运漕镇。但这很冒险，容易陷入敌方的包围。本官命令，一旦敌方快形成包围圈时，立即撤出战斗，必要时潜水回岸边，从岸上撤回东关！本官不希望此役损失任何一个人！记住，哪怕本官落水，如果不方便救起，则千万不必救，你们逃命要紧！跟着范先生、袁管带照样能打长毛！不听命而致伤者，一定严惩！”李鸿章深知，人对他来说才是最重要的，士兵损失不起；自己即使落水，也还识得一点水性，不至于很快被水淹死，如果能游回岸边，就有办法！

李鸿章共率二十一只船驶向运漕，自己与两个士兵乘坐一只船，以策应指挥；余者分乘二十只船，列队前进。侯裕田率领五十只船，打出“夏官副丞相侯裕田”的旗号，浩浩荡荡迎击李鸿章。两军相遇于黑鱼潭。传说这黑鱼潭原名“汇鱼潭”，是上下浮游、回溯的鱼集中的地方，因此，不少蛋户常来此捕鱼。战斗即将开始时，捕鱼的疍户尚未来得及撤走，水青萍恰好也在黑鱼潭水域捕鱼。按照常理，团勇们能够认出她，但今天水青萍戴着斗笠，而团勇们的注意力又不在这些疍户身上，所以，急切之中，并没有在意她。

水青萍一看，中间那只小船上只有三人，其中一人正是李大人，她刚想说“危险”，劝李大人快带团勇撤出战场，然而，战斗已经打响了！水青萍发现团勇们用的正是“擒贼擒王”的战术，二十只船分成两排，前一排冲过敌方前排船只，直接冲向侯裕田的指挥船，并迅速包围了侯裕田。敌方前排船只忙掉转头来，欲对团勇前排十船进行反包围并解侯裕田之围，团勇后排船只上的士兵全部潜入水中，从后面掀翻了敌方船只。很快，河面上便漂浮起敌方士兵的尸体。二十只船迅速围住侯裕田，然而并不见侯裕田慌张，只见他令旗一挥，敌方三十多只战船围拥上来，意欲包围团勇，李鸿章急令团勇撤出。团勇们在撤出过程中，仍然破坏了敌方十来只战船。侯裕田一看，虽然自己解围了，却损失了二十多艘战船、二百多名士兵，忙命令撤退。这是侯裕田始料未及的，他怎么也没想到团勇们会置其他船于不顾，直取自己的指挥船；更没有想到，团勇们的战斗力远在自己的水军之上！他后悔没有带炮船作战！他一面组织撤退，一面命令快速传令水军大营派一千人及炮船增援。李鸿章一见侯裕田想跑，命令团勇追上去。水青萍立即带着几个疍户跟在后面，只是李鸿章并没有发现她。

团勇们一面高呼：“捉住侯裕田，解救运漕镇！”一面争先恐后地拼命追赶侯裕田的水军，谁也没有注意到李鸿章的船已经落下一大截。

在唐湾附近，太平军增援水军一千多人赶到，一看，敌我双方的战船靠得太近，无法开炮，而远处一条小船上有一人穿着官服，一想，肯定是当官的，先干掉他再说。“轰”“轰”，几声炮响之后，李鸿章的船解体了，李鸿章一下子沉到了水底，河面上只有官帽子漂浮着。团勇们一看，太平军来了一千多人，且带有炮船，于是，其中一个小组长一挥令旗，所有的水勇同时潜入水中，直到半里开外的河面上才浮出来，接着又是一个深潜，又是半里水路；眼看太平军的炮火已经无法击中，众人便游回岸边，集结起来，准备撤回东关，这时，才发现李大人还没有回来，护卫李大人的两名水勇也没有回来！众人向河面望去，只有几块破碎的船板一漾一漾地浮在水面上，哪里还有李大人的影子！众人想起李大人的叮嘱，便哭着从河堤撤回东关。

那边侯裕田一看，击中了李鸿章的指挥船；再一看，李鸿章有一段时间没有浮出水面，估计李鸿章已经淹死了；又见团勇弃船潜水逃走，河面上丢下了二十只团勇战船，便命将俘获的战船带回大营。

此时，河面上除了几只疍家船停靠在岸边外，并无一人。李鸿章到底有没有死？其实，他并没有死。当船解体后，他确实落水了，他看见身边两个团勇都已牺牲，估计自己也难逃一劫了。然而，天无绝人之路，就在此时，他发现有半截船舱覆盖在水面上，于是，他潜水钻入半截船舱下，抓住隔板横档。船舱是半截的，并非完全密封，炮弹爆炸后形成的浓烟虽然有点呛，但正好可以挡住敌人的视线。李鸿章躲在半截船舱下，等候敌人退去。过了约有两刻钟的样子，河面上突然安静了，李鸿章估计敌人已经回营了，便欲探出头来。然而，一个水花忽的在他身边出现了，随即一个人浮出了水面，李鸿章吓了一跳，说道："完了！"说完，静待敌人俘虏他！"李大人，是我，别怕！"李鸿章一看，原来是水青萍！他差一点就哭出来了："水姑娘，救命啊！"两手一松，即将沉入水底。水青萍一把抓住李鸿章的手臂，带他游出了半截船舱。水青萍把李鸿章拖向自家的渔船，从船舱里取出一套破旧的衣服让李鸿章换上。李鸿章知道官服太显眼，一出去就会暴露身份，于是，换上了水老头的那套旧衣服，只是衣服有点短，穿着很别扭，好在疍家人男女老少衣服都短，所以，他扮作疍家人，别人也看不出来。水青萍又取过父亲常戴的一顶破斗笠，让李鸿章戴上，便提议两人扮作渔家父女。李鸿章不禁哑然失笑，水青萍问："大人，何故失笑？"李鸿章说："我才三十出头，就有了十七八岁的女儿，别人信吗？"水青萍说："那就是叔叔吧！"李鸿章又笑了。水青萍问："大人，你现在回东关吗？"李鸿章说："天色已晚，不太方便。"水青萍说："那，民女送你到袁府吧！"李鸿章说："谢谢水姑娘！"

两人正准备下船，李鸿章突然想起了什么。他一把抓起扔在船舱的官服，对水青萍说："水姑娘，官服不能扔在这里。"水青萍估计李鸿章是担心今后没有官服穿，便笑着说："大人，一件官服有什么大不了的，回到东关找人再做不就行了吗！"李鸿章说："水姑娘，我不是舍不得这件官服，而是里面缝着皇帝密诏！"水青萍惊得差不多眼珠子都掉了出来！"李大人身上有皇帝密诏！"水青萍问道。李鸿章说："是的，知道这件事的人不多，不要说一般的人不知道，就连曾国藩曾大人、周天爵周大人、吕贤基吕大人等朝廷要员都不知道。"水青萍问："大人，那皇帝密诏说什么呢？"在一个两次救了自己性命的特殊"救命恩人"面前，还有什么值得保密的呢？李鸿章要水青萍找来剪刀，拆开官服，一块黄色缎面落到了船板上，水青萍拾起来，交给了李鸿章，李鸿章打开给水青萍看了一下，水青萍看见那块黄色缎面上只有十四个字，另外是一方大印：

“一棵白菜半个瓜，

千万银子难买它。”

水青萍无法理解这两句话的含义，难道这个“一棵白菜半个瓜”比“千万两银子”还要值钱？皇帝真的很怪，干吗跟人家打哑谜呢？转念一想，皇帝就是皇帝，什么事情都说得那么明白，那还有什么神秘感？

水青萍很快将密诏叠好，让李鸿章揣到怀里，先到袁府，然后再说。

暮色渐起，水青萍便和李鸿章各挑着一担鱼篓，向袁府走去。临走前，水青萍特意弄了一些鱼鳞贴在李鸿章脸上、脖子处，李鸿章说：“我更像渔民了！”两人来到袁府，袁百顺一见，惊得目瞪口呆，李鸿章忙说：“顺公，避一避！”恰在此时，几个太平军士兵来到袁府，问有没有清妖在这里躲藏，李鸿章吓得大气不敢喘。一个士兵走过来问：“你们是什么人？”水青萍回答说：“给袁府送鱼的。”说着，便让李鸿章弯下腰从鱼篓里取鱼。袁百顺也说：“长官，我们家每天都要吃鲜鱼，他们是我们家固定的供货商！”说着，拿过李鸿章手中的一尾鲤鱼，递给那个士兵，说：“长官如果要，尽管拿去！”那士兵说：“谁要你的鱼？”接着，几个兵就走了。袁百顺、李鸿章、水青萍总算松了一口气。

袁百顺将李鸿章让进屋，正好范金莼来了，她问了情况后，说：“不好，估计长毛兵还会来！让李大人再躲藏一会儿！”袁百顺便将李鸿章带到家里地窖中藏起来，又在地窖口堆了几堆柴草。水青萍自己回到船上，果然，水青萍前脚刚去，几个太平军士兵就又来了。这一次，他们直接进屋，翻箱倒柜地搜了一通，没有任何收获，便对袁百顺说：“你听着，要是发现清妖，应立即报告！私藏清妖，定斩不饶！”袁百顺诚惶诚恐地说：“长官，你就是借我几个胆子，我也不敢藏匿清妖！”几个太平军士兵这才真正走了。李鸿章出得地窖，范金莼看着李鸿章一身渔民衣服，极不合身，便说：“李大人穿这身衣服，晚上天色昏暗，别人辨别不出，但一到白天，就不可以。还是让袁叔叔拿几件衣服给大人穿，然后再戴上一顶稍大的帽子，挡住眉毛、眼睛，方可以瞒过别人。”李鸿章一听，范金莼的话很有见地，便按范金莼所说的去做。

李鸿章一不小心，将密诏掉落到地上，范金莼眼尖，连忙拾起，交给李鸿章。袁百顺问："大人，什么东西？"李鸿章觉得没有必要对袁百顺隐瞒，便打开密诏，让袁百顺、范金莼看了一下，袁百顺摇摇头，表示"圣意难测"，范金纯却皱起了眉头，仿佛在努力回忆着什么。李鸿章问："范姑娘似乎知道密诏的意思！"范金莼说："大人，侄女忽然想起几年前家兄从外面带回来的一本书中提到过翠玉白菜和翡翠西瓜，并说那是稀世奇珍。只是不知道皇上密诏中说的是不是这两件珍宝！"李鸿章忙问："范姑娘，那本书还在吗？"范金莼说："那本书早就让家兄还给人家了！"袁百顺问："就算他们是缅甸翡翠，也不会比千万两银子还要值钱吧！"范金莼说："叔叔，书上说千万两银子无处买去！但并没有说为什么这么值钱！"

袁百顺似乎对密诏的内容没有了太多的兴趣，而是对皇帝赐给密诏这件事本身兴趣十分浓厚，便问："大人，据我所知，回乡办团练的官员很多，像周天爵周大人、曾国藩曾大人、吕贤基吕大人等等，为什么皇帝独独赐给大人密诏呢？"李鸿章说："这个，我也不知道。也许，其他人也有皇帝赐给的密诏呢。既然是密诏，当然就不会对外人说了，我们便以为他们没有密诏。"其实，当时咸丰皇帝确实说过，密诏只赐给过李鸿章一个人，其他任何人都没有得到密诏，但这些话李鸿章也不想说了，于是，随便找个理由搪塞了袁百顺。

再说下午水战，侯裕田看到李鸿章乘坐的指挥船中炮解体，李鸿章本人落水后很长时间没有浮出水面，当时认为李鸿章已死；然而，回到大营后，忽然怀疑李鸿章是否真的死了。他亲自带领几十个士兵到李鸿章落水处巡查，发现浮在水上的官帽和两个团勇的尸体，不见李鸿章的尸体，也不见李鸿章的官服。在附近打捞了一番，什么也没有捞到。命令士兵到河堤上向西寻去，士兵寻了四五里路都不见一个人影。侯裕田当时也没有看清李鸿章的长相，但他肯定李鸿章是穿了官服的，"也许逃到运漕镇躲藏起来了吧？"于是，他安排士兵将全镇搜查了两遍，但都不见李鸿章。看看夜幕降临，又不好把全镇弄得鸡飞狗跳的，便命士兵暂停搜查，但加强巡查。

李鸿章侥幸躲过一劫，他晚上在袁府住下来，与袁百顺直聊到半夜三更，然后呼呼大睡，一觉睡到天大亮的时候方醒。这一夜他睡得倒是安稳，然而，却急坏了三十里之外的袁世坦！

李鸿章从东关出发后，袁世坦就一直担心李大人的安全，因为没有了李大人，他袁世坦便什么都不是。后来，直到晚上戌时，才见团勇跑回来。袁世坦忙问李大人在何处，一个团勇哭着说："李大人的船被炮火击中，李大人他……”袁世坦问：“李大人到底怎么样了？”那个团勇说：“李大人落水了。”袁世坦一听，着急地问：“李大人后来上岸了没有？”团勇摇摇头，说道：“不知道！”袁世坦大怒，说道：“一群废物，两百人都保护不了李大人！你们还回来干什么？”

范瑾瑜一面命人做饭，一面问明了下午的战况及李大人落水后的情况，然后对袁世坦说：“世坦老弟，尽管放心！李大人不会有事的！”袁世坦问：“范先生何以知道李大人没有事？”范瑾瑜说：“李大人命大福大，每当紧急关头，必有贵人搭救！明天早上你去运漕，说不定能找到大人！”范瑾瑜的理由实在太牵强，很像是在安慰人，又怎能说服袁世坦。

范瑾瑜待团勇们用完晚餐，对团勇们说：“李大人说得好，你们逃命要紧！保住你们的命，眼下比打什么胜仗都重要！”有团勇哭着说：“范先生，可是我们没有保护好李大人！范先生，你就让我们去找李大人吧！”所有的团勇都哭着说：“让我们去找李大人吧！”范瑾瑜心里很难受，也很感动，他说：“各位放心，李大人吉人自有天相，他不会有事的！我们跟着李大人，就是因为他将来一定能干成大事！试想，一个能做大事的人，老天会轻易让他死吗？”说到“死”字，范瑾瑜内心还是有点酸楚。见众人不说话了，范瑾瑜说：“各位晚上好好休息吧！李大人肯定会回来的！”安顿好了团勇，范瑾瑜回到自己住所，坐在那里发呆。他深信李大人是国之栋梁，既然是国之栋梁，老天就不会这么绝情的！但转念一想，李大人确实落水了！不过，可以肯定，李大人没有落入侯裕田之手！这样翻来覆去地好想、歹想，不知不觉已是四更天了！

他站起来，用冷水洗了一下脸，准备出门巡查军营，正好袁世坦来了。袁世坦一进门，就说：“范先生也是一夜没睡觉啊！看来，李大人还是凶多吉少！”范瑾瑜苦笑着说：“世坦老弟，就你担心大人安全吗？大哥不担心吗？”袁世坦问：“那你晚上怎么对团勇说那些话？”范瑾瑜拍拍袁世坦肩膀说：“世坦老弟，这五百团勇靠谁凝聚起来的？靠的是李大人！大人就是他们的精神支柱，一旦大人有什么不测，他们就会散伙了。凭你我兄弟能把他们聚在一起吗？”袁世坦明白了，他佩服范瑾瑜战前对形势的分析，更佩服范瑾瑜临危不乱的镇定，虽然内心讨厌范瑾瑜，但是，这支军队中没有范瑾瑜还真的不行！当然，他现在最关心的仍然是李鸿章的安全，于是问道：“范先生，那依你看，大人现在还安全吗？”范瑾瑜说：“大哥也说不准！但大哥相信大人绝对安全，现在说不定还在呼呼大睡呢！因此，你马上带一个团勇化装成商贩，到运漕镇去找大人，最好直接去袁府，大哥估计大人十有八九在袁府！找到后，让团勇立即带回李大人的亲笔信，以安众心！”袁世坦点点头。

袁世坦带着团勇几乎是一路小跑，他俩沿着河堤，不到一个时辰就来到了黑鱼潭。正在向前走着，迎面忽然来了一个疍家女，团勇眼尖，一下子认出是“水教习”！袁世坦忙问：“青萍妹妹，李大人你见着了吗？”水青萍一笑，说：“看把你急的！我没见着又怎么样？李大人怎么会来这里呢？”袁世坦更急了，就把昨天李鸿章如何带着团勇来与太平军交战的全过程说了一遍，然后，又焦急地说：“大人现在不知怎样了？”水青萍又笑了，说：“放心吧，我的袁大管带！大人现在也许正在袁府喝早茶呢！”于是，又把昨天跟踪李鸿章、救李鸿章的事情说了一遍，最后说道：“你的金莼妹妹料定你很快来找李大人的，要我在这里等你！”然后，又说：“真奇怪，为什么聪明人都出在一家呢！”袁世坦一边走，一边讲述了昨晚及今天凌晨范瑾瑜对这件事情的处置，第三次表现出对范瑾瑜的佩服之情！水青萍听了，并没有什么回应。

李鸿章刚饮过早茶，吃过早点，正与袁百顺聊天，看见袁世坦来了，很高兴地说：“果然不出范姑娘所料！”又指着水青萍说：“我这次能死里逃生，多亏了水姑娘！这是你第二次救我的命了！回营吧！”水青萍点点头，没有说什么，算是默认了。此时，袁世坦又把昨晚及今日凌晨范瑾瑜处置这件事的详细过程说了一遍，李鸿章深有感慨地说：“果然是‘活诸葛’！”于是，写好亲笔信，交给团勇，让他带回。

水青萍说：“不如让团勇扮作鱼贩子，把信放进鱼肚子里，这样好应对长毛兵的盘查。”李鸿章、袁世坦都认为可以。团勇匆匆吃罢早饭，正待要走，范金莼出来了，她与袁世坦相见，然后拿出一封信，交给团勇：“麻烦把这个带给范先生！”李鸿章不知何意，范金莼说：“大人，侄女只想骂一骂家兄，让他以后不要插手侄女与青萍妹妹、世坦哥哥之间的事情！我们的事情，我们自己有能力解决！”水青萍说：“范姑娘，不必了，我不久就随大人回营！”范金莼却说：“家兄好管闲事，不骂一骂他，他是改不了的！”众人没有再劝。水青萍护送团勇直到黑鱼潭。

团勇回到东关，东关早已人心惶惶，军营中早就传开了，说李大人落水生死不知，又加上早上一起来不见了袁管带，大家更是觉得末日来临了。好在范瑾瑜用一张巧嘴稳住了大家。当范瑾瑜把李鸿章的亲笔信展示给团勇时，团勇们才相信范先生说的话是真的！

看到李鸿章的亲笔信，范瑾瑜心中一块石头落地了，同时也为自己大胆而准确的判断感到高兴。然而，看完了妹妹的信后，他不禁又疑惑了：我到底做错了什么？为什么三个人都骂我呢？

第十一回

美食绣衣温情软语
中流扁舟诚意诤言

范瑾瑜一直认为自己站在妹妹这一边，对妹妹是一片好心，可好心为什么没有好报呢？其实，范金莼也不是完全不领哥哥的情，毕竟，哪有自己的亲哥哥不向着妹妹的呢？只是哥哥那样做实在是在帮倒忙，那样只能把水青萍和袁世坦逼到一起。因为，像水青萍和袁世坦那样吃软不吃硬的人，外界给的压力越大，他们反而会走得越近。还有一点，一个号称“女诸葛”的人，竟要依赖哥哥才能留住自己的男人，简直是对她智商的侮辱！因此，无论哪一点，她都不允许哥哥插手自己的事情！范金莼知道，对水青萍和袁世坦必须打感情牌，不过，打法上略有区别。对水青萍，范金莼表现出大度、容忍，采用拉拢、笼络的手段，亲热地称她为“青萍妹妹”，似乎并不介意水青萍与袁世坦的交往；另一方面，抢占女主人的位置，明确告诉水青萍，自己才是袁世坦的女人！果然，很奏效！对袁世坦则是直接抓住他的心，所以，才别出心裁地将自己的头发编进系金锁的红绳子里，这一招也很厉害，虽说没有彻底抓住袁世坦的心，但也让袁世坦内心受到了触动，面对一个漂亮姑娘的一缕青丝，哪一个青春少年能无动于衷呢？何况，这一缕青丝每天都陪伴着自己！范金莼是聪明的，她不但善于替别人出谋划策，更善于为自己谋划！她本不想做一个使心计的人，但在爱情面前，她不能不自私，她不能不用一点心计，不过，她用心计并不是去害人，而仅仅是为了保卫自己的爱情！

有人说，机会留给有准备的人，其实，机会真正留给的是有准备的聪明人的，笨人即使有准备，但也不知道怎样做才能收到最佳效果！

范金莼大部分心思都花在袁世坦身上，对于一个不愁吃不愁穿又不能出去抛头露面、建功立业的大户人家的女孩子来说，心思花在自己满意的、喜欢的未婚夫身上也很自然。她看到李鸿章并没有马上要走的意思，便知道袁世坦也不会马上就走的，更为有利的是，现在，袁世坦身边又没有了水青萍！

昨天晚上，当李鸿章来到袁府时，范金莼便料到袁世坦今早一定会来，早上在准备茶点时，她悄悄地顺便做了几样袁世坦最喜欢的小菜、糕点，放在热水锅里焐着，等待袁世坦。后来，袁世坦果然如期而至，范金莼先让团勇吃饱回去，当然不是吃她为袁世坦准备的东西了，待团勇和水青萍走后，她对袁世坦说："世坦哥哥，你一定饿了吧！锅里还剩几样早点，我给你去拿！"袁百顺笑着说："世坦啊，人家范姑娘专门为你做的，别真的以为是剩下的！"又对李鸿章说："大人，我们去书房吧！"李鸿章会意，袁百顺的意思是为袁世坦和范金莼创造一个单独相处的空间，便和袁百顺一起向书房走去。

袁世坦坐在桌旁，范金莼将三样小菜、三样糕点端了上来，他一看，全部是自己喜欢吃的，又加上从昨晚到现在没吃得下饭、一夜未睡觉、四更天出发走了三十里路，那种饿，不是用语言能形容的，因此，吃得特别香，几乎是头都没有抬！虽是深秋天气，但天还是有点热的，糕点也是热的，茶还是热的，袁世坦吃的速度还比较快，所以额头上、脸颊上挂满了汗珠。范金莼一看，便走到袁世坦身边，用罗扇给他扇风。袁世坦正在埋头吃，没有注意到范金莼已经来到他的身边，突然一阵凉风带着一丝香味传了过来，他下意识地一转头，油嘴差一点贴到了范金莼的胸部！他一下子站了起来，忙说："金莼妹妹，我不是故意的！"范金莼的脸也"唰"地红了，她笑着说："世坦哥哥，不怪你，怪我站得太近了！刚才看你满脸是汗，就想给你扇扇，扇子太小，就站得近了一些！还好吃吗？"袁世坦坐下说："好吃，好吃！我觉得好多年没吃过这么好吃的东西了！金莼妹妹，你的手艺真好！"范金莼说道："世坦哥哥要是喜欢，明天我还做给你吃！"袁世坦吃饱了，范金莼早就准备了洗脸水、漱口水，袁世坦漱漱口，洗了一把脸，顿时觉得精神好多了，一点疲劳感都没有了！

袁世坦对范金莼说："大人呢？我去看看大人！"范金莼忙止住他说："李大人正在书房和袁叔叔说话呢，不要去打扰他们！"又向袁世坦身上扫来瞄去，袁世坦不知道什么意思。范金莼问：“世坦哥哥，谁让你穿这一身衣服的？”袁世坦说：“范先生。他说化装成商贩混进运漕镇，所以……”范金莼说：“我就知道是我哥的主意！就他那眼光！世坦哥哥，你去洗个澡，我拿套得体的衣服给你换上！”说完，转身去了自己房间，不一会儿，拿出了一套衣服、一双布鞋。对袁世坦说：“世坦哥哥，这个应该比较合身。”袁世坦问：“这衣服、鞋子？”范金莼满脸红云，不好意思地说：“是我自己为世坦哥哥缝制的！”袁世坦也不好说什么了。洗完澡，袁世坦才发现，连内衣都做得非常合身，他真的不知道范金莼是怎样做到的！穿着新衣服走出来，袁世坦顿时换了个人似的，那是精神百倍、帅气逼人！范金莼帮袁世坦整理刚穿上身的衣服，袁世坦才嗅出范金莼身上的衣服也熏了香，而且还和自己身上衣服熏的是同一种香！袁世坦问：“金莼妹妹衣服上也熏了香？”范金莼说：“其实世坦哥哥衣服没有熏香，只是放在我的衣箱里快两个月了，沾上了香气！”

范金莼又问：“世坦哥哥，锁呢？”袁世坦把手摊开，说：“在这里！”范金莼说：“世坦哥哥戴上它，我看看，配不配？”袁世坦面露难色，范金莼说：“也不是要哥哥时时戴着它，就戴一下，我看看！”袁世坦笨手笨脚地将金锁套在了脖子上，范金莼伸出两手帮着将锁放平整、将系锁红绳捋得匀称一点，袁世坦弓着身子、伸着头，慢慢地，他嗅到了一种奇异的气味，这种气味简直令他陶醉！他知道，那是一种少女味！他差不多难以自持了！便说：“行了，金莼妹妹，我自己来吧！我这样弓着身子也挺难受的！”他的确很难受，但也很好受，好享受，但他控制了自己，他知道守礼！范金莼今天也是第一次在和平宁静的二人世界中感受到了袁世坦的男人味，她多么希望再多感受一下这种味道，不过，她也克制住了，她貌似轻松地说：“好的，世坦哥哥，自己整理一下吧！”袁世坦站直了身体，简单地弄了几下，范金莼说：“世坦哥哥，金锁还真相配！取下来吧，收好！”袁世坦取下金锁，藏在内衣衣兜里。

袁世坦穿着新衣服，觉得这套衣服大概是自己有生以来最合身的衣服。上衣对襟小褂，衣襟上还绣着几片绿叶，有点像猪耳朵菜，又像小荷叶。便问范金莼：“金莼妹妹，这衣服上绣的是什么草？”范金莼说：“这是莼菜！”袁世坦书读的不是很多，他知道范金莼是读了一点书的，她是不会随便绣“莼菜”的。便问：“为什么绣莼菜呢？是不是金莼妹妹的‘莼’字？”范金莼说：“是的。不过它还有另外一层意思，说的是一个古人的故事。”袁世坦笑笑说：“金莼妹妹真是一个女秀才，博古通今，连衣服上都能绣上古人的故事！”范金莼也笑着说：“晋朝有一个文人到京城做官，很长时间没有回到家乡。有一年，秋风飏起，他忽然思念起家乡鲈鱼、莼菜的味道，于是立即辞官回乡。后人就以鲈鱼、莼菜来代指家乡的风味。世坦哥哥是个做大事的人，将来一定会走南闯北的，我只是希望你无论走到哪里，都不要忘了家乡的味道！”说完，深情地看着袁世坦，袁世坦也看着范金莼，不由自主地说：“金莼妹妹，我袁世坦无论到了哪里，都不会忘记你的！”这正是范金莼最需要的话，但这些话必须水到渠成地、自然而然地说出来，才最真诚！范金莼今天收获极大，高兴地笑了！接着，对袁世坦说：“好了，世坦哥哥休息一下吧，我去看看她们午饭准备得怎么样了。”

范金莼走后，袁世坦赶紧来到庭前天井院内，巩固师父不久前才教的“大力移山拳”的五、六重。练了一会儿，又运了一会儿功，自己感觉好像进步不小，心里有点高兴，但又有点疑惑：“师父真是古怪，为什么现在才教我五、六重功夫呢？”他想去看看李大人和叔叔，因为他们聊得足足有一个时辰了！正要转身往书房走去，就见水青萍提着个鱼篓子来了。袁世坦连忙迎上去，水青萍一看他的这身打扮，便知道范金莼已经做足了功夫！袁世坦准备接过鱼篓，水青萍满含讥讽地说道：“这鱼篓太脏，不能沾污了袁大少爷这一身行头！”说着，放下鱼篓，仔细打量起袁世坦的衣着：上身白府绸对襟褂子，下身牙黄色绵绸裤子，脚穿一双黑缎面布鞋，真是富态、儒雅、潇洒！褂子两襟上绣着翠绿色“莼菜”。水青萍心想：范姑娘真是心思用尽！于是，对袁世坦说：“世坦哥哥，你看，范姑娘真是用心良苦！前面送给你一把金锁，现在又在你的衣服上绣了‘莼菜’，这分明是提醒你，要始终把‘金’‘莼’带在身边！”经水青萍一说，袁世坦还真觉得范金莼有这么个意思，其实人家范金莼要表达的就是这个意思，袁世坦此前也没多想，现在终于明白了！所以，水青萍在嫉妒中不自觉地帮了范金莼的忙！袁世坦连忙说：“哎呀，我真笨，我怎么就没想到呢？早知这样，我就不穿这套衣服了！算了吧，我还是把衣服还给她吧。”水青萍阻止了袁世坦：“千万别这么做，否则，别人又要怀疑我在挑唆你们之间的关系了！”

水青萍正说着，范金莼走过来了，她一见水青萍，便笑容满面：“青萍妹妹来得正是时候！”说完，从鱼篓里抓出一条鳊鱼，袁世坦一看，这条鳊鱼足有二斤重。范金莼指着鳊鱼肚子说：“青萍妹妹真会抓鱼，这条鳊鱼的肚子这么嫩、这么肥，李大人吃了肯定叫好！”然后，将鱼送入厨下，算了鱼钱，交给水青萍。水青萍说：“算了吧，就当是我送给李大人吃的！”“谁要送东西给我吃？”李鸿章、袁百顺一走出书房，就听到了水青萍的说话声。“大人，叔叔。”袁世坦忙上前招呼。李鸿章看到袁世坦穿着一身新衣服，笑着说：“我当是哪一个呢，原来是你穿着一身新衣服。是不是范姑娘帮你换上的？”范金莼红着脸说：“大人，刚才侄女看见世坦哥哥那套衣服不合身，怕穿着上街引起长毛兵的怀疑，就给他换上了这套稍微合身的衣服。”袁百顺见侄子愿意穿范金莼做的衣服，心里挺高兴的，但由于水青萍在一旁，他只是笑了笑，什么也没有说。倒是水青萍说话了：“看这针线多好！”水青萍拉过衣袖，指着袖子上的针线，赞美道。袁百顺一看，水青萍自己也在夸这套衣服好，于是说道：“多亏范姑娘心思细密，把世坦打扮得这么文气！”水青萍有点酸酸地说：“袁叔叔，这套衣服还有更为奇特的地方呢！”袁百顺说：“还有更奇特的地方？我怎么没看到？”水青萍说道：“袁叔叔、李大人，这套衣服的名字是‘精诚所至，金石为开’！袁管带可要牢牢记住这个名字哦！要理解人家范姑娘的一片苦心哦！”一句话，把李鸿章、袁百顺说得哈哈大笑，而袁世坦、范金莼却羞红了脸，水青萍只图逞口舌之快，却不曾想她的这句话使袁世坦与范金莼之间的关系更近了，也就是把袁世坦向范金莼身边又推了一点点！

水青萍对李鸿章说：“大人，属下刚才听说长毛军师要来运漕。”李鸿章忙问：“谁告诉你的？”水青萍说：“没有人告诉属下。刚才两个长毛兵来买秋蟹，属下是从他们的谈话中得知的。”原来，那两个长毛兵在买秋蟹时，有点牢骚，一个说：“军师也真是的，干吗到这个小镇来？”另一个说：“你说这是小镇？周围的县城怕也没有它大！只是我们又不知道要开到哪里了！”李鸿章听完水青萍讲述的情况，立即派袁世坦出外打探详情，袁世坦到街上转了一转，气氛确实有点紧张，路过巡检司衙门，看到里面正在布置演武场，听士兵议论，军师钱江要给他们做训示，又听说要换防！

范金莼说：“大人，那个军师一来运漕镇，您的处境将非常危险！”李鸿章说：“没有什么，钱江不会对我怎么样的。范姑娘请放心！”范金莼说：“不是这样的，一旦钱江知道大人可能还留在运漕镇，就必定来个全镇大搜捕，无论如何，他都要置大人于死地！”李鸿章笑笑说：“上次石达开明知我在运漕，那么好的机会，都没有对我下手，我想，钱江也不会对我下手的！”范金莼耐心地说：“大人，石达开是一个习武之人，讲究江湖道义，并且上次长毛来运漕的主要目的是劫粮食。钱江可不同，他一直只知道忠于自己的主子，因此，他能追随林则徐大人跑到新疆伊犁；后来投靠洪秀全，便只认为洪秀全是‘真龙天子’。钱江认为当今寰宇之内，真正能够妨碍洪秀全夺取天下的只有两个人，一个是曾国藩曾大人，另一个就是大人您！他要想辅佐洪秀全夺取天下，必然要除掉您和曾大人。他不会讲那些江湖道义的！”

李鸿章真的不能小看范金莼了，一个闺中女子竟有如此见识！他说：“依范姑娘，那应该怎么办？”范金莼说：“吃完午饭立即回东关，这最安全。”水青萍说：“刚才属下看到，长毛兵盘查进出运漕镇行人非常仔细，陆上肯定是很难走的了，只能从水上走。还是让大人扮作渔民疍户，假装出去捕鱼，逃出运漕。”范金莼说：“大人身材高大，在疍户的小船上很容易暴露身份，还有，世坦哥哥还要随船护卫，这更能让人起疑心。”袁世坦说：“扮作渔民疍户确实容易被识破，那就扮作商贩，搭乘来往船只离开运漕。只要离开了运漕，就好办了，怎么都有办法到达东关。”范金莼说：“没有必要费那么大的周折。搭乘洪仪泰运酒船出去比较妥当。”李鸿章一想，还真是个好办法，便同意这么办。水青萍说：“属下现在就去把洪启元叫来！”

不一会儿，洪启元来了，后面还跟着水红菱。水红菱一见李鸿章，倒身便拜：“见过李大人！”李鸿章忙叫水红菱起来，见水红菱比前段时间丰腴了一些，脸上也更有光泽了，便知婚后洪启元与水红菱很恩爱。洪启元说：“大人，小人不让红菱来，她偏要跟来，说一定要当面感谢恩公！”李鸿章说：“感谢我什么？”众人大笑起来。李鸿章又说：“启元，你有这么个好妻子，是你的福气，要好好珍惜，否则，后面该怎么说？”袁世坦指着洪启元说：“启元老弟，你可听好了，大人说要揭你的皮！”洪启元挠挠头，众人笑声更大了。

袁百顺说：“时间不早了，都在我这里吃个便饭吧，我们边吃边聊。”洪启元、水红菱没有推辞，水青萍当然也不好推辞了。范金莼指挥着摆好桌凳、菜肴，由于下午可能要走，袁百顺便没有摆酒，怕喝酒误事。李鸿章、袁百顺坐北朝南，且坐在同一张条凳上。洪启元想和袁世坦坐在一起，却被水红菱拉到她的身边坐下了。袁世坦坐下后，范金莼并没有挨着他坐下，而是与水青萍坐在同一条长凳上。席间，范金莼和水红菱不停地给众人夹菜、添汤，水青萍说道：“袁管带太不懂待客之道了，怎么让客人给主人夹菜？”水红菱说：“姐姐，你的话说得太见外了，我从来都是把袁府看成自己的家，把李大人看成亲生父亲，在袁府、在李大人面前，我和启元都不是外人，不是客人。范姑娘是袁府未来的侄媳妇，袁府早就把她看成是家中一员了，府中大小事情都是范姑娘在操持，她就更不是客人了！”水青萍一听，不快地说：“这么说，今天就我一个人是外人了！”水红菱笑着说：“姐姐怎么是外人呢？姐姐是李大人的得力干将，谁敢说你是外人！”范金莼高兴地说：“红菱妹妹真是太会说话，一桌子的话都让你代说了！”范金莼此时不单是夸奖了，更多的是发自内心的感激。水青萍刚才说的那句话表面上看似在说水红菱，其实正是冲着她范金莼说的，而且说得很有道理，一下子将范金莼置于十分尴尬的境地，水红菱的话为范金莼的行为做了合理的解释，替范金莼解了围。还有一点更为重要，水红菱当着众人的面，特别是当着水青萍的面明确了范金莼的地位！范金莼已经是袁府半个当家人了，你水青萍还有什么资格来争！

有些事情，自己说了不算，别人承认了，那才是真的！

水青萍后悔自己逞一时之快，得罪了一桌子人，又被妹妹一通义正词严的大道理说得哑口无言，更为可恨的是，又一次强化了袁世坦与范金莼的关系！心里很恼火，连自己妹妹都不看好自己与世坦哥哥的关系，做人真是失败！她在心里骂道：“死丫头，胳膊肘尽往外拐！”嘴上却说：“范姑娘不要再夸她了，再夸，她连自己姓什么都不知道了！”

袁世坦担心几个女孩会越扯越远，忙说：“我们还是商量一下等一会儿如何出运漕镇吧。”李鸿章说：“世坦说得对。诸位，范姑娘，说说吧。”范金莼说出了“快”“中”“慢”三策。

范金莼说：“这‘快’，就是全船装稻糠，不需要一个时辰，就可以开船，相对来说，比较安全。”洪启元忙说：“不可，不可！我一个运酒船装满一船糠，别人看着会起疑心的。”范金莼说：“那就取‘中’策吧。”接着，范金莼详细讲述了如何装船、如何找人假扮李大人和世坦哥哥等一系列的安排，李鸿章听完，不禁感叹道：“范姑娘，干脆你也到军营中吧，否则，真是埋没人才了！”袁世坦连忙说：“她什么都不会，去了只会添麻烦！”李鸿章说：“世坦怎么啦？范姑娘迟早会来军营的，到时候，他和水姑娘一文一武，辅佐你，那不好吗？”李鸿章也真是的，一句话说得三个人都不好意思！

水青萍急忙岔开李鸿章的话题，说道：“大人，我们现在就上船吧！”范金莼摇摇头说：“青萍妹妹不要坐运酒船。”水青萍问：“难道范姑娘反对我也回东关？”范金莼说：“不是的，青萍妹妹，你听我把话说完。青萍妹妹要先出发，把渔船划到黑鱼潭，在那里等候李大人。这样分散着走，不容易引人注意。”

午时一过，洪仪泰码头上，停泊着一只运酒船，一批搬运工正扛着酒坛有序地上船，船上自有人负责配载。袁世坦扮作搬运工，扛了一坛酒，从洪启元手里接过一根竹筹。他的身后紧跟着李鸿章，李鸿章也扮作搬运工，从洪启元手里拿过一根竹筹，洪启元小声地说：“大人，上船前别忘了交筹。保重！”袁世坦走上跳板，走得很慢，因为他担心李鸿章会一脚踩空。其实，袁世坦的担心是多余的，李鸿章早就能在水跳上自如行走了，这多亏了水青萍在东关的水战训练！快到船头，袁世坦将手中的竹筹扬了一下，说了声：“交筹！”将竹筹交给了船头计数的人。李鸿章听到袁世坦的提醒，也将手中的竹筹交给了船头的人。

上船之后，李鸿章、袁世坦便留在船舱内，负责给配载工打下手。足足装了两个时辰，看看酉时临近，才完成了装配工作。洪启元亲自走上船，将一小包东西交给袁世坦，小声说：“范姑娘带给你的！”然后，又小声对李鸿章说：“大人，该上船的都上船了，可以起锚了吧！”李鸿章说：“谢谢你们！可以开船了！”洪启元又走向两个人，两个人一个与李鸿章长得很相似，一个与袁世坦长得有点像，向他们点点头。李鸿章、袁世坦知道，他们两人就是以防万一，万一长毛兵上来搜查，他俩将顶替李鸿章、袁世坦二人。洪启元大声说：“起锚！”

就在此时，岸上传来一声喊：“停一停！”众人一看，一个年轻军官打着一面号旗，上写“太平天国殿前检点　武状元　刘元合”。他的身后，跟着十来个士兵，看得出来，那些士兵个个身怀绝技。袁世坦很担心李鸿章的安全，李鸿章示意袁世坦镇定一点，尽量往船舱里面走，到光线更暗的地方。袁世坦向四周望了望，只见刘元合，不见钱江，心中疑惑，估计“钱江到运漕”的传闻是假的。

原来，钱江带着刘元合、冯紫芸训练的军师卫队，手执“天诛”宝剑，一路巡查沿江各城镇太平军守军军纪问题，严惩了几个罪大恶极之人。钱江计划要在运漕建造粮库，更要修建秘密“宝库”，便奏请由刘元合、冯紫芸率军师卫队换防侯裕田的军队。就在一行人到达三汊河正将存放在此处的二百万两银子装船之时，得到了一个重要的消息：李鸿章率团勇来运漕作战，座船被炮火击毁，人却下落不明。钱江说：“元合，我估计李鸿章还在运漕，没有走。”刘元合说：“李鸿章如果是昨天下午落水的，他要逃出运漕，应该在今天早上就会逃出的。”钱江想了一会儿，说：“李鸿章也许即将逃出运漕。元合，你率两条快船，先赶到运漕，对即将起航的船只仔细搜查，防止李鸿章乘船逃走。”刘元合答应：“是，军师！属下这就出发！”钱江又招呼刘元合：“元合，此事不可太声张，不要惊动运漕百姓！”钱江又安排冯紫芸负责继续装船，装完后，即刻赶往运漕；自己又带了一部分人随后也出发了。

刘元合到运漕一看，河面上确有几艘待航的大船，便逐船搜查。一直查到“洪仪泰码头”，想到之前洪仪泰与李鸿章的关系，便断定洪仪泰运酒船上极有可能窝藏了李鸿章，这才直奔运酒船的！

刘元合几乎是飞上船头的，他一见洪启元，便命洪启元不要解缆，洪启元只好停止解缆。身后十来个士兵先后也都跳上船。李鸿章、袁世坦分散开，李鸿章坐在装有稻糠的麻袋上，袁世坦也向前走了两步，靠在麻袋的另一边。“假李鸿章”和“假袁世坦”紧紧挨在一起。刘元合一上船，探头向船舱一看，便看见“假李鸿章”和“假袁世坦”，指挥士兵悄悄将两人带走。“假袁世坦”一拳击倒了一个士兵，拉着“假李鸿章”就要逃，却被刘元合控制住了。刘元合说了一句：“袁世坦，你的那个‘大力移山拳’只练到第四重，还早着呢！”说完，押着“假李鸿章”“假袁世坦”就要走。“假李鸿章”说：“刘元合，叫你们钱江过来，我量他钱江不会把我怎么样！”刘元合笑着说：“李大人，我们军师随后便到。带走！”十来个士兵押着“假李鸿章”“假袁世坦”下了船，洪启元假装痛苦地说：“李大人，袁大哥，是我害了你们啦！”待刘元合他们走上河堤时，洪启元笑笑说：“起航！”大船收缆，离开码头，向西驶去。很快，“长毛兵抓到了李鸿章”的消息传遍了运漕镇，很多人都叹息不已。洪启元命人告诉袁百顺、范金莼，真正被抓的是“假李鸿章”“假袁世坦”。

钱江一到运漕，就听到了“李鸿章被抓”的消息，他的心里犯嘀咕了：“抓李鸿章”原是秘密进行的事情，怎么运漕的老百姓都知道了？“坏了，真李鸿章肯定已经逃走了！”钱江自言自语道。刘元合将“假李鸿章”“假袁世坦”带到钱江面前，钱江借着灯光一看，就是李鸿章、袁世坦二人。钱江问道：“李大人，别来无恙吧？”“假李鸿章”还装模作样地与钱江周旋，目的是拖延时间，好让大船走得更远一点。钱江大喝一声：“好个‘假李鸿章’，竟敢装神弄鬼欺骗我！”刘元合大吃一惊，问：“军师，他们是假的？”钱江小声说：“别让太多的人知道。元合，这两个人是从哪里抓来的？”刘元合说："是从洪仪泰运酒船上抓来的。属下上船的时候，天色已晚，他俩又紧紧站在一起，长得又很像，属下没有仔细辨别，就错抓了他们！属下无能，请军师责罚！"钱江说："这事不能全怪你。'吃一堑，长一智'，以后做事小心一点。也许老天不欲灭李鸿章！"刘元合说："军师，现在怎么办？"钱江说："立即通知洪仪泰掌柜来领人！"

很快，洪启元被几个士兵带了过来。钱江看见洪启元，心想："这么年轻，胆子就如此之大！"嘴上却说："你们老掌柜呢？"洪启元回答道："回大人的话，上次运漕粮台失守时，小人的父亲一时郁愤而死！"言辞中充满了自豪！钱江心想："难怪他能冒着生命危险帮李鸿章逃出运漕，原来，他的父亲就是一条汉子！"钱江想速战速决，尽快处理此事，所以就直接问道："洪掌柜，你看这两个人是不是你们作坊的。如果是，赶快领走；如果不是，立即处斩！"洪启元立马跪下："感谢大人不杀之恩！小人这就将两人领走！"钱江说："起来吧！你能让全镇人相信'李鸿章被抓'，也一定能让全镇人相信'李鸿章、袁世坦投河自尽，不知生死'！"洪启元忙说："谢大人恩！小人这就去办，保证在一个时辰内让全镇人都相信李鸿章下落不明！"说完，再次向钱江道谢，领着"假李鸿章""假袁世坦"走了。钱江对刘元合说："元合，李鸿章、袁世坦投河自尽，天黑水深，不知死活！明白吗？"刘元合说："军师大恩，属下明白！"

钱江看看天色，又观察了一下河面，对刘元合说："元合，速准备一只快船，带上四五个士卒，背上那棵白菜，跟我走！"刘元合问："军师，去哪里？"钱江说："追上李鸿章！"刘元合有点不解，他说道："军师，即使追上了，也未必能把他们捉回来。"钱江微微一笑，说道："我不是要捉住他们，我是想跟李鸿章聊聊天！"刘元合很惊讶，但又不敢多问，只好立即备船，保护钱江向上游追去。

钱江已经到达运漕镇的消息很快传到了侯裕田的耳朵，侯裕田便在巡检司门口恭候钱江。等了好长时间，并不见钱江到来，却传来了"李鸿章、袁世坦投河自尽，生死未卜"的消息；又耐心等了一会儿，还是不见钱江。于是，问河边一艘快船，回答说："军师、武状元向上游巡视去了。"侯裕田一想，军师有武状元保护，应该不会有危险，又看不到军师、武状元带来欲换防的人马，便回到巡检司衙署，继续等候。

却说洪仪泰运酒船开到河中心后，船上的三四个人突然对李鸿章说："恭喜李大人逃过此劫！”李鸿章很吃惊，因为在范金莼的安排中，并没有这个环节，于是问道：“你们是？”其中一人说：“我们是洪掌柜派来保李大人、袁管带蒙混过关的！”李鸿章真的不知道说什么好，自己狼狈不堪、功业未建，却得到这么多人的支持，真是受之有愧！李鸿章不无担心地说：“被长毛带走的两位兄弟怕是凶多吉少。长毛毕竟是匪啊！”刚才那人说：“应该没有危险。即使有危险，大家都是心甘情愿的。一则为了您李大人，大家都相信李大人是干大事的人，跟着您不会有错；二则为了洪掌柜，洪掌柜为人厚道、讲仁义，大家愿意为他出生入死！”李鸿章以手加额，感慨万千：“我李鸿章何德何能，竟得父老乡亲如此高看的期许！”说完，用手拍打着装稻糠的麻袋。

袁世坦随意地向后一看，呀，是一只船！船虽不大，但速度挺快！袁世坦说：“大人，你看后面有一条船，好像是在追赶我们！”李鸿章命加快速度。大船快速地向前行驶，小船也快速地紧追不舍！一大一小两只船在暗夜中追逐向前。

约莫半个时辰，小船越来越靠近大船了。刘元合向大船上的人喊道：“李大人，停一下，我们军师有话跟你说！”船上的人回应道：“李大人、袁管带不是让你们抓走了吗？我们船上没有李大人！”刘元合说：“是的，那个李鸿章、袁世坦已经投河自尽，由于天黑水深，生死不知！现在，差不多全镇的人都知道这个消息了。李大人，请放心，我们就一条船，七个人！”李鸿章还没来得及回答，又见一条小船从右前方逼过来。由于天黑，看不清船上是什么人，袁世坦便说：“你说你们就一条船，那我们右前方的船是谁的？”袁世坦话音刚落，就听水青萍大声说道：“李大人，世坦哥哥，我是青萍！”“青萍妹妹，我们都到了黑鱼潭了吗？”袁世坦问道。“是的！看到你们来了，我不知道有多高兴！”李鸿章说：“水姑娘，上大船吧！”那边刘元合说道：“我说得没错吧！我们不会骗你们的！”李鸿章示意大船停下。钱江、刘元合及五个士兵都上了大船，袁世坦、水青萍及洪仪泰作坊的几个工人也都围成了一个圈，将李鸿章围在中心。

双方对峙一会，很快，钱江拱手：“久闻大名，李大人真是胆略过人啦！”李鸿章也拱拱手，说道：“东平先生，半世英名，李某人仰慕已久，今日得睹风采，三生有幸！”钱江说：“李大人，你我之间也别客套了，在下想与足下单独聊聊！”李鸿章说：“单独聊聊？你我之间？”钱江提议，袁世坦、刘元合在河堤上戒备，水青萍驾着快船至下游一百丈左右处戒备，工人及士兵留在大船，自己和李鸿章乘坐水青萍的小船到河心畅谈。李鸿章觉得这样安排也挺别致，就同意了！

各就各位后，袁世坦与刘元合上河堤向东走去，走了约莫一百丈，停了下来，你看看我，我看看你，突然双方动起手来，打了十几个回合，都分不出胜负。刘元合问道：“袁师兄不是只练到第四重吗？”袁世坦说：“实不相瞒，五、六重是师父最近才教的！刘师弟的武功应该在我之上，只是你没有放开打，生怕把背上背着的东西给打坏了？那是什么宝贝，值得你如此小心？”刘元合说：“哪里是什么宝贝，不过是一棵白菜而已！我们军师十分看重，所以不敢大意。”袁世坦一听“白菜”，不由得想起李鸿章说过的“一棵白菜半个瓜，千万银子难买它”的话，只是不知道刘元合背上的“白菜”与李大人所说的“白菜”有没有关系。于是，袁世坦笑笑说：“你们军师也太小气了，一棵烂白菜也值得这样珍惜！”刘元合顺口说出：“军师说它是稀世奇珍！我也看不出珍贵在哪里！不过就是一块十多斤的玉石！”袁世坦隐约知道这大概就是“一棵白菜半个瓜”的那棵“白菜”了！由于与刘元合不是很熟，也不好意思要求他打开看看，但袁世坦还是喜欢上了这个小师弟，于是说道：“刘师弟，你一身好武艺，为什么不报效国家，而却投靠匪类、助纣为虐呢？”刘元合也笑笑说：“袁师兄，你一身好武功为什么不揭竿而起、为民请命，却要甘心做清妖的鹰犬呢？”两人哈哈大笑，说道：“道不同，不相为谋！”随后，两人聊了一些私事，彼此更加倾慕对方。

大船上，工人和士兵攀谈起来，工人很感意外，都说长毛是“粤匪”，然而这些士兵却都是和州、含山、无为州的，有一个甚至就是运漕乡下的，大家越聊越近、越聊越亲切，竟然忘记了对方是敌人！

钱江与李鸿章将船划至河心，调转船头，面向上游，轻轻划着船桨，以防止水流将船带到下游。

钱江首先发话：“少荃先生，上次你放我走，用意何在？”李鸿章说：“东平先生应该知道，当时，你们虽然只有四人，但石达开功夫相当了得，袁世坦、麦巡检联手都打不过他，我们实在是没有把握把你们强留在运漕。再说，即使捉住你们，又能怎样，时下你强我弱，那只会招致你们更加残酷的报复。还有，太平军中有你们这样的人在，老百姓就会少受苦。大家的初衷都是救民于水火，解民于倒悬。只要老百姓少受点磨难，哪怕迟一点灭掉你们，也没有多大关系。”

钱江问道：“少荃先生认为你们一定能灭掉我们？”李鸿章说：“期望如此，结果也一定是这样。东平先生对太平天国的结局恐怕也不会看好吧！”钱江说：“在下倒是认为，太平天国迟早会夺取天下，一统江山！”李鸿章说：“此无疑痴人说梦。你们有四大致命之处。其一，君臣不和，政体乖异。洪、杨二人各有一个中心，彼此争斗，斗则内伤。其二，定都险地，分兵失策。金陵虽自古为帝王州，但其地确实不适合做帝都，历史上凡在金陵定都的王朝无一不是短命王朝。其三，贤士失权，庸者当道。像东平先生这般具有宰辅之才的人却被排挤一边，岂不令人可惜！最后一点，祸生肘腋，乱起萧墙。太平军刚占领江宁不久，江南、江北两个大营就已初现雏形，令你们卧榻不安。然而，即便如此，从洪秀全、杨秀清到以下各级官员无不贪图享乐、腐化堕落！纵观历史，只有明末四川张献忠与你们相似！”

钱江不得不佩服李鸿章，他竟对范瑾瑜的观点进行新的阐释，这一则表明他有过人的见识，二则表明他从谏如流，三则表明他能很快将好的建议转化为有效的行动。他不由得对李鸿章投去赞许的目光，但接着说道：“少荃先生说的几种情况，太平天国内部或多或少地存在，但并没有先生夸张的那么严重，更何况翼王‘安庆易制’在江淮一带取得了极好的效果。在下听到过一首来自少荃先生家乡的民谣，‘长毛打咸丰，米粮渐渐松。白天三顿饭，晚上搞一盅’。少荃先生，足下的家乡百姓尚且如此满意天国的治理，足下何苦还要折腾呢？听在下一言，要么回到北京，做太平官；要么归顺我天国，以足下大才，肯定会得到重用！”

李鸿章冷笑一声，说道：“哼！多谢东平先生赏识！但在下想，洪杨二人不拼个你死我活，太平天国是不会消停的。这一点，我想，东平先生应该比在下更清楚！在下既已选择回乡办团练，如果半途而废，岂不受人讥讽！开弓没有回头箭！再者，先生大才，尚不能得到重用，何况在下！”

李鸿章没等钱江答话，接着又说：“先生年少有名，恃才放旷。后来追随林则徐大人，三元里振臂一呼，应者云集；不远万里，陪伴林大人到新疆伊犁！本来是一忠直之士，奈何不甘寂寞，错投匪类，成为洪秀全的军师。初与南王冯云山的确为洪秀全左膀右臂，后因错扶杨秀清而致大权渐渐旁落。南王冯云山战死后，先生在太平军中更是孤掌难鸣，幸而有石达开与先生志同道合，否则，先生岂不更加寂寞！先生既视在下为知己，不如与在下一起，共灭长毛，建不世之功！”

钱江笑笑说："少荃先生认为可以凭借口舌打动在下的内心吗？"李鸿章也笑笑说："显然不可以。不过，大家既然出发点都是抚安黎民、拯救百姓，将来也不是没有联手的机会！只要有利于老百姓，我李鸿章随时愿意与先生联手！顺便问一句，假如今晚先生捉住了在下，当作何处置？"钱江说："不会放过！环顾宇内，将来能与太平天国相抗的只有两个人，一个是曾国藩，一个就是足下！我钱某人岂会放过足下！"说完，哈哈大笑。李鸿章也笑了："难得东平先生如此高抬在下！"

两个时辰不知不觉地过去了，到了告别的时候了，双方互道"珍重"，都说"后会有期"！

李鸿章回到东关，发生了一件大事，这件大事对他未来的人生影响颇大！

第十二回 凤尾洲建秘密“宝库” 白骨塔现蓝衫孤影

范瑾瑜一见到李鸿章，便额手称庆，说：“在下就知道大人命大福大，不会有事的！”李鸿章携着范瑾瑜的手说：“范先生现在说得倒轻巧，但前天夜里不知是谁一夜未眠！”范瑾瑜、袁世坦哈哈大笑。李鸿章不无愧疚地说：“后悔未听范先生劝阻，致有此败！若非诸位鼎力相救，真会性命不保。惭愧，惭愧！此一战伤及两名兄弟、二十一条战船，无功有过！”范瑾瑜说：“大人不必自责。此战虽败犹胜。大人以二百团勇、二十条战船，与对方一千五百水师、近二百条战船交战，几乎生擒敌方主帅，也让敌人知道李大人的军队不是吃素的！此外，大人对运漕父老乡亲也算是有了一个交代，运漕人都知道大人是不会丢下他们不管的！至于牺牲的两名团勇，在下已经做好抚恤准备，大人不必担心！”李鸿章伤感不已，说：“范先生，这些团勇都是我们的子弟兵，他们都有父母兄弟、妻儿老小，一定不能让他们流血又流泪！”范瑾瑜说：“在下已经制定出一套详细的优抚方案，将来照此执行。大人，自古道‘大难不死，必有后福’，昨日下午朝廷赏赐已经送至军营。”李鸿章说：“败绩连连，还有赏赐？”范瑾瑜正色道：“大人何故言败？大人与长毛两战皆胜，以少敌多，英勇无畏，拼死效忠，受之理所当然。朝廷赏赐大人六品顶戴！”说完，引李鸿章进大营，营帐内李鸿章书案上端端正正地摆放着一套六品顶戴。袁世坦、水青萍十分激动，说：“大人，朝廷知道您在奋力救国！”

李鸿章看着六品顶戴，说道："无功受赏，惭愧之至！都是诸位建功立业，我有何德何能，受此赏赐！"范瑾瑜说："自长毛逆乱以来，八旗绿营纷纷败退，昔日食君之禄者弃城而逃者有之，屈膝投降者有之，甚至助纣为虐者亦有之，像大人这样以区区几百人敢于与长毛作战，少之又少，朝廷此举，既是奖励大人，更是激励各地守土之官吏。"李鸿章点点头，袁世坦、水青萍也佩服范瑾瑜的分析。范瑾瑜说："大人，您与世坦老弟、水姑娘等一会吃完早饭，休息一会儿，今天的演练仍然由在下组织。"李鸿章说："世坦、水姑娘，今天大家都休息一下！"团勇们看到李鸿章、袁世坦、水青萍都回来了，心里就踏实多了！

袁世坦回到自己营帐，打开洪启元递给他的包裹，原来是两套衣服，一套是自己昨天穿过的，一套是崭新的，便随手放在床头，倒头就睡。迷迷糊糊之中，他梦见了刘元合，梦中又与刘元合争辩起来。

实际上，此时刘元合根本没有时间与袁世坦争辩。黑鱼潭别后，他保护着钱江回到运漕。天亮以后，与侯裕田办完交接手续，开始安排军师卫队队员的住宿，然后又指挥队员将二百万两银子搬入巡检司衙署地窖存放起来。部署停当后，钱江对刘元合、冯紫芸说："元合，冯姑娘，我在运漕停留七天，就要回天京。这七天，我们要详察运漕镇北五里沟头凤尾洲的地形地貌，一为修建粮库，一为建造一座秘密'宝库'。"刘元合问："军师为何要建秘密'宝库'？"钱江说："元合，这也是没有办法的办法啊！天京'圣库'短短数月银子锐减八成，奇珍异宝更是损失殆尽。如果不是翼王'安庆易制'，天京恐怕现在就揭不开锅了。但是，总体上来说，收入赶不上支出，照此下去，时间不长，整个太平天国便无钱可用。为长久之计，我与翼王私下商量，选中运漕，建一座秘密'宝库'，平时存放一点金银，以备不时之需，不当家不知柴米贵啊！富日子过惯了，突然过穷日子，恐怕有些人就受不了啦！"刘元合、冯紫芸方知形势严峻、责任重大！

次日，刘元合、冯紫芸安排卒帅、司马落实训练计划，便与钱江坐船前往凤尾洲。船在紧邻后河河堤处停下，三人弃舟登岸，沿着河堤向西走，大约两里，河堤下面即有一处村落，名"小尹村"，全村不过十五六户人家。三人并未作停留，继续向西。行走一里多路，是一处不大的码头，虽然名叫"码头口"，实际上并无几只小船停靠。站在码头口向对岸望去，隔着不到六十丈宽的后河，是一处小村庄，约十户人家，村庄依河滩而建，人称此村为"凌家滩”。

钱江说道：“元合，凌家滩看来就是一大片河滩地，往上去，还有一两个小山包，山包尽处是一些山地。”刘元合说：“凌家滩属下也来过，它周围三里以内仅有两个小村庄，一是东北两里开外的田王村，一是东边一里半左右的小田村。连同凌家滩在内，三个村庄户数不超过五十，人口不会超过三百。这一带，不是河滩，就是小山包，不便于人隐藏。”钱江指着码头口上下的河道，说：“你们看，这一带河道比较宽，最窄处也有四五十丈，宽的可达六十丈；不过，不知河水到底有多深。”刘元合说：“后河的水总的来说是比较深的，有些地方比运漕河还要深，平均应该不少于两丈五吧！”冯紫芸说：“武状元，你没有试过，怎么知道河水的深浅呢！”说完，抓住刘元合就往河下推，钱江看了，笑着说：“难怪你师傅骂你‘野丫头’呢！我要是有这么个徒弟，我就天天骂，骂到他不敢‘野’为止！”冯紫芸假装生气地说：“属下就知道军师袒护武状元！武状元欺负属下的时候，从来没有看见军师责骂武状元！”刘元合说：“冯姑娘，不要再犟嘴了，我们在说正事！”说完，又对钱江说：“军师，这个码头好像太简单了！”钱江说道：“确实是简单了一点，将来你俩要把它建得像个真正的码头！”

三人不知不觉又向西走了一里多路，看见一条大埂，埂直连河堤，另一头伸进一个小村庄。三人从大埂往下走，进入圩内小村庄，原来就是东范。刘元合问：“军师，这东范与范瑾瑜家住的西范应该是同一个‘范’吧？”钱江笑了笑说：“此事需问范瑾瑜。”刘元合也笑了。冯紫芸一看两个人说到“范瑾瑜”就都笑了，感到很好奇，便问道：“范瑾瑜？是一个很漂亮的女人吧？”刘元合说：“是的，他是李鸿章的老婆！”钱江说道：“元合也学会调皮了。冯姑娘，范瑾瑜是李鸿章的谋士。”一听此言，冯紫芸便握起小拳头，朝刘元合胳臂上一顿猛捶，刘元合一点感觉都没有；冯紫芸又用两指，狠狠地掐了刘元合的手背，疼得刘元合差点掉下了眼泪。刘元合一路小跑，躲开了冯紫芸特殊而有效的攻击，很快就出了东范村，穿过了大尹村。

走出大尹，前面比较开阔，都是平整的农田，农田里长满了秧苗，没人理睬的秧苗。钱江看到东南方有一个很大的土墩子，上有七八户人家，便带着两人走过去，回头看看，距离大尹足有一里半的路程。这个大土墩子叫“卓墩”。卓墩周围也很空旷，没有什么村庄，只在它的东北方约一里半处有一个村子，刘元合说：“那不是我们走过的小尹村吗？”钱江、冯紫芸一看，果然还真是小尹村！钱江说：“从卓墩到小尹，只能先向东行一里，再折向北行一里。”走到小尹，钱江掐指算了一下，把刚才走过的几个村子连起来，正好围成一个东西长三里、南北宽一至二里的相对封闭的区域，而四个村庄都比较小，加在一起，户不足六十，人口不足三百，再说，四个村庄围成的区域都是“义田”，因此，在这里建粮库对老百姓影响很小。

三个人又走过码头口，站在码头口向圩内望，却见一条大道直通卓墩，足有两里长。刚才在卓墩还没有注意到这条大道。码头口向东一里半处是小尹村，向西一里半处是东范，位置恰到好处。

钱江指着眼前的这一片农田，对刘元合说：“元合，你看，在这里建粮库是再好不过的了。首先，田地都是义田，我们可以将田地上的收入折成银子交给运漕镇的‘义仓’，对老百姓的生活没有什么大的影响。其次，安全。沿小尹、卓墩、大尹、东范筑一道高而厚的墙，这就有点像城墙了，而河堤下那些一个挨着一个的大水坑有如护城河了，这样，粮库其实就是一座易守难攻的城堡。”刘元合若有所悟，说：“军师高屋建瓴，属下尚未看出来。”冯紫芸说：“那粮库门要朝北开了。”刘元合说：“应该是两个门。一个门位于码头口，主要是出粮；一个门位于卓墩，主要是进粮。”钱江笑着说：“元合想的不错，真是孺子可教！”刘元合高兴了，但并没有笑，冯紫芸却说：“军师，刚才有人在偷笑。”钱江笑了，说：“本来嘛，元合也应该笑一笑。”冯紫芸笑着说：“武状元，想笑就笑吧，别憋出了内伤！”钱江说道：“今天，我们就到这里吧，明天再继续考察。”

回到运漕镇时，已是太阳落山的时候了，中午吃的那一点干粮早就不知到了哪里。厨师端出饭菜，三人狼吞虎咽地吃了起来。就在此时，突然看见门口站着一人。钱江忙放下碗筷，热情地说：“翼王，何时来的，也不先说一声！快请进！”来人愣了一下，说：“大叔，小人不是翼王，小人是来找我师兄刘元合的！”刘元合一听，忙将来人拉了进来，高兴地说：“浩然，原来是你！快，快来吃晚饭！”说着，对钱江、冯紫芸介绍说：“军师、冯姑娘，这是我的师弟石浩然！”钱江大笑：“难怪你这么像翼王，原来也姓石！”石浩然忙向钱江施礼说：“小人石浩然见过军师！”又转过来向着冯紫芸说：“冯姐姐……”冯紫芸觉得这个口音非常熟悉，便打断石浩然的话：“你好像不是本地人？你是哪里人？”石浩然说：“回姐姐的话，我是三水人。”冯紫芸惊讶地说：“三水人？三水哪里的？难怪口音听起来那么熟！”石浩然说：“三水白坭江根人。”冯紫芸高兴地问：“江根？昆都山？”石浩然头直点，十分激动：“对对对，我家就在昆都山下，我记得小时候叔叔经常带我到山下的五显庙烧香！”冯紫芸又问：“我是三水河口人，怎么不认识你？”石浩然激动了，他真没有想到在这里竟然能遇上家乡人，而且仅仅一江之隔！他说：“冯姐姐就是河口人啦？真是太近了！我在叔叔家只待到九岁，然后就随师父走南闯北了，这么多年没有回过家乡！”刘元合也说：“我和浩然师弟不到十岁，就一直跟着师父，在全国各地到处跑；直到三年前，师父才在和州城里找了两间房子定居下来。不过，这些年全国各地的名菜、名点不知吃了多少！师父常说他那个老馋猫一定要培养出两个小馋猫！师父呢？还好吧！过段时间，我去看望他老人家！”石浩然说：“不用了！是师父叫我来找师兄的，师父已经离家云游去了，原来在和州租的房子也退了，师弟无家可归，又不想回三水，所以就来找师兄了！”刘元合说：“军师，我这里正缺人手，不如就留我师弟帮帮忙吧！”钱江说：“这还用说。不过，留下来，也该有一个职务，先担任‘职同指挥’吧，与冯姑娘是平级军官。”石浩然忙向钱江表示感谢：“谢谢军师！没想到小人一来就有官做！真是朝中有人好做官啦！”刘元合忙说：“师弟，你怎么乱说话，你做官是军师提拔的，跟我有什么关系？还有，以后在军师面前不要再称什么‘小人’‘小人’的了，应该自称‘属下’！”石浩然马上站起来，对钱江说：“属下多谢军师提拔！”众人见石浩然改口改得如此之快，也都笑了起来。钱江说：“今晚大家都早点休息吧。元合，你们师兄弟好好叙一叙欢聚之情吧！”

饭后，洗漱完毕，刘元合带着石浩然来到自己的房间，石浩然一看，比在和州住的民房宽敞多了，便说道：“还是做官好啊！做了官，就有这么大的房子住！”刘元合说：“师弟，今晚太仓促了，来不及给你收拾房间，明天单独给你一间房。我们的房子不单单是睡觉用的，外面还要用来办公务。这几天，你先跟我后面学习如何带兵，以后你要独当一面的。”石浩然说：“我就跟在师兄后面干就行了，我也不想独当一面。”刘元合说：“这恐怕由不得你。看出来，军师对你还是蛮器重的，军师看重的人翼王也会重用，一旦翼王重用你，你肯定就不会和我在一起了！”

听到刘元合说起“翼王”，石浩然忽然想起刚才被军师误认为“翼王”的情景。于是，出于好奇，他问刘元合：“翼王是谁？为什么刚才军师把我看成翼王了？”刘元合说：“翼王真名叫石达开，军师误认你，是因为你长得太像翼王了！天下很难找出第二个和翼王如此相像的人！”石浩然似乎有点不相信，这也太巧合了，自己和翼王都姓“石”，长得又是如此相像，到底是怎么回事呢？他问道：“翼王年龄有多大？”刘元合说：“翼王今年二十三岁，比你大五岁。你们不会是失散多年的亲兄弟吧？”石浩然说：“师兄，我的身世你又不是不知道，我哪有什么亲哥哥？我是独子，三岁时父母双亡，我只能跟着叔叔，后来不到十岁就又跟着师父，到哪里去找一个大我五岁的哥哥呢？”刘元合方知天下就有这般巧合之事！刘元合又说：“师弟，说起来，翼王跟你我都有缘。”石浩然问：“难道是翼王认得我？”刘元合说：“翼王是我们的三师叔！”这太令人不可思议了，石浩然惊得张开嘴，半天都没有合拢！他说：“怎么可能？打死我也不相信！翼王才二十三岁，我们师父他老人家已经四十多岁了！”刘元合说：“绝对正确！翼王天资聪颖，六岁即拜师学艺，十三岁就出师了。翼王、师父他们是师兄弟三人，师父是二师兄，绝学是‘大力倒海掌’；我们大师伯的绝学是‘大力移山拳’，大师伯有一个徒弟，武功也相当厉害，叫袁世坦，现在李鸿章手下当差，以后在战场上遇着他，要谨慎应付；三师叔就是翼王，绝学是‘大力开碑手’！”这一下，不由石浩然不相信了！刘元合接着说：“师父只教了三重的‘大力倒海掌’给我，翼王知道了，就把第四重到第六重也教给了我。我估计以后翼王也会教你拳的。不过，不管将来如何，都要低调做人，踏实做事，不要给军师和翼王添麻烦。”石浩然说：“师兄叫我怎么做，我就怎么做！”两人之间有一个短暂的沉默，也许是各自在想着各自的心事。

过了一会，石浩然说：“师兄，我看那个冯姑娘好像跟你关系不一般。”刘元合说：“师弟，你不要胡说。人家是‘红船女侠’的大弟子，不一定能看得上我。再说了，就算她能看上我，我们也走不到一起来！”石浩然觉得挺奇怪，于是问道：“你情我愿的，为什么不能走到一起？”刘元合叹了一口气，说道：“师弟，你不知道，她是‘自梳女’！”“自梳女？”石浩然似乎听说过这名称，那是在六七岁时，叔叔带他到西江西岸的高要乡村喝喜酒，那个新娘好像就是“自梳女”。据说，那个“自梳女”是从番禺逃到高要的，别人也说过，如果被番禺老家的人知道了，就要被“浸猪笼”。不过，直到他离开三水，也没有听说把谁“浸”了“猪笼”。于是，石浩然说道：“师兄，其实，只要不让认识她的人知道了，她就可以结婚。师兄，你想想，她家在三水河口，离这里几千里路，她嫁给你，又有谁能知道呢？”刘元合说：“她的师父肯定知道。她的师父‘红船女侠’也是‘自梳女’，她能让冯姑娘坏了‘自梳女’的规矩吗？”石浩然不说话了。刘元合说：“师弟，不要再提这事了。时候不早了，睡觉吧。明天军师还要带我们继续外出考察呢！”说完，两人渐渐进入了梦乡。

吃罢早饭，钱江说：“元合，先集中一下军师卫队，将浩然介绍给他们。不过，要请浩然做好准备哦！”石浩然问“准备”什么，大家不说话，只是笑了一笑。刘元合将驻扎在巡检司衙署的三百人带到粮台的粮库。很快，一千人集中站在了粮库晒谷场上。刘元合站在晒谷场旁边高处，说道：“各位，今天向大家介绍一位新任‘职同指挥’，以后，大家也要听他的号令！他就是新任‘职同指挥’石浩然！”石浩然走上前，冲大家一抱拳：“在下石浩然，今后将与各位同生共死！”众人一看，天哪，简直又是一个翼王！更想不到的是，他居然也姓“石”！有人开始心里不服了，仅凭长得像翼王，又姓石，就来当“职同指挥”！恐怕没那么容易！石浩然本以为自己说完了话，下面会有回应的，没想到，下面一点声音都没有，一个个怪怪地看着他。

这时，一名卒帅走上前来，冲石浩然一抱拳：“军中任职但凭武功，不知足下凭什么担任我们的指挥？”石浩然不知该说什么，但他知道对方是来挑战的，便暗暗做好了“准备”，现在他明白了“准备”二字的含义，原来这官并不好当！石浩然说：“在下薄技尚未展示。既然这位壮士提出来了，那在下就献丑了！”说完，拉开架势，准备开始他的“大力倒海掌”。他看看四周，发现旁边有一个舂米的石臼，足足四五百斤！他走向石臼，看到石臼里有点水，便向着众人说：“诸位，这石臼里有水，不能舂米，让我来把水倒了吧！”说完，抱起石臼，翻转过来，将水倒在地上，然后又轻轻地把石臼放在原处，朝众人笑笑说：“水已经倒干净了，可以舂米了！”刚才气势汹汹走上来的卒帅立即向他施礼：“属下愿听石指挥号令！”场上其他九百九十九人一齐说道：“属下愿听石指挥号令！”钱江、刘元合发出了赞许的声音，冯紫芸说：“石指挥果然有两下子！”石浩然也就不客气地发布号令：“众位听令！今日训练照常！”众人齐声应道：“遵命！”驻扎在巡检司衙署的三百人到巡检司演武场训练，驻扎在粮库的七百人即在粮库晒谷场上训练。

钱江高兴地说：“浩然很有点指挥的样子！是个人才！”刘元合拍着石浩然肩膀说：“师弟，确实有点样子！”冯紫芸笑着说：“石指挥没有让三水人丢脸！”石浩然一听三个人的夸奖都是冲着自己来的，反而觉得不好意思，他谦虚地说："属下今后还要军师多多指教！浩然今后还需师兄、冯姐姐多多提醒！"

钱江看着三个年轻人，觉得他们成长得很快，心里还是挺高兴的，考虑到此后任务的繁重，他对刘元合说："元合，今天我们扩大勘察范围，你要负责记录重要内容，必要时还应画出地图。"刘元合说："属下遵命！"四人出发，仍然是坐船，首先到达凤尾洲。由凤尾洲上河堤，向东走去。走着走着，突然发现对面一条河汇入后河，那条河是从东北方向汇入的，而后河在此处也由东西走向转成南北走向，两河相交，形成一个三角地带。刘元合招来一个村民，一打听，原来他们所在的地方就是小曹村，小曹村东北隔河为陶咀村，西北方隔河为水口村，对面汇入的那条河是牛屯河。钱江指着牛屯河对刘元合说："将来要在牛屯河上设一道可以活动的拦河铁锁，派五人值守；另在小曹村驻军二十人，扼守这一交通要道。"刘元合将钱江的话记了下来，并画上牛屯河与后河"丁"字形交汇图，标明设拦河铁锁的地点。

经过白山村，钱江要刘元合记上"此处驻扎十人"的话。最后，来到三汊河村，这是后河汇入运漕河的地方。由于长时间的泥沙淤积，在后河与运漕河的交汇处形成了一个三角形小洲，小洲每边长不足一里，洲上长满荒草，无人居住。洲虽小，却居于后河进入运漕河的要冲。刘元合指着小洲说："军师，这小洲可驻守五十人，再配备十条战船，为未来的运粮船引航、护航。"钱江说："那就记下来吧。不过，军师卫队可以驻三汊河村，在洲上设一座瞭望哨，昼夜派人值守。"中午在三汊河村讨了一些开水，四人吃了一点干粮，刘元合从包里拿出运漕糕点，分给大家。吃完午饭，沿着河堤西进，一个时辰便回到了运漕镇。

行过大码头，又见御赐石碑"漕川古渡"，顿生思古幽情。钱江看看天色尚早，便说："运漕古属吴头楚尾之地，原来不过是运漕河上的许多小洲，因小洲上秋蓼盛开，而得名'蓼花洲'。后来河道缩减，众多小洲渐渐成为一块彼此相连的陆地。由于地处巢湖到长江的航道中段，梁武帝曾派人在此修筑防御工事，'以捍运漕'，也就是说保护运粮航道的畅通，后人即以'运漕'二字命名此地。唐朝刘禹锡被贬和州刺史时，应张籍之邀，来运漕品尝美酒。刘禹锡看到街头、码头的热闹场景，欣然写下《堤上行》一诗。"这些掌故对冯紫芸、石浩然二人来说，可谓闻所未闻，他们两人静静地听着钱江的说古道今。刘元合多少知道一点，他说："听说张籍也是和州人。军师，那《堤上行》一诗，属下还真的没有读过。”钱江略一思索，便吟道：

酒旗相望大堤头，堤下连樯堤上楼。

日暮行人争渡急，桨声幽轧满中流。

三个年轻人都佩服军师的博闻强识，钱江又问：“你们到运漕来，看到最多的古迹是什么？”刘元合说：“牌坊。属下听说运漕牌坊大大小小有十来座，什么样的都有。有什么翰林坊、贞节坊、孝子坊、烈女坊等等，其中最有名的就是小北门的翰林坊了！”钱江说：“走，我们去看看。”

来到小北门，果然有一处牌坊群，大小牌坊共八座，其中最考究的果然是翰林坊。牌坊为出自江西鄱阳湖的白矾石砌成，牌坊之上，刻有灵气十足的狮子抢球，两只高约三尺的狮子四蹄腾空，双目圆睁，眈眈相向，尽显威严。牌坊主人原为皇族幕僚，功勋卓著，皇帝赐建牌坊，以资褒奖。钱江深有感慨地说：“一个幕僚能做到这个高度，也该心满意足了！”

走出小北门，钱江并未转回大北门，看样子是不想立刻回到巡检司衙署，但到底要去哪里，他们三人也不清楚，只是跟着钱江向前走去。钱江说：“时间还早，我们去看两个人吧！”“看两个人？”“是的，跟我走！”然而，三个年轻人发现钱江一不进街市，二不到村庄，而是走到运漕镇东北方约两里路远的一处坟场。

“军师到底要看哪两个人？看人为什么要到坟场来？”三人正在疑惑间，钱江说道：“据侯裕田说，这一带基本上是野坟。运漕镇商家富户捐资修建的坟场，主要收葬那些客死在外、无人收尸的人，当然，也收葬一些本地家中无后的孤寡老人。为了超度这些游魂孤鬼早日投生，还修建了一座七层白骨塔，每逢清明冬至，烧纸焚香。看，就是那座塔！”几个人顺着钱江手指的方向望去，一座灰砖砌成的塔矗立在荒郊野外，塔的周围，大大小小、高高低低尽是坟墓，有些坟墓看上去还比较新，也有几座相对豪华一点的坟墓。钱江接着说：“前一段时间，上万名天国将士来运漕取粮，不想遭到顽强抵抗，当时战况非常惨烈，我方阵亡将士三百八十多人，敌方也有一百五十多人阵亡。翼王本想安葬了这些人，但时间紧迫，只好遗书李鸿章，委托他代为收葬。李鸿章倒也是个讲仁义的人，就将双方阵亡将士、职员全部安葬于此，其中也有一些运漕本地人，他们家有妻儿老小，李鸿章仍然将他们都葬在此处，主要是便于春秋祭祀。这些人中，就有我们要拜访的两位。”刘元合恍然大悟，拍着脑门说：“属下明白了，那两位一定是麦巡检和罗粮台了！”

说着说着，已经来到坟场。时已深秋，傍晚时分，残阳如血，秋风萧瑟，风中衰草直立，坟场一片寂静。放眼望去，整个坟场似乎空无一人。继续向前走，突然，一个身影出现在塔旁一座较大的坟前，那身影似乎穿着蓝色上衣，看见有人来，左闪右闪，闪到塔后，就不见了踪影。钱江也没在意，他们也来到了那座较大的坟前，那是麦巡检的坟，旁边便是罗粮台的坟。

众人看罗粮台坟前的祭品早已被打翻在地，一片狼藉；而麦巡检坟前的祭品十分新鲜，像是刚刚摆上去的，几炷香还未燃尽。钱江说：“一定是刚才那个身影来祭奠麦巡检的！可是，麦巡检是广东三水人，在运漕并无亲人，手下所有士兵都全部战死了，谁会来此祭祀他呢？”石浩然问：“麦巡检也是三水人？”冯紫芸说：“我听师父说，他是三水芦苞人，三年前来运漕巡检司做巡检。”钱江说：“麦巡检与翼王还有一段交情呢。翼王说，他临死前还托翼王带一封亲笔信给他的女儿。”四个人惊奇地发现，麦巡检的坟前有两块石碑，一块是李鸿章立的墓碑，另一块是谁立的呢？钱江说：“另一块碑是翼王立的。”众人看了碑文，果然是翼王立的。上面刻着翼王写的一篇祭文，与其说是一篇祭文，还不如说是一篇故事，讲述两人相交的故事。读罢碑文，四个人百感交集！

冯紫芸说：“翼王根本不想置麦巡检于死地，他让麦巡检带着疗伤的药逃走，但麦巡检执意要自杀。”刘元合说：“原来麦巡检是用他自己的绝学‘五枚百叶拳’打死自己的！”钱江说：“麦巡检刚烈而死，这正是他令人敬佩之处，所以翼王才写了这篇祭文来祭奠他！”钱江说完，恭恭敬敬地向着坟墓拜了几拜，三个年轻人也拜了几拜，随后，又向所有战死的双方将士深深三鞠躬！众人做完了这一切，才离开坟场，向镇上走去。

不一会儿，刘元合对石浩然说：“师弟，后面有人尾随，我和冯姑娘保护军师先走，你注意来人的行踪！”石浩然会意，寻了个机会，故意落在后面，然后拐了几个弯，绕到了来人的身后。来人似乎并未觉察身后有人，只是一味地跟紧钱江、刘元合、冯紫芸，直至看到他们走进巡检司衙署，才逡巡而退。石浩然不敢放松，仍然紧紧盯着来人，只见来人在街上转了几个圈，最后又来到紧邻巡检司衙署的长安客栈，住进了二楼的一个房间，便再没有出来。

石浩然立即向刘元合报告了来人的情况，刘元合说：“晚上要加强戒备，从二更天到四更天，我们三人每人值守一更时间。冯姑娘值守二更，师弟守三更，我值守四更。”钱江说：“来人可能是冲着我们来的，也许是麦巡检生前亲朋好友！”石浩然想了一会，说道：“该不会是麦巡检的女儿来这里寻她的父亲吧？”刘元合笑着说：“师弟真的希望来人就是麦巡检的女儿！”石浩然一本正经地说：“她确实是个女的，而且年龄不大。”钱江说：“好了，不管是谁，都不能掉以轻心。来人的意图现在还很难判断，谁知道她不是看中了我们这里的两百万两银子？俗话说，来者不善，善者不来。做好戒备是最主要的。”刘元合神秘一笑，说道：“师弟，三更时分留给你，你去会一会麦巡检的女儿吧！”

来人确实就是麦巡检的女儿麦靖芰。她听说太平军占领了运漕镇，便知道父亲肯定是凶多吉少，因为父亲的秉性她是知道的。后来，很长时间没有父亲的音讯，便执意从三水芦苞跑到运漕镇，寻找父亲。来到运漕镇后，一打听，父亲果然以身殉国了！幸得好心人指引父亲坟墓所在地，她便买了一些祭品，香烛纸马，祭奠父亲。

来到父亲墓前，看了石达开写的祭文，所述父亲死因与镇上人们所传的不一样，从祭文内容看，石达开似乎就是曾经与父亲比过武的那位“侠义青年”。她本来是要手刃杀害父亲的仇敌的，但祭文所述的情形让她一下子没有了主张。且不说石达开是不是当年的“侠义青年”，仅就祭文来看，情真意切，字字饱含痛惜，根本不像要置父亲于死地。她悲啼了一场，正准备回到镇上先安顿下来再说，却见四个人向墓地走来，她急忙闪到塔后躲藏起来，看看那四个人到底要做些什么。

四个人对自己的父亲十分了解，也十分钦佩，其中那个女的无论是说话的声音还是走路的姿势都很像师姐冯紫芸，更为令人惊奇的是她居然也是“自梳女”打扮！“难道她真的是师姐吗？”她携着宝剑，决定跟踪四人看个究竟。于是，选中紧邻巡检司衙署的长安客栈住下，待到夜深人静之时，潜入巡检司衙署一探底细。

二更天时，她看到厅堂里有一个少女在值班，虽然相貌不容易看清楚，但那身段、步态实在是太像师姐冯紫芸了！三更天的时候，厅堂里仍旧灯火通明，只是值班的换成了一个愣头青的小伙子。那小伙子看上去生得风流潇洒，站在那里犹如玉树临风。只见他缓缓抽出宝剑，并将宝剑放在书案上，宝剑闪着刺人的光芒。麦靖芰看那宝剑与自己的宝剑样子差不多，甚至剑鞘的颜色也都一样，这一点又令她感到奇怪！夜深了，人静了，巡检司衙署除了门口有两个士兵站岗外，再无人出入，于是，麦靖芰用黑纱巾裹住头脸，只露出两只眼睛，从天井瓦檐一跃而下，直冲厅堂！

石浩然正在厅堂值班，突然看见一个蓝衣人从天井跃进来，径直冲向自己，便顺手拿起书案上的宝剑，与之格斗起来。本来，他认为对方身材娇小，自己三下五除二便可将其制服，却万万没有料到对方武功不俗，不好对付。两人你来我往，打了十几个回合，也没有分出胜负！石浩然不禁焦躁起来，但又不好意思惊动师兄、冯姑娘。他在心里盘算着如何揭下对方的面纱。想着想着，他宝剑架住对方的宝剑，瞅了一个空，一下子揭去了裹在脸上的黑纱巾，不禁呆住了！来人竟然是一位长相极为清秀可人的少女！就在他愣神的一瞬间，随着一声“流氓”，剑早已划向他的手臂，他一转身，衣袖被划开了一个大口子！“好悬！”石浩然惊叫一声，这一声惊动了入睡不久的冯紫芸，她连忙走出来，看见石浩然正在与一个少女打斗，再仔细一看，那少女正是自己师妹麦靖芰！

“师妹，原来是你！”冯紫芸喊道。“师姐，果然是你！”麦靖芰回应道。听到冯紫芸叫自己“师妹”，麦靖芰便收起了剑，对石浩然说：“你这个混蛋，我师姐在这里，暂时不跟你打！”就在这时，刘元合也出来了，石浩然指着刘元合说：“你这个丫头，我师兄在这里，我暂时也不跟你打了！”

天下竟有这般巧合的事情，师兄弟碰到了师姐妹！冯紫芸对石浩然说：“石指挥，我师妹不是打不赢你，她是看着我的面子，饶了你的！”刘元合终于明白了，他也笑着说：“这位姑娘，我师弟不是打不赢你，他是看了我的面子，放过你的！”四人不禁都笑起来了！

钱江早见着这一幕了，他高兴地说：“哎呀，原来都是一家人！这位姑娘芳名想必就叫麦靖芰了！”麦靖芰一愣：“你怎么知道我的名字的？”

钱江说：“我能掐会算。麦姑娘晚饭还没有吃吧？浩然，去厨房拿一点东西来给麦姑娘充饥。”麦靖芰说：“你怎么知道我没吃晚饭的？”石浩然说：“我看见麦姑娘进了房间后，就一直没有出来。”麦靖芰说：“原来你一直在跟踪我！”钱江一脸无辜地说：“没有办法，谁叫麦姑娘一直跟踪我们的呢？”麦靖芰不说话了。很快，石浩然端出了几个菜、两碗饭，让麦靖芰吃。麦靖芰说：“刚才不是有点饿，早就打赢你了！”石浩然笑着说：“那就等麦姑娘吃饱了，我们接着打！”众人也都笑了起来。

吃罢饭，麦靖芰问：“师姐，你是不是投靠长毛了？师父呢？”冯紫芸说：“师父在翼王那儿。”麦靖芰吃了一惊，问：“师父也投靠了石达开？是他，杀死了我的父亲！我正要找他报仇呢！”钱江说：“麦姑娘，翼王当时确实打了你父亲一掌，但不是致命的，是在两军阵前，让你父亲对职守有个交代。后来，翼王让你父亲逃走，并送给你父亲疗伤药，但麦巡检性格刚烈，执意……”麦靖芠问：“你是谁？也帮那个石达开说话？”冯紫芸说：“忘了介绍了，这位是我们的军师！”麦靖芠瞥了一眼冯紫芸，说道：“原来是一伙的，难怪帮石达开说话，看来，也不是什么好人！”钱江说：“你父亲临终前托翼王捎一封信给你！麦姑娘，你想想，如果翼王真是麦巡检的仇敌，麦巡检还会托他捎信给你吗？”麦靖芠不说话了，她真的搞不清楚石达开到底是一个什么样的人。冯紫芸又说：“师妹，你想想，我们师父是什么样的人。如果翼王真是一个坏人，师父会帮助翼王吗？”

麦靖芠犯迷糊了，如果石达开真的是一个坏人，那师父会投靠他吗？父亲会托他捎信给我吗？能够同时得到师父和父亲高度信任的人，绝对不是坏人！如果石达开不是一个坏人，那他为什么要带着人马来运漕抢粮食？难道他不知道粮食就是父亲的命根子吗？军师的解释有道理吗？石达开到底是一个真君子，还是一个伪君子？父亲信中又说了一些什么？麦靖芠百思不得其解。但此时，报仇的欲望也没有那么强烈了。人们都说长毛是匪，杀人不眨眼，可是眼前的几个人待人都很友善，并没有为难自己。自己还是先观察几天再说吧！

麦靖芠沉默了好一会，钱江看到真的夜静更深了，明天还要继续勘察杨柳圩的地形地势，便说道：“大家都休息吧！麦姑娘晚上先跟你的师姐凑合住一晚吧。浩然，明天收拾一间房，安排麦姑娘。”石浩然应了一声，众人各自散去，回到自己房间。

次日早饭，钱江特意叫刘元合去买了几样早点。吃罢早饭，钱江问：“你们谁留下来陪麦姑娘在运漕镇上转转？”没有人应声。最应该陪的当然是冯紫芸了，但冯紫芸很想与刘元合在一起，尽管一直保持着“非礼勿行”的规矩；不过，抵着师妹的面，又不能直接说让石浩然去陪，因为那样，会伤了师妹的心！最想陪的是石浩然。自从昨晚揭下麦靖芠罩在脸上的黑纱巾起，他心里真的就喜欢上了这个小女孩，所以，今天起得很早，在吃饭前就将房间收拾好，准备到时候给麦靖芠一个惊喜。不过，他不好意思自己提出来。而刘元合呢？他知道冯紫芸和石浩然两个人的心思，但此事不由他拍板！钱江心里很明白四个年轻人的想法，但就是不说，也不明确要求谁留下来。这样，大家沉默了。石浩然忽然说：“军师决定吧！属下先带麦姑娘去看看刚收拾好的房间。”钱江、刘元合、冯紫芸都笑了，钱江说："元合、冯姑娘，我们走，让他们去看房间吧！"石浩然故意说："军师，您还没有决定谁留下来呢！"刘元合、冯紫芸说："军师已经决定了！我们走了！"说完，护着钱江出了巡检司衙署。

看完房间，石浩然说："咦，怎么人都走啦？"麦靖芠笑着说："就你那点小聪明，谁还看不出来？"石浩然故意问道："麦姑娘，大家看出我什么了？我怎么不明白？"麦靖芠不理睬石浩然，径自向门外走去，石浩然连忙紧跟在后面。麦靖芠说："本姑娘自己认得路，不用你陪！"石浩然说："求求你，让我陪吧！否则，麦姑娘有个什么不测，我石浩然十个脑袋也不够你师姐砍的！"说完，用手做出砍头状，随麦靖芠走出衙署。

出了衙署，石浩然走在前面，带着麦靖芠沿着河堤向西。走了不过半里路，见河面上停满了疍户的渔船，石浩然说："这些渔船好像河口北江上的渔船。"麦靖芠却说："像芦苞北江上的渔船。"石浩然本想争辩，但考虑到对方是女孩子，还是让一让吧，便不吱声了。麦靖芠见石浩然不吱声，以为石浩然认同了她的说法，但转念一想，自己说的并不准确，因为这条河是从西流向东的，而北江在芦苞那里明显是从北向南流的。于是，她似乎是自言自语："好像也不对。这条河是从西向东流的，而芦苞那一段北江是从北向南流的！"石浩然逮住了机会，忙说："我说它们更像河口那里北江上的船！"麦靖芠说："河口那里，北江、西江两条大江交汇，还有不少江心洲、江心岛，也不像！要我说，最像一个地方。"石浩然问："什么地方？"麦靖芠说："你想想；想不起来，等一会我再告诉你！"

第十三回

麦靖芠偷听纯情语 冯紫芸暗窥挚爱心

石浩然努力地回忆着，半晌才憋出了一句话："我从小跟师父在全国各地到处跑，好像很难想起来到底哪里更像这里。"麦靖芠呛了一口石浩然："谁让你想那么远的地方了？你往近处想一想。"石浩然懵了："近处？近处不就是和州城吗？和州城虽然也有得胜河从旁边流过，但无论是水势还是河宽，都远远比不上这里。再说了，她麦靖芠也没有到过和州城。"石浩然一时真的想不起来。麦靖芠见石浩然确实是想不起来，而不是在装模作样，看着石浩然双眉紧皱的可怜相，她充满同情地说："看来你是真想不起来了。我告诉你吧，那地方就是三水县西南街！""三水西南街？"石浩然惊讶地问。麦靖芠点点头，微笑着说："是的，你在三水西南街北江大堤上一站，然后向北江里一望，就能看见这种景象！以前，父亲和师父经常带我到西南街上买东西，我的感受可真切了！"说着，脸上洋溢着幸福的回忆。是啊，麦靖芠小时候虽然家住芦苞，但父亲经常带她到西南街，而每次去西南街，都要站在北江大堤向江面眺望，观赏北江美景。后来，她跟着师父也是往来于珠江、西江、北江、东平河等几条大江大河之间，西南街总是"红船"必定停靠的地方。宽阔的江面、湍急的江水、常年葱翠的江心洲老沙岛、泊在北江大堤边的疍户小船，还有卓立在大堤迎水坡面上的疍户吊脚寮，这一切，麦靖芠是再熟悉不过的，也是她终生难忘的！

麦靖芠熟悉，并不代表石浩然也熟悉。其实，西南街在石浩然的头脑里已经几乎没有痕迹了，一来他很少去西南街，他最常去的是县城河口镇；二来他已有差不多十年时间没有回到三水了！三水在他的记忆中只留下了西江、北江、昆都山、五显庙、文峰塔、思贤滘，还有就是烙在他的内心深处、永远不会忘却的琴沙岛！

在一个人的内心深处，总会有一些人、一些事、一些物件久久地留在那里，相伴终生。

琴沙岛就是藏在石浩然内心深处、将会与他终生相伴的那个“物件”！从六岁起至离开三水的那三年时间内，石浩然先后十数次登上琴沙岛。好奇心重的叔叔划着船，带上好奇心同样重的石浩然，从江根出发，离开昆都山、五显庙，穿过窄窄的思贤滘，便由北江进入了西江，水面一下子变得开阔起来；叔叔常常是将船头朝向西北方，向前行过不足两里，找个地方停好船，便弃船上岛。

踩着细软的白沙，向前走了十几丈远，地势陡然升高，叔叔拉着小浩然攀上了一条长埂，眼前便是一大片香蕉地，香蕉树宽大的叶子很自然地舒展着，又十分潇洒地垂拱着。极目望去，一行行，一列列，整整齐齐，纵横有致。每当阵风过处，蕉叶便沙沙作响，很有韵致。走出香蕉地，沿着麻石台阶，来到一块高地，数百棵龙眼树悠闲地生长着，枝叶繁密，郁郁葱葱。龙眼树林的远处，几间房屋在招引着石浩然，因为自登岛起，他已经走了五六里路了，他现在很想到岛上人家讨口水喝。慢慢地，龙眼树林越来越稀疏了，石浩然知道，村庄到了。

石浩然心里清楚，眼前的这个村庄就是名闻三水、四会、高要三县乃至广州、肇庆两府的“琴沙村”！整条村依着岛的走势，房屋自西北至东南一字排开，约有三十户人家。村子中间是祠堂，祠堂门前一棵老榕树茎干虬曲、枝繁叶茂，万千条触须从榕树横伸出去的枝干上垂挂下来，形成一道道须帘。榕树旁边不远处有一口池塘，池塘四周塘埂尽为麻石铺砌，宽阔而平整。池塘往南顺着斜坡，走不到二十丈，即为一片长条状的甘蔗田，这一片甘蔗田宽不足二十丈，但却绵延了三四里，算起来至少一百五十亩。钻出甘蔗田，是紧挨着甘蔗田的一长串大大小小连在一起的池塘，基本上是傍着甘蔗田，同样绵延三四里，只不过池塘比较宽，每口池塘足有五十丈宽，这样算下来，水面竟有三百六十多亩！池塘一边是甘蔗田，另一边又是一片龙眼树林，仿佛一道长达四五里的篱笆墙，紧紧地护卫着池塘。石浩然还知道，龙眼树林的外面就是一条陡坡，陡坡下面是一块长约五里、宽四五十丈的沙滩，沙粒又细又白，赤脚走在上面十分舒服。每次，叔叔总是绕着靠近思贤滘的这半个岛走一圈，从来不涉足靠近青歧圩的那半个岛，石浩然也没有问为什么，因为即使走完这半个岛，前前后后也足足转了十二三里的路了，小小年纪的他再也不想去探索那半个岛的奥秘了！

对石浩然来说，琴沙岛的奥秘还远远不止剩下的那半个岛，还有很多很多，甚至为什么被称为“琴沙岛”也是石浩然多年来一直想探究的。听叔叔讲过，很早以前，包青天包大人做端州知府时，有一次乘船巡视西江，不小心把自己随身携带的一架古琴掉落江中，当包大人准备派人打捞时，古琴却化作一座长约十里、中间宽约两里、两头宽约一里的江心洲，后人便称之为“琴沙岛”。然而，对这种说法，石浩然一直心存疑问，但又找不到“琴沙岛”得名的其他原因，只好姑妄信之。也正因如此，“琴沙岛”三个字一直埋藏在他的内心深处，时而又浮现到他的脑海里。今天听麦靖芠说起三水的地理风物，他又不自觉地想起了琴沙岛。

麦靖芠喋喋不休地讲了半个时辰，石浩然只是含糊地应答着。麦靖芠终于看出石浩然的心不在焉，很是生气，说道：“石浩然，你在想什么呢？总是对人家不冷不热的！嫌我啰唆，我自己走，不用你陪！”石浩然猛然从回忆中走了出来，突然发现麦靖芠真的生气了，一个劲地赔礼道歉。看着石浩然态度诚恳、委曲求全、赔尽小心的样子，麦靖芠得意地笑了，同时，也原谅了石浩然。

一晃五六天过去了，石浩然陪着麦靖芠走遍了运漕镇的大街小巷，带着麦靖芠游遍了运漕镇的名胜古迹，请麦靖芠遍尝运漕美食佳肴，还教给麦靖芠整训士卒、排兵布阵的方法，哄得麦靖芠特别开心，让麦靖芠渐渐忘记了自己来运漕镇的目的。年轻人总是这样，几天相处，感情急剧升温，很快，两人出双入对，俨然一对小情侣，钱江、刘元合、冯紫芸看在眼里，喜在心里。

第六天吃晚饭时，钱江告诉两对青年男女一个消息，令他们顿时心思各异、想法迥别。钱江打开折叠纸扇，慢悠悠地说：“元合、浩然、冯姑娘、麦姑娘，明天上午，翼王、张女侠将抵达运漕。”真是一石激起千层浪，四个年轻人立即显出不同的神色。刘元合泰然自若，冯紫芸有些紧张，石浩然异常兴奋，而麦靖芠表情有点复杂，钱江看了四人的表情，心里有数了。饭后，巡视了“军师卫队”，聊了一会天，便各自回房休息了。

钱江睡不着，他有点担心明天麦靖芠会做出过激的事情，于是，来到石浩然的房间，叫出石浩然，一起向河堤走去。石浩然虽然不知道钱江喊他出去的具体原因，但猜得出肯定与明天翼王、张女侠来运漕的事情有关，于是，问道：“军师，有什么吩咐，属下一定照办！”钱江说道：“浩然，吃饭的时候你有没有注意到麦姑娘脸色的变化？”石浩然懵了，军师为什么会问这样的问题呢？难道是怀疑我与麦姑娘之间有什么苟且之事吗？转念一想，军师不是那样的人，他很支持我和麦姑娘交往，不会疑神疑鬼的。想到这里，内心坦然多了，说道：“军师，属下注意到了，在军师说翼王、张女侠明天要来运漕之后，麦姑娘脸上的表情很复杂，有点兴奋，有点怨恨，还有点矛盾。”钱江心里暗暗赞许石浩然观察能力之强，问道：“浩然，麦姑娘为什么会有这样的表现呢？”石浩然想了一想，心里其实知道肯定与翼王、张女侠有关，但不是很清楚，于是说道：“军师，属下不知。”钱江摇着纸扇说道：“浩然，麦姑娘兴奋是因为明天能见到师父；怨恨是翼王也要来，而她内心还是认为翼王是杀死她父亲的凶手；怨恨，恰恰反映了她想为父报仇；但又矛盾，翼王是她父亲、她师父都信得过并且很敬佩的人，在她心里，肯定不是坏人。所以，明天大家见面时，麦姑娘可能会有过激的行为。”石浩然心里所想的也正好是这些，但自己就是说不清，经钱江这么一说，他立刻明白了自己该怎么做。石浩然捏一捏剑柄，坚定地说：“军师放心，属下明天不离翼王寸步！不过，麦姑娘决不会置翼王于死地的，即使泄愤，也只不过点到为止。”钱江十分赞赏石浩然的忠诚与聪明，说道：“浩然，翼王明天就交给你了！正如你所说，麦姑娘不是一个不明事理的人，你小心在意就是了，也不必如临大敌。”石浩然说：“属下明白！”随后，一起回到巡检司衙署。

石浩然正准备睡下，又听到几声敲门声，石浩然想：今晚真是奇怪了！开门一看，原来是麦靖芠。石浩然忙问什么事，麦靖芠说：“睡不着，很烦！能陪我出去聊聊吗？”石浩然立即明白麦靖芠所烦何事，心想：也好趁机劝一劝麦靖芠，让她明白翼王不是杀害她父亲的凶手。两人走出巡检司衙署，沿着河堤一直向东。走到三元观进入东河街的巷口处，麦靖芠站立不动，石浩然也陪着她站着。良久，麦靖芠哽咽着说：“父亲就是在这里被石达开杀害的！”石浩然说：“麦姑娘，翼王绝对不会杀死麦巡检的！当时的实际情形，军师、我师兄、你师姐早已说过了，翼王让麦巡检拿着疗伤药逃命，但麦巡检坚持要自杀殉职。这事，真的不能怪翼王！”麦靖芰哼了一声：“假仁假义！他石达开知道我父亲把粮食看得比自己生命还重，为什么还要带人来抢走粮食？”石浩然说：“男子汉大丈夫各为其主，前朝都有很多这样的大英雄，他们所做的事情，完全是忠于自己的君主、忠于自己的职守，即使在两军阵上拼个你死我活，也丝毫不影响他们成为彼此神交的朋友，甚至知己！诸葛亮、周瑜，不就是代表吗？正因为这样，麦巡检在临终前，才把信交给翼王，其实，在他心中，翼王是真正值得信赖的朋友！”这样的话，麦靖芰已经听了好几遍，她心中很矛盾，她觉得如果不对石达开做点什么，好像对不起父亲，但真的要对石达开下手，又确实不想置他于死地。麦靖芰不说话了，石浩然继续说道：“麦姑娘，你认真想一想，张女侠是何等人物，连她都主动帮翼王做事，可见翼王绝对不是一个坏人！”麦靖芰知道，师父不轻易与别人打交道，更不会主动为某人做事，可见，石达开确实是一个好人。然而，“好人”就可以杀人吗？因为他是“好人”，我就不报仇了吗？想到这里，她似乎斩钉截铁地说：“好人就可以杀人吗？因为他是好人，我就不报仇了吗？”石浩然也不客气地说：“麦姑娘，你让我说你什么好呢？你怎么这样执拗呢？得罢手处且罢手，冤家宜解不宜结！”麦靖芰也不客气了，她提高了嗓门：“石浩然，你别站着说话不腰疼，如果石达开杀死的是你的父亲，你还能说出这样的话吗？”“是啊，如果我自己的父亲死在翼王手里，我还能说得这么轻松吗？”石浩然反问自己。至此，他已经知道，麦靖芰肯定是要对翼王动手的了，自己只能尽力去保护翼王，不过，他也相信，即使麦靖芰用尽全身的力气，翼王凭借他的内功，也能挡过去！两人之间越谈越不投机，只好各怀心腹事，向巡检司衙署走去。

两人刚到巡检司衙署门口，就见刘元合、冯紫芸正沿着河堤向西走去，边走边谈论着什么。石浩然、麦靖芰侧耳细听，只听刘元合说：“紫芸妹妹，浩然师弟、麦姑娘还没有回来，军师没有人保卫，万一出了什么事，那如何交代？”冯紫芸说：“我的状元郎君，巡检司里不是还有卫队队员站岗吗？再说了，我们快去快回，哪有那么巧的事情，军师的安全会出问题？”麦靖芰小声地问石浩然：“刚才我师姐称你师兄什么来着？怎么听起来怪怪的！”石浩然听到了“郎君”二字，但真的不想打扰师兄和冯姑娘，于是随便应付了麦靖芰一句：“没有什么，不要管别人的事，保卫军师要紧。走吧！”麦靖芰说：“不，我想听听他们说些什么。你先进去保卫你的军师吧！”说完，头也不回，悄悄地跟在刘元合、冯紫芸身后，石浩然赶紧回到衙署里，打起精神，守护着衙署大院。

河堤上，刘元合、冯紫芸一直向西走去，麦靖芝蹑手蹑脚地跟在后面。走着走着，冯紫芸突然停了下来，站在那里，刘元合也跟着停住了脚步。冯紫芸问："状元郎君，我问你，假如师父要带我走，怎么办？"听得出来，语气急切，内心焦急。刘元合安抚地说道："紫芸妹妹，你师父既然和翼王一起来，带走的肯定是浩然师弟和麦姑娘。翼王知道，军师需要我们两人留在运漕，修建粮库和秘密宝库，即使你师父要带你走，翼王也会劝阻的。别担心！我还以为你有什么重要的话跟我说，原来是这样的！回去吧，早点休息，明天打起精神见你师父！"好一会没有声音，麦靖芝正准备撤回，突然又听见师姐说了一句令她无比震惊的话："状元郎君，我今晚就想和你生米做成熟饭！免得将来夜长梦多！"同样震惊的还有刘元合，他惊讶地说："紫芸妹妹，你怎么能这样想？难道你想把我俩都逼上死路吗？"冯紫芸说："我估计师父最终不会同意我们两人的事，我不图天长地久，只图曾经拥有！能和状元郎君死在一起，我就是幸福的！"说完，一转身，扑向刘元合怀抱，刘元合没有拒绝，而是紧紧抱住她。冯紫芸喘着气说："我的状元郎君，摸摸我，我很幸福！"刘元合两手摩挲着冯紫芸的肩、背、腰、臀，冯紫芸幸福地轻声呻吟着。麦靖芝只觉得自己脸上发烫，手心出汗，眼前不断地飘过石浩然的身影！好久好久，只听刘元合说："行了，紫芸妹妹，我们还是克制一下，等到新婚之夜吧！我相信，你师父最终会同意我们的！"说完，两人恋恋不舍地松开手，肩并肩地继续往前走。冯紫芸说："你就这么自信？"刘元合说："当然啦！你想想，你师父能主动去安庆帮翼王办事，又同意你留下来协助我，这不表明她的态度已经松动了吗？"冯紫芸猛然回忆起师父曾经帮翼王擦汗的一幕，回忆起师父直至大半夜都无法入眠的一幕，感觉师父对翼王动了情；既然师父都能对翼王动情，我为什么就不能和状元郎君在一起呢？既然现在师父对翼王产生了好感，那就没有理由阻止我与状元郎君的结合！想到这里，冯紫芸似乎对未来有了一点信心，于是，一把拉过刘元合的手，说道："我信你！状元郎君，我们回去吧！"话语中充满了快乐。麦靖芝一听，迅速闪进一条小巷，一溜小跑，跑回巡检司衙署，躲进自己房间。不久，就听到刘元合、冯紫芸回来的响动，麦靖芝躺在床上，很长时间才进入梦乡！

第二天，直到午饭前，石达开、张自芳才来到运漕巡检司衙署。见到张自芳，麦靖芝一下子扑到师父的怀里哭了起来。张自芳一边抚摸着麦靖芝，一边安慰她说："孩子，人死不能复生，节哀顺变吧！从今以后，你就跟在为师身边。"说完，自己也流了几滴眼泪。张自芳拉着麦靖芠，面向石达开，说道："孩子，快见过翼王。"麦靖芠抬眼一看，惊诧不已：他就是翼王吗？应该是石浩然吧！再定睛一看，翼王身边又站着一个"翼王"，到底谁是石达开，谁是石浩然，不仔细辨别，还真的认不出来。好在她对石浩然已经是很熟悉的了，再加上师父刚才已经告诉她谁是翼王，因此，她还是很快就看出了石达开身边的"翼王"是石浩然，只是不明白石浩然为什么要站在石达开身边。

"石达开？他就是石达开？"麦靖芠突然冒出的这句话，不啻是晴天霹雳，众人一下子紧张起来了，所有的目光都投向了麦靖芠，石浩然不自觉地捏了捏剑柄！张自芳没有料到事情会发生这样的变化，便立即以严厉的口气说："什么石达开？石达开是你叫的吗？快叫翼王！"麦靖芠挣脱了张自芳的手，向旁边移了两步，右手自然地伸向背在身上的"贞靖"宝剑，说道："师父，他就是杀害我父亲的凶手，是弟子的仇人！"钱江忙说："麦姑娘，我不是已经向你讲清楚了吗？你怎么还是放不下呢？"麦靖芠说："军师，说得倒轻巧！他打了我父亲一掌，我至少要还他一剑！"此时，石达开说道："好吧！麦姑娘，如果一剑就能消解你的仇恨，那本王愿意受你一剑！"张自芳、刘元合、冯紫芸几乎异口同声地说："翼王，万万不可！"石达开笑了笑，说："没关系，冤有头债有主，本王当时确实击了麦巡检一掌，今天还他女儿一剑，也是应该的！"张自芳发火了，她说："靖芠，你这丫头怎么这样固执！"麦靖芠说："师父，真的对不起了！"言出剑随，直向石达开右侧刺去！

事情来得如此突然，好在石浩然早有准备，他左手推开石达开，右手挥动"忠靖"宝剑，准备拨开麦靖芠的"贞靖"宝剑，谁知麦靖芠这一剑速度快、力道大，两剑尚未触碰，麦靖芠的剑已经刺中了石浩然的右膀，只听"当啷"一声，"忠靖"宝剑落到了地上。一看刺中了石浩然，麦靖芠又是气愤，又是心疼，狠狠地说了一句："石浩然！"麦靖芠要拔出宝剑，被张自芳阻止了："靖芠，看你！"麦靖芠站在一旁，傻傻地看着石浩然右膀上的血顺着宝剑流下来，滴落到地上的"忠靖"宝剑上，发出铿锵的声响。"师弟！"刘元合一把扶住石浩然，张自芳直至此时，才发现被刺中的石浩然简直就是少年版的石达开！她无法想象，世界上竟有如此相像的两个人！

石达开点了石浩然的穴道，封住了向外流淌的鲜血，然后轻轻拔出刺在石浩然右膀上的剑。很快，就有人为石浩然清创、上药、包扎。石达开拍了拍石浩然的左肩，感激不尽地说：“浩然兄弟，受苦啦！”石浩然谦逊地说：“翼王千万不要这样称呼属下，属下岂能与翼王称兄道弟！”石达开拾起石浩然掉落在地上的剑，反复看了几遍，问道：“浩然，这把‘忠靖’剑怎么在你手上？”石浩然吃了一惊，忙问：“翼王怎么知道它的名字叫‘忠靖’呢？”石达开笑笑说：“它本来就是本王的！”石浩然心想：明明是师父送给自己的，翼王怎么说是他的呢？于是，说道：“翼王，这把剑是师父送给属下的！”石达开一听，知道石浩然误解了自己的意思，便连忙释疑：“浩然，是这样的。当初本王与你师父、我的惠生师兄打赌输给他的。”石浩然说道：“既是这样，那属下就代师父将这把剑归还给翼王。”石达开很认真地说：“浩然，你误会了！大丈夫一言既出驷马难追，本王怎么能向你讨要此剑呢？再说，佩在你身上，与佩在本王身上又有什么不同呢？”钱江、张自芳、刘元合都觉得石浩然与石达开真是太有缘了！

众人正在诧异石达开与石浩然的事，转眼之间，却不见了麦靖芠！张自芳要去寻找，石浩然忙说：“张女侠，还是属下去吧。”张自芳一愣，随后有点心疼地说：“浩然，你还受着伤，休息一会吧！”石浩然笑笑说：“张女侠，属下这点小伤算不了什么。虽说在翼王、张女侠面前不敢自称是习武之人，但属下还是能禁得起摔打的。张女侠请放心，属下没事！”钱江望着石浩然，深深感激地说：“浩然，辛苦你了！你的状况只有你最清楚，你把握好分寸吧。”石浩然点点头，石达开也说：“张女侠，我看还是让浩然去劝慰、安抚麦姑娘吧。他们同龄相仿的人在一起更容易说话。”说完，又对石浩然说：“找到麦姑娘时，把这封信交给她。”石浩然接过信，告辞而去。

钱江看着石浩然远去的背影，赞许地点点头，说道：“浩然真是好样的！将来又是一个刚烈之士！”石达开有点歉疚，说道：“看了军师的信，我还不太相信世界上居然有和我长得一模一样的人，看到浩然，方才相信我和浩然之间还真有缘分！只是初次见面，他就替我挡了一剑！我也没有想到，我们竟会以这种方式相识！”说完，擦拭留在“忠靖”宝剑上的血迹。张自芳也拿过麦靖芠留下的“贞靖”宝剑，擦尽了上面的鲜血，说道：“靖芠这丫头也太固执了，让浩然吃了这么大的亏！”钱江却有着不同的说法：“这正是她令人敬佩的地方！将来也是一个贞烈女子！”接着，看了看石达开手里的“忠靖”宝剑，又看了看张自芳手里的“贞靖”宝剑，若有所悟地说：“我明白了。‘忠靖’‘贞靖’本来应该是一对雌雄双剑！翼王，张女侠，我没说错吧！”石达开想了想，说道：“军师，此事说来话长。听说，只要这两把宝剑能够合璧，那么持剑之人就一定会结为夫妇，且为生死相依的夫妇！”张自芳也说：“军师，我也听说，一旦双剑合璧，人间必定出现一对虽不是同日而生、但却是同日而死的至爱夫妻！难道……？”钱江从两人手里取过剑来，合在一起，双剑竟然合璧了，且合璧之处无半丝缝隙！石达开惊讶，张自芳诧异，脸上不自觉地浮起了一片红云！这一切，都被冯紫芸看在眼里，她已经能确定师父对翼王动了真情！不过，冯紫芸心里认为，真正成为生死相依伴侣的不会是翼王与师父，而应该是石浩然与师妹！石达开觉得现场气氛太过尴尬，心里有点责怪钱江多嘴，于是，说道：“现在，这两把剑的真正主人是浩然和麦姑娘，那就祝福他们吧！”一句话把张自芳说得挺不好意思的，她从钱江手里取回两把剑，握在手里，说道：“先收起这两把剑，我们坐下来等浩然、靖芰回来吃饭吧。”接着，把两把剑放进房间里，又回到厅堂，与众人一起等候石浩然、麦靖芰。

再说，石浩然出了巡检司衙署，径直向东河街口走去，因为那里是麦靖芰父亲殉职之处。可是，到了东河街口，并不见麦靖芰。石浩然想了一想，立马转身从街后向白骨塔走去。来到白骨塔，果然见麦靖芰坐在她父亲的坟前，似乎还在抽泣。石浩然直接挨着麦靖芰坐下，也不说话。麦靖芰问：“还疼吗？”石浩然说：“你说呢？”麦靖芰恨恨地说：“笨蛋，傻瓜，蠢驴！你为什么要挡那一剑？”石浩然说：“因为我是笨蛋、傻瓜、蠢驴！”麦靖芰不说话了。石浩然说：“麦姑娘，你的仇也报了！大家派我来找你回去吃饭，翼王还叫我向你转交你父亲的亲笔信！”麦靖芰接过信一看封面，果然是父亲的笔迹。仔细一看，信封封口处贴有封条，封条上有运漕巡检司大印及父亲的私人印章。拆开信，看了一遍，笔迹、内容、语气，无一不是自己父亲的。看着看着，内心平静了许多。

这时，石浩然开玩笑地说：“麦姑娘，你父亲在信中怎么还提到了我？”麦靖芰有点不高兴了，说道：“你怎么能偷看我的家书？”石浩然装作无辜的样子，说：“你就坐在我身边，也没有叫我回避，我以为是要我陪你一起看呢！”麦靖芰一想，对啊，自己既没有回避他，也没有叫他回避一下，能怪人吗？但女孩子总能找到责怪男孩子的理由，她又问道：“看就看了，还胡说什么？我父亲又不认识你，怎么会提到你呢？”石浩然说：“怎么没有呢？你父亲信上要你遇到一个真心对你好又与你情投意合的男人，就早点出嫁。这不是在说我俩的事情吗？”麦靖芰又急又臊，骂道：“该死！你胡说什么？人家正在伤心，你却开这种玩笑！不理你了！”说完，侧过身去。石浩然忙说：“不说了，回去吃饭吧！不管怎样，饭还是要吃的！”左手拉起麦靖芰，拽着麦靖芰往回走。麦靖芰说：“放开，我会走，不用你拉！”两人一前一后回到巡检司衙署。

当天，麦靖芰原谅了石达开，并遵父亲遗嘱，投靠师父。在钱江主持下，石达开认石浩然为“义子”。张自芳又打算对冯紫芸告诫几句。

张自芳一直对徒弟冯紫芸存有戒心，因为冯紫芸表面上有点野，但绝不是马大哈、莽张飞，而是一个敏感、聪明的人。上午双剑合璧后，张自芳脸上发烫、处于十分失态之中，就在她一瞥冯紫芸时，发现冯紫芸突然转移了视线，原来那丫头一直在观察师父的表现！“不好，那丫头肯定看到了我的失态！”张自芳不禁自言自语起来。晚饭后，张自芳独自坐在房间，看着桌上的“忠靖”“贞靖”两把宝剑，内心犹如翻江倒海，她甚至有点后悔当初将“贞靖”宝剑赠给小徒弟麦靖芰！她轻轻地又将双剑合拢，看着合拢的双剑，心里不住地狂跳，她仿佛觉得翼王和她紧紧搂抱在一起，就像这一对合拢的双剑！几个月下来，她不可逆转地爱上了石达开，她天天享受着自己与石达开在一起的时光。此时此刻，她正在甜蜜地回忆着自己与石达开在安庆的点点滴滴，她已经完全陶醉在甜蜜的回忆中！

“笃笃笃”，沉闷的敲门声将张自芳从回忆中惊醒，她用手抹了几下脸，尽量让自己恢复常态，然后走过去打开房门。“师父！”冯紫芸高兴地叫了一声。张自芳没好气地说：“野丫头，这么晚还不睡觉，到这里来干什么？”心里埋怨弟子惊破了她的美梦。冯紫芸一脸委屈地说：“师父太偏心，今天一整天都没有理睬弟子！”张自芳松了一口气，语气和婉地说：“紫芸，为师今天只忙着化解你师妹与翼王之间的仇怨，实在抽不出时间跟你谈谈心。坐下吧，今晚我们师徒俩好好聊聊。”“谢谢师父！”冯紫芸给张自芳沏上一杯茶，也给自己倒了一杯，顺势坐在师父身边。

冯紫芸一坐下来，就看见了桌子上合拢的双剑，张自芳有点紧张，忙问：“野丫头，你在看什么呢？”冯紫芸说：“师父，弟子在想这一对雌雄双剑真的很神奇。师父，您和翼王上午说的那些话都是真的吗？”张自芳没有想到徒弟问起了“忠”“贞”二剑的传说，更没有预料到自己合拢起来的双剑给徒弟看到了，一时还真不知道如何回答徒弟的问题。沉默了一会，张自芳说："那只是传说而已，自双剑问世以来，至今还没有得到印证。"冯紫芸感到师父有点心虚，于是，乘胜追击，故意问道："雄剑是翼王的，雌剑是师父的，是不是表明翼王和师父……"话还没说完，张自芳又急又怒，粗暴地打断了徒弟的话："野丫头，胡说什么？再胡说，为师就撕烂你的嘴！你难道不知道为师'自梳女'的身份吗？再说了，翼王他也是有家有室的人。印证在谁的身上，也不会印证在为师和翼王的身上！"张自芳一着急，把心里话都说出来了，冯紫芸可得意了，她三言两语就探出了师父内心真实的想法，不过，她不敢将得意的表情流露在脸上，而是装作十分愚鲁和害怕的样子，极力赔着笑说："师父，弟子说错话了，请师父责罚弟子吧！"张自芳恨死了眼前的这个徒弟，真想狠狠揍她一顿，但又下不了手，毕竟跟了自己十几年，自己早已将她视为女儿。可能是跟在身边时间太长了，这个徒弟对师父的性格、心理了解得一清二楚，往往三两句话就能掏出师父的心里话。在这个徒弟面前，张自芳真的毫无秘密可言！张自芳并没有责骂冯紫芸，只是淡淡地说："为师不会责罚你的。双剑合璧的传说兴许会印证在你师妹靖芠和翼王义子浩然的身上，他俩真是忠贞刚烈的一对！"冯紫芸说："师父，弟子有一句话不知当说不当说？"张自芳说："想说就说，为师不会怪罪你的！"冯紫芸说："弟子总觉得双剑的传说有点怪怪的，但怎么个怪法，弟子也说不清楚。"其实，不光是冯紫芸，实际上，钱江、刘元合都觉得那个传说仿佛在暗示着持剑的人不会有什么好的结局，但冯紫芸不敢说出来。张自芳说："野丫头，不要胡思乱想的，那只是个传说而已。你和状元的工作进行得还顺利吗？"冯紫芸知道，师父肯定会问起这个问题的，她说："师父，反正弟子是协助刘状元工作的，刘状元也是听军师的，军师分配什么任务，大家就一起去完成。还好，军师还比较满意。"张自芳心想，谁问你这些的？你是真不懂，还是故意装作不懂？她本想告诫徒弟几句，但看冯紫芸不像是做了什么见不得人的事，于是淡淡地说了几句："紫芸，你太野了，这正是为师放心不下的地方！刘状元是一个不错的人，但一来你们还不成熟，二来你的身份特殊，千万不要做出让师父伤心的事！师父将要带你师妹到安庆，翼王也要带浩然回安庆，军师很快就会回到天京，运漕这些人还有这一大摊子事情就要交给刘状元和你了，你们两人务必小心在意，切不可贪图玩乐误了大事！唉！为师心里又何尝不想看到你和刘状元将来能够和和美美地生活在一起呢！只是……哎——！"张自芳不说话了，冯紫芸知道，师父其实是很看重刘元合的，只是碍于徒弟“自梳女”的身份！两人静坐着，谁也不说话。良久，张自芳又说：“什么时候为师才能不操你的心呢？——算了吧，时间也不早了，你回去休息吧，明天军师还有事情要商量。”冯紫芸站起身，把师父桌上的茶具收拾了一下，走出房间，轻轻带上房门，回到自己屋里。

冯紫芸总算放下了一颗悬了一天一夜的心，师父不会带她走了，更不会拆散她和刘元合，看来，刘元合真是一个有眼光、有原则的人，如果昨天晚上两人做了苟且之事，那后果……冯紫芸不敢再想下去了！冯紫芸觉得，她这十几年，只做对了两件事，一件是投了张自芳门下，一件是看上了刘元合并将刘元合作为自己的终身依靠！

翌日上午，在钱江的提议下，石达开、张自芳、刘元合、冯紫芸、石浩然、麦靖芠一行七人坐船前往凤尾洲，众人仔细勘察了地形地貌后，回到运漕巡检司衙署，商量如何建造秘密宝库。

张自芳想起了师兄李文茂在三水琴沙岛藏宝的方法，觉得可以一试。石达开问：“张女侠，你师兄在琴沙岛藏了多少财宝？”张自芳说：“白银近百万两。”石达开又问：“琴沙岛鱼塘面积大概有多大？水有多深？周围有没有草木遮蔽？”张自芳不知道石达开提问的用意何在，只好照实回答：“大约三百六十亩；水深有的达到四五丈，最浅的地方也有一丈多；周围有甘蔗田、龙眼树，将鱼塘遮得严严实实，从岛外根本看不到鱼塘。”说到这里，她猛然明白了石达开的用意，于是不好意思地说：“琴沙岛与凤尾洲的环境不太一样，琴沙岛可以将财宝沉入水中，凤尾洲恐怕有点困难。”石浩然补充说：“琴沙岛四周都是江水，一般人不上岛；岛上住户也很少，常年在岛上生活的不到两百人。在岛上藏一点东西，一般不会引起人的注意。”张自芳问：“浩然，你怎么知道得这么清楚？”麦靖芠回答说：“师父，石浩然家就住在琴沙岛附近。”“琴沙岛附近？”张自芳问道。石浩然回答说：“张女侠，属下家住昆都山下的江根村，有几年，叔叔经常带属下到岛上玩。”张自芳点点头，没有说话。

冯紫芸说：“刚才师父说的沉宝方法还是可以试试的，凤尾洲水塘面积恐怕也有两三百亩，水也很深。”石达开笑着说：“冯姑娘，本王没有否定你师父的话，只是考虑到将来凤尾洲要藏的财宝也许有千万两，只用‘沉’的方法，‘沉’不了那么多的财宝。”

一直不说话的钱江捏着手中的纸扇，十分肯定地说：“张女侠‘沉宝’的方法很好，只不过‘沉’法也要多样。”众人听说“沉”法也要多样，甚为不解。钱江慢慢地说：“沉一部分到水里，‘沉’一部分到土里；沉在水里的财宝是零头，供平时取用，也可以用来迷惑盗宝的人，以保护‘沉’在土里的财宝。”石达开一听，拊掌叫好，说道：“不愧是军师！”众人也一致赞叹钱江的方法令人叫绝！

石达开要回安庆了，张自芳、石浩然、麦靖芝与石达开同船到安庆；钱江也要返回天京。师兄弟、师姐妹少不了一场话衷肠的道别。这一次，张自芳并没有特别叮嘱冯紫芸。

张自芳一到安庆，李文茂派来的使者就拜见了她，并给她带来了一条绝对内幕的消息。

第十四回 聚散悲欢人生如戏 起承转合戏里人生

石达开与张自芳接见了李文茂的使者。石达开说："李大哥新近当选琼花会馆班首，可喜可贺！不知尊使前来，李大哥如何指教？"使者不敢相信，威名远播、叱咤风云的翼王原来竟是这般儒雅，简直就是一名书生，心里不由得生出敬佩之情。使者恭恭敬敬地答道："回翼王的话，我们班首正在联络广东各地天地会首领，准备几个月后起事，以此策应太平天国。目前，正需要训练一万军队、督造二百艘战船，会馆人手不够，我们班首希望张女侠能回佛山帮帮手。起事后，张女侠去留由她自己决定。"张自芳一听，原来是师兄李文茂请她回佛山练兵、造船，心里二十四个不愿意，但现在师兄是以"琼花会馆班首"的名义邀请的，如果自己不答应，那就得罪了琼花会馆所有兄弟姐妹了，自己将来如何在江湖上行走。于是，张自芳问："师兄要我什么时候回去？"使者说："回张女侠的话，回佛山的时间由您亲自决定，不过，班首最迟在明年六月起事，一旦起事，军队、战船就要到位。"张自芳一想，训练一万军队、打造二百艘战船少说也要三个月，而师兄六月就要起事，因此，必须在五月初做好一切准备工作。想到这里，张自芳说："你回去告诉师兄，我新年一过，正月内回到佛山。我一回去，立即挑选人员、投入训练；招募工匠，开始造船。请师兄事先备办各类器械，募集充足的银子。"使者得到了张自芳的允诺，十分高兴，连忙说："张女侠先料理好翼王这边的事，慢慢来，不用急。

张女侠吩咐的，在下回去即禀告班首。”此后几日，在石浩然、麦靖芠的陪同下，使者参观了安庆城、石达开军营等，对石达开治国、治军才能钦佩不已。

使者走后，石达开对张自芳说：“张女侠，你这次回佛山，事情繁多，你带上浩然和麦姑娘，他们两人做事还不错。”张自芳忙说：“翼王，你这里事情也不少。这样吧，浩然留在你身边，靖芠我带走。佛山那边事情一结束，我就带着靖芠回到安庆。”石达开看看石浩然，又看看麦靖芠，然后说：“这两个孩子，我不想让他们分开，要留全都留下，要走全都走。现在，我这里已经走上正轨了，而佛山那边正是万事开头难的时候，他们两人能帮你不少忙。带上他俩吧！”张自芳也不想让石浩然和麦靖芠两人天各一方，互相悬想，于是，对翼王表示了感谢。

石达开在随后的两个多月中，先传授给石浩然“大力倒海掌”四至六重，然后又将“大力开碑手”一至六重悉数教给了石浩然，同时，督促石浩然早晚勤加练习。短短两个月，石浩然武功几乎直追师兄刘元合了！

张自芳定下正月初八启程。初七晚上，石达开设下便宴，为张自芳饯行，石浩然、麦靖芠作陪。才饮了几杯酒，张自芳便两颊酡红，额头渗出细小的汗珠，推说“不胜酒力，想出去走走”。麦靖芠感到十分意外，因为师父饮酒虽然说不上海量，但也可以算得上是“女中豪杰”了。既然师父要出去走走，自己就不能不陪同前去。麦靖芠立即站起来，说：“师父，弟子陪您出去走走吧！”说着，就过来欲扶张自芳。张自芳摆摆手，说：“靖芠，你和浩然再仔细检视一下行装，为师一个人出去，一会就回来。”麦靖芠站在张自芳身边，不知所措。石达开对麦靖芠、石浩然说：“麦姑娘，听你师父的话，和浩然准备一下行装。”石浩然立马站起来说道：“孩儿但凭义父吩咐！”

张自芳向门外走去，石达开紧随其后，张自芳并没有拒绝。望着他俩的背影，麦靖芠说：“石浩然，你怎么像个木头人，还不赶快跟我一起出门！”石浩然忙阻止麦靖芠：“麦姑娘，张女侠肯定有什么话要对我义父说，我们不要跟着凑热闹，更不要打扰他们两位！”麦靖芠虽然也隐约感到师父与翼王之间的关系有点怪，但她不相信师父会对翼王产生感情，因为师父是“自梳女”！麦靖芠问：“你怎么说‘不要打扰’呢？”石浩然点点头，说道：“麦姑娘，你看不出吗？你忍心打扰两个苦恋的人吗？”麦靖芠瞪大了眼睛：“苦恋？石浩然，你知道自己在说什么吗？你不怕翼王惩罚你吗？”石浩然仍旧点点头，十分肯定地说：“苦恋！让他们好好地一诉衷肠吧！听你师父的话，赶快检查一下行装，看看有没有落下什么。”麦靖芝似有所悟，便不再坚持自己的主张，而是去检查行装。事实上，行装早就准备停当了，麦靖芝三下两下就检视了好几遍。麦靖芝问：“石浩然，你估计师父、翼王他们会到哪里去？”石浩然略一思索，说：“应该是江堤上的振风塔！”“振风塔？你怎么知道的？”麦靖芝问道。石浩然淡然地说：“我猜的。不过，你师父与我义父可不比你师姐与我师兄啊，你千万不要跟踪他们，否则，你会死无葬身之地的！”麦靖芝不耐烦地说：“知道了！”心里却在盘算着暗中“护卫”师父和翼王。

麦靖芝趁石浩然不注意，迅速地溜了出去，待石浩然发现并找寻她，为时已晚。麦靖芝不敢在后面跟踪师父和翼王，便按照石浩然的提醒，前往振风塔藏匿好，然后暗中窥探师父和翼王。她一溜小跑，抄近路，走小道，很快来到江堤，环顾四周，空无一人，便钻进振风塔，上到第二层，静候师父和翼王。

时逢新正，江北天气依旧寒冷，冷风尖啸，滴水成冰，振风塔二楼虽有塔墙，但窗户洞开，冰冷的水汽从江面上直接袭来，冻得人直打哆嗦。麦靖芝喜欢跟踪别人，可这一回让她吃尽了苦头。她正想放弃，却见不远处两个人正向塔边走来，她又选择了留在塔内继续蹲守，一来受好奇心的驱使，二来又怕此时贸然下去，如果迎面撞上师父和翼王，那真叫死无葬身之地了！

透过塔上窗孔，麦靖芝看到两人果然走到了塔边。“姐姐，进塔吧，里面暖和一些。”明明是翼王的声音，他叫谁“姐姐”呢？“好的，弟弟，我们就待在第一层吧，上面比较冷。”天啦，师父竟然这么深情地称翼王为“弟弟”，难怪石浩然说他俩“苦恋”那样的话！可我为什么愣是没有感觉出来呢？也许是自己不相信师父会做出这种事。师父一个“自梳女”，一方面管着徒弟，不让徒弟与别人相爱；一方面却管不住自己，自己竟与别人偷偷相恋！这样的师父！还有翼王，自己妻妾成群，却与比自己大好几岁的“自梳女”偷偷往来！难道他是一个伪君子吗？不像，几个月来，翼王给麦靖芝留下了近乎完美的形象，几乎被麦靖芝当作自己的又一个“亲爹”！为什么自己崇敬的两个长辈还会有私情？麦靖芝有点崩溃了！

一会儿，听见师父说：“弟弟，明天我就要走了。这一去不知什么时候才能回到你身边，也不知这辈子能不能回到你身边。”翼王仿佛是在安慰师父，他说：“姐姐，不要说这些不吉利的话，没有谁有本事阻止姐姐再回到安庆！我估计，不出半年，姐姐就会回来的！”麦靖芝一听，还真有点恋人告别的味道呢，她经常在琼花会馆看“公子落难，小姐赠金，依依惜别”的戏，觉得翼王和师父还真有点像戏文里的公子和小姐呢！接着，她又听到师父说：“弟弟，我有点冷！”然后便是翼王的声音：“姐姐，我把皮衣脱下来给你披上。”麦靖芝等着师父的下一句话，她估计师父会说“不用”“谢谢”之类的客套话，万万没有想到师父说的话虽然只有三个字，却像晴空中一个响雷在麦靖芝耳边炸开了：“抱抱我！”估计是翼王还没有反应过来，又传来师父的两句话：“抱抱我！”“弟弟，抱我！”须臾，一阵窸窸窣窣的声音传进麦靖芝的耳朵，又一阵急促的喘息声直冲过来，冲击着麦靖芝的内心！

很快，就传来了师父的叹息声：“唉！怪只怪我这个‘自梳女’的身份。我很爱你，很多次都想把自己交给你，可一想到那样做轻则受人嘲笑，重则性命不保、祖宗受辱，就不自觉地泄了气！弟弟，姐姐是不是很没用、很懦弱？”翼王说：“不，姐姐一点也不懦弱，只是还没有解开心灵上的那把锁。但这样的锁也不是一时半刻就能打开的，要慢慢来。不过，在弟弟看来，姐姐心灵上的锁已经有松动的迹象了，因为姐姐到运漕时，再没有警告你的徒弟冯姑娘了。也许，将来，冯姑娘和元合事情的解决会促成我们之间事情的解决，先易后难吧！”听了这一番话，麦靖芝不由得不佩服石浩然说的那两个字“苦恋”！这不是“苦恋”又是什么？师父和翼王感情真挚，两人都处在精力最旺盛的人生阶段，且又朝夕相对，却要控制个人的情欲，这得有多大的毅力才能做得到！师父和翼王的形象越发高大了起来！

初八清晨，翼王在迎江码头送别张自芳等人，麦靖芝看到师父和翼王都噙着眼泪！

一回到佛山，张自芳、麦靖芝顿有“曾日月之几何，而江山不可复识”之感。整个佛山镇沸腾了，香云纱做的五彩旗帜飘扬在镇上每一个角落，镇上行人八成以上都裹着红色香云纱头巾，手握大刀长矛、梭镖火铳，行色匆匆。铸铁一条街家家户户炉火通红，虽然是寒冬天气，却仍然热浪袭人，已经铸好的枪炮器械从街头摆放到街尾。汾江河上小船往来穿梭，宽阔的东平河帆樯林立。走进东华里，张自芳师徒惊呆了，所有的骑楼木柱上都悬挂着“琼花会馆”的旗帜，不少人向张自芳打招呼，张自芳都有些应接不暇。出了东华里，张自芳就看见一面巨大的旗子挂在祖庙的旗杆上，旗子黄底黑字，那字正是张自芳再熟悉不过的——“琼花会馆”！

张自芳一踏进琼花会馆大门，大师兄、现任琼花会馆班首李文茂就率领着一班昔日的师兄弟、师姐妹迎了出来，师姐、师妹们七嘴八舌，无非就是“一去几个月不回来”“我们想死你了”这样的话。

张自芳落座后，李文茂也让麦靖芠、石浩然坐下说话，麦靖芠谦虚地说：“各位师伯、师叔、师姑在场，哪有小徒靖芠的座位！”执意不肯坐，而是站在师父身后。石浩然见麦靖芠不坐，自己当然也不好意思坐，同时向众人行了一个大礼，说道：“小侄石浩然参见各位叔伯姑姐！”李文茂忙问张自芳：“这位小英雄是谁？”张自芳回答说：“忘了介绍了，这位少年英雄名叫石浩然，现为翼王石达开义子！”众人一看，果然英俊潇洒，气度不凡，不禁啧啧称赞。有曾经见过石达开的人吃惊地说：“这哪里是义子，亲生儿子也未必有这么相像！”一听说“石达开”三个字，李文茂不知从哪里生出一种反感，于是冷冷地说道：“既为翼王义子，哪有不看座的道理？外人知道了，还以为我们琼花会馆不懂礼数！”张自芳心里清楚，师兄是在吃翼王的干醋，此时又不好拂了师兄的面子，便让石浩然到末位坐下。

众人坐定，李文茂说：“‘红船女侠’一回来，我们琼花会馆的各路英雄也就聚齐了。各州县百姓听说我们琼花会馆准备起事的消息，纷纷来到佛山，要求投奔我们，眼下，已经聚集了五万多人。佛山住不下，会馆将五万人分成三拨，一拨住佛山镇，一拨住三水河口琴沙岛，还有一拨住在三水芦苞北江上的太监洲。人是不少，不过，我们都清楚，起事要的不仅仅是人，更主要的是兵！这些人不训练，打起仗来就是一群乌合之众，成不了什么大事。诸位都说说，怎样安排训练。论演戏，本班首当仁不让；但论练兵，还要诸位多多献策。各位，不必顾虑，有话直说！”一时间，众说纷纭，莫衷一是，李文茂被一片吵闹声烦得脑袋都大了，说实话，那些人说的方法，还不如李文茂自己头脑里的方法管用。

许久，李文茂对张自芳说：“师妹，你为何一直不说话？你说说看。”张自芳一听李文茂直接点将了，便说道：“师兄，各位兄弟姐妹，刚才大家说的都有道理。依我看，练兵可以分两步走。首先，召集琼花会馆所有武行艺人，教他们带兵、战阵、钱米、舵船、铸造等各方面的最基本技能；第二步，由他们对五万人及后续投奔过来的乡民进行考核，量才录用，选拔出战卒、水兵、舵工、仓吏、伙夫、财会、运输、外联、铸造等各方面人员，组建军、旅、卒、伍，进行训练。师兄还有各位兄弟姐妹分赴三处督促即可。这样，三个月以内，定能练出一支能征惯战的队伍。”张自芳一番话思路清晰，方法简便有效，众人无不叫好，李文茂笑着说：“师妹真不简单！不愧是见过大世面的人！只是谁去教练武行艺人？”张自芳说：“如果师兄及各位兄弟姐妹能信得过，我可以带着徒弟靖芠还有石浩然小英雄一起先开个头。”李文茂当然希望张自芳能够勇挑重担了，对麦靖芠也没有意见，因为她毕竟入了琼花会馆的师门，但对石浩然那就说不清了，不过，考虑到眼下正是用人之际，也就同意了张自芳的意见。

李文茂正准备宣布散会，忽有一人说道：“班首，练兵的事定下来了，造船的事还没议呢！”李文茂不好意思地笑了：“唉，瞧我这记性！好吧，对造船，各位都有什么高见？”在李文茂的心目中，“练兵”是第一位的，造船可有可无，他的想法很简单，实在没船，那就直接征用民船了，好在广州府、肇庆府各州县江河纵横交错，大小船只不计其数，取之不尽用之不竭。果然，有人就说不用造船，可以征用民船；也有人立即反对，因为征用民船弄不好会失去民心；也有人提出要造就造水上巨无霸“红单船”。很快，琼花会馆议事大厅又吵成一锅粥，谁也说服不了谁。

这时，有一人提议请张自芳说一说，李文茂似乎得到了提醒，忙说：“师妹，你看应该怎么办？”张自芳没有办法，只好说道：“船肯定是要造的，因为征用民船有三大不足。一会激起老百姓的不满，让我们失去民心；其次，民船大小不一，不便于统一指挥；最后一点，也是最重要的一点，民船船小而且单薄，没有什么战斗力。不过，造‘红单船’也不可行，造价高，周期长，不要说没有那么多钱，就是有钱，时间也来不及，况且，我们将来主要还是在两广境内作战，没有必要造那么大的船。”李文茂有点焦躁，问：“这也不行，那也不行，你说怎么办？”张自芳说：“师兄不要这么急，听我把话说完。两广水道有一种船叫‘坡山艇’……”张自芳话还没有说完，众人一片议论声，都恨自己怎么就没想到，在水上跑了这么多年真是白跑了！大家一致同意造“坡山艇”。“坡山艇”体型较大，船身坚牢，船面平敞，两边多桨，航速很高，更为了不得的是船上可以安放大小火炮数门，各类射击垛堞齐全，真是两广水道最佳战船。经过讨论，最后，督造战船的担子又落到了张自芳的肩上。

两件大事议定后，张自芳一方面亲自训练琼花会馆武行艺人，一方面以“红船女侠”的名义在三水、南海、番禺、顺德、香山、东莞、新安等地延聘一流造船木匠，很快，武行艺人就能独当一面，奔赴一线考核、选拔、训练各方面人员，而近千名一流木匠也分别在北江的老沙岛、老鸦洲、太监洲和西江的琴沙岛上摆开了战场，造船造得热火朝天。李文茂及琼花会馆的师兄弟、师姐妹们则加强巡视、督促，一切工作紧张有序、效率极高，大家都非常满意，“红船女侠”在人们心目中简直就是一尊女神！而石浩然的干练、果断、忠勇也给大家留下了深刻的印象，连李文茂也开始喜欢这个小英雄了，很想把自己的侄女、琼花会馆的当家花旦嫁给石浩然，张自芳和麦靖芝都有点紧张。

一晃一个多月过去了，张自芳带着麦靖芝、石浩然亲自巡视、指导练兵和造船工作。张自芳对佛山镇各项工作的进度和质量都相当满意，便乘船前往三水，察看老沙岛、老鸦洲、太监洲和琴沙岛上的情况。张自芳、麦靖芝、石浩然研究了一会，确定了此行的路线。在佛山水道上船，经过珠江、西南涌、芦苞涌，转入北江，登上太监洲、老鸦洲，穿过思贤滘入西江，上琴沙岛，折返思贤滘，向东行进，进入北江主河道，巡查老沙岛，最后再由北江东平水道回佛山。三个人也是平常打扮，一则他们原则上是来帮忙的，不属于李文茂领导；二则张自芳也不想太招摇，怕引起同门师兄弟、师姐妹的不快。

坐上“坡山艇”，不到一日，船即抵达芦苞。一上岸，麦靖芝便迫不及待地要回家看看，张自芳、石浩然也一齐陪同。麦靖芝的家在芦苞镇西南方向，名叫锅边村。麦靖芝一进锅边村，就直奔自家小院而去。到了小院门口，却见院门紧闭。麦靖芝用力敲门，高声叫着“妈妈”，院里无人回应。不一会儿，村子里有几个人走了过来，他们告诉麦靖芝，她的母亲已经不在人世了。麦靖芝绝对不相信，几个月前，她离开三水时，母亲的身体还非常好，早晚都要练几遍拳，况且母亲也才三十八九岁，没有理由这么快就不在人世了！大家见麦靖芝不相信，就叫来了族长。族长带着麦靖芝来到麦氏宗祠，麦靖芝一看，父亲的牌位已经摆在了享堂，麦靖芝及一行众人在族长的带领下，依次向麦巡检牌位进香。族长又带麦靖芝走出宗祠，指着宗祠门前广场上的一根旗杆，对麦靖芝说：“这根旗杆是族人为你父亲竖立的，族人还立了一块石碑，你自己过去看看，就知道了！”

麦靖芝看了碑文，方才知道事情的原委，然而此时，她已哭得差点晕了过去。村民们七手八脚地将麦靖芝扶回家，又帮她整理了屋子，做了晚饭；张自芳、石浩然也在一旁安慰麦靖芝。慢慢地，麦靖芝恢复了平静，刚才碑文上所叙述的事情又浮现在脑海里。

麦巡检壮烈殉国，此事经李鸿章慷慨陈奏，早已成为震动朝野的事情了。为此，朝廷下诏褒奖，赐封“含山县君”，赠正七品官衔。敕令宗族岁时隆重祭祀。诏书特别强调，麦巡检众寡悬殊，失了运漕粮食，在逆贼放他逃走的情况下，仍然以身殉职，故朝廷赐谥“忠烈”。当朝廷褒奖来到锅边村的时候，麦巡检的妻子知道丈夫实现了他的人生价值，便大呼：“帮森，为国捐躯，死得其所！等等我，为妻下去陪你！”言罢，猛击自己额头，顿时，香消玉殒！族人及地方官府不敢隐瞒，立即上奏朝廷，朝廷上下唏嘘不已，诰封麦巡检之妻“贞烈夫人”，同时，于宗祠附近建“贞烈”牌坊。因南方动乱，建牌坊所需鄱阳湖白矾石一时难以运到广东，故此事暂时搁置了下来。

真是造化弄人，父母都受到朝廷的褒奖，女儿却是朝廷要剿灭的逆贼！张自芳更多的是担心麦靖芝身份泄露，会连累她的宗亲，因此，嘱咐麦靖芝尽量不要抛头露面，且要尽快离开三水，对外宣称漂泊南洋。

第二天一早，麦靖芝与石浩然去母亲坟前拜祭了一回，然后与师父一起上了太监洲，再由太监洲上船，沿北江到达老鸦洲，一路巡查，张自芳都很满意。

船快到思贤滘时，石浩然要求在江根村停靠一下，自己也想回家看看叔叔婶婶。石浩然回村，村民告诉他，叔叔一家人几年前就迁到香港了，石浩然只好悻悻地撤出江根村，内心有着无限的惆怅！

看到麦靖芝、石浩然两家人，一死一迁，事实上，这两个孩子已经无家可归了，张自芳内心无比伤感；同时担心师兄李文茂要将侄女嫁给石浩然，那样，麦靖芝就真的孤独无助了！所以，张自芳现在就想让两个孩子成为一家人，将来互相扶持、互相抚慰。上船后，张自芳将麦靖芝、石浩然两人召进船舱，三人坐下，张自芳说：“靖芝，你的父母分别被赐谥‘忠烈’、赐封‘贞烈’，而浩然和你所持宝剑又分别名为‘忠靖’‘贞靖’，你不觉得与浩然有缘吗？”麦靖芝羞红着脸，低着头不说话，石浩然也觉得浑身不自在，其实，他俩早已真心相爱了！张自芳接着说：“你们父母、亲人都不在身边，为师做主，给你们二人订婚，不知你们意见如何？”麦靖芝一听此言，正合自己心意，忙说：“弟子婚姻大事但凭师父做主！”

在佛山的一个月里，麦靖芝产生了很强烈的危机感，因为她的小师姐、琼花会馆当家花旦总喜欢缠着石浩然，而大师伯好几次都说石浩然与小师姐真是天造地设的一对，况且大师伯还是小师姐的亲叔叔，麦靖芝真担心哪一天大师伯做主将小师姐嫁给石浩然，那样，自己这一辈子就算完了。现在，师父赶在大师伯的前面，为自己和石浩然订婚，麦靖芝当然是一万个满意了！麦靖芝心想：还是自己的亲师父好啊！

石浩然也很担心，那个当家花旦整天缠着自己，经常深更半夜穿着妖妖娆娆的衣服闯进自己房间，班首明明知道，却从来不加阻止。有一次，石浩然一觉醒来，发现当家花旦竟然坐在自己床边，一面唱着情歌，一面剪着“囍”字，那种如花的面庞、娇俏的情态让自己止不住地心襟摇荡！石浩然担心的是自己哪一天把持不住，做出了对不起麦靖芠的事情！

现在，张女侠要为自己和麦靖芠订婚，以明确自己和麦靖芠的关系，真是求之不得的事情！石浩然立即回答道：“翼王待属下如慈父，张女侠待属下如慈母，属下大事，愿听命于张女侠！”石浩然一番话说得张自芳心里非常舒坦，几乎挑明了她与石达开的关系！

张自芳脸微红了一下，装作若无其事地说：“浩然，你义父也是赞成我的意见的！既然已经定亲，这彼此称呼也要稍作改变。浩然不能再叫我‘张女侠’了，要喊‘姨’；靖芠不能还说‘翼王’，也应跟着浩然称‘义父’。你们两人互称‘芠妹’‘浩哥’！”石浩然反应很快，立马叫了一声“姨”，张自芳一时还没有反应过来；石浩然又叫了一声“姨”，张自芳“哎”了一下，伸手爱抚地摸了摸石浩然的头。张自芳说：“好了，你们互相改口称呼一下吧！”别看两人平时心心相印，但真在张自芳这样的如母亲一般的长辈面前，两人还真开不了口！张自芳望着石浩然，说：“浩然，你是男孩子，要主动一点！”没办法，石浩然被逼到了墙角，于是，当着“姨”的面，硬着头皮叫了一声：“芠妹！”声音小到恐怕只有船舱里的人才能听到。现在，轮到麦靖芠了，不喊也得喊，自己喊，总比让小师姐喊好得多！于是，大大方方地喊了一声“浩哥”！张自芳、石浩然、麦靖芠同时会心一笑！

船到琴沙岛，石浩然问张自芳：“姨，这个岛为什么要叫‘琴沙岛’呢？侄儿小时候听叔叔说因为岛是包青天包大人遗落的一把琴化成的，才有了这个名字，不过，侄儿一直不相信。”张自芳说：“等一会巡查结束后，姨带你去一个地方，你就明白了。”麦靖芠说：“师父，您不能只带浩哥去。”石浩然说：“姨做什么事都会带着芠妹的！”张自芳看到两个孩子适应得这么快，知道他们之间的感情发展差不多快成熟了，心里觉得特别温暖。

巡查结束后，张自芳并没有折返思贤滘，而是让船驶到琴沙岛对岸高要县境，船停靠在一片江滩旁。下船后，张自芳在前面走，麦靖芠、石浩然紧跟在后面。很快，三人来到了一座山的脚下，石浩然看了看，山不太高，山上长满了野生的灌木，青葱翠绿，风景倒也不错。于是，对张自芳说：“姨带我们来游山玩水了。”张自芳说：“这座山叫‘烂柯山’，传说古代有一个樵夫进山砍柴，看见一对童子在树荫下弈棋，樵夫就把斧头放在一边，观看童子弈棋。等樵夫看完了一盘棋准备拾起斧头时，发现斧柄断了，再一看斧头，早已锈得只剩下一小块废铁了！樵夫很是惊讶，问童子这是怎么回事，童子说刚才你观棋这会工夫，人间已经过了一百年，什么样的斧柄能不烂呢？”麦靖芰虽然小时候也读了几年书，但对这样的传说知道得并不多，她不明白“柄”与“柯”之间又有什么关系，于是问道：“师父，照您这么说，这座山应该叫‘烂柄山’，而不该叫什么‘烂柯山’。”石浩然听了麦靖芰的话，觉得有点可笑，就对麦靖芰解释道：“芰妹，这个问题我替姨回答你。古时候‘斧柄’称作‘柯’，就是‘木’字旁右边加一个‘可’字。唐朝刘禹锡曾经写过一首诗，里面有两句‘怀旧空吟闻笛赋，到乡翻似烂柯人’，意思是在外漂泊许多年后，回到家乡，恍若隔世，曾经认识的人一个都不在了！”突然，石浩然不说话了，因为他感到刘禹锡这两句诗说的好像自己和芰妹！麦靖芰心里也有所感，仅仅几个月，父母都先后离她而去了，世事真是难以预料啊！幸好有师父和浩哥，否则，自己不知道是否还有勇气活下去！

三个人说着聊着，几乎没费什么力气就登上山顶了。张自芳转过身子，面向东北方，用手指着西江上一座狭长的小岛说：“浩然、靖芰，你们看，那座小岛像不像一把浮在西江水面上的古琴，一把巨大的古琴！”石浩然顺着张自芳手指的方向看过去，白色的西江上确实漂浮着一把巨大的绿色古琴，古琴中间稍宽，两端稍尖，一垄一垄的绿色又像是古琴上一根一根的弦！石浩然由衷地发出赞叹：“真是名不虚传啊！”麦靖芰问：“师父，刚才我们上岛的时候看到的那个村子、那些人怎么都不见了？”张自芳说：“这正是你大师伯选中琴沙岛藏匿金银财宝、兵刃器械、粮食布匹等的主要原因。从岛外，根本看不见岛上的任何人员、物品。有了岛上的物品保障，琼花会馆起事应该能够成功吧！”麦靖芰没有说话，她对师父说的这些问题也不是很清楚；石浩然好像在思考什么问题，也没有说话。张自芳问石浩然：“浩然，你在想什么呢？”石浩然说：“姨，侄儿总觉得我们练兵是不是忽略了什么，并不是每一仗都要大队人马一拥而上的！”张自芳说：“浩然，你成熟了，会思考问题了。我们缺一支技能全面的水上尖刀队伍！这个事情你去办吧！一百人左右就够了！”石浩然说：“姨，请您放心，侄儿一定完成任务！”张自芳说：“好吧。我们快去巡查老沙岛。时间已过去一个多月了，离琼花会馆起事的日子越来越近了，我们都要争分夺秒，确保琼花会馆起事成功！”

咸丰四年（1854年）六月十一日，广州白云山北麓黄婆洞。

锣鼓喧天，鞭炮齐鸣，彩旗招展，醒狮欢腾！

新搭戏台八丈宽、四丈高、三丈进深，戏台上下连同所有梁柱都用红色香云纱包裹着，整个戏台远远望去，恰似一团正在燃烧的火焰。台前两根廊柱，合抱粗细，书有红底黄字楹联一副，道是：

兴汉灭满劫富济贫复尧舜　拿龙捉虎刣羊拜佛上西天

戏台顶部巨大的横额上自右至左闪烁着十三个金字：

统领水陆兵马兼理粮饷大元帅

戏台中央地面上筑有一座土坛，坛高三尺，见方一丈，土坛中央静静地摆放着一副香案。

随着一曲吹打乐《将军令》，台下数千人大声呼喊：“大元帅！”“大元帅！”“大元帅！”声如滚雷，震耳欲聋。李文茂身穿蟒袍大甲，头裹红巾，手执一面大纛，由后台缓缓走上土坛；身后，同样穿着戏服、裹着红巾、背后插着靠旗的四个人也跟着走上土坛。众人看见，那面大纛足有二丈高、五尺宽，悬于一根寒光闪闪的滚圆镔铁棍做成的旗杆上，连大纛带旗杆少说也有二百斤！李文茂来到土坛中央，将大纛插在土坛上，纛上两个大字，都有三尺见方：

嗣　统

李文茂焚香礼拜，拜毕，面向台下众人，台下又响起来一阵阵欢呼声。李文茂一看，自戏台一直绵延至五里外的珠江，形成了一片红色的海洋，一片沸腾的海洋！

李文茂露出心满意足的神情，在土坛中央站定，随行四人分列两旁。李文茂展开写在红色香云纱上的檄文，朗声诵读：

水深火热，谁悲无告之民；峻法严刑，孰怜刀头之鬼？横征暴敛，民不聊生。人民憔悴，十室九空；破碎山河，千疮百孔。芸芸黎庶，牛马不如；哀哀众生，蝼蚁同命……

声若洪钟，气贯长虹。他的声音回响在白云山麓，弥散到珠江两岸，传扬于南粤大地！一场“洪兵”起义爆发了！

李文茂的琼花会馆起义及广东天地会各堂首领起义，如疾风暴雨般，横扫了府、州、县城四十余座，所到之处，群起响应，不出一个月，聚众百万！于是，挟一路凯歌之气势，将孤立无援的广州城围了个水泄不通！

然而，围城百日有余，广州久攻不下。粮草难继，师老兵疲，军纪涣散，嫌怨互生。各路义军不断被清军击败，包围圈越来越松，义军出兵不出力的现象越来越多，有几路义军甚至有撤围的迹象！

最感到窝囊的当属李文茂。本来这次起义，他凭借着自己的威名及猛士一万、新船两百艘的实力，被各堂堂主推举为义军副总头领。他深感责任重大，事事当先。李文茂坐镇指挥，张自芳率领精兵强将一路过关斩将，先后击败欲突围的广州守军，击溃前来增援的肇庆、清远等地团勇，毙杀地方大小将领十余人，令清兵闻风丧胆。石浩然训练出来的“西江飞鱼”百人尖刀队，很快成了清军的噩梦，因此，只要“西江飞鱼”一出现，清军要么马上就作鸟兽散，要么立刻调来十倍兵力进行围剿。在各路人马毫无建树的情况下，石浩然率领着“西江飞鱼”奇袭广州西大门，并一度夺取了广州西大门的控制权，但很快就被数十倍于己的清兵包围。令人丧气的是，近在咫尺、几乎能够听到“西江飞鱼”尖刀队队员呐喊声的其他五路义军，却是各自观望，按兵不动！张自芳此时尚率领主力在广州城北作战，闻讯后，急派先遣队赶赴广州西大门与尖刀队并肩作战，然而，远水还是没能救得了近火，“西江飞鱼”尖刀队在牺牲一半队员、石浩然本人也负伤的情况下，不得不放弃了已经到手的广州西大门，撤回李文茂大本营！令人扼腕叹息！

看着受伤的石浩然、损失过半的“西江飞鱼”尖刀队，李文茂心如刀绞，恼恨气愤！当家花旦小师姐几乎是衣不解带、昼夜守在石浩然的身边，这引起了麦靖芠的不快，她希望小师姐不要做得太过分，但小师姐也毫不相让，直到几天后，张自芳率兵回营公开了石浩然与麦靖芠已经订婚的事情，小师姐的行为才稍微有点收敛！张自芳回到大营，李文茂再一次召集张自芳等琼花会馆主要负责人开会。会上，大家先是痛骂其他各路义军的“不义”，打仗见不到他们的人影，“打单”总是跑在我们前面。李文茂等大家发泄完了以后，说道：“诸位应该清楚，天地会向来如此，各有堂口，互不统属，因此，本班首虽被推举为义军副总头领，其实除了本部人马以外，调不动其他各路义军的一兵一卒，也就是说，对其他义军骂骂也就够了，现在，关键是我们下一步怎么走？”有的说要攻下广州城，在广东建立政权，自己做皇帝；也有的说攻下广州城后，也许轮不到我们做皇帝，别人可能早就抢先一步占据宝座了；也有的认为广州城防坚固，更有外国鬼子源源不断地接济，根本无法攻下来；还有的说，我们还有一万精兵、五百艘战船没有投入战斗，否则，别说一个广州城，就是十个广州城也都攻下来了。

这倒提醒了李文茂，他对张自芳说："师妹，你新训练的一万精兵、新造的五百艘战船能否参加战斗了？"张自芳说："随时可以投入战斗！"众人一听，面露喜色，一个个手舞足蹈，恨不得马上再去广州城，与清兵拼个你死我活。然而，张自芳却说："班首，各位兄弟姐妹，我真的不想让他们投入战斗。"李文茂问："师妹，为什么？"张自芳站起来说道："班首，各位兄弟姐妹，先听我把话说完，各位再表态好不好？"众人说道："好！"

张自芳又坐下来，伸出三个指头，缓缓说道："有三条理由，我们不能再打下去了。首先，广州城城防坚固，四周都有炮台，清军人数虽然不多，但武器精良，还有洋人昼夜不停地接济城内粮食、银两、兵员，即使围城一年，它也毫发无损。另外，敌人都是洋枪洋炮，我们兵再精、将再猛，毕竟是血肉之躯，硬拼，最后只能拼光我们的家底！'西江飞鱼'尖刀队如果再经过一场类似广州西大门的战斗，就不复存在了。现在，我想问一问班首及各位，拼光了我们的家底，大家怎么办？难道都去寄人篱下？我的话说完了。"张自芳后面的话，每一个字都像一记重锤，敲击在每个人的胸口上，大家沉默不语。

李文茂问："师妹，依你怎么办？"众人目光一齐投向张自芳，张自芳只说了一个字："撤！""撤？"大家异口同声地质疑。李文茂说："师妹，我还以为你有什么锦囊妙计呢？原来就是'撤'！我们骂别人'不义'，但别人至少还没有撤；现在倒好，我们一撤，就成了最'不义'的人了！"张自芳说："班首，各位兄弟姐妹好好想一想，围城已经五个月了，大家都知道打不下来，为什么还要这样硬撑着，根本原因就是怕别人骂自己'不义'。造成这种情况，班首和陈头领是有责任的！"李文茂说："什么？我有责任？他们什么时候听我指挥的？"张自芳说："班首，虽说你不能直接调动他们一兵一卒，但进退攻守这些大的行动，他们名义上还是听从你和陈头领的！班首不妨试探一下陈头领，看看他的态度，我估计他比你还急！"

两天后，李文茂在黄婆洞大本营宴请义军总头领陈开。席上，菜仅一样：鸡肋！陈开一看，上来五盘菜，全是鸡肋，有油炸鸡肋、红烧鸡肋、酱鸡肋、盐焗鸡肋、豉油鸡肋。更奇的是，五盘菜，几瓶酒，竟然摆成羊头形状！陈开立即就明白了，于是，与李文茂联名签署撤围命令，并指明撤围后的进军方向，先集中肇庆，再沿西江而上，挺进广西！

咸丰四年腊月初二，广东天地会各路义军撤围广州，途经三水，准备前往肇庆举行迎春活动。李文茂此时已有两万精兵强将、七百艘所向无敌的战船“坡山艇”，在各路义军中实力最强，因此，被推举为义军总头领，但他十分谦逊，硬是将总头领之位让与陈开，自己仍做副总头领，并负责断后。

在三水琴沙岛上，李文茂与琼花会馆核心人物开会，同时邀请石浩然、麦靖芰参加。会上，张自芳引荐了一个人，此人正是顺德拔贡叶兆隆。张自芳说：“班首，琼花会馆义军缺少一个军师，叶先生正好是军师最合适的人选，我们能在不到十个月的时间内建造七百艘战船，全是叶先生的计策！”李文茂接受了张自芳的意见，拜叶兆隆为军师。李文茂说：“师妹，我们即将挺进广西，你与浩然、靖芰是留还是走？”张自芳说：“班首原来说过，只需我们三人帮一帮忙，所以，我们决定还是回安庆。”李文茂说：“能否让浩然再留一段时间？”张自芳说：“浩然是翼王的义子，终归要回到翼王身边的，没有翼王首肯，我们谁也不敢将浩然单独留下！”众人都有点惋惜，他们知道琼花会馆能有这样的地位，功劳最大的就是张自芳与石浩然了，他们两人简直就是这一支义军的“胆”，他们离开，等于这支义军没有了“胆”，大家感伤不已。李文茂说：“师妹执意要走，我们不好强留。不过，师妹、浩然、靖芰在广东将近一年，功劳卓著，可以这么说，没有你们三个人，就没有我们琼花会馆在义军中的地位，怎么谢你们都不为过！不过，考虑到草创之初，只能拿出白银二十万两作为答谢三位的薄礼，师妹十万两，浩然、靖芰各五万两！三位无论如何都要笑纳，否则，我李文茂就无法在江湖上立足了！琼花会馆也要被江湖人士耻笑了！”

话都说到了这个份上，张自芳三人只好接受了。李文茂建议银两如果不方便带走，可先暂藏于琴沙岛，待日后慢慢搬取。李文茂解散了“西江飞鱼”尖刀队，将部分队员分散到军中各部，留下十名最忠诚可靠的队员，让他们改换身份，在琴沙岛守护财宝。张自芳决定腊月初九动身，腊月初八那天，李文茂向张自芳说了一番话，坚定了张自芳爱恋石达开的信心；当家花旦小师姐与麦靖芰之间闹得不可开交，两人差点打了起来！

第十五回

炫武者因武丢脸面 贪财人缘财失军威

“师妹！”张自芳正在整理衣物，听到喊声，知道是师兄李文茂来了。转过身一看，师兄今天没有穿戏服，而是穿着一件蓝色香云纱长衫，显得有点单薄。“这个季节怎么穿香云纱长衫呢？”张自芳觉得有点怪，突然，一幅曾经印象十分深刻的画面浮现在自己的脑海里！虽然那幅画面已经有十几年没有再出现过，但因为留给张自芳的印象太深刻了，所以，张自芳直至今日还能记起它！

十一年前的春天，四月初八，其实应该入夏了，只是那年“回南天”的时间特别长，大概正月十五左右就见到了“回南天”，此后两个多月，太阳几乎没有露过脸，整天大雾弥漫，街上麻石地面从早到晚都是湿漉漉的，房梁、门柱全都是潮湿的，屋内墙壁上到处是水滴顺着墙壁往下流的印迹，条凳上、八仙桌上、太师椅上密密麻麻地排列着蚕豆大的水珠；最可恼人的是衣服根本晾不干，不要说晾不干，就连干衣服在屋檐下挂上一夜，也会变成湿衣服的；几十天盖的是又潮又重又硬的棉被，夜晚越睡越冷。最麻烦的是戏装，受潮后，根本就不是穿在身上，而是裹在身上，演员在台上很难展得开。好在琼花会馆的师兄弟、师姐妹基本功都相当扎实，倒也没有在台上因戏装受潮而被喝倒彩，但是，一场戏演下来，内衣上的汗水都可以拧出来！那种苦，没有经历过的人是很难想象出来的。

终于，一夜南风吹散了所有的雾霾，天空一下子高了许多，碧蓝碧蓝的天幕上，偶尔飘过几片絮状的白云。几乎是一夜之间，水珠、水滴、水汽消失得无影无踪！琼花会馆热闹起来了，师兄弟、师姐妹都换上了夏装，师兄弟在院子里拴好绳子，又搬出一箱一箱的戏装，师姐妹打开箱子，将一件件戏装搭在绳子上，让温暖的南风带走渗入戏装里的水！忙完了这一切，兄弟姐妹们便开始议论各人的夏装。张自芳那天穿着一套黑色香云纱单衣，大师兄李文茂也恰好穿着一套蓝色香云纱长衫，在南风吹拂下，潇洒飘逸。兄弟姐妹们知道，张自芳、李文茂的香云纱衣服是班首特意奖励他们的，因为他们两人是琼花会馆一文一武两根台柱子。于是，大家七嘴八舌地说开了，无非是说班首看出来大师兄对张自芳有意思，故意给他们两人做了同样的衣服，其实就是鼓励大师兄大胆地向张自芳示爱。在众人的启发和怂恿下，李文茂真的当众请求张自芳嫁给他！毫无思想准备，张自芳立即严词拒绝了他！李文茂当天就病了，这一病竟然病了一个多月！病愈后的李文茂听说张自芳“自梳”了，绝望之下，娶了班首的表妹、暗恋李文茂整整五年的易三姑。易三姑是个十分贤惠的女子，她一点都不介意丈夫李文茂对师妹张自芳的爱恋。

张自芳明天就要走了，易三姑看见丈夫坐立不安，好像丢了魂似的，便知道丈夫想与张自芳话别，又担心会伤害妻子。易三姑决定帮帮丈夫，她从箱子底下拿出珍藏了十一年的蓝色香云纱长衫，叫李文茂穿上，去找张自芳，把埋藏在心里十几年的话全部说出来！

“师妹，你怎么啦？为什么这么看着我？”李文茂看着自己身上穿着的长衫，明白师妹张自芳略带迷惑不解的眼神看着自己的意思了，于是，笑笑说：“这件长衫？噢，是你嫂子叫我穿的。”张自芳也知道易三姑很贤惠，与师兄李文茂结婚后，把李文茂看得比自己的生命还重，从来不干涉李文茂的事情，也从来不介意李文茂多年来一直保持着对张自芳的爱恋之情，但今天让李文茂穿上留有十一年前印记的长衫，用意还真让人难以猜测。张自芳放下手里的活计，问道：“嫂子为什么要你穿这件衣服？”李文茂有点尴尬地说：“你嫂子叫我把心里话全部说出来，不知道师妹是否赏脸？”张自芳再也不好推辞，只好答应了。

两人从琴沙村出来，沿着一条崎岖不平的小路，向西北方走去。一路上，李文茂回忆起早年师父还有班首带他们师兄弟、师姐妹上岛时的愉快情景，很快就来到了岛的最西端。一座小山包陡立在岛的顶端，两人不费什么力气就上了小山包。山顶是一块平地，呈三角形，有两边长度很相近，大概四十丈长，另一边稍短一些，估计也有二十丈长。山顶长满了野草，四周都是一人多高的灌木丛。李文茂站在山顶上，风吹着长衫哗哗作响，可是，因为已经有点发福，再也没有十一年前的那种潇洒、那种飘逸，张自芳心里觉得有点可惜。

李文茂说："师妹，这次起事多亏了你！"张自芳用手拢了拢散在前额和脸颊边的头发，说道："师兄的事，我能不尽心吗？再说，我也是琼花会馆的人。"李文茂看着张自芳，问："师妹，兄弟姐妹们设宴为你饯行，你为什么不同意？"张自芳说："师兄，本来为琼花会馆做事，是我的本分，没想到师兄执意要给二十万两银子作为酬劳，我心里实在不安，又怎么能接受那么多兄弟姐妹给我饯行呢？我真的担当不起！"

李文茂沉思了一会，一字一顿地说："师妹，翼王值得你托付终身！"张自芳有点吃惊，一是李文茂不再张口闭口"石达开"，而是改称"翼王"；二是居然鼓励师妹与石达开交往。张自芳一时不知如何接话，否定不行，肯定也不行，真是左右为难。李文茂并没有理会张自芳此时的心境，继续说道："一开始，我对翼王有着一种天然的排斥，但使者的汇报，还有师妹近一年来表现出来的才干和人品，让我看到了翼王确实是一个德才兼备的奇男子，这样的奇男子值得师妹托付终身。"张自芳不能不说出自己内心的困惑了："师兄，我是'自梳女'，一辈子不能嫁人，我不能坏了规矩，有损琼花会馆的声誉。"李文茂说："师妹，大胆地去爱，谁敢说你一个'不'字，我的拳头是不会放过他的！你要破除魔咒，解放自己！"张自芳不说话了，李文茂顿了顿，又说："我真想能跟翼王结盟。师妹，我也想认浩然做义子，你看是否妥当？"张自芳说："这件事我也做不了主。是啊，浩然、靖芠呢？今天怎么到现在都没有来见我呢？"李文茂说："一大早，我侄女小师姐就跑去找浩然，说与浩然话别。"张自芳埋怨起李文茂："师兄，浩然是有主的，你还是约束一下小师姐，不能让他们做出出格的事情。"李文茂不以为然地说："师妹，你多虑了！即使真有什么出格的事情，也没有什么大不了的，让浩然娶了小师姐不就行了吗。"张自芳心里很不高兴，说："那靖芠怎么办？"李文茂很随意地说："靖芠做大，小师姐做小。像浩然那样优秀的男孩子一妻一妾也未尝不可！"张自芳大声说："师兄，靖芠的性格你是知道的，那样会弄出人命的！"李文茂正要说话，却被从山下传来的吵闹声打断了。

"我忍你很久了！今天不是你死，就是我亡！"听到这句话，李文茂忙问：“谁有这么大的仇？”张自芳说：“师兄，这是靖芝的声音！不好，肯定是靖芝与小师姐发生了矛盾。师兄，我们快去看看！”说完，两人越过灌木丛，一跃而下，果然看见石浩然、麦靖芝、小师姐三人站在水边，看样子，一场恶斗在所难免。

“住手，靖芝！”张自芳一声断喝，麦靖芝转过身来，指着小师姐，痛斥道：“师父，小师姐她太不要脸、太欺负人了！弟子已经忍她很久了！”那边小师姐也毫不示弱，说道：“你也太霸道了，浩哥是人，不是你的随身物品，凭什么就不让我跟浩哥交往！再说了，论长相、论武功、论性格，你哪一点能比得上我？要不是看在师叔面子上，我早就把浩哥追上手了！明天，浩哥就要走了，我陪他说几句话，你就这么大惊小怪的！太小家子气了！”麦靖芝一把抢过小师姐手里的一块红布，抖开给李文茂、张自芳看：“班首，师父，你们看，这是什么？小师姐要把她穿过的肚兜送给浩哥，连这种不要脸的事情都能做出来！”张自芳一看肚兜，马上脸色一沉，说道：“小师姐，今天师叔要说你几句，女孩子要自重一点，你以为这样做，浩然就会喜欢你吗？”李文茂感到事情有点严重，也说道：“小师姐，听叔叔话，不要再影响浩然和靖芝了！”小师姐一看，连自己的亲叔叔都在帮着麦靖芝说话，便一把抓过肚兜，恨恨地对麦靖芝说：“麦靖芝，这事没完！我是不会放弃的！”又对石浩然说：“浩哥，我会等你一辈子的！”说完，转身走了。

小师姐走远了，李文茂拍拍石浩然的肩膀说：“浩然，小师姐也有她的优点，她的要求也不高。不如这样，让靖芝和小师姐都嫁给你吧，靖芝做大，小师姐做小。”“班首，弟子终于明白小师姐为什么这么猖狂！原来是班首在给她撑腰！不过，弟子可把丑话说在前头，我与小师姐不可能共有浩哥！有她没我，有我没她！”麦靖芝眼睛瞪得老大，就像一对铜铃。张自芳也责备道：“师兄，你好糊涂啊！你想出人命吗？”石浩然斩钉截铁地说：“班首，您的好意晚辈心里领受了，但晚辈断断不能同时娶两个人，晚辈已与芝妹订婚了！晚辈发誓，这辈子绝不辜负芝妹！”麦靖芝拉着石浩然的手，说：“浩哥，我俩的佩剑会见证我们生生死死永不分离！”说完，朝着李文茂、张自芳说：“班首，师父，没有别的事，弟子和浩哥就先走了。”李文茂说：“好吧！我与你师父一会就回。”

望着石浩然和麦靖芝远去的背影，李文茂问：“师妹，刚才靖芝说的佩剑是怎么回事？”张自芳便把“忠靖”“贞靖”两把宝剑的来龙去脉说了一遍，李文茂一听，大惊失色："可惜了浩然这么一个忠勇的孩子！"张自芳不解地问道："师兄的话是什么意思？"李文茂说："师妹，你有所不知，得此两把宝剑者将成为生死相依的夫妻，不过，恐怕不得善终。"张自芳惊奇地问："什么？不得善终？"李文茂说："是的。因为这两把宝剑已经被下过咒了。只能祈求浩然、靖芰能躲过这一劫！"张自芳真有点后悔把"贞靖"宝剑送给了小徒弟麦靖芰，她有点担心麦靖芰的未来。李文茂又说："事已至此，无法挽回！听天由命吧！我现在更担心的是小师姐，她是说到做到的，除非这辈子永远见不到浩然，否则，她会想尽一切办法让浩然就范的。"张自芳叹了一口气，说："唉，听天由命吧！"接着，又说道："师兄，明天我就要走了，凡事要多保重，多听叶先生建议。至于和翼王结盟的想法，我会转告翼王的！"

翻过大庾岭，穿过梅关，就是赣州地界了。三人正往前走，忽见一个读书人握着朱红大笔在石壁上题诗，本来他们也没在意，更没有打算停下脚步欣赏诗文。忽然，石浩然瞥了一眼，这不经意的一瞥，让他一下子兴奋起来了："姨，芰妹，你们看，他写的是《翼王颂》！"张自芳、麦靖芰一看，一首《翼王颂》正好写完了最后一个字：

翼王颂

传闻贼首称翼王，仁慈义勇头发长。
所到之处迎壶浆，耕市不惊民如常。

——咸丰四年腊月十六赣州诸生邹树荣于梅关古道

张自芳示意石浩然上前打听翼王的消息，她和翼王石达开的联系已经中断一个多月了，只知道翼王石达开已经重掌兵权，带着罗大纲等人，重新部署西征战略。

石浩然上前施了一礼，问道："请问先生，'翼王'是谁？值得如此颂扬？"邹树荣上下打量了石浩然一番，然后说："壮士不知道吗？翼王就是长毛军中的石达开，安徽、湖北、江西三省百姓都在传颂他的仁慈义勇。听说，他打败曾剃头后，就会挥师南下，攻克南昌、赣州乃至江西全境，到那时，江西百姓就有好日子过了！"石浩然确实没有听说过"曾剃头"，只好问道："谁是曾剃头？翼王为什么要和他打仗？"邹树荣义愤填膺地说："曾国藩、曾国荃兄弟俩，杀人如剃头，搜刮钱财也如剃头，他们双手沾满了老百姓的鲜血，家里堆满了从民间搜刮的金银财宝，老百姓恨透了他们，就称他们是'曾剃头’！”停了一会，邹树荣似乎看到了希望，他又说：“不过，现在好了，翼王已经把曾剃头的水师堵在鄱阳湖内，就等着瓮中捉鳖了！翼王真是用兵如神，驻军湖口，轻轻一动，就死死卡住了曾剃头的脖子！看来，一向喜欢剃别人头的曾剃头，这回怕是要被翼王剃头了！在下非常高兴，就到处题诗，宣扬翼王的仁慈神勇！哈哈哈！曾剃头，你也有今天！”说完，大笑而去！

原来翼王正在湖口，三人决定昼夜兼程赶往湖口，助翼王破敌。一路上，倒也没有遇到曾剃头的军队，直到临近姑塘镇，才见曾剃头的军营，营旗上有大大的“湘”字和“鲍”字，他们也不知道守在姑塘的统帅是谁，但看那军营规模，少说也有三千人！三人正在谈论镇上驻军之事，忽见一队人马出了姑塘镇，急速往西北方向行进。张自芳一看旗面上的“坦”字，不禁脱口而出：“袁世坦！”石浩然问：“姨，袁世坦来干什么？”张自芳问：“浩然，你认识袁世坦吗？”石浩然说：“不认识。只是听师兄说他是我们大师伯的徒弟，也算得上是我们的师兄了！”张自芳自言自语：“难道袁世坦是来助阵的吗？这百十号人又有什么用处呢？”

袁世坦并不是来助阵的，他是奉李鸿章之命，带领坦字营一百名团勇专门来护卫曾国藩兄弟的，同时带来了一封李鸿章的亲笔信。一路上，到处是太平军，袁世坦绕道浮梁、渡过鄱阳湖、先到姑塘镇，拜见了湘军猛将鲍超，在鲍超的指引下，率领团勇从陆路赶赴湘军水师大营官牌夹。

早有人报告给曾国藩，曾国藩一听是李鸿章派人来助战，立即叫“请”。袁世坦走进军帐，向曾国藩行一大礼：“标下坦字营管带袁世坦拜见大帅！”声音不大，但浑厚庄重。曾国藩很高兴，忙说：“免礼！”袁世坦抬起头，细看曾国藩，国字脸，两道浓眉，一双眼睛满含柔和之意，显得十分淡然；身材中等略偏高，一身戎装，倒也颇为得体。旁边侍立一人，也是国字脸，身材不高，略显壮实；眼睛虽小，但凶光逼人。曾国藩介绍说：“这是本帅九弟。”袁世坦立即行礼，问好：“标下参见九帅！”然而，“九帅”并未理睬。袁世坦听说过，曾国藩的九弟曾国荃虽然勇猛豪爽，但一向争强好胜，除了他的大哥，他没把任何人放在眼里。袁世坦不想一来就与曾国荃产生矛盾，于是，又说了一句：“标下代李大人向九帅问好！”

曾国荃眼一斜，傲慢地问道：“你就是袁世坦？听说你也会几招武功？”袁世坦抑制住内心的不满，谦虚地说：“蒙九帅夸奖，标下不过学了几招，供防身之用。”只见曾国荃下巴一抬，嘴一努，一员大将便走到袁世坦面前，袁世坦一看，此人膀大腰圆，站在那里犹如一座铁塔，便后退两步，行了一礼，说道："请教将军尊姓大名！"那人一开口，声若洪钟："在下坐不改姓行不更名，湘军同知彭玉麟！"袁世坦拱起双手，连连称赞："久闻彭将军大名，如雷贯耳，今日一见，果然是湘军'第一猛将'！"彭玉麟假意笑了笑，说："袁管带，那些虚名就不要提它了。在下只想向袁管带讨教几招，不知袁管带肯不肯赏脸？"袁世坦心里明白，这些湘军的悍将，平时很少遇到对手，因此，根本就看不起别人，不给他一点颜色，以后恐怕很难相处，于是，拱手说道："那就请彭将军赐教！"

彭玉麟不顾曾国藩的劝阻，首先向袁世坦扑过来，意欲举起袁世坦；袁世坦一闪身，让了过去。在让过第三次之后，袁世坦果断出击，只听"咔嚓"一声，彭玉麟左臂便垂挂下来，疼得龇牙咧嘴。袁世坦连忙道歉："彭将军承让！标下一时失手，得罪得罪！"曾国藩不无忧虑地说："世坦，眼下战事吃紧，彭将军却受伤了，现在怎么办？"袁世坦笑笑说："大帅放心！彭将军只是脱臼，并未骨折。还请彭将军忍耐片刻。"说完，左手托起彭玉麟手臂，右手在彭玉麟左肩上轻轻一敲，又是"咔嚓"一声。袁世坦说："彭将军甩甩左臂试试。"彭玉麟甩了几下左臂，竟然灵活如初。曾国荃等一干湘军悍将脸上的傲气早已消失殆尽了！

就在此时，营帐外传来一片吵闹声。众人出帐一看，近百个湘勇倒在地上哭爹喊娘。曾国荃忙问何故如此，一个湘勇小头目答道："禀告九帅，坦字营团勇打伤了我们一百多名弟兄。"袁世坦大声说："打人者站出来！"一下子站出来十名团勇。袁世坦问："谁让你们把他们打伤的？"一个团勇说："禀告袁管带，他们欺负人！尽管如此，属下都并没有伤及他们内脏，只是让他们吃一点小苦头！"袁世坦知道了，团勇们不过是用了自己刚才对付彭玉麟的手法而已。此时，曾国荃脸上挂不住了，他用脚踢那些躺在地上的湘勇士兵，骂道："蠢蛋，没用的东西，一百多人都打不赢人家十个人，丢人丢到家了！"袁世坦对十名团勇说："去，把他们的伤治好！"一阵"咔嚓"声之后，一百多名湘勇士兵就都站立起来了。曾国藩赞叹不已："强将手下无弱兵！传本帅命令，好酒好菜招待坦字营官兵！"袁世坦忙说："大帅，标下恳请您收回成命吧！我的兄弟……"话还没说完，曾国荃抢着说："不仅要好酒好菜款待，还应该奖励他们每人三十两银子！"曾国藩一听，心里清楚九弟这是要拉拢这百十号勇士，心想，做就要做到位，于是，说道："坦字营团勇人人忠勇可嘉，个个武功高强，本帅决定，每人奖励五十两银子！九弟，你速去落实此事！”曾国荃应了一声，正准备去落实款待、奖励事宜，突然，坦字营一名卒长出列，向曾氏兄弟行了大礼，说道：“禀告大帅、九帅，我们坦字营团勇尚未奔赴战场，无尺寸之功，此时受奖，未能服众！不如待我们团勇杀敌立功之后，论功行赏，那样，我们也觉得光彩！”曾氏兄弟及在场的湘军将佐不禁一齐点头称许！曾国藩又问及团勇营房安排了没有，卒长说：“禀告大帅，只需指定地点，我们自己扎营。”话音刚落，一百名团勇齐声唱道：“第二扎营不要懒，莫去人家取门板；莫拆民房搬砖石，莫踹禾苗坏田产。”曾国藩便命彭玉麟带坦字营择地扎营，又请袁世坦营帐内说话。

曾国藩直至此时才发觉自己真不该小觑袁世坦，他开始认真审视眼前的这个年轻人。只见袁世坦身材魁梧，一身戎装，显得英武庄重；面部饱满，剑眉大眼，不怒而威。曾国藩说：“袁管带，坐下说话！”袁世坦分明听见曾国藩不称“世坦”，而称“管带”，知道曾国藩对自己有了几分敬重，便更加谦恭有礼，答道：“大帅请上座！”曾国藩落座后，袁世坦和湘军将领也都坐了下来。

曾国藩微微一笑，说道：“少荃老弟还惦记着本帅，有心了！”袁世坦站起来，离开座椅，说道：“大帅，李大人一直遵从您的教诲，按您的方法训练团勇，时刻关注湘军的发展。得悉大帅进军九江、湖口，战情复杂，便命标下带百名团勇星夜赶来护卫大帅、九帅，同时呈上李大人对九江、湖口之战的建议。”说完，从棉衣夹层中取出李鸿章的亲笔信，呈给曾国藩。

曾国藩看看信封，那是自己再熟悉不过的字体，便满怀期待地拆开信封，取出书信，一字一句地认真阅读起来。

老师钧鉴：

京师一别，两年有余，学生无时无刻不思念老师！

老师自衡州起兵，十个月来，保长沙，攻湘潭，夺武昌，势如破竹，所向披靡！田家镇一战，更是老师神来之笔！

近日，老师率得胜之师，围九江，战湖口，此役若胜，则安庆不攻自破，江宁指日可取！长毛军中亦知九江、湖口之战乃生死较量，故命翼逆石达开亲赴湖口统一调度。

据学生所知，翼逆石达开素蓄大志，文武兼备，谋略甚深。其人不甚理会邪教俚说，颇以结人心、求人才为急，亦擅长假仁义以笼络其下，因而深得群贼之心。更兼才智出诸贼之上，以狡悍著闻。要之，石达开实乃贼之宗主，而我之所畏惧也！此番生死之战，必出奇招，必尽全力，学生以为不可等闲视之！

学生命管带袁世坦率团勇百名，寸步不离老师、九帅，视老师、九帅生命万倍于自己生命！

学生　鸿章　敬上

咸丰四年腊月初十日

曾国藩看完信，半晌，问道："石达开究竟何许人也？"似乎在问袁世坦，又似乎在问湘军将领。袁世坦答道："禀大帅，石达开武功高深莫测，堪称一代宗师；智谋超绝，长毛军中，除了钱江，无人能与之抗衡。"曾国荃说："钱江不是被雷以诚杀了吗？怎么又冒出一个钱江？"袁世坦说："禀告九帅，雷以诚杀的那个人是假冒的钱江，真正的钱江此时也许正在石达开军营中呢！"曾国荃又说："袁管带，我们沿途听到的消息跟你所说的好像有出入。石达开既然文武全才，那为什么我们很少听到外界提起他呢？"曾国藩也说："是的，咸丰二年、三年前敌奏报中的悍匪主要是罗大纲、萧朝贵，最近传说比较多的是韦昌辉、罗大纲、李开芳、曾天养，并不闻石达开的姓名。"曾国藩看着袁世坦，又问："袁管带，你说石达开是一代宗师，那他估计也应该有四五十岁了吧？"袁世坦说："禀大帅，石达开至多二十五岁！"曾国藩笑了："一个二十五岁的年轻人也能称得上一代宗师？"袁世坦真的无法让曾国藩相信石达开的文韬武略，但也不好透露自己与石达开的关系，便没有再回答曾国藩的问题。曾国藩见袁世坦不说话了，以为袁世坦无言以对，便对曾国荃说："张德坚在《贼情汇纂》里是如何评价石达开的？"曾国荃答道："大哥，张德坚说石达开是'铜臭小儿，毫无智识'。小弟也曾听说过石达开，很多人说他性格平和，为人诚恳，主要协助东逆杨秀清做一些行政工作，没听说他指挥过作战。"袁世坦忍不住了，说道："大帅，标下得知，石达开目前在长毛军中是第四号人物，在长毛'永安建制'时就被封为翼王，肯定有其过人之处！"曾国藩笑笑说："袁管带只知其一，不知其二。本帅听说石达开家资富厚，捐了十万两银子，才被封为翼王的。袁管带不必担心，本帅感谢少荃老弟的提醒。"对曾国藩的轻敌和固执，袁世坦毫无办法，只能严饬坦字营团勇拼死护卫曾国藩、曾国荃，只要能够保住他们两人的性命，自己的任务也就完成了！曾国藩、曾国荃、彭玉麟惊诧于坦字营扎营之神速，称赞了一番，勉励了几句，袁世坦要求坦字营团勇誓死保卫大帅和九帅！

曾国藩刚回到营帐，就有探子来报，说有一支长毛军自都昌出发，现已到达南康附近，目标是姑塘。曾国藩一听，立即问道："多少人马？"探子报："五千左右！"曾国荃大惊失色，说："大哥，姑塘危险啊！快去救姑塘！"彭玉麟说："九帅，眼下如何救？我们水师有二十多条船被长毛堵在鄱阳湖里出不来，长江水师又被罗大纲阻在梅家洲一带，罗泽南、塔齐布的陆师一要包围九江，二要阻止罗大纲向官牌夹进攻，已经到了无兵可派的地步了！"曾国荃说："彭将军，姑塘一失，我们又要退回湖南老家了！大哥，姑塘必救！"曾国藩问："怎么救？"曾国荃说："大哥，如今与长毛胶着在九江、湖口一带已经一个多月了，这样拖下去也不是办法，干脆先发制人，主动出击！"曾国藩与众人指着地图，作了进攻部署。袁世坦不无担忧地说："大帅，如果长毛军将我军入湖的船只全部封锁在鄱阳湖里，那怎么办？"曾国藩笑笑说："袁管带以为本帅是陈友谅吗？请放心，本帅自有安排。"袁世坦还能说什么呢！

曾国藩的水师、陆师动向很快被太平军侦得一清二楚，探子迅速将情况报告给石达开。

湖口，石达开大营军帐内，气氛有点紧张。

石达开、钱江、罗大纲、张自芳、刘元合、冯紫芸、石浩然、麦靖芠等围坐在一起，讨论着对付曾国藩的行动。

石达开说："曾国藩几次进攻，都无功而返，他在破了田家镇半壁山我军防线后，曾放言'东南大局似有转机'，现在，眼看牛皮就要吹破了，他极有可能倾巢出动、孤注一掷；我军自田家镇一败以来，九江上游尽失，安庆岌岌可危，目前，湖口又与敌军呈胶着之势，如此拖延下去，对我军也很不利。这是敌我双方寻求决战的时刻。此战，我军只能胜不能败，否则安庆不保，天京震动！"

钱江说："现在，就请翼王作战役部署。成败在此一举，诸位努力向前！"石达开对湖口之战做了详细安排。

战斗很快就打响了，曾国藩出手即失利。水师被分割在长江和鄱阳湖两处。进入鄱阳湖的一百二十条"长龙""三板"等轻便小船被张自芳率领的太平军水营一部追击至饶州附近，无路可去，湘军士兵弃船上岸，向南昌逃窜。滞留在长江中的"快蟹"等大船在罗大纲水营的打击下，沉毁过半，余船逃至湘军水师大营官牌夹。

曾国藩大营内，曾国荃急得直跺脚，对曾国藩说：“大哥，姑塘已成一座孤城，那可是我们的命根子啊！九江可以放弃，武昌可以放弃，姑塘决不能丢失！大哥，您就让小弟带五千人马去增援鲍将军吧！”曾国藩也很焦躁，又有点后悔，后悔自己没有重视李鸿章的提醒，后悔自己小觑了石达开。但现在，哪来的五千人马？不要说五千，即使是一千人马，也很难机动出来。曾国藩也很清楚，一旦姑塘落入太平军之手，湘军三个月来的辛苦就全部化为乌有了！那里有湘军存放的二百万两白银、三万两黄金！那真是湘军的命根子！

曾国藩来回踱着步，绞尽脑汁，最后，仿佛下了很大决心似的，说道：“九弟，你不要去，你留在大营。本帅即调塔齐布、胡林翼分头去救姑塘。”

探子很快将湘军塔齐布、胡林翼的动向报告给了石达开，石达开与钱江判断，曾国藩在此形势下，仍然调集重兵去救姑塘，表明姑塘在他心目中有着不可替代的地位。钱江说道：“有消息说，湘军每打一次胜仗，曾国荃就要回一趟双峰荷叶塘老家，将掠得的金银财宝运回老家。湘军三个月来占领了不少地方，但曾国荃这三个月一次老家都没有回，而湘军抢得的金银及征收的厘金应该不少于二百万两，而这二百万两银子应该就藏在姑塘！”石达开说：“军师分析得相当有道理，姑塘目前藏有湘军三个月来搜刮到的全部财宝，这样，才值得曾国藩不惜一切代价去保护它！否则，鄱阳湖边一个小镇有什么能引起曾国藩这么大的兴趣呢！”钱江说：“翼王，决不能让曾国藩得逞！”石达开说：“是的！决不能让曾剃头得逞！请罗三娘率领两千人穿插到庐山西北部阻击塔齐布，请张女侠率部由鄱阳湖西北上岸，在庐山东北部挡住胡林翼；命令元合、冯姑娘带领‘军师卫队’五百人强攻姑塘，务必拿下姑塘！”钱江问：“翼王，镇守姑塘的是鲍超，此人与张飞、李逵有一比，号称湘军‘第三猛将’，探子侦得姑塘湘军有三千人。元合、冯姑娘仅带五百人，有几分把握？”石达开笑笑说：“军师放心！足有十成把握。鲍超虽然勇猛，但绝对不是元合的对手，‘军师卫队’队员一人可敌湘军十人！”

塔齐布、胡林翼在罗三娘、张自芳姐妹联手打击下，兵力损失过半，两人分别带着残部逃往官牌夹，曾国荃气得几乎要跳起来！他几次要带本部人马去拼命，都被曾国藩拦住了！

刘元合、冯紫芸率领五百名“军师卫队”队员从湖口出发，一个时辰便奔至姑塘镇下。鲍超一看，人不多，于是带着五百湘勇出镇迎敌。两军对垒，鲍超看到两员小将，一男一女，都不到二十岁，身后约有五百士兵，顿生轻视之意。鲍超大声说：“就你这娃娃也能成为武状元，看来长毛军中真是没有什么能人了！什么‘军师卫队’，在家里看看门还可以，这是战场，识相的赶快回去！那个妹子倒是蛮漂亮的，我喜欢！刘状元，把妹子留下，带着你那几百条看门狗回去，本大爷饶你不死！”说完，狂笑不止，湘军士兵齐声呐喊：“把妹子留下！把妹子留下！”

刘元合向“军师卫队”说：“你们还不动手！”不到一刻钟，五百湘勇伤的伤、死的死，全部倒在地上，镇外就剩鲍超一个光杆司令！他咆哮着冲向刘元合，刘元合正待接招，冯紫芸说：“状元郎，我从你那里学了几招，到现在还没有派上用场，我想拿这头猪练练手！”鲍超被冯紫芸劈头盖脸一顿打，打得鼻青脸肿，但仍然稳稳地站在那里，安如泰山。冯紫芸急了，使出了“大力倒海掌”，无奈功力不够，鲍超也只是向后踉跄了几步，又稳稳地站在那里，挑衅地说：“妹子，打够了没有？打够了，就轮到我出手了！”冯紫芸正要再打，刘元合一把拉过她，站到了鲍超面前。好一个鲍超，全无惧色，然而，在与刘元合交手十多个回合后，渐渐力怯难支。刘元合瞅准时机，猛击一掌，鲍超一手捂住肋下，恶狠狠地说：“你小子用的是什么武功，竟然打断了我的肋骨！”豆大的汗珠从额头上滚下来，刘元合准备再补一掌，击毙鲍超，没想到鲍超虚晃一招，退入镇内，命人关上城门。刘元合、冯紫芸指挥“军师卫队”攀墙入城，不到一个时辰，就彻底剿灭了镇子里的两千多湘勇，余下近百名残兵保护着鲍超向西北方逃去。

鲍超失了姑塘，消息传到了湘军大营，曾国藩顿时失魂落魄，曾国荃暴跳如雷，湘军将领纷纷请战，要求誓死夺回姑塘。塔齐布、罗泽南、胡林翼等合兵一处，共有五千多人，浩浩荡荡开往姑塘。

罗三娘、张自芳拼命阻击湘军主力，不让他们接近姑塘。石达开却要求罗三娘、张自芳火速撤回大营，放过湘军，让他们去攻打姑塘。罗三娘、张自芳很不理解，也很担心刘元合、冯紫芸的五百人顶不住湘军五千多人的进攻。

石达开对湖口之战又做了重新安排：“请罗三娘率两千人马长途奔袭，从兴国州直逼武昌城下；请张女侠率三千人马直捣田家镇，夺回田家镇，彻底切断长江上湘军水师各部之间的联系，为下一步对湘军水师各个击破创造条件；命令浩然、靖芟率一千轻快队伍直扑官牌夹，捣毁湘军水师大营，尽量活捉曾国藩、曾国荃兄弟！”张自芳说：“翼王，我们回来的路上看到袁世坦率坦字营百十号人前往官牌夹，浩然、靖芰能否对付得了袁世坦？”石达开说：“张女侠不必担心，浩然的武功不在袁世坦之下，更有靖芰相助，应该没有问题。”钱江也说：“塔齐布、胡林翼、罗泽南三人几乎带走了湘军在这一带的所有人马，官牌夹附近只有王国才部留守士兵，不过五百人，石浩然、麦靖芰应该能够应付得了！”

张自芳一天一夜就夺回了田家镇，罗三娘也在一天一夜急行军后，逼近武昌城下，消息传到官牌夹，曾国藩不禁哀叹：“两个月的心血全都白费了！石达开，本帅与你势不两立！”曾国藩红着眼，环视着身边每一个人，大声说：“你们谁说石达开是‘铜臭小儿，毫无智识’的！谁？谁？”曾国荃知道大哥快气疯了，小声说：“大哥，张德坚在《贼情汇纂》里说过。”曾国藩一改往日儒士的风度，破口大骂：“张德坚，你骗得老子好惨啦！”袁世坦提醒说：“大帅，防止长毛偷袭水师大营！”曾国藩此时清醒了不少，忙安排严密地防守的事宜。

正在这时，王国才部下败兵来报，长毛偷袭王国才营地，五百人所剩无几，王国才不知下落！曾国藩一听，惊得目瞪口呆，一时手足无措。然而，福无双至祸不单行，姑塘方面传来了更坏的消息。刘元合五百人的“军师卫队”居然击溃了湘军五千人马；更可怕的是，刘元合打伤了湘军数员大将，连湘军“第二猛将”塔齐布也身受重伤，生死未卜，现在，五千湘军成了没有头的苍蝇，只是一个劲地往南昌逃窜。

曾国藩两眼一黑，少顷，颤颤巍巍地走向船头，曾国荃立即跟了上去，袁世坦还没有明白怎么回事，就听曾国荃大喊一声：“大帅又跳水自尽了！”袁世坦一个箭步跃上船头，看到曾国藩已经落水，但由于冬衣很多很厚，因此，人还未沉入水中。袁世坦二话不说，也跳进江中。时值隆冬，江水刺骨。曾国藩冻得全身僵硬，尽管袁世坦奋力将他往上托，他两手还是抓不住船帮。江水虽然不大，但此处滩多水急，再折腾下去，可能连袁世坦本人也会被江水冲走的。船上，人虽然不少，但面对波涛汹涌、冰冷扎骨的江水，也没人敢下水帮忙，事实上，即使是下了水，也未必帮得了忙。曾国荃在船上急着干号。袁世坦急中生智，憋一口气，发一声喊，抱着曾国藩一下子跃出江面，跃进船舱。众人忙拿来干净衣服给曾国藩、袁世坦换上，曾国荃一把拉过袁世坦的手，激动地说：“袁管带，我的好兄弟！”

曾国藩四肢渐渐恢复了知觉，他感激地望着袁世坦，说：“袁管带，辛苦了！”袁世坦说：“大帅，长毛既然攻破了王将军大营，现在肯定已经快到官牌夹了。大帅，下令撤军吧！”曾国藩在众人劝说下，终于同意向南昌撤退。

一走出营门，就见坦字营的团勇们已经与长毛兵短兵相接了！袁世坦看到长毛军中一员年轻将领与石达开极为相像，出手快速敏捷，一会工夫，坦字营即有二三十名团勇倒地。袁世坦忙将坦字营团勇召回，将剩下的七八十人分成三拨，一拨围攻长毛军中的女将，一拨护卫曾国藩、曾国荃等，一拨进攻长毛兵，而自己则单挑长毛兵中的那位小将！

袁世坦与那位小将面对面站着，双方距离不过两丈。袁世坦说：“来者报上姓名！”那员小将铿锵有力地说：“太平天国武状元刘元合师弟石浩然！来人是不是袁大师兄？”袁世坦说：“正是！战场上只有敌我，没有师兄弟！如果你现在收兵，本管带便放你一马，否则，刀剑无情！”石浩然笑笑说：“袁师兄，听师弟一言，放下曾国藩，走你的路！否则，刀剑无情！”袁世坦说：“那就废话少说，出招吧！”

袁世坦与石浩然打斗起来，双方腾挪辗转，看得曾国藩、曾国荃等人眼花缭乱，即使是坦字营团勇都没有见过袁管带尚有这般武功，大家都停了下来，欣赏袁管带与石浩然的精彩武打表演！麦靖芝也停止了挥剑，双方所有的人都站在那里，傻傻地看着这一对师兄弟棋逢对手地搏杀！

两人战至百十回合后，头上冒着热气，大口喘着粗气，都觉得这样缠斗下去，没有好结果，必须先发制人！袁世坦与石浩然几乎是同时想到了这一点，两人一声呐喊，拳掌相接，石浩然向后退了三五步，“咚”的一声坐在地上，吐了一口血；袁世坦也踉跄了几步，眼前直冒金花，差一点跌倒在地！

麦靖芝一下子扑到了石浩然身边：“浩哥，你怎么啦？”石浩然说：“不要紧，芝妹，我俩双剑齐下，直取曾国藩狗命！”说完，坚强地站起来，拔出宝剑，麦靖芝也拔出宝剑，两人纵身一跃，飞过团勇头顶，直取曾国藩。袁世坦见状，也纵身一跃，挡在曾国藩胸前；石浩然、麦靖芝转到曾国藩身后，双剑一起落下；袁世坦一下子抱起了曾国藩，剑还是划破了曾国藩的小腿，疼得他嗷嗷直叫。

袁世坦将曾国藩背在身上，使出最大力气，向石浩然、麦靖芝打去；石浩然、麦靖芝注意力只在曾国藩身上，没有防备袁世坦的袭击，结果被袁世坦打出三丈开外，重重地摔倒在地。石浩然一看，麦靖芝昏了过去，忙指挥太平军士兵将曾国藩等包围在垓心，欲困死曾国藩。袁世坦背着曾国藩，杀出一条血路，向南逃跑，坦字营团勇留下来断后。

坦字营且战且走，石浩然欲待上前进攻，一则自己已经受伤，二则麦靖芠昏迷不醒，自己不能扔下她不管。很快，他召回了太平军士兵，进驻官牌夹曾国藩大营，为麦靖芠及太平军士兵疗伤。

袁世坦背着曾国藩，一口气跑了五六里路，看看后面没有追兵了，才放下曾国藩，一屁股坐在地上，不停地擦着额头上的汗。曾国荃褪去曾国藩裤管，查看曾国藩的伤情，原来只是划了一道很浅的口子，现在血迹已干，方才知道曾国藩不能走路，不是因为腿伤，而是受到了过度的惊吓！曾国藩一听自己并没有受什么伤，立马浑身来劲了，"蹭"地一下站了起来，很有力地走了几步，然后，来到袁世坦面前，蹲下，抚摸着袁世坦的宽肩膀，说："辛苦你了，世坦老弟！"袁世坦怀疑自己是听错了，不想，曾国荃也蹲下，拉着他的手说："世坦老弟，我们兄弟的命是你救的！大恩不言谢，我俩结为生死之交吧！"袁世坦忙站起来，十分谦虚地说："大帅是我们李大人的老师，李大人是标下叔叔的好兄弟，大帅、九帅就是借给标下一百颗脑袋，标下也不敢与大帅、九帅称兄道弟！再说，保护大帅、九帅是李大人交给我们这百十号人的死任务，幸好大帅、九帅无甚大碍，否则，我们这些人就死无葬身之地了！大帅，趁着暂时没有追兵，我们赶紧撤到南昌吧！"

回到南昌，已是腊月二十八日，从各处败逃到南昌的将领有塔齐布、鲍超、胡林翼、罗泽南、王国才等，号称湘军"第二猛将"的塔齐布、湘军"第三猛将"的鲍超都被刘元合打伤了，湘军三千多人死在刘元合五百人"军师卫队"的刀剑之下，这一仗过后，湘军士兵一听到"军师卫队"，就吓得连路都走不动！与此同时，袁世坦及他的坦字营也一战成名，令湘军将士人人敬服！

历史上常有这样的现象，数万人乃至数十万人精心谋划、极力促成的事情，结果也就只成就了两三个人。湖口之战，几个月的谋划，几万人的争夺，最后也只是成就了刘元合及他的"军师卫队"、袁世坦及他的坦字营，还有石达开，让石达开一下子从幕后走到了台前！

湖口之战结束后，曾国藩在给朝廷的奏报中写道："贼首以石为最悍，诳煽莠民，张大声势，亦以石为最谲。"而那个编辑《贼情汇纂》的张德坚，被朝廷革职，回乡为民，自己倒真正成了"铜臭小儿，毫无智识"了！

刘元合、冯紫芸在罗大纲的帮助下，将起获的湘军两百万两白银、三万两黄金及无数珍宝押运至湖口，石达开、钱江做了如下安排：一百万两白银上交天京“圣库”，一百万两白银及部分珍宝沉入运漕秘密宝库，三万两黄金献给天王府，部分珍宝献给东王、北王等。安排已毕，刘元合、冯紫芸率领“军师卫队”在石浩然、麦靖芠的帮助下，历尽艰险，将金银财宝押运到位，当然，一路上少不了惊心动魄的遭遇！

第十六回 战长江兄弟扬正气 过昭关同年抒壮怀

杨秀清接到石达开发往天京的呈报后，忙召唐正财商量，如何将这百万两银子、不计其数的珍宝据为己有。唐正财献了一个“一箭双雕”之计，在长江上夺了刘元合押运的金银珍宝，一则可以肥己，二则可以借刘元合失宝之事打击钱江、石达开，巩固东府势力。杨秀清听罢，一只眼睛都笑眯了，说：“航王，你的肚子里为什么有这么多的坏水？不过，本王倒是很喜欢！”陈承瑢说：“航王的计策当然是妙计，但实行起来却有很大的难度。恐怕还要谋划谋划。”杨秀清一听此话，似乎清醒了一些，他摸着下巴，在厅堂里走来走去，唐正财、陈承瑢紧张地看着他，一言不敢发。突然，杨秀清停下脚步，一只眼睛瞪着陈承瑢，吓得陈承瑢后退了两步。杨秀清问：“陈承瑢，江北最嚣张的清妖军队是哪一支？”陈承瑢不知杨秀清此言何意，猝不及防之下，只能如实汇报：“东王，属下探得江北最嚣张的清妖军队是李鸿章统领的团练坦字营。我军横扫江北，清妖八旗绿营兵及各路团练纷纷弃城自保，唯有李鸿章以千人之力先攻下巢县，再直驱百里，占据和州，在控制了巢县、和州后，又轻松地攻占含山，其前锋已经逼近裕溪口乃至江浦，他已经成为天国第三大威胁，仅次于清妖的江南、江北两大营！”杨秀清问：“你刚才说他们多少人？”陈承瑢答道：“一千来人！”杨秀清不相信：“一千来人怎么可能造出这么大的声势呢？江南、江北两个大营每营至少万人，也没见他们有什么作为。看来，这个李鸿章不简单啊！对了，就是他了，就是他了！”唐正财、陈承瑢被杨秀清说得莫名其妙，瞪着眼睛傻傻地看着杨秀清，不知他为何这样情绪激昂、手舞足蹈！

杨秀清没头没脑地说了两句话：“首先给他来个‘借刀杀人’，然后再来个‘一箭双雕’！哈哈哈！”唐正财平时做别的坏事时，那可真是“荷叶上撒尿——小点子直翻”，坏主意一个接着一个，但一谈到正事，他的智商就不够用了，所以，他不知道杨秀清的“借刀杀人”是什么意思。陈承瑢想了一想，估计杨秀清是想利用江北李鸿章，谋夺刘元合押运的金银财宝，于是，小心翼翼地问：“东王的意思是联合李鸿章？”杨秀清哈哈大笑：“还是你了解本王！”唐正财此时才反应过来，对一个没见过大世面的湖南乡下木匠来说，能够在陈承瑢的提醒下明白杨秀清话里的深层含义，已经算是不错的了，他说：“东王，那我们还要跟李鸿章平分财宝？”杨秀清不满地说：“航王，你不能整天都钻在钱眼里，你也要好好学一学陈承瑢！本王会跟李鸿章分财宝？做梦！本王是要借助李鸿章来夺取财宝！”陈承瑢接着说：“东王的计划是待李鸿章与刘元合两败俱伤之时，我们突然出击，那样，就可以轻松地消灭李鸿章，摧毁令人生厌的‘军师卫队’！”唐正财的木匠脑袋此时终于被完全敲开了，他谄媚地笑着说：“真是东王妙计定天下啊！”杨秀清也没在意唐正财说了些什么，倒是陈承瑢觉得唐正财的话既粗鄙无知又预示着不祥的征兆，一般来说，这句话后面还会紧跟另一句话，“赔了夫人又折兵”，更可值得玩味的是，说话人意思的重点往往落在后面那句话上，陈承瑢顿时预感到此次行动结局不妙，但此时，他绝对不敢对杨秀清说出自己的顾虑！杨秀清也在考虑，派谁去江北联系李鸿章呢？论胆识、论才智，陈承瑢当然是最佳人选了，但是，陈承瑢每天都要去“圣库”与蒙得恩核查各笔款项的进出情况，此一去江北，少说也要三四天，这会不会引起蒙得恩甚至洪秀全的怀疑呢？好在杨秀清向来是十分自信的，他相信自己会找到一个非常好的借口糊弄蒙得恩，蒙骗洪秀全！杨秀清说：“陈承瑢，本王想派你去与李鸿章取得联系，只是前途凶险莫测啊！”陈承瑢知道杨秀清肯定会派自己去联系李鸿章的，他已经做好了思想准备，实际上，他也想看看李鸿章到底是什么样的人，于是，他立即答道：“属下但凭东王差遣，万死不辞！”杨秀清笑着说：“事成之后，记你头功！好，现在，我们再考虑得周详一些！”

陈承瑢很快到了含山县城，县城不大，但街道布局整齐有序，人虽然不多，但一个个纯朴忠厚又不失精神抖擞。陈承瑢立刻喜欢上了这一座小小的山城。陈承瑢曾经听说过一首民谣，其中有两句是“老爷打板子，四面都听见”。陈承瑢原来以为含山县又小又破，今天亲眼见了，才知道民谣也有夸张之处，含山县虽小，但不破，相反，一切都显得那么井然有序。

在得胜河浮桥南端，陈承瑢递上自己的拜帖，呈上杨秀清的亲笔信，便站在浮桥头等候。

杨秀清密使的到来，使李鸿章着实吃了一惊！看完了杨秀清的书信，李鸿章让手下官员先将陈承瑢安排在客栈，好酒好菜招待。李鸿章与范瑾瑜、袁世坦、水青萍商量如何对付。

范瑾瑜说：“大人，杨秀清那么贪财，他肯分一半财宝给我们吗？我看他是设下了‘借刀杀人’之计，待我们与刘元合拼个你死我活之时，他再突然出击，轻松地消灭坦字营和刘元合的‘军师卫队’，这样，一来可以独吞百万两金银及不计其数的珍宝，二来可以借刘元合失宝之事，狠狠地打击钱江、石达开，巩固他自己的势力！”李鸿章说：“东逆是想‘一箭双雕’啊！范先生，我们不理他就是了。”范瑾瑜却笑笑说：“大人，来而不往非礼也。杨秀清如此看重我们，我们如果不回应，那也太不识抬举了，人家好歹也是东王啊！他要玩，我们就陪他玩，反正这几天也没有太多的事情，闲着也是闲着！”李鸿章笑了起来，他不知道范瑾瑜怎么一下子也调皮起来了，说道：“范先生，依你看，怎么陪他玩？”范瑾瑜说：“大人，我们来个将计就计。听说东王府有不少世间难得一见的珍宝，不知其中是否有大人所藏密诏上说的什么‘半个西瓜’，如果有，那我们不妨先把那‘半个西瓜’骗上手！”

一听到“半个西瓜”，袁世坦忽然想起刘元合曾经说起的“一棵白菜”的事情，印象中“半个西瓜”确为杨秀清所夺，洪秀全心里过意不去，便将那“一棵白菜”赐给了钱江。想到这里，袁世坦说：“大人，属下认为‘半个西瓜’肯定在杨秀清手里！”范瑾瑜说：“如此甚好！世坦贤弟，你是怎么知道的？”袁世坦说：“范先生，那次钱江邀请大人运漕河上一席谈之际，我与刘元合在河堤上戒备，也交过手，见他没有放开打，问他原因，他说起了‘一棵白菜’和‘半个西瓜’的事情。本来，我打算立即报告大人的，但事情一多，就忘记了。今天，你提起这个东西，我才猛然想到这件事！”范瑾瑜说：“太好了！大人，属下这一次一定让您亲眼看看那件稀世奇珍！”

接着，范瑾瑜又说：“大人，世坦贤弟，水姑娘，我想这样安排，你们看怎么样。杨秀清搞联合，我们也搞一次联合，我们联合刘元合，为刘元合押运财宝保驾护航。世坦贤弟，你要尽快地与刘元合联系上，把我们双方联合行动的计划告诉他。”

李鸿章委托范瑾瑜全权处理与杨秀清联手之事。范瑾瑜、袁世坦陪着陈承瑢泛舟南门外得胜河，流连县城北门锁钥昭关，双方在融洽友好的气氛中结成了联盟，共同对付刘元合。为了表示信守诺言，双方决定：届时，双方在九洑洲水域会面，范瑾瑜到唐正财大营，协助唐正财指挥水战，消灭刘元合后，范瑾瑜回到含山；唐正财将杨秀清所藏的翡翠西瓜交给袁世坦。范瑾瑜安全回到含山后，袁世坦再将翡翠西瓜原物奉还。范瑾瑜还查了一下黄历，说正月二十二日是黄道吉日，特别宜谋财。

陈承瑢走后，范瑾瑜将双方约定报告给李鸿章，李鸿章说：“范先生，这太危险了，范先生若是有个什么不测，我要那个翡翠西瓜有什么用！”范瑾瑜笑笑说：“属下就知道大人不会让我到唐正财水营里去冒这个险。其实，属下是想借此机会生劫唐正财，帮助刘元合的运宝船队顺利泊岸，同时抢夺稀世珍宝翡翠西瓜！”李鸿章这才松了一口气：“原来如此！不管怎么说，你们都要做到安全第一！”

刘元合在看完袁世坦写来的信之后，又接到了天王的密诏，说的是同一件事，杨秀清欲假李鸿章之手除掉刘元合，然后再消灭坦字营，独吞百万财宝，打击军师和翼王。老实说，一开始他还真的不相信袁世坦信中所说之事，待看到天王密诏，方才相信这件事是真的。只是袁世坦会协助自己将金银财宝安全押抵天京吗？这里面会不会有什么诡计呢？且不管他，等军师来了再说。冯紫芸、石浩然、麦靖芠都催促刘元合早做准备，刘元合一时也拿不定主意。就在这时，钱江来了。一见军师来了，四个人顿时觉得心里有底了。

刘元合将袁世坦的信和天王的密诏呈给了钱江，钱江看了以后，说：“各位，我正是为此事而来。天王密诏要我指挥这一次行动。看，这是天王给我的密诏。”众人一看，原来天王先下诏给军师和翼王，提醒他们注意杨秀清的阴谋，同时，要求军师全力保证百万财宝的安全。刘元合说：“军师，袁世坦在信中说要和我们联手，不知道其中是否有诈。”钱江十分肯定地说：“没有诈！袁世坦这一次也不单单要帮你，他肯定还有其他目的。不管怎么说，他帮助我们，总比在长江上阻拦我们要好得多！再说，范瑾瑜筹划得够周密的了，江面上，基本上可以按照他们的安排去做；江岸上，到时候要请天王派人接应。此外，请天王敕令长江北岸陆师各部原地待命。”

钱江很快草拟了一份奏报，将杨秀清、李鸿章、刘元合三方的行动计划整理了一下，供天王决策时参考。同时，建议天王派人在岸上接应。还特别叮嘱天王，事成后，不要揭穿杨秀清的阴谋，尽量不暴露潜藏者陈承瑢的身份！

洪秀全接到钱江呈上来的奏报后，立即化装成蒙得恩，在蒙得恩府中召见了北王韦昌辉。洪秀全脸色凝重地对韦昌辉说：“北王，杨秀清竟然胆敢勾结清妖，也只是为了区区百万两银子！他杨秀清什么时候要金银财宝，朕没有给他？天国的‘圣库’几乎就是他私人的府库，他为什么还要来这一手？”韦昌辉早就对杨秀清恨之入骨了，现在听洪秀全这么一说，便免不了添点油，加点醋，他说：“天王，臣弟认为东王这样做的主要目的是排挤、打击军师和翼王，砍掉天王的左膀右臂，架空天王，待时机成熟，便要自己坐上天王的宝座。至于百万两金银，那不过是顺带的目的。天王，何不就此时、就此事夺了东王的大权，分给军师和翼王！”洪秀全想到了钱江奏报中千万不要揭穿杨秀清阴谋的叮嘱，再体味体味韦昌辉所说的话，很难确定将来想除掉杨秀清，到底该依靠谁。韦昌辉的话是洪秀全在心里想了千万遍的事情，但他眼下还不打算与杨秀清彻底闹翻，他在等一个适当的时机，于是说：“北王，此次行动，杨秀清是主动挑事，他不可能不加强戒备，轻易动手，会造成天京城内的动乱，再等时机吧！你这次的主要任务是在江边接应刘元合。你要挡住唐正财在江边岸上向刘元合发动的进攻，确保刘元合安全上岸！朕再安排蒙得恩沿途护送刘元合到‘圣库’。”韦昌辉回去暗中悄悄准备，路上，碰到唐正财急匆匆地由城内向城外水营走去。

原来唐正财刚从东王府出来，上午，他受杨秀清召见，与陈承瑢共商“一箭双雕”行动的具体步骤。杨秀清说：“航王，本王在想，李鸿章未必听我们的，他不会倾巢出动去与刘元合拼个你死我活的，所以，本王对原计划稍作改动，不等李鸿章与刘元合拼命，我们先解决了他，然后再去解决刘元合！”陈承瑢一听，觉得杨秀清真是一个反复无常的小人，于是说道：“东王，那别人会不会说我们违背了盟约？”杨秀清露出嘲笑的神情：“别人不会像你那么傻，傻到严格遵守盟约的！陈承瑢，到时候你带领一千人在江边岸上堵住刘元合上岸的路，绝对不能让刘元合上岸！航王，调集水营所有船只，先灭李鸿章，后灭刘元合。记住，绝对不能丢失翡翠西瓜！本次行动，只许成功，不许失败！”唐正财被东王教训得昏头昏脑，从东王府出来，他也顾不上往日的排场，直接匆匆忙忙地赶回水营，调集船只、士兵，不过，他心里也没有底，水营现在到底有多少条船能用，有多少士兵能上阵打仗，有多少人会凫水，他恨自己平时没有在船只维护、士兵训练上用一点心思，事到临头，只能去撞大运了！他唐正财，本来不过是湘江边上的一个小木匠，不就是凭着运气，在长沙水战中靠糊涂胆大发迹的吗？他相信，这一次好运同样会降临到自己头上！只不过，他忘了，当年的对手是一群腐烂到骨子里的八旗子弟，而现在的对手却是在湖口之战中大显神威的坦字营，更何况还有一位号称“活诸葛”的一流谋士在运筹帷幄！

约定的时刻日益临近了，李鸿章、范瑾瑜、袁世坦、水青萍又将各个环节议了一遍，范瑾瑜说：“袁管带劫持唐正财前，一定要先验过翡翠西瓜；水姑娘拿过西瓜后，立即潜水将西瓜带到江北。总之，我们一定要得到这件稀世之宝！”李鸿章说：“诸位，在我看来，真正的宝是范先生、袁管带、水姑娘，还有千名团勇兄弟们，噢，当然，还有天下百姓，所以，你们三人及两百名团勇的安全要放在第一位，至于那‘半个西瓜’，能带回来就带回来，带不回来就算了！我不想让你们拿性命去换那‘半个西瓜’，现在天这么冷，不缺那‘半个西瓜’！”李鸿章话音刚落，就见两个黑影一前一后从窗外一闪而过，袁世坦转出去，两个黑影早已不知去向了！

正月二十二日，袁世坦率领二百名团勇乘坐四十条小船，浩浩荡荡开向九洑洲江面。为何二百名团勇要乘坐四十条船呢？原来，按照与杨秀清的约定，坦字营全营一千人要全部出动，范瑾瑜当然不会听杨秀清的了，他只是在最前面的五条船上每船安排二十人，后面的三十多条船，每船两三个人，只要能划动船就可以了，又在船上堆放一些干草，外面蒙上油布，以此来麻痹唐正财。

唐正财在水营里瞭望到了袁世坦的船队，就亲率大队人马迅速包围上去，准备按预先定好的计策解决掉袁世坦。然而，就在此时，刘元合率领的一支船队，已经到达唐正财欲与袁世坦会合的江面上，这出乎唐正财的意料，他一时慌了神，不知道应该先解决袁世坦，还是应该先解决刘元合！

唐正财遇到了难题，别看他平时一肚子坏水，但真的摊上大事，他便笨得像一头猪！他又想堵住刘元合靠岸的水道，又想解决袁世坦的坦字营，就在他犹豫不决之时，袁世坦的船已经逼近唐正财的座船了，唐正财只能先命人堵住刘元合靠岸的水道，自己与袁世坦周旋一番再说。

刘元合船队被堵在江面上，无法靠近江岸，岸上，韦昌辉非常着急，他命令唐正财的水营放刘元合泊岸，但他的话在这里却不起任何作用。他让人传话给唐正财，然而，唐正财此时正忙着呢，哪有闲情听你韦昌辉的废话！唐正财与袁世坦两船相逼，袁世坦大声说：“唐正财，我们的人已经带来了，你也兑现盟约吧！”唐正财就是觉得今天有点乱，事先准备好的所有预案都忘了，只好照袁世坦所说的去做。他打开了装有翡翠西瓜的锦盒，让袁世坦看了一下，随即合上盖子。

唐正财与袁世坦正准备按计划制服对方时，突然，从长江北岸飞来两个蒙面人，他们全身穿着很宽大的黑衣，头裹黑布，大概只有两只眼睛露了出来。袁世坦、唐正财、刘元合、石浩然等都惊呆了，大家一齐呆呆地看着两个黑衣人，钱江也密切关注着情势的变化，只见黑衣人一前一后，直扑唐正财的座船，没等唐正财反应过来，前面的黑衣人便一把抢过锦盒，又折回江北，后面的黑衣人将唐正财及他身边的两员副将打包一裹，丢到了袁世坦的船上，然后，也跟着折回江北。两个黑衣人很快消失在远方的天空中。袁世坦、刘元合、石浩然都没有看出两个黑衣人是谁，钱江提醒刘元合等人准备泊岸！

袁世坦、水青萍及船上团勇立即将唐正财和两员副将捆得结结实实，使他们动弹不得。袁世坦对唐正财说：“叫你的士兵全部退回大营，否则我就要了你的狗命！”唐正财贼眼珠一转，马上扯起破嗓子喊道：“都退回大营！”那些士兵本来就不想拼命，听到唐正财这么一喊，全部哗啦啦地撤回大营，让出了刘元合泊岸的水道，刘元合乘机指挥船队泊岸。岸上，韦昌辉控制住陈承瑢的一千人，刘元合命令“军师卫队”队员以最快的速度将财宝搬上岸，蒙得恩准备的小车早已在江边待命，不到半个时辰，钱江、韦昌辉、刘元合、蒙得恩、石浩然等人护着财宝离开了江岸，向“圣库”走去！

水面上，范瑾瑜说：“袁管带，就让这位航王送我们一程吧！”说完，指挥坦字营团勇调转船头，向江北驶去。此时，只有大概几十名唐正财的亲随远远地跟在后面。到了岸边，袁世坦带领团勇向和州开发，唐正财的亲随救回唐正财及两员副将，到了大营，唐正财才知道原来自己屎尿拉了一裤裆！

袁世坦一行空手而归，情绪多少有点低落。袁世坦沮丧地说：“范先生，水姑娘，如果不是那两个黑衣人出现，这次我们就能得到那个翡翠西瓜了！那两个黑衣人到底是谁呢？”范瑾瑜虽然感到有点惋惜，但更多的是庆幸，庆幸正好在关键时刻两个黑衣人帮了他们一下，否则，今天仅凭他们几个人，能否顺利地劫持唐正财恐怕还很难说。水青萍的想法也差不多，她从内心或多或少地感激那两个黑衣人，她说：“袁管带，我倒觉得今天那两个黑衣人是来帮我们的，否则，他们就不会把唐正财捉住，然后又扔到我们船上。”范瑾瑜说：“你们想一想，黑衣人怎么就知道我们想劫持唐正财的呢？莫非知道了我们的计划？他俩是谁呢？袁管带，是不是你的师父？我有一种感觉，你师父惠民长老一直就在离你不远的地方！”袁世坦说：“不可能！我的师父，难道我还认不出来吗？再说了，还有一位黑衣人呢，难道他也是我的师父吗？”水青萍说：“那有可能是你的师叔惠生长老，他来到这里，可能是帮助刘元合的！”袁世坦低头想了一想，觉得好像是师父，又好像不是师父。

到了含山县城，已经是戌时了。县衙的灯亮起来了，李鸿章正焦急地等待着他们的归来，一见到袁世坦诸人，高兴地上去拉住袁世坦、范瑾瑜的手，向着水青萍说：“你们总算回来了！大家都没有受伤吧！”袁世坦不无愧疚地说：“禀告大人，属下没有拿到稀世奇珍翡翠西瓜，请大人治罪！”范瑾瑜说：“就在唐正财捧出翡翠西瓜的一刹那，一个黑衣蒙面人抢过翡翠西瓜就飞走了！我们都来不及看清他的样子！”水青萍说：“不过，倒要感谢第二个黑衣蒙面人，他从唐正财船上飞过的时候，就像老鹰抓小鸡一样，把唐正财拎起来扔到了我们船上，我们当时都看呆了！”李鸿章仰首望天，双手祝祷说：“老天保佑！你们毫发无损地回来了！感谢那两位黑衣人，他们是来帮助我们成功的！”袁世坦说：“大人，可是翡翠西瓜没有拿到手，那可是稀世珍宝啊！”李鸿章说：“先别说这些了，安排团勇兄弟们吃饭、休息，我们也边吃边谈！”范瑾瑜说：“大人晚饭还没有吃吗？”李鸿章说：“我等着你们回来一起吃呢！”

饭桌上，李鸿章先要大家喝几杯酒，以庆祝胜利归来。袁世坦说：“大人……”李鸿章打断他的话，说道：“袁管带，你认为什么才是真正的宝贝呢？”袁世坦不知道李鸿章的话是什么意思，一时不好回答。李鸿章说：“回乡办团练这两年来，我才懂得了什么是无价之宝！那就是老百姓！失去了民心，失去了老百姓，什么翡翠西瓜，什么翠玉白菜，什么祖母绿，什么猫儿眼，全是扯淡！你们想一想，没有老百姓，我们吃什么，穿什么？没得吃，就会饿死；没得穿，就会冻死，人都死了，那些这个宝贝那个宝贝有用吗？所以，不要说拿不到那个翡翠西瓜，就是拿到它，我也不会轻易地就将它献给皇帝的，我想把它换成银两，用银两来救济百姓！长毛逆乱几年，长江两岸的老百姓死的死，逃的逃，田地抛荒了，农具毁坏了，耕牛走失了，房子被拆、被烧十之八九，锦绣繁华之地，鱼米茶盐之乡，变成了千村鸟飞绝、万户人踪灭，这要多少年才能恢复啊！平定了长毛，又需要多少银两，才能让老百姓勉强地活下去！那个翡翠西瓜，在皇帝手上，不过是一个玩物，而在民间，把它换成银两，至少可以让十万人度过一个冬天！老百姓恢复了元气，才是国家之大幸啦！你们要记住，跟在我李鸿章后面，就不要想着发财，在这一点上，我们要跟湘军有所不同！”范瑾瑜站起来说：“大人，我范瑾瑜没有跟错人！”水青萍也站起来说：“大人，我父亲没有看错人！跟着大人，为国为民，两袖清风，心甘情愿！”袁世坦站起来，正要说什么，两个黑衣蒙面人飘然而至，其中一人将手中的锦盒交给李鸿章，另一人说：“希望李大人飞黄腾达之日，不要忘记今晚所说的话！”说完，两人又飘然而去。袁世坦忙说：“是师父、师叔吗？”可是，早已不见两人的踪影了！

李鸿章也站了起来，拿起吃饭的筷子，说道：“我李鸿章在此立下誓言，今后若有对不起百姓的地方，有如此筷！”说着，一双筷子在手中被折成四段！

坐下后，李鸿章打开锦盒，四人就着灯光，欣赏起翡翠西瓜。水青萍说：“就这么一块石头，还价值连城呢！”李鸿章说：“这块石头本身不值钱，将来有人愿买，就值钱了。到那时，换个几百万两银子，就可以在战后让江淮地区迅速恢复元气！只是长毛一时还灭不了，仗还要打几年，带着这块石头确实不方便，应该先找个地方藏起来，等仗打完了，再拿出来。”可是，藏到哪里去呢？众人想来想去，也想不出一个妥当的地方。

忽然，李鸿章说：“只有藏在运漕最安全！”水青萍问：“藏在袁叔叔家吗？”李鸿章摇摇头，对范瑾瑜说：“范先生，我好像听说你家门口的那口水塘很深啊，到底有多深呢？”范瑾瑜说：“那口塘说起来话长，它是一百多年前后河决堤时大水冲出来的一个大坑，反正很深，一百多年来，无论怎么样干旱，都不见塘底，也没有人潜到过塘底。不过，听说有一个人曾经在水塘靠南边的塘壁上发现过一个鲤鱼窝，足有五尺见方。”李鸿章说：“就把这块石头沉到塘底吧！不过，应该换一个铁盒子，盒上再压几个铁球。我看，还是袁管带和水姑娘走一趟吧！”范瑾瑜说：“袁管带、水姑娘，你们打扮成农夫、农妇的样子，在后河边寻找疍家渔船过河，悄悄潜入西范，找我妹妹金莼，她肯定有办法！”水青萍问：“范先生，我和袁管带这般打扮，你不介意吗？”范瑾瑜说：“怎么不介意呢？当然介意了！算了，就当是你们上台演一回戏吧！

不过，你们此行可能会险情迭出，刘元合会盘查你们，杨秀清也许会对你们报复的！”袁世坦说：“刘元合不会太为难我们的，我们毕竟刚刚帮过他的忙，他不会这么健忘吧！至于杨秀清，他会跟踪到含山？”范瑾瑜说：“杨秀清贪得无厌，他一向视翡翠西瓜为至宝，此番丢失，岂能不极力寻回！虽然不能明确知道翡翠西瓜的下落，但他们可能会来含山碰碰运气的！所以，你们一路上要留意那些陌生面孔！”范瑾瑜的神机妙算，袁世坦、水青萍早就领略过了，因此，两人十分相信杨秀清会派人跟踪到含山！

袁世坦、水青萍一过得胜河浮桥，就觉得气氛有点不对劲，前面不远处真有两个打扮怪异之人。习武的袁世坦知道，在这荒郊野外出现的怪异之人，一般来说，都是有神鬼莫测的武功，只是不知他们是敌是友！然而，他俩往前走了两里路后，再一抬头，人却不见了！袁世坦知道，对方极有可能是敌人，也就是说极有可能是杨秀清派来盯梢的！

范瑾瑜的估计和袁世坦的推测都没有错，那两个打扮怪异之人确实就是杨秀清派来的！

原来，杨秀清本来认为自己此次“一箭双雕”之计绝对能够成功的，所以才十分放心地让唐正财带上翡翠西瓜，没想到，唐正财那么无能，更没想到居然还有身份不明之人反对自己，到头来，落得个“偷鸡不成蚀把米”的结局！他气得将唐正财骂得狗血淋头，唐正财没有办法，眼珠一转，想出一个主意：“东王，我们暗中招募高手，到江北去寻回翡翠西瓜。”陈承瑢也认为眼下只有这么一种办法了，杨秀清一看两个得力助手都是这么想的，也就同意了他们的办法。有钱好办事，不到半天工夫，就招来了两个民间武术高手“狼心”和“狗肺”！杨秀清许下了十万两白银的诺言，两个高手见利忘义，一口应承下来。他们根据陈承瑢两员副将提供的信息，来到了含山县城，更奇的是，他们竟能一下子就盯上了袁世坦、水青萍的梢！说实话，他们的武功绝对在袁世坦、水青萍之上！他们一会出现在袁世坦、水青萍的眼前，一会又从两人的视野中消失，以此来对两人造成一种心理上的压力！

袁世坦明显地感到来者不善，他们时隐时现，其实正是在寻找时机对自己和水青萍动手。到了凌家滩附近，暮色已经悄悄降临，袁世坦一看，又不见了那两个怪异之人，袁世坦、水青萍决定以最快的速度渡过河去。他俩走下河堤，寻找疍家渔船，可是，除了斜对岸凤尾洲码头口有一些大船外，上下三里路范围内连一片船板也见不到！水青萍提出用“疍家水上漂”牵着袁世坦过河，袁世坦点头认可。

水青萍牵着袁世坦，刚踏上河面，从河堤上跳下的两个怪异之人就将袁世坦拉回河滩，水青萍也跟着回到了河滩！那两个怪异之人挥舞着手中的弯刀，叫嚷道："袁世坦，把你背上的包裹给我们，我们就饶你俩不死！"袁世坦明白两个怪异之人从含山县城一路跟来，跟了六十里路，就是为了抢夺翡翠西瓜！袁世坦也明白，自己可能不是他们的对手，只好先虚与周旋。袁世坦说："两位大侠，我们素不相识，两位为什么要索取我的包裹？"其中一个怪异之人说道："袁世坦，你也不是庸常之辈，你一定听说过江湖上传扬的'狼心狗肺'吧！我就是'狼心'，这位是我的兄弟'狗肺'！早点交出包裹，我们放你俩一条生路，否则，你是知道的，'狼心狗肺'一向是不讲道义的，凡不听劝告的，男人一律剖腹剜心，女人一律先奸后杀！"袁世坦以前从师父那里听说过有那么两个武林败类，没想到，今天在这里遇上了他们！袁世坦首先想到的是水青萍的安全，他对水青萍说："青萍妹妹，你带上包裹先走，这里有我！"水青萍说："世坦哥哥，要活一起活，要死一块死！""狼心"说："袁世坦，你以为这个小妞能跑得了吗？""狗肺"说："把包裹交给我们，你们就可以走了！"袁世坦说："别废话了，有本事就来抢吧！"说着，挺剑刺向"狼心"，但剑被"狼心"一磕，便落到了地上；那边，"狗肺"也伸出一只手要去抓水青萍，水青萍一闪身，跳进了河里，"狗肺"不知就里，也跟着跳进了河里，水青萍凭借着她极高的水性将"狗肺"闷到水里。

他们的打斗早已惊动了正在码头口准备卸船的刘元合、石浩然、冯紫芸、麦靖芝，四人立即来到北岸，加入搏斗之中。袁世坦一看，刘元合、石浩然来了，忙说："两位师弟，我是世坦，我们三人合斗'狼心'，两位姑娘到水里去帮助水青萍！"众人方才知道，原来这一对农夫、农妇是袁世坦与水青萍装扮的。刘元合、石浩然与袁世坦三人力敌"狼心"，战了足足一刻钟，都没有分出胜负。袁世坦说："两位师弟，我听师父说，三种'大力'功夫汇到一起，就可以凝成一个真气之球，力大无比，无坚不摧，可惜，我们虽有三兄弟，却只会两种'大力'功夫。"刘元合说："师兄，我师父也说过。这个不难，我们师兄弟三人能够凝成真气之球。"说完，三人各处于圆周三分之一的位置，袁世坦"大力移山拳"、刘元合"大力倒海掌"、石浩然"大力开碑手"同时发功，汇聚一处，一齐冲向"狼心"，只听"狼心"惨叫一声，"轰"的一下倒在地上，片刻毙命！而水中，三位水性极好的姑娘也合力将

“狗肺”活活闷死！可怜“狼心”“狗肺”纵横江湖数十年，作恶无数，到头来却死在几员小将手上！

六个人渡过河，来到河南岸，冯紫芸、麦靖芠领着水青萍去换衣服，袁世坦、刘元合、石浩然三位师兄弟站在河堤上聊天等候。刘元合、石浩然问：“袁师兄，你怎么悄悄地回来了？”袁世坦说：“有点不放心，回运漕看看家里人。刚才多蒙两位师弟、两位姑娘相助，愚兄在此谢过！”刘元合笑着说：“袁师兄就不要客气啦，那天长江上不是你们出手相助，我们也不会顺利的！”水青萍、冯紫芸、麦靖芠换毕衣服，回到河堤。袁世坦看着麦靖芠，说：“这位姑娘，我第一眼看到你时，就觉得你很面熟，极像一个人。姑娘贵姓，府上哪里？”麦靖芠说：“免贵姓麦，广东三水。”袁世坦自言自语：“姓麦？广东三水？”水青萍脱口而出：“那麦巡检是姑娘什么人？”麦靖芠说：“是我父亲！”麦靖芠的回答，与袁世坦、水青萍的预期完全一致。袁世坦含着眼泪讲述了麦巡检英勇殉职的事迹，同时，又不无惋惜地说：“当时，三师叔石达开有意放过麦巡检，还将疗伤药交给我，要我带走麦巡检，为他疗伤。可是，麦巡检执意不肯，一定要以身殉职。三师叔为麦巡检的气概所震动，特意留下一封信，请我们李大人厚葬麦巡检。我们李大人立即向朝廷奏报，恳请朝廷褒奖麦巡检，抚恤麦巡检家人。后来的事情我们就不知道了。”麦靖芠这才完全知道她父亲殉职前后的事情，她也含着眼泪向袁世坦说明了父亲得到褒奖、家族得到抚恤的事情。袁世坦说：“麦姑娘，朝廷要是知道你投靠了长毛，恐怕对你家族不利！”刘元合说：“袁师兄，这件事只有你知道，只要你不说，清妖就不会知道的！”袁世坦、水青萍异口同声地说：“放心，我们不会说出去的！”刘元合说：“时间也不早了，不耽误袁师兄和水姑娘了，你们快走吧！放心，在运漕镇范围内的安全，由师弟负责！”

夜色笼罩着大地，周围一片宁静，只有寒冷的空气包裹着袁世坦和水青萍。他们先来到西范村，敲开范瑾瑜家门之后，却被告知主人都在镇上袁府，两人只好连走带跑地赶赴袁府。

袁府上下早已吃罢晚饭，正在各人忙着各人的事情，听说袁世坦来了，袁百顺、范金莼连忙迎了出来。一见袁世坦穿着农夫的衣服，范金莼便笑着说：“世坦哥哥的这一身打扮肯定又是我哥的主意！他什么时候做过好事？”水青萍说：“范姑娘，原来我是一身农妇打扮，是范先生要袁管带和我扮成农夫、农妇的！”范金莼听出了水青萍话中的得意，于是说道：“我说我哥不会做好事嘛，果然如此！青萍妹妹穿上农妇的衣服，看上去一定有三四十岁！活活糟蹋了青萍妹妹的形象！”水青萍仿佛又挨了一闷棍，心里很不舒服，但也没有再说什么。

袁世坦屏退了无关紧要的人，向叔叔袁百顺汇报了他来的目的。袁百顺、范金莼欣赏了一会翡翠西瓜，感叹开了眼界！范金莼很快亲自上了饭菜，袁世坦、水青萍犹如风卷残云，不到一刻钟，饭菜全都吃个精光！范金莼撤去碗筷，泡了上等昭关翠须，袁世坦、水青萍便饮起茶来。范金莼说：“世坦哥哥，我家门口那口塘靠南的塘壁上确实有一个鲤鱼窝，足足五尺见方，听长辈们说，一百多年来，只有一个人曾经找到过那个鲤鱼窝，还从鲤鱼窝里带出来不少小鱼苗。后来，很多人都想找那个窝，但都因为水性不太好，最后以失败告终。”水青萍接过来说：“只要鲤鱼窝是真的，凭着我的水性绝对能找到。”袁百顺不无担忧地说：“现在天太冷，水姑娘如何下得了水？”袁世坦也说：“水太冷了，下去就会冻僵的，还是想一想其他办法吧！”水青萍说：“不妨事，我父亲曾有一套用黄牛皮缝制的衣服，连鞋带帽，密不透风，穿上它，可以挡住冷水的浸入。”范金莼说：“这倒是一个比较好的办法。不过，水老伯来无影去无踪，到哪里去找那件皮衣呢？”水青萍说：“父亲离家后，主要的物品都是妹妹收起来的，我去洪仪泰找找。”

不一会儿，洪启元、水红菱、水青萍带着那套皮衣来到了袁府。范金莼问：“世坦哥哥，你们来运漕的时候，有没有碰到别人？”袁世坦说：“碰到了刘元合等人，他们帮助我们消灭了杨秀清派来跟踪的两个人，我们之间还聊了一会儿。”范金莼说：“事不宜迟，马上行动！否则，一旦他们起了疑心，就麻烦了！”洪启元、水红菱看了翡翠西瓜后，一行人抄近路赶到西范村。好在水青萍的水下功夫确实不同凡响，一袋烟不到的工夫，就找到了传说中的鲤鱼窝，安放好装有翡翠西瓜的铁盒子，又用几个铁球将铁盒死死压住。回到袁府，已经三更天了，范金莼安排众人休息。袁世坦睡自己房间，水青萍与范金莼凑合一晚。

袁世坦这一天很辛苦，躺下之后就睡着了。水青萍到了范金莼的房间，见房间布置得贵气而不俗气，她不知道范金莼是怎么做到的，也许范金莼本身就贵而不俗吧！范金莼与水青萍同榻而眠，两人虽然极力假装着入睡，但却怎么也睡不着。范金莼说：“青萍妹妹，反正我俩都睡不着，不如坐着说说话。”水青萍觉得有道理，于是两人分别坐在一头，靠在枕头上，身上搭着被子，互相看着对方。许久，水青萍说："范姑娘，我活了二十一年，还是第一次见到这么华丽的房间！"范金莼说："青萍妹妹，我俩不要再'姑娘''姑娘'地叫了，你就叫我姐姐吧！妹妹觉得华丽吗？其实，房间里每一样东西都不是很贵，一般人家都能买得起，只是搭配在一起，看上去华丽。"水青萍觉得范金莼与自己姐妹相称，并非客套，而是真心诚意，既然别人对自己这般示好，自己也不好意思拒绝别人的好意，于是，说道："姐姐，我这么称呼你，总感到有点别扭。"水青萍不自觉地笑了起来，范金莼微笑着说："妹妹，习惯了就不别扭了！"水青萍说："姐姐，你真是个聪明、灵巧又大度的女孩子，房间布置得华贵而不俗气，全身打扮得富贵又不市侩，难怪世坦哥哥的父母会相中你，难怪袁叔叔会把整个家交给你，也难怪我的亲妹妹都认为你才是世坦哥哥的最佳伴侣！平心而论，我就是一只麻雀，而姐姐你简直就是凤凰！"范金莼今晚听到了来自对手的赞美，心里挺高兴的，但仍然很平静地微笑着，语调和缓地说："妹妹太高抬姐姐了。说实话，姐姐真想能像你那样自由自在，按照自己的想法去做自己喜欢的事情！"水青萍笑笑说："姐姐是想天天在世坦哥哥身边，照顾他的饮食起居吧！"范金莼被水青萍看出了自己的心思，脸上掠过一阵羞涩，说道："世坦哥哥由青萍妹妹照顾，我很放心！"水青萍说："那我就照顾世坦哥哥一辈子，姐姐放心吗？姐姐不要误会，我是说将来世坦哥哥娶了你，我就做你的贴身丫鬟，伺候你和世坦哥哥，伺候你们的孩子！"范金莼知道水青萍还是不想放手，心想，短时间内无法劝说水青萍，于是，敷衍道："傻妹妹，别说这样的傻话，要你做贴身丫鬟！即使我同意了，世坦哥哥也不会同意的！他怎么会让你做丫鬟呢？以后千万不要这样说，否则，世坦哥哥会生气的！"水青萍明白了，范金莼是不会接受袁世坦与她亲近的，范金莼的所谓"大度"是有底线的，那就是只能由她独享袁世坦！水青萍也不想多说，因为，短时间内无法说服范金莼！两个姑娘瞬间又起了戒心，于是，不愿再深入交流下去，只是说着一些不着边际的闲话。

袁世坦一觉醒来，天已经大亮，他正要洗漱，忽然管家来报，说门口有两男两女来找他。袁世坦到门口一看，原来是刘元合、石浩然、冯紫芸、麦靖芰，袁世坦忙将他们让进屋内，向叔叔一一介绍了四个人。袁百顺说："刘状元、冯指挥，老夫都认识，只是这位小英雄和这位姑娘有些面生。"说完，向麦靖芰看了几眼，麦靖芰忙转过头去。袁百顺请四人落座，上了早茶，袁世坦也洗漱完毕，与水青萍一起相陪。刘元合说："原来师兄的叔叔就是袁老掌柜！师弟不知，照顾不周，还请原谅！”袁百顺说：“世坦，刘状元对镇上商家、百姓都很关照。有一次，洪仪泰酿酒粮食不够，刘状元还亲自从粮库里拨出了三千担大米，其他关心爱护百姓的事情真是三天三夜也说不完！”刘元合谦虚地说：“这都是我们军师和翼王一而再再而三地叮嘱过的，做得不好的地方，还请袁老掌柜多多指教！”

刘元合对袁世坦说：“袁师兄，你这次来运漕省亲，就多住几天吧，你我也好叙一叙兄弟之情！”袁世坦说：“师弟，实不相瞒，本来愚兄倒是很想在运漕小住几天，但又怕我们李大人担心，他肯定早就在盼望着我们回去了！”

袁世坦说得一点也不错，昨天早上，他们前脚刚走，庐州知府马新贻后脚就来到含山。李鸿章见到了阔别八年的年兄，就像见到了失散多年的亲人一样，十分高兴。马新贻一见李鸿章便说：“恭喜少荃老弟，朝廷颁下诏命，赐老弟五品知府衔！”李鸿章并没有为此而兴奋，马新贻问：“老弟为何无动于衷？”李鸿章有点沮丧地说：“沈桂芬自京师来信说，全国像我这样有空衔而无实职、等着补缺的官员足足四千人，我对此早已没有了指望！”马新贻笑着说：“原来是这样！是的，吏部发出的空头文凭何止四千，不过，你的情况与他们有别，先不要发牢骚，接圣旨吧！李鸿章接旨！”

李鸿章慌忙整顿官服，跪在地上，双手举过头顶，捧起马新贻宣读完毕的圣旨。马新贻说：“曾大帅、安徽巡抚福济大人交章奏荐，说少荃老弟英勇善战、顽强不屈，皇帝亲颁诏命，授少荃老弟五品知府衔，同时一并褒奖范瑾瑜范先生、袁世坦袁管带、水青萍水教习，授予范先生七品知县衔，袁管带从七品千总，水教习八品守备，其余官兵各有赏赐！老弟，连曾大帅都没有享受到这样的待遇啊！”

李鸿章邀请马新贻登临城北昭关。昭关位于城北小岘山，险要无比，是由楚入吴必经之地，春秋时期，伍子胥就是由此进入吴国的。两人登上关隘，向北放眼望去，一条大路通向远方，大道两旁，村庄凋敝，禾黍不生，偶见几个难民，踽踽而行。李鸿章感慨万千，说道：“年兄，小弟对个人荣辱进退并不在意，小弟眼下最关心的是长毛逆乱平定以后，如何收拾这样一个千疮百孔的烂摊子！当年伍子胥过昭关一夜愁白了头，小弟一想到战乱蜂起、民生多艰，又何尝不愁白了头！”

这番话触动了马新贻的神经，他自信地说：“老弟，俗话说乱世出英雄，长毛逆乱，锤炼了像你我这样的书生，使我们这一批两耳不闻窗外事的读书人增长了才干。愚兄粗略地统计了一下，我们前后几榜进士人才济济，都能独当一面，长毛逆乱平定后，若能由我们这些人来治理国家，何愁不能富民强军，何愁不能再造大清！”李鸿章被马新贻的情绪感染着，他一下子来了精神，说：“年兄所说的，正是小弟所希望的！不过——”李鸿章话锋一转，说：“所有的这一切都需要钱哪！到哪里去找这么多的钱呢？”马新贻小声说：“听说长毛起事以来，一路掳掠，积累何止千万两银子，平定了长毛后，不就有钱了吗？”李鸿章沉默了，马新贻说：“愚兄知道老弟的担忧，愚兄也有同样的忧虑啊！怕就怕长毛平了，银子却落入湘军的私囊！老弟，为了国家，为了天下苍生，我们要让湘军把吞下去的银子吐出来！”李鸿章摇摇头，说：“谈何容易！到时候怕是连朝廷也无法撼动湘军了，何况你我兄弟！”马新贻说：“你的老师曾大帅一向恪守臣子职分，不会专横跋扈的！”李鸿章说：“老师当然知道进退有止了，但是，他的手下绝大多数人都是湘人，湘人好利，且不择手段，老师其实是无法阻止的！小弟有时候在想，实在不行，就让湘人得了长毛的财宝，但让出两江总督的位置，只要两江总督之位在你我兄弟之手，我们就有办法赈济百姓、恢复元气、振兴国家！”李鸿章越说越兴奋：“到那时，我就不信，泱泱大清，还会再受英吉利那般蕞尔岛国的欺负！”

马新贻紧紧地握住李鸿章的手说：“老弟，到时候你领头，愚兄跟着你干！”李鸿章说：“哪里哪里，你我兄弟共勉！”

盘桓一日，第二天一早，马新贻就急匆匆地赶回庐州。送走了马新贻，李鸿章急切地想把马新贻带来的好消息告诉袁世坦、水青萍，他问范瑾瑜：“范先生，世坦、水姑娘吃午饭之前能回到含山吗？”范瑾瑜说：“大人，恐怕要到晚饭前。”李鸿章问：“为什么？”范瑾瑜笑笑说：“他们师兄弟见面不叙叙旧情吗？”李鸿章大吃一惊：“范先生是说他们在运漕会遇到麻烦？”范瑾瑜显得相当镇定：“大人，麻烦不会有的，但一些盘查是必不可少的！不过，属下相信他们能够应付过去。大人，放宽心吧！”

袁世坦、水青萍究竟能否消除刘元合的疑心、顺利回到含山呢？

第十七回 宰辅施巧落成宝库 忠臣建功荡平长江

刘元合一来，袁世坦就预感到他对自己产生了怀疑，见面时，刘元合叙旧情叙得很不自然。袁世坦知道，刘元合叙旧情是假，其真实目的是想知道袁世坦和水青萍这次来运漕到底要干什么。一会儿，刘元合问道："袁师兄，你知道在后河滩上跟踪追杀你们的那两个人是谁吗？"袁世坦说："他们自报家门，说是'狼心狗肺'，师弟应该是知道的。"刘元合又问："袁师兄，你知道他们是谁指使的吗？"袁世坦隐约感觉到那两个人是杨秀清派来的，其目的是夺取翡翠西瓜，因事涉机密，他不能让刘元合知道翡翠西瓜在自己手里，于是说道："不知道。"刘元合从怀中掏出一块黄绸布，对袁世坦说："这是从他们身上搜出来的，师兄请看！"袁世坦一看，原来是杨秀清的密令，要求"狼心狗肺"潜入含山县城，跟踪袁世坦，查出翡翠西瓜的下落，并伺机夺回翡翠西瓜。

袁世坦沉思起来："难道刘元合怀疑翡翠西瓜在我手里？他对杨秀清拉拢我们的事情到底知道多少？"袁世坦觉得还是把话挑明，省得刘元合怀疑自己。他说："刘师弟，杨秀清确实拉拢过我们，并以翡翠西瓜作为双方结盟的信物，那天在九袱洲江面上，唐正财手中锦盒里装的就是翡翠西瓜。不过，你，还有石师弟及两位姑娘也都亲眼看见了，当时突然飞来两个黑衣人抢走了翡翠西瓜，他们两人武功之高，都是你我兄弟望尘莫及的，转眼之间，他们就无影无踪了。师弟，你想想，翡翠西瓜能在我们手里吗？”刘元合一想，也是的，那两个蒙面黑衣人的来历真的不清楚，袁世坦不可能跟他们有什么往来的；但，其中一人为什么又要帮助袁世坦劫持唐正财呢？刘元合问道：“袁师兄，我实在想不明白他们为什么帮你劫持唐正财呢？”袁世坦说：“也许是看不惯杨秀清的所作所为，有意成全你我兄弟呢！”刘元合满腹狐疑，但又实在找不到继续怀疑袁世坦的理由，所以，也就没有再深究此事。

袁世坦不语，刘元合却不停地唉声叹气。袁世坦忍不住地问：“师弟，有什么不顺心的事吗？方便的话，说出来，大家也好一起商量商量。”刘元合说：“袁师兄，你想，那两个武林败类死在我管辖的地方，杨秀清知道后，能不再起报复之念吗？何况，我和石师弟还助你杀死他们！”袁百顺、袁世坦低头想了一会，也没想出什么好办法来。

这时，一个声音传过来了：“刘状元不必烦恼，依小女子看，那杨秀清不但不敢报复你，今后反而会忌惮你三分！”刘元合等人一看，缓缓走来一个年轻姑娘，那种气度，一下子压倒了在场的三位姑娘！刘元合问：“这位姑娘是？”袁世坦答道：“愚兄的未婚妻，姓范。”刘元合、石浩然立即站起来，行了一个礼，说道：“原来是嫂子！”冯紫芸对麦靖芰说：“师妹，你看范姑娘这种气度，多像戏台上的一品诰命夫人！”四人一致称赞范金莼一脸祥和，满身福气！

范金莼不急不慢地说：“刘状元，石兄弟，两位妹妹，你们那个东王一向自信过头，喜欢自作聪明。所以，他一定会认为这次拉拢李大人的事可以瞒得了你们上下所有的人。小女子建议，刘状元给他写一封信，将发现两个武林败类的尸体及搜到密信的事情告诉他，并把密信也寄回给他，让他明白你们已经掌握了他吃里扒外的证据，只不过暂时不揭穿他！这样引而不发，杨秀清必然对你们还有你们的军师、翼王产生忌惮之心，不敢轻易开罪于你们！”刘元合一听，顿时觉得云散天开，不禁拍手叫道：“嫂子真是女中诸葛！”过了一会，长叹一口气道：“唉！难怪我们军师认为将来能够与我们较量的只有曾剃头和李鸿章两个人！看到袁师兄，看到嫂子和这位水姑娘，我更加相信军师的话了！”石浩然也“唉”了一声：“唉，只是造化弄人，生生地把兄弟变成对手，否则，凭着我们这一班兄弟姐妹的能力，为天下百姓谋取利益，该有多好啊！”袁世坦慷慨激昂地说：“不管将来世事如何变迁，也不管我们兄弟将来能否在一起，只要大家存有一颗惠及天下民生的心，就不愁为天下百姓谋取利益了！”石浩然笑着说：“袁师兄，你犯忌讳了！一句话触犯了师辈三兄弟的名号！”袁世坦方才知道自己一激动，竟犯了师父和师叔们的名讳，便和刘元合一起也笑了起来。范金莼却说：“世坦哥哥其实说的也没有错，你们的师辈如果知道你们存有一颗济世安民之心，不要说偶尔犯讳，就是天天犯讳，他们也不会生气的！”刘元合说：“嫂子见解就是比我们这些武夫深刻！袁师兄，你有嫂子这样的贤内助，还愁干不成大事！”

刘元合的一番话让范金莼很是受用，但水青萍却非常不舒服，本来，此次来运漕藏宝自己功劳最大，受的苦也最多，别的不说，仅就跳入冰冷刺骨的水中而言，能做到的，只有她水青萍！然而，范金莼凭着两段不疼不痒的话，就一下子让袁世坦的两个小兄弟心悦诚服，几乎是拜倒在这个所谓的“嫂子”面前，把这个所谓的“嫂子”奉若神明，天理何在？将来自己还有地位吗？她不想再听到刘元合、石浩然等人崇拜“嫂子”的话语，她想尽快离开运漕镇，离开压得她透不过气的范金莼！于是，她说：“袁管带，两位英雄，各位姐妹，时候也不早了，李大人肯定在盼望着我们回去，我们就此告辞吧！”袁世坦听出了水青萍的言外之意，理解水青萍此时的心情，也就顺水推舟地说：“叔叔，两位师弟，两位姑娘，我们应该尽快回含山，好让李大人放心！”又对刘元合说：“刘师弟，叔叔还有我的未婚妻就麻烦多多看顾了！”刘元合说：“袁师兄放心，我们虽然各为其主，在战场上是对手，但私下里却是情深的兄弟，只要我刘元合在，谁也动不了叔叔和嫂子一根毫毛！”石浩然调皮地说：“袁师兄，怎么不跟嫂子说几句体己话呢！”袁世坦笑着说：“石师弟，就你最油嘴滑舌！”袁世坦、水青萍在众人的不舍中告辞而去。

袁世坦、水青萍走后，刘元合等四人也向袁百顺辞别。刘元合要回凤尾洲去沉藏百万两金银及部分珠玉珍宝。昨天晚上本来是要趁黑卸船的，但因为帮助袁世坦杀敌而耽搁了下来。后来，对袁世坦被追杀的原因产生了怀疑，便又带上石浩然对“狼心”和“狗肺”进行了搜查，搜到了杨秀清的密令，本想连夜去质询袁世坦，但转念一想，真正抓住袁世坦来运漕的真实目的后，自己还真不知道怎样处理，弄不好，动静太大，暴露了自己在运漕建秘密宝库的事情。因此，直至今天早上，估计袁世坦早已将该办的事办好了，才来到袁府，象征性地了解一下。当然，还有一个更重要的目的，那就是讨教如何处理杨秀清招募的人在自己管辖的地方被杀这件事。现在，所有的事情都已办妥，他要卸下从鄱阳湖带回来的湘军财宝。

石浩然在湖口时，就听义父石达开说师兄刘元合在运漕修的秘密宝库如何了得，此后，一心就想着要见识一下师兄的杰作。这次，趁着协助师兄押运财宝的机会，他要好好地欣赏一下师兄的作品。从运漕镇到五里沟头的凤尾洲也就五里路，对他们这些习武的年轻人来说，片刻工夫就到了。

昨天从天京城到达凤尾洲的时候，天色已经晚了，当时又在准备卸船，所以也就没有来得及看看凤尾洲的秘密宝库。今天一大早，几个人又到运漕镇找袁世坦，当然也没有时间好好看一看宝库了。直至此时，石浩然才可以认真地、不急不慢地了解凤尾洲宝库的秘密了！

然而，呈现在石浩然眼前的并不是秘密宝库，而是一座巨大的粮库。站在凤尾洲粮库的北入口向南一看，粮库大得令人吃惊！石浩然看到，粮库坐南朝北，东西长约三里，南北最宽处有两里，最窄处也是一里有余。粮库四周均有一丈多高的围墙，围墙起自东西两端河堤，一直延伸到粮库后门。石浩然惊呆了，前年十月，他跟随军师到这里来的时候，这里还是一片农田呢，没想到，才过去十五个月，师兄就已经在这里建起了一个超级粮库！

刘元合说："师弟，进去吧！"石浩然竖起大拇指："师兄，你真了不起，才十五个月，就在一片农田之上建起了这么一座巨大的粮库！"

进入粮库大门，两边河堤下有五口很大的水塘，水塘皆有三十丈宽，深不可测。从大门至后门有一条大路，将粮库隔成两个大区，东区沿路是守军驻扎的营地，靠围墙一面共有十四座粮仓；西区共有四十座粮仓，西区四十座粮仓又分成两个区域。所有粮仓之间都有排水沟。

石浩然问："师兄，要这么多排水沟干什么？"冯紫芸说："到时候你就知道了！"麦靖芠不高兴了，她说："师姐干嘛这么神神秘秘的？"刘元合解释道："冯姑娘没有说谎，现在真的不好告诉你们那些排水沟的真正用途！"接着，刘元合又说："冯姑娘，我们开始吧！"

冯紫芸指挥十名亲随，抬着约十万两白银，向水塘边走去。来到水塘边，将箱子捆扎好，一箱一箱地放入水塘。很快，箱子就沉入了塘底。亲随们又在箱子上面覆满了树枝、杂草。

石浩然问："冯师姐，那还有的银子往哪里放？"冯紫芸告诉石浩然："现在，你就可以知道排水沟的用途了！"麦靖芠不解地问："师姐，你是说把它们放进排水沟里？不，这绝对不可能！傻子也不会这么做的！"刘元合说："冯姑娘，先让人放干沟里的水，晚上再说吧。"

一边排水，刘元合一边在计算着什么。晚饭后，命人抬来两块厚厚的木板，刘元合在一座粮仓旁边走来走去，最后，选中两个地方，分别在那两个地方将木板插入深深的淤泥中，然后，将两块木板之间的淤泥挖出去。好家伙，淤泥足足有三尺厚！淤泥铲尽，露出一块长一丈、宽三尺的砖铺地面。刘元合掀开砖铺地面，一个五尺长、三尺宽的方形洞口赫然在目！刘元合拧了一下洞口边的一个木栓，便准备进洞。

石浩然觉得这太神秘了，问："师兄，我看你在洞口前还进行了计算，为什么？"刘元合说："秘密宝库是在粮库下面。军师为了它的安全，进行了精心设计。宝库入口共二十四个，按照一年二十四个节气排列，我刚才计算，就是要算出应该在哪一个节气的洞口进库。现在是惊蛰的入口可以打开。"石浩然又问："你拧那个木栓干什么？"刘元合说："那是机关！控制洞口的机关！军师在每一个洞口装设机关，内有一个大齿轮，共三百六十五个齿，按一年有三百六十五天来排列的。齿轮转动，打开的洞口会慢慢合上。如果洞口不幸被外人打开，当盗宝的人进库后，洞口就会在一个时辰内合上，这样，盗宝的人便只能困死在秘密宝库中了！"

刘元合又说："师弟，你随我下去吧！"麦靖芝也嚷着要下去，刘元合只好同意了，他嘱咐冯紫芸在洞口守护。石浩然踩着铁制梯子，下到洞底，他目测了一下洞深，足有八尺。他摸摸洞壁，发现洞壁上有一道约一尺五寸宽的滑槽。石浩然再看洞的另一边，看到了一个横向洞穴，高约六尺，宽约五尺，地面也有一道约一尺五寸宽的滑槽。石浩然想坐在滑槽上，不料，一不留神，滑到了横向洞穴的尽头。刘元合忙说："师弟，快抓住绳子！"石浩然一把抓住滑槽旁边的绳子，停了下来。这一停才发现，原来洞穴的尽头又有一个竖直的洞穴，形制与刚才初进洞时的那个竖直洞穴完全一样。石浩然记得，自己总共通过了三个竖直洞穴、三个横向洞底，才到达了真正的"底部"！

"底部"的建筑，简直令人叹为观止！全是一排排、一列列一丈见方的小房间。刘元合指着这些房间说："师弟，地下宝库东西长约一百五十丈，南北宽约七十丈，一丈立方为一个小库，小库与小库之间有厚墙相隔。计有单间小库一千多间，每间小库可以藏金六万两或银三万两，全部装满，可以藏金六千万两或藏银三千万两。这都是军师设计的。"

石浩然问："师兄，那财宝怎么运出呢？"刘元合说："师弟，军师设计了十二个出口，按一年十二个月设计的，还有一个备用出口，那是闰年时使用的。”刘元合用手摸了摸身边一条滑槽，对石浩然说：“师弟，你看，这滑槽两边平时是没有齿的，只要动一下上面洞口的机关，齿就出来了，将箱子底部卡在齿上，再转动机关，就会将箱子一点一点地提升到洞口。”石浩然摸摸自己的屁股，说：“幸好刚才滑槽上的齿没有出来，否则，我今天真要屁股开花了！师兄，那是不是很慢？”刘元合笑笑说：“如果那样，就看不出军师的本事了！一点不慢！一趟可以提升五只箱子，一趟的时间不到一刻钟，一个时辰可以提升四十只箱子，输出十万两白银。十二个出口同时工作，一天一夜就可以运出一千一百四十万两白银！”麦靖芠说：“师兄不要再说了！我对军师佩服得五体投地了！”石浩然也感叹道：“军师真了不起！”

刘元合神秘地说：“师弟，军师还有一个绝妙的设计。整个地下宝库的中央位置有一根都柱，都柱一倒，地面上近两丈厚的土石层还有土石层上的房屋就会全部沉陷下去，到时候，地下宝库将不复存在！”石浩然瞪大了眼睛，问：“真有这么神奇吗？”刘元合来到一根柱子前，说：“师弟，麦姑娘，这根柱子就是我说的都柱。”石浩然看着柱子，柱子的直径足足有五尺多！石浩然说：“这么粗的柱子谁能推倒它！”刘元合笑笑说：“师弟，这柱子是能推倒的吗？如果一推就倒，它就称不上绝妙了！控制这根柱子的机关在‘立春’出入口，那里有一根很不起眼的小木棍，就是那根三尺长的小木棍控制了都柱，决定了地下宝库的存毁！”石浩然、麦靖芠都怀疑自己听错了，这么坚牢的地下宝库，居然只是由一根三尺来长的小木棍控制！这是多么绝妙的设计啊！

麦靖芠说：“刘师兄，这么复杂的地下宝库是怎么造出来的呢？”刘元合说：“麦姑娘，先向下挖三丈多深，用青石墁一层地底，再建宝库。宝库上面首先是一层枕木，枕木一律一丈四尺长、一尺宽、五寸厚；枕木上铺一层石片，石片上是稻草泥浆，其上又是一层枕木，最上面还有将近一丈厚的土层。如果不通过出入口，就是用几千斤炸药也未必能炸出一道口子！”石浩然、麦靖芠听完，不禁同时吐了吐舌头！

刘元合、石浩然、麦靖芠他们三人参观说话之间，十来个亲随在冯紫芸的指挥下已经藏好了九十万两白银及一些珠玉珍宝。刘元合便带着石浩然、麦靖芠，爬出洞口，然后，刘元合拧了一下机关，洞口随即封闭起来了。石浩然也拧了一下机关，但怎么也拧不动。刘元合说：“师弟，现在怕是炸药也炸不开了，要想打开它，需要计算，根据计算结果，才能知道在哪一个节气点可以打开。”麦靖芰问：“刘师兄，这套计算方法复杂吗？”刘元合说：“当然复杂了！这套方法只有军师和我知道，连翼王、张女侠还有冯姑娘都不知道！”

石浩然、麦靖芰不解，既然有了这么坚固的地下宝库，为什么还要把十万两银子沉到水塘里去。石浩然问：“师兄，地下宝库坚不可摧，任何人也打不开，那你为什么不把所有的银子都藏进去呢？”刘元合尚未回答，冯紫芸说：“这正是军师和翼王虑事周到之处！地下宝库开关一次不是很容易，因此，军师和翼王就规定，只有进出达五十万两白银时，才开关宝库，平时不足五十万两的比较小的银项，就暂存水塘里，主要是方便进出。”刘元合接着说：“还有一个更重要的原因，我们在运漕驻扎十几个月了，东王不可能不怀疑我们，早晚有一天他会派人到运漕来明察暗访，早晚会知道我们在运漕有一个藏宝的地方。到时候，沉在水塘里的金银财宝就可以掩护地下宝库了！”石浩然高兴地说：“难怪你们把运漕的藏宝称为‘沉宝’呢！”

忙碌了大半夜，刘元合等人简单地吃了几个点心，准备躺下睡觉。然而，鸡已经叫头遍了，天也快亮了，石浩然说：“师兄，我和靖芰还要赶回江西，义父那里眼下正缺人手。”刘元合也不好挽留，招呼厨下做好早餐。师兄弟、师姐妹边吃边聊，不知不觉已到辰时，刘元合、冯紫芸看着石浩然、麦靖芰上船，目送他们远去。

上午，刘元合接到天王圣旨，要他押运粮食到天京，以帮助天京周围的百姓度过“春荒”。刘元合近来感到运粮没有一开始顺畅了，江面上经常能碰到帮助清军巡逻的“红单船”，不过，好在罗大纲丞相已经疏通了关系，一般情况下，“红单船”看到打着“太平天国武状元”旗号的船队还是放行的，更何况自己也有两艘“红单船”，时刻做好了还击的准备。

然而，自去年下半年起，江面上便不平静、不安全了！去年下半年，清廷收买的“红单船”四次攻打三山，“航王”唐正财屡战屡败。一败三山，太平军被俘船只二百六十多艘，被击毁船只近二百艘，士兵阵亡及被俘近四百人。二战三山，春官正丞相黄起芳阵亡，出战船只五百多艘无一完好，士兵阵亡上千人。三战三山，先锋陈长顺被杀，阵亡一千多人，毁船五百多艘。四战三山败得更惨，近千条战船被炸沉、被烧毁，三座营垒、七座炮台、十余处军卡无一幸存，两千多将士阵亡；尤其令人沮丧的是，天国水营被迫放弃了三山，退至大胜关。清兵水师在“红单船”的帮助下，切断了芜湖县、太平府水营与天京大本营之间的联系，芜湖县、太平府水营已经成为“红单船”包围下的孤军，危在旦夕！这样，刘元合的运粮船，一入裕溪口，就在清军收买的“红单船”的监视之下，极容易与那些“红单船”擦枪走火，危险异常！

刘元合一路上提心吊胆，总算有惊无险，一万担粮食安全运抵天京城。办完了交接手续，刘元合提着几盒运漕糕点去拜见天王。洪秀全见到刘元合，问道：“路上辛苦了！”刘元合说：“禀告天王，长江水道自裕溪口至天京，基本上在清廷收买的‘红单船’的控制下，运粮的风险越来越大，幸好那些‘红单船”的船主与罗丞相有交往，他们受罗丞相所托，对我们的运粮船还不算太刁难！”洪秀全面色难看，长叹一声道：“悔不该啊！大纲兄弟！”刘元合不知道洪秀全为何长叹，便小心翼翼地问：“天王，罗丞相回来了吗？”洪秀全说：“元合，你知道吗？当年要是坚决支持罗大纲建造‘红单船’，我们的水营能有这么被动吗？现在，长江航道实际上从安庆至天京近千里水路，全部控制在清军手里，唐正财的水营不堪一击。四次三山之战，我天国损兵折将，战船损毁近半，清军‘红单船’都已经兵临天京城下了！这怎么得了啊！”刘元合说：“天王，何不召回罗丞相呢？”

洪秀全沉思片刻，说：“元合，朕也想过召回大纲兄弟，不过，考虑到翼王那边暂时缺水营头领，就先让大纲兄弟在鄱阳湖、赣江协助翼王吧！元合，今后，你每月要运送一万担粮食到天京，你身上的担子不轻啊！朕的吃饭问题就靠你解决了！去吧，注意安全！”刘元合告退，回到运漕，每月费尽周折运抵一万担粮食！

六月二十日，刘元合开始本年度第五次运粮，这一次，他专门带了一船新米，给天王尝尝。船队经过芜湖县、太平府时，刘元合看到这里已经聚集了五十艘“红单船”，还有上千艘大大小小的清军战船，看样子，是要攻打芜湖县、太平府的水营了。为避免与清军战船正面冲撞，刘元合干脆昼伏夜出，走了三天，才抵达天京。

刘元合带着一船新米来到天朝宫殿，向天王呈贡新米。不料，洪秀全失声痛哭：“元合，新米朕不尝了，还是用来祭奠芜湖、太平阵亡的兄弟吧！他们都是大纲兄弟带来的两广老兵啊！”刘元合一听此话，便知芜湖、太平已经失守，整个长江水道完全被清军控制了，他难过地说：“天王，降旨召回罗丞相吧！再这样下去，恐怕一粒米都难运回天京了！”洪秀全说：“元合，你知道吗？芜湖、太平水营失守，天国水陆将士阵亡一万多人！一万多人啦！大纲兄弟从两广带来的老兵，仅有三百人突围出来了！杨秀清、唐正财祸国殃民啦！”洪秀全抹了抹眼泪，说：“元合，船队让冯姑娘带回运漕，你昼夜兼程，前往江西，替朕请回大纲兄弟！”刘元合立即交代冯紫芸带船队回运漕，自己接过洪秀全密旨，星夜前往江西，请罗大纲回天京统领天国水营！

刘元合刚走，洪秀全便召见杨秀清、唐正财。洪秀全说：“东王，你知道天国水营的战绩吗？再这样下去，恐怕连一粒米、一根草都进不了天京城了！到那时，不等清兵来杀死我们，我们饿都会饿死！”在一连串的惨败面前，杨秀清似乎乖多了，他没有争辩，而是温和地说：“天王，臣弟与航王尽了最大努力了，臣弟一时也想不出什么好的办法，还是请天王训示吧！”洪秀全明白，杨秀清至少口头上已经认输了，他决定就此推出罗大纲。洪秀全说：“东王，朕的意思是让航王与罗大纲共领水营，你看怎么样？”杨秀清已经没有讨价还价的资本了，只好说：“只怕罗大纲不配合航王。”洪秀全在心里骂了一句“蠢猪”，然而表面上却温和地说：“东王，你误解朕的意思了！朕是说唐正财仍为航王，且担任水营副头领，让他协助罗大纲统领水营。”接着，洪秀全又对唐正财说：“唐正财，你仍然做航王，但要让出水营统领的位置，协助水营正头领罗大纲。你有没有意见？”唐正财一听，还保留自己“航王”的封号，已经喜出望外了，便不等杨秀清表态，马上点头哈腰地说：“臣谢天王隆恩！”杨秀清从心里看不起唐正财，他本来还想为唐正财争取更多的权力，哪知唐正财急不可耐地接受了洪秀全的条件，只好作罢了。洪秀全对唐正财说：“航王，你回去之后，统计好人员、战船，造好簿册，罗大纲一回天京，你即刻将水营指挥权全部交出！如果再生变故，你这个航王就做不成了！去吧！”唐正财看看杨秀清，露出一副可怜相，似乎在等杨秀清的态度。杨秀清没好气地说：“天王叫你走，你听到没有？简直就是一个猪脑子！滚！”唐正财几乎是连滚带爬地离开天朝宫殿的，杨秀清恼羞成怒，瞪了一眼洪秀全，也离开了天朝宫殿。

洪秀全又召见了韦昌辉，要韦昌辉暗中监视唐正财，防止唐正财又玩什么花招，以便罗大纲回来接手水营事务。

刘元合一天一夜没有合眼，带着天王密旨，径奔江西，寻罗大纲。罗大纲看完密旨，立即与钱江、石达开商量，钱江提醒说：“大纲兄弟重振天国水营，这是毫无悬念的事情。我要给大纲兄弟两个忠告。第一，不要胜得太急，要慢慢来，一点一点地挖掉唐正财的根，让他永远没有翻身的机会；第二，一定要注意安全，防止狗急跳墙！唐正财这个人，简直就是一个无赖，为了达到目的，他会不择手段的！”石达开也提醒道：“罗丞相，你以前喜欢单枪匹马冒险，这次回天京，始终不要离开水营单独行动，防止别人暗算。要知道，唐正财的背后是东王！”钱江接着说：“我提醒的第二点，正是翼王说的这些话。大纲兄弟，千万保重！三娘弟妹要时刻看住大纲兄弟，元合一有时间，就要配合罗丞相！”罗三娘、刘元合答应着，刘元合说：“军师、翼王，请放心！有元合在，就能保证罗丞相的安全！”罗大纲说：“军师、翼王，你们怎么变得婆婆妈妈的了，有谁敢害我罗大纲，尽管来，我怕他怎的？”钱江跺着脚说：“大纲兄弟，我和翼王就是担心你的这种大大咧咧！你一定要听进我们的劝告！”罗大纲见钱江如此郑重，只好说：“放心！军师、翼王，我罗大纲听你们的！”罗大纲、罗三娘、刘元合稍事休息了几个时辰，便急匆匆地赶回天京。钱江、石达开内心不禁忧虑起来，他们担心罗大纲会遭不测，虽托罗三娘、刘元合时时提醒罗大纲，但罗三娘本来也不是一个细心的人，而刘元合又是晚辈，罗大纲未必能听他劝！

罗大纲一回到天京，见过洪秀全，就去接管天国水营。水营将士听说罗大纲统领水营，大家奔走相告，欢欣鼓舞。罗大纲挑选出一千条稍大的船，加固后，改造成“坡山艇”。原来不少旧部听说罗大纲重掌水营，纷纷要求回到罗大纲麾下。罗大纲淘汰了一些老弱病残，并对他们进行了妥善的安置，组建了一支三千人的精干队伍，很快重占三山，再夺芜湖、太平，恢复了自安庆至天京的长江航道，长江两岸，气象为之一新！

清廷收买的五十艘“红单船”，其船主听说罗大纲回来了，绝大多数都避而不战，这可急坏了江南、江北两大营的统帅，他们又开出了更高的价钱，终于，五十多个船主动摇了，他们表示愿意与罗大纲一战。

罗大纲写信给“红单船”的船主们，希望他们不要介入太平天国与清廷的水战，不要坏了江湖义气。有十五位船主带着自己的船到苏州避战，有三十五位船主坚持要与罗大纲在长江上决一雌雄，罗大纲只能接受挑战。

大江之上，三十五艘“红单船”带着众多大大小小的战船，摆开阵势，准备与罗大纲率领的几百艘“坡山艇”展开决战。罗大纲清楚，“坡山艇”尽管战斗力很强，但根本不是“红单船”的对手，此战只能智取，不宜力敌。罗大纲瞅着排在最前面的两条“红单船”，根据他们的航速及航向，判断出这两条船的船主应该是新手，便决定俘获这两条冲在最前面的“红单船”。罗大纲率领水营精兵，迅速迎了上去，对方仗着“红单船”船大体坚，根本没把罗大纲的精兵放在眼里，居然连炮都懒得放。这对罗大纲来说，真是天赐良机！在双方相距数丈远的时候，罗大纲一声令下，几百精兵有的向“红单船”抛出铁锚，有的潜到“红单船”船底。那两名船主还没有弄清是怎么回事，他们连同船上的士兵已经全部被控制住了，至此，他们方知，船已被罗大纲所夺。

罗大纲夺了两艘“红单船”，使用旗语示意其他三十三艘“红单船”，请他们撤出战场，否则，只能撕破脸皮。那些船上也发过来旗语，表示坚决不撤！罗大纲决定先发制人，很快击伤五六艘“红单船”。其余二十多艘“红单船”全部包围上来，罗大纲指挥手下精兵应战。战了不到半个时辰，余船莫不带伤而逃。这一仗，所有参战的“红单船”船主终于明白了，罗大纲真的不是浪得虚名！

战斗结束后，罗大纲将被俘的两名船主带到自己面前，为他们松了绑，准备放他们回去。这时，其中一名船主说：“罗大纲，本人不服，你不是凭真本事打赢我们的，你耍了诡计！”罗大纲说：“打仗哪有不耍诡计的？”另一名船主说：“罗大纲，你最好杀了我们，否则，我们不会善罢甘休的！你放我们回去，其实是侮辱我们！”罗大纲说：“你们别不识好歹，我罗大纲不杀无名之士！杀了你们，有损我在江湖上的名声！反正我放了你俩，你俩回去也罢，不回去也好，但绝对不得再来骚扰，否则，你们想活命也活不成了！”罗大纲将“红单船”上所有的人全部捆上，收起了锚链，让船顺着江水往下游漂去。

这一仗之后，长江航道上清军的船一条也没有了，洪秀全非常高兴，他知道罗大纲一定有办法重振水营，使长江航道不受清军威胁，但他没有想到，连“红单船”都不是罗大纲的对手！他心里正在酝酿褫夺唐正财的“航王”封号，封罗大纲为“航王”。当然，并不是所有的人都替罗大纲高兴，有的人恨不得罗大纲马上死去！

东王府里，杨秀清正咬牙切齿地对唐正财说：“本王一定要让罗大纲死得很难看！”唐正财点头哈腰地说：“东王，听说有两个‘红单船’船主对罗大纲十分痛恨，我们要是给够了钱，说不定他们能干掉罗大纲呢！”杨秀清恨恨地说：“什么‘红单船’船主，都是罗大纲手下败将，他们怎么能干掉罗大纲呢？”唐正财小声地说：“属下听说罗大纲平时喜欢带着一艘大船，叫什么‘坡山艇’，在江面上巡视各处水营及长江航道。属下的想法是买通那两个船主，让他们暗中跟踪罗大纲，寻找机会，偷袭罗大纲！那样，罗大纲必死无疑！”杨秀清一听，觉得可行，许下五十万两白银，买罗大纲人头。由于杨秀清、唐正财暗中商量干掉罗大纲的事情时，陈承瑢不在东王府，因此，也就无从得知他们的阴谋。不过，从唐正财鬼鬼祟祟的行踪中，知道可能对罗大纲不利，便汇报给洪秀全，提醒罗大纲注意安全。再说罗三娘、刘元合两人，一开始还劝劝罗大纲，后来，见罗大纲并没有发生什么事，再加上天京至安庆的江面上清廷的水师已经被肃清，所以，也就没再坚持提醒罗大纲了！

十月二十日，罗大纲的座船巡视到小黄洲时，忽然从江面上吹过一阵狂风，吹倒了旗杆，那面“太平天国冬官正丞相”的黄旗掉落水面，而绣有大大的“罗”字的帅旗，被大风卷起，飞落进洲上的芦苇丛中。罗大纲正要命令泊船小黄洲，突然从转角处冒出来两艘“红单船”，罗大纲一眼就认出是他放走的那两艘船。罗大纲目测了一下，两艘“红单船”正好处在最佳炮击位置，他情知不妙，准备命令弃船逃生时，一发炮弹已经落在他的身边，顷刻之间，他倒在了血泊中。船上的亲随属官，一面救护罗大纲，一面边打边逃，那两艘“红单船”紧追不放。罗大纲多次命令亲随、属官弃船逃生，却始终没有一个人愿意离开！众人决定：要死一起死！生生死死追随罗丞相！

落入水中的“太平天国冬官正丞相”黄旗并没有沉到水里，而是被刘元合的运粮船队捡起。刘元合一看，十分吃惊，他很担心罗大纲的安全。于是，他命令两艘护航“红单船”做好战斗准备，全速前进！

半个时辰后，刘元合看到了前面五十丈外也有两艘“红单船”，他们正在向更前面的一艘“坡山艇”开炮。刘元合知道那艘“坡山艇”正是罗大纲的座船，他立即下令，向前面两艘“红单船”开炮，猛烈轰击它们！前面的两艘“红单船”因为正在全力追击罗大纲的座船，并没有太在意身后的情况，等他们反应过来时，两艘船均已中了不下十弹，船体倾斜，不少水密舱都进水了！刘元合迅速冲上前，率领百十名“军师卫队”队员，飞身上了前面的“红单船”，抓住两个船主，带回自己的船上。

刘元合审讯得知，这两个船主收了唐正财二十万两银子，准备在长江上干掉罗大纲。刘元合略一思忖，命人取下那两艘“红单船”的旗牌，押着两个船主，追赶罗大纲座船。

刘元合飞身攀上主桅桅顶，向着罗大纲的座船大声喊道：“罗丞相，等等我，我是刘元合！罗丞相，等等我，我是刘元合！”前面的“坡山艇”慢慢停在了江面上，刘元合的船靠过去，大家把罗大纲及其他伤者抬到“红单船”上，又让罗大纲的亲随、属官全部撤到“红单船”上。刘元合命人撤下自己的旗牌，打上那两艘“红单船”的旗牌，全速前进。

船到水营，唐正财认为是被他收买的两艘“红单船”，便站在岸上等候。船一近岸，刘元合一跃，跳到唐正财面前，伸出右臂，夹着唐正财又飞身上船。刘元合将唐正财扔到那两个船主前，唐正财知道事情败露了，罗大纲的亲随、属官一见唐正财，全部拥上去，对他一顿拳打脚踢，刘元合等他们打够了，才劝止了他们。

刘元合等船靠稳后，押着五花大绑的唐正财及两个船主，抬着罗大纲，直奔天朝宫殿。洪秀全一看身受重伤的罗大纲，不禁泪流满面，当他知道原来是唐正财勾结“红单船”船主谋害罗大纲时，气愤之极，紧急宣召杨秀清。杨秀清一到天朝宫殿，见到被捆成粽子似的唐正财，立刻就明白了是怎么回事！唐正财看到杨秀清来了，连忙喊道：“东王救我！东王救我！”杨秀清在得知罗大纲已经身受重伤后，狠狠地踢了唐正财几脚，大声骂道：“蠢猪！快说是怎么回事？你到底犯了什么错？”洪秀全大声说：“杨秀清，你就别装了！朕什么都知道了！你说，罗大纲到底跟你有什么仇，你要置他于死地！”杨秀清听见洪秀全对他直呼其名，这在洪秀全与他结识以来还是第一次，知道洪秀全真的发怒了，便一下子跪在洪秀全面前，哀求道：“天王，这些都是唐正财这头猪干的，不关臣弟事。臣弟也是刚刚知道这件事的！臣弟没有管好这头猪，臣弟请求天王处罚！”洪秀全说：“立即处死两个船主；褫夺唐正财‘航王’封号，将唐正财关进天牢，等候处置；命北王暂管水营！”说完，背过身去，补了一句：“元合快去办！”刘元合先将两个船主带出宫殿，各击一掌，两个船主应声倒地，一命呜呼！又将唐正财押赴天牢，命人严加看管！

洪秀全遍索名医，为罗大纲疗伤，亲自侍奉汤药，整日泪流满面。然而，罗大纲的伤势还是一日重于一日，刘元合准备派人送信给钱江，向钱江报告罗大纲遭人暗算之事。信尚未写完，钱江却回来了！

原来，钱江在江西不断接到罗大纲的战报，深为罗大纲担忧，担忧罗大纲战功赫赫，会遭到杨秀清、唐正财的嫉恨。又听说罗大纲平时喜欢单船巡视，心里更加着急。前几天，他心慌意乱，便向石达开说了自己的心境，石达开也惦念着罗大纲，于是二人商量，钱江返回天京，一则看看罗大纲，嘱咐他凡事多加小心，二则向天王汇报江西战况。

钱江回到天京的时候，已是罗大纲受伤后的第五天。钱江在天朝宫殿见到罗大纲，看着罗大纲憔悴枯槁的面容，听着罗大纲有气无力的讲述，闻着罗三娘撕心裂肺的哭声，心如刀绞，泪如雨下！罗大纲的伤势又加重了，有时还出现了昏迷。傍晚清醒过来时，他坚决要求回到自己家里，不能死在天朝宫殿，洪秀全拗不过他，只好同意他回家养伤，并嘱咐钱江照顾好罗大纲。

钱江一夜没有合眼，与罗三娘、刘元合一起陪着罗大纲。天亮的时候，罗大纲忽然要坐起来，钱江、罗三娘忙扶他坐起。罗大纲说："元合，拿纸笔来，我说，你记！"刘元合忙拿来纸笔，罗大纲说："我罗大纲死后，妻儿全部委托给军师钱江！三娘不要守寡，我做媒人，嫁给军师，侍候军师！"钱江、罗三娘忙说："元合，他在说胡话，不要记！"罗大纲一手拉着钱江的手，一手拉着罗三娘的手，费力地将两人的手合在一起，断断续续地说："军师，三娘，你们要是不答应，我死都不瞑目！"钱江、罗三娘含着泪点了点头。罗大纲又说："元合，把小苏扬抱过来！"刘元合抱来了罗大纲的儿子罗苏扬，罗苏扬才两岁，刚学会讲话，他看不懂眼前的一切。罗大纲指着钱江对罗苏扬说："快叫爸爸！"小苏扬看看罗大纲，又看看钱江，叫道："爸爸！"罗大纲说："军师，儿子叫你呢，你抱他一下吧！"钱江早已泪湿衣襟，抱过小苏扬，小苏扬也很乖。钱江说："元合，把苏扬抱走吧！"罗大纲说："军师，三娘，你们要多劝劝张女侠，成全元合和冯姑娘的婚事！"

太阳升起来了，冬天的太阳是惨白的，照进室内，并无暖意，反倒增添了几分寒冷。罗大纲已经喘息不止了，他说："军师，善事天王……"言罢，带着无限的遗憾，去了！

钱江、罗三娘哭倒在地，刘元合一边哭着，一边劝着两人。钱江抽抽搭搭地说："元合，快布置灵堂，安排后事，我去天王那里报丧！"

洪秀全看见钱江穿着丧服来了，还没等钱江奏报，就大叫一声："大纲兄弟！"立即昏厥在地。钱江赶忙上前，又是掐人中，又是抚胸口，良久，洪秀全醒来，他一下子坐起来，"哇"的一声，吐出了一口鲜血！钱江忙叫太医，洪秀全阻止了他，钱江用衣袖擦去洪秀全嘴上的血迹，扶着洪秀全站了起来。洪秀全站在那里，双目冒火，过了好一会，他一字一顿地说："大纲兄弟，朕一定要为你报仇！"又发狂似的叫喊："该死的杨秀清，朕与你势不两立！"蒙得恩来了，将洪秀全扶进了后宫。钱江隐约感到，太平天国的一场内讧可能要发生了，他打算和石达开一起，共同阻止这场内讧的发生。

办完了罗大纲的丧事，钱江将罗三娘母子送到运漕安顿好，自己只身前往江西。到了江西，他向石达开说出了自己的隐忧，石达开也认为，罗大纲被害死，天王一定是要为他报仇的，因为天王一直把罗大纲看得比亲兄弟还要亲。钱江、石达开商量了几天，也没有商量出一个办法来，只好见机行事。

罗大纲死后不久，杨秀清以江北不宁为借口，将韦昌辉赶到了江北，让唐正财重掌水营。两个月后，太平天国水营已经名存实亡，天京以西的长江完全在清军的控制之下，又加上江南、江北两个大营的步步紧逼，天京城的防守形势真可谓危如累卵！

与长江航道、天京城外的形势形成鲜明的对照，石达开、钱江、张自芳等横扫整个江西，占领了九府五十多个州县，控制了江西省三分之二，而且，因为在江西推行了“安庆易制”的一系列做法，使得太平军控制的地区士庶归心，形势日固。曾国藩等一干湘军将领困守南昌，几乎是坐以待毙！石达开准备一鼓作气擒获曾国藩，彻底解除太平天国的威胁！

眼看石达开就要建不世之功，杨秀清急了，他忙召唐正财商讨对策。唐正财说：“不如命令翼王速救天京，这样，一来可以阻止他建功立业，二来也解了天京之围。”杨秀清接连发出东王谕告，要石达开火速回救天京！石达开正要攻占南昌，擒获曾国藩，只派少量人马去敷衍一下杨秀清。杨秀清请求天王降诏，洪秀全看到天京岌岌可危，于是，一日三次降旨，要石达开火速回救天京。石达开、钱江长叹一声：“唉！功亏一篑啊！”

石达开一走，曾国藩立即死里逃生，从此，太平天国就没有安宁日子过了！

第十八回 动杀心人主逞暴怒 示异象上天显神威

咸丰六年（1856年）三月初二日，南昌曾国藩大营。曾国藩起床后，梳洗完毕，显得十分精神。自樟树镇失陷以来，连续数日，早已灯油耗尽的孤城南昌，几处城墙被太平军轰塌，幸得湘勇拼死堵上。昨天晚上，曾国藩反复检讨了自己起兵以来的举措，决定以死来求得解脱。打定主意后，他夜里反而睡得比平时踏实多了。

曾国藩没有像往常一样集合将佐、幕僚，而是把自己一个人关在房里。他整了整官服，摊开宣纸，执笔舔墨，从容写道。

九弟并诸将：

吾率湘勇自衡州起兵，护长沙，下湘潭，取武昌，一路上势如破竹，所向披靡。田家镇一战，长江锁钥已为我所破，长江门户洞开。眼见安庆旬日可下，江宁亦指日可破，不料，石逆小儿，猖狂肆志。我军一败湖口，水师几乎全军覆没；二失武昌，陆师亦被分割于数地，首尾不能呼应。

十五个月，困于危城，待援不至，度日如年，一筹莫展。塔齐布见突围无望，呕血而死；罗泽南为救吾面中数枪，曝尸郊野！吾何面目留存于世？

吾死后，望九弟并诸将尽早解甲归田，耕读度日！扫灭长毛，遥遥无期，吾等恐只能于九泉之下拭目以待矣！

写完后，他搁下笔，并没有立即打开房门，而是在房里来回踱步。

此时，营帐会议厅内，湘军在南昌的将佐、幕僚早已整齐地站成两排，恭候大帅曾国藩训示。大家左等不见，右等不见。曾国荃突然意识到了什么，他拉着鲍超数人，直闯曾国藩房间。一进房，众人看见曾国藩端坐于几案后，看着几案上的一张宣纸，神情凝重，但又神态自若，左手捏着一只小琉璃瓶，瓶盖鲜红的顶子格外引人注目。曾国荃一个健步冲上去，一把夺下小琉璃瓶，哀声求道："大哥，您千万别这样！"鲍超等人也看到了曾国藩写下的遗书，一齐拉着曾国藩的两臂，哭着哀求道："大帅，我们再挺几日，事情一定会有转机的！"说完，房间里哭声一片。曾国藩说："你们哭什么？我还没死呢！"听了这句话，众人悬着的心终于放下来了。"走，升帐！"曾国藩说道。

曾国藩一回到营帐会议厅，就见袁世坦气喘吁吁地报告："禀告大帅，我们李大人有信呈上！"一见袁世坦，曾国藩兄弟及湘军将佐都十分亲热地围了上来，问这问那。曾国藩让袁世坦坐下，看了看信封，上有四个大字：十万火急！心想，什么样的事如此紧急？打开信一看，他简直有点不敢相信！——李鸿章写道：

老师钧鉴：

今日早上巡逻捕得长毛士卒数名，审讯得知，长毛欲破江南、江北大营，命石达开立即领兵北上，石达开虽不情愿，但亦于昨日自南昌启程。如此，南昌有救！长毛兵从此再无反扑之机矣！

学生在想，石达开围南昌十五个月，南昌城危在旦夕，但恰于此时被强令北上，则长毛军中一定有人不希望石达开建功立业。学生推断，此人必是东逆杨秀清；学生由此更大胆推断，数月之内，长毛军中必定内讧纷起，变故迭出！

老师留意，学生亦厉兵秣马，以待转机！

学生　鸿章　敬呈

咸丰六年二月二十八日

曾国藩手里拿着信，问袁世坦："袁管带，信中所言石达开早于前几日已经离开南昌城，确切吗？"袁世坦说："禀告大帅，确切！其一，标下抓到的几个士兵是秦日纲亲兵，秦日纲已经开赴江北大营附近；其二，标下在来的路上，亲见长毛三路大军分别开往建德、祁门、婺源，其势头之强劲十分罕见，一定是石达开在亲自督军！大帅，我们李大人分析，长毛内部矛盾已经到了一定程度，说不定还会自相残杀，我们李大人请大帅坚忍几日，以待转机！"

曾国藩略一思忖，忽然高兴地说："诸位，少荃老弟说得好，长毛从此再无反扑之机矣！"接着，话锋一转，说："石达开已经离开南昌几天了，我们竟然蒙在鼓里，一无所知，若不是少荃老弟来信，我们恐怕还要过几天战战兢兢的日子！今后，务必加强谍报工作！知己知彼，方可百战不殆啊！袁管带，你还没吃早餐吧？"袁世坦说："禀告大帅，标下奉李大人之命，昼夜兼程，火速将大人信札送呈大帅，标下昨夜摸黑行走了一夜，早上刚刚到大营！"曾国藩对湘军将佐、僚属说："真是患难见真情！当今世上，还有谁像少荃老弟能如此真诚地待我们！诸位，将来入皖，若有伤皖人一根毫毛，取皖人一针一线者，本帅一律严惩不贷！"众人齐声答道："谨遵大帅教诲！"曾国藩让袁世坦洗澡、换衣、吃早饭，并嘱袁世坦好好休息。袁世坦吃完早餐，立即向曾国藩及湘军将佐、僚属辞行："禀大帅，我们范先生预料，江北形势会发生变化，标下回去，可能要沿路打听坦字营撤往何处！时间紧急，不敢稽迟！"众人目送袁世坦远去！

袁世坦回到江北，打听到坦字营已经向北撤至定远，便一路奔波，到了定远。在定远迁延数月，闻说长毛军已破江南、江北两大营，长毛军控制的范围有：长江沿岸东起镇江，西达武昌；长江南岸包括鄂南大部，江西省五十多个州县，皖南大部，江宁周围地区；长江以北包括鄂东一部，皖中一部，江苏的瓜洲、浦口、江浦等地。同时，就军事态势而言，长毛军在各个战场上都处于主动进攻的地位！朝廷震动，京师不安。咸丰皇帝降诏垂询李鸿章，李鸿章上奏，说长毛军内部矛盾重重，气焰愈盛，争权夺利则愈烈，内讧的可能就愈大，我们只要固守根本，以待时机。咸丰皇帝及朝中重臣虽然觉得李鸿章见识不同寻常，但也将信将疑，只在内心祈求上苍，让长毛内部发生变故。

李鸿章觉得长毛内部可能会有变故，石达开对此感受尤为真切。天京城东北龙脖子，石达开大营内，气氛严肃，丝毫没有攻破清军江南、江北两座大营的喜悦。石达开、钱江、张自芳、石浩然、麦靖芰围坐在一起，谈论着天王圣旨和东王谕告的矛盾之处。钱江说："翼王，东王命你立即启程，西援湖北；天王又要你留在城内，与北王协助东王。看来，这里面问题严重啊！"石达开说："看来，天王要动手了，他让我与北王分了东王的权力，就是给东王来个釜底抽薪！"张自芳问："那东王会同意吗？东王不同意怎么办？"钱江说："翼王，我们一起去觐见天王，当面听听天王怎么说！"

一出门，满大街都是欢庆胜利的彩旗。两人仔细看那些彩旗，只见上面印着字："东王英明，连破两营！""东王九千岁！""东王东王，官民之望！"彩旗旁还有杨秀清的大幅画像，他的一只眼炯炯有神！钱江看了，很不高兴："翼王，东王在抢你的功劳了！"石达开说："军师，功不功的就无所谓了，眼下最主要的是能否阻止天王与东王之间矛盾进一步扩大。天国表面上形势一片大好，但暗流涌动，隐忧重重啊！"钱江点点头说："翼王已不再是三年前的翼王了，如今的翼王看问题目光敏锐，见解高屋建瓴！"石达开谦虚地说："小弟感谢军师教导之恩！没有军师早晚指点，小弟哪有今天的进步！"

到了天朝宫殿，见到洪秀全铁青着脸，站在天王宝座前，一言不发。钱江说："臣与翼王觐见天王陛下！"半晌，洪秀全气呼呼地说："军师，翼王，攻破江南、江北两个大营是他杨秀清一个人的功劳吗？如此贪天之功据为己有，朕不知他居心何在？"说完，仍然愤愤不平。钱江说："天王，东王这样做，确实有点过分，不过，他一向就喜欢这样，喜欢炫耀自己的功绩，虽然有点夸大功劳，但并没有僭越臣子的身份！天王息怒，待臣去劝劝东王，让他低调一点！"洪秀全哼了一声，说："军师，杨秀清篡逆之心已经昭然若揭，你还要做什么和事佬！朕下诏让翼王与北王共掌朝政，实则想和平解决杨秀清擅权自专、飞扬跋扈的问题，给他杨秀清一个体面的结局。没想到，北王去问杨秀清有关事宜，竟然被杨秀清责打了一顿！这简直就是向朕示威嘛！军师，你就不要再打圆场了，朕与杨秀清之间的裂痕不是你们这帮兄弟能够抹平的了！朕本来也想让翼王协助朕除掉杨秀清，但一想，后面的事情还要翼王来收拾，不能损害了翼王的形象！"说完，看着石达开，说："翼王，你去西援湖北吧，朕知道你不忍心看着身边的兄弟自相残杀！"钱江哭着哀求道："天王，万万不可啊！天国现在最需要的就是团结一致！东王再怎么嚣张，他也绝对不敢行篡逆之事。臣以为，对东王的势力采取蚕食的政策，一点一点地吃掉，最后水到渠成地消弭东王势力可能带来的祸乱！"洪秀全两眼看着远方，说："军师，你不要哭了！除去杨秀清一事，朕也不想让你参加，你只要保证天京城及周边地区粮食供应就行了！你速去运漕，一个月之内不得回天京！"钱江、石达开一齐跪在洪秀全面前，恳求道："天王，您要三思啊！"洪秀全拉起二人，流着眼泪说："大纲兄弟，朕这样做，对你能交代过去吗？"钱江说："天王，大纲兄弟若有在天之灵，也不会赞同天王这样做的！"洪秀全语气坚定地说："军师，翼王，朕意已决！不必多言！两位立即上路！记住，一个月内不得返回天京！军师就留在运漕，如有特殊情况，朕让洪天贵福去运漕找你！望你善辅之！”钱江、石达开又跪在洪秀全面前：“天王！”洪秀全拉起二人，挥挥手，说：“去吧！朕要休息片刻！”

出了天朝宫殿，钱江、石达开突然觉得失去了方向感，不知该去哪里。两人漫无目的地走了一刻钟，竟然不知不觉地走到了斛斗巷，石达开说：“军师，马上就要到慧园庵了，你回去收拾收拾，明天我们在大中桥会合吧！”钱江向大中桥方向看了看，桥西南方向便是北王府，于是，他对钱江说：“翼王，我们还是先去看看北王吧！”石达开心里明白，钱江是去向北王韦昌辉做一些工作，希望他不要把局面弄得一团糟，便与钱江一同前往北王府。

韦昌辉似乎已经料到他俩会来北王府的，一见面，就屏退所有卫士、下属，将两人直接引进密室。坐定，韦昌辉单刀直入：“军师，翼王，两位是从天王那里来的吧。两位的来意，本王也略知一二。请放心，本王不会扩大事态，不会伤了天国的元气！”钱江说：“北王，难道就没有其他办法了？一定要开杀戒吗？”韦昌辉说：“军师，不知天王有没有向两位说过，天王得到密报，说杨贼中秋节后将有大的行动。种种迹象表明，杨贼此次行动必然是篡逆之举，两位没有看到大街上到处都是为杨贼歌功颂德的彩旗、画像吗？破江南、江北两大营是天王的决定，是翼王和军师苦战的结果，什么时候、什么地方有他杨贼的功劳？但杨贼为什么要这样做？无非是混淆视听，抬高自己，为他的篡逆之举大造舆论！”

石达开知道事情已经无可挽回了，但还想做最后的劝阻：“北王，东王在天国朝野树大根深，仅仅结拜的同姓兄弟就有九人，且都在外带兵，弟担心此事天王恐怕也很难收场啊！”

韦昌辉心里当然清楚石达开此话的深层含义，他说：“军师，翼王，请放心！此事各套方案天王与本王已经筹划周密，两位请想一想，自罗大纲丞相殉国后，天王即与本王筹划除掉东王，为罗丞相报仇。罗丞相殉国到现在已有几个月了，凭天王的智慧还能收不了场吗？再说，本王早已将自己生死置之度外，最坏的一种可能就是本王作出牺牲，平息天国上下的汹汹之情！”说完，又望着钱江和石达开，久久不移目光。

钱江说：“北王应该见好就收，适可而止，以免局面难以收拾！”韦昌辉说：“只怕到时候箭在弦上，不得不发。军师，翼王，现在天王让两位迅速离开天京，无非是为了一旦本王牺牲后，尚有人回京主持大局。本王恳请两位，一月之内绝对不要返回天京，否则，有可能会玉石俱焚，那样，天国大厦就真的倒了！两位切记，将来天国就要靠两位了！时间不早了，本王请两位回府收拾物品，明天一早离京！两位速回，本王不送！”话说得不容置疑，两人只好告辞出来。、

次日一早，钱江与石达开离开天京。石达开一走，天京城的防卫立即就松懈了下来，李鸿章趁机又攻下巢县、含山、和州，饮马长江！

李鸿章移兵长江岸边，很快被唐正财侦得。唐正财如获至宝，以为这又是向杨秀清邀功的好机会了，他屁颠屁颠地跑到东王府，报告这一消息。没想到却遭到杨秀清劈头盖脸的一顿臭骂：“本王说你像头猪，你果然真是一头猪！现在都什么时候了，你管他李鸿章干什么！洪秀全那边的动静呢？你知道多少？”唐正财顿时像泄了气的皮球，软了下来，不过，狗终究是狗，他知道主人生气归生气，但不会赶他走的。于是，唐正财弓着身子说：“东王，臣打听到钱江去了运漕，石达开快到湖北了，韦昌辉也在江北，洪秀全手下所有得力干将都不在天京，就连蒙得恩也被陈承瑢看得死死的。东王，形势对我们很有利，动手搬掉洪秀全那个傀儡吧！”杨秀清摇摇头，说：“航王，你不懂！现在时机不成熟！”

唐正财问：“东王，为什么说时机不成熟呢？”杨秀清睁开一只眼，望着远方，然后扳着手指说：“第一，我太平天国是以‘拜上帝教’为基础的，只有教主才能称‘万岁’，其他的人最高也只能称‘九千岁’，只有教主才能称为天王。第二，军师钱江、北王韦昌辉还有翼王石达开都是忠于洪秀全的，还有天国上下的人，虽然平时听本王指挥，但内心深处仍然忠诚于‘万岁’‘天王’教主。如果贸然行事，本王不要说能不能坐上天王宝座，连能否保住性命恐怕也还是未知数。第三，现在天京城在本王的掌握中，洪秀全也被本王捏在手里，本王打算等局势平稳后，慢慢用自己的人换掉洪秀全的人！”唐正财一脸谄笑：“高，东王实在是高明！”杨秀清满意地说：“航王，叫陈承瑢来，本王先要试探一下洪秀全！”

洪秀全做梦也没有想到，杨秀清比自己先动手了！“竟然当着那么多人的面，要朕亲口封他‘万岁’！简直欺人太甚！”洪秀全一从东王府回来，就开始恶毒咒骂杨秀清，蒙得恩看在眼里，急在心里，但一时又不知该说什么好！良久，蒙得恩说：“天王，降诏让北王、燕王回京吧！”洪秀全点点头，说：“蒙得恩，你去办吧！不过，要秘密进行，万万不可走漏风声！”

咸丰六年（1856年）八月初四日，天京城军民都觉得天亮得特别早，特别快。东方刚刚露出鱼肚白，霎时间，天空就变成了一个巨大的碧蓝的穹窿，干净，澄澈，不见一丝云彩。一会儿，风从江面上吹来，顿时，全城弥漫着一股血腥气。不知何时，天上铺满了白云，渐渐地，白云越来越厚，颜色也越来越深。太阳出来了，漫天白云瞬间被染成了“血云”！这“血云”随风翻滚，就像血水在奔涌。慢慢地，风停了，天上的“血云”也一动不动，厚厚地堆积着，看上去显得非常黏稠。再后来，“血云”暗下去了，呈现出一片红褐色。城墙、房顶、地面、水中，无不笼罩在一片红褐色之中！突然，电闪雷鸣，大雨倾盆。足足一个时辰之后，云收雨散，艳阳高照，天空碧澄，人们顿觉神清气爽。然而，好景不长，很快，又是浓云密布，带着浓烈血腥气的北风在城市上空呼啸着，从早到晚，天京城和城内军民人等都被一种不安和躁动裹挟着，人们不知是祸是福！

一大早，整夜无法入眠的洪秀全，身穿天王袍服，头顶二十多斤重的纯金王冠，即从内室走向荣光大殿。令他吃惊不已的是，昔日金光闪耀的荣光大殿一片红艳，他觉得这红艳好像是自己娶亲时洞房的花烛，一会儿又觉得是处决犯人后满地流淌的鲜血！他越发焦躁起来。连日来，他没有哪一夜能够安然入眠，自从韦昌辉带着几个孩子走后，他整日整夜忐忑不安，他想到杨秀清会来杀他，他想到韦昌辉会出卖他，他甚至还想到韦昌辉、秦日纲会联手杀死他，现在，他谁都不信任！此时，他才知道“孤家寡人”的滋味！荣光大殿带给他的已经不再是至高无上的尊严，而是难以言说的恐怖！

北风呼啸，风里夹杂着浓烈的血腥味，洪秀全简直都不敢呼吸！

天将黑的时候，尖啸了半天的北风终于停下来了，霎时，荣光大殿内死一般的寂静。女官们点燃了巨烛，便退出大殿。洪秀全感到今晚大殿的烛光有些异样，但有什么异样自己也说不出来。微风起时，烛光摇曳，洪秀全仿佛看见许许多多影影幢幢的东西，那些东西正在慢慢地向自己围拢过来，他躲无可躲，藏无可藏，惊恐万状，不禁失声大叫：“来人啦！快来人啦！有人要杀朕啦——！”气息越来越微弱，整个人也瘫倒在地上。

“天王，臣弟来啦！”韦昌辉飞快地跑向洪秀全，他的身后紧跟着秦日纲、蒙得恩。韦昌辉一把拉住洪秀全，洪秀全满眼惊恐，一下子挣脱了韦昌辉的手，厉声说：“你是谁？敢来谋害朕！”韦昌辉、秦日纲、蒙得恩三人一起动手，抱起洪秀全，把他放到天王的宝座上，待洪秀全坐定，三人一齐跪在洪秀全的面前，说道："臣弟韦昌辉、臣弟秦日纲、臣蒙得恩参见天王陛下，愿天王陛下万岁万岁万万岁！"听到山呼万岁后，洪秀全才清醒了一点，明白了面前跪着的正是他这几天来日思夜想的三个人，便缓缓地说："北王、燕王、蒙得恩，你们平身吧！"韦昌辉三人站起身，洪秀全问道："北王，你们三个人这几天到什么地方去了？朕怎么没看见你们？"韦昌辉等人终于知道天王刚才失态的原因，原来是这几天紧张过度，产生幻觉。

韦昌辉试图唤醒天王的记忆，但一时又找不到很好的办法，突然，他眼睛一亮，伸手取下蒙得恩腰上的御赐金牌，呈给洪秀全："天王，臣弟奉命安置几个孩子，现在回来复命！"洪秀全一下子全清醒了，他笑着说："北王，你瞧朕，想你们都把脑子想坏了。几个孩子都安置好了吗？"韦昌辉高兴地说："回天王的话，天王三王子、臣弟二子、翼王侄子、燕王幼子、蒙总管儿子兄弟五人已经全部安置好了！"洪秀全满意地点了点头，秦日纲说："臣弟十分佩服北王，竟能找到那么一个地方！"蒙得恩也说："天王放心，臣以为几个孩子绝对安全！"蒙得恩说完，洪秀全方才长舒一口气："辛苦三位了！你们办事，朕绝对放心！"韦昌辉心里感到天王最信任的人不是他韦昌辉，而是蒙得恩。

洪秀全问道："北王，事情准备得怎么样了？"韦昌辉说："臣弟、燕王都已准备妥当，只等天王一声令下，臣弟便将那厮首级割下，呈给天王！"洪秀全沉默了，众人也不敢造次，只是静静地站在那里。有顷，洪秀全站起来，走到三人中间，上下打量着他们，说："北王，燕王，朕还是不忍心，毕竟大家兄弟一场。你们看，这样行不行，不结果他的性命，只把他抓起来，关到天牢里。"韦昌辉怎么也想不到，事到临头，洪秀全竟然要退缩！韦昌辉飞速地转动着脑筋，十分肯定地说："天王，万万不可退缩！现在是箭在弦上，不得不发。已经到了撕破脸皮的时候了，天王不杀他，他一定会杀了天王！再说了，谁有把握从他的府中把他活捉出来？即使能够活捉出来，只要他一天活着，我们就一天不得安宁！必须当着他的那些下属的面处死他，才能断绝他们的念头！天王，恨小非君子，无毒不丈夫！"洪秀全看着韦昌辉因愤恨、着急而扭曲的脸，突然觉得这一张脸一下子变得那么陌生，他似乎意识到，除掉杨秀清之后，韦昌辉也许会成为第二个杨秀清。然而，事已至此，别无选择。恰在此时，蒙得恩也说："天王，今晚是绝好的机会，错过今晚，以后很难找到这样的机会了！"秦日纲说："天王，机不可失，时不再来！天王，请下命令吧！”“天王，请下命令吧！”韦昌辉、秦日纲、蒙得恩三人一齐跪下，恳求道。

洪秀全立即有一种被逼宫的感觉，他一阵眩晕，差一点跌倒。定了定神，洪秀全说：“你们起来吧！”三人站起身，洪秀全说道：“北王、燕王、蒙总管，记住，只办首恶，不问胁从，更不能滥杀无辜！那些将士都是天国的脊梁！蒙总管，你协助北王、燕王，将防守保卫天朝宫殿的事就交给洪仁发、洪仁达吧！燕王，你再调拨两千人，交给洪仁发统领！”韦昌辉、秦日纲、蒙得恩齐声说：“臣弟韦昌辉、臣弟秦日纲、臣蒙得恩谨遵天王圣谕，效忠天王！天王万岁万岁万万岁！”

韦昌辉吩咐秦日纲，立即派人通知江北太平军，提高警惕，防止李鸿章趁机偷袭；又让蒙得恩即刻与陈承瑢接头，让陈承瑢在东王府做内应。蒙得恩应诺而去。秦日纲却不以为然，他说：“北王也太小心了，谅那李鸿章区区几百号人也敢偷袭我们！”韦昌辉摇摇头，说：“燕王有所不知，李鸿章此人决不可小觑，更兼他的军师范瑾瑜足智多谋，人称活诸葛；还有袁世坦的坦字营，湖口一战，闻名天下。今天，天现异象，范瑾瑜应该能够推断出将有大事发生。”秦日纲将信将疑，恰在此时，探马来报，江北李鸿章团勇有异动，秦日纲方才相信韦昌辉所言，立即传令江北太平军加强戒备。

韦昌辉对李鸿章的了解程度，不亚于石达开，因为他一向就在天京城周围驻防，或在天京城协助杨秀清处理政务，李鸿章的事迹不断地传到他的耳朵里，所以他能断定李鸿章会趁火打劫。

今天早上，李鸿章一起床，就看到东北方的天空不同寻常，便站在和州城墙上看了将近半个时辰，以至范瑾瑜走到他身后，他都没有发觉。范瑾瑜说：“大人，什么时候也学习观察天象了？”李鸿章忙拉住范瑾瑜的手说：“范先生，你看，东北方天空一片血红，这种景象我从未见过，今天还是头一次看见。”范瑾瑜神秘一笑，说：“大人，这是吉兆啊！”李鸿章不解地问：“范先生何出此言？”范瑾瑜说：“以在下目测，血红云彩应在江宁城上空，天现异象，江宁城将要血流成河了！”李鸿章说：“你是说长毛真的要起内讧了？我们如何应对？”范瑾瑜笑笑说：“长毛的内讧极有可能就在今晚发生！”李鸿章惊讶地问：“今晚？”范瑾瑜肯定地说：“今晚！洪秀全对杨秀清已经忍无可忍了，他被杨秀清逼到了悬崖边上，换了任何人都会反击的。刚才，天上的‘血云’奔涌翻腾；现在，又凝结在一起，形成一层厚厚的黏稠的‘鲜血’，堆在空中，这不是预兆又是什么？”李鸿章有点相信范瑾瑜的话，尽管范瑾瑜关于“血云”状态的分析有点不靠谱，于是，急切地问道：“范先生，那我们现在应该怎么办？”范瑾瑜略一思忖，说道：“大人，在下以为我们要做三件事。其一，派驻扎在金河口的水姑娘立即渡江去江宁城外监视，尤其是下关码头附近秦淮河入长江处，每一个时辰传回一次情报。其二，待确定长毛内讧后，即刻密奏朝廷，同时报告曾大帅。其三，让驻在乌江的袁管带派十几个团勇，开赴江浦，逼近江宁，以试探敌人！”李鸿章一一采纳了范瑾瑜的建议，随后又说：“范先生，长毛内讧，钱江必然带兵回江宁勤王，我们何不趁机收复运漕镇？”范瑾瑜摆摆手说：“大人，不可！钱江是不会带兵勤王的。洪秀全对除掉杨秀清的事情早就谋划好了，他有信心赢杨秀清，这才将石达开、钱江调出江宁，不让他们趟这汪浑水，以便他们在杨秀清被除掉后能够顺利地接过权柄。对钱江来说，静比动更重要，再者，他还要守住运漕的钱粮，做洪秀全的‘萧何’呢！”李鸿章笑了，说：“钱江倒是真有点萧何的本事，可惜洪秀全比刘邦差远了！”范瑾瑜说：“大人，回营用早餐吧，在下估计山芋片稀饭早就凉了！”李鸿章、范瑾瑜一回到军营，就有探马来报，说运漕河已经加强了戒备，对前往运漕的船只盘查得很严。两人闻报后，相视一笑。

运漕河加强戒备主要就是做给李鸿章看的，让李鸿章断了趁机偷袭运漕的念头，钱江现在最重要的事就是守住运漕数十万担粮食，那可是天国的命根子啊！

自从离开天京，钱江心里就一直忧虑，这几天更是整夜整夜难以入眠，今天一大早，睡不着的钱江就起床了。他走出巡检司衙署，发现天象奇异，站在河堤上观察半个时辰后，知道老天已示异象，天国内部一场争斗即将发生，应该就在今晚！

钱江踱回巡检司衙署，在大厅里徘徊、犹豫，自言自语：“难道一定要同室操戈吗？难道一定要兄弟相残吗？”

“军师。”钱江闻声一抬头，原来是刘元合从凤尾洲粮库回来了。“元合，你怎么回来了？粮食入库的事情忙完了吗？”钱江问道。刘元合回答：“回禀军师，粮食入库已进入扫尾阶段，后面一点事他们能处理好。军师，属下今天早起，看到天象怪异，担心您安全，便迅速返回衙署。军师，这种天象，属下长这么大，还真是头一次见到，不知是吉是凶？”钱江说：“元合啊，天王恐怕真要动手了！”刘元合一惊，虽然他对天王要除掉杨秀清的事情早有耳闻，但当听到天王真的要动手的消息时，还是吃了一惊："军师，这可怎么办？"钱江说："元合，加强运漕河下游开往运漕船只的盘查，吓阻李鸿章，迅速派人到安庆，请翼王前来共商对策！"刘元合答道："是，军师，属下这就去办！"说完，转身将要走出大厅，就在转身的一刹那，刘元合看见翼王竟然不请自来了，他感到万分惊喜，脱口而出："翼王来了，属下正要前往安庆恭请呢！"石达开说："元合，本王不是来了吗？为什么要请本王？"钱江高兴地说："翼王，这不关元合的事，是愚兄要他到安庆去请你的！不想，翼王倒来了！"

石达开与钱江在大厅坐下，刘元合自去安排运漕河加强戒备事宜。钱江关切地问道："翼王此次来运漕应该是昼夜兼程吧！来，上早餐！"两人边吃边谈。石达开说："军师，近几日，小弟总是心神不宁，坐卧不安，前天竟然连人带马掉进一个大坑里，这可是小弟从来没有过的事！昨天一早就忍不住要来运漕，请军师开解开解。今早小弟看到东北方天空现出异象，愈发惶恐不安！"钱江说："翼王，愚兄正为此而请你来运漕的！天降异象，天国内部一场血战已经不可避免了。愚兄担心，北王一开杀戒，就停不下来，最后会招致天怒人怨，不得善终。翼王，虽然天王不允许我们掺和此事，但我们不能就真的坐视不管啊！"石达开说："军师，该怎么管？难道是带兵前去勤王吗？"钱江说："翼王，万万不可，那样会害了天王！我们按兵不动，但你我二人可以秘密进京面见天王，协助天王控制事态的发展，必要时，协助天王收拾残局。"石达开说："是啊，经军师一点拨，小弟便豁然如拨云见日。不过，军师估计天王会在何时动手呢？"钱江说道："就在今晚！"石达开一脸惊讶："就在今晚？何以见得？"钱江说："其一，天上异象已现。其二，也是更主要的，如果愚兄没有记错的话，今天该是杨秀清儿子的周岁，对三十三岁才生儿子的杨秀清而言，儿子的周岁他一定会大操大办，大宴宾客。那样，天王、北王、燕王、蒙得恩就会趁机除掉杨秀清！"石达开说："军师这么一说，小弟好像也记起来了，今天确实是杨秀清儿子的周岁！小弟估计现在东王府上下肯定忙得不可开交！"

石达开还真是说对了，前几天，东王府上下就开始筹备幼东王周岁庆典，今天，更是忙得不可开交。

杨秀清一身盛装，满脸欢喜，尽管无比丑陋，但前来送礼的官员还是感受到了杨秀清发自内心的喜悦。陈承瑢负责置办酒席，负责王府戒备；唐正财则负责接待宾客，收受贺礼。

太阳出来后，东王府笼罩在一片血色之中。杨秀清以前做过一些装神弄鬼的事情，知道可能是天现异象，便问陈承瑢：“陈承瑢，你看为何天现异象？”陈承瑢也觉得老天是在昭示今天将是血腥的一天，不过，他说：“东王，天降祥瑞，红光映照，预兆幼东王将来要被立为太子！属下提前贺喜！东王万岁万岁万万岁！”杨秀清笑逐颜开，又说：“承瑢，本王登基，你就是军师，航王就是天国兵马大元帅！”陈承瑢连忙倒身下拜：“臣陈承瑢愿陛下万岁万岁万万岁！”杨秀清说：“起来吧！朕赐你平身！”陈承瑢说：“谢陛下！”

陈承瑢今天头戴礼帽，身披绶带，笑容满面，喜气洋溢，一副东王府大管家的派头，天京城内无人不对其极尽巴结讨好之能事，因此，他的命令在天京城内恐怕比天王的圣谕还要畅通无阻。他利用手中权力，将天京城各门守卫悄悄换成秦日纲的亲兵，并一再叮嘱，任何人都不许出城，除北王、燕王、蒙总管外，任何人都不得进城。陈承瑢传令驻守在城内狮子山、鸡笼山、清凉山的东王府亲兵就在营地设宴，庆祝幼东王周岁盛典，并告诉他们晚上戌时一刻，即赐上等美酒。

忙完了这一切，只听见自鸣钟敲响了十二声，原来已是午时正了。陈承瑢于是匆匆地吃了几口饭，便欲出东王府，看看他等候的人有没有消息传来。他由内殿穿过大殿，跨过二门，准备直奔东府头门。然而，眼前的景象让他大吃一惊。二门与东府头门之间两旁分别各有一排长房，名承宣厅、参护厅，长房两端有围墙连着二门和东府头门，这样，由承宣厅、参护厅与围墙一起组成了一个天井院，只是这个天井院比较大，有十丈见方。陈承瑢看到，偌大的天井院，旗牌林立，一行一行，一路一路，排列整齐。旗牌上面的字各有区别，靠近参护厅一旁的是“将军”“总制”“监军”“军帅”，靠近承宣厅一旁的是“幼西王”“幼南王”“国宗”“侯”“丞相”，旗牌下整整齐齐地摆放着大大小小的箱子。这时，从承宣厅里几个人抬着几口大箱子走出来，径直朝二门走过去，靠近承宣厅一旁的旗牌有了动静，旗牌连同箱子都向前挪了一个位置。陈承瑢明白，这是在京的文武百官在排队送礼。

陈承瑢向承宣厅走去，进了承宣厅，看见唐正财右手持一根蜡烛，左手捏着一块玉璧的边缘，将玉璧对着烛光照了又照，然后，对坐在几案旁的人说：“上等和田玉璧一块，径长五寸五分！”说完，将玉璧交给另一个人，放到东王府专用的宝箧里，贴上封条，盖上东府大印。陈承瑢突然觉得唐正财也确实是个人才，还能鉴别金石玉器，心里一下子没那么鄙视他了。陈承瑢说："航王，你真了不起啊！"唐正财转过身来，用手抹了抹油光发亮的脸膛，朝陈承瑢一笑："哎呀，我的大总管，你今天可真够气派啊！"陈承瑢笑笑说："航王，你不想想今天是什么日子！"唐正财笑容堆满一脸，说："是啊，是啊，今天是太子周岁盛典！你瞧，我这忙得抽不开身，外面的事就有劳陈大管家了！"陈承瑢一看，唐正财的心思完全放在了验收贺礼上，心里不禁踏实多了，他也不想影响唐正财，便客气了几句，离开了承宣厅。

来到东府头门外，向照壁东边望了望，不见有人来，便又转身回到东王府内。他边走边想，与北王、燕王、蒙得恩约定的时间快到了，怎么还没有他们的消息呢？难道行动取消了吗？他的内心有点焦躁。离戌时越来越近了，他的内心越发焦躁起来。

"镗，镗，镗"，自鸣钟又响了十二声，酉时正到了，还没有北王他们的消息，来贺的文武百官都坐在承宣厅、参护厅，静静地等候晚宴开始。

"天王特使到——"，东府头门、二门接力似地向大殿传递着信息，却不见一个人出来迎接。陈承瑢心里知道是蒙得恩来了，但自己又不好出去迎接，因为接待宾客是唐正财管的。这时，唐正财从内殿走出来，对陈承瑢说："陈大总管，东王请你出去招呼一下蒙得恩。"说完，又返回内殿。

陈承瑢来到天井院内，蒙得恩早已等候在那里。看见陈承瑢来了，蒙得恩宣读天王圣旨："……特赐金人一尊！"陈承瑢答道："臣陈承瑢代东王谢天王圣恩！"蒙得恩说："陈总管请审验贺礼！"随手向停在天井院的一辆小车上指了指，陈承瑢看见小车上站着一尊约二尺高的塑像，外罩一块红绸布。蒙得恩揭开绸布，陈承瑢一看，惊得目瞪口呆，原来是一尊幼东王黄金塑像，其神态、相貌与真实的幼东王一模一样！陈承瑢也凑近塑像，假装验看，蒙得恩说："戌时正，北王来！"陈承瑢会意，向着大殿传话："天王特赐幼东王黄金塑像一尊！"少顷，唐正财出来了，他邀请蒙得恩入席，蒙得恩婉言谢绝，回天王府缴旨。

戌时初刻，陈承瑢身披绶带，容光焕发，向着站在座席旁的文武百官说道："恭请东王！恭请幼东王小寿星！"众人齐声喊道："恭请东王！恭请幼东王小寿星！"乐队奏起《百鸟朝凤》，文武百官目光齐刷刷地转向内殿。

唐正财出来了，东王的几个亲信也出来了。唐正财走到大殿上方主座旁站定，侧向内殿，扯着嗓子叫道：“东王驾到！”话音刚落，杨秀清缓步来到大殿，他头戴纯金镶玉平天冠，身穿黄底紫花大龙袍，脚蹬黄帮粉底高跟靴，一目平视，貌似器宇轩昂。怎奈他身形瘦小，面色蜡黄，一目缺损，印堂灰暗，配以帝王服饰，简直就是一个活灵活现的小丑！杨秀清后面，王娘抱着幼东王，在一大帮女人的簇拥下，缓缓向前。

杨秀清坐定，王娘坐定，那一大帮女人便站在杨秀清与王娘的身后。文武百官在陈承瑢的指挥下，拜舞于廷，山呼万岁。杨秀清高兴得合不拢嘴。

陈承瑢宣布庆祝幼东王周岁盛典宴会开始：“各位，今天是个大喜的日子，东王有旨，君臣同乐，不醉不归！”接着，动员文武百官给东王敬酒，给幼东王祝寿。众人纷纷敬杨秀清酒，祝幼东王寿与天齐。然后，又互相敬酒、畅饮，不到半个时辰，一个个醉得东倒西歪，少数不胜酒力的人便坐到一旁睡大觉去了！

陈承瑢一看文武百官的兴致减了不少，心里有点着急，他担心杨秀清要他提前结束宴会。事情往往就是这样，越是担心的事情就越会发生，杨秀清把陈承瑢叫到身边，眯着一只醉眼说：“陈军师，朕醉了，文武百官也都差不多了，撤席吧！”陈承瑢知道杨秀清并没有醉到十成，如果此时拖延撤席，说不定会引起他的怀疑。于是，陈承瑢灵机一动，说：“各位，都站起来，站不起来的，请旁边的人把他扶起来，我们共同举杯！”众人有的站了起来，有的到旁边把那些呼呼大睡的叫醒、扶起，足足过了一刻钟，除了极个别烂醉如泥的，其他的人都站了起来，一齐举杯，共贺幼东王周岁！

自鸣钟又响了十二声，外面传来了北王、燕王登门贺寿的声音！

“臣弟韦昌辉敬献贺仪银锭十万两，黄金九千九百九十九两！”韦昌辉说着，又叫陈承瑢带人到门口取贺礼。陈承瑢来到门口，见着秦日纲，悄悄地安排东王府卫士到承宣厅、参护厅饮酒，将秦日纲带来的士兵部署在东王府关键的几处。接着，陈承瑢引着秦日纲，抬着几十箱物件来到了大殿。

“臣弟秦日纲敬献贺仪银锭十万两，黄金九千九百九十九两！”秦日纲说完，站到了韦昌辉身边。

刚才还醉眼蒙眬的文武百官清醒了不少，他们有点纳闷，不知道韦昌辉、秦日纲为何献金九千九百九十九两，杨秀清也有点纳闷，为何不献万两。

韦昌辉向杨秀清叩首，然后站起来说：“东王，臣弟与燕王献金有个讲究，一两黄金就是一岁。九千九百九十九两黄金装在箱子里，臣弟与燕王手里各攥黄金一两，臣弟与燕王希望能助东王一两之力，助东王再进一步，做一个万岁君王！”说完，韦昌辉与秦日纲分别将手里的一两黄金放进箱子里，然后，跪下，高呼：“臣韦昌辉、臣秦日纲愿我王万岁万岁万万岁！”一时间，殿内跪倒一片，“愿我王万岁万岁万万岁”，声音高亢，震耳欲聋！杨秀清喜不自胜，忙说：“能得两位贤弟相助，本王大事成矣！”又是半个时辰的狂饮滥喝，差不多所有的人都醉了！

韦昌辉、秦日纲、陈承瑢互递眼色，正待行动。突然，闯进来两个军官，跑到杨秀清面前，急切地说：“东王，东王，酒里有毒！”说完，倒身跌在地上，不省人事。杨秀清顿时酒醒了一半！

第十九回

阋于墙胞哥戮胞弟
斗同室天父杀天兄

杨秀清瞪着陈承瑢，问道："陈承瑢，这是怎么回事？酒里怎么会有毒？快查一查！"陈承瑢一字一顿地说："东王，别怕，酒里不是毒药，是蒙汗药，他们死不了的，顶多两个时辰就会醒过来的。"杨秀清毕竟是经过大风大浪的人，听陈承瑢这番话，他立刻明白了是怎么回事。他看着陈承瑢，说："陈承瑢，本王待你不薄，你为何设计谋害本王？"陈承瑢气愤地说："杨秀清，你何时把我陈承瑢当作人看的？在你眼里，我陈承瑢不过是一条可以随时呼来喝去的狗！"杨秀清不说话了，一会儿，他大声喊："航王，航王；来人啦，来人啦！"陈承瑢冷笑一声："杨秀清，别做梦了，唐正财那头猪早溜走了，他是不会为人陪葬的！你的卫士们现在也已经在承宣厅、参护厅睡得正酣呢！别怕，王府上下都有燕王的人保卫着，外面一只苍蝇也休想飞进来！"说着，从礼服内衬里掏出一瓶毒药和一条白绫，交给杨秀清："东王，念大家兄弟一场，给你留个全尸吧！你要尽量做得体面一点！"

杨秀清一手打掉毒药瓶，向着韦昌辉说："北王，燕王，是洪秀全要你们来杀本王的吧！回去告诉洪秀全，要斗，大家就明里斗，不要暗计伤人！这算什么英雄？连男人都不是！"韦昌辉一笑，说道："东王，臣弟与燕王这样做，与天王无关，天王什么都不知道！杨贼，你受死吧！你平日里的飞扬跋扈哪去了？你平日里的霸道蛮横哪去了？你平日里视我等如粪土的嚣张气焰哪去了？杨贼，你恶贯满盈！杨贼，你罪该万死！杨贼，你吃我一刀！让你死得体面，你不愿；给你全尸，你不要！休得怪我！”说完，从衣袖里抽出一把七寸长的三角尖刀，左手抓住杨秀清的头发，右手持刀狠狠地扎向喉管，然后，又搅动几下，迅速拔出刀来，顿时，鲜血喷涌而出，溅到了前三排座席的宾客身上，大殿里尖叫声此起彼伏，所有的人都想跑，但一来惊吓过度，二来大醉酩酊，竟没有一个人能跑得动！

秦日纲一看杨秀清的头还连着身子，便叫道：“来人！”即刻便有两名士兵跑过来，秦日纲拿过士兵手里的刀，说：“北王，让小弟割下杨贼的狗头！”手起刀落，杨秀清的躯干“呼”的一声倒在地上。秦日纲一手拎着杨秀清的头，一手举着带血的刀，说：“诸位，杨贼久怀篡逆之心，前不久，竟然逼迫天王封他‘万岁’！如此大逆不道之奸贼，人人得而诛之！本王与北王决定为天国除害，为天王屠魔！诸位并非阿附杨贼之人，诸位前来道贺是慑于杨贼淫威，本王与北王不会为难你们的。但，杀戒已开，城内难免混乱，为各位安全着想，暂时委屈各位在本王军营里小住几日，待局势平稳后，各位再回衙视事！——亲兵营！”门外近二百人迅速进入大殿，秦日纲说：“亲兵营听令，即刻护送殿内官员到本军军营，妥善安置，以礼相待，不得轻慢；数日后，择机送各位官员回衙！记住，一定要保证各位官员安全！”士兵们一边对官员登记造册，一边捆住他们，押往殿外。经过清点，在京文官丞相以上、武官军帅以上各级官员计九十四人，另有军师钱江、翼王石达开的家人共两名。

韦昌辉对陈承瑢说：“陈丞相，清凉山、狮子山、鸡笼山那几处东王府亲兵如何处置？”陈承瑢说：“北王，我即刻假传杨秀清之命，让他们在军营不要轻举妄动，待我们处理了东王府的人之后，再去收编他们。”韦昌辉、秦日纲点点头，说：“就这么办吧！”秦日纲说：“先清剿东王府，把东王府的卫兵全部关进牢房，把东王府的女人们全部带到天王那里，让蒙得恩派人看守他们，事后交由天王发落！”韦昌辉不同意，他说：“燕王，不能太仁慈！东王府上下人等，一个不留，留着就是祸害！”陈承瑢说：“北王，罪魁祸首是杨秀清，现在首恶已除，其他人还是留他们活命，给他们出路吧！”秦日纲也赞成陈承瑢的说法。韦昌辉两眼圆瞪，厉声说道：“陈承瑢，本王知道你深受杨秀清器重，不忍心杀东王府的人，本王也不要你亲自动手，你走吧，这里交给本王！”说完，向殿外大声说道：“北王府的人，为什么还不进殿？”话音刚落，数千手执锐利兵器的将士拥进大殿。韦昌辉说：“大家听着，今晚在东王府的人，除了本王、燕王、陈丞相，其余不论男女老幼，格杀勿论，一个不留！尸体扔到秦淮河里，秦淮河填满了，直接扔进长江！本王将论功行赏！现在，本王就给你们做个示范！”韦昌辉说着，一把抢过王娘怀里的幼东王，双手举过头顶：“各位，这是杨贼的小崽子，本王今晚要让杨贼从此断子绝孙！”言罢，双手举着幼东王，狠狠地扔到地上，幼东王，可怜刚满周岁，顿时气绝身亡！那边，王娘早已晕了过去！韦昌辉手臂一挥：“开始！一个不留！一个不留！”韦昌辉咬牙切齿，脸都变了形，秦日纲、陈承瑢看着如野兽般的韦昌辉，吓得不知所措，只能任其所为！

自亥时始至次日辰时止，杨秀清手下六部尚书、承宣、仆射、参护刀牌手、典官、差役等近三千六百人全部在昏昏欲睡中被杀，东王府王娘、嫔妃、女官约五百人惨死刀下，鸡笼山东王亲兵一万一千人在放下武器后仍被乱刀砍死、乱锤砸死、乱枪刺死、乱箭射死，其惨状难以描绘。约莫丑时时分，天突然变了，星光隐耀，狂风怒号，电闪雷鸣，大雨滂沱，不到一个时辰，秦淮河水陡涨一尺有余，河水裹挟着尸体向长江流去；一阵风急，雨中扑面一股血腥气，噎得人难以喘息。不知何时起，也不知从城内哪一角传来了一阵阵歌声：

天父杀天兄，江山打不通。空手回家转，仍旧做长工。

这歌声惨切无比，悲伤绝伦，先是城内一角，然后借着风势，迅速传遍全城，最后飘荡回响在天京城上空，令人听来毛骨悚然，潸然泪下！

狂风把歌声带出天京城，流水把尸体带到长江，水青萍听着凄惨悲戚的歌声，借着闪电的光，目睹了她平生从未见过的惨象，不禁泪流满面。她看那尸体，在宽阔的江面上绵延数里，何止上万！她实在不忍心坚持下去了，便潜回江北，连夜直奔和州城。她几乎是哭着向李鸿章、范瑾瑜诉说了她看到的、听到的一切！李鸿章、范瑾瑜面带戚容，遥望长江，念念有词，祝祷无辜被杀的太平军将士、妇女早日魂归故里，勿在异乡漂泊！

范瑾瑜哽咽着说：“大人，也不必太过伤感！现在，立即上奏朝廷，驰书曾大帅，报告长毛内讧的情况。”李鸿章一边听水青萍详细描述太平军内讧的情况，一边抓紧时间拟写奏章。范瑾瑜说：“长毛军中的那首歌很有内涵，我们也不妨仿作一首。”李鸿章说：“我也正有此意。”遂口占一首：

天父杀天兄，到头一场空。长毛非正主，依旧让咸丰。

范瑾瑜说：“大人不愧为翰林学士出身，真是出口成章！只是，我们应尽快让在运漕的钱江听到这两首歌谣！”范瑾瑜派遣近百名团勇，分水陆两路向运漕方向传播这两首歌。

傍晚，运漕镇大街小巷，玩耍的儿童都唱起了这两首歌。迷迷糊糊中，钱江听到了这两首歌，他一下子从床上坐起来，喊道："元合，元合！"罗三娘闻声急忙走到钱江床前，说："军师，你怎么醒啦？昨夜一夜未睡，你再休息一会吧！元合、紫芸在凤尾洲！"钱江示意罗三娘不要说话："三娘，你听，听听外面孩子们在唱什么！"罗三娘仔细听了一会，似乎明白已经发生了什么事，只是不敢说。钱江仿佛自言自语："天父杀天兄，江山打不通。空手回家转，仍旧做长工。天父杀天兄，到头一场空。长毛非正主，依旧让咸丰。"接着，嘴里不停地念叨"天父杀天兄"，念着念着，忽然大叫一声，泪如雨下："完了，完了！"此时，石达开也闻讯赶来，钱江一把拉住石达开的手，悲痛欲绝："翼王啊，天王真的动手了！同室操戈，手足相残！我天国怎么会落到这步田地啊！"石达开说："军师，小弟已经问过外面玩耍的儿童，他们说两首歌谣是从东边传来的。难道天王前几天就已经动手了？这两首歌从天京传来，少说也要三五天时间哪。"钱江斩钉截铁地说："不会的，肯定是昨天夜里才发生的！我猜测，这两首歌应该是李鸿章派人告诉我们的。"罗三娘惊讶地说："李鸿章怎么会派人告诉我们呢？"钱江说："这两首歌不是同一人所作，第一首是天国军民所唱，第二首肯定是李鸿章仿作，我们不可能称自己为'长毛'。环顾四周，只有李鸿章这一支清廷军队离天京最近，他们人数虽然不多，却控制着从含山到和州方圆上百里的地域，有时甚至会到金河口、江浦一带活动。别忘了，在我们关注天京的时候，李鸿章、范瑾瑜也一直在关注着天京，那范瑾瑜颇有些神机妙算的功夫！"石达开非常赞同钱江的分析，罗三娘听完也恍然大悟。

罗三娘走到后院，拉过小苏扬，来到大厅，自己先跪下，然后对小苏扬说："小苏扬，快跪下，感谢大恩人帮你父亲报了仇！"年仅三岁的小苏扬从未见过这种阵势，他看看钱江，似乎在征求钱江的意见。钱江抚摸着小苏扬的头，说："孩子，面朝东方跪下吧，天王杀了害死你父亲的大坏蛋了，你要感谢天王！"小苏扬这才跪下，钱江、石达开也面朝东方，罗三娘说："大纲，你安心地去吧，天王已经替你报仇了！"钱江说道："大纲兄弟，你没有跟错人，天王很重兄弟情谊的！"石达开也说："罗丞相，你放心，我们一定会重振天国水营的！"

"军师，翼王，不好了，出大事了！"刘元合急忙跑进来，满头大汗，还喘着粗气。钱江忙说："元合，不要急。慢慢说。"刘元合抹了几下汗水，说："半个时辰前，属下听到了两首悲歌，对天国很不利。'天父杀天兄，江山打不通。空手回家转，仍旧做长工。天父杀天兄，到头一场空。长毛非正主，依旧让咸丰。'属下立即交代了几句，就跑回来向军师、翼王禀报。一路上，所有的村庄，儿童都在唱这两首歌；镇子上大街小巷，到处都在唱这两首歌！"石达开说："元合，我们已经知道了！"钱江忧心忡忡地说："翼王，看来情势不妙，天京城内是大开杀戒了，否则，仅仅杀掉一个杨秀清，也不会让天国将士如此泄气失望的！"刘元合说："军师，难道天王会杀那么多人吗？属下怎么也不会相信的！"钱江叹口气说："元合，天王是重情重义的，你知道，杀掉杨秀清也是迫于无奈，但绝不会杀害无辜的天国将士们！可是，现在，天王的旨意在天京城还能传达下去吗？"石达开说："军师是在担心天王已经很难控制天京的局面了。这么说来，小弟应该回京，协助天王收拾这种局面。"钱江摇了摇手中的折扇，说道："翼王，你是在外面带兵的，你贸然回京，会引起北王怀疑的，那样的话，很有可能逼北王造反。还是我去一趟天京，见到天王，再见机行事吧！"罗三娘忙说："军师，你去太危险了，我不想让你去！"接着，又对小苏扬说："快，抱着爸爸的腿，不让爸爸走！"小苏扬真的一把抱着钱江的腿，说道："爸爸，苏扬不让你走！"钱江抱起小苏扬，说道："小苏扬听话，爸爸也不是一个人去，爸爸让元合哥哥陪着一起去！有元合哥哥保护，爸爸什么人都不怕。"石达开说："小苏扬，到后院去玩吧，叔叔要和爸爸、妈妈、元合哥哥商量事情。"小苏扬本来就对大人说的事情没有多大兴趣，现在又有元合哥哥保护爸爸了，于是，放心地到后院去玩了。

罗三娘仍然有些放心不下，她对刘元合说："元合，军师的安全就交给你了，你一定要小心在意！"刘元合坚定地说："三娘师叔放心，就是舍了我元合性命，也要确保军师安全！"罗三娘说："我要你们两个都活着回来！元合，你必须要活着回来，否则，谁去照顾紫芸？"刘元合认真地点了点头。

钱江、刘元合草草吃过晚饭，星夜赶往天京城。到达九洑洲时，已是次日巳时了。钱江一上九洑洲码头，就看见江面上漂浮了很多尸体。钱江连忙登上望楼，向东南方望去，但见靠近天京城的半边江水已成血色，浮尸绵延十数里！来到下关，江风一吹，阵阵腥臭直冲而来，钱江差一点就呕吐了。秦淮河不断地流出新鲜的血液和尚未僵硬的尸体。钱江不敢相信眼前的这一切都是真的！他早已泪水滂沱，肝肠寸断！

好在把门的官兵是韦昌辉的部下，好在这些人平时都认识钱江、崇拜刘元合，因此并没有阻拦他俩进城。进城后，两人一路狂奔，跑到天朝宫殿外，却见天朝宫殿戒备森严，把守宫殿的军官说："未经洪国宗同意，任何人不得入内！"钱江便大呼"蒙总管""蒙得恩"，一会儿，从宫殿里走出两个人，原来是天王的族兄洪仁发、洪仁达。钱江急忙说："两位国宗，天王呢？"洪仁发说："军师，武状元，快请，天王正等着你们呢！"

钱江、刘元合立即跑向大殿，洪秀全一见二人，马上大哭起来："军师，武状元，北王疯了，北王疯了！你们再迟来一日，朕恐怕没命见你们了！"说完，左手拉着钱江，右手拉着刘元合，钱江明显感到洪秀全的手在发抖！钱江说："天王，我们来了！"洪秀全突然疑惑起来："你们为什么来得这么快？难道有人给你们透露消息的？"钱江便把自己听到"天父杀天兄"歌谣一事说给洪秀全听，只是不提"天父杀天兄"的第二首歌，也不说石达开在运漕的事。洪秀全顿足说道："天父杀天兄，江山打不通。空手回家转，仍旧做长工。天国将士的心散了，天国基业被北王毁了！军师啊，你不知道这两天来朕是怎么过的！两万多人被杀，他们虽然是杨秀清的部下，但也是天国的人哪，是朕带来的两广精干力量啊！军师啊，这两天，朕是盼望你们来，又不想你们来！北王现在连朕的话都听不进去了，朕早该知道，北王一旦掌权，就会变成第二个杨秀清！朕悔不该当初没有听你劝！"洪秀全前前后后、絮絮叨叨地讲了近半个时辰的话，最后，他说："军师、武状元，你们赶快走吧！走得越快越好，越远越好！再不走，就要给朕陪葬了！"

钱江说："天王，臣等不会舍下天王逃命的！臣相信北王与杨秀清不是同一类人，北王决不会伤害陛下的！臣回京，就是要劝北王尽快收手，以安定人心！"洪秀全摆摆手说："算了吧，朕的话他都不听，还能听进军师的劝告吗？朕不指望北王了，有你陪在朕的身边就足够了！"钱江说："天王，让臣试试吧！即使阻止不了北王的滥杀行为，也应该能减轻北王对天国将士的伤害吧！"洪秀全说："军师，太危险了！北王现在疯了，朕担心他会加害于你呀！"钱江说："天王，臣相信北王不会对臣拔刀相向的！"钱江执意要去，洪秀全也只好同意："军师，不论结果如何，你都要尽快回到朕的身边啊！朕不想你成为第二个大纲兄弟！"

钱江一出天朝宫殿，就看见旱西门方向浓烟滚滚，仔细辨了一下方位，那冒烟的地方应该就是东王府。不过，此刻，他也顾不了这些，他连忙招呼刘元合往南走，直奔北王府。到了北王府一打听，原来韦昌辉正在东王府处理要务。两人转而向西，几乎是跑步前进。钱江走着跑着，离东王府越来越近了，却一个不小心撞到了一个人的后背。钱江定睛一看，被撞的人身形瘦长，穿一袭道袍。钱江总觉得怪怪的，因为一出天朝宫殿，那个人就始终跟着他，嘴里还一直念念叨叨，好像在说“大水冲了龙王庙，一家人不认得一家人”。钱江心里烦，也没把他当一回事，更没有去玩味那两句话的意思。更让钱江觉得奇怪的是，被撞的人也加快步伐，向前小跑。

到了东王府，钱江看见数百名士兵正在到处点火，有的还向火上泼洒明油。钱江急忙命令士兵救火，士兵回答说：“北王有令，今日只能放火，不能救火！”钱江叫来一名军官，那军官认得钱江，便说：“军师，请恕属下无礼！属下也是在执行北王的命令！”钱江问：“北王呢？”军官回答道：“回禀军师，北王说他在狮子山！”钱江说：“元合，我们去狮子山！”

两人连忙离开东王府，向狮子山急急赶去。走了大约两里路，那道人忽然拦住钱江，道人一开口，钱江就大吃一惊：“东平先生，韦昌辉不在狮子山！”钱江一愣，有点迷惑：这个道人与我素昧平生，为什么能认识我？尤其可怪的是，为什么知道我要去找北王呢？那道人没等钱江开口，接着说道：“东平先生，不必惊讶。大名鼎鼎的天国军师，几人不知，几人不晓；贫道一路跟来，当然知道先生在找韦昌辉了！韦昌辉不在狮子山，贫道知道他在何处！”钱江收起了惊讶，忙谦恭地说：“诚如道长所言，在下正是为寻北王而来。敢问道长，北王现在何处？”那道士微微一笑：“东平先生，此处不方便说话，不如我们到妙相庵一叙！”“妙相庵？”钱江记得，就在前方薛家巷尽头有一处庵堂，称作“妙相庵”，其实早已没有了尼姑和尚。太平天国十分痛恨佛教，一到天京，就把大小庙宇庵堂的和尚尼姑全部赶走了，规模大一点的建筑改做王府、衙署，规模小一点的干脆一拆了之，报恩寺塔都被先烧后拆，何况小小的妙相庵呢！钱江本来心里就很急，找了半个天京城都没有找到韦昌辉，不知道又有多少无辜的人屈死刀下！现在半路上却又杀出一个莫名其妙的道长！那道长似乎看出了钱江的心事，他说：“东平先生不要急躁，韦昌辉已经放下了屠刀，正在等候先生和石达开回来善后！请到妙相庵一叙，贫道有要事相告！”钱江一听也是，这半天来并未见士兵在大街上杀人，便随着那道长向妙相庵走去。

妙相庵房倒屋塌，其残破之状难以言说，幸而尚有一间庵堂，三人便来到庵堂，可巧的是庵堂内有几个圆石凳，三人谦让着坐下。

那道长问："东平先生可知韦昌辉为什么要火烧东王府？"钱江回答道："在下不知。能否请道长言明？"道长神秘地说："在掩盖一件事！"钱江也曾想到过韦昌辉火烧东王府应该是在掩盖着什么，但因寻人心切，也没有细想其中缘由。接着，道长告诉了钱江一个惊天的秘密。

原来韦昌辉在东王府大开杀戒，独独走了唐正财，这令韦昌辉大为恼火，在某种程度上，他恨唐正财远远超过恨杨秀清，他挨杨秀清杖责的起因也是唐正财，罗大纲的死很大程度上唐正财是罪魁祸首！韦昌辉下令，活捉唐正财，挖出唐正财的心肝祭奠罗大纲！

八月初五晚，天刚擦黑，几名士兵押着唐正财来见韦昌辉。韦昌辉一看见癞皮狗一样的唐正财，气不打一处来，先猛揍一顿，又抽出宝剑直接刺向唐正财的胸口。唐正财"扑通"一声跪在地上，哀号道："北王饶命！"韦昌辉气愤愤地说："本王偏不饶你狗命！"唐正财贼眼直闪，说道："北王杀小人，不过是杀了一条落水狗，小人死不足惜！不过，北王是否听说杨秀清还有一个天大的秘密？"韦昌辉恨恨地说杨贼的秘密本王知道，天下人都知道，他不就是要谋权篡位吗？"唐正财说："北王，杨贼还有天下人不知道的大秘密！"说完，贼眼两边溜来溜去。韦昌辉说："唐正财，你有什么话尽管说！不要耍什么鬼花招！"唐正财像哈巴狗一样，喘着气说："北王，小人能耍什么花招？小人还想从这里逃走吗？"说罢，又用两只贼眼溜来溜去。韦昌辉屏退了左右，唐正财立马露出一副讨好相："北王，小人知道杨贼的宝库！小人敢说，除了杨贼、陈承瑢、小人，这个世界上应该再也找不出第四个知道杨贼宝库在哪里的人了！"韦昌辉一愣，下意识地问："你真知道杨贼的宝库在什么地方吗？"唐正财对天发誓："北王，杨贼做事从来不向小人隐瞒，而且财宝入库是小人经手的！"韦昌辉一脸鄙夷："唐正财，杨贼视你为心腹，你却出卖了杨贼，无耻之尤！就算一条狗，主人死后，它也不会出卖主人的！你说，你到底存何居心？"唐正财表现得可怜又可嫌："北王，在杨贼眼里，小人充其量也就是一条狗而已！现在，小人又成了一条丧家之狗，还能有什么居心？献宝无非是为了保住一条狗命！还求北王放小人回老家做木匠吧！"说完，连续叩头，额头上的皮都磕破了，渗出一片血珠子。韦昌辉制止了唐正财，说："唐正财，本王先不杀你，你起来吧！"然后，又大声说道："来人，先把唐正财押往北王府关起来！没有本王命令，任何人不许动他！”几名士兵押着唐正财走了。

韦昌辉在东王府厅堂来回踱步，他不知道该如何处理杨秀清财宝这件棘手的事！

就在前几天，他也曾向陈承瑢提到过东王府的财宝一事，不料，陈承瑢十分谨慎，并没有透露过多的细节。韦昌辉当时的想法是，铲除杨秀清势力之后，将东王府的财宝全部收缴到“圣库”中，再以此为基础，重建“圣库”制度，保障天国财用。

在向杨秀清动手前，洪秀全的态度开始摇摆起来，这令韦昌辉心中不快；后来，洪秀全将保卫天朝宫殿的大权全移交给洪仁发、洪仁达，让韦昌辉隐约感觉到他们这些“老一辈”异姓已经不被洪秀全信任了！韦昌辉意识到，洪秀全最终会疏远军师钱江、翼王石达开等威望甚高的人，而启用绝对听话的年轻人，为了天国的将来，为了将来掌权的年轻人能够甩开膀子干，他决定杀光天京城内与杨秀清有关的所有人！大不了，自己最后一死以谢天国！这才发生了天京城一天一夜诛杀两万人的惨剧！

韦昌辉终于抱定了必死的信念，他要用自己的死来维护洪秀全的形象，他要用自己的死来维系天国内部的统一！自己都要死了，要这些财宝又有什么用！他想到了杀掉唐正财，放弃杨秀清的财宝！

“可是，我韦昌辉不要，能保证其他人不要吗？杨贼财宝之多，天国上下尽人皆知！我韦昌辉一死，马上就会有很多人开始争夺这一注财宝，说不定又要闹出一场更加残酷的杀戮！可是，得到财宝后又交给谁呢？我自己已经时日不多了，我一死，天京城有可能会控制在洪仁发、洪仁达手里，财宝也会落到他们手里！”想到这里，韦昌辉内心一惊，他镇定了一下，自言自语：“不行，决不能让财宝落入那两个败家子手里！那些财宝都是天国将士们用鲜血和生命换来的！”

他想到了军师钱江，想到了翼王石达开，他的心一下子变得敞亮多了。“对，交给军师、翼王！”可是，他俩又不在京城，等他俩回京吗？“我韦昌辉能活到军师、翼王回京吗？”怎么办？连个商量的人都找不到，韦昌辉此时感到无比的寂寞！

“我韦昌辉一定要等到军师、翼王回京，我要向他们移交财宝，我要向他们交代后事！我一定要活着等到军师、翼王回京！”韦昌辉下定决心，果断地说。决心定下后，韦昌辉的头脑顿时异常清醒，起获杨秀清财宝一事的步骤也开始清晰起来。

韦昌辉请秦日纲、陈承瑢、蒙得恩到东王府会商大事。韦昌辉神情严肃地说：“燕王、佐天侯、蒙大总管，十二个时辰不到，我们就杀了两万多人，现在，整个天京城内人心涣散，怨气冲天。各位不知道有没有听过那一首歌谣？”陈承瑢说：“属下听过。‘天父杀天兄，江山打不通。空手回家转，仍旧做长工。’北王，人心真的散了，属下担心城内会发生开小差逃跑的事情！”秦日纲说：“小弟傍晚在仪凤门外听到了另外一首歌谣：‘天父杀天兄，到头一场空。长毛非正主，依旧让咸丰。’小弟深感奇怪，我们的人什么时候也称自己‘长毛’了？”韦昌辉说：“燕王，事情没有那么简单，你刚才那首歌谣，本王断定是清妖仿作！”蒙得恩有点紧张：“北王，难道清廷都知道我们诛杀杨贼的事了吗？怎么办？”韦昌辉接过话题道：“这正是本王请诸位来会商的事情！”秦日纲、陈承瑢、蒙得恩一齐说：“北王，您作谕示吧！我等一定遵照执行！”

韦昌辉命人找来天京城区防御地图，他摊开地图，用剑在地图上比画着：“诸位，我们现在既要加强京城防守工作，又要加强城内治安保卫工作，外防清军偷袭，内防杨贼余孽作乱！为此，本王特作如下部署。”

根据韦昌辉安排，天京城北神策门至城东南通济门由秦日纲部防守，城南聚宝门、双桥门由陈承瑢把守，剩下的自城西南水西门至城西北金川门的防卫任务由北王部队承担，蒙得恩协助洪仁发、洪仁达保卫天朝宫殿。

城内治安也作了划分：蒙得恩围绕天朝宫殿，起自玄津桥，终于浮桥；秦日纲负责北门桥、估衣廊至卢妃巷以东及大中桥以西、以北整个区域的治安工作；陈承瑢负责大中桥、奇望街以南及三山街、花市街以东地区的治安工作；京城内其他地区均由北王负责。

秦日纲等人走后，韦昌辉放出唐正财，命令唐正财去水营调集百艘大船停靠旱西门外秦淮河上，随时待命。韦昌辉又让族弟召集亲兵营到东王府前听候调遣。韦昌辉的亲兵营清一色的都是韦家人，有同族兄弟叔伯，也有家丁仆人长工，是韦昌辉绝对信任的一群人。与此同时，韦昌辉开始部署城内治安保卫及城墙、城外防守事宜。

忙完这一切，唐正财回来了，此时已是亥时初。唐正财谄媚地笑道：“北王，一百艘大船已集结完毕，听凭差遣！”韦昌辉“哼”了一声：“唐正财，你的水营里还能找到象样的船只吗？”唐正财说：“这一百艘大船是罗大纲留下来的‘坡山艇’，无比结实，丝毫不亚于清兵的‘红单船’，北王尽管放心！”韦昌辉听说是罗大纲督造的“坡山艇”，心里踏实多了！

韦昌辉见亲兵营的人都到齐了，便对唐正财说：“唐正财，可以动手了！”唐正财带着韦昌辉穿过东王府内的九重天府，绕过一个水池，来到虎贲仓前，但见两座小山耸立，并无异常。唐正财拨开一片紫藤，露出一扇大门；唐正财旋开大门，韦昌辉掀开一只箱子，里面整整齐齐地码着几排银锭；又掀开一只箱子，几排金锭金光夺目；他一连串打开几只箱子，碧玉、珍珠、玛瑙、翡翠泛出润滑的光。他一直向里走，到了最后一间房子，他看见墙壁上到处是前代字画，博古架上青铜鼎、宣德炉、景泰蓝及历朝历代的瓷器随意摆放着。韦昌辉也随意看了看，便带着唐正财走出了宝库。

韦昌辉问道：“唐正财，杨贼的宝库不小啊，真没想到他把半座山都挖空了，难怪当时建造东王府时花了几百万两银子！”唐正财讨好地说：“是啊，北王，何止挖空了半座山，杨贼还挖了一条地道，一直通到清凉山，夏天晚上他经常从地道到清凉山看戏、纳凉！这个宝库一向由小人经手。金银每箱两千两，计有四千箱银锭，共八百万两；五十箱金锭，共十万两。其他名家字画、钟鼎彝尊、珠玉翡翠、瓷器珐琅等，总计一千一百二十五件，每件价值纹银过万！”韦昌辉不再看不起唐正财了，因为他发现唐正财确实不简单。

韦昌辉问：“唐正财，杨贼也知道一千一百二十五件古玩吗？”唐正财不无得意地说：“这座宝库里金银珍宝的确切数量除小人外，没有第二个人知道！”韦昌辉很惊讶：“杨贼、陈承瑢都不知道吗？”唐正财有点自豪，他说：“北王，陈承瑢只知道宝库里有财宝，但他平时不过问，几年来，一共进过两次宝库，他哪里知道宝库里到底有些什么，又有多少？至于杨贼，别看他贪得无厌，但也不是经常进宝库的，宝库里具体有什么，有多少，他不操心，交给我，他就放心了！只有小人，至少每月进一次宝库，逐一核对宝库藏宝的细目。北王，小人这就去将宝库总册取来。”韦昌辉点点头，唐正财取来总册，双手呈上：“北王，小人该做的都已经做了，您可以让我回老家做木匠了吧！”说完，“扑通”一声跪倒在地，连磕数头，哀求不已。韦昌辉说：“唐正财，如果我俩互换一下，此时此刻，你会放我活着离开吗？你能相信我不把杨贼宝库的事告诉别人吗？”唐正财说：“不能！”韦昌辉问：“既然不能，你为什么还要求本王放了你？”唐正财不慌不忙地说：“北王，杨贼的这些财宝您恐怕也没有机会享受，除非您废了天王！本来小人完全可以躲藏起来，等风声一过，潜入东王府宝库，随便带走几样东西，也够我家几代人吃穿用度的了，却不料被您的部下活捉了，小人就想着献宝求生。小人敢这么做，主要是相信北王您是一个一诺千金的汉子！再说，小人出去后，会将杨贼宝库的事告诉他人吗？连北王都能做出卸磨杀驴的事，小人还会相信谁？更何况北王马上就要起获杨贼财宝，小人敢拿一座空空的库房去邀功吗？”韦昌辉一听，觉得有道理，便说：“唐正财，这样吧，你先回大王庙收拾一下，一个时辰后，本王派人护送你离开江苏！”韦昌辉又叫人拿过一条布袋，到宝库里随便抓了一些珍珠、玉器，交给唐正财，说道：“这点珠玉实在太少，但现在兵荒马乱的，带多了只会招致灾祸！记住你的承诺！”唐正财接过布袋，谢了北王不杀之恩，连夜出城，到大王庙收拾行装。

唐正财走后，韦昌辉立即指挥亲兵营五百多人搬运东王府财宝，从亥时正直到卯时正，足足四个时辰，方才将所获东王府财宝转移至大王庙水营地库。然而，韦昌辉翻遍了东王府的每一个角落，就是不见传说中的“翡翠西瓜”！“难道被唐正财带走了吗？不会的。唐正财事前并不知道要除掉杨秀清，慌乱中他只顾逃命，根本顾不上什么翡翠西瓜！难道早被唐正财藏到什么地方了吗？也不会。据说杨贼对翡翠西瓜爱不释手，差不多两三天就要赏玩一次，唐正财不可能也不敢把翡翠西瓜藏到别处！那究竟在什么地方呢？”韦昌辉心里想着这些事情，一时间也找不到答案，渐渐把它抛诸脑后，因为他要处理一件更加重大而紧急的事情。

辰时初，韦昌辉安排亲兵营吃早饭，并说饭后要宣布一件重大的事情。早饭尚未吃完，亲兵营两个士兵就传来了一个不好的消息：唐正财不知下落！

本来韦昌辉要放唐正财一马的，但唐正财走后半个时辰，族弟建议还是杀了唐正财，韦昌辉想了想，采纳了族弟的建议。族弟派了两个亲兵，去大王庙杀唐正财。

那唐正财走出东王府后，就预感到韦昌辉最终还是会杀他的，便抄近路，一溜小跑，不到一个时辰，就潜回大王庙水营总部。他进了库房，装了半袋散碎银子，藏在隐蔽处。然后，又叫来一个与自己身材差不多的士兵，给了他一些银子，并将装满珍珠宝玉的袋子交给他，说道：“一个时辰后有人来取这个袋子，你把袋子交给他，就带着银两远走他乡，再也不要回来！”那个士兵知道已经发生了大事，早已打好溜走的主意，只是空着两手，外出不易谋生，现在看到唐正财给了他这么多银子，便答应下来。安排好这一切，唐正财换了衣服，背上半布袋银子，向东过燕子矶，又折向东南，经句容、溧水，从太平府过江，一直逃到含山县东关，方才歇下脚步。此后，他化名郑采，租了个门面，置办了木工器具，依旧做他的木匠。不久，用带来的散碎银两买下了两个门面，娶妻安家，很快竟成为远近闻名的“郑木匠”。

唐正财逃走后，韦昌辉亲兵营的两名士兵赶到水营总部，看见一个人把守着一只口袋，身材与唐正财近似，便不问三七二十一，杀了那人。待砍下头颅，方知杀错了人，遍寻唐正财不得，后又见亲兵营的其他人也都来到了水营总部，他俩就干脆加入搬运财宝的士兵中。直至韦昌辉在早餐前说要宣布一件重大而紧急的事情时，才记起向韦昌辉报告唐正财逃走一事。韦昌辉虽然心里也不甚痛快，但他料定唐正财绝对不会把东王府财宝的事情说出去的，也就没有追究那两个亲兵。

很快，众人吃罢早餐，韦昌辉要众人稍事休息一下。半个时辰后，韦昌辉集中亲兵营所有士兵，众人不知何事，但见营房院内地面上摆放着一堆一堆的东西，有些迷惑，也有些惊讶，便一齐望着韦昌辉。

韦昌辉搬过一条长凳，站到长凳上，面向众人，说道：“各位叔伯兄弟，今天在这里，既没有北王，也没有国宗，其他什么丞相、军帅等职务一概没有，今天，大家都是族人，都是叔伯兄弟！”众人一听此话，知道会有大事发生，但不知道会是什么样的大事，一个个大眼瞪小眼，等着韦昌辉下面的话。

韦昌辉接着说：“诸位叔伯兄弟相信我韦昌辉，跟着我韦昌辉出来打江山，原指望一刀一枪博得个封妻荫子。然而，诸位也都看到了，我韦昌辉对天国犯下了十恶不赦之罪，只能以死来谢天国！”话音刚落，亲兵营五百多人全部跪在院内，齐声哀求：“北王，万万不可啊！北王，万万不可啊！”族弟突然站起来，大声说：“北王已经铲除了杨贼，何不就此时夺了天王宝座！”亲兵营齐声呐喊：“夺了天王宝座！拥立北王！北王万岁！”

韦昌辉制止了众人，说：“你们就是杀死我一千次，我韦昌辉也决不背叛天王！但是，我不想大家跟着我受牵连。大家都看到了，摆在地上一堆一堆的都是银子，这是给大家的。你们拿着银子，到无为州沿江一带寻无主的圩田，种田过活。”众人又将群情激奋，韦昌辉忙做出停止的手势：“各位叔伯兄弟，一定要听我韦昌辉劝告，为我们韦氏家族留下一点血脉！韦昌辉求你们了！”说完，下了长凳，跪在五百多亲兵面前。亲兵们也都跪下，恳请韦昌辉起来。韦昌辉说：“你们不答应韦昌辉的请求，我韦昌辉就一直跪到死！”

韦昌辉的族叔、族弟及韦府大管家上前拉住韦昌辉，哭着说：“北王，我们答应您！”其他亲兵也都说：“北王，我们答应您！”院内哭声一片！

韦昌辉站起来了，他请亲兵们也都站起来，说：“大家不要哭了，今天是我们韦氏家族新生的日子，应该高兴才是！前一段时间，我去了一趟无为州，看到沿江一带有数千亩河滩地，土质疏松，土壤肥沃，适宜垦荒、耕种，可是，江坝、六洲一带前后二十多里，都看不到一间房子、一个活人。所以，请各位叔伯兄弟隐姓埋名，前去开荒种地。这些银子，是给你们建房子、办农具、买耕牛的，就算明年误了农时，来不及下种，这些银子也足够你们过上三五年的！我的话说完了，请族叔、族弟和大管家各带一两百人，兵分三路，开赴无为州！”尽管不忍离开韦昌辉，但为了韦氏一族后继有人，亲兵们还是听从了韦昌辉的劝告，分三路，陆续抵达无为州沿江一带，在江坝到六洲一带扎下根来，垦荒种地，捉鱼摸虾，日子过得非常富足。太平天国失败后，一部分人又迁移到了含山、运漕、东关一带，耕读过活，后竟成为大族。

韦昌辉命令士兵焚毁东王府，后又写了两封信，一封准备交给钱江，一封准备交给石达开，托以后事。

在妙相庵，那道长也只将韦昌辉起获东王府财宝一事告诉了钱江，其他细节并未一一讲清楚，因此，钱江还是不知道韦昌辉现在到底在哪里。钱江有点焦躁，似乎显得一些不耐烦，那道长笑笑说：“东平先生博学多才，又机敏过人，想必能够知道韦昌辉在哪里！待你见过韦昌辉后，贫道会与你长谈一番的！哈哈哈！大水冲了龙王庙，一家人不认得一家人！”说罢，大笑而去。钱江、刘元合觉得那道长言行不可思议！

钱江反复品味着道长说的那两句话，忽然，灵光一闪，脱口而出：“元合，我知道北王在哪里了！走！”

第二十回 居功贪横人财两空 滥杀狂悖身首异处

刘元合愣了一愣，不知道钱江明白了什么，就问："军师，我们到哪里去？"钱江对刘元合说："大水冲了龙王庙，一家人不认识一家人。那个道士说的地点就在第一句话里，你把第一句话快速地念几遍就清楚了。"刘元合快速地念叨着"大水冲了龙王庙"，念着念着，"大王庙"三个字脱口而出。钱江说："那就走吧！"刘元合还是不理解："军师，北王为什么要到大王庙呢？难道是想一走了之？"钱江摇摇头说："元合，你不了解北王！北王是一条汉子，他不会就这么不明不白地走的。再说，他又能走到哪里去？眼下，世界虽大，却没有了他可以容身的地方！"

看见韦昌辉，钱江心里着实一惊，这才短短二十几天，韦昌辉竟然变得如此憔悴。头发乱蓬蓬的，脸色蜡黄，脸上似乎还有不少灰尘，胡须长长了不少，眼睛失去了往日的英气，显得疲惫、颓唐。本来准备了一大堆责骂的话，一时间竟一句也说不出口，实在是不忍心说。韦昌辉倒是先开口了："军师，你来得正好。你来了，小弟也可以放心地去了！"钱江有点心疼，说道："北王，几日不见，怎么如此憔悴？"刘元合注意到，年仅三十的韦昌辉看上去比钱江都要苍老许多，便知道他这一段时间操劳过度，于是，充满同情地说："北王，您确实比二十多天前憔悴多了！您可要注意身体啊！"韦昌辉淡淡一笑："刘状元，本王是一个将死之人，还要注意什么身体？"钱江、刘元合忙说："北王，千万别这么想，天国还要你来支撑局面！"韦昌辉笑笑说："两位不必相劝了，我早就这么想了！我杀了两万多人，两万多人啊！这两万人都是天国的老兵老将，是天国的柱石！我只有一死以谢天国！"钱江也悲痛地说："北王，你确实杀戮太甚！不过，好在你已经收手了！"

韦昌辉瞪着血红的眼，一动不动地看着钱江，刘元合顿时紧张起来。韦昌辉抽出剑，刘元合忙上前，身子正好挡在韦昌辉与钱江之间。韦昌辉冷笑一声："哼！刘状元何必如此紧张，你以为本王会加害军师吗？告诉两位，本王杀的都是该杀之人，被杀的人都该死！没有一个是冤枉的！本王为天国杀人，为天国长治久安、一统天下杀人！"钱江义正词严地说："北王，此言差矣！杨秀清专横跋扈，图谋篡逆，死有余辜；但这些天国将士有何罪过，惨遭杀戮？"韦昌辉说："军师真是健忘，当初你为什么要铸造'天诛剑'？这些人都是杨贼的亲信，他们当中有多少人依仗杨贼权势，在外祸害百姓，在内作威作福！不错，他们都是能征善战之士，但是，杨贼的流毒已经深入他们的血液和骨髓。他们会在战场顽强作战，流尽最后一滴血，然而，他们的心里只有杨贼，没有天国！为了天国，本王必须彻底毁掉这些曾经的脊梁、曾经的柱石！"钱江、刘元合的心情极为复杂，韦昌辉说得有道理，杨秀清的这两万亲信，真正又让人爱又让人恨。

钱江半晌不说话，刘元合也不好插嘴，韦昌辉也许是忍受不了这种寂寞了，他请钱江、刘元合到水营总部小密室里。韦昌辉吩咐卫兵，非宣召不得打扰，然后关上了密室大门。

韦昌辉招呼钱江、刘元合坐下，自己也坐了下来。韦昌辉说："军师，这两天小弟一直都在盼望着你和翼王回到京城，小弟打算向两位托付后事。在这个世界上，只有你们两位，小弟能信得过！"钱江说："承蒙北王信任。愚兄也知道北王如此杀人是有苦衷的！但无论如何，杀了这么多人，已经铸成大错了！北王，即使你信任愚兄和翼王，托我们以后事，我们恐怕也很难不负北王所托了！北王试想，经过这次变故，天王还会继续信任愚兄和翼王吗？愚兄在天朝宫殿看见两位洪姓国宗，便知道天王对我等已经起了戒心！自创立'拜上帝教'以来，天王何时将权力分给他的同姓兄弟、宗族叔伯的？唉，北王，将来愚兄与翼王要举步维艰了！"说罢，长叹一声！

韦昌辉说："军师说得有道理。不过，杨贼被铲除后，小弟一死，收拾残局的必定是军师和翼王，其他任何人都没有这个能力，更没有这种威望！这就是小弟下决心要铲除杨贼势力的重要原因。小弟知道，军师、翼王一向慈悲为怀，对杨贼势力下不了狠手，小弟把事情做彻底了，军师、翼王你们二位收拾残局就要顺畅一些，天国的政令、军令也会畅通一些！”

钱江看着韦昌辉，心里说不清是感激还是爱恨交织，想说什么但又什么话都说不出口。韦昌辉喝了一口水，继续说道：“军师，小弟也知道天王最终不会信任你和翼王的，他肯定要启用年轻人。小弟想，杨贼的亲信都是资格比较老的人，他们未必听候年轻人指挥调遣，小弟必须为未来掌权的年轻人扫除障碍。军师，小弟这么做，真的是为了天国，为了天王！”钱江难过地说：“北王，你的这番苦心，愚兄和翼王能够理解，可是，天王还有天国上下都能理解吗？”

韦昌辉果断地说：“军师，小弟本来就没有指望别人能理解。事已至此，小弟必须承担全部责任！这是小弟求仁得仁，军师也不必难过！如果军师没有记错的话，这样的想法我早就向军师、翼王透露过了！”钱江记起了他与石达开在二十多天前到北王府劝阻韦昌辉的事，那时候，韦昌辉就已经做好了牺牲一人来救天国的准备，没想到竟会真的一语成谶！钱江除了叹息，还能说什么呢？韦昌辉斩钉截铁地说：“军师，小弟自从投靠天王，至今尚未做过一件有男子汉气概的事情，现在，军师，你就让小弟做一回男子汉吧！”钱江紧紧握着韦昌辉的手，咬着嘴唇；刘元合看着他们两人，内心受到了震撼！

韦昌辉站起来，钱江、刘元合也都站了起来。韦昌辉说：“军师，小弟领你去看一些东西！”钱江虽然不知道是什么东西，但隐约感到一定是非常重要的东西，就跟着韦昌辉向里面走。韦昌辉走到密室边墙，轻轻一按墙上的按钮，一扇铁门便自动打开了，露出了一条狭窄的通道。韦昌辉在前，钱江、刘元合在后，顺着通道边墙，摸索着向前走。通道的尽头又是一堵墙，韦昌辉同样拧了一个按钮，一扇门立即自动打开。钱江探头一看，原来是一个仓库！“财宝？”刘元合诧异道。

韦昌辉向里面走了几步，说：“军师，这是唐正财修建的水营地库！”钱江环顾四周，发现地库很大，造得也很讲究，顿时觉得唐正财也是个人才。韦昌辉指着地库里层层叠叠的箱子，说：“军师，杨贼的财宝全在这里！”钱江简直不敢相信，杨秀清搜刮、贪污得到的财宝竟然全部被韦昌辉起获了，而且在这么短的时间里全部运到了城外！他不知道韦昌辉是怎么做到的！

刘元合看看库房，数了数横行竖列、叠放层数，估计有四千多箱，按每箱两千两银子计算，至少也有八百万两银子！“杨秀清真是贪得无厌，是天国第一大贪官！”刘元合骂道。韦昌辉捧出总册，放在钱江面前：“军师，请查看！”钱江翻看总册，共有银锭八百万两、金锭十万两，其他名家字画、钟鼎彝尊、珠玉翡翠、瓷器珐琅一千一百二十五件，且每件价值纹银过万！

钱江放下总册，喟然叹道：“可叹杨秀清机关算尽，到头来也不过是做了守财奴罢了！这正应了《石头记》里的话‘朝朝聚来不嫌多，及至多时命没了’！”韦昌辉说：“自古以来，大贪小贪只是朝廷养的猪而已，先是让他拼命地吃，养肥了一宰杀，可就是很多好肉啊！军师，这些财宝养肥了杨贼这头猪，小弟不想让他们再去养肥别的猪！”钱江细细品味着韦昌辉的话，觉得大有深意。刘元合说：“北王的这个比喻太恰当了。只是别的猪……”韦昌辉说：“刘状元，杨贼财宝天国上下皆知，杨贼一死，肯定有人会惦记着他的财宝，比如国宗洪仁发，他的贪婪无人不知无人不晓，而财宝一旦落入洪氏国宗之手，恐怕只能养肥他们几个人，除此之外，再也不能发挥任何作用了！军师，这些财宝都是天国将士用鲜血乃至生命换来的，小弟实在不忍心看着财宝落入少数几个人腰包，供少数几个人享受！”钱江看着韦昌辉，相信这是他的肺腑之言，便问：“那北王打算如何处置这些财宝呢？”

韦昌辉微微一笑，说道：“军师这是明知故问！小弟请军师来查看这些财宝，用意想必军师早就猜到了，何必多此一问！军师，在这个世界上，能大公无私，能让我韦昌辉信得过的，只有你和翼王！小弟死期将近，不可能守着这些财宝了。军师，不瞒你说，小弟已经写好了两封信，一封给你，一封给翼王，托以后事。可巧，信写好不到半天，军师你就来了。军师一进天京城，小弟就已得到消息，相信军师一定会找小弟的，就把写给你的信烧了，单留下给翼王的信，到时候还要请军师转交翼王！”说着，从衣服里面口袋摸出一封信，交到钱江手上。

钱江将信装入衣服里层口袋，说：“北王信任愚兄，以大事相托，愚兄当然不会推辞。不过，愚兄与翼王不久就要被天王疏远，无职无权，守着这一注财宝又能做什么呢？”刘元合也说：“北王，到时候能不能守住这些财宝还很难说。国宗洪仁发贪婪成性，他迟早会知道杨秀清财宝的下落！”

韦昌辉考虑了一会，欲言又止。钱江看在眼里，知道他有什么难以说出口的话，便说：“北王有话但说无妨！”韦昌辉说：“小弟该死，小弟有一个大逆不道的想法。军师，你知道吗？杨贼在天京城内势力很大，为了防止打蛇不死反被蛇咬，也为了防止杨贼来个鱼死网破，小弟在动手前，经天王恩准，将天王第三子、小弟第二子、翼王侄子、燕王儿子等安置在无为州泊山洞附近。小弟还嘱咐他们，一旦天王有什么意外，就去运漕镇找军师！小弟当时确实做了最坏的打算！现在这种担心没有了！”

钱江说：“放心，愚兄一定会照顾他们的！”韦昌辉说：“军师，小弟的想法远不只是请你照顾他们！”钱江有点不明白，便问：“那北王的想法是？”韦昌辉咬着牙，说了两个字：“辅佐！”刘元合吃惊地说：“辅佐？”韦昌辉点点头，十分肯定地说：“没错，辅佐！”钱江倒吸了一口凉气，说：“北王怎么能有这种想法呢？愚兄去辅佐他们？难道北王打算加害于天王吗？”韦昌辉一听钱江的话，便知道钱江误解了他的意思，连忙说：“军师，我韦昌辉就是被处死一万次，也不会加害天王的！”钱江总算松了一口气，说：“北王是个很重兄弟情谊的人，相信不会加害天王的！那‘辅佐’二字又作何解？”

韦昌辉喝了一口水，说道：“军师，小弟知道天王很快就会疏远你和翼王的，小弟担心天国的形势也会一天不如一天的！小弟的想法是，军师和翼王从现在开始就好好地教导天王第三子，天王升天后，辅佐天王第三子完成天国大业！”钱江觉得韦昌辉想得太远了，也不切实际。韦昌辉接着说：“天王第三子聪明仁惠，又有军师、翼王辅佐，再加上这一巨额财宝作军费，将来一举拿下北京城，赶走清兵，夺取天下，也是有可能的！退一步说，保有江南半壁江山应该不在话下！”

钱江还能说什么呢？韦昌辉对天国的忠心可昭日月，可惜，这么一个忠臣最终只能死于内讧！钱江抚着韦昌辉肩膀，深有感慨：“北王，难得的忠臣！唉——！”刘元合也对韦昌辉肃然起敬！

韦昌辉并没有在意钱江、刘元合对他的感觉，他看到刘元合站在那里一动不动，便想起了刘元合训练出来的“军师卫队”，觉得“军师卫队”可调一部分人员来守护这些财宝。韦昌辉说：“刘状元，本王很快就要撤走，但这些财宝需要有人守护，你能否从‘军师卫队’调一些人？”刘元合有点犯难，他知道一旦钱江、石达开不再受洪秀全信任，他的“军师卫队”是守不住这些财宝的。刘元合说道：“北王，‘军师卫队’也只能守得一时，洪仁发国宗迟早会发现大王庙地库秘密的！”钱江也说道：“洪国宗搜寻财宝的能力远在我们之上，‘军师卫队’守护毕竟不是长久之计，或者说，财宝存放在大王庙地库不是长久之计。”韦昌辉说：“小弟也是这样认为的。不过，有军师、翼王在，这些财宝就是安全的！只是，小弟不能久驻于此，小弟一撤走，别人驻扎这里，财宝就会暴露的。”钱江沉思了一会，说：“北王，我来的时候，天王说过打算让罗三娘接掌水营，有罗三娘坐镇大王庙，我们再想办法将财宝转移别处，应该没有太大问题！”韦昌辉高兴地说：“这太好了！罗三娘护宝，我韦昌辉一百个放心！军师，你就尽快促成罗三娘掌管水营一事吧！小弟暂住大王庙，等到罗三娘接掌水营才撤走！”

韦昌辉与钱江、刘元合走出大王庙地库，来到江边，看看滔滔江水，尚有绯红血色，三人神情顿时凝重起来。韦昌辉对钱江说：“军师，小弟罪孽深重！小弟希望用自己的血来祭奠死去的将士，更希望用自己的命换来天国重生！如此，小弟所为便有了一点点意义！军师，天王还在等你，请回吧！日后如有机会，将小弟遗骨带到无为州长江沿岸的六洲，那里有一片河滩地，土肥水美，物产丰饶，葬在那里，小弟死了，也不至于变成一个饿鬼！”言罢，紧紧握住钱江、刘元合的手，钱江、刘元合分明看见韦昌辉黑黑的眼圈内有几滴泪珠，两人心里一酸，眼泪止不住地流了出来，滴落到江边的沙地上！

中午，钱江一走，洪秀全便后悔起来，他非常担心钱江的安全，因为这几天传来的消息不断地刺激着他的神经，韦昌辉在他的心目中等同于一头发狂的狮子，见着谁都要咬上一口！洪秀全惶恐不安地来回踱步，洪仁发、洪仁达也惴惴不安地陪侍左右。

这时，出去刺探情报的士兵回来了，他带来了一个更加令人震惊的消息：韦昌辉放火烧了东王府！洪仁达说：“没想到韦昌辉会这么绝情，杀了杨秀清，杀了杨秀清所有家人、亲信，还不解恨，竟然放火烧了东王府！那东王府豪华壮丽，连天朝宫殿都不容易比得上，可惜了，可惜了！”洪秀全说：“国宗，你认为韦昌辉烧东王府仅仅是绝情吗？仅仅是为了解恨吗？以朕对他的了解，他应该不会迁怒于东王府那些亭台楼阁的！这不是绝情，而是另有隐情！”洪仁发说：“天王英明！臣以为韦昌辉这么做一定在掩盖什么！焚尸灭迹？也不像！他韦昌辉能把那么多人的尸体扔进秦淮河，难道还会在东王府焚尸灭迹吗？他犯得着吗？”洪仁达问：“那他在干什么？”洪仁发想了想，突然说：“趁火打劫？东王府财宝！”洪秀全满意地点点头：“国宗，你只说对了一半。朕认为韦昌辉在放火之前已经起获了东王府财宝，他放火烧东王府就是为了掩盖起获财宝的事实！”洪仁发跌足失声：“那可肥了韦昌辉啦！那可是几百万两白银、几十万两黄金啦！就这么落到韦昌辉手里，臣实在是不甘心啦！”洪仁达说：“大哥，你不甘心又能怎么样？难道从韦昌辉手上抢过来吗？你能抢得过来吗？”洪仁发恨恨地说：“天王，韦昌辉杀了两万多人，罪该万死，您下诏处死他吧！”洪仁达不无嘲讽地说：“大哥，你想银子想疯了吧？现在，我们的性命还掌握在别人的手里，你还想处死他？”洪仁发瞪着眼说：“二弟，难道看着韦昌辉吞了几百万两银子，我能无动于衷吗？不管怎么样，这银子也不能落到外姓人手里，应该归我们洪家所有！”说完，看着洪秀全，等着洪秀全发话。

洪秀全不屑地说：“大国宗，你还是那样褊狭！一张口就是‘我们洪家’‘我们洪家’的，你这样表现，叫朕怎么放心把权交给你呢？在这方面，你要多向二国宗学学！韦昌辉是否得了东王府的财宝，现在还很难下结论。为今之计，保命最重要，夺宝在其次！”洪仁达因洪秀全的表扬而有点兴奋，他接过话头说：“天王英明。大哥，我们派人在暗中盯韦昌辉的梢，探查他有没有得到东王府财宝，如果得到了，藏在哪里。不过，这一切只能暗中进行，不动声色。既要防止被韦昌辉发现，又要防止走漏风声，引起其他人参与夺宝，导致天京城动乱纷起！”洪秀全说：“二国宗说得对！首先要保命，命都没了，要那些财宝何用！当然，韦昌辉要加害朕，首先就过不了他自己那一关，他应该不会加害朕的！朕的性命能保住，两位国宗、洪氏一族也应该性命无忧！不过，保命同时也不能闲着，一定要暗中查看韦昌辉是否起获了东王府财宝，查看东王府财宝的去处！据朕所知，东王府差不多有五六百万两银子，其他珠宝美玉不计其数，累计价值应超千万！这么大的一注财宝，一定不能让它落入私人之手，要让它为天国的伟业发挥作用！”洪仁发抢着说：“天王，就把保护东王府财宝的任务交给臣吧！”洪仁达笑着说：“大哥，这是你的专长，保护财宝的任务非你莫属！”说完，洪秀全、洪仁发、洪仁达一起笑了起来。

“天王！天王！”宫殿外一片哭喊声。洪秀全叫洪仁达出去看看。洪仁达一到宫殿门口，就被“二国宗，二国宗”的声浪所包围。他再定睛一看，原来是在京的天国文武大臣！“他们不是被韦昌辉关押起来了吗？难道韦昌辉放了他们？”想到这里，洪仁达问：“诸位不是被关在北王府了吗？”众文武大臣说：“二国宗，北王让我们出来的。我们请求觐见天王！”洪仁达立即禀告洪秀全，然后请众文武入殿觐见。

洪秀全看到文武群臣齐刷刷地跪在大殿内，口呼“万岁”，内心起伏不平。“这些人如果不是去巴结杨秀清，哪能被韦昌辉关押起来呢？真是罪有应得！”洪秀全心想。但转念一想：“他们当中绝大多数慑于杨秀清的淫威，不得不巴结杨秀清。其行可鄙，其情可谅！天国各办事机构还要依靠他们！”想到此，洪秀全和蔼地说：“众位爱卿，请起！大家受委屈了！”洪秀全此言一出，文武百官感激涕零，纷纷说道：“天王，臣等愿肝脑涂地，效忠天国！”洪秀全安慰了几句，问道：“众位爱卿，韦昌辉还在杀人吗？”大臣们说道：“北王已经贴出了安民告示，城内已经不在杀人了！”洪秀全一听此言，以手加额，说道：“天可怜见，韦昌辉收手了！天京城内不用再流血了！”洪秀全请文武百官在大殿稍候：“众位爱卿在大殿稍候，朕赐酒饭与众位压压惊！”大殿内又是一片山呼“万岁”之声。饭后，洪秀全要官员们先回家休息，明天赴各衙署办理公务，维持秩序，保证天京城正常运转。

洪仁发看到洪秀全礼遇文武官员，心里愤愤不平，待文武百官走后，说道：“天王，他们这些人就是墙头草，风吹两边倒。平时也没见他们来天朝宫殿，现在，杨秀清倒了，他们就赶快到这里来了！”洪秀全说：“大国宗不要这样看，他们巴结杨秀清也是出于无奈啊！你们想想，当杨秀清气焰太盛时，连朕尚且要笼络他，更何况那些普通官员呢！毕竟，死心塌地地投靠杨秀清的人是极少数的，绝大多数文武官员都是效忠天国的。大国宗千万不要为难他们，否则，将来就无人愿为天国做事了！”

韦昌辉不杀人了，洪秀全悬着的一颗心终于落下来了，他想静一静，休息片刻，他太需要休息了。洪秀全对洪仁发、洪仁达说：“两位在大殿上值守，朕要回内殿休息了！”

“天王！天王！”洪秀全正欲转身回内殿，听到钱江在叫他，只得站住。“天王，臣回来了！”洪秀全高兴地说：“军师，朕刚才还在担心，朕担心这辈子再也见不到你了！”钱江说：“天王，不会的！北王绝不是那种是非不分的莽汉！北王已经收手了，他还说等几天城内局势平稳后，再来接受天王的惩罚！”洪秀全将信将疑，问：“韦昌辉要来接受朕的惩罚？教朕如何惩罚他？”钱江说北王自知罪不可赦，决心以死来谢天国！北王希望天王能当众公布他的罪状，并处死他！”洪秀全当然知道韦昌辉是一条汉子，但他没想到韦昌辉真的要“以死来谢天国”，这倒让洪秀全难以抉择了。洪秀全问：“什么罪状？”钱江答道：“北王说了，他有三大罪状：擅杀重臣，滥杀无辜，图谋不轨！”

洪秀全一边细想着韦昌辉的三大罪状，一边在大殿上走来走去，自言自语："韦昌辉并没有擅杀重臣，清除杨秀清是朕的旨意。图谋不轨？他现在大权在握，却要以死来谢天国，这像图谋不轨吗？他韦昌辉错就错在杀了那么多人！"

洪秀全面向钱江，说道："军师，请你再跑一趟，转告韦昌辉，他的三大罪状有一条朕接受了，那就是'滥杀无辜'，其他两条朕不能接受！除掉杨秀清是朕的意思，没有朕的同意，他韦昌辉敢杀杨秀清吗？如果说杀杨秀清是一口黑锅，那么就让朕来背吧！至于图谋不轨，说出来也没有人相信吧！"钱江也不好明确表态，只是含糊地说："天王体恤臣下，但北王未必同意！还是请天王接受吧，免得节外生枝！"洪仁达急着说："天王，韦昌辉已经承担了杀杨秀清的责任，你又何必跟他争呢？虽然杨秀清死了，杨秀清在京城的亲信势力被铲除了，但杨秀清结拜的九个同姓兄弟还有七个在外领兵，天王一旦承担了杀杨秀清的责任，只怕那些领兵的杨氏同姓兄弟会感到不安，说不定会背叛天国。为今之计，只有给韦昌辉安一个'擅杀重臣'的罪名，然后处死他，以表明杨秀清及两万多人被杀与天王无关。否则，天国上下人心就会散了！"钱江虽然觉得洪仁达的计策太无情了，但也想不出其他办法，总得给天国上下一个交代吧，毕竟是两万多条人命啊！

洪秀全有点动摇了，他问钱江："军师，依你之见呢？"钱江内心不情愿天王将责任全部推给北王，但还能有更好的办法吗？把责任全部推给韦昌辉，暂时能平息天国上下的怨怒，但那也是饮鸩止渴，久而久之，谁还会那么真心实意、死心塌地地为天国效命呢？"军师，你的意思呢？"洪秀全又说了一声。钱江勉为其难地说："那就尊重北王的意愿吧！"洪秀全内心极不平静，但外表仍然显得很平淡，他似乎是随口说道："北王，好兄弟啊！"

洪秀全留钱江、刘元合吃饭，洪仁发、洪仁达作陪。大家商量，尽快让翼王回来收拾残局，让罗三娘回来掌管水营。洪秀全说："军师，此次变乱，天国元气大伤，清兵必然趁机逼近天京，而水营一时半会也不可能重振，为保证今冬、明春京城粮食供应，必须抢在清军水师完全控制长江航道前调运粮食到京。"钱江说："天王，臣明日一早即启程，返回运漕，筹划运粮之事！"刘元合也说："天王，臣确保运粮顺畅！"

八月初七一早，钱江向韦昌辉告别，并告诉韦昌辉抢运粮食一事，韦昌辉立即调拨五十艘"坡山艇"让刘元合指挥，钱江与刘元合率领五十艘"坡山艇”急匆匆地向运漕开发。“坡山艇”较大，进不了后河，刘元合便将它们停靠在三汊河一带。

钱江、刘元合回到运漕，只见罗三娘、冯紫芸，并不见石达开。罗三娘说，翼王控制不住焦急的情绪，初七早上瞒着大家，悄悄回京了。钱江听说石达开已经回京，倒也不担心，因为韦昌辉决不会加害石达开的！钱江向罗三娘说了天京城内的形势，并告诉罗三娘，天王是安全的。钱江说：“天王是安全的！天王希望三娘能够尽快赴任，重振水营！”罗三娘说：“军师放心，三娘我绝不辜负天王的期望！”钱江又说：“既然翼王回京了，那么三娘到京后，诸事可先与翼王商量。大王庙财宝一事，除了翼王，对任何人都不要提起，甚至对天王也不要说！”钱江再三叮嘱，罗三娘笑着说：“军师什么时候变得婆婆妈妈的了，这婆婆妈妈的角色应该是三娘扮演才对！”钱江被罗三娘这么一说，倒有点不好意思，刘元合、冯紫芸看在眼里，都会意地笑了。

罗三娘到达天京，已是初十下午酉时了。她几乎是跑步来到天朝宫殿的。洪秀全见到罗三娘来了，不知是高兴还是伤心。洪秀全说：“三娘，北王为大纲兄弟报了仇啦！朕也感谢北王啦！”罗三娘说：“臣罗三娘谢天王恩！大纲可以瞑目了！”洪秀全脸上神情有点凝重，缓缓地说：“三娘，虽说大纲兄弟仇怨得报令人高兴，但这个报仇的代价实在是太大了！两万多条人命啦！他韦昌辉做得实在过分！唉——！”洪秀全长叹一声，欲言又止，罗三娘问：“天王有何旨意？”洪秀全犹豫再三，说：“有消息说，前天晚上，翼王为逃脱韦昌辉的追捕，从定淮门跳出城外，至今生死未卜！”罗三娘还没有问起石达开，洪秀全倒是先说起石达开的事了，不过，罗三娘相信，以石达开的武功修为，从定淮门城墙上跳下去，不会有危险的，便安慰洪秀全：“天王放心，翼王的武功修为可不一般，从城墙上跳下去，对翼王来说太平常了，没关系的！”洪秀全其实也知道石达开从城墙上跳下去不会有危险的，但他担心此事激怒了石达开，石达开率领大军来攻城，那就麻烦了。洪秀全说：“三娘，朕不知道翼王怎么就得罪了韦昌辉，更不知道翼王会不会一怒之下率军来攻城，最后与韦昌辉玉石俱焚！”罗三娘连忙说：“天王不必担心，翼王不是那种逞匹夫之勇的人！臣想尽快地找到韦昌辉，问个究竟，还请天王恩准！”洪秀全说：“三娘，吃个晚饭再去不迟！”

吃罢晚饭，罗三娘直奔城外大王庙，她要去质问韦昌辉，为何围捕石达开。罗三娘一见到韦昌辉，便问：“北王，杨秀清得罪了你，翼王可没有得罪过你，你为什么要围捕翼王？”韦昌辉语气和缓地说：“三娘，你想一想，凭我们那几个人，就能抓住翼王，那他还是翼王吗？本王这样做，就是逼着翼王赶快去找军师商量，如何回京来收拾残局。眼下，他留在京城是没有用的！”说完，便讲起了石达开回到京城及离开京城的事情。

八月初八下午，石达开回到天京，他在天朝宫殿听了洪秀全的诉说后，心里很是愤慨，对韦昌辉滥杀无辜一事义愤填膺。洪秀全又说了下一步的安排，石达开表示坚决拥护洪秀全。洪秀全也很感动：“疾风知劲草，板荡识诚臣！翼王真是忠臣啊！”石达开请求去斥责韦昌辉一番，洪秀全也同意了。

石达开一回到天京，韦昌辉就得到了消息。他知道石达开肯定会来斥责他的。“翼王这么快就已经回到了天京，那他肯定没有与军师打过照面，那他一定会误解我，我们见面就会有矛盾。最好不要见面，让他尽快去找军师！”韦昌辉自言自语。他决定全城通缉石达开，逼迫石达开离开天京，速去找钱江商量，回京收拾残局！

石达开一走出天朝宫殿，就看见一则告示，他凑近一看，原来是韦昌辉出的，内容是全城“缉拿杨贼帮凶石达开”。石达开怒火中烧，觉得韦昌辉的告示简直是对他石达开人格的侮辱！他石达开堂堂一条汉子，怎么会做杨秀清的帮凶呢？“不行，必须找到北王，说个明白！”石达开找了一圈，终于在仪凤门找到了韦昌辉。一见韦昌辉，石达开不由分说上前把他痛骂了一顿，韦昌辉一言不发。良久，韦昌辉说：“翼王，骂够了没有？”石达开说：“今就骂到这里，以后我见一次骂一次！”韦昌辉冷冷地说：“没有以后了！来人，全力缉拿杨贼帮凶石达开！活捉石达开的，本王重赏！记住，捉活的，死的不要！”下面的士兵一哄而上，嚷着要“活捉石达开”。石达开在城墙上且战且退，一直退到定淮门。此时，天色已晚，虽有月光，但不甚明亮。韦昌辉叫人点上火把，将石达开围在垓心。

韦昌辉用火把照着石达开的脸，满含讥讽地说：“石达开，凭你一个人就想同本王斗，你也太高估自己的实力了！去寻你的军师钱江，你们联手差不多有把握跟本王一决高下。本王放你一马，你快出城，寻军师钱江，否则，本王不仅杀了你，还要杀你全家！”韦昌辉手一挥，说：“让出城墙一面，放石达开走，看他是否有胆量跳下去！”接着，又对石达开说：“石达开，本王放你走，有本事你就从城墙上跳下去！”士兵都起哄道：“石达开，跳下去！石达开，跳下去！”石达开别无选择，便飞身从墙头一跃而下，连夜逃走。

听了韦昌辉的叙述，罗三娘确信石达开没有死。韦昌辉引罗三娘来到大王庙地库，亲手将东王府财宝总册交给她。韦昌辉说：“三娘，这个世界上本王只相信五个人，他们是天王、南王、军师、翼王，还有罗丞相，现在，南王、罗丞相已先本王而去，天王又被洪氏国宗包围着，因此，本王只能将财宝托付给军师、翼王，相信这一注财宝在他们手里能够干出一番大事！这些财宝都是天国将士用鲜血甚至生命换来的，决不能落入洪氏国宗之手！拜托了，三娘！”

罗三娘当晚就住在大王庙天国水营总部。两天后，刘元合调配的“军师卫队”三百名队员到达大王庙，韦昌辉与罗三娘办了交接手续后，便撤回城内。

八月十五日晚上，一轮孤月挂在幽蓝的天幕上，也许是月亮的光太亮了，盖住了所有星星的光，没有了星星，天上冷清多了。月光投射到地面，惨白惨白的。北王府院内，韦昌辉、秦日纲、陈承瑢三人围坐在一张小桌旁，偌大的北王府除了几个值勤的哨兵，再也找不到其他的人了，显得十分安静。一阵凉风掠过，树叶沙沙作响，院内影影幢幢，令人心生恐怖！

韦昌辉说：“燕王，佐天侯，赏完月，两位乘着夜晚远走他乡吧，从此隐姓埋名，再也不要回来！盘缠及今后的安家费，本王已为两位准备妥当！”秦日纲、陈承瑢惊讶地问：“北王何出此言？我们三人同进同出、同生同死！没有理由让北王一个人留下来受死！”韦昌辉说：“两位听本王一言，何必都去送死？逃出一个是一个。事因本王而起，本王是绝对不能走的，必须留下来给天国上下有个交代！不能让天王承担事变的责任，天国还需要天王！”秦日纲说：“北王赴死，我秦日纲会偷生吗？怎么说，我秦日纲也是一条汉子！北王不要再说了，明天一早，我秦日纲安顿好属下将士，自缚前往天朝宫殿接受天王的惩罚！”陈承瑢站起来说：“北王，燕王，我陈承瑢岂是贪生怕死之辈？燕王，明天我陪你一起去！”韦昌辉慷慨激昂地说：“两位，算上本王一个！既然两位都要慷慨赴死，那明天各自安排好属下将士后，来北王府集中，我们三人一道前去接受天王的惩罚！”三人站在月下，同时举杯：“同进同出，同生同死！”

八月十六日上午，韦昌辉、秦日纲、陈承瑢在十来个士兵的押解下，自缚来到天朝宫殿，恳请天王降罪。洪秀全一见三人，内心五味杂陈，一时竟然不知道说什么好。良久，洪秀全屏退押解兵士及闲杂人等，亲自扶起三人，亲手解去了三人身上的绳索，请三人坐着说话。

洪秀全说："北王，燕王，佐天侯，你们三人的心意朕领了，不过，杀杨秀清是朕的旨意，与你们无关；朕也看不出你们有图谋不轨的迹象，试想一想，兵权在握、图谋不轨的人还会自缚请罪吗？你们错就错在滥杀无辜！两万多个生命啦，即使是北伐那么大的行动，牺牲的将士也没有两万啦！朕有责任，朕要下罪己诏！"韦昌辉大声说："天王如此，天国就要完了！现在必须由天王出面来收拢人心！我等自缚请死，就是为了维护天王形象，维护天国上下的团结！天王若下罪己诏，那我等一死便毫无意义！"秦日纲、陈承瑢也说："为了天王，为了天国，我们死得其所！恳请天王尽快宣布我们罪状，让我们受死吧！"

洪秀全说不出是何种感觉，过了一会，他说："三位爱卿，朕提出个折中方案。朕当众宣布你们三人罪状，然后从牢房里提出三个死刑犯，冒充三位，当众处决。朕请三位易服易装，远走他乡，隐姓埋名，过自己的太平日子！不知三位认为是否妥当？"韦昌辉流着泪说："臣弟感谢天王垂怜！但是，就算臣弟能活下来，臣弟后半生必然会日日面对两万多冤魂而寝食难安，与其过着那种生不如死的日子，还不如一死了之！天王若真爱臣弟，那就尽快赐臣弟一死吧！"秦日纲、陈承瑢也一齐说道："天王，快赐臣一死吧！"面对这样的臣子，洪秀全还有什么话可说呢！

八月十八日，韦昌辉、秦日纲、陈承瑢被押赴刑场处决，他们的罪名是"擅杀重臣""滥杀无辜""图谋不轨"。

八月二十日，洪秀全为杨秀清平反；同时，一口气任命洪氏国宗及族人共十六人担任天国各部门重要职务。

八月底，下诏命令石达开回京主持工作；同时，紧急召见陈玉成、李秀成，责令他们负责天京城保卫工作。

陈玉成、李秀成一到天京，立即接管了天京城的防务，使得自变乱以来近一个月松弛的防务加强了不少。

天京城防务的加强，李鸿章很快就感受到了，曾经深入金河口乃至江浦活动的团勇不得不撤回和州城，与此同时，和州一带的防守形势又开始严峻起来，李鸿章趁机扩大的地盘有可能要收缩。李鸿章正准备将这一变化报告给安徽巡抚福济，不料，福济和马新贻一起来到了和州。李鸿章很高兴，自己的座师与同年能同时到和州城来，师生可以好好地欢聚一堂了。

福济带来了好消息：皇帝赐予李鸿章五品知府衔，范瑾瑜、袁世坦、水青萍分别被授予正七品或从七品衔！其他将士各有封赏！“又是最高规格的！”福济说道。李鸿章恭恭敬敬地说：“全靠老师提携！”马新贻看到福济脸上露出一丝难以言说的微笑。

马新贻借口参观李鸿章和州城布防，留了下来。福济一走，马新贻即对李鸿章说：“少荃老弟三年时间就从七品翰林编修升到了五品知府，不知羡煞安徽官场多少人，大家看着都有点眼红了！”李鸿章一听此话，觉得哪里不对劲，便说：“年兄，你说小弟这个五品知府虚衔还招人嫉妒，那你的实授知府呢？”马新贻笑了笑，说：“少荃老弟有所不知，愚兄已在安徽任职多年，从建平知县到合肥知县再到庐州知府，前前后后也有十多年了，大家看愚兄熬了十多年才熬出个知府，哪里会有什么不平！而少荃老弟就不一样了，先是担任翰林编修，表明朝廷有意栽培；来到地方三年多一点，就从七品衔升至五品衔，尤其令人眼红的是，你的官衔乃皇帝亲赐，而非吏部空文！”李鸿章似有所悟，说：“照年兄这么一说，小弟确实有点招人嫉恨。不过，小弟也没有听到一些议论呀。”马新贻小声说：“他人暂未议论，主要原因是少荃老弟人缘好；但有一个人心里有点不快，老弟就不能不留意了！”李鸿章问：“什么人？”马新贻小声说：“福济大人！”李鸿章惊讶万分：“福济大人是小弟座师，按说门生升得越快，座师脸上越有光啊，他老人家怎么会不高兴呢？”马新贻说：“少荃老弟，福济大人确实是你的座师，可他也是一个平凡的人，既然如此，他认为老弟升得快，全靠他荐举！”李鸿章恍然大悟，他东借西凑，凑了一份厚礼，与马新贻一道，送给福济。福济心理平衡了不少，夸奖李鸿章会做事。

然而，安徽官场“排李”苗头已现，范瑾瑜建议与曾国藩加强联系，将来也好有个去处。曾国藩收到李鸿章的信，非常高兴，希望李鸿章能尽快整顿人马，与湘军合兵一处，并表示他一定虚左以待。

李鸿章在安徽官场不好受，尚在安徽的钱江、石达开也是备受煎熬！

第二十一回 支危局启用“军师令” 扶大厦进晋栋梁材

再说初八晚上，石达开从定淮门城墙上跳出城外，正好落在一片茅草地上，那茅草长得特别茂盛，又高又密，更兼他本身武功高强，因此，倒也没受什么伤，只是手指头被茅草锯齿状的叶子割破了几处。他吮了吮手指，走到秦淮河边，回望城墙，城墙上大队人马已经撤走，周围一片宁静，初升的月亮映着秦淮河的水，显得冷冷清清。河对岸是一片荒地，平坦而空旷。石达开只身一人，此时倒有点迷惑了：到底是沿着城墙根折向仪凤门进城，还是在下关找一条船渡过长江，抑或过秦淮河到永定洲水营营地？他一时拿不定主意！最后，上述几种方案他都放弃了，他决定沿着长江南岸，经上新河、大胜关、铜井、采石矶、金柱关、芜湖，到裕溪口，由运漕河回运漕！

他涉水过了秦淮河，一路奔波，天亮的时候到达了铜井。铜井驻军都认得石达开，便安排石达开洗漱、早餐、休息。石达开吃饱喝足后，倒下就睡，也不知睡了多久，蒙蒙眬眬中被守将叫醒。守将“扑通”一声跪在石达开床前，说道：“翼王，不是属下不留您，天王发出的十万火急通缉令已经传到军中，属下担心您的安全，您还是趁别人不注意，赶快逃生吧！这是属下为您准备的盘缠！”石达开听罢一惊，问道：“是天王的通缉令吗？拿过来本王看看！”

守将取过通缉令，呈给石达开。石达开一看，果然盖着天王的大印，然而，再仔细一读，天王开出的赏银竟然只有区区六百两！他一下子明白了，这道通缉令一定是韦昌辉盗用天王名义发出的，借“六百两赏银”来羞辱他石达开！

石达开先是一怒，继而苦笑着说：“既然天王发出了通缉令，你还是把本王绑缚天京，交给天王，有六百两赏银呢！”守将气愤不平地说：“属下不知道天王是什么意思，竟然拿出六百两赏银来通缉翼王，属下记得湖口之战后，清廷通缉翼王的赏银是二十万两！依属下看来，这区区六百两赏银简直是对翼王的侮辱！属下还有一句话，不知当讲不当讲。”石达开说：“但说无妨！”守将似乎有点不高兴，说：“刚才翼王的话对属下也是一种侮辱！不要说区区六百两，就算是六千两、六万两、六十万两，就算是给属下一尊金人，属下也绝不会出卖翼王的！翼王，您放心！您的那套衣服就留在属下这里吧，穿在身上容易暴露您的身份，日后刘状元经过这里时，属下托刘状元带给您！”说完，守将指挥几个亲信，给石达开化装，随后，亲自将石达开送出铜井，送上大路！

傍晚时分，石达开进了当涂县城，看到满大街都在议论叹息。找了一家客栈歇下来，向老板打听，这不打听不要紧，一打听差点把他气得晕了过去！原来韦昌辉竟将毒手伸向了石达开的家人！韦昌辉把石达开一家老小共计一百三十多口关到了一个秘密的地方，准备捉拿到石达开后一并处斩。石达开恨得牙直痒，但也不敢表露出来，也跟着老板一道叹息。石达开一宿未睡，决定改变行动路线，从荻港过江，由江坝到运漕。天刚亮，石达开就急匆匆地赶路，他要以最快的速度与军师会面，商讨下一步行动。待他紧赶慢赶，到了荻港，又是日暮时分了，他央求渔民趁夜渡他过江。过了江，就是无为州地界了，石达开从小江坝出发，星夜赶往运漕。哪知江坝到运漕全为水乡地带，沟渠纵横，以致六七十里路竟然走了整整一夜，直到天亮，才从凤凰桥过河，进入运漕。

一见钱江，石达开便把韦昌辉种种恶行说了一遍，钱江静静地听着，待石达开说完，钱江让石达开洗漱后吃早餐，再休息休息，可石达开哪里肯休息。钱江说：“翼王别着急，北王可能并不像你所说的那样！你也太性急了，不等愚兄回来，就直接去了天京，以致与北王之间闹了误会！”石达开不解地说：“误会？怎么是误会呢？”钱江拿出一封信交给石达开：“翼王，这是北王托愚兄带给你的信！”“信？”石达开真不知道韦昌辉葫芦里卖的是什么药，便很快拆了信封，摊开信笺，从头到尾看了一遍，他简直无法想象那么残忍冷酷、杀人如麻的韦昌辉竟有这般柔肠！他也很难想象平时看上去不问政事的韦昌辉竟有这样老辣的政治斗争手段！

钱江指着信对石达开说："北王真是一条汉子！不容易啊！依愚兄所见，北王的通缉令是阻止翼王现在回天京，那翼王就暂时不要回天京，等到天王降诏时再回不迟。"石达开深情地说："北王确实不容易！为了维护天王的形象，为了维护天国的团结，宁可身负骂名，冤屈而死！只是这样的情况又有谁知道呢？我们这些了解北王用心的人又不能说出去，后人必定以为北王是个冷血杀人狂魔！"两人唏嘘一番。

钱江忽然有所悟，他说："翼王，愚兄看北王做事百密一疏，这通缉令就不该发出。这道通缉令一出，在我军将士中震动必然不小，甚至会导致军心涣散；而清廷也能从中窥出我天国内部矛盾尖锐，乘隙加紧对我们的进攻！"石达开说："眼下清廷那边怎么做，我们也管不了了。不过，我们内部不能慌、不能乱，各地官员守将人等应该各安本职、各守其土。怎么才能安定人心呢？天王圣旨发不出，北王一时又想不到这些，小弟现在说的话恐怕只能在安庆、运漕两地有用。怎么办呢？"石达开思索着，钱江来回踱着步，良久，他果断地说："必须启用'军师令'！"石达开一惊，问："启用'军师令'？那就意味着天王不能行使职权，要军师你代行天王权力，这恐怕要得到天王同意吧！"钱江说："来不及了！去一趟天京，一来一回至少三天三夜，三天三夜，这么长的时间，该发生的事早就发生了！现在是刻不容缓！愚兄也知道，启用'军师令'对天国来说无异于饮鸩止渴，事态平息后，愚兄将不会再得天王信任，恐怕要退出天国政坛！愚兄思来想去，天国还有翼王，还有不少忠臣良将，完全可以辅佐天王成就大业，不缺愚兄一个人！八百里加急，发'军师令'！为了天国，愚兄豁出去了！"钱江迅速拟好"军师令"，即刻派"军师卫队"传送各地！自八月以来，各地官员守将不断听到各种消息，一会是东王被杀，一会是天王被囚；一会又是翼王遭通缉，一会传说北王遭暗杀，这些消息弄得大家人心惶惶，莫知所措，心理几乎要崩溃了！"军师令"无疑给他们吃了一颗定心丸，原来天王还很安全，只是不便于行动；原来军师还能控制全局，翼王被通缉之事事出蹊跷，不日将见分晓；原来，天王的小王子早已转移到了安全地带，即使天王有什么不测，天国大旗也不会倒！汹汹之情很快得以平息。

"军师令"传到安庆时，张自芳对石浩然说："浩然，看来你义父被通缉一事肯定不是天王所为，应该是韦昌辉假传天王圣旨做的坏事！姨总算松了一口气！可是，你义父现在又在哪里呢？”石浩然说：“姨，小侄认为应该在运漕，而且这‘军师令’应该是军师和义父共同拟定的！义父现在一定很安全！姨尽管放心！”张自芳嘴上不说什么，但心里恨不得立刻就见到石达开！过了一会，张自芳说：“浩然，你和靖芠好好守城，姨去一趟运漕！”麦靖芠急忙说：“师父，派几个士卒去运漕打探一下义父的消息，不行吗？难道一定要师父亲自去吗？”石浩然说：“那就让小侄跑一趟吧！小侄快去快回，至多一天一夜！”张自芳说：“浩然、靖芠，你们不懂！这几日太乱了！靖芠，你知道吗，为师已经几个晚上没有睡觉了，再这样下去，为师会崩溃的！为师与其在安庆担惊受怕，还不如去运漕走一趟，即使找不到你义父，也好向军师请教，下一步该怎么走！”麦靖芠说：“那让弟子陪师父一起去吧！”张自芳说：“不行，浩然一个人在安庆，为师也放心不下，你在这里，浩然遇到事情，还能找个人商量！不用再说了，为师已经决定了！”石浩然说：“姨，小侄这就去准备船只，顺风顺水，一定很快的！”张自芳说：“算了，就让姨骑快马从陆路到运漕吧！”石浩然、麦靖芠知道，此时此刻，张自芳哪有心思坐船，她恨不得生出两个翅膀，一时三刻就能飞到石达开身边！

张自芳几个时辰就从安庆到了运漕，见到石达开，她激动得差点掉了眼泪。钱江借故去了凤尾洲，将巡检司让给他俩。张自芳嗔怪石达开：“去了这么多天，也不捎个口信给姐，姐担心死了！”石达开便将自八月初四至八月十二这几日的所有事情原原本本地告诉了张自芳，张自芳才知道错怪了石达开，也误解了韦昌辉。两人步出巡检司，右转，一直走到西来庵、正觉寺，然后又回头一路向东，走到东河街尽头，那是石达开当年与麦巡检交手的地方，石达开抚今思昔，感慨万千，他怎么也想不到天国有一天会乱成这个样子！此时，石达开似乎觉得自己有点心灰意冷！

两人自东河街尽头朝北一转，再向西，走上了一座小石桥。桥长两丈，宽约一丈五，桥面由四块花岗石拼成，桥左右各有一块较大的花岗石做护栏。张自芳看到桥头白矾石上刻着几个字，原来是桥的名字“百子桥”，并注明乾隆十三年（1748年）修建。石达开一算，此桥已经一百零八岁了！桥的另一头也有一块白矾石，上面雕刻着一幅《百子图》，那些娃娃或笑，或闹，或翻跟头，或荡秋千，形态各异，栩栩如生，一个个又胖乎乎、圆滚滚的，煞是可爱。张自芳看得心里痒痒的，脸上红红的，她幻想这些孩子就是她与石达开的儿子们！石达开只是看到了“百子”的可爱，并没有理会张自芳此刻的心情，对张自芳说：“姐，我们回去吧！”张自芳红着脸，说：“开弟，让姐再看一会，你看这些孩子多么可爱啊！姐真想抱抱他们！开弟，你说，这些孩子要是……”话到嘴边又咽了回去，只是深情地望着石达开。石达开终于明白了张自芳想说什么，于是，一把搂过张自芳，张自芳也十分乖巧地依偎在石达开的怀里。石达开说：“但这一定要等到姐的心魔彻底除去！小弟不能做让姐后悔的事情！”

两人回到巡检司，钱江也回来了，同时回来的还有冯紫芸。冯紫芸听钱江说张自芳来了，便一定要回到巡检司看看师父。师徒见面后，少不了说了几句亲热话，随后，张自芳话锋一转：“紫芸，吃完午饭你还是快回凤尾洲吧，为师不用你照料！”冯紫芸觉得很委屈，她不知道师父为什么要疏远她。石达开也说：“紫芸姑娘，凤尾洲很重要，现在元合又运粮去了天京，你的担子不轻啊！至于你师父，你不用担心！”冯紫芸差不多明白了，原来师父是嫌自己在她眼前碍手碍脚的！于是，冯紫芸点点头说：“师父，翼王，吃完饭紫芸就走！”张自芳好像一下子放心多了。老实说，她自从爱上石达开之后，就一直提防着她的大徒弟冯紫芸，主要是怕这个表面上大大咧咧实际上心思缜密的徒弟看透了她的心！冯紫芸呢？她也希望生活在师父视野之外，她要和刘元合快快乐乐、大大方方地在一起。现在，师父赶她走，正表明师父也不想管她和刘元合的事情，当然，前提是她不要管师父和翼王的事！——这就是师徒之间达成的默契、形成的平衡！

在彷徨与焦虑中，迎来了一个难忘的中秋节。说是赏月，其实每个人都很难静下心来。冯紫芸想着刘元合，不知道刘元合到天京后会遇到什么事，实在放心不下。钱江则想到罗三娘一个人既要照看小苏扬，又要重振水营，还要应付错综复杂的人际关系和波诡云谲的变乱形势，真不容易。石达开担心石浩然与麦靖芝能否驾驭得了安庆的局势，张自芳忧虑的是天王何时才能下旨撤销对石达开的通缉。宴席上冷冷清清，根本没有往日相聚的热闹，几个人都没有心情，精神自然好不了，不一会，钱江就哈欠连天的。

石达开说：“军师，明天小弟与张女侠就回安庆，现在这种形势，浩然不一定能应付得了！”钱江说：“翼王别急，元合还没有回来；等元合回来，了解了天京城内情况后，大家还要商量对策。”张自芳也说：“翼王不用担心，浩然真不愧是将门虎子，行军用兵能力日日以长，管理将士本领天天提高，凭他的头脑、经验、威望及翼王悉心传授的技能，控制安庆不会有问题的。翼王还是稍待几时，等元合回来再说吧！”石达开没有再坚持。

钱江困意全无，他忽然想起了罗三娘跟他提到过的一件事，刘元合与冯紫芸的事情，罗三娘再三交代如有机会，一定要当面向张自芳提一下。今晚是个好机会，但刘元合与冯紫芸的事情对张自芳来说非常敏感，钱江不敢直言此事。于是，钱江问道："翼王、张女侠，过去想着等天下稍微安定一点，就为浩然和靖芰把婚事给办了，没想到，等来的却是现在这种混乱的局面！浩然都二十二岁了，靖芰也是一个二十岁的老姑娘了！”张自芳深有同感地说："军师说的是，不能再等了，他俩都过了结婚年龄了！”冯紫芸听了师父这番话，心里十分不平，自己明明比师妹大了半年多，师父却偏偏给师妹办婚事，太偏心了！想到这里，随口插了一句："师父，靖芰师妹比弟子还小大半年呢！”张自芳立即拉下脸，不高兴地说："结婚先后一定要以年龄大小为顺序吗？你也不要说什么了，反正为师是不会为你操办婚事的，至于为师不在你身边，军师还有你三娘师叔自会给你们做主的！”钱江一听，心里挺高兴的，他要的就是张自芳的这一番话，于是，连忙说："张女侠说话要算话哟，紫芸姑娘和元合就交给愚兄，愚兄相信三娘会把他们的事情办得风风光光的！”张自芳没有正面回应钱江，而是对冯紫芸说："紫芸，你这个野丫头，要多向你师妹学习，不要成天疯疯傻傻的！要是出了洋相，看为师不揭了你的皮！”钱江笑着说："张女侠难道连元合都信不过？这样的好女婿打着灯笼都难找啊！天王几次跟我提到元合，都被愚兄婉言谢绝了，当然，天王也知道元合一心恋着紫芸姑娘，否则，恐怕早就把元合招做驸马了！”张自芳也笑了："军师不要激我，他俩的事情你和三娘商量着办吧，反正我不管！办事的时候也不要让我知道！”冯紫芸听了这番话，心里颇为受用，因为军师和三娘师叔一直在促成她和刘元合的婚事，不过，她也不敢表露出来，怕师父又骂她“疯疯傻傻”的，于是，小心翼翼地说道："军师、翼王、师父，夜已经很深了，你们早点休息吧！”众人不自觉地抬头一看，一轮满月真的越过头顶，偏向西方了，于是，洗漱就寝。

第二天，石达开起得很早，钱江、张自芳都还没有起床，石达开想一个人到河边转转。走到巡检司门口，见两名哨兵一边交头接耳，一边连声叹息，石达开觉得有点奇怪，正待上前询问，那两名哨兵忽然又不说了。石达开越加感到奇怪，问其中一人："你俩刚才在说什么？为何本王来了你们就不说了？”那名哨兵一下子跪倒在地：“翼王先恕属下之罪，属下才敢说！”石达开让那名士兵起来：“没有关系！不管你说了什么，本王都不会责怪你的！本王从来不迁怒于将士们，这一点你们还不最清楚吗？”两名哨兵汪然出涕，抽抽噎噎地说：“翼王待属下最好了！可是，好人为什么没有好报？翼王，属下说出来，您可要把持得住啊！”石达开有点急了，说道：“你们快说，本王什么事没有遇见过，没有关系！”一名哨兵说：“翼王，韦昌辉这个狗贼害了您全家一百三十多口人！”石达开一愣，又问：“你说清楚一点！”另一名哨兵说：“翼王，您全家一百三十多口人已经遇害了！”石达开眼前一阵眩晕，跄了几步，差点没站住，他强烈克制住自己，努力地站稳，然后问道：“什么时候？”哨兵答道：“前天早上。”石达开又问：“听谁说的？”哨兵答道：“从天京逃走的士兵说的！”石达开急着问：“他现在在哪里？”哨兵回道：“禀报翼王，逃出来的士兵是巢县柘皋人，他们一行八人是下半夜子时才经过运漕的，属下本来准备扣留他们，但一听他们说不愿意跟韦昌辉那个狗贼干才逃走的，属下就心软了，放他们走了，估计现在快到东关了。”石达开朝两名哨兵挥挥手：“你们忙你们的吧，本王出去走走！”两名哨兵带着哭腔喊道：“翼王，小心！”石达开头也不回，沿着河堤，一直向西走去。

钱江起床后，没有看见石达开，便问哨兵，哨兵回答说石达开沿着河堤向西走了。钱江觉得有点异常，问哨兵何故，哨兵把刚才对石达开说的那些话又向钱江说了。钱江一听，急了：“你们真糊涂，这样的事先要向本军师禀报，怎么能直接对翼王说呢？”说完，急匆匆地向西追赶石达开。钱江前脚刚走，后面张自芳就跟了上来，没走几步，张自芳就追上了钱江，二人一道去找石达开。

到了正觉寺附近，张自芳看见河堤斜坡草地上坐着一个人，他就是石达开。张自芳很快跑上前去，站在石达开面前，气喘吁吁地说：“翼王，你可千万要撑住啊！”石达开也站起来了，钱江走过来，一把抓住石达开的手，很坚定地说：“翼王，愚兄敢断定，北王绝对不会害你家人的！”张自芳急得都要哭了，她说：“翼王，相信军师的话，他们不会有事的！”石达开用手抹了抹脸，说：“军师，张女侠，小弟刚才冷静地思考一下，实在找不出北王害我全家的理由，可是……”

张自芳拉着石达开向堤面上走，石达开很顺从地跟着张自芳，钱江看到自己再留下来会影响他俩互诉衷肠，便很知趣地说：“张女侠，你好好开导开导翼王，愚兄先回巡检司，好张罗早饭。”说完，紧走几步，与他们拉开了距离。

张自芳看到钱江走远了，便责怪石达开：“开弟，刚才姐的魂都吓跑了！幸好，你没事。你要是有个三长两短，姐活着就没有意思了！”石达开不无愧疚地说：“小弟做事鲁莽，让芳姐担心了！”张自芳说：“这不能怪你，谁让姐的心思全部放在开弟身上呢！”两人边走边说，很快回到巡检司。石达开对钱江说：“军师，小弟有种预感，就是……”石达开尚未说完，钱江抢过话头：“愚兄的预感是翼王家人肯定没有危险！”话虽如此，但毕竟没有得到确切的消息，钱江、石达开、张自芳几个人心里到底还是有些不踏实。

在忐忑不安中熬过了三天，传来了一个令钱江、石达开百感交集的消息：天王将韦昌辉、秦日纲、陈承瑢正法了，罪名是擅杀重臣、滥杀无辜、图谋不轨。罪名是韦昌辉自己拟定的，这一点，钱江知道。不过，天王没有对韦昌辉、秦日纲、陈承瑢家人斩尽杀绝，非但如此，还下诏调陈玉成回京布防，同时调回京城的还有李秀成，那陈玉成可是陈承瑢唯一的侄子！石达开分析韦昌辉三人承担了所有罪名，因此，天王对他们的家人不但不予追究，反而还委以重任，也体现了天王的厚道、重义，钱江、张自芳表示赞同。钱江说韦昌辉既已伏法，天王的特赦令很快就会到的！石达开没有说话。

果然，第二天一早，即有八百里加急送往各处的“特赦令”及天王“特别诏命”。特赦令是赦免石达开的，并且澄清了韦昌辉假传圣旨通缉石达开的事情。“特别诏命”请钱江、石达开两人，不论身在何处，见诏命后都要迅速回京主持大局。天王为了钱江、石达开两人便于开展工作，封国宗洪仁发为安王，协助钱江；封国宗洪仁达为福王，协助石达开；此外，还封了洪氏宗亲十四人为侯，分别协助天国各要害部门的工作。

特赦令还原了事情的本来面目，张自芳松了一口气，钱江、石达开倒没有表现出轻松。冯紫芸看到“特别诏命”，挺高兴的，随口说道：“军师、翼王主持大局，天国有希望了！”张自芳骂道：“傻丫头，有什么值得高兴的！你没见军师、翼王正在烦恼吗？”冯紫芸看看钱江，又看看石达开，见两人眉头紧锁，心中似有千万个解不开的结，便知道他俩遇上棘手的事情了，于是不再说话，而是站在一旁。钱江开口道：“翼王，正如我们预料的那样，天王不再信任我们这些‘老一辈’的人了！今后事情很难做啊！”石达开叹息道：“有洪氏‘二王十四侯’掣肘，事情难做倒在其次，小弟认为时间一长，很难保证我们不是第二个杨秀清、韦昌辉，我们的下场也许比他俩好不到哪里去。”张自芳小声说：“那你们怎么办？”冯紫芸想了一想，说：“军师、翼王，不如你们自己干！”张自芳连忙堵住冯紫芸的嘴：“你个野丫头，你在说什么？这些话说出来是要杀头的！快闭上你的嘴！”吓得冯紫芸张口结舌，不敢作声。张自芳试探性地说：“军师、翼王，紫芸这个野丫头说的也不一定不对，两位是否可以考虑一下？”钱江、石达开几乎异口同声地说：“张女侠，绝对不可以！离开天王，离开天国，我们什么都不是！这一点连杨秀清都知道！”张自芳、冯紫芸看着钱江、石达开，她们心里想不透他俩明知别人不信任自己、还偏要去给别人帮忙！钱江说：“翼王，不管怎样，还是等元合回来再说吧！”

几个人焦急烦躁，等待刘元合回来。直到八月二十五日，刘元合才从凤凰桥渡河，回到运漕巡检司，这令钱江、石达开很吃惊，然而更令人吃惊的还有跟随刘元合的石达开族叔！

石达开一见族叔，又惊又喜，忙问：“叔叔，你还活着？”族叔、刘元合知道石达开所言何事，便将事情的来龙去脉全部叙述了一遍。

石达开从天京城逃出后，当天夜里，韦昌辉就逼迫洪秀全下诏全面通缉石达开，同时，将石达开全家连同家丁、奴仆全部押到城外大王庙，交给罗三娘照看，并嘱咐罗三娘不得泄露一丝一毫的消息。八月十四日，韦昌辉从死囚牢里提取一百多名男女犯人，让他们穿上石达开家人的衣服，在傍晚时分昭告全城后，将他们全部处死，对外宣称杀了石达开全家。八月十五日，刘元合怒气冲冲地去找韦昌辉理论，韦昌辉听完了刘元合的责骂后，淡淡地说：“刘状元，你以为本王真是好坏不分的人吗？翼王全家都活得好好的，本王何曾伤了他们一根毫毛？本王这样做，无非是让天王相信本王与翼王势同水火，为翼王回京主持大局创造一个好的外围环境。本王知道，天王最终是信不过翼王的，如果翼王一直在天京主持全局，那等待他的必然是杨贼的下场，杨贼的今日便是翼王的明日！到那时，就算翼王能逃出天京，那也不能把全家带出天京。所以，本王打算让你护送翼王全家到无为州寻一块无主河滩地，种田为生，兴许还能为石氏一族留下一点血脉！”

刘元合不说话了，他做梦也想不到韦昌辉竟是这样的人！过了一会，他问韦昌辉：“北王，那翼王家人现在何处？”韦昌辉笑笑说：“刘状元，不用这么着急。翼王一家正由罗三娘照顾呢，这你还不放心！你先不用护送翼王一家，待本王死后，安葬了本王，你再去秘密护送翼王家人。记住，一定要让本王有个全尸！”刘元合无法猜透韦昌辉到底在想什么，他说：“北王何出此言！”韦昌辉说：“刘状元，虽然与我们首义‘老一辈’比起来，你是晚辈，但你的人品在天国朝野没有几个人能与之匹敌，本王很欣赏你！在你面前，本王也没有什么需要隐瞒的，告诉你吧，中秋节一过，本王就自缚去见天王，请求天王赐本王一死。”刘元合很惊讶，问：“为什么？”韦昌辉说：“赎罪！为天王的形象，为天国的团结！刘状元不要多问，尽量在天王面前争取为本王等人行刑，本王只相信你！”刘元合此时泪水在眼眶里直打转，哽咽地说：“北王，你逃走吧！”韦昌辉坚定地说：“逃走？那不是真正的韦昌辉！”随后，又嘱咐刘元合：“告诉罗三娘看好白菜，不要让那头贪吃的猪给拱了！”刘元合不明何意，正要问个究竟，哪知韦昌辉说：“本王不解释！你对罗三娘这样说了，她就会明白的！”刘元合不敢再问，韦昌辉说：“送翼王全家人的路线本王已经给你拟好了，本王死后，你到秣陵关找本王的亲兵守将，他会与你办交接手续的，他也会教你怎么走的。”

八月十六日中午，洪秀全将韦昌辉、秦日纲、陈承瑢等人交给刘元合看押。洪秀全屏退众人，独独留下刘元合，刘元合不敢妄揣圣意，恭敬地站在那里，等候天王发话。洪秀全说：“元合，有一件事令朕很为难。”刘元合忙问：“天王，臣愿为陛下分忧！”洪秀全来回踱步，大约一刻钟过后，他说道：“朕不能不处死北王、燕王、佐天侯，而处死之后又必须将他们的头颅挂在城墙上示众，但朕又不忍心让他们死无全尸，他们毕竟为朕做过许多事，也为朕担当了许多！”刘元合听了洪秀全这番话，很欣慰，于是说道：“启奏陛下，臣以为不必将他们三人押赴刑场伏法，就请他们死在监狱，然后由臣暗中运出城外，悄悄安葬。臣再请人雕刻三人头像挂上城墙，示众一日，即取下销毁。”洪秀全说：“如此甚好。元合你就快去办吧。八月十八日让他们升天吧！北王的假头像暂时不要销毁，朕有重要用途！”

办完了天王交代的事情，刘元合将三具遗体悄悄运到大王庙。刘元合问罗三娘：“三娘阿姨，翼王家人在何处？”罗三娘说：“已被北王亲兵家将转移至秣陵关，你去秣陵关与他办理交接手续吧！”刘元合又小声对罗三娘说：“三娘阿姨，北王一再嘱咐看紧那一堆白菜，不要让那头贪吃的猪给拱了。小侄不知何意，欲问北王，但北王说三娘阿姨一听就明白了。”罗三娘听完一愣，稍一思索，便对刘元合说：“元合，跟我来！”罗三娘将刘元合领进大王庙水营地库，说：“北王说的‘一堆白菜’就是藏在这里的财宝，这些财宝是北王从杨秀清家里起获的。至于那头贪吃的猪应该是指国宗洪仁发，那家伙贪财是出了名的，他很快就要寻找杨秀清财宝的下落，我担心这注财宝迟早要暴露。元合，你回到运漕后，立即禀报军师，让军师拿主意！”

刘元合安葬了秦日纲、陈承瑢后，向天王禀报。洪秀全交给他一封亲笔信和一只木盒子。洪秀全说：“元合，这信是给翼王的，是请翼王尽快回来主持大局；这木盒里装的是北王的假头颅，你带着，一并交给翼王。此外，从今天起，你要想办法让所有的人都知道，朕杀了韦昌辉，为翼王全家报了仇，以此来敦请翼王快回天京！”刘元合正要告退，洪秀全又说：“元合，你等等！你将北王遗体运到无为州泊山洞附近安葬，那里自有陪伴他的人。朕不想这位小兄弟死后无人春秋祭祀啊！”刘元合不明白无为州泊山洞附近还有韦昌辉家里什么人，但也没敢问洪秀全，只能应诺而去。

刘元合让部属带着运粮船队回运漕，自己出城后往秣陵关而去。来到秣陵关，韦昌辉亲兵守将与刘元合办完了交接手续，刘元合便按守将指出的线路，从秣陵关出发，趋高淳，绕过宣州，经过繁昌，由荻港渡江到达无为州。途经小江坝，遇韦氏族人，应韦氏族人恳求，葬韦昌辉于小江坝一处高墩，另有韦氏族人于泊山洞附近设衣冠冢一座，均不著姓名，以防敌我双方不善之人掘墓。韦氏族人极力挽留石达开家人安居小江坝、六洲一带，刘元合担心两族数百人定居在方圆不足十五里的地方目标太大，同时更担心日后两族为争地抢水发生摩擦，又打听到陡沟一带尚有近千亩无主良田，便保护着石达开家人来到陡沟，择地定居。事情办妥后，刘元合随即带着石达开族叔来运漕向石达开禀报。

听完族叔、刘元合的叙述，钱江感叹道：“想当初，永安封王，六王豪气冲天，然而，不久，南王不幸殁于蓑衣渡口，西王不幸殒命长沙城下；如今，仅仅两月之内，东王、北王相继死于内讧！首义六王唯有天王和翼王在苦苦支撑！真是今非昔比！”石达开说：“更不幸的是天王和翼王互相猜疑，不能同心同德！”说完，长叹一声！

看着洪秀全的亲笔信，望着木盒里韦昌辉的假头颅，钱江问：“翼王，你作何打算？”石达开无可奈何地说：“军师，天王已经做到这一步了，小弟若是不回京城，就要受到天国上下指责！”钱江说：“我们先要筹划筹划。经杨秀清与韦昌辉的这场内讧，眼下天国内忧外患，危机四起。湖北、江西不少州县已为湘军所夺，李鸿章竟然以区区几百人占据了桐城、庐江、舒城、三河、巢县、含山、和州等七个州县，安庆上游、天京肘腋均受敌人威胁，且祸患日深。愚兄以为翼王可先回安庆，协调诸路大军，夺回清军抢占的州县，特别是要把李鸿章赶得远远的。愚兄先回天京，替翼王在京城做好前期工作。”石达开经钱江一说，头脑立刻清晰了许多，一套“先外后内”整治方案初步形成。刘元合问：“三娘阿姨说北王起获的财宝迟早要暴露的，请军师、翼王示下。”石达开说：“好办！用运粮船先带到运漕，以后再说！”钱江也赞同此法。

次日，石达开、张自芳赴安庆，钱江回天京，族叔返陡沟，刘元合、冯紫芸二人在大码头相送。

送走了钱江、石达开、张自芳，刘元合对冯紫芸说：“紫芸妹妹，你留在镇上，我去凤尾洲，运往天京的粮食早该装上船了，我再检查一下。”冯紫芸不高兴了，说道：“干吗让我留在镇上？我要和元合哥哥一起去。”刘元合说：“不行，这几天情况可能比较复杂，镇上不能没有人啦！”冯紫芸嘟着嘴，瞅着刘元合，说道：“让我看看，怎么几天不见，你就变得这样沉稳、谨慎了？难道驻扎在巡检司的那些队员都是吃干饭的？有紧急情况他们不会在第一时间去凤尾洲报告？你是不是嫌我‘野’了？难道军师说的是真的？”刘元合问：“军师说了什么？”冯紫芸头一扭，说：“不告诉你！”刘元合也没有继续追问，他拍拍冯紫芸肩头，说道：“行了，行了！紫芸妹妹，那我向他们交代几句！”说完，对巡检司驻扎的卫队队员简单地嘱咐了几句，拉着冯紫芸，沿着下大街向北走去。

没走几步，看见许多人喜笑颜开地从老人港巷口走出来，又有不少人向老人港巷子走进去。再近一点，原来那些从巷口走出来的人，都是一手提着一只五颜六色的布包，一手拿着香喷喷的糕点往嘴里送。“同泰祥的糕点真好吃！”“昌隆布庄的花布真漂亮！”“李老板、许老板人不错，拿聘礼、嫁妆钱请全镇人！”“他们有钱！我要是有钱，也会这样做的！”“有钱？有钱也要舍得！两家整整花了六百两银子，做了九千九百九十九个喜包。谁舍得花六百两银子请全镇人！”来来往往的行人你一言我一语，充满了对李老板、许老板的敬意！

“我们去看看，也拿两个喜包，沾沾喜气！”冯紫芸说完，牵着刘元合的手就往巷子里走，刘元合没有办法，也只得跟着她，在拥挤的人群中慢慢往前挪动。越往前，越拥挤，最后来到了一堆色彩缤纷的布包前，布包堆放在低矮的货架上，货架排得很长，从同泰祥的西墙一直排到了昌隆布庄的东墙，足足八丈有余；货架也很宽，差不多占据了半边巷子。同泰祥所有的副柜、师傅、伙计全都出动了，那边昌隆布庄的五个少爷也都在紧张地忙活着。

刘元合问身边一名乡民："他们两家谁娶谁嫁？"乡民说："李家三少爷娶许家三姑娘！那李家三少爷也是运漕镇一等一的标致小伙子，多少姑娘想嫁给他！喏，就是那个个子最高的！"刘元合顺着乡民嘴努的方向看过去，小伙子不过二十岁，果然一表人才！刘元合又问："娶媳妇总该有顶花轿吧，怎么不见花轿？"那乡民看着刘元合，有点惊讶："原来是刘状元！今天不是正日子，只是李家向许家送日子。当初订婚时，李家下了三百两银子聘礼，现在送日子，本来许家也定下陪三百两银子的嫁妆。前几天，李家三少爷、许家三姑娘说，他们什么也不缺，不如拿这六百两银子请全镇父老乡亲！李家选上等好布缝个布包，许家精选上等好料做出各色糕点，把糕点装进布包，全镇不论男女老少、不论有没有在他们两家做过生意的，只要在今天辰时正到酉时正从这里经过，都可以拿走一个喜包！噢，到我了！"乡民说着，从李家三少爷手里接过一个喜包，高兴地走了。刘元合看着乡民走了，自己也想走，不料，李家三少爷眼尖，看见刘元合来了，忙说："刘状元大驾光临，请进来坐！"刘元合好言谢绝，但耐不住李家三少爷的热情，只得进屋。李老板赶忙招呼刘元合、冯紫芸，沏上好茶，请二人落座。刘元合说："不用了，李老板你今天很忙，我们也有事，改日再来叨扰！"李老板说："刘状元，平时请都请不到，今天无论如何也要让老朽尽个地主之谊！"冯紫芸急了，说："李老板，我们今天真的有事！"李老板满脸微笑，一团和气，说："既是这样，两位带上几个喜包。"冯紫芸说："李老板，你这就对了！我们也沾沾你们两家的喜气！"李老板一把抓了十多个喜包，刘元合说："不用那么多，我们每人一个就可以了！"说完，拿过喜包，向李老板、李家五兄弟道贺，拉着冯紫芸挤了出来，又费了好大的劲，才走到巷口。

挤出巷口，刘元合才有空闲欣赏自己的喜包。刘元合看到自己的喜包有点厚，不像普通的布，便问冯紫芸："紫芸妹妹，我这个包是什么布做成的？"冯紫芸用两个指头捏了捏，然后说道："亏你是个状元，连锦都看不出来！"刘元合问："锦？我怎么没看出来？你的包是什么布做的？我看看！"刘元合拿过冯紫芸的喜包，红绸为底，上面用五色丝线绣出了一龙一凤，生动形象，祥和喜庆。冯紫芸说："我的状元郎君，你那是锦，我这是绣，李老板也真是的！”刘元合说：“好啊，锦绣正好配成一对！李老板也看出了我俩的关系呢！”说完，颇为得意地笑了！

冯紫芸冷不丁地说了一句：“好什么好！我师父都要准备为我师妹和你师弟操办婚事了！”刘元合一听，自己的浩然师弟要结婚了，心里很高兴，说：“这是好事啊！我们要准备什么贺礼呢？”冯紫芸真的生气了，她厉声说道：“你难道一点都不想知道师父对我俩事情的态度吗？简直没心没肺！”刘元合紧张了，连忙哄着冯紫芸：“紫芸妹妹，我当然关心我俩的事情了！但我俩的事情也要你师父同意才行啊！可是，你师父到如今都不发话，你说怎么办？”冯紫芸揪了一下刘元合的鼻子，说：“状元郎君，我俩的麻烦可大了！”刘元合脸色一下子变了，问：“怎么啦？你师父反对吗？”冯紫芸心里觉得好笑，一句谎话就把刘元合急成那样，可见刘元合是很在意自己的，于是，故意说道：“我师父说过了，她不管我的事，不过，天王要管你的事！”刘元合疑惑了，问道：“天王管我的事？什么意思？”冯紫芸认真地说：“军师说了，天王要把二公主嫁给你，还要请军师做媒呢！”刘元合忙说：“你别骗我了！天王怎么会把二公主嫁给我呢？军师肯定没有说过这样的话！”冯紫芸将喜包换到左手上，然后举起右手，说：“军师真的说过！我敢发誓！”刘元合一见这种情景，有点慌神，他说：“那怎么办？紫芸妹妹！要不，我一到天京，就去哀求军师、哀求三娘阿姨，请他们向天王禀明我俩的关系！”冯紫芸问：“那天王不同意怎么办？”刘元合说：“要是天王不同意，那我俩就……”到底该怎么办，刘元合还没有想清楚，也就说不出个所以然来。

冯紫芸问：“就怎么样？就怎么样？你说呀！”刘元合急得额头上渗出了汗珠，无言以对。冯紫芸“哼”了一声：“一到关键时刻，你就泄了气！真是胆小鬼！你配得上武状元这个称号吗？”刘元合不停地挠着头，说：“紫芸妹妹，那你说怎么办？”冯紫芸说：“亏你是男子汉！这样的大事还要我一个小女子拿主意吗？我说出来，你听吗？”刘元合仿佛抓住了一根救命稻草，连连说道：“听听听！”冯紫芸揪着刘元合的耳朵，往自己嘴边拽，刘元合只得侧着身子，任凭冯紫芸摆弄。冯紫芸小声说：“我们干脆来个先斩后奏！”刘元合一听，恰似遭遇晴天霹雳一般，一下子僵直地站在那里：“这怎么行？”冯紫芸恨恨地说：“我就知道你没这个胆量！算了，当我没说，你还是做天王的驸马去吧！”说完，不理刘元合，一个人直往前走。刘元合紧走几步，追上冯紫芸：“紫芸妹妹，我是怕你师父。”

冯紫芸没好气地说："别跟我提到她，一提到她，我就来气！只许州官放火，不许百姓点灯！人家翼王既有王娘，又有王妃，她却一门心思恋着翼王！我俩男未娶女未嫁，在一起合理合法，她却横加阻拦！我不服气！我不服气！"刘元合赶紧捂住冯紫芸的嘴，说："小声点！没办法，谁让你是她徒弟呢？"冯紫芸推开刘元合的手，说："别再说什么师父徒弟的了，大不了，我把这一身功夫还给她！"刘元合说："紫芸妹妹，张女侠岂止是你的师父，简直就是你的母亲！你想想，是谁把你带大的，你和张女侠能脱得了关系吗？不用急，慢慢来。张女侠能够恋着翼王，对我俩来说未尝不是好事！我们还年轻，可以等！"见冯紫芸不说话了，刘元合抚着冯紫芸的秀发，安慰道："你我既然心心相印，将来终生厮守，又岂在这一时半刻？"冯紫芸将头埋在刘元合怀里，小声说："状元郎君，我听你的！"刘元合说："紫芸妹妹，粮食装好后，我就要运粮到天京去了，你一个人在运漕，凡事要多加小心！"冯紫芸点了点头。

第二十二回

艳三娘传情大王庙 酸紫芸撒气巡检司

刘元合的粮食尚未入库，洪仁发、洪仁达及洪氏十四侯就分别派人来借粮，说是借，其实就是拿，更准确地说，是偷，是抢！大车拉，小车拖，肩挑，人扛，成百上千人涌上来，不问三七二十一，先占住再说。刘元合无法控制这种混乱的场面，只好任其所为。等到他们一番折腾完毕后，刘元合清点了一下，六万担粮食只剩五万五千担了，更可气的是从运漕带来的十麻袋粗糠、五麻袋木炭不见了，那是给天王冬天烤火用的，不能当饭吃！刘元合遍问二王十四侯，都说没有见着，直至日暮时分，才在他们家府墙外垃圾池旁找齐了十麻袋粗糠、五麻袋木炭。刘元合不明白，洪氏二王十四侯怎么会变成这样，天王不知道他们的丑恶行径吗？卸完粮食，入库完毕，刘元合即向天王禀告了洪氏兄弟叔侄强取粮食之事，洪秀全并没有表示吃惊，只说了一句“朕知道了”，便敷衍过去。刘元合欲待告退，洪秀全却带着他来到内宫。刘元合很是诧异，内宫是天王与王娘、王妃、太子、公主生活起居的私人场所，一般情况下，外人不可能入内，连军师、翼王有事禀报也在大殿，“天王为什么带我来内宫呢？”刘元合正在胡思乱想，洪秀全突然喊了一声“慈萱”，一位妙龄少女应声而至。刘元合一看，原来是天王二公主赖慈萱！洪秀全指着刘元合，对赖慈萱说：“慈萱，你天天嚷着要见元合哥哥，今天朕把元合哥哥带来了，你上前去打个招呼！”赖慈萱向刘元合施了一个大礼，又深情地看着刘元合，仿佛自己眼睛一眨，刘元合就会消失似的。刘元合被赖慈萱看得不好意思，连忙也施了一个大礼，说道："臣刘元合拜见二公主！"赖慈萱说："三年前，我第一次看到元合哥哥的时候，就想着自己要是真有这样一个威武的哥哥该有多好！这三年来，我每次要见元合哥哥，父王都不允许。今天一见，元合哥哥还是那样敦敦实实！"刘元合明白了，原来冯紫芸说的话可能是真的，天王看来是想把二公主嫁给他刘元合。这时，洪秀全对赖慈萱说："慈萱，元合哥哥你也见了，现在，你可以回房去了！"赖慈萱虽有不舍，却也顺从地回房去了。

刘元合跟着洪秀全来到大殿，准备告辞，洪秀全却说："元合，朕的二公主怎么样？"刘元合一愣，说道："貌若天仙，温柔可亲。"洪秀全望着大殿旁边的灯烛，说道："元合，你知道吗？正因为慈萱这孩子太善良、太温顺了，所以朕把她交给任何一个人都不放心啦！朕只想托你将来好好照顾她了！"刘元合正要说自己与冯紫芸的关系，洪秀全却没有给他说话的机会，继续说道："元合啊，朕知道你和冯姑娘情投意合，朕也会促成你和冯姑娘的婚事。你娶不娶慈萱都没关系，将来能够照顾她就行了。这是朕的心里话！"刘元合立即双膝跪地，说道："臣刘元合一定不负天王所托，慈萱公主就是臣的性命！"洪秀全说："元合，起来吧，有你这句话朕就放心了！"

刘元合从天朝宫殿出来后，便直奔军师府慧园庵。军师钱江还正在忙，看见刘元合来了，忙放下手里的活计，叫刘元合坐。听说刘元合晚饭还没有吃，便吩咐传来晚饭，刘元合边吃饭边向钱江报告了洪氏二王十四侯强取五千担粮食的事情，钱江说："元合，你先吃饭，吃完饭我们再聊。"说完，摇摇头，表现出一副无可奈何的样子。刘元合明白，连军师都无可奈何，可见情况之严重。

草草用完晚餐，军师钱江说："元合，你知道吗？天京全乱了，天国全乱了！天王封的洪氏二王十四侯，自北王韦昌辉被正法后，就把持朝政，扰乱纲纪，强索财物，强征民女，弄得天京城鸡飞狗跳、天怒人怨！我禀报了几次，每次只听到'知道了'三个字，便没有了下文！我一个人又没有办法应付那么多的情况！你看，朝廷不少文武官员的家眷甚至本人被洪氏兄弟叔伯关押起来，到现在还不知关押在何处，更谈不上营救了！"刘元合问："军师，他们关押文武官员干什么？"钱江给刘元合讲了近十天洪氏宗亲在天京城胡作非为的情状，听得刘元合目瞪口呆、义愤填膺，而又提心吊胆、担惊受怕。

八月十八日，韦昌辉、秦日纲、陈承瑢被处死，钱江、石达开尚未回京，天京城出现了权力真空，洪秀全一口气封了洪氏叔伯兄子侄二王十四侯，同时授予他们暂时代管天京城各项事务，洪氏男人自金田起义以来备受压抑的野性乃至兽性一下子爆发了出来。

洪仁发虽不是最年长的，但却是洪氏男子除洪秀全外权力最大的，他一被封为安王，立即就在天京城内追寻杨秀清财宝的下落。韦昌辉死后第二天，洪仁发就带着洪氏其他宗亲来到东王府。其时，东王府已被韦昌辉焚毁，到处是断壁残垣、碎砖烂瓦，未完全烧尽的梁柱、木制家具散发出呛鼻的烟气。洪仁发见此情景，相当失望，他预感到东王府的财宝已经被韦昌辉起获了！不过，他还是抱着一线希望，派人在城内城外寻找唐正财，可找了半天，根本不见唐正财踪影；另一个东王府财宝可能知情人陈承瑢又被处死了。环顾东王府，别说是活人，即使一具尸首也都看不见。

洪仁发手下将东王府掘地三尺，也没有发现什么值钱的东西！“安王，山里有地道！”一个小卒前来报告。洪仁发以前听说过杨秀清经常从地道到清凉山看戏纳凉，原来只是听说，这回却亲眼见到了！洪仁发异常兴奋，进入虎贲山宝库及地道，然而，看到的情景却令他失望至极！地上有一些散碎银两，碎成几瓣的瓷片，裂成几块的玉璧，断成几截的玉镯，还有散落的珍珠，断脚的鼎炉，残破的书画，所有的东西加在一起，不过价值百十两银子！

且不说洪仁发失望，福王洪仁达更是捶胸顿足：“杨贼那么多漂亮女人哪去了？老子连一个女人的屁都没有闻到！”原想进入东王府肆意淫辱漂亮女人的洪仁达，此时觉得自己有点阳痿！

不过，洪氏十四侯还是有一点收获，他们指挥部属运了不少砖石木料回家，以备将来侯府扩建之用。

洪仁发、洪仁达、十四侯又先后查抄了北王府、燕王府、陈承瑢的佐天侯府，弄到了几十万两银子，几万两黄金，外加不少摆件、饰品，虽然不怎么值钱，倒也琳琅满目。令洪仁达懊恼的是，这几家除了几个看门的丑老婆子外，年轻一点、漂亮一点的女人都走得精光！收获颇丰的还是十四侯，梁柱砖瓦、家具杂物运了整整三天，才运完！

天朝宫殿总管、春官正丞相蒙得恩本以为自己不会受到洪氏男人的洗劫，没想到也同样逃不了！金银珠宝被抄走了，家具器物被搬走了，除了正妻、亲生女儿，家里稍微年轻、模样周正的女人无一不被洪仁达淫污！两个姬妾羞愤自杀！蒙得恩向洪秀全哭诉，洪秀全狠狠地训斥了洪仁达，并责令归还所有查抄的物品！

洪氏男人决定扩大征索范围。

洪仁发召集了在京的文武官员开会，会上，洪仁发说："各位，本王知道杨贼生日那天，你们都给他送礼了。少则上千两银子，多则白银万两，此外，珠玉宝物不计其数，唐正财等几个人都清点不过来！诸位如此巴结杨贼，想必是要与杨贼一起谋逆篡位！啊？说，是不是？"众文武官员人人惶恐不安，连忙为自己辩解。洪仁发说："诸位，本来嘛，天王是要治你们罪的，就你们的罪，每一个人都要满门抄斩的！后来，我等叔伯兄弟子侄替你们求情，天王才赦免了你们的罪，不过，这'赎罪银'不能不交！标准也不高，天王的意思是按品级交'赎罪银'，最低五百两，最高五千两！三天之内，务必交齐！"文武官员谁也不敢吭声。洪仁达补充道："本王补充一点，三天之内银子交不上来，就交人。男人配到各王府、侯府充当杂役，年轻女人长得好看一点的，就配给各王府、侯府，其余一律进上江考棚！上江考棚是什么地方，本王相信诸位一定清楚！年老女人、十五岁以下女童赶出京城，生死但凭天命！"十四侯摩拳擦掌，狂叫不已："还有，你们的家具器物都要充公！"

文武官员惶惶不可终日，虽然有不少人也有能力上交"赎罪银"，但担心交了银子后不一定就有个了断，担心洪氏男人隔三岔五地编出理由来敲诈他们，不少官员携家带口逃出天京，还有几个官员受不了刺激，全家集体自杀。

钱江到达天京城，正是官员们上交"赎罪银"期限的最后一天，大家一听说军师到了京城，全部都到慧园庵求军师救命。钱江安慰官员说："诸位，本军师刚回京城，具体情况还不是很清楚，待调查清楚了，一定给诸位一个答复！"这时，有一位官员说："军师，属下等人倒不是过不了这一关，只是担心安王、福王、十四侯他们将来无休无止、任意编造罪名！"钱江说："行了，本军师这就去禀明天王！"众人方才起身而去。

钱江向洪秀全禀报了洪氏二王十四侯勒索文武官员财物的事情，洪秀全说："军师啊，你有所不知。朕得到的报告是，这些官员巴结杨秀清时的丑态简直令人作呕，朕本来也想给他们一些警告，但既然安王、福王已经给他们惩戒了，那朕就不罚他们了！不过，这'赎罪银'还是要交的。"钱江说："天王，天京城文武官员逃亡近半，现在不少衙门官署都无人办公了！"洪秀全吃了一惊："怎么会这样呢？朕没有说要严厉惩罚他们呀！"钱江说："他们担心二王十四侯会无休无止、一直纠缠下去的！"洪秀全听后勃然大怒："宣二王十四侯！”须臾，洪仁发、洪仁达等一干洪氏宗亲齐聚大殿，洪秀全厉声说道：“朕不许你们再去骚扰文武官员！原定的‘赎罪银’降为十分之一！”又对钱江说：“军师，你替朕好好安慰文武百官吧！那些逃亡的官员只要肯回京城，一概既往不咎，官任原职！”钱江会同洪仁发、洪仁达处理了“赎罪银”一事，最后说：“天王体恤诸位，诸位各安其职吧！”文武百官一齐拥向天朝宫殿，向洪秀全叩谢圣恩。两三天后，未逃远的官员陆续回京任事，“赎罪银”风波渐息。

洪仁发等一边继续搜寻东王府财宝的下落，一边又在开辟新的财路。洪仁发别的本事没有，搜刮钱财的鬼主意一个接着一个迸出来。他见杨秀清财宝一时很难到手，天京城内王侯官员又受到了天王的保护，于是把手伸向天京城内十万市民。他发明了“平安捐”，派出手下逐户核查财产，勒令每户上交十分之一的财产；洪仁达也同样补充了一点，“交不出银子就交人”！不过，天京城户口众多，他们人手有限，还要负责其他日常事务，因此推进得不快，天京城内暂无大的动静，再加上钱江采取了一些保护措施，市民受的损失还不大。但钱江也很担心，自己终有兜不住的一天！

听到洪仁发仍在查找东王府财宝，刘元合有点着急：“军师，其他的事情由军师出面，应该都能平息；只是东王府财宝毕竟目标太大，终究是藏不住的！”钱江说：“为今之计，只有请罗三娘以水营演练为掩护，出动‘坡山艇’，一次性地运到凤尾洲。要快，一则防止被洪仁发寻得蛛丝马迹，一则趁着入秋河水较深的机会，否则，即使不被洪仁发寻得，恐怕也很难由‘坡山艇’直接运抵凤尾洲了！”刘元合说：“军师，东王府财宝目标太大，而三娘阿姨新掌水营，手下未必尽是拥戴她的人，万一走漏风声、暴露踪迹，后果不堪设想。军师，属下以为您还是亲自去一趟大王庙，与三娘阿姨共同谋划这件大事！”钱江听了刘元合说的这几句话，心中暗喜，因为刘元合现在办事成熟多了。不过，表面上仍然显得很平静，淡淡地说：“嗯，说得对！”当即向府衙属吏交代几句，便在刘元合的帮助下，从外金川门附近城墙上翻出城外，出城不远，便是大王庙。

钱江来到水营总部，已是亥时初刻，然而，江面上仍是火光映天，呐喊声一阵一阵传过来。守营哨兵看见钱江，立即行礼：“军师，属下立马去禀报罗统领！”钱江摆摆手，说：“不用，本军师自己去！”说完，向那哨兵看了一眼，觉得很面熟，于是问道：“本军师怎么看你很面熟呢？”哨兵又行一礼：

“禀报军师，几年前，属下在横州‘苏三娘’帐下就见过军师，那时，军师是和南王、翼王、罗丞相一起到横州请‘苏三娘’的！”钱江一听，真是吃了一惊，原来八年前就见过面，内心着实有些感慨，又问道：“当年‘苏三娘’、罗丞相帐下的将士们现在都回来了吗？”哨兵说道：“禀报军师，当年我们这些老兵一听说罗三娘执掌水营，便即刻从各地投奔过来，总共应该有三四百人！唉，没来的都死了，那么多的兄弟姐妹！”说完，那哨兵用手指揉了揉双眼，钱江知道那是他太伤感了！钱江说：“有你们在，本军师就放心了！”

钱江还想说什么，忽然，刘元合说话了：“军师，水营操练结束了。”钱江向江边一看，刚才映天的火光不见了，取而代之的是散落在江面上几点微小的红光；钱江又下意识地抬头看看天，但见繁星点点，一条银河自东南向西北延伸而去。那哨兵说：“罗统领应该回来了！”钱江说：“你忙自己的事情去吧，本军师在这里等罗统领。”

一会儿，罗三娘回来了，看见钱江、刘元合，大吃一惊：“军师，元合，你们怎么来了？”钱江说：“三娘，进大营再说吧。”三人进到大帐，钱江看到罗三娘一身短装，顿显英姿飒爽，便微笑着说：“三娘真是女英雄！”罗三娘仔细端详着钱江，埋怨道：“军师，你看，才过了几天，你就邋遢成这个样子！我就知道你府里的那些部下是靠不住的！”说完，命人打来洗脸水，自己先洗了一下，然后换水让钱江也洗一洗，刘元合笑着说：“三娘阿姨，侄儿也要洗一洗。”罗三娘笑着说：“你瞎掺和什么？要洗，叫紫芸那丫头打水！”一句话把刘元合的脸都说红了，罗三娘又说：“元合，你还害羞什么？别理我那个师姐，你和紫芸的事，由阿姨和军师做主！”钱江说：“三娘，还是说正事吧！”罗三娘这才感到钱江有重要的事情要安排，就随口说道：“一切听军师的！军师怎么吩咐，我就怎么做。”钱江说：“事情重大，还要我们三人一起商量商量。”三人商量了半个时辰，最后敲定了秘密运宝的方案。

钱江起身欲告辞，罗三娘说：“这么晚了，还要回城去？”钱江说：“不能不回去，天王临时找我找不到，就不好了。”罗三娘说：“军师，你随我来，我给你缝了几件衣服！”又转向刘元合：“没有你的份！你想要衣服穿，找紫芸要去。”说完，拉着钱江就往自己寝室里走。钱江问道：“小苏扬呢？”罗三娘说：“早就睡了！”

进了寝室，罗三娘随手关上门，突然从背后一把抱住钱江，脸紧紧贴在钱江后背上，说：“你好狠心，想死我了！”钱江冷不丁被罗三娘拦腰一抱，有点手足无措，说：“三娘，别这样，小苏扬看见了，可不好！”罗三娘放开手，走到钱江面前说：“小苏扬有自己的房间。”钱江问：“为什么让他一个人睡？”罗三娘说：“他是男子汉，要锻炼他的胆量。再说，今后总是跟我睡，也不方便。”钱江明白了罗三娘的良苦用心。罗三娘拿出几件衣服，交给钱江：“回去就换上！这几件衣服料子很好！”两人慰藉了几句，钱江看了一下小苏扬，就和刘元合一起返回城中。

几天后，刘元合向天王辞行，洪秀全说：“元合，你等等，慈萱这孩子想跟你说几句话。噢，朕回内殿去了，你就在大殿等慈萱。”刘元合一人站在大殿，很快，慈萱公主出来了，手里还捧着一个包裹。刘元合说：“属下参见公主！”慈萱公主忙说：“元合哥哥，你不要这样！”说完，将手里的包裹递到刘元合手里，刘元合问：“公主有何吩咐？”慈萱公主说：“元合哥哥，再叫我‘公主’，我可要生气啦！叫我‘慈萱妹妹’，我喜欢听。这是妹妹花了两个月时间才做出来的一双鞋，妹妹手拙，针线不好，元合哥哥不要笑话！”刘元合一听，拿着包裹的手颤抖了一下，包裹掉落到地上。刘元合赶紧弯腰捡起包裹，拍拍上面的灰尘，交给慈萱公主：“公主做的鞋，属下不敢要！”慈萱公主说：“元合哥哥嫌弃妹妹了！”说着，竟然嘤嘤啜泣。刘元合看见公主脸上两行眼泪流了下来，越发觉得慈萱公主楚楚可怜，实在不忍伤她的心，只好收下了。慈萱公主擦去脸上的泪水，说：“哥哥路上保重！妹妹祈求上帝保佑你！”说完转身走入内殿。看着公主远去的背影，刘元合傻傻地站在那里，不知如何是好。“元合，怎么傻兮兮的？”不知何时，洪秀全又出现在大殿上，刘元合忙说：“臣叩见天王！”洪秀全说：“免了！元合啊，你可能不清楚，慈萱这孩子恋你已经三年多了！朕心里明白，她配不上你！朕只想你和冯姑娘以后能对她好一点。唉，朕就让她做你妹妹吧！”刘元合不知如何回答，只能应诺。

刘元合辞别天王、军师，先回到运漕。几天后，在罗三娘的亲自指挥下，暂放在大王庙水营地库的财宝悉数运到凤尾洲，刘元合、冯紫芸指挥“军师卫队”队员将财宝藏进秘密“圣库”。罗三娘不敢耽搁，卸完财宝后，就带着“坡山艇”回天京去了。

忙完了这一切，刘元合又开始部署下一批粮食运输事宜，他安排“军师卫队”队员抓紧时间装船，打算两天后再运六万担粮食到天京，自己和冯紫芸先回镇上休息调整。

刘元合一回到巡检司，冯紫芸就开始数落他了：“你看，才过了几天，衣服就脏成这样，快脱下来，我帮你洗洗。还有，你是不是好几天都没有洗澡了？身上一股馊味！”刘元合一直咧着嘴，听冯紫芸唠叨。回到房间，脱下脏衣服，随手扔在地上，从橱柜里取出几件干净衣服，将外套放在床上，带着内衣内裤就去水房洗澡了。

冯紫芸来到刘元合房间，先拾起扔在地上的脏衣服，顺手放在盆里，看见床上的干净外套，她又坐到了床沿，将干净外套整理了一下，便坐在床上等着刘元合换下来的内衣内裤。一会，刘元合进来了，看见冯紫芸坐在床上，顿时感到有点不自然。冯紫芸拿起外套让刘元合穿上，又转身帮刘元合整理衣柜。

突然，衣柜的最底层一团红艳艳的东西引起了冯紫芸的注意。她拿过来一看，原来是一个绣花包裹，包裹里面鼓鼓囊囊的不知是什么物件。冯紫芸将包裹拿到房门口，就着亮光看了起来。这包裹上绣的不但有花，还有字。正面绣了一丛荷花，一对鸳鸯正在荷丛戏水，荷叶上方还有四个字，道是：百年好合！她又翻过另一面，上绣一块礁石，矗立在海水中，礁石上方也有四个字，道是：海枯石烂！她觉得很蹊跷，心想：这个包裹肯定有来历！自己以前怎么没有见过？

此时，刘元合穿好衣服，也来到门口。一见冯紫芸手上的包裹，显得很紧张，便欲拿回包裹：“紫芸妹妹，没有什么好看的，就是一个包裹而已！”刘元合的话引起了冯紫芸的怀疑，她更加想要打开包裹看个究竟。她解开系住包裹口的黄丝绳，用手打开，原来是一双鞋；她取出鞋，发现里面还有东西，于是再次伸手将里面的东西取出！——竟然是一方绣花丝帕！

刘元合傻眼了，他从天京回来，就一直没有打开过包裹，他只知道包裹里是一双鞋，没有想到，万万没有想到竟然还有一方绣花丝帕！他在心里暗暗叫苦：“公主，你可害苦我了！”此时，世界上再也没有任何人能够阻止冯紫芸抖开那一方丝帕了！

冯紫芸看到，绣花丝帕一尺五寸见方，白色的丝帕上绣着一对少男少女。冯紫芸看那少男，怎么看都像刘元合，再一看旁边的字，果真是“元合”！她气不打一处来，她要看看那个女的到底是谁！看着看着，冯紫芸失声叫了出来：“果然是她！”刘元合听到冯紫芸的叫声，忙凑过来，看到了他最不希望看到的两个字：慈萱！

刘元合吓傻了，呆呆地站在那里，想解释，却怎么也说不出话来。冯紫芸大声说："我真傻！我一直都被人欺骗！我该料到！"说完，又瞥见丝帕上还有几行字，她忍不住地看那几行字，歇斯底里地说道："贱货！淫货！这么下流的诗都能写出来！"刘元合不知道下流到了何种程度，连忙看了一眼，原来是一首五言情诗：

始欲识郎时，两心望如一。理丝入残机，何悟不成匹！

"天啦！公主你怎么能这样坑我？"刘元合说。他现在特别后悔，他恨自己为什么不先打开看看！现在，还能说什么呢？冯紫芸说："我真傻！整天帮别人忙前忙后，辛辛苦苦，哪里知道别人正和那种贱货淫货谈情说爱呢！"

刘元合一下子跪倒在冯紫芸面前，拉着冯紫芸的手说："紫芸妹妹，事情不是这样的，你听我解释！"于是，将事情的前因后果全都说了出来。冯紫芸似乎在听，又似乎不在听，两眼无神地望着正前方。良久，说道："刘状元，你起来吧，你不要跪，你跪下来是要折我寿的！你应该做驸马！是我错了，我不该挡住你上进的路！"说完，将鞋子装进包裹里，系紧包裹，交给刘元合："我知道，这不是你的错！好好地珍藏着吧，不要辜负慈萱公主的一片痴情！我走了！"说完，转身回到自己的房间。

刘元合将包裹往床上一扔，跟了出来，到了冯紫芸房门口，正待进房，不料，冯紫芸"砰"的一声关上了房门，刘元合怎么叫也叫不开，只得站在门口等她出来。不一会儿，冯紫芸出来了，身上背了一个大包裹，像是要出远门的样子。刘元合忙问："紫芸妹妹，你这是要到哪里去？"冯紫芸说："刘状元，我去安庆找师父！"说着，头也不回地就要往外走。刘元合一把拉住冯紫芸，说："紫芸妹妹，我错了！我向你道歉！"冯紫芸一下子挣脱了刘元合的手，厉声说："刘状元，请放尊重些！你再胡来，我打不过你，我还有师父！"刘元合说："你师父说不定已经跟翼王去了天京呢！你到哪去找师父！"

"紫芸，你这野丫头，找为师做什么？"真是说曹操曹操到，张自芳几步便来到两人面前，看着冯紫芸一身行装，问："紫芸，你这是要到哪里去？"冯紫芸一看师父来了，叫了一声"师父"，便一下子扑到张自芳怀里，委屈地哭了起来，慌得刘元合站在一旁大气不敢出！

"元合，你们闹矛盾了？"刘元合一看，是石达开，后面还跟着师弟石浩然，石浩然后面又跟着麦靖芟。刘元合忙说："是的，翼王！"石达开问怎么回事，刘元合便一五一十地说出了事情的原委。

石达开听完后，终于明白了，原来冯紫芸真的误会了刘元合。他必须要为两个孩子调解，说出事情的真相。石达开叫大家都坐下。众人落座后，石达开说：

“冯姑娘，这件事真的怨不得元合。事情要从三年前说起。那一次，元合中了武状元，去天朝宫殿接受御笔亲点时，慈萱公主就暗恋上了元合。赖王娘也就是公主的生母去世后，天王才知道慈萱公主暗恋元合的事，但此时元合已与你感情很好了，天王不忍心拆散你俩，几次想招元合做驸马，都因军师劝谏而打消了这个念头。如今，天王想通了，知道强扭的瓜不甜，但慈萱公主又是善良至极、温顺至极的女孩子，把她嫁给谁，天王都不放心，这才叫元合做公主的哥哥，也就是把公主托付给元合和你，让你们两人照顾她。至于公主对元合的爱恋，元合以前从来就不知道，但公主送给他的礼物，他又不能不接受。元合并不在意公主的礼物，所以收下后都没有拆开来看，否则，也不会让你看到这些东西了！”一席话说得冯紫芸气全消了，刘元合趁机取下冯紫芸肩上的包裹，说：“紫芸妹妹，我没有说谎吧！行装我帮你拿到房里去！”冯紫芸呛了一口刘元合：“谁要你拿？”又转过来对石达开说：“翼王，但慈萱公主也不该送那么露骨的礼物呀！”

张自芳听说“露骨”，便要看看到底是什么礼物，冯紫芸不去拿，她说：“我怕脏了手！”刘元合只好硬着头皮把绣花包裹拿出来交给张自芳。张自芳打开，看到“始欲识郎时”情诗，不禁脱口而出：“如今这些女孩子怎么啦，一个个这样疯狂！”石达开不知何意，但也没有问，倒是石浩然脸稍微红了一下。张自芳随后又说道：“依我看，慈萱公主还是个有教养的孩子。元合、紫芸，你们两人以后要好好照顾她！紫芸，你放心，慈萱不会硬抢元合的！”石达开也说：“其实，慈萱公主这孩子也挺可怜的，自己的亲生母亲去世了，而父亲天王整天都不管她们的事，还有，她自己又锁在深宫，常年见不到外人，太单纯，出去容易被骗。至于男人嘛，除了天王，那都是叔叔辈的人，而她见过的同辈男人中，除了自己的弟弟，就只剩下元合了，因此，才恋元合恋得这么痴。将来，你俩把她带到运漕来，让她见见镇上优秀的男子，再耐心开导她，她应该会移情别恋的。再说了，即使有什么波折，还有我和你师父为你和元合做主呢！”

冯紫芸本来不想说话了，但一听到石达开说的“做主”，心里就有点不快了，她说：“翼王、师父只会为浩然和靖芠师妹做主的，师父那天不是说了吗，不想管弟子的事！”张自芳没想到冯紫芸气性这么大，心数这么深，便开导冯紫芸："紫芸，你这野丫头，尽记住师父不好的地方！师父把你和元合托付给军师、三娘师叔，不是不想管你们，而是为了圆你们的梦！师父的良苦用心你怎么就体会不出来呢？"其实，冯紫芸早就明白张自芳的用心，只不过想让师父再次当着大家的面确认自己和刘元合的关系。刘元合也说："张女侠是真心为我俩好！紫芸妹妹，不要再说了！"张自芳笑着说："元合，你还叫我'张女侠'？你问问你师弟浩然叫我什么！"刘元合立即叫了一声"姨"，张自芳很高兴地答应了，于是，房间里的六个人都笑了。石达开说："好了，元合，明天本王要和你姨、你师弟、靖芰回天京，军师催得很急！"刘元合说："翼王，后天有一批粮食运往天京，不如一起走吧！"

石达开点头同意。第二天，一行六人在运漕镇转了一圈，又沿着杨柳圩圩堤绕了一周。第三天一早，喝罢早茶，刘元合陪同石达开从大码头上船，前往天京，又命令凤尾洲两船起航，到三汊河口与刘元合乘坐的船会合。不到两天，便到了天京。

石达开一到天京，见过洪秀全，洪秀全万分高兴，也没有嘘寒问暖，就迫不及待地让石达开到任视事。在天王洪秀全的高度信任下，在钱江的鼎力支持下，在张自芳、刘元合、石浩然、麦靖芰的大力协助下，工作开展得很顺利，仅仅两个月，天京内外军民人等无不赞颂石达开，原先被湘军等趁机占据的州县又悉数夺回，天国在各个战场上都呈现出进攻态势。天国形势一片大好，天国百姓唱道：

天国救星是翼王，枯苗得雨喜若狂。
全靠翼王安天下，顶天立地真栋梁！

又把三年前曾经唱过的歌翻过来唱：

石达开，真好样，骑采石，勇无当。
一马冲入南京城，太平天国第一王！

石达开听到这两首歌，深为忧虑，他担心传到洪秀全耳朵里，自己会遭到洪秀全的猜忌！石达开并不是杞人忧天，这两首歌很快就由洪仁发、洪仁达传到洪秀全那里。洪仁发说："天王，不可不防啊！'全靠翼王安天下''太平天国第一王'，那天王往哪里摆？"洪秀全说："安王不要胡乱猜疑，'太平天国第一王'是三年前石达开攻下南京城时，军民唱颂的，没有什么不妥之处！"洪仁达小声说："天王，三年前唱的与今天唱的，含义一样吗？三年前，那是只夸石达开勇敢；如今，恐怕绝对不是勇敢了！"洪秀全心里似有触动，他感到洪仁达说的确实有道理。

洪仁发一见洪秀全内心有所触动，连忙鬼鬼祟祟地说："天王有所不知，朝中文武官员都唯他石达开马首是瞻，我们洪氏二王十四侯一点作用都起不到，虽说都任职于各个部门，但每个部门都被拥戴石达开的那些官员把得严严的，我们针插不入、水泼不进！"洪仁达也说："原来指望灭了杨秀清，我们洪家就能掌权，没想到，死了一个杨秀清，又来一个石达开！而且，石达开受到拥戴完全出自官员内心，不像杨秀清受到拥戴是慑于他的淫威！"洪秀全焦躁起来，他挥挥手让洪仁发、洪仁达出去，他分明听见洪仁发、洪仁达两人说"天下只知翼王，而不知有天王"。

洪秀全变得异常烦躁，他深知靠洪氏二王十四侯治理天国，天国很快就会垮掉的；他也深信钱江、石达开与杨秀清不是同一类人。他回忆起自己与钱江、石达开的结识过程，又想起当年的杨秀清，那个人虽然其貌不扬，但轻财仗义，所以紫荆山的烧炭工都信服他，而且那种信服是发自内心的，可后来，杨秀清怎么就变了呢？"人是会变的！"洪秀全自言自语。那么，钱江、石达开也应该会变的，而且有时变得身不由己。赵匡胤一开始并不想当皇帝，可是当"黄袍加身"之时，他不想做也做了！那么，有一天……洪秀全不敢再往下想了！

几天后，天京城内外一片祥和喜庆。天王赐翼王义子石浩然与张女侠弟子麦靖芰克日完婚，天王还特别诏命军师钱江主婚！石达开不明白天王洪秀全的用意，便找钱江商量。钱江说："既然天王眷顾，那就接受吧！不会出现杨秀清那种情况的。因为我们不是杨秀清！"婚礼上，天王御赐礼品一对黄金狮子，此事轰动了全城，不到一天，传得天京周围两百里范围内的人都知道了！远在含山县城的李鸿章也知道了！

自从石达开执掌大权以来，李鸿章的日子一天比一天难过，他被迫从江浦、和州向西收缩，一千多人的队伍全部窝在含山县城，无法展开手脚。来自太平天国内的消息也更加少了，不过，洪秀全赐给石浩然一对黄金狮子的消息还是传到含山来了。

李鸿章问范瑾瑜："范先生，洪秀全赐给石达开义子一对黄金狮子用意何在？"范瑾瑜未及回答，袁世坦说："大人，属下认为洪秀全是在笼络石达开！"范瑾瑜说："世坦老弟只说对了一半。洪秀全此次赐婚，既有笼络石达开的意思，更有试探石达开的用意。""试探？"水青萍问道。范瑾瑜说：

“试探多于笼络。洪秀全是想看看石达开在文武官员中的影响到底有多大。”袁世坦说：“‘天王’赐婚，文武官员即使去道贺，那也是看着‘天王’的面子，怎么能断定他们就是拥戴石达开的呢？”水青萍也说：“是啊！”范瑾瑜不紧不慢地说：“这里面有两个试探的环节。第一，文武官员道贺。是的，不错，大家都是看在洪秀全的面子上才去的，表面上似乎与慑于杨秀清的淫威给杨秀清送生日贺礼没什么两样，但人的表情是能够看出来的，脸上的喜悦是不是很自然，人的心情也是能体察出来的，真情实意与虚情假意还是能够感受到的。第二，试探石达开如何处置那些贺礼。”李鸿章点头微笑：“我要是石达开，那就照单全收！”范瑾瑜笑着说：“钱江也会劝石达开照单全收的。可惜的是，依石达开的禀性，他一定会悉数退还文武官员的！”李鸿章拊掌大笑：“那样，石达开必遭洪秀全猜忌，长毛的内讧又要发生了！”范瑾瑜说：“其实，不管石达开如何做，洪秀全都不会再像以前那样信任他了！嫌隙已开，裂缝只能越来越大！大人，等着看好戏吧！”说完，四个人一齐大笑。

“怎么如此开心？必有喜事！”门外忽来一人，大声说道。李鸿章一看，是马新贻！李鸿章忙将马新贻让进来，吩咐看茶，马新贻却说：“贤弟，不忙！先接圣旨！——李鸿章接旨！”李鸿章慌忙整了整服饰，跪了下来，只听马新贻说了一大堆话，主要内容是在长毛卷土重来的猖狂攻势下，沿江守军纷纷败退，唯有李鸿章坚守皖东，皇帝亲赐三品按察使衔！李鸿章领旨谢恩。马新贻又说：“范瑾瑜、袁世坦、水青萍接旨！”三人齐刷刷地跪在那里，听着马新贻宣旨：范瑾瑜赐从四品衔，袁世坦赐正五品衔，水青萍赏从五品衔！三人领旨谢恩。

李鸿章拉住马新贻的手，说：“仁兄一路辛苦！这三品衔对小弟来说是喜也是忧！小弟恐怕真的不能在安徽待下去了！”马新贻说：“不瞒贤弟，愚兄不久也将赴任浙江按察使。愚兄以为，贤弟不如先去曾大人麾下效命，待灭了长毛再说吧！”李鸿章无可奈何地说：“仁兄，小弟实在舍不得丢下皖东这几个县啦！”马新贻说：“贤弟，有失方有得。贤弟将来是治理天下的大才，千万不可在安徽官场被人凌虐，不可被人消磨了锐气！国家中兴，贤弟有责啊！”说完，两人的手紧紧握在一起。

不久，李鸿章被剥夺了在皖东协调其他军队的权力，再也得不到座师福济物质上的支持，渐渐难以支撑下去。范瑾瑜几次劝李鸿章投奔曾国藩，都被李鸿章拒绝了。

石达开尚未从义子大婚的喜庆气氛中走出来，就受到了当头一棒：自己悉数退还百官贺礼的行为使天王更加猜忌自己！他十分后悔，后悔没有听军师钱江的话！天王降旨赐婚之事一开始，钱江就对石达开说：“天王降旨赐婚，不只是笼络，更重要的目的在于试探，虽然不管怎么做都无法消除天王的疑虑，但收受贺礼、自污形象却不失为目前最好的办法！”石达开说：“军师，小弟一向看重名节，恐怕实在难以自毁形象！再说，即使小弟污损了自我形象，也未必能最终消除天王的疑虑，何必多此一举呢？”钱江反复劝说，无奈石达开始终听不进，钱江顿足长叹：“唉！翼王啊，愚兄只能等着与你一起被赶出天京城了！”“也许会一语成谶吧！”石达开想道。“不管它了，天王已经怀疑我了，做什么都没有用！”石达开自言自语。

正在石达开想得出神的时候，钱江来了，带来了一个相当坏的消息：天王下诏追回御赐石浩然、麦靖芠的贺礼一对黄金狮子！这让张自芳很生气，她说：“天王怎么能这样出尔反尔呢？有点儿戏吧！”钱江说：“先不管这些了，赶紧想想天王下一步会使出什么招数对付翼王吧！”大家无人说话，气氛相当压抑。石达开说：“都怪我没有听军师的话，造成现在这种局面！”石达开话音未落，又看见蒙得恩来了，蒙得恩是来传达天王最新旨意的。天王降旨：军师钱江只管运粮一事，由刘元合、冯紫芸协助完成，确保京城粮食供应，其他日常事务移交安王洪仁发、福王洪仁达；同时，取消‘军师令’，今后在任何紧急情况下，军师均不得随意行事！钱江问蒙得恩：“天王怎么会这样呢？”蒙得恩无奈地说：“军师，你知道吗？有人在背后告了你的黑状，说你在韦昌辉控制天京的时候滥用‘军师令’，有不臣之心！”钱江仰天叹道：“我钱江何时有不臣之心？欲加之罪，何患无辞？”蒙得恩说：“军师，翼王，今后你们两位还要多加小心啦，天国不能没有你们啦！”说完，回天朝宫殿复旨。

石达开说：“‘军师令’是早已定下来的，现在突然以这种理由收回‘军师令’，表明天王真的怀疑我们这些人了！看来，小弟真的要做好从天京走人的准备了！”钱江说：“先不要太悲观，或许天王只是一时受到蒙蔽呢！”石达开说：“军师，别人不了解天王，难道你我也不了解天王吗？看来，处置小弟圣旨马上就会来的！”钱江、张自芳、石浩然、麦靖芠的心都悬起来了，大家再等着一道不愿等到的圣旨！

“天王圣谕，请翼王立即赴天朝宫殿议事！不得有误！”此次来传圣谕的不是蒙得恩，而是陈玉成、李秀成二人！众人越发觉得不妙，石浩然说："义父，让孩儿陪你去吧！"石达开笑笑说："浩然，你就留在这里，为父去去就来，不用担心！军师、张女侠、靖芝，你们先用晚餐，不必等我！"说完，跟着陈玉成、李秀成向天朝宫殿走去，钱江等人深感石达开此一去吉凶难卜，哪里吃得下去，只是呆呆地静坐着，等候消息。

第二十三回 蠹虫生殿宇支柱折 基础坏大厦栋梁倾

石达开很快到达天朝宫殿，洪秀全正在等他。看见石达开来了，洪秀全让陈玉成、李秀成两人到殿外等候，两人应诺而去。石达开站在大殿，恭恭敬敬地等候洪秀全圣谕。洪秀全神情严肃，看上去心情沉重，他来回踱着步，眼睛不停地瞟向案上满满放置的奏折，嘴里不停地念叨："朕不相信这些都是真的！""朕不相信这些都是真的！"石达开估计那些奏折都是针对自己来的，他想：与其这样忐忑不安地干等着，不如向天王问个究竟。于是，石达开小心翼翼地问道："天王，臣弟正在恭候圣谕！"洪秀全终于停止了踱步，他指着案上的奏折对石达开说："翼王，你自己去看吧！朕也不知道该如何处置！"

石达开走上前，翻开一本奏折，是他的属官的。那位属官奏折言辞激烈，给人以耸人听闻之感。它列举石达开种种专权之事，并提醒天王警惕石达开成为第二个杨秀清！石达开又翻开一本奏折，呈奏折的人是他的老部下。那位老部下引用了前一段时间天京城内外广为传唱的两首歌。

其一：天国救星是翼王，枯苗得雨喜若狂。

全靠翼王安天下，顶天立地真栋梁！

其二：石达开，真好样，骑采石，勇无当。

一马冲入南京城，太平天国第一王！

奏折随后写道："此两首歌谣实乃石氏煽惑之作，与杨秀清'东王东王，官民之望’何其相似乃尔！臣以为其意叵测，其心可诛！”

石达开后背冒出阵阵冷汗。他两手颤抖着，打开一本奏折，又打开一本奏折，每一本奏折都说石达开有野心，都拿他与杨秀清相比，“可诛”“可杀”一遍又一遍地从眼前闪过！看着看着，石达开“扑通”一声跪倒在洪秀全面前，声泪俱下地说：“天王，臣弟之心天地可鉴！天王，勿信谗言哪！”洪秀全说：“起来吧！朕其实也不相信，否则，就不会让翼王见到这些奏折了！”说完，两眼望着大殿天花板，并不理睬石达开。石达开诚惶诚恐，胆战心惊，小声说道：“天王，臣弟为避嫌疑，请求辞去现任一切职务，专事安庆守卫！”洪秀全慢条斯理地说：“翼王，朕还是信任你的！朝中的事朕还是交给你。不过，经过你几个月来的整顿，天国朝内朝外、军内军外都秩序井然，很多官员都从你那里学会了如何治理国家，很多年轻将领在你的教导、影响下都能够独当一面。朕考虑到这些年你一直忙于公事，都没有时间与王娘、王妃留下子嗣，虽然曾有一位王娘怀孕，可是，被韦昌辉杀害了。翼王，我们这一代人最终会老的，有许多事情要等着下一代去完成。我们不能没有后代啊！朕决定，朝中政务你就不必操劳过多了，还是分给二王十四侯他们去做吧，你把握一个大方向就行了。至于军事方面，朕考虑也要给你减轻负担，东路大军让李秀成去指挥吧，西路大军由陈玉成负责，你呢，就在京城协调协调。还有，朕让你先回安庆与王娘团聚一个月，一个月过后再回来！”石达开无言以对，只能叩头谢恩！

洪秀全说：“宣陈玉成、李秀成进殿！”陈玉成、李秀成到了大殿，先向洪秀全行君臣大礼，后又向石达开行军礼。洪秀全说：“陈玉成、李秀成两位听令：自明日起，东西两路大军由你们两人负责。具体分配如下：李秀成驻镇江附近，领东路大军；陈玉成驻枞阳附近，领西路大军。有事直接向朕禀告！”两人领命站在一旁。

洪秀全又宣布：“军师钱江与指挥刘元合、冯紫芸负责督运粮食，常年驻守运漕镇；丞相张自芳、指挥石浩然、麦靖芠专事防守安庆，常年驻守安庆；翼王石达开在京协调各方事务；罗三娘统领水营，驻大王庙；李秀成统领东路大军，驻镇江；陈玉成统领西路大军，驻枞阳！以上各方互不统属，均直接对天王负责！”诏书即刻颁发全国，务必让军民人等通知圣意！

石达开回到翼王府，已是二更天了，钱江等人正准备用晚餐。石达开问：“军师，你们为什么到现在还不吃晚饭？”张自芳说：“翼王，没有你确切的消息，大家哪里能吃得下？”钱江说：“好了，现在有了结果了，大家放心吃饭，晚上好好睡个觉，明天一早离开京城。”一顿晚饭吃得也挺轻松的，虽然钱江、石达开权力被剥夺得差不多了，但比大家预想的要好。

次日清晨，石达开、张自芳、石浩然、麦靖芝到天朝宫殿向洪秀全辞别。洪秀全态度相当好，他半开玩笑地说：“翼王，拿出你当年跃马登上南京城的干劲多弄出几个小王子。”说着，脸转向张自芳：“张女侠，你可要帮助翼王完成这个任务哟！”说得张自芳脸“唰”地一下红到了耳根，站在那里，答应不是，不答应也不是，一时万分尴尬。石达开说：“天王，张女侠可是‘自梳女’！”洪秀全忙向张自芳道歉：“哎哟，张女侠，朕一高兴就忘乎所以了，得罪之处，还请原谅！”然后又向石浩然、麦靖芝说：“上次朕要回了送给你们的一对黄金狮子，没有别的意思，实在是因为那对狮子做得太可爱了，朕舍不得！”石浩然说：“天王不必在意，臣蒙天王赐婚，已是莫大的荣幸，岂敢有其他奢望！”洪秀全闲聊了几句，又开始打起哈欠来，石达开一看，到了该走的时候了，于是行了君臣大礼：“天王，臣弟马上就要去安庆了，这一去一个多月，还请天王善保龙体！”洪秀全微微一笑，说：“翼王，今天起得早了一点，以致站在这里都有点困，朕以后注意就是了。”石达开等人告辞而去。

到了安庆，简单地休整一下，石达开便对安庆城的布防做了重新调整，张自芳一直默默地跟在石达开的身后，巡视至振风塔时，她忽然想起两年前的正月初七晚上，那晚，她几杯酒下肚，浑身燥热，心火旺盛，恨不得把自己的一切都给了石达开！她很难想象，如果那晚石达开真的与自己融为一体了，现在该是什么情况！想到这里，她的脸又红了，渐渐觉得还有点烫，虽是冬月天气，但浑身又开始燥热起来，更要命的是心口跳得很厉害，似乎都能听见“咚咚”的声音。石达开见状，关切地问：“姐，你怎么啦？”张自芳语无伦次地说：“姐在想你怎么完成天王交代的任务！”石达开觉得张自芳说话没头没脑，便问：“什么任务？”张自芳的脸更红了，更烫了，心跳得也更厉害了，她只觉得嗓子也发干，想说话但又说不出来。石达开明白了张自芳的心思，但他知道，张自芳仍然未走出“自梳女”的阴影，便淡淡地说：“芳姐，天王的话也就是说着玩的。第一，他明知弟连王娘都没有，又怎么能生出王子呢？第二，天王仅仅给弟一个月的时间，谁能保证一个月就见效呢？”张自芳头脑清醒了不少，她说：“开弟，有时候姐真想为你生下一大堆王子，可是，姐很难迈开那一步！再说，开弟现在也有一个小王子，暂时还没那么急！”石达开缓缓地说："芳姐，弟知道你一时难脱'自梳女'的阴影，你我之事，待芳姐完全打开心扉再说吧！"张自芳顺从地点了店头。

晚上，麦靖芠为张自芳准备洗漱用品，张自芳说："靖芠，从今天起，为师只要还能自己动手，就不要你伺候，你伺候好浩然就行了！早点休息去吧，为师还要与你义父商量一些事情。"麦靖芠答应着，转身走向自己和石浩然的房间。

进了房间，关上房门，麦靖芠看见长桌上放着两把剑——"忠靖"宝剑和"贞靖"宝剑，石浩然正坐在一旁出神地想着什么。"浩哥，你洗漱没有？"麦靖芠问道。石浩然回过神来，说："噢，是芠妹啊！我还没洗漱呢，我这就去！"麦靖芠忙阻止石浩然，说道："浩哥，让我为你去准备洗漱用品吧！"石浩然觉得有点不好意思，说道："怎么能让你做这些事呢？"麦靖芠说："虽然结婚有一段时间了，可是在天京一直没有机会伺候你！浩哥，我是你的妻子，伺候你是天经地义的，以后你会慢慢习惯的！"石浩然实在说不出话了，只是觉得有点委屈麦靖芠。麦靖芠刚出房门，就见一个老妇恭恭敬敬地向她施礼，麦靖芠不知道为什么会出现一个老妇，便问："老人家，你为什么向我行礼？我从来没见过你啊！"那老妇小声说："麦姑娘，老身是你师父请来的！"麦靖芠更加诧异了："师父请你来做什么？"那老妇凑近麦靖芠耳边嘱咐了一番，说得麦靖芠脸红心跳。那老妇说："你师父已经嘱咐了，今晚没有任何人会打扰你们，让你们早一点休息！老身告辞了！"望着老妇远去的背影，麦靖芠差一点流下了眼泪，这哪里是师父，这简直就是自己的母亲！

麦靖芠叫石浩然将洗澡的长桶搬进房间，自己去灶堂烧水，来到灶堂，看见一口大锅早已装满着烧热的水，还一直冒着热气，她不禁感叹师父考虑得太周到了。于是，与石浩然一起，调了大半长桶温水，并请石浩然脱了衣服洗澡。石浩然说："那你出去一会！"麦靖芠小声说："你先下水，我随后就来！今晚我们要共浴！"石浩然一愣，问："怎么可以这样？"麦靖芠红着脸说："师父特地嘱咐的！"石浩然惊得嘴半天合不拢，说："姨还管我们洗澡的事？真是不可思议！哎呀，我真不好意思！大姑娘上花轿——头一回！"麦靖芠笑着说："就你，大姑娘！别贫嘴了，水快凉了！"两人先后进入长桶，渐渐靠近，互相擦洗着对方的身体，互相欣赏着对方的身体，石浩然贪婪地看着麦靖芠光洁如玉的全身，麦靖芠害羞地数着石浩然身上块块结实的肌肉，两人慢慢地亲热起来，一会儿工夫，擦洗完毕。灭了烛，上了床，尽情享受人世间的夫妻之乐！——这是他俩结婚以来第一次享受到的酣畅淋漓！

在安庆驻守将近一个月，石达开嘱咐大家收拾行装，准备回京，却不料天王圣旨降到，圣旨命令石达开等继续驻守安庆，待明年正月十五再回京城。

咸丰七年（1857年，太平天国丁巳七年）正月十五日，石达开一行返回天京。船在下官靠岸时，正好遇上钱江的船也在靠岸，两人一见，倍感亲切。一行人正向仪凤门走去，忽然从江边传来罗三娘的声音："军师，翼王，你们终于回来啦！再不回来，天京城百姓就完了！"众人站住，等候罗三娘走过来。石达开不知道罗三娘说的是什么，但钱江是知道的，刘元合已将天京百姓惨遭洪氏宗亲荼毒的事情禀告过了，只是洪秀全一直不让他回京，他只好写了几份奏折，请天王阻止洪氏二王十四侯的暴行。

罗三娘很快来到钱江面前，说道："军师，翼王，知道你们正月十五回京，我一大早就在江边等你们！天京的百姓真惨啊！"说完，掉下几滴眼泪。罗三娘愤愤地揭发着洪氏二王十四侯残害百姓的暴行。

几个月前，钱江、石达开前脚刚走，洪氏二王十四侯后脚就在天京全城开征"平安捐"。基本程序还是那样，洪仁发抢银子，洪仁达抢女人，十四侯拆民房、抢砖木，不少家庭财产被夺、妻女被辱、房屋被毁，百姓成批出逃，以致天京城整条街整条街都不见一个人影！洪秀全明知洪氏二王十四侯胡作非为，却睁一只眼闭一只眼，有时至多训斥几句，并不加以惩罚，使得二王十四侯胆子越来越大，甚至连在京太平天国将士家属也屡遭侵害！

石达开听完罗三娘的控诉，气得嘴唇都发抖："这样下去，不用清军来杀，我们自己就完了！"石浩然捏了捏"忠靖"宝剑，愤愤地说："军师，义父，让浩然去宰了这帮畜生！"钱江、石达开连忙阻止了石浩然。

"走，我们去面见天王！"钱江说道。一行数人直奔天朝宫殿，一见天王洪秀全，钱江、石达开便声泪俱下地控诉了洪氏二王十四侯的罪行。钱江说："天王，再任由他们残害百姓，天国危矣！"石达开说："更危险的是在京将士家属也被侵害，一旦激起兵变，后果不堪设想啊！天王，快阻止他们吧！"洪秀全一听天国将士家属都受到侵害，顿时大怒，喊道："传洪仁发、洪仁达！"很快，洪仁发、洪仁达来了，洪秀全怒气冲冲地列举了他们种种暴行，最后，说道："从今天起，谁胆敢再犯，朕决不轻饶！洪仁发、洪仁达权力收归军师、翼王！洪氏十四侯一律不得干预朝政！"看着洪仁发、洪仁达还站在那里，洪秀全大吼一声："你俩还不快滚！"洪仁发、洪仁达恨恨地瞪了钱江、石达开一眼，灰溜溜地逃走了！

此后两个月，天京军民在钱江、石达开等人治理下，过了六七十天的太平日子，天京城又在传唱颂扬石达开的那两首歌。很快，连天朝宫殿附近都有百姓在传唱，歌声飞跃宫墙，钻进洪秀全耳朵，洪秀全品味着那两首歌，心里不是滋味。

“全靠翼王安天下”“太平天国第一王”！洪秀全反复咀嚼这两句歌词，总觉得与杨秀清的“东王东王，官民所望”极其相似，他不相信石达开能变成杨秀清，但石达开也有他的可怕之处！石达开与军师钱江关系特别好，两人的关系甚至可以追溯到八年前，而且钱江又是天下第一等谋士，他俩一旦联手，洪秀全真担心自己能否控制得了局面！石达开在天国军民心目中是“威望”，而不是杨秀清的“淫威”，石达开一旦反叛，天国军民定有一半以上跟他走！石达开武功超群，部下张自芳差不多是“红船咏春”的一代宗师，而义子石浩然、儿媳麦靖芠武功都不可小觑，他们闯进宫殿刺杀他洪秀全，简直如探囊取物！洪秀全一想到这些，只觉芒刺在背！“怎么办？不用钱江、石达开，天国就危险；把他们安排在一般位置上，更不好，那会使天国军民失望的，久而久之，会导致军心涣散、民心涣散；重用他们，将会直接威胁到自己的地位！”洪秀全念来念去，总是这几句话，他实在想不出一个什么好办法！

“天王！”不知什么时候，洪仁达来了。洪秀全一见洪仁达，心里稍微有点安慰，因为洪氏家族里洪仁达相对来说还是有脑子的。洪仁达没等洪秀全说话，倒是抢先说道：“天王，臣献一计，既可安抚天京军民之心，又可以削夺钱江、石达开之权！”洪秀全瞪了洪仁达一眼，说道：“你在偷听朕说话？”洪仁达忙说：“臣不敢！臣也是刚来，看到陛下似有苦恼，但不知陛下所苦为何。臣只不过是看不惯石达开沽名钓誉，收买人心，臣担心长此以往天国将不再姓‘洪’而改姓‘石’了！”最后一句话，当年也有人这样说过杨秀清的，洪秀全一惊，天下之事怎么如此相似呢？于是说道：“福王，那你说说看！”洪仁达说：“六个字：高其位，虚其权。天王可设两个职位，一个为‘都将帅’，一个为‘都丞相’，位在天王之下、群臣之上，但不分配给这两个职位具体事权，让他们有职无权，时间一长，天国军民便会骂他们尸位素餐，如此一来，陛下待时机成熟，即可从根本上铲除他们的势力，使我洪氏江山永传万年！”洪秀全未置可否，只是淡淡地说：“福王，你走吧，让朕再考虑考虑！”

几天后，天王降诏，授予石达开“都将帅”一职，协调诸路大军，重点做好安庆防守工作；授予钱江“都丞相”一职，统领所有文官，重点负责督运粮食。诏书规定：“都将帅”“都丞相”位置仅次天王，是天国建国以来位置最高的臣子，因此，除诏书规定的“重点事务”外，不必亲理其他事务。洪秀全还一再强调，只有功劳极大、资望极高的臣子才能享受此等殊荣！

洪秀全在天朝宫殿举行了隆重的授职仪式。授职仪式上，洪秀全当着在京文武百官的面，亲手将一枚纯金铸造的“都丞相”大印交给钱江。钱江接过大印，用手掂了掂，好家伙，足足十斤！石达开双手接过“都将帅”大印，脸上露出一丝苦笑，心里很不是滋味！洪仁发、洪仁达齐声道贺：“恭贺军师荣升‘都丞相’！恭贺翼王荣升‘都将帅’！”文武百官有的羡慕，有的同情，有的惋惜，也有的愤慨，但都无一例外地贺喜：“属下恭贺‘都丞相’‘都将帅’！”

洪秀全微笑着说：“朕也祝贺‘都丞相’‘都将帅’！——都丞相！”钱江应声而答：“天王，臣在！”洪秀全语气和缓地说：“都丞相，你常驻运漕，平时没有特殊情况，不必亲自回京，有什么事情让刘状元代为禀告！唉，如果朕没有记错的话，你应该四十四岁了！四五十岁的人了，让你天京、运漕两头跑，备受颠簸之苦，朕不忍心哪！”钱江谢恩，站在一旁。洪秀全又说：“都将帅，你暂驻天京，代朕巡视城防。过一段时间，朕让李秀成回来接替你。你的主要任务就是守好安庆！安庆是天京的门户，它的重要性朕也不想多说。”石达开应诺。

退朝后，洪秀全留下了钱江、石达开二人。洪秀全赐二人坐，自己也就天王宝座落座，三人坐定。洪秀全开始回忆起三人相识以来的事情，钱江、石达开也帮着洪秀全回想过去的事情。叙了一阵子旧，洪秀全态度诚恳，语气坚定，他说：“军师，朕叫不惯什么‘都丞相’！军师，你都四十四岁了，该成个家了！朕看罗三娘就很不错！”钱江连忙摆手，说：“天王，臣一个糟老头子，别把人家糟蹋了！”洪秀全笑笑说：“不瞒你说，当年三娘对朕、大纲兄弟还有军师你，都有好感。后来，三娘知道朕已有王娘，而军师你整天一副拒人于千里之外的样子，再加上大纲兄弟与三娘接触比较多，才嫁给大纲兄弟的！这些情况，大纲兄弟也知道，所以他临终前才将三娘母子托付给你！”钱江听完了洪秀全的话，仿佛觉得罗三娘当年确实喜欢过自己，只是自己那时一味地替天王谋取天下，没有在意罗三娘传递过来的好感！自从罗大纲将罗三娘母子托付给钱江之后，钱江明显感到罗三娘对自己的亲近；特别是除掉杨秀清之后，罗三娘更是非常直接地表示对钱江的好感，自己也确实无法拒绝罗三娘抛过来的“绣球”！洪秀全见钱江低头沉思，便知钱江内心也有此意，于是说道：“军师，三娘是个很不错的女子，不要错过了啊！”钱江不好意思极了，他讷讷地说：“天王，臣倒是有心，但未知三娘是否有意！”洪秀全大笑起来：“我的好军师，你真是个书呆子，连朕都看出来了，难道你就没有感觉到？听朕一句话，临回运漕时，到三娘那里，向三娘表白！”钱江确实有点不知所措，紧张得连话都说不成句子了！石达开笑着说：“天王，军师这方面没有经验，还是请天王降旨，让臣弟去说合说合吧！”钱江正要阻止，洪秀全说：“翼王听朕口谕，朕命你为军师和三娘穿针引线，务必要让他俩连成一体！”说完，三个人都笑了。

钱江说：“天王若没有别的旨意，臣等告退！”洪秀全忙阻止了正要站起来准备离开的钱江，表现出一副心事重重的样子。钱江愣了一会，小心地问：“天王似乎有什么忧虑的事情？”石达开也说：“天王，有什么事就吩咐臣弟吧！”洪秀全站起来，朝钱江走去。钱江、石达开也站起来，三个人又呈“品”字形站在一起。洪秀全说：“军师，翼王，朕确实有一件事始终放心不下。”洪秀全略一思索，说：“算了吧，朕的家事就不麻烦两位了！”钱江说：“天王是一国之君，天王的家事也就是国事，既是国事，臣等就可以为天王分忧！”洪秀全想了一想，说：“也罢，朕不说出来，堵在心里很不舒服。首义的一批兄弟也只剩下朕、军师、翼王了，不与你们说，朕又能向哪一个诉说呢？”洪秀全开始走动，钱江、石达开也跟着走动。

突然，洪秀全说：“军师，翼王，朕能招元合为驸马吗？”钱江并不感到惊讶，洪秀全两年前就有这种想法，曾经也征求过钱江的意见，不过，钱江不太赞同，后来，洪秀全也就作罢。今日，旧事重提，看来很难劝阻洪秀全了，钱江只好不说话。石达开说：“天王，元合与冯姑娘感情深厚，而元合特别重感情，冯姑娘除了师父张女侠外，没有别的亲人了，一旦连元合都失去了，怕冯姑娘承受不了！”洪秀全看看石达开，又看看钱江，盯着钱江说：“军师以为如何？”没办法，洪秀全点将了，这下容不得钱江不说话了。钱江说道：“天王，臣的看法早已向天王禀过了。当然，普天之下莫非王土，率土之滨莫非王臣，天王若坚持招元合为驸马，那元合也不敢不从！”洪秀全说：“军师，你说的这些朕何尝不知道呢？只是朕的慈萱公主十三岁就没有了母亲，人又特别善良，朕把她交给谁都不放心哪！最主要的是，慈萱公主只钟情于元合一人！”

钱江笑了笑，说道：“天王，臣不这么看。慈萱公主十三岁以后看到的男人除了我们这些叔叔辈的，同辈的只有元合一人了，她当然只钟情于元合一人了！在臣看来，如果天王能让慈萱公主多看看不同的人，慈萱公主未必不有别的想法！”石达开也说：“天王，军师说得很有道理。不妨让慈萱公主经常出宫，也许会找到更合心意的人！”洪秀全一听，觉得两人说的都有道理，但一想到天京城的年青将士经常要外出征战，说不定哪一天就会为国捐躯，那不苦了慈萱公主吗？嫁给那些文官，洪秀全也不愿意，他不喜欢文官的唯唯诺诺、迂腐穷酸。忽然，眼前一亮，说道：“军师，翼王，朕已让元合、慈萱兄妹相称了，干脆叫元合把慈萱带到运漕，找个合适的人家，朕听说运漕人淳朴忠厚，慈萱肯定不会受委屈的。”钱江、石达开心里一惊，慈萱一到运漕，那凤尾洲秘密“圣库”不就暴露了吗？但要阻止慈萱到运漕，又怕洪秀全起疑心。两人怀着同样的心思，没有立即表态。洪秀全不等他俩表态，就果断地说：“此事就这么定了！”钱江、石达开也不好再说什么，只能叮嘱刘元合，要他小心行事。

钱江若有所思，洪秀全问：“军师在想什么呢？”钱江说：“慈萱公主不能以公主的身份到运漕，那样目标太大了。臣以为最好以元合表妹身份在运漕生活。”洪秀全连声道好：“还是军师想得周全！好了，就这么定了！”说完，打了一个呵欠，有回殿休息的意思。石达开说：“天王早点休息，臣弟告退！”钱江并没有告退的意思，洪秀全问：“军师还有什么事吗？”钱江说：“天王，请下一道圣旨，否则元合把慈萱公主带到运漕，那还不打翻醋坛子！”“打翻醋坛子？”洪秀全哈哈大笑：“是的，是的。冯姑娘不是一个逆来顺受的人，朕这就草拟圣旨，说明元合、慈萱是表兄妹关系，朕还命元合、冯姑娘二人为慈萱在运漕物色一个女婿！军师，翼王，这样冯姑娘那口醋坛子虽然会冒出一点酸气，但肯定不会打翻的！”一席话说得三人开怀大笑！

洪秀全笑了一会，叹口气说：“朕多么希望自己不是天王，军师也不是军师，翼王也不是翼王，朕就是一个乡村塾师，军师就是一名幕僚，翼王还是在家里种田习武，我们三人经常在一起喝茶聊天，那该有多开心啊！可惜，造化弄人，像我们这样投缘的人却要被硬生生地分开，朕也是没有办法啊！两位可不要责怪朕心狠哪！”钱江、石达开说道：“天王对臣情深义重，臣岂敢不肝脑涂地、继之以死！”说完，跪下叩头，洪秀全拉起两位，说：“两位忠心，朕毫不怀疑！其实，朕也离不开两位，也许迟早又要两位出手以正朝纲！各自珍重吧！”钱江、石达开告辞而去。

一出天朝宫殿，石达开便愤愤地说：“出尔反尔，朝令夕改，国家大事，形同儿戏！长此以往，天国危矣！”钱江忙阻止石达开：“翼王，小心耳目！”两人并没有回翼王府和慧园庵军师府，而是直接到了大王庙水营总部。石达开向罗三娘挑明了钱江的态度，罗三娘很大方地说：“三娘我等的就是他的态度了！结婚的大事，都听他的！”三人商定，过一段时间再举行婚礼。

钱江说到赖慈萱一事，罗三娘说：“军师，天王怀疑你了！慈萱到运漕，表面上是找个婆家，实际上是监视你！你可要小心喽！”钱江似乎忽然想起什么事，说：“翼王，回去看看府内有没有天王安插的眼线。你、张女侠、浩然、麦姑娘平时也要小心在意啊！这个时候绝对不要再惹天王不高兴了！”石达开说：“说来说去，就是那两首歌惹的祸！什么‘全靠翼王安天下’，什么‘太平天国第一王’，谁不会起疑心呢？”钱江说：“翼王，那两首歌只是爆竹的引信，真正的火药是天王内心的魔障！愚兄认为，天王也是四十多岁的人了，他内心的魔障估计终其一生也难消除的了。”罗三娘说：“也许疑心会越来越重，说不定哪一天会像除掉杨秀清那样除掉我们这些老一辈的人！”石达开默然无语，钱江也垂头沉思，罗三娘不说话了，现场一片沉寂。良久，石达开送钱江上船，自己回到天京城内。到了王府，很快得知，天王送来了几个侍卫，石达开气不打一处来，但还是隐忍下来了。不一会儿，天王传旨，让石达开进殿。石达开一进天朝宫殿，就看见洪秀全满脸不高兴。石达开请安毕，洪秀全问：“朕何时‘出尔反尔’了？朕又是怎么‘朝令夕改’了？朕授予你们最高官职，连家事都同你们商量，你们还要朕怎么做？”接着，啰里啰唆说了一大通令人厌烦的话，最后毫不客气地警告石达开几句，石达开脊背上始终冷汗直冒，待洪秀全数落完毕，立即告退回府。

次日一早，石达开刚起床，就听见翼王府门口吵吵嚷嚷的。石达开问何事纷扰，属下告诉他是老百姓前来喊冤的。石达开忙走出门，只见门口站着数百人，黑压压的一片。他们一见石达开，都跪下来哀求道：“翼王，救命啊！”“翼王，救命啊！”石达开问是什么事。老百姓七嘴八舌地喊冤叫屈，石达开听了一会，终于明白了，原来洪氏二王十四侯又在强征“平安捐”了，办法还是老一套，洪仁发抢钱，洪仁达抢女人，十四侯拆房子、搬砖木。石达开对众人说：“大家先回去，本王一定给你们一个交代！”

“翼王，你又要替他们出头啦！”石达开一看，是洪仁发。石达开说：“福王，你看老百姓挺可怜的，就放过他们吧！”洪仁发冷笑几声：“石达开，你听着，你不要以为自己是翼王，又是什么‘都将帅’，就什么事都要插手！不征‘平安捐’，本王的日常用度难道由你开支吗？你有那么多银两吗？哦，本王明白了，你一定是得了杨秀清的财宝！”石达开未及答话，旁边洪仁达开腔了：“翼王，我们尊重你，不想与你为难。翼王啊，听本王一句劝，你现在除了巡视城防，别的事都管不了，还是不要生这个闲气！”石达开怒不可遏，大声说：“本王要面见天王！你们这样残害百姓，天国会被你们搞垮的！”洪仁发也发怒了：“石达开，你不要敬酒不吃吃罚酒！你现在是泥菩萨过江——自身难保，还有权力管这些事吗？你去面见天王，本王不怕！”说完，得意地笑了起来。

石达开不想与他们理论，便命备马，直奔天朝宫殿。石达开向洪秀全汇报了洪氏二王十四侯残害百姓的事，洪秀全不耐烦地说：“翼王，这些事不用你管，你只要做好巡视城防的事就行了！至于福王、安王他们向百姓收一点捐又有什么大不了的，不收一点钱，难道你有钱给他们用吗？”石达开急切地说：“天王，自古官逼民反，臣弟担心这样下去会激起民变啊！”洪秀全发怒了，他厉声说：“难道你想煽动老百姓造反吗？朕还有事，你回去吧！以后朕不宣，你就不要到天朝宫殿来！”石达开一听，傻了，他简直不敢相信洪秀全会说出这样绝情的话，他再三恳求洪秀全阻止二王十四侯的暴行，洪秀全真的发火了，说：“来人，把他给我轰出去！”石达开气愤地说：“天王，多行不义必自毙，他们会遭到报应的！”洪秀全一听，肺都气炸了，他说：“石达开，是朕的天国，还是你的天国！你快走，朕不想看见你！”石达开衣袖一拂，转身走出大殿，背后传来洪秀全的呵斥和詈骂。

回到王府，石达开越想越觉得委屈。他写了一封信，准备托刘元合带给钱江，诉说自己内心的苦闷、压抑。信刚写好，墨迹未干，突然有事要处理，他便将信摊在了书案上。等他处理完公事回到书房时，却不见了那封信！石达开知道，那封信已经被人偷去向洪秀全请功了！果然，洪秀全把石达开召去，又痛快淋漓地骂了一通。石达开回到王府，杖责了洪秀全派来的几名侍卫，并把他们贬在府门外打扫街道。洪秀全召回了几名侍卫，降下圣旨要群臣众将各抒己见，该不该取消石达开“都将帅”的名号！洪秀全与石达开已经势同水火了！

钱江接到圣旨后，情知不妙，赶忙叫刘元合加运一趟粮食到天京，趁机劝石达开忍一时之气。

刘元合到了天京，立即向石达开转达了钱江的意见，石达开对刘元合说：“元合，无论将来你三师叔做出什么决定，你都不要反对。你放心，三师叔决不会背叛天王和天国的！你要保护好军师，保证天京军民吃饱肚子！你三师叔有一封信要托你转交给军师，因城中耳目甚多，信放在罗三娘那里。好自为之吧！多多珍重！”话说得不太明白，刘元合预感到有大事要发生了，但一时又不清楚到底会发生什么大事，只得向石达开告别，前往天朝宫殿。

天朝宫殿已经加强了警卫，刘元合得到通报后，才获准允许进殿。洪秀全用了将近一个时辰的时间数说石达开的种种“不是”，刘元合也不敢插嘴，只是站在那里静静地听。也许是说累了，洪秀全停了一下，咽了几口唾沫，其实口里已没有唾液了，刘元合赶紧端起茶水呈了上去，洪秀全“咕咕咕”地把满满一杯茶喝了个底朝天！好像气消了不少，洪秀全让刘元合坐，然后又让人传赖慈萱出来。

赖慈萱出来后，向洪秀全请了安，便径直走到刘元合身旁，紧挨着刘元合坐下了。洪秀全说：“慈萱，福王该说的都已经跟你说了，到运漕后，千万不要惹元合哥哥、紫芸姐姐生气！想天京时，就跟元合哥哥的运粮船回来一下。”慈萱答应着，眼里噙着泪花。刘元合站起来，走到中间，跪在洪秀全面前，说：“臣刘元合一定好好照顾慈萱表妹，请天王放心！”洪秀全说：“快快请起！慈萱交给你，朕最放心！时间不早了，你们走吧！”赖慈萱向洪秀全告别，少不了悲悲啼啼一场。刘元合从罗三娘处取了信，上船向运漕驶去。

冯紫芸一见到赖慈萱，心里就很不舒服，她想给赖慈萱一个下马威，不料赖慈萱竟然被她吓哭了，而且是发自内心的哭！冯紫芸不好再为难她，便告诫她不许主动接近刘元合，赖慈萱哭哭啼啼地答应了！冯紫芸不想把关系搞僵，再说人家赖慈萱来运漕，不是嫁给刘元合的，而是来找婆家的，还有，刘元合的人品相当好，决不会与赖慈萱之间有越轨行为，这样思前想后，决定对慈萱好一点，于是，便带着赖慈萱出了巡检司衙署，逛一逛运漕镇。

冯紫芸、赖慈萱一走，钱江便叫刘元合坐下，并将石达开的信交给刘元合，让刘元合看一看。刘元合看了一会，震惊不已，一下子站了起来，差点叫出声来。钱江忙阻止刘元合说话，吩咐刘元合立即烧了那封信。钱江说：“元合，信里的内容不许让任何人知道，包括冯姑娘！还有，天王让你把赖慈萱带来，除了让你们给她找个婆家外，也许还有别的想法，要多加小心。不要让她去凤尾洲，不要让她接触军师卫队队员，花点钱在运漕镇附近农村请两个小女孩伺候她！”刘元合一一应承下来。刘元合问：“军师，现在怎么办？”钱江说：“我必须去一趟天京，劝劝翼王！”刘元合又问：“可是，天王没有宣召，军师您进不了天京！”钱江微微一笑：“元合，放心，我自有办法！”刘元合说：“那属下陪同军师，一路好有个照应！”钱江说：“好的！那你准备一下吧！你私下里找个机会嘱咐一下冯姑娘，不要让赖慈萱乱跑！”

两天后，钱江、刘元合便到了大王庙水营。他们一上岸，就听到了一个惊人的消息。就在昨天夜里，不知何人挖了洪仁发一只眼，割了洪仁达阳具，将洪氏十四侯一一打伤。今天一早，天京城内外到处流传着一首歌谣：

洪氏两猪十四猴，吸我骨髓刮我油。

男女老少齐动手，砍下猪脑剁猴头！

钱江一听，失色顿足，说：“翼王危险了！”罗三娘、刘元合也知道，洪氏二王十四侯受伤，洪秀全一定会把账算到石达开头上，石达开性命危在旦夕。刘元合紧张地说：“军师，属下立即进城，请翼王赶快离开天京！”钱江按住刘元合的手说：“不要急，容我再想一想！”约莫一炷香的工夫，钱江说：“凭翼王的性格，可以断定，此事绝非翼王所为！而一夜之间能做成这样的事，天京城内除了翼王，绝无第二个人有这等武功！那一定是一个同情翼王、看不惯洪氏族人的顶级高手，他既然能做出这样的事，也必然能救翼王出城！而翼王出城后，肯定会逃到运漕的！元合，我们即刻回运漕，好接应翼王！”罗三娘说：“军师，吃了饭再走！”钱江断然说道：“事不宜迟，我们立即返回运漕！”罗三娘将几件换洗衣服交给钱江，目送钱江、刘元合远去。

再说天京城内，洪秀全下半夜就被吵醒了，当他得知洪氏二王十四侯全部受伤后，立即联想起石达开说的那句话——“多行不义必自毙，他们会遭到报应的”，便认定此事是石达开所为。天亮后，全城传唱的歌谣又让洪秀全胆战心惊，这简直就是煽动老百姓造反啊！他很快传下圣旨，天京全城戒严，任何人不得随意进入天京！

石达开知道这件事是在天亮以后。天一亮，石达开就听见街巷传来欢快的歌声：

洪氏两猪十四猴，吸我骨髓刮我油。

男女老少齐动手，砍下猪脑剁猴头！

不久，属下来报，说洪氏宗亲一夜之间全部受伤，伤得最重的是洪仁发、洪仁达！石达开一听，坐立不安，他知道洪秀全肯定会怀疑是他做的，便顾不了许多，赶紧赴天朝宫殿向洪秀全解释。到了天朝宫殿门口，只见上千卫兵围成一个圈子，手拉着手，形成一道人做的围墙，不许任何人进去！石达开只得悻悻而回。石达开回到王府，张自芳、石浩然、麦靖芰正站在厅堂，神情十分焦急。张自芳说："翼王，我不相信这事是你做的，但天王呢？赶快逃跑吧！再不跑，就来不及了！"石浩然说："义父，我听说城门全部都戒严了，我们还是化装成老百姓，从东北方翻过龙脖子，逃往紫金山，然后再作打算！"麦靖芰说："义父，浩哥说的办法还是可行的！"石达开说："我石达开绝不是那种做事藏头露尾的人，我一向行事光明正大，就是走，也要走得堂堂正正！再说，天王知道本王不做暗中害人的事，未必会怀疑这件事是本王做的！我们再等一等！"众人也就不言语了——整天就在惶惶不安中度过了，也没有听到新的消息。晚上，石达开照例出去巡视城防。出了王府，直向旱西门而行。临近旱西门，迎面突然闯来一个蒙面人，石达开尚未开口喝问，但见蒙面人将一张纸条塞进石达开手中，石达开欲待询问来人，那来人已经不见踪影了。石达开觉得来人好像很熟悉，但一时又想不起来是谁。他展开纸条一看，上面有八个小字：

洪欲动手，见字即走！

字是正正规规的小楷，看不出笔迹。

石达开将信将疑，继续向前行进约十来丈，看见一大群士兵一边奔跑，一边大声喊叫："不要走了石达开！天王降旨要活的！""不要走了石达开！天王降旨要活的！"石达开明白，该来的还是来了，自己已被洪秀全通缉了。他马上脱下官服，只穿着内衣内裤，向城墙边跑去。这时，一名士兵追上了石达开，他一下子扑向石达开背后，两手紧紧扣住石达开颈项，石达开正想将他甩下，却听那士兵说了一句："翼王，快上城墙，到定淮门，从那里出去！换上便装！"说完，将缠在肩膀上的包裹交给石达开，自己用力向后一仰，重重地摔倒在地。石达开正要拉起他，后面三四个士兵赶来了，那个摔倒的士兵一边叫着"疼死我了"，一边大喊"好你个石达开，你跑啊，你跑啊"！这分明是提醒石达开快跑，石达开得到暗示，头也不回地上了旱西门城墙，趁着那几个士兵在安抚摔倒的士兵之机，他迅速套上便装，准备从城墙上跳下去。他向城下一看，城墙外黑压压的全是人，于是只好一路狂奔，向定淮门逃去。此时，城内城外到处在喊叫：“不要走了石达开！天王降旨要活的！”石达开真是上天无路，入地无门！终于逃到定淮门，正在犹豫之际，却被蒙面人一把挟持，登上墙垛，一跃而下。

定淮门外果然没有什么人，蒙面人摘下面罩，石达开大吃一惊：“师兄，是你！”原来是二师兄惠生！惠生长老说：“你真是呆子！洪秀全要杀你了，你还在帮他巡城！”石达开说：“师兄，谢谢你救了我！那现在怎么办？张女侠、浩然、麦姑娘还在城里！”惠生师兄说：“你马上就去运漕，张女侠他们由我负责。我救他们出城后，就到无为州，以太平天国翼王的名义发出告示，向天下说明洪秀全猜忌大臣、迫害翼王的真相！你到运漕后，与钱江商量下一步的行动！”石达开谢过惠生长老，连夜赶赴运漕。

惠生长老戴上面罩，翻身跃入城内，城内仍在喊：“不要走了石达开！天王降旨要活的！”心想，看来，城内的人还不知道石达开已经逃出城了！惠生长老直奔翼王府，经过上江考棚时，看见一群足足数百人高举火把，包围着一个人。他上前一看，原来是自己的小徒弟石浩然！惠生长老明白了，追捕石达开的人误把石浩然当作石达开了！惠生拨开人群，来到石浩然面前，叫了一声：“浩然！”石浩然一听，是师父的声音，忙应道：“师父！您怎么也在这里？”惠生长老说：“你的义父已经出城了，现在他们把你当成你的义父，你索性将计就计，跟他们缠一会，好让你义父再走远一点！”石浩然说：“师父，弟子出来就是吸引众人，让义父脱险的！只是弟子的姨还有靖芠……”惠生长老说：“放心，孩子，她们交给为师！”说完，人就不见了。

不久，石达开不断地在城中某个地方出现。一会躲在狮子山，一会藏在清凉山，一会又闯进天朝宫殿刺杀天王，后来又在旱西门从城墙上跳下生死不明，接着又听说有人在慧园庵见到石达开。从半夜一直闹腾到第二天中午。洪仁发忍着痛跟着不同的消息颠来颠去，人困马乏，正准备收兵，忽又接到报告，说石达开正在翼王府用午餐！洪仁发只得强打精神，集合部队，包围翼王府，哪知到翼王府后又扑了一个空，气得他眼睛创伤伤口爆裂，血流满面。

直到第四天上午，洪秀全将洪仁发召进天朝宫殿，这场捉迷藏的游戏才告一段落。洪秀全先将洪仁发狠狠责骂一通：“你简直就是一头猪！石达开会傻到跟你在城内玩躲猫猫的游戏吗？你看看，这是什么？”洪仁发文化水平不高，不过，也认识几个字，他定睛一看，原来是石达开发的告示，而且告示是从无为州发出的！洪秀全说：“大哥，你上当了！这几天跟你周旋的不是石达开，而是他的义子石浩然！”至此，洪仁发如梦方醒！

此事一经传出，天京城很快又传唱着两句歌谣：

猪头碰石头，猪头鲜血流。

石达开的告示，李鸿章也弄到几份。他听从范瑾瑜的意见，以八百里加急奏报朝廷，一面派“坦字营”两名士兵火速送一份给曾国藩！部署完毕，范瑾瑜说：“大人，我们也要收拾行装，准备投奔曾大帅吧！”李鸿章问：“范先生何出此言？为时尚早吧？”范瑾瑜讲了几句话后，李鸿章点头称是。

第二十四回 痛君臣龃龉英豪情 喜兄弟同气俊杰义

李鸿章看着眼前两份文字上略有出入的告示，反复咀嚼着两份告示上不同的语句。字迹略旧的告示上明明写的是：“疑多将图害，百喙难分清”，而另一幅字迹稍新的告示上却改成了“精忠若金石，历久见真诚”。李鸿章想不明白石达开为什么要做这样的改动。范瑾瑜从旁说：“大人，属下认为这两份告示发出的时间不一样，措辞有区别，恰恰反映出石达开内心的矛盾。”李鸿章说：“这一点，我也看出了。只是他为什么会有这样的变化呢？”范瑾瑜仔细读了这两句不同的字句，说：“第一幅告示是石达开从南京一出来的时候写的，由于从南京逃出，实属不易，心有余悸，所以写成‘疑多将图害’；而另一幅告示是到了安徽后写的，他不想直接说出长毛内部的矛盾，因为说得太明显了，怕给朝廷以可乘之机，这样就改成了‘精忠若金石’。但不管怎么样，石达开肯定不会再回南京了，至少在洪秀全活着的时候；他很清楚，一回到南京，他就是第二个杨秀清，第二个韦昌辉。”李鸿章觉得范瑾瑜说得有道理，略一思忖，又问道：“范先生，依你看，石达开会不会跟洪秀全彻底闹翻，自立门户呢？”范瑾瑜说：“不会！”李鸿章问：“为什么？”

范瑾瑜端起茶杯，呷了一口茶，说：“大人，一句话难以说清。待属下为大人慢慢剖析。”李鸿章笑笑说：“我就知道范先生自有见解。”范瑾瑜放下茶杯，慢条斯理地说起来：“石达开不敢自立门户。”李鸿章问：“长毛里面很多人都拥护他，他为什么不敢呢？”范瑾瑜解释道：“拥护石达开那是不假，不过，拥护他是一回事，而跟着他反叛洪秀全却是另一回事。长毛的人都深信洪秀全‘上帝之子’那一套歪理邪说，也都认洪秀全一个人为正主。大人想想，杨秀清当年可谓一手遮天，尚且不敢篡位或反叛，何况一向不愿意拉帮结派的石达开呢？”一席话说得李鸿章连连点头称是，范瑾瑜又说：“大人，即使所有的人都愿意跟着石达开走，石达开也不愿自立门户！石达开重情义，或者说‘愚忠’得很。他的《五言告示》已经说得很清楚了。大人，你看：‘惟矢忠贞志，区区一片心’，‘惟期妖灭尽，予志复归林’，‘依然守本分，照旧建功名’，‘一统太平日，名邀圣荣恩’。这些都表明石达开出走只是避祸，同时想在外面再建奇功，待到功成，即刻身退！”

李鸿章不由得佩服范瑾瑜的分析，他用手指蘸了水，在桌子上画箭头。范瑾瑜也用手指蘸了水，写下两个大字：江西。李鸿章与范瑾瑜相视而笑，范瑾瑜说：“大人，这正是属下要说的事情。”李鸿章说：“范先生请说吧。”范瑾瑜问：“大人可曾想过，一旦石达开率领大军救江西之急，安徽的形势会怎样？”李鸿章即口答道：“安徽的压力就小多了！我们也好放开手脚大干一场！”范瑾瑜摇摇头，说：“大人，安徽压力一减轻，您在安徽就真的待不下去了！”李鸿章心里一惊，其实范瑾瑜说的正是李鸿章担心的，不过，他对自己的座师福济大人还是信得过的，他不相信福济不保他，于是说道：“范先生，可别忘了福济是我的座师！”范瑾瑜微微一笑，说：“李大人，此一时彼一时。福济大人一向对您提携有加，但不知大人是否还记得，您被授以五品知府衔的时候，福大人就有点感觉，而您的三品按察使衔竟惹得福济大人很不快，他是担心有朝一日您会取他而代之。过去，您是庐州府屏障，他不能没有您；现在，石达开大军一进入江西，您这个屏障作用也就不那么明显了。大人，还有，您这一路升得太顺利，也升得太快了，早就惹得那些同僚们嫉妒了，只要他们在福济大人跟前说上几句，难保福济大人不给你制造麻烦。”李鸿章这下彻底清楚了自己的尴尬处境，彻底断了对福济的幻想。他说：“那依范先生，我们只有投奔恩师曾大帅了？只是……”李鸿章欲言又止，范瑾瑜说：“大人不必考虑太多，在下估计曾大帅应该会给您很重要的位置。大人不妨写一封信给曾大帅，看看他的态度。”李鸿章认真地思考了一个晚上，写了一封长信，派人送给曾国藩。

曾国藩反复阅读李鸿章的长信，发现信写得谦恭有礼而又不卑不亢，根本没有走投无路的狼狈；相反，字里行间还透出一种要襄助自己成就一番大业的自信。说实话，曾国藩十分欣赏这种自信，他自言自语道："相信我没有看错人！""大哥，没有看错什么人？"曾国藩一看，九弟曾国荃来了，他说："李鸿章！"曾国荃不知道曾国藩为什么突然会提到李鸿章，便问："大哥，李鸿章怎么啦？"曾国藩将信交给曾国荃，曾国荃还没看完，就高兴地说："李鸿章要来投靠我们！那世坦老弟肯定也会来了！"曾国藩说："李鸿章、范瑾瑜、袁世坦还有坦字营都来！九弟，你去召集诸将，帐前议事！"曾国荃答应着，转身去了。

一会儿工夫，曾国藩身边诸将都聚齐了，大家也都知道了李鸿章要来的消息，又惊又喜，兴奋异常。曾国藩说："诸位，少荃老弟要来本帅这里，大家说说，该给他一个什么位置？"曾国荃抢先说："大帅，若以年龄论，少荃兄长属下一岁，属下以为位置应该仅次于大帅，在属下之上！"曾国藩未置可否，鲍超、胡林翼等一干将佐，纷纷表示李鸿章对湘军有恩，应该给以高位。曾国藩问："诸位还有意见要发表吗？"众将佐齐声说："唯大帅是听！"曾国藩干咳两声，说道："本帅欲任命少荃老弟为行军主簿！"曾国荃很是吃惊，他怀疑曾国藩说错了，便问："什么？行军主簿？"曾国藩认真地点点头，根本不像是开玩笑！众人议论纷纷，都认为太委屈李鸿章了。

曾国藩嘿嘿一笑，说："现在让他受点委屈也好，将来他也许要受更多、更大的委屈呢！"鲍超说："大帅，属下愚鲁，还请大帅明示。"

曾国藩摇头晃脑地背诵着《孟子》："孟子曰：'天将降大任于斯人也，必先苦其心志，劳其筋骨，饿其体肤，空乏其身，行拂乱其所为，是以动心忍性，曾益其所不能。'本帅与少荃老弟早已相识，对他也算相当了解。少荃老弟学通中西，见识过人，为人胸怀大志，行事刚柔兼济，假以时日，得遇良机，必为国之栋梁。本帅认为国家中兴的担子将来一定会落在他的肩上。"李鸿章志向远大、能力超群，湘军将佐也都知道。一则曾国藩经常褒扬李鸿章，二则袁世坦带领的坦字营百十号人在湖口、南昌一带屡建奇功，但大家并不认同将来中兴的担子只落在李鸿章的肩上，至少湘军将佐们也有机会、也有资格负起国家中兴的责任。曾国荃说："大帅，少荃兄确实德才兼备，但我们这些兄弟、特别是大帅您，将来发挥的作用难道不比少荃兄更大吗？"曾国藩笑笑说："你不懂。平乱固然要依靠我们，但治国还要仰仗少荃老弟。岂不闻，湖南人安天有术，安徽人补天有道。如果说我们这些人可做湖南人的代表，那少荃老弟就是安徽人中的翘楚。本帅起兵衡南之时，乡人赠以‘安天’宝剑，而少荃老弟在运漕募兵时，乡人赠以‘补天’宝剑，世上能有这样的巧合吗？你们想想，这难道不是天意吗？”将佐们似乎有所领悟。曾国荃说：“大帅，既然少荃兄将来要担大任，那就更应该给他安排一个重要的位置了，也好让他展一展手脚！”曾国藩慨叹道：“你们真是不理解本帅的苦心啊！少荃老弟现在需要的不是展什么手脚，他需要的是修炼。本帅安排他担任行军主簿一职，一则将他置于本帅眼皮子底下，好让本帅时时督促他成长；二则让他熟悉政务、军务；最主要的是，去一去他的骄气，消一消他的躁气，杀一杀他的傲气！”

曾国藩两眼透过厅堂大门，向远处望去。曾国藩说：“少荃老弟将来面对的形势比现在要复杂千万倍。就国内而言，长毛祸乱，民生凋敝，国力衰弱，乱平后，几万万人要吃饭、要营生，国家要恢复，千头万绪，事务繁钜，没有一个能低下头、俯下身子体察民情的人，能治理好吗？放眼海外，列强环伺，他们花样繁多、怪招迭出，这就需要一位气定神闲的人跟他们打交道。而国门一开，西学东渐，国内革故鼎新的呼声会一浪高过一浪，改革几千年祖制，岂是易事！需要主政者虚心吸纳各方面意见，虚心向海外各国学习，这是潮流，无人能阻挡！总之，少荃老弟面对的是几千年来的一个大变局，少荃老弟也算是生逢其时啊！”说完，展开宣纸，呵呵笔尖，饱蘸浓墨，一会儿就写成一封长信，表明自己将对李鸿章虚左以待！

信很快送到了李鸿章手里，李鸿章急切地打开信，寻找曾国藩表明态度的话。然而，信竟用了两千多字的篇幅讲述了李鸿章当年上京赶考的情景，回忆了李鸿章父亲带着李鸿章拜见曾国藩的情景，记述了平乱这几年李、曾双方的联系，直到最后一两行，才表达了切盼李鸿章、虚左以待之类的意思。李鸿章心里有点失落，但也充满希望，因为曾国藩毕竟说了“虚左以待”的话。他把信给范瑾瑜看了一下，范瑾瑜说：“大人，可以投奔您的恩师！”李鸿章即命范瑾瑜、袁世坦、水青萍做好准备，选择时日，向江西开进。一切准备就绪，李鸿章回了一次家，安排妥当家事，又回到军中。范瑾瑜回了一趟运漕，向家人告别；又分批地安排坦字营团勇回乡与亲人话别。

袁世坦、水青萍走后，李鸿章、范瑾瑜二人巡视了一下营房，看到在营的团勇仍然高度警惕，斗志不减，心里甚是欣慰。二人转回衙署，就在他们进门的一瞬间，看见厅堂里站着一个人，背对着大门，正旁若无人地扫视厅堂。范瑾瑜眼尖，一下子认出来人正是惠生长老。李鸿章忙说：“晚生李鸿章不知惠生长老大驾光临，有失远迎，还请恕罪！”惠生长老转过身来，笑着说：“二位还能认得老朽！”范瑾瑜说：“李大人怎么会不认得大恩人呢？”说罢，让座，看茶。

三人落座后，惠生长老说：“老朽这次来，是想邀请两位参加一个盛宴！”李鸿章问：“敢问长老是什么盛宴？”惠生长老没有直接回答，而是话锋一转：“二位想必也都看到了石达开的《五言告示》了。其实，《五言告示》先后有两种不同的样式。前一种，也就是上面有‘疑多将图害’，实出老朽之手，后一种‘精忠若金石’才是我师弟写的。”范瑾瑜恍然大悟，急忙拿出两种不同版本的《五言告示》。惠生长老一看，笑着说：“想不到范先生这般心细，两种告示都收集到了！”范瑾瑜也笑着说：“没办法，知己知彼，方能与石达开那样的枭雄周旋啊！”惠生长老说：“老朽不赞成范先生的说法，师弟惠及不是枭雄，是真正的英雄。本来他应该与两位一起为朝廷效力的，没想到阴差阳错，变成了朝廷的贼子、两位的对手！”李鸿章有点不理解，问道：“惠生长老此话晚生不解。”惠生长老叹一口气，说：“今日无事，老朽就与两位说说这位惠及师弟吧！”

惠生长老一边品茶，一边叙述石达开的往事。惠生长老说：“想当年，老朽师父教完了惠民师兄和我以后，一直没有收徒，因为师父要将我们三兄弟的名字凑成‘惠及民生’四个字，而第三个徒弟‘惠及’必须能够统领前两个徒弟。师父一直等，直到一个名叫石达开的幼童出现，师父终于收了他的第三个徒弟，并取名‘惠及’。惠及师弟确实非同常人，其文韬武略无人能及。师父希望他学成以后，等待时机，带着两位师兄，统领千军万马，抗御强敌，保国安民。”李鸿章插话道：“难怪石达开与惠生长老年龄差距那么大！不过，晚生十分敬佩尊师！如果石达开真的能按尊师期望的那样，该有多好！”

惠生长老说：“谁说不是呢？师父去世后，惠及师弟回到广西老家，一边种田奉养老母，一边等待时机投效朝廷。不料，洪秀全连请三次，每一次都说一些为国为民之类的话，师弟被他的诚意感动，便投靠了他。老朽、惠民师兄知道后，也是回天无力了，便告诉他不要忘了师父的嘱咐，千万不要祸害百姓！现在看来，惠及师弟这一点做得很不错。可恨洪秀全讲的是一套，做的却是另一套，且又生性多疑，用人不专，致使惠及师弟避祸出走！”说完，叹息唏嘘了一阵。

李鸿章问：“既然如此，惠生长老能否劝说石达开归顺朝廷呢？”惠生长老摇摇头，语气异常坚定："你们不了解他！他太重情义了！虽然在洪秀全活着的时候，他不会再回到南京，但他绝不会归顺朝廷、背叛洪秀全，当然，依他的禀性，也不会自立门户、另打天下的！"李鸿章看着范瑾瑜，轻轻一笑。惠生长老问："少荃弟何故发笑？"李鸿章说："刚才惠生长老这番话，范先生已经对晚生说过了！"惠生长老看看范瑾瑜，说："难怪有人说范先生是'活诸葛'，今日一见，果然不同凡响！"范瑾瑜连忙谦逊了几句。

李鸿章问："惠生长老，那盛宴？"惠生笑了一笑，说："我们师兄弟三人知道惠及这一走，将来也许没有再见面的机会了，所以在运漕小聚一次。惠民师兄估计少荃老弟会让袁世坦回运漕辞别亲人的，因此，也趁便让袁世坦、刘元合、石浩然三兄弟会会面，免得日后战场上相见重伤对方！"李鸿章说："晚生明白了，惠生长老是要带我和范先生到运漕与你们两代师兄弟欢聚！那太好了！只是……"惠生长老说："有老朽在，两位安全就不用担心了！再说，这是告别宴，又不是鸿门宴。至于团勇驻防，范先生把他们安排一下就行了，坦字营团勇一向训练有素，远近闻名，不会有什么事的！"范瑾瑜出去对团勇嘱咐了几句，待他回来时，惠生长老和李鸿章正站在天井院子里等他。惠生长老说："两位这就随老朽走吧！"李鸿章说："惠生长老，不必心急，我们没到，他们不会开席的。"惠生长老笑笑说："少荃老弟是文人，还有那么多讲究。我们那些练武的徒弟们一个个都是馋猫，再迟一点，好酒好菜都让他们吃完了！洪仪泰二十年大麦烧，可以片成三十二层的干子，少荃老弟不是已经尝过了吗？那是限量的，每天只拿出一点点！"说着，咽了一下口水，喉管里发出"咕嘟"声，引得李鸿章、范瑾瑜哈哈大笑。李鸿章笑着说："范先生，那我们快走吧，否则，惠生长老会把我俩吃掉了！"惠生长老也笑着说："袁世坦应该到了运漕了！我们快走！"李鸿章、范瑾瑜各骑一匹马，惠生长老步行，一行三人急急向前。

惠生长老估计得没有错，袁世坦、水青萍已经走了两个时辰，含山县城到运漕镇只有区区七十里，因此，早就到了凌家滩，对面就是凤尾洲。两人在河边站住，想找条船渡河，可是河面上并没有船，对面凤尾洲码头水面上倒是停满了船，但那些船是刘元合的，二人不想惊动刘元合，所以水青萍打算踩水带着袁世坦过河。

他俩走下河堤，来到河滩上，却见对面一条小船划动了，船上是两个人，一男一女。袁世坦一看，原来是刘元合、冯紫芸，正想转身避开，船上的人却喊起来了："是袁师兄和水姑娘吗？师弟奉命来接你们！"说话的工夫，小船快要靠近河滩了，袁世坦觉得师弟刘元合没有恶意，便回了一句："那就谢谢刘师弟、冯姑娘了！"

上船后，袁世坦问："刘师弟，你怎么就看到我们在河滩上呢？"刘元合说："袁师兄，不是师弟无意看到的，师弟在此已经恭候两三天了！"袁世坦很是吃惊："你知道我们会来运漕？"刘元合笑笑说："袁师兄，你师弟有这个能耐吗？是我们军师算到你们这两天会来的，我们军师响应大师伯还有我师父的倡议，决定在运漕举行一个告别宴。等一会，你们李大人还有范先生也会来的！"袁世坦一下子紧张起来了："这么说，你们军师是想把我们一网打尽了！"刘元合笑着说："有大师伯在，谁敢对袁师兄怎么样？大师伯、我师父还有三师叔只不过是想两代师兄弟聚一聚，否则，今后恐怕没有机会了！"袁世坦问："这么说，浩然师弟、麦姑娘也来了？"刘元合说："当然！"说着话，船已靠岸。刘元合对袁世坦、水青萍拱拱手，说："师兄、水姑娘，我就不送了，你们先回家看看，告别宴定在未时两刻，席设洪仪泰。洪启元此时怕是正在张罗呢！"袁世坦、水青萍与刘元合、冯紫芸道别，冯紫芸说："状元郎君，我师妹的事你还没说呢！"刘元合一拍脑袋："见到师兄一高兴，我什么都忘了。麦姑娘已有几个月身孕，袁师兄是不是要准备一下，给未来的侄儿一份礼物！"袁世坦高兴地说："那是当然的！这么重要而又让我高兴的事情，师弟应该早说！"冯紫芸说："现在说也不迟啊！"四个人说笑着道了别。

沿着五里沟不太宽的河埂，袁世坦、水青萍急匆匆地向运漕镇走去。几年来，虽然他们几乎每天都是朝夕相处，但范瑾瑜的眼睛始终把他们盯得紧紧的，所以，除了公事外，几乎没有别的话能说。今天，一路上两人说了许多体己话，不过，话越说，两人感觉越有点疏远。刚才水青萍听说麦靖芰都有几个月的身孕了，心里确实有点触动，想想自己二十一岁了，这要在水上，恐怕早就是两个孩子的母亲了，可是自己到现在连婆家都没有着落。她觉得今天必须向袁世坦问个明白，于是，她说道："世坦哥哥，你的弟媳麦姑娘都有几个月的身孕了，你的师弟石浩然很快就要做父亲了，难道你不着急？"袁世坦也听出了水青萍的弦外之音，但他无法给水青萍一个承诺，只好说："我师弟刘元合不也是没结婚吗？论年龄，他比我还大一岁呢！他都不着急，我着什么急？"水青萍一听此话，拉长了脸，不高兴地说："刘元合倒是没有结婚，可他和冯姑娘的关系早已挑明，而且尽人皆知。你呢？”袁世坦被水青萍问得张口结舌，水青萍想了一想，说：“世坦哥哥，我给你一个办法，你干脆跟范姑娘把婚礼办了吧，人家也不小了，不要让人家再等了。你俩办了婚礼，我也就能死了心！”袁世坦没有想到水青萍会说出这样的话，连忙说：“我思想上还没有准备好！”水青萍没好气地说：“要不，你把与范姑娘的亲事退了？”袁世坦慌忙说：“这门亲事是父母替我定下的，要退，也要禀告父母。”水青萍生气地说：“我就知道你舍不得范姑娘，是啊，那么一个大家闺秀，换了我，我也舍不得！可是，你这样下去，会把我和范姑娘都拖成老姑娘了，到时候，两个人都没人要了！”袁世坦一听，不自觉地笑了出来：“放心，我的青萍妹妹会没人要吗？”水青萍抢了一句：“你要我啊？”袁世坦又不敢说话了。水青萍恨恨地说：“我就恨你这种态度。你就不能直接拒绝我吗？”袁世坦随口说了一句：“不忍心！”水青萍追问一句：“那你在心里早就拒绝我了？只是不忍心说出口，怕伤害我这个孤苦伶仃疍家女子？是不是？”袁世坦真的不知道说什么好，因为他说什么都没有用，他的爱情、婚姻本身就是一锅夹生饭，怎么煮都会糊的！他干脆不说话了，不过，好在已经到了小北门，两个人也不好再说私事了。水青萍加快了步伐，袁世坦紧紧跟在身后，到了老人港，水青萍向南穿过小巷就能到洪仪泰；袁世坦折向西，不到半条街，就能到袁府，两人在巷口分手，水青萍向南，袁世坦向西。

袁世坦到家，袁府的午饭已摆上桌。袁百顺一见侄儿回来了，又惊又喜，忙问：“世坦，快坐下，准备吃饭！”袁世坦说：“叔叔，我只是回家看看，中午在洪仪泰吃饭。”袁百顺不解地问道：“我不明白你在说什么！”袁世坦便将事情原委说了一遍，袁百顺方才明白原来今天有重要的事情。范金莼端着一大碗汤出来了，袁世坦接过汤碗，放在桌上，说道：“你稍微准备一下，等一会儿去洪仪泰吃饭！”范金莼问：“怎么要去洪仪泰？我也去？”袁世坦显得有点不耐烦：“不是我要你去，是我师父一定要看看你！是要喝点酒的。唉，我不知道要喝多少酒呢！”袁府的其他人都开始吃饭了，范金莼转身去了厨房，袁世坦不知道她去干什么，也没有问，便坐在桌旁，看着大家吃饭。

也许就是一盏茶的工夫，范金莼端来了两碗什么，她先把左手那碗放在桌上，然后将右手那碗端给袁世坦，说：“世坦哥哥，先吃一点吧。这是猪油糖心蛋，吃一点，护护胃，等一会儿喝酒会好受一点。”袁世坦心头一热，端过碗略一迟疑，袁百顺说：“世坦，金莼说得对，你趁热吃吧。猪油糖心蛋放冷了，就不好吃了。金莼，你也吃吧。”袁世坦先喝了一口汤，又甜又香，直入肺腑，他不记得自己有多长时间没吃过这么可口的东西了，便狼吞虎咽地吃了起来，很快碗底朝天，袁世坦吮尽碗中残留的每一滴汤汁！范金莼一直没有动筷子，她无比怜惜地看着袁世坦，见袁世坦吃完了，便将另一碗也端给他，袁世坦被水青萍搅得烦乱的心安定了下来，他深深感到范金莼的好，他真的不忍心伤害范金莼，也许，连他自己可能都不清楚，其实他心里已经容纳了范金莼。下意识促使他说了一句：“金莼妹妹，你也吃一点吧，中午是要喝酒的！”范金莼听了袁世坦的话，心里十分舒坦，袁世坦还是怜惜自己的，自己有什么理由不舒坦呢！于是，很快将手中的那碗猪油糖心蛋吃完了。

范金莼打来了洗脸水，袁世坦洗了一把脸，顿觉倦意全消。范金莼给袁百顺茶杯续上水，又泡了一杯茶给袁世坦，说：“这是雨前昭关翠须，叔叔托人在苍山茶场采的头遍茶。”袁世坦轻轻揭开杯盖，一阵细细的清香直飘入鼻孔，又钻进了心肺，袁世坦一下子感到心旷神怡。细品两口，清香中夹杂着一股细细的甜味。袁世坦品着茶，范金莼又拿来一套衣服，让袁世坦换上。袁世坦换上新衣服，又穿上范金莼递过来的新布鞋，立刻就像换了个人似的。袁百顺笑着说：“金莼真的会打扮世坦！世坦啊，你这是几世修来的福分！”袁世坦看着范金莼，范金莼正端详着袁世坦的衣着，随后帮助袁世坦整了整衣服，袁世坦又嗅到了那钻入全身每一根血管的醉人的幽香！

袁世坦、范金莼在洪仪泰出现的一刹那，刚才还人声鼎沸的厅堂一下子安静了下来！众人都向他俩投来惊羡的目光！良久，袁世坦听到师父说：“果然是一品夫人相！众位看看，这就是我的徒儿媳妇！”大家发出一片“啧啧”的赞叹声！刘元合赶忙站起来，将袁世坦、范金莼二人引入。刘元合先来到男宾一席，袁世坦倒头便拜：“弟子袁世坦拜见师父！拜见二师叔、三师叔！参见李大人！”惠民长老特别兴奋，他站起来说：“世坦，起来吧！别弄脏了衣服，我徒儿媳妇看着心疼！”一句话说得众人哈哈大笑。袁世坦站起身，又向钱江、范瑾瑜、石浩然打了招呼。范金莼深深地道了一个万福：“拜见师父、二师叔、三师叔！拜见李大人！”又向钱江行了礼，和刘元合、石浩然说了两句话，最后喊了自己哥哥范瑾瑜。和颜悦色，词气温婉，又引得众人一片赞叹！

袁世坦看了一眼，座席上首石达开居右、李鸿章居左；右首上为师父，下为钱江，左首依次是二师叔、范瑾瑜，自己的位置与刘元合紧挨在一起，他们小辈三兄弟都在下首作陪。袁世坦、范金莼来到女宾席，也是九个位，冯紫芸的上位空着，想必是留给范金莼的。上首三个人，只有张自芳见过面，左边三十出头、身形丰满的女子不认识，刘元合介绍说是“二姨”，袁世坦、范金莼忙喊“二姨”。张自芳右边的女孩不超过二十岁，长得白白净净，原来是刘元合“表妹”赖慈萱，袁世坦觉得这个名字挺新奇的，但因为不熟悉，也就没有问；范金莼一看赖慈萱，有点大户人家女孩的气质，也不由得表示出尊重。水青萍与麦靖芠坐在左首，下首相陪的是洪启元和水红菱，不过，水红菱差不多也是紧挨着麦靖芠了，而洪启元的位子是空着的。“世坦，还不过来？”师父发话了，袁世坦答应着，赶紧过去。范金莼落座后，正好与水青萍面对面。

这时，与范金莼挨在一起的“二姨”站起来，拉起了范金莼，左看看，右瞅瞅，发出“啧啧”的赞叹声：“我罗三娘活了三十一年，见过的人多着了，哪里见过这么大气的女孩子！真有一品夫人相！以前，我觉得我们家紫芸是只金凤凰，那是我孤陋寡闻，范姑娘才是真正的金凤凰，跟范姑娘一比，我们家紫芸也就是一只山鸡！”冯紫芸本来就敬佩范金莼，因此，罗三娘夸范金莼时，她一点都不觉得意外，她说：“师叔说得真对，弟子早就认为范姑娘是金凤凰！”当然，她没有说自己是“山鸡”，因为她觉得自己也能算得上“孔雀”了！麦靖芠嘟囔着：“师叔不要这么打击人！弟子的师姐是一只山鸡，那弟子只能是一只小麻雀了！”众人顿时哄笑起来，水青萍也笑了，心想：幸好有人自认“小麻雀”，否则，“小麻雀”可能就是我水青萍了！

洪启元带着两个帮手，搬了几坛酒。帮手揭去酒坛封盖，顿时满堂酒香，惹得众人一阵惊呼！袁世坦看到二师叔两只眼睛放出了绿光，“咕嘟”“咕嘟”连咽了几次口水。大家又听到李鸿章咂嘴声，听到惠民长老摩挲酒杯的声音。洪启元迅速为诸位斟上酒，惠民长老端起酒杯，说：“各位，喝酒，不多说了，我先干！”说着话，一杯酒就已经下肚，李鸿章、惠生长老也亮了杯底，几个人一同赞叹：“好酒！好酒！”桌上的人陆续喝完了第一杯，洪启元又斟满了第二杯。

惠民长老有点不好意思，说：“洪掌柜，斟酒的事交给他们三兄弟，你去那边席上把她们照顾好！”洪启元便来到水红菱身边坐下，邀大家举杯。这边，惠民长老站了起来，众人也跟着站起来。惠民长老说：“我越老越馋！刚才酒太香了，来不及说几句话，就先喝酒了，好在大家都不是外人，想必不会见怪的！”李鸿章说：“惠民长老刚才‘喝酒’两个字说得太及时了，您老人家再不说，晚辈都要偷着喝了！”众人大笑起来，惠民长老说：“各位，喝完这顿酒，就要各奔东西了，将来也许还会在战场上刀兵相见。老朽有一个请求，各位将来无论身在何处，无论浮沉起落，都要心系百姓，关心民间疾苦！干！”众人共同举杯，一饮而尽。

互相敬了一番酒，惠民长老与石达开单独饮了一杯，惠民长老说：“师弟，你虽然没有投效朝廷，但也没有伤害过百姓，能对得起我们的师父。师兄希望你今后还要继续遵照师父嘱咐，多为百姓谋福祉！”石达开说：“谨遵师父嘱咐！谨记师兄教诲！”惠民长老对惠生长老说：“来，我们三兄弟同饮一杯！”惠生长老说：“师弟，我要对你说的话，师兄已经说了，喝！”兄弟三人同时举杯，喝完了一杯誓言酒！

“一万年来谁著史，八千里外觅封侯！”惠民长老吟诵着李鸿章的诗句，李鸿章惶恐不安，立即站了起来，谦逊地说：“惠民长老笑话晚辈了，那不过是晚辈不成熟的狂妄之语！”惠民长老说：“我也不称‘李大人’了，就叫你‘少荃老弟’吧！老弟志向远大，德才兼备，将来国家中兴的希望就在老弟身上了！老弟要切记那年你在含山县衙说的话！来，我敬老弟一杯！”李鸿章越发谦恭有礼，与惠民长老饮满一杯。

李鸿章放下酒杯，并没有坐下，他看了看桌子上的每一个人，然后心情沉重地说：“两位长老，列位，今日国家形势已非昔日可比。寰宇之内，烽烟四起，民不聊生，百业凋敝；边境之上，英法犯我东南海疆，沙俄觊觎我东北、西北国土，其他列强无不想趁火打劫；国门被迫打开，西学东渐，各种思潮如暗流涌动。凡此种种，错综复杂，我李鸿章纵有伊吕之才，也难驾驭局面啦！各位都是济世大才，如能同心协力，定可外御强敌，内安国民！”说完，默默地坐下。石达开、钱江、范瑾瑜等人说道：“我们现在虽然彼此各为其主，但都要谨遵惠民长老嘱咐，心系百姓，救民于水火！”惠民长老、惠生长老颔首称许。

李鸿章一番话，扫了众人酒兴，但没有一个人在心里责怪他，因为他的话道出了众人的心思，大家其实都想为老百姓做点什么，只是方式不同而已。这一点，惠民长老心里很清楚，大家沉默了一会，惠民长老说：“各位都是当今世上最有良心的英雄！”众人一听惠民长老这样评价，心里踏实多了。惠民长老端起酒杯，走到两桌之间，大声说：“各位，今天，我们为当今世上最有良心的英雄聚会干杯！”众人也都站起来，连洪启元、水红菱都站了起来，共同举杯，说：“为最有良心的英雄聚会干杯！”

酒阑肴尽，洪启元命人撤去杯盘碗盏。须臾，香茶奉上，正待献上糕点小吃，不想，赖慈萱说：“洪老板，这糕点也该让一让我们同泰祥了！”说完，快步走向门外，喊道：“经中哥哥，快摆上糕点！”一位二十出头的年轻人带着两个佣工，捧着几只漆盒，急急走向饭桌。刘元合认得，那为首的年轻人正是同泰祥杂货店少东家许经中，这一段时间，赖慈萱一直跟着他学习制作糕点。刘元合忙上前打招呼：“许老板，麻烦你了，还让你亲自制作糕点送到这里来！”

许经中笑笑说：“刘指挥，哪里是小弟制作的呢？是慈萱亲手做的！今天，就请尝尝慈萱的手艺！”一边说话，一边与赖慈萱将六样糕点摆好，众人发现他俩配合得十分默契，即使是两口子也未必有他俩这般默契！漆盒一揭，满堂飘香。

惠生长老不管三七二十一，先夹起一片玉带糕就往嘴里送，刘元合分明看见师父嘴唇边的涎水早已浸润了玉带糕，憋不住想笑。惠生长老瞅见刘元合，一口吞下一片玉带糕，然后嗔怪刘元合，说：“元合，就怪你想笑，为师还没品出玉带糕味道呢！”大家都笑起来了，纷纷夹起糕点，尽情享受这难得的人间美味！

许经中说：“慈萱，你也尝尝！”赖慈萱先帮许经中夹起一片玉带糕，然后又夹了一片玉带糕放入口中，慢慢品味，真正达到了同泰祥玉带糕绵软爽滑的要求，心里不禁得意起来。许经中也夸奖说：“慈萱已经尽得同泰祥真谛！”赖慈萱说：“还是经中哥哥教得好！”两人一唱一和，引起了惠民长老的注意，他早就看出赖慈萱不是普通人家的孩子，他隐约感到赖慈萱可能来头不小，也许是太平天国高级领导人的女儿，可是，现在，赖慈萱已经完全融入同泰祥了！想到这里，他不禁吟了两句诗：

旧时王谢堂前燕，飞入寻常百姓家。

赖慈萱一听这两句诗，心里“咯噔”一下，脸色微微有点变，正想别过脸去，不经意间发现坐在军师对面的那个年轻人正盯着自己！她有点紧张，正不知如何应对，忽然翼王身边、别人称作李大人的说话了：“许老板，刚才我听你说你叫……”许经中说：“回大人的话，小的名叫许经中。”李鸿章又问：“你父亲是什么辈分？”许经中答道：“‘章’字辈。”李鸿章接着还问：“许老板是运漕本地人吗？我看不像。迁来运漕多长时间了？”许经中觉得眼前的这个人好像对自己家里情况很了解，便反问道："大人怎知小的不是运漕本地人呢？"李鸿章徐徐说起许、李两家的渊源，许经中简直不敢相信，眼前的这位大人竟然是自己的族叔，在座诸人也都倍感惊讶，大家根本没有想到李鸿章其实应该姓"许"！

许经中连忙叩头在地，说道："叔叔在上，请受小侄一拜！"李鸿章拉起许经中，仔细端详了一会，说："像我们许家人！"说着，从怀里摸出一块小玉佩，交给许经中："初次见面，叔叔没有准备礼物，这块小玉佩你留着做个纪念，以后再补给你象样的礼物！"许经中推辞不要，惠民长老说："这是应该的！"许经中这才收下了小玉佩。

袁世坦一看，终于想起了自己为石浩然尚未出生的孩子准备的礼物，于是，也拿出一块玉佩，交给石浩然，说道："师弟，我们师兄弟这一别，也不知何时才能再见面。师兄先向未来的侄儿表一点心意！"石浩然接过玉佩，说道："师弟就代儿子谢过他的大师伯！"这一番举动，早已惊动了女宾席，大家纷纷问麦靖芰几个月了，麦靖芰害羞地一一给予回答。水青萍说："真快，你们结婚才多长时间，就有四个月的身孕了！"那边水红菱红着脸，自卑地低下了头。水青萍并没有注意到妹妹情绪的变化，仍然说道："不像我妹妹，结婚都快四年了，到现在什么动静都没有，真急死人！"洪启元赶忙打圆场："孩子出世有早有迟，兴许……"水红菱说："不要说了！结婚几年，看了多少名医，吃了多少好药，就是没有效果！"说完，滴下了几点泪水。

听着几个人的评说，看着水红菱的表情，赖慈萱几次欲言又止，她的这一切都被范金莼看在眼里。范金莼小声说："慈萱妹妹是不是有话要说？"赖慈萱似乎下定了决心，清了清喉咙，说道："金莼姐姐不说，我倒忘了。我叔叔曾经跟着一个高人学过医，得过一个偏方，还挺灵验的。我姑妈结婚五年都没有孩子，后来照着方子抓药泡酒喝，不到半年就怀上了！"水青萍后悔自己刚才一时嘴快伤了妹妹，此时听赖慈萱说偏方很灵验，就迫不及待地说："那就请赖姑娘把偏方拿出来，交给洪启元抓药去！"赖慈萱耐心地说："偏方在南京我父亲那里。不过，下次元合哥哥回南京时可以抄一份过来。"接着，又将目光转向洪启元："洪老板，元合哥哥几天后就去南京，到时候抄一份来，你照着方子抓药吧。药好像都很普通，药店都有。药用上等好酒浸泡半年，然后连喝半年，应该有效！"洪启元连忙向赖慈萱道谢，赖慈萱说："不客气，大家都是街坊！以后求你们的事多着呢！"范金莼向赖慈萱笑了笑，那笑容里充满了感激之情，赖慈萱仿佛也感受到了范金莼的诚挚，笑着说道：“金莼姐姐最懂人家的心思，我真佩服你！”水红菱从心底里感激范金莼，感激赖慈萱！洪启元心里也轻松了不少，虽说尚未见到药方，但总算有个盼头了，他轻快地给两张桌的人又续了一遍水。惠民长老说：“天下无不散的筵席，是分别的时候了，也许这辈子再也没有机会聚齐当今世上最有良心的英雄了，但我们毕竟相聚过一次，没有遗憾了！”一席话说得众人略生伤感。

李鸿章在袁世坦陪同下，拜访了袁百顺，然后与范瑾瑜、水青萍还有惠民长老、惠生长老先行离开了运漕镇，袁世坦暂留袁府，陪伴叔叔一晚。钱江、石达开、罗三娘、张自芳带着石浩然、麦靖芝先到巡检司衙署，稍事休息后，拟在晚上召开重要会议。刘元合、冯紫芸陪着赖慈萱在洪仪泰，与洪启元、水红菱继续商讨从南京抄回偏方一事，直到天擦黑才结束。赖慈萱不愿回巡检司衙署，便随许经中到同泰祥歇宿，刘元合只好和冯紫芸两人回到巡检司衙署。

晚饭后，巡检司衙署内，钱江、石达开等八人围坐在桌旁，钱江与罗三娘坐一条长凳，石达开与张自芳坐在一起，冯紫芸挨着刘元合，麦靖芝傍着石浩然。钱江看看这阵势，心里觉得有些好笑。钱江说：“翼王这次远征，浩然、靖芝就不要跟着去了！”罗三娘没等钱江把话说完，就抢着说道：“靖芝已有四个月身孕了，行军打仗多有不便，就留在运漕吧！”麦靖芝说：“谢谢军师、师叔好意，但靖芝要跟着师父和浩哥！”石浩然说：“军师，三娘阿姨，浩然不能离开义父，浩然还要帮义父打江山呢。实在不行，请芝妹暂留运漕，待义父在外面打出一片天下后，我再回来接你！”刘元合接口道：“师弟这个办法很好！”冯紫芸望着麦靖芝，说：“师妹，既然大家都让你留下来，你就留下来吧！”麦靖芝急了，她语气坚定地说：“你们不要劝了，师父和浩哥到哪里，我肯定就会到哪里，我不想同他们分开！师父，您说说吧！”张自芳看看麦靖芝，说：“军师、师妹，元合、紫芸，你们放心，靖芝这丫头没那么娇气，还是随军远征吧！紫芸，为师也不想身边一个徒弟都没有啊！你在运漕跟元合辅助军师，靖芝就随为师吧！”麦靖芝笑了，她说：“谢谢师父！”罗三娘只能摇摇头，说：“师姐，那真苦了靖芝师侄了！”

夜已经很深了，该商议的事情也都商议得差不多了。就在众人准备休息之时，突然传来了一阵奇怪的声音。

第二十五回

迫情势终缔结良缘
无奈何竟梅开二度

那声音响了一下，就停止了。众人正待回房时，突然，石浩然说："听，好像是谁拔出了宝剑！"石达开仔细听了听，说："是的！"钱江说："这声音听起来不像是从外面传进来的。"就在此时，声音嘈杂、铿锵，似有千军万马在冲锋，又似刀枪剑戟在碰撞。张自芳说："怎么是靖芰房间里的呢？"罗三娘说："师姐说得对，声音就是从靖芰房间传出来的！"麦靖芰说："弟子去看看！"石浩然怕麦靖芰出事，便说："芰妹你不要去，我去！"说完，即向房间走去。刚迈开脚步，忽然房间传来呜呜咽咽的哭泣声，大家正在疑惑，又是两声清脆的音响，那分明是宝剑入水的声音！

石达开说："我们都去看看！"八个人来到石浩然和麦靖芰的房间，却见房间没有任何动静。张自芳说："靖芰，你看看房间有没有少了什么。"麦靖芰环视室内，没见少了什么。石浩然惊讶地说了一句："剑！"石达开问："剑怎么啦？"石浩然说："孩儿明明记得两把剑是在剑鞘里的，怎么现在都跑到剑鞘外面来了？"刘元合向梳妆台上看了一眼，但见两把宝剑并排放在梳妆台面上，还闪着寒光，剑的旁边，剑鞘静静地躺在那里。刘元合问："师弟，你是不是记错了？哪有剑自己跑出剑鞘的道理呢？"麦靖芰回答说："没有记错，我还特意问了一句'剑有没有入鞘'，浩哥还指给我看了一下。"冯紫芸说："这就奇了！"心里隐然有种不祥之感。钱江、石达开、张自芳都觉得这些是不祥之兆，石达开说：“浩然，靖芠，这两把剑你们不要再用了！”张自芳说：“靖芠，把剑还给师父吧！”石达开取过“忠靖”宝剑，将剑插入鞘内，说：“浩然，义父收起这把剑，不给你用了！”石浩然急了：“义父，孩儿做错了什么，还望义父明说。”张自芳取来“贞靖”宝剑，装入剑鞘，直接佩在自己身上。麦靖芠说：“师父，弟子做错了什么，您就直接惩罚吧！”石达开、张自芳同时叹了一口气，钱江说：“翼王，张女侠，我看你们还是把剑还给浩然、靖芠吧，以后打仗时尽量少用，或许可以……”

石达开、张自芳将剑还给石浩然、麦靖芠，说：“还给你们可以，但今后不许带在身边！”石浩然问：“为什么？义父，姨，你们说清楚！”石达开、张自芳便将双剑合璧妨主的诅咒说了一遍：“这两把剑真有灵性，你们还是小心为妙！”石浩然、麦靖芠说：“孩儿明白，弟子明白！”众人散去后，钱江、石达开仍然怏怏不乐，钱江说：“翼王，我们出去走走！”

两人来到河堤上，钱江说：“翼王，我已让元合准备了三百万两银子，你带上充作军费吧！”石达开说：“军师，小弟出去还缺少军费吗？一两也不带！”钱江说：“翼王，此番远征与以前不一样。你从天京逃出来时，身上几乎分文没有；你远征后，从天京得不到一分一厘的支持。那么多人要吃要喝，将士们冬装夏装，还有武器弹药，每天没有上万两银子怕支撑不住。区区三百万两，都不足你一年开销的！虽然凭借翼王神勇，很快能够开辟新天地，但推行措施、征收民赋，总还是需要一段时间的！你带上吧，日后有钱再还吧！”石达开紧紧握住钱江的手，说：“军师，请受小弟一拜！”钱江连忙阻止石达开下拜，说：“还有一件事，愚兄不得不推腹相告，还请翼王能听愚兄劝谏！”石达开说：“军师，有话你就说，小弟听着！”钱江小声地说：“翼王，将来如有部属劝你自建尊号，你就接受部属的建议！”石达开大吃一惊：“军师怀疑小弟有二心！”钱江说：“愚兄何时怀疑过翼王的！愚兄在想，翼王当初逃出天京城，就意味着今生今世再也回不去了，只要天王在，你与天王之间就没有调和的余地！依愚兄看，翼王只有两条路可走，一是退隐江湖，二是自建尊号，否则，将来一事无成！”石达开说：“眼下不是退隐江湖之时，天国大事还要小弟去操劳，待天国局势稳定后，小弟就找一僻静之处，逍遥自在。军师，你自己也明白，小弟决不会与天王分庭抗礼的，不是小弟没这个能耐，而是小弟不忍心啦！”钱江跺着脚说：“翼王，也许就是这个‘不忍心’会将你逼上绝路的！”两人默默地走回巡检司衙署，却见张自芳与罗三娘坐在厅堂说话，钱江问：“元合他们休息了吧？”罗三娘说：“今夜，他们哪里睡得着？元合和浩然正在聊天，紫芸也正陪着靖芰说话呢！”让他们师兄弟、师姐妹多聊一会吧，以后也许机会不多了！”四人一时感慨万千。

不一会儿，刘元合、石浩然从房间里出来了，一看钱江、石达开、罗三娘、张自芳都坐在桌边，刘元合说：“军师、翼王，早点休息吧！明天就要整顿兵马，远征江西了！”石达开问：“元合、浩然，你们怎么也没有睡？在聊什么呢？”石浩然回答说：“义父，孩儿刚才和刘师兄聊起上次与袁师兄三人联手打败‘狼心’‘狗肺’的事，只是以后不知还有没有机会再次联手了。”钱江说：“袁世坦还没有走，要不，晚上去把他叫来，你们再联手一次！”刘元合说：“军师，这么晚了，袁师兄怕早就睡了！”钱江说：“我们没睡，你们的袁师兄也许正在与家人话别呢！”

钱江说得没有错，袁世坦自从下午回到袁府后，就一直没有休息。下午，袁世坦伺候叔叔与李鸿章喝茶，半个时辰后，李鸿章准备告辞，袁百顺拿出六包东西交给李鸿章，说：“大人，这是愚兄托人从苍山茶场采摘来的雨前昭关翠须，请带上品尝！”李鸿章当即给了范瑾瑜、水青萍各两包，说：“我一个人也喝不了这么多，你们也尝一尝袁老掌柜的好茶！”袁百顺笑笑说：“大人，愚兄怎么可能忘记范先生和水姑娘呢！”说着，又各拿六包分别交给范瑾瑜和水青萍，范瑾瑜说：“感谢袁老掌柜，家父、家母、拙荆，就烦请老掌柜多多看顾！舍妹的事您老就多操心了！”袁百顺说：“范先生太客气了，你我二人是什么关系，你的家人就是我的家人，再说，范姑娘已经是我们袁府的人了！还有一点也请诸位放心，钱江、刘元合是常驻运漕的，有他们在，相信没有人敢在运漕镇胡作非为！”水青萍说：“袁叔叔给这么多茶，看来我要养成饮茶的习惯了！”袁百顺说：“时间也不早了，要走就趁着天还没晚，早点走。”李鸿章等人一出门，正好与惠民长老、惠生长老合于一处，袁世坦向师父、师叔道别，自己留在了袁府。

范金莼此时已将袁世坦的衣服洗好了，袁世坦说：“金莼妹妹，我明早就要走，这衣服恐怕不得干。”范金莼指着地上的火盆，说：“世坦哥哥，这一点我早就想到了，这些衣服放在火盆上烘，两个时辰就干了。”说着，拿过来一顶篾罩，罩在火盆上，又将衣服一件一件地铺在篾罩上。做完这一切，范金莼用手拢了拢散在额前的头发，直了直身子，袁世坦一眼瞥见她胸前的衣服被顶得高高的，有点不好意思，范金莼似乎也觉察到了什么，脸一红，说：“世坦哥哥，你休息一下，我去做晚饭！”一甩辫子，辫梢正好扫到袁世坦口鼻之间，顿时，一种醉人的幽香令袁世坦差一点窒息了！

望着转身离去的范金莼，袁世坦甚至有些莫名的冲动。范金莼的身材真好，从头到脚就是那么顺畅！背后两条乌黑的辫子很自然地拖着，辫梢正好搭在臀上腰下，引逗得人不由自主地向她那圆鼓鼓的臀部看去。袁世坦贪婪地看着范金莼的身材，不自觉地咽了咽唾沫。一会儿，范金莼又转回来了，但装束与刚才大不一样，全身似乎又被包裹得严严实实。袁世坦有些失望，恰在此时，叔叔袁百顺回来了，他的身后跟着洪仪泰洪启元、五福和李昌和、同泰祥许老板，另外汪老掌柜等几家老掌柜都来了，袁世坦只得一一打招呼，好在都是关系非常密切的朋友，大家没有那么多的客套。

袁世坦不明白那些人来干什么，不过，凭着直觉，他认为肯定有大事要商量。他想，洪启元一定知道。于是，借口与洪启元有几句话说，把洪启元拉到一处角落，小声对洪启元说：“启元兄弟，一下子来了那么多头面人物，肯定有什么大事！你既然也来了，肯定知道是什么事！”洪启元看看左右，说：“是有大事，但袁叔叔不让说！”袁世坦有点急了，他怀疑事情与自己有关，便问道：“为什么不让说？既然不让说，你们这些人为什么又知道？是不是和我有关？”洪启元没办法，只好说道：“确实与世坦老弟有关！”袁世坦一听，更加着急了，便急切地问：“启元老兄，到底什么事，你快跟我说！”洪启元被袁世坦逼问得没有办法，又想，反正现在他也跑不了啦，索性告诉他吧！于是，洪启元说道：“世坦老弟，你听我说，不管什么事，都不要失惊打怪，你都要镇定自若！”袁世坦点点头。洪启元压低声音，说道：“全都告诉你吧！袁叔叔看你今年已经二十二岁，范姑娘也有二十一岁，都老大不小的了，若在平时，早该成家了，本来打算今年内操办你俩的婚事，但最近得知你要随李大人远走的消息，估计你今年内未必能回来，便与范家父母商量了，先双方家长及地方上有名望的人在一起吃个饭，见证一下，待以后有机会再补办隆重的婚礼！”袁世坦简直不敢相信，这么大的事，叔叔竟然事先都不告知一声，心里确实有些不满，不管怎么说，这也是“我”的婚事，可是，这么多的人都知道了，偏偏“我”不知道！他突然有点恨洪启元，多好的兄弟啊，这么大的事他都瞒着我！袁世坦说：“启元兄，你一定早就知道了，为什么不早点透露一点消息？”洪启元对天发誓：“天地良心啊，我也是下午酒宴散后才知道的，他们几位掌柜也都是刚才得到消息的！”袁世坦没有再责怪洪启元，心里却暗暗责怪起范金莼，这么大的事都不向自己透一点风声，这样的老婆心机太深了！

“世坦哥哥，你陪客人坐一会儿！”范金莼喊袁世坦陪客，袁世坦拉着洪启元一起来到厅堂，却不见了李昌和。袁百顺说：“世坦，陪几位掌柜说说话！”又转向同泰祥许老板等人，说道：“真的不好意思，还劳李掌柜亲自掌厨！”袁世坦才知道李昌和到厨房做菜去了。

“亲家来了！世坦，快接一下你的岳父、岳母！”袁世坦站起来，众人也跟着站起来，袁世坦向范金莼的父母打了招呼，范金莼的母亲拉过袁世坦，上上下下打量了几遍，高兴地说：“比以前长高了，魁梧了！真是一表人才！不过，黑了，瘦了！”说着，无比怜爱地摸了摸袁世坦额头。袁世坦心头一热，他已经记不清有多少年父母没有摸自己的额头了，他实在想不起来父母最近一次摸自己额头是那一年！袁世坦下意识地扶着范母，说：“伯母请坐！”袁百顺说：“世坦，不能再叫‘伯父’‘伯母’了，要改叫‘岳父’‘岳母’！”袁世坦不好意思地叫了两声：“岳父！”“岳母！”

范金莼刚好从厨房出来，听到袁世坦叫了“岳父”“岳母”，心里有说不出的高兴。但转而一想，不对，现在还不能这么叫！难道……？本来这几天袁百顺匆匆忙忙、神神秘秘的行为就引起过范金莼的怀疑，今天一下子来了这么多人，更增加了她的疑心，现在连自己父母都来了，岂不是要商量自己的终身大事！刚才世坦哥哥叫了“岳父”“岳母”，意味着什么？难道自己今晚就要与世坦哥哥成亲！她真的不敢相信这一切都是真的！这是她盼了整整四年半的结果！四年半，一千六百多天，一千六百多个夜晚！她都不知道自己是怎么熬过来的！但是，难道就这样草草地与世坦哥哥成亲吗？连花轿、凤冠霞帔、拜堂都不要吗？这与私奔有什么区别？

“金莼！”范母喊了一声，范金莼跑过去，喊道：“父亲！”“母亲！”范母左手拉着范金莼的手，右手拉着袁世坦的手，然后将两人的手合在一起，说：“从今往后，你俩就是一家人了，以后要好好相处！”两个人顿时羞得无地自容，脸、脖子、耳根全都发红、发烫！

酒菜都已上齐，众人坐下。袁百顺说：“范兄、范嫂，各位掌柜，世坦小侄今年二十二岁，金莼姑娘也已二十一岁了，若不是战乱，他俩早该成亲了。袁某原来也准备今年底为他俩操办婚事，但世坦即将随李大人远行，年内能不能回来还很难说。前几天，与亲家商量了一下，先简单地办一下，以后再举行正规的婚仪，幸得亲家同意。今天，就请各位做个见证，让两个孩子成亲！只是委屈了金莼姑娘！”范父说：“袁老弟，不要客套了，非常时期，情非得已，你我两家就不必讲求那么多虚礼了，孩子婚姻大事全凭老弟做主！”同泰祥许老板说：“此事古已有之，你们两家这样做也并非出格。我等共同见证，他人不会说什么的！”范母问范金莼：“金莼，此事没有声张，事先也没有告诉你，你不会介意吧！”范金莼小声说：“孩儿婚事但凭父母亲、袁叔叔做主！眼下战乱纷纷，婚事本来就不该大操大办，父母亲、袁叔叔一片苦心，孩儿当铭记在心！”一番话说得众人无不心服口服，大家都说范姑娘真是个识大体、顾大局的好孩子！袁世坦至此方知，原来范金莼事先也没有得到消息，刚才又听了范金莼的一番话，入情入理，大度得体，不由得心生几分佩服。袁世坦觉得自己也要表表态，他站起来说：“岳父岳母，叔叔，列位掌柜，感谢对世坦的厚爱！金莼妹妹如此识大体、顾大局，世坦将来定不会辜负她！世坦发誓，待削平长毛逆乱，一定要举行最隆重的婚礼，让金莼妹妹做天下最幸福的新娘！”众人又是一片赞许声！范金莼心里一下子踏实了许多！

宴席很快结束，没有一切礼仪，众人连同范父、范母都要回去了。临走前，范母简单地叮嘱了几句，范金莼一下子两颊绯红！送走众人后，袁百顺说：“世坦、金莼，你俩房间在楼上，已经布置停当了，你们早点休息吧！”袁世坦问：“叔叔，楼上就一间房，怎么睡？”范金莼狠狠地瞅了袁世坦一眼。袁百顺说：“你与金莼睡在一起！”袁世坦眼睛瞪得老大：“什么？”袁百顺哭笑不得：“傻子，今晚你与金莼成亲！成亲，你懂不懂？”袁世坦来劲了：“可是，我们又没有拜堂，怎能……”袁百顺不知道怎样来解释，幸得范金莼聪明，她说道：“世坦哥哥，父母、叔叔的意思是先成亲，以后再补办拜堂等一切仪式！”袁世坦似乎懂了，袁百顺从内心感谢这位侄儿媳妇！

袁世坦、范金莼一夜恩爱自不必说，早餐后，袁世坦辞别叔叔和妻子，叔叔叮嘱了几句，妻子范金莼眼圈红红的，只说了一句：“千万保重！”袁世坦心头一酸，点了点头，离开了袁府。一出袁府，就见外面战旗飘扬，人马杂沓。袁世坦知道，石达开也要走了！

战旗招展，千帆待发。运漕河大码头，石达开举起“流光”宝剑，慷慨激昂：“兄弟姐妹们，我们将要进行的是一次不同寻常的远征，到达哪里不清楚，何时结束也不清楚！各位如果不愿意跟随的，或返天京，或回家乡，本王一律根据路程远近给发盘缠。当然，将来沿途有想加入的，本王也不拒之门外。现在，给大家一刻钟的时间考虑，何去何从，由各位自行决定！”张自芳听了石达开说的话，觉得不够妥当，但也找不出什么理由反对。钱江对石达开说：“翼王，不管你这次远征的路线和结果如何，但既然是远征，那就是军事行动；既然是军事行动，就一定要军令如山。像你这样‘来者不拒，走者不留’，虽说暂时可得死士，但时间一长，恐会导致军纪败坏、军心涣散，到那时再想收拢军心、严肃军纪，付出的代价就更大了！翼王，你还要补充说几句！”石达开刚才也是为自愿跟随的将士们所感动，才说出了那一番话，现在听钱江这么一说，立即清醒了许多。一刻钟很快就到了。石达开挥动宝剑，大声说道：“想离开的举起左手！”没有一个人举左手。石达开又说了一遍，还是没有人举左手。石达开说：“愿跟随本王远征的举起右手！”话音刚落，所有的将士都举起了右手，大将朱衣点带头高呼：“跟随翼王打天下！”“拥戴翼王！”刹那间，群情激奋，声震云霄：“跟随翼王打天下！”“拥戴翼王！”不知谁喊了一句：“翼王万岁！”人群更加兴奋，不少人跳起来高呼：“翼王万岁！万岁！万万岁！”

石达开一见此情此景，心想：麻烦大了！他连忙止住欢呼声：“各位兄弟姐妹，能称‘万岁’的只有天王一人，其他任何人都没有这个资格！”然而，众人并不买账，纷纷质问：“翼王为何不能称‘万岁’？我们拥戴翼王做皇帝！”石达开举起宝剑，砍下几案一角，说：“我石达开忠心为国，若有二心，有如此案！”众人失望地大呼：“翼王，属下跟着您，就是要为您打出属于自己的天下！您可不要冷了兄弟姐妹的心哪！”石达开本想宣布军纪，可眼下这种局面，他真不敢再多说一句，他怕激起兵变。石达开说：“众位兄弟姐妹，既愿跟随本王，就应该听从本王号令！本王命令：出征！其他事情，日后再议！”将士们听到了“其他事情，日后再议”八个字，内心陡然升起一线希望，齐声说：“出征！出征！”渡过运漕河，途经无为州，直趋安庆。一路上，不少人加入远征队伍，到达安庆时，队伍已达五万多人！不过，人数虽多，但各怀异志，加上没有统一的军纪，队伍显得比较散，侵害百姓的事时有发生。在安庆，石达开休整了一段时间，加强军队建设，劝返部分意志不够坚定者，遣散一批屡次违纪害民者，将五万人精简成三万人，看似人数减少近一半，但战斗力却增强数倍之多！石达开随后率部挺进江西，横扫江西各州县，重夺被湘军占领的县城州治，一时江西全省震动，曾国藩陷入极度被动之中。为防湖口之战惨剧重演，曾国藩写信让李鸿章迅速加入湘军！

李鸿章加入湘军，曾国藩如虎添翼，而太平军则在湖北、江西战场上接连失利。咸丰七年（1857）七月，太平军失瑞州；同年十一月，丢临江；咸丰八年（1858）三月，坚守一年半之久的长江重镇九江陷落，安庆上游门户大开。曾国藩谋划调广西清军入湖南，以保湘军大后方；调湖北清军与九江得胜之湘军攻安庆。同时采纳范瑾瑜建议，对赣北、皖南、浙西严防死守，不让石达开一兵一卒回援安徽。石达开连续作战，兵力损耗严重，九江之失，又重创士气，因此很难突破湘军封锁线，只能在赣东一带机动作战。石达开判断出曾国藩战略部署后，即派义子石浩然前往广西浔州，联络大成国平靖王李文茂，让李文茂或于广西拖住清军，或率军出全州、永州，进入湖南，直捣湘军老巢。

石浩然告别石达开、张自芳，告别妻子麦靖芠和仅有八个月大的儿子石正义，带领十来个助手，突破重重阻隔，于咸丰八年八月到达广西。进入广西，他多方打听，方知李文茂数月前攻打桂林身负重伤，现已转移在怀远县大苗山中。

石浩然沿着融江一路向北找去，出怀远城不到二十里，看见融江两岸旗帜飘扬，临近一看，“大成国”“平靖王”几个字清晰地映入眼帘，石浩然知道李文茂找到了。石浩然通报了姓名，哨兵立即将他引至镇上一所大民宅前，说：“请等一等，容我进去通报。”石浩然站在门口，看着插在地上的大纛，虽然有点旧，但“嗣统”二字仍显厚实有力。这时，门口几个军校看见了石浩然，一齐围上来，亲热地叫着“浩哥”！其中一个说：“浩哥，你可回来了，平靖王想你想得头发都白了！”石浩然唏嘘不已。

“是浩然来了吗？浩然，大师伯想死你了！”李文茂在小师姐的搀扶下，走了出来。李文茂一见石浩然，便挣脱小师姐的手，一把抓住石浩然，老泪纵横：“浩然，大师伯以为这辈子再也见不到你了！”石浩然也流下了眼泪，小师姐眼睛早就哭肿了，在场的兵士无不潸然泪下。

石浩然紧紧扶住李文茂，说：“浩然有罪，劳大师伯迎到门口。”说完，与小师姐搀扶着李文茂向厅堂走去。到了厅堂，二人扶着李文茂坐下，然后分别站在李文茂的两边。李文茂让二人坐下，二人方才坐下。此时，李文茂之妻易三姑出来斟茶，石浩然起身向易三姑请安。

李文茂问：“浩然，你来了，你义父翼王呢？”石浩然即把石达开远征之事说了一遍，然后说道：“义父要侄儿来，请大师伯在广西或湖南牵制敌军。”李文茂说：“翼王远征的事大师伯也略知一二，原打算攻下桂林，出兵湖南，直捣湘军老巢，进而与翼王会合，接应翼王来广西打天下。”石浩然说：“大师伯，义父要侄儿转交他的亲笔信。”说着，便将石达开亲笔信双手奉上。李文茂阅信毕，连呼“妙策”，随后长叹数声：“可惜，天不助我李文茂啊！桂林失利，自己受伤，部下战死、散亡过半，现只剩一万多人在这大苗山中东躲西藏。”石浩然说：“不知大师伯伤在何处？很难想象大师伯武功盖世，还会受伤！”易三姑说：“若论打打杀杀的刀枪剑戟，恐怕很难伤到你大师伯。武功再强，也抵不过子弹啦！”“子弹？”石浩然有点惊讶！小师姐伤心地说：“伯父身中两颗子弹，两颗子弹都打在要害之处。”说完，又哭了起来。李文茂敞开上衣，石浩然看见他的胸前有两处敷着膏药，一处位于左肺，一处在心窝偏下一点点！石浩然震惊了，心窝那一枪差一点点就要了李文茂的命！石浩然说：“幸而大师伯命大，否则，不堪设想！”易三姑说：“本来苗家特效金创药已经治好了你大师伯，不料，两个月前，官府焚烧了琼花会馆，戏台、道具、服装一件都没有留下，粤班艺人死的死、散的散，广东省内禁演粤班戏剧。大师伯听到这个消息后，气愤至极，连吐几口鲜血，导致创口破裂，旧病复发，几个老苗医都束手无策。”言罢，小声哭泣。

李文茂大手一挥，说：“浩然不远千里来到这里，你们就不要再说这些丧气的话了！难得我们相聚，晚上喝几杯！”易三姑说：“文茂，苗医一再叮嘱不能喝酒，你就不要逞能了！”李文茂说：“放心，两杯酒喝不死我李文茂！”晚饭摆上来了，菜是几样山野小菜，外加几盘熟肉；酒，石浩然不认得是什么酒。李文茂指着酒坛子说：“在这山野之地，只有这苗家米酒了！”酒过三巡，李文茂停下杯，说：“浩然，大师伯伤情自己最清楚，估计过不了下个月。”石浩然忙说：“大师伯底气足着呢！养好伤，还要带着‘洪兵’杀出广西，与我义父会合呢！”易三姑擦了擦眼泪，说：“孩子，几个月来，你大师伯基本上是卧床不起，今天是你来了，才强撑到现在。你大师伯伤口已经腐烂到内脏了，无药可救！”说完，又哭了起来。李文茂生气了，说道：“我还没死呢！留着这些眼泪，等我死了再流不迟！”易三姑便吞声饮泣。

李文茂凑近石浩然，说：“孩子，大师伯不久于人世了，但心里一直有一件事放不下，就是我侄女小师姐的婚事！”李文茂停了停，看了看小师姐，小师姐也放下了筷子，低着头，红着脸，一言不发。李文茂接着说：“大师伯受伤后，早也盼，晚也盼，盼着浩然能来一趟，终于把你盼来了！浩然，小师姐只有交给你，大师伯才能安心地去啊！”说完，长叹一声！石浩然原来估计这趟来会受到小师姐的纠缠，没想到，小师姐倒是没有纠缠，大师伯亲自出面了。面对着大师伯李文茂，石浩然显得局促不安。石浩然说：“大师伯您说吧，侄儿听着呢！”小师姐不耐烦了，她不高兴地说：“浩哥，还要我伯父怎么说？伯父，算了，我们不求人！人家有家有口的，我们跟着掺和什么！”说完，狠狠地瞪了石浩然一眼。石浩然见小师姐生气了，忙安慰道：“小师姐，你别生气，大师伯说什么我都听！”李文茂说：“听不听在于你。大师伯不是要逼你。娶不娶小师姐，你自己拿主意。”石浩然为难了，他吞吞吐吐地说：“蒙大师伯错爱，小师姐也确实是个好姑娘，可是浩然已经与靖芰妹妹结婚了，还生了一个孩子！”易三姑说话了：“浩然，男人有个三妻四妾也很正常，你娶两个妻子有什么不可以！你大师伯就这一个愿望，难道你也不想帮他实现吗？”石浩然看着三个人，三个人一齐望着他，眼里充满了期待。石浩然万般无奈之下，只得点头答应：“大师伯，易阿姨，浩然愿娶小师姐！”李文茂一听，一拍桌子，高兴地说：“好啊！今晚就成亲！”“今晚就成亲？什么都没有准备啊！”石浩然心想，也不用这么快吧！易三姑说：“山野之地，没有那么多穷讲究！今晚你俩就成亲吧！别的东西没有，铺盖还是现成的。你陪大师伯坐一会，小师姐随我来拾掇房间！”

当晚两人成亲，石浩然毕竟是过来人，行事多从小师姐一方着想，因此小师姐被照顾得十分幸福。第二天一大早，小师姐就起床，愉快地做起了早餐，一夜提心吊胆的易三姑看到这一切，悬着的心终于放下了，她连忙把这一切告诉李文茂，李文茂高兴地说：“浩然真是好样的！我心里一块石头落地了！快准备早餐，吃完早饭，我有重要事情宣布！”

早饭后，李文茂通知所有头领前来议事。李文茂站在厅堂上方中央位置，他拉着石浩然，说：“诸位，今天本王向你们隆重介绍一个人，他就是石浩然，你们的‘浩哥’！”十来个头领纷纷说道：“见过浩哥！”石浩然一看，头领中绝大多数是原来“西江飞鱼”尖刀队队员，看到他们成长为头领，石浩然心中自是欣喜。李文茂说：“浩然，他们就不用本王介绍了吧，都是你的老部下！”石浩然跟各位头领一一打过招呼。李文茂说：“各位，本王自从桂林负伤以来，军中事务很少过问，都是小师姐代管，但小师姐毕竟是纤弱女子，与诸位共事也不大方便。幸得老天为我们送来了石浩然！诸位早已知道石浩然了，他武功超群，智勇双全，忠贞义烈，深谋远虑，因此，本王考虑再三后，决定由石浩然来接管‘大成国’军事上一切事务，还请各位支持！”头领们纷纷表示拥护石浩然，不少人还躬身拱手以表谢意。

“石浩然听封！”李文茂说道。石浩然后退几步，跪于李文茂面前。李文茂说：“本王封石浩然为‘大成国’‘忠靖王’！”石浩然叩头谢恩。李文茂接连封了十几位头领侯爵，众人也都谢恩。李文茂最后说：“自此刻起，‘大成国’军队全由‘忠靖王’掌管，本王任命‘忠靖王’为‘大成国’兵马都统。”说完，宣布散会。众头领本来就十分佩服石浩然，哪有不听从之理，更兼李文茂说话时仍然声若洪钟，即便慑于“平靖王”的威严也不敢不听！

众头领走后，易三姑急忙上前扶住李文茂，李文茂只觉得头晕目眩，身体沉重，一下子瘫倒在地。石浩然把李文茂抱上床，要为李文茂换药。李文茂说：“浩然，不用了。换上药也没有什么用处，不换药一时也死不了！这几个月来，我没怎么过问军事上的事务，听说将士们懈怠埋怨的比较多，每天都有七八个士兵离队的，我担心这样下去这支军队会自行解散的。”石浩然说：“叔叔，依小侄看，军队需要整顿，而整顿首先要精简，那些意志薄弱、精神萎靡之人，就让他们走吧，否则，会严重影响士气！留下来的人哪怕只有两三千，其战斗力也比两三万各怀鬼胎的人强得多！”李文茂点点头，吃力地说：“孩子，你去办吧！记住，要善待将士们，不管他们是走还是留！”石浩然说：“叔叔，放心，孩儿记住了！”

石浩然召集众将领，商讨整顿军队之事，将领们都希望精简队伍，留下那些忠贞不二的人。石浩然即与将领们制定整顿细则，经过自愿报名和主将筛选，最后留下了五千人，对自愿离开或被淘汰的人员按级别、年限、路途远近等标准，发放遣散费。几天内，有七八千人先后跪别李文茂，离开了军队。留下来的五千人数月以来第一次领到了足额的饷银，还享受了一次椎牛犒赏，因此，练兵的士气特别高昂。十天之后，石浩然派出三千人，不费吹灰之力就连下周边数座县城，“大成国”军队士气空前高涨。

然而，李文茂的病还是一日重似一日，眼看自己快不行了，李文茂在床边召开了最后一次会议。李文茂说：“本王死后，你们不要在这穷山沟里转悠了，去找翼王，与翼王会合。各位将领，愿意跟着‘忠靖王’去找翼王的，就坐到‘忠靖王’这边来；不愿意走的，本王根据人数多少，发给三个月军费。大家千万不要自相残杀。”很快，原“西江飞鱼”尖刀队的八个将领坐到了石浩然身边，说：“臣等愿随‘忠靖王’！肝脑涂地，死而后已！”石浩然连连称谢。其余五位将领没有动，李文茂说：“浩然，按你现在制定的军饷标准，发给三个月军费。”石浩然即表示服从。散会后，石浩然即命五位将领前来领取三个月的军费，并限两日内带走自己的人马。两天后，最终留下来的有三千一百多人。这三千来人，个个誓天断发，表示誓死追随石浩然！

李文茂这几天一时昏迷，一时清醒。咸丰八年（1858）十月初三早上，李文茂忽然精神振奋，滔滔不绝，众人知道这是回光返照。易三姑、石浩然、小师姐围坐床边，听候遗嘱。李文茂说：“我李文茂这一辈子最高兴的事，就是接过师父的班，让我们粤班声震珠江两岸，远播海外南洋；我李文茂这一辈子最痛心的事，就是粤班因我起事而被官府摧毁！我对不起粤班！”说完，竟然号啕大哭，易三姑劝了好长时间，才劝止了。李文茂说：“我李文茂相信，总有一天，粤班会重振雄风的！小师姐，你陪着你大婶带着粤班服装、道具潜藏在三水琴沙岛，等待时机，重振粤班。浩然，叔叔暂时分开你和小师姐了，你带着剩下的三千多人去投翼王！”石浩然望着小师姐，说：“只要小师姐没有意见，侄儿倒也没有什么话说。”小师姐说：“浩哥，我们暂且分开一段时间，相信会有再见的时候！”李文茂赞叹道：“小师姐比过去懂事多了！”

休息片刻，李文茂问：“你们知道‘大成国财宝’的传说吗？”易三姑说：“听说过。听说当初你与陈头领分家的时候，曾经分得不少财宝，不过，大家都没有看见你的财宝，也许根本就没有，只是别人的猜测。”李文茂小声说：“是真的！”易三姑吃惊了，这么大的事自己竟然一点不知道！李文茂解释说：“三姑，你不要怪我瞒着你，大成国上下只有我和陈头领知道这么回事，之所以不敢告诉你们，是怕你们知道财宝的秘密后反而不安全。自古以来，人为财死，鸟为食亡，为争夺财宝可谓绞尽脑汁，不择手段。今天，我要将这个秘密告诉你们三个人，我李文茂一辈子除师父以外最亲密的人！浩然，听好了！”李文茂说着，从里裤裤兜里取出一块牛皮，牛皮约手帕大小，上面有烙铁烫过的痕迹。李文茂说：“浩然，你们看，龙城南郊有一座山，名叫鱼峰山，山下有溶洞直通柳江。不过，溶洞与柳江的通道有三十六条，柳江一涨水，仅有一条通道可以看见。看，这就是柳江常年水位，找到最高处印迹，平视三十六条通道，就能找到三十六条通道地势最高的那条，‘大成国财宝’就沉在通道水下。把藏宝图带上，想办法取出财宝。”

石浩然问：“叔叔，财宝取出后怎么处置？”李文茂说：“我考虑了很久。这一注财宝约有白银一百三十万两！原来打算作为‘大成国’建国之用，现在看来，‘大成国’也撑不了多长时间了。粤班因我而兴，又因我而毁，我愧对琼花会馆！但我相信，粤曲终有重见天日的时候，到那时，要重建被官府焚毁的琼花会馆，要置办服装道具，要打造新的红船，还要培养艺人，这一切都需要钱。我想，留一部分作为将来粤班重兴的费用。这一部分银子先藏在三水琴沙岛。一部分留给三姑、小师姐，你们就在河口买几个门面做做小生意，看守琴沙岛的财宝。还有一部分浩然带着，充作军饷。小师姐要保管好现有的服装道具，粤班有粤班的特点，这些特点不能丢！”三个人点着头答应了。

李文茂指着立柜旁的一只箱子，说：“打开！”易三姑打开箱子，正是李文茂在黄婆洞举义时穿的蟒袍大甲！易三姑明白，丈夫是要穿着这身蟒袍大甲离世，便拿起来，叫石浩然、小师姐帮忙，让李文茂穿起蟒袍大甲。“扶我起来！”石浩然、易三姑、小师姐三人将李文茂扶起来，搀下床。李文茂微微张开两腿，站定，突然来了一个亮相。三人不知道李文茂要做什么，正呆呆地看着他。李文茂说：“取兵器来！”小师姐忙将李文茂常用的丈八蛇矛拿给他，李文茂手握蛇矛，舞了两下，一个踉跄，几乎跌倒，三人正要扶住他，只见他拄矛伫立，须眉如针，目光似电，威严逼人！

有顷，李文茂连续咳嗽几声，易三姑正要给他拍拍后背，但见他口吐鲜血，喷溅前方。易三姑、石浩然、小师姐忙扶住李文茂，并擦去李文茂嘴角鲜血。李文茂一手拄着蛇矛，一手用力推开三人，大叫一声：“师父，弟子来也！”声若洪钟，抑扬顿挫，宛然粤曲韵白！

一代名伶溘然长逝！

后人有诗赞曰：

天国吊民伐罪日，清廷媚外丧权时。
梨园弟子多豪杰，明代衣冠动慕思。
虎甲登坛都服汝，龙城建纛更闻谁？
至今祖庙香炉上，壮士犹擎李字旗！

石浩然遵照李文茂遗嘱，护着李文茂灵柩，从鱼峰山溶洞通江水道中取出财宝白银一百三十万两，与易三姑、小师姐一起，运抵三水琴沙岛。“大成国”三千勇士在石浩然主持下，安葬了李文茂，并在坟前立一块石碑，碑高八尺，宽三尺，厚八寸，上书一个大字：虎！石浩然将一百万两白银藏于三水琴沙岛，拿出十万两白银买下河口一处码头，置办若干艘“坡山艇”，让原来留在琴沙岛守宝的“西江飞鱼”尖刀队队员扮作船东，又命“大成国”一百多勇士扮作船工，组建“龙城船行”，以水上运输作掩护，守卫琴沙岛财宝。易三姑做起了老板娘，小师姐当起了大小姐，往来于河口与琴沙岛之间，密切注意西江一带动向。安排好这一切，石浩然率领“大成国”三千勇士离开三水琴沙岛，前往石达开大营，襄助石达开。石浩然沿途收纳了广东天地会各路义军三万多人，并得知石达开为曾国藩所逼，无法东归，只能向赣南进发，石浩然便率领三万多人直奔赣南！在江西南安府，石浩然见到了石达开，此时的石达开已经非常憔悴。几个月来，曾国藩用李鸿章计策，堵住石达开东归之路，逼迫石达开不断地向赣南退却。攻下南安府，石达开发现赣南一带以南安为中心，方圆三百里几乎没有受到战争影响，且土地肥沃，物产丰富，民风淳朴，就很想以南安为中心，开辟一方新天地，因此，到了南安后，石达开便命令军队在此休整。

打仗的时候，大家为了保命，只能团结一心；一旦不打仗了，众人就又想着劝石达开自立门户。恰在此时，又传来了更坏的消息：洪秀全取消了曾经给予石达开的一切封号！这更激怒了众人，于是，群情激奋，每天都吵着要石达开自建尊号，石达开一片忠心，始终没有答应众人的请求。一种失败的情绪很快在全军弥散开，不少人都说“做忠臣的忠臣，不如自己直接做忠臣”，更有甚者，生出异心，自行离队，石达开也不加劝阻。将近两个月，三四成将士都走了，留下来的不过八万人马，且已久怨。正在石达开受到围攻、风雨飘摇之际，石浩然带领着三万多人马来到了南安，石达开这才稳住了阵脚。

石达开召集众将领议事，众将领还是吵着要石达开做皇帝，他们甚至连“国号”都商量好了，石达开说：“感谢众位相随和拥戴。本王想再努力一次，最后一次努力，如果不成功，到那时再依众位。请众位忍耐几时！”众将领看到石达开松口了，也就没有再吵闹了。石达开当即派石浩然前往运漕镇，请钱江出面劝洪秀全调李秀成大军攻衢州、抚州，以接应自己东归。

钱江一直都在关注石达开的动向，得知石达开被迫转向赣南的消息，钱江对刘元合说：“元合，看来翼王今后的处境会越来越困难了！”刘元合说：“那怎么办呢？军师去求求天王吧！”钱江说：“是的，这几天我就去天京，求天王派人把翼王大军接回来吧！”也是事有凑巧，正在钱江打算前往天京劝说洪秀全时，石浩然来到了运漕，钱江一听石达开已有东归之意，便即刻起程，石浩然也没敢耽搁，即与钱江一道前去天京。

钱江让石浩然留在大王庙罗三娘处，自己独自前去觐见洪秀全。洪秀全久不见钱江，倒也有些想念他，看到钱江来了，心里也特别高兴，与钱江亲热地拉起了家常。君臣二人聊了足足一个时辰，钱江突然跪在洪秀全面前，洪秀全吃了一惊，不知何事。钱江恳切地说：“天王，臣恳请速派大军接应翼王回安徽吧！”洪秀全说：“原来是这样！军师快起来说话！”钱江流着泪说：“天王如果再不接应翼王回来，臣恐真的会两败俱伤啦！”洪秀全问：“怎么接应？”钱江说：“请天王派忠王李秀成大军进攻衢州、抚州，杨辅清进攻邵武、汀州，从闽赣边界打出一条通道，翼王大军就可以由南安到皖南了！那时，翼王掌握皖南，英王陈玉成守住安庆，忠王李秀成占据苏南，辅王杨辅清在浙江、福建扩大战果，则东南数省半壁江山在我天国掌握之中，可攻可守，面貌将为之一新！”

洪秀全鼻子“哼”了一声，说：“当初朕百般劝说他回来，他为什么不回来？现在走投无路了，就想到了朕！说不定哪一天他恢复了元气，又会离朕而去！”钱江哀求道：“天王，别跟翼王生气了，大家说到底都还是兄弟！”洪秀全恨恨地说：“兄弟？他石达开什么时候当朕是大哥了？朕以为，他石达开至少有三大罪状。军师，你听着，待朕一一列举。”洪秀全继续说：“第一大罪状是纵容部下残害洪仁发、洪仁达，致使二人留下终身残疾！”钱江当场辩说：“天王，安王、福王遭到暗算，绝非翼王所为，翼王什么时候暗中算计过他人？翼王部下谁有那么大的本领一夜之间做了那么多的事情？”洪秀全摆摆手说：“军师，你听朕说。第二大罪状是自京城出逃后，多次擅自行动，不听号令。”钱江正欲说话，洪秀全蛮横地阻止了他：“这第三嘛，更加不可饶恕！他石达开在外擅权不臣，欺君罔上，屡屡更改官制、军制，其僭越之心，路人皆知！军师啊，你叫朕如何接他回来！”钱江说：“天王，翼王在外作战，都是天王同意的。正是翼王牵制了三分之二的湘军，调动了闽浙两省的清军，英王陈玉成、忠王李秀成方能从容成就大功，方有让湘军元气大伤的‘三河大捷’！再说，自古将在外军令有所不受，翼王改变部分官制、军制，其目的为激励将士们奋勇杀敌，并非收买人心；翼王在外一年半了，始终高举天国大旗，尊奉天王！翼王之心，日月可鉴！”洪秀全无话可说，半晌，才说出了几句令钱江感到万分为难的话！

第二十六回 固执褊狭毁弃要津 贪婪凶暴肆虐名城

洪秀全说："看在军师的面子上，朕可以让石达开回来，但不是接他回来，而是要他自缚至京，向朕请罪！军师，朕的圣旨很快会降给石达开，你放心吧！"钱江怎么也想不到洪秀全竟然变得这般冷酷无情，他声嘶力竭地哀求道："天王，万万不可啊，这是要逼翼王造反啦！"洪秀全指着钱江："石达开造反了，又能怎么样？你们全反了，朕还有陈玉成、李秀成！陈玉成、李秀成反了，朕还有上帝！上帝会保佑朕的！"说完，转过身去，背对着钱江："军师，朕念你一片忠心，不降罪于你，不过，以后少在朕面前提起石达开，否则，朕就不会有这个耐心了！"钱江说："天王，臣情愿获罪，也希望能换回翼王常驻皖南！"洪秀全真的发火了，他声色俱厉："军师，朕看你是老糊涂了，竟说出这样的昏话！快给朕回到你运漕去，以后没有宣召不准进京！"

钱江无功而返，石浩然告别钱江，昼夜兼程赶往南安。石达开准备自缚进京，当面领罪，幸得张自芳、石浩然劝住。石浩然说："这几天应该会有天王圣旨。"第三天，天王洪秀全降旨了。圣旨充分肯定了石达开大军牵制三分之二的湘军和三省清军，让陈玉成、李秀成得以放手成就大功。考虑到石达开远离苏皖浙主战场，难以协调各方行动，故设"五军主将"，且以杨辅清为"中军主将"，令其速从浙西向苏南靠拢，以策应李秀成经营苏南战略。至于石达开东归或西进，应与诸将会商；诸将是太平天国的将领，不是石达开私人所养的家丁，有权直接向天王禀报军情。石达开看完圣旨，坐在那里默默地流着眼泪。张自芳问："翼王，圣旨上说了些什么？"石达开把圣旨递给张自芳，张自芳一看，愤愤地说："翼王，我们被天国抛弃了！他洪秀全已经不管我们的生死了！"石浩然也看了圣旨，他说："岂止抛弃我们，他还要挖我们墙脚，巴不得我们死得快一点！义父，洪秀全都这样绝情了，我们干脆扯起自己的大旗吧！"张自芳、麦靖芠也劝石达开干脆脱离太平天国，自己打天下。张自芳说："翼王，有这么多追随你的兄弟姐妹，一定能打出一片属于自己的天地！翼王，动手吧！"石达开看着眼前的三个人，三个人都表现出十分期待的神情。石达开犹豫了，他小声说道："容我考虑两天！"张自芳说："翼王，圣旨暂不传达，待你考虑成熟后，再作商议！"石达开说："圣旨应该及时传达，以免诸将生出疑心！"

石达开传达天王圣旨，诸将沉默不语。石达开说："各位回去都想一想，下一步我们该作何打算。三天后，我们仍在此商讨今后进军的方向。"诸将默默散去。石达开对石浩然说："诸将吵闹并不可怕，吵翻了天也不可怕，可怕的是大家都不说话，那是心里各有打算的前兆。天王要惩罚的只有我石达开一个人，而对诸将回归天京却表示出真诚欢迎，也就是说天王不会因为他们曾经追随我石达开而惩罚他们的，天王给他们留了活路！浩然，你应该清楚，义父一旦称帝，就是拖诸将下水，义父死，还要拉他们来垫背，你说，如此不义之事义父能做得出来吗？别忘了，诸将家属大多在天京，在天王的掌握中！"石浩然明白了，石达开决不会自立门户的！石浩然担心三天后的事情不好收场，弄不好会激起兵变，因为朱衣点、彭顺等一批将领准备仿效"黄袍加身"故例，强行让石达开做皇帝，逼迫石达开就范。石浩然说："义父，孩儿听说朱衣点、彭顺他们欲效'黄袍加身'故例，强逼您登基做皇帝！"石达开一点也不感到惊讶，他淡淡地说："浩然，义父早料到他们会来这一手的！义父真的不想做一个不忠不义之人！"

三天后，石达开刚一升帐，朱衣点、彭顺等数十名将领捧着龙袍、抱着身穿太子服装的石达开儿子拥进军帐。朱衣点说："我主万岁！臣等恭请圣上登基建国！"众人都齐呼："臣等恭请圣上登基建国！"彭顺让石达开年仅四岁的儿子骑在自己肩膀上，高兴地说："陛下，臣已让太子换装了！"众将领欢呼："太子殿下千岁！"石达开知道来者不善，今天也许会是一场兵变，也许会是一次最后的聚会，总之，没有什么好结果。石达开不想内部自相残杀，两害相权取其轻，所以他决定：宁可让这支队伍解散，也不能造成内讧。石达开动情地说："承蒙众位将领厚爱，本王近几天也在考虑自建尊号的事情。本王在想，首义六王中，南王牺牲于蓑衣渡，西王战殁于长沙城，东王死于内乱，北王遭受刑戮，如今只有天王与本王尚存于世！如果本王再自立门户，那将置天王于众叛亲离之中！试问，凭本王的一贯品行，能做出如此不忠之事吗？其次，各位父母妻子还都在天京，本王一日不称帝，则各位一日仍为天国大将；而一旦本王称帝，各位就是天国的乱臣贼子，你们的家人就会受到株连，天王的手段各位不是不知道！试问，凭本王的一贯品行，能做出如此不义之事吗？"

石达开的一席话，不啻当头一棒，重重地敲在众位将领头上，疼在众位将领的心里。朱衣点慢慢地放下龙袍，彭顺将石达开儿子抱在手上，帮他脱掉了太子的服装。石达开知道，自己的话起作用了，于是，他看了看众位将领，说道："各位，天王对你们回归天京表示真诚的欢迎，本王也希望各位有个好的归宿。因此，本王决定：欲回天京，本王按人均十两发给军费。"朱衣点无比伤感地说："翼王，大家跟随您并不是为了发财，而是在您的指挥下博取一个前程！既然翼王把话都说到这个份上了，那就请恕属下中途相弃之罪！属下今日就率领本部人马回归天京！不过，银子，属下一两不要！翼王今后比属下要艰难得多，银子在您这里，发挥的作用会更大一些！翼王保重，属下告辞！"当即有六十六位将领以朱衣点模式告别石达开，使得石达开兵力损失过半！

石达开不得不放弃赣南，为了从后方打疼曾国藩，他亲率大军展开了宝庆会战，经过两个月的作战，宝庆城岌岌可危，全湘震动。就在宝庆旦夕将下之时，大将彭顺等十几位将校率领本部人马撤围而去，宝庆会战功亏一篑！石达开只好带领仅剩的三万多人马南下广西。

咸丰九年（1859）七月，闻说石达开宝庆会战失利，大军星散，仅有三万人马被迫南下广西，曾国藩高兴地对李鸿章说："少荃老弟，石达开从此再无出头之日了！你我可以放开手脚部署安庆战役！安庆一下，金陵必破无疑，长毛灭亡之日不远了！"李鸿章问："不知老师如何攻安庆？"曾国藩兴奋地说："本帅命九弟曾国荃率湘军主力进攻安庆，另派大军插入桐城西南的挂车河、青草塥一带，阻击长毛北面援军。"范瑾瑜说："大帅，安庆是长毛上游最重要的屏障，长毛在此经营了六七年，守城将领深得石达开兵法精髓，急切恐难攻下；再说，安庆对南京的重要性不言而喻，安庆受到威胁，长毛必尽全力以救。因此，属下认为进攻安庆要有一个长远的、各方协同作战的方略！”曾国藩陷入了沉思，良久，他问：“两位必有良策，还请直言。”李鸿章说：“学生愿献一策，四个字：且攻且守！”曾国藩问：“且攻且守？少荃老弟可否说得更详细一点？”

李鸿章指着地图，说：“安庆之战必然是一场消耗战，我们要从物质上、肉体上和精神上消耗长毛安庆守军。九帅率领湘军主力负责进攻安庆，为使九帅能够全力攻下安庆，则必须在安庆外围重要市镇、关隘陈设重兵以阻击长毛援军。学生以为可让多隆阿、李续宜在挂车河至高河埠一带筑垒，以阻敌六安方向援军；调胡林翼守集贤关，着李成谋攻下枞阳后，即在枞阳修筑营垒，阻挡敌人庐州方向的援军。”曾国藩捻须颔首，说：“少荃老弟考虑周到！”范瑾瑜说：“大帅，属下尚有两点建议。”曾国藩高兴地说：“范先生请讲！”范瑾瑜指着地图上的安庆城，说：“九帅可在安庆城外围修筑两道工事，开挖两条战壕，内壕用于攻城，外壕用于防守。另外，湘军水师封锁自彭泽至芜湖的江面，截断长毛军水路接应。属下认为彭泽至芜湖不足千里，设水营十三座足矣！”曾国藩连连叫好！

曾国藩又做了补充安排。曾国藩说：“九弟攻安庆，还需得到坦字营相助，就让袁世坦与曾国荃共同进攻安庆吧！”停了停，又说：“少荃，范先生，湘军中还有一千多安徽人，他们中的大多数是长江沿岸渔民，家里船被长毛抢走了，失去了生计，便投了湘军，这些人水性极好，是湘军水师中的骨干。但是，强兵一直没有发挥很大的作用，主要原因是没有强将来带。本帅考虑，将这一千多人集中起来，组成水师精锐突击队，由水青萍率领，就叫‘萍’字营吧！”李鸿章、范瑾瑜自然同意，曾国藩接着说：“少荃老弟，你手下兵力太少，萍字营组建后，归你直接指挥，将来少荃老弟可以以此两营兵力为基础，建立一支成规模的军队。”李鸿章没有想到曾国藩这么大方，此时只有感激之情了。曾国藩说做就做，不到半个月，萍字营就组建起来了，水青萍任管带。在水青萍的调教下，萍字营仅用三个月时间就成为精锐之师，威名远播。

李鸿章、范瑾瑜关于安庆之战的谋划相当精准，咸丰十年（1860）十月，打败陈玉成、龚德树等数十万大军；十二月，水青萍所率萍字营联合湘军水师围歼太平军万余人。太平军第一次救援安庆大败而归，损失兵力三四万人。此时，曾国藩在祁门大营刚刚逃过一劫，得知太平军援军被击败的消息，又让他兴奋了好一阵子，他与李鸿章、范瑾瑜把盏言欢。李鸿章说：“老师可谓双喜临门！祝贺！祝贺！”曾国藩说：“看来安庆城破之日不远了！”范瑾瑜说：“大帅切莫小觑长毛军战斗力，距安庆咫尺之遥的六安、庐州有长毛兵数十万。此外，捻军随时可从淮河南下，因此，尚需提醒诸将应对长毛的再援、三援的行动！”曾国藩点点头，说：“不是范先生提醒，本帅倒是忘记了长毛尚有百万之众。本帅当饬令各部作长期艰苦的作战准备。”李鸿章说：“老师，学生建议还需给前线各将发布一道命令，攻下安庆城后，不要骚扰百姓。”曾国藩同样点点头，说：“是的，是的！”

三人说了一会闲话，曾国藩又聊到了安庆的重要性，他说：“自本朝立国，安庆即为安徽省府所在地，其繁荣程度虽不及南京，但足以超过湖南任何一座城市。九弟国荃来信说，安庆有两件国宝，且安庆当地百姓流传着两句民谣，叫作‘一棵白菜半个瓜，千万银子难买它’。少荃老弟久在安徽，不知有没有听说过这件事。”李鸿章本不想提及“翠玉白菜”和“翡翠西瓜”这两件国宝，但听曾国藩说得这么真切，只好简单地叙述了这两件宝物的来历，听得曾国藩两眼雪亮，直盯着李鸿章、范瑾瑜，仿佛他俩就是两件国宝！李鸿章说：“咸丰三年（1853），安庆城破，两件国宝被长毛军搜去，带到南京，据说，洪秀全并不喜欢翠玉、翡翠，这两件宝物一直藏在长毛‘圣库’中。后来，杨秀清手下有人识得此两件宝物，杨秀清便将两件宝物据为己有。杨秀清死后，两件宝物下落一直众说纷纭。”曾国藩脸上掠过一丝失望，也掠过一丝怀疑。范瑾瑜接着说：“属下听说韦昌辉内讧时，烧了东王府宝库，估计这两样东西已经落入韦昌辉之手，也许被韦昌辉藏在一个不知名的地方。”曾国藩更加失望了，但他还是不死心，他问：“你们知道那两件宝物什么样子吗？”范瑾瑜说：“《古今金石名录》上有介绍。这本书世间存量极少，估计全国不到十本，不知道安庆是否能见到这本书。”曾国藩记住了《古今金石名录》，回到自己房间，他发布了一条通令，告诫湘军将士攻占安庆后，绝对不得骚扰百姓，否则，军法论处；一面暗地里给曾国荃写了一封信，要他攻下安庆后密切注意《古今金石名录》的下落。

太平军一援安庆失败，钱江很着急。钱江深知，自从石达开避祸出走后，太平军中再也找不到一个真正能统率全军作战的人了，太平军人数虽然仍有百万之众，但分别隶属于“五军主将”，打起仗来互相配合的少，因为都不愿成就别人之功。安庆被围，陈玉成请求天王让李秀成配合作战，李秀成以种种借口相推托。陈玉成能够调动的军队只有区区十万人，而这十万人无论如何也解不了安庆之围！钱江冒着被洪秀全责骂的风险，又一次未经宣召而回到天京。

洪秀全见到钱江，仿佛抓住了一根救命稻草，连问几个“怎么办”。钱江见洪秀全态度恳切，于是，直言劝谏：“天王，让翼王回来吧！安庆之战是天国与湘军战略性的主力决战，这一仗，湘军把所有的力量都押上了。安庆被围，未必是一件坏事，一个安庆城吸引了湘军主力及清廷会打仗的军队共十多万人，如果我们能在安庆解决湘军主力及胡林翼、多隆阿这些人，那么清廷五年内很难组织对我们的有效进攻！主力决战，是关系到两军命运的决战，是关系到生死存亡的决战，成败在此一举！因此，必须不惜一切代价，与敌人战斗到底！”洪秀全一直静静地听着，直到钱江说完了，他才回了一句：“朕不是调集各路大军前去解安庆之围了吗？他们区区十万人算得了什么？朕拥有百万大军！”钱江只能在内心骂洪秀全无知，嘴上却说：“天王，‘五军主将’互不统属，各自为政，天王的旨意没有得到彻底贯彻。客观地说，五个主将都是能够独当一面的人才，但是，他们之间基本上不配合，这都是因为缺少一个能够制约他们的人！天国上下，天王是一国之君，不能轻动圣驾，臣又是一个文臣，缺少军威，现在唯一能在军事上协调‘五军主将’的只有一个人，他就是翼王！打仗人多只能是数量上的优势，如果没有人来调动这百万之众，那么这百万之众也就成了乌合之众，没有什么战斗力！”洪秀全冷冷地说：“军师，你从运漕急匆匆地跑到京城来，就是为了跟朕说这些话？你是存心要气死朕啦？好的，朕同意翼王来指挥‘五军主将’，你速派人把翼王请来吧！记住，请到朕的天朝宫殿来，让他来做天王吧！”钱江知道洪秀全是怕石达开一旦重掌天国兵权，会成为第二个杨秀清，这是洪秀全无法解开的心结，钱江还能说什么呢，他只能傻傻地站在那里，听洪秀全义正词严的训斥。许久，钱江都没有出声，洪秀全似乎意识到了什么，他说：“军师，你智谋超群，替朕谋划谋划，如何二援安庆。”钱江说：“天王，军中没有主脑，派出军队再多，也只能无功而返！臣不能不说如今这样救援安庆，只不过是死马当作活马医了！”洪秀全发火了，他厉声说道：“堂堂的天国军师竟说出这般丧气的话！朕离开石达开就不活了吗？石达开走了近五年了，朕不是还活得好好的！堂堂天国难道独缺他石达开一个人吗？军师，朕看你真的是老了！”洪秀全又摇摇头说：“真的老了！也罢，你以后只要保证朕有饭吃就行了，其他事情不用你操心！”

说完，与钱江谋划二援安庆，制定如下方案：英王陈玉成自湖北亲率二万人向东进攻，平西主将吴定彩等率军自天长、六合向西开进，干王洪仁玕等率二万人自桐城、庐江南下，定南主将黄文金自芜湖渡江北上会战，罗三娘率领水营摧毁芜湖、铜陵、池州江面上湘军水师，直逼安庆。五路大军对安庆之敌实施反包围，务必聚歼安庆之敌！

诸事安排妥当，洪秀全信心十足，踌躇满志，只等湘军被歼灭的好消息，钱江却是忧心忡忡，他知道除罗三娘外，上述各路主将都没有全局战略谋划，彼此之间互不统属，贻误战机已成定局，此次会战，亦会折翼铩羽！

战役一开始，罗三娘率领水营奇袭芜湖湘军水师，击退铜陵湘军水师一部，正准备乘胜向池州安庆进发，却被水青萍萍字营与湘军增援水师阻于铜陵江面上，寸步难进。太平军陆路各部进军受阻，只能望着近在咫尺的安庆城而兴叹。与此同时，曾国藩将大营自祁门移至建德县江边东流镇，就近指挥，湘军皖南部队万余人也投入安庆之战。二援安庆计划失败。

陈玉成、黄文金、杨辅清均上书洪秀全，希望敦请石达开来指挥安庆之战，干王洪仁玕也劝说洪秀全请石达开回安徽，协调诸路大军，洪秀全正在犹豫之际，恰巧石达开亲笔信送到，信中表达自己关注安庆的心情，并迫切希望能够与安庆共存亡，同时还说自己解了安庆之围后，即退出天国、隐遁江湖。石达开亲笔信的消息很快传遍军中，陈玉成等众将领、甚至忠王李秀成也上书，表示一定服从翼王指挥。洪秀全准备拟旨，敦请石达开回安徽重掌兵权。然而，洪仁达悄悄地对洪秀全说：“天王，石达开出走快五年了，他在军中还有这么高的威望，连天王亲自任命的‘五军主将’都愿意听命于他，这个人太危险了！他说自己功一成，身就退，这样的话能信吗？臣还听说石达开在赣南时，都制作了一件龙袍，还暗中封了自己的儿子为太子，朱衣点、彭顺他们看不过，才脱离他，回到天王身边的。”洪秀全思考了两个时辰，最终给石达开回了一封信，要他夺取四川，震动清廷，以策应太平军在苏皖浙数省行动。随后又紧急谋划三援安庆。

三援安庆败得更惨，安庆城旦夕可破。洪秀全急召钱江议事，钱江献上“声东击西”“釜底抽薪”之计。洪秀全命钱江火速赶赴无为州，会合陈玉成诸将，部署四援安庆。

钱江说：“三次救援安庆虽然没有取得决定性胜利，但也拖住了湘军、清军进攻安庆的步子。四援安庆最为关键，因此，我们必须出其不意、攻其不备，直捣曾国荃后背，毁掉曾国荃内外两壕！”接着，对四援安庆做了详细部署。最后，钱江说：“英王部下将士每人需带三十斤干草。”陈玉成正要问为何，钱江说：“曾国荃内外两壕又深又宽，如果没有攻城器械，到时候很难越过，垫上干草，将士们过河便如履平地。”陈玉成方才明白钱江的意图。

咸丰十一年（1861）六月，陈玉成、杨辅清率军绕道六安、霍山，穿过英山，南出宿松，佯攻太湖，调动了曾国荃外围湘军。待湘军来救太湖，陈玉成、杨辅清又出其不意径取小池驿、三桥镇、高河埠，直插曾国荃后背。清军增援曾国荃的人马又被吴孝如、黄文金、林绍章挡住，无法靠近曾国荃。正在围攻安庆的曾国荃一下子陷入腹背受敌的困境。七月底，陈玉成将曾国荃的后壕撕开了一个口子，太平军将士填草满壕，曾国荃不得不放弃后壕，固守前壕以待援军。

七月二十八日，陈玉成打通了菱湖至安庆城内的水道，紧急运粮草弹药至城内，城内士气大振。曾国荃几次要弃壕而去，被曾国藩劝止，袁世坦也劝曾国荃坚持数日，以待转机。眼见太平军源源不断地向城内运送粮草枪械，曾国荃毫无办法；与此同时，城内太平军守军又向曾国荃前壕发动了数次冲锋，曾国荃快要站不住脚了！

就在曾国荃绝望之时，突然太平军运粮船队大乱，曾国荃不知道发生了什么事，便命袁世坦率五百名坦字营团勇前去见机行事。袁世坦迅速逼近运粮船，定睛一看，原来水青萍带着萍字营水军正在进攻太平军运粮船，袁世坦立即加入战斗。袁世坦、水青萍并肩作战，很快，全歼太平军运粮船队伍。水青萍问：“世坦哥哥，你快去报告九帅，我们已经断了长毛水道。”袁世坦说：“报告什么？我们干脆乘着运粮船进入城内，夺取城门，迎接九帅！”水青萍说：“还是世坦哥哥会打仗！”两人指挥一千五百多名团勇，浩浩荡荡直趋安庆城，守城的太平军以为是运粮船队，便将他们放入城内。两人指挥团勇杀向城隅，很快将守城太平军打败。袁世坦、水青萍一面命人打开城门，一面在城墙上竖起三面大旗：曾，坦，萍！

曾国荃正在担心袁世坦的安危，忽见城墙上竖起了三面大旗，旗上“曾”“坦”“萍”三字耀眼夺目，顾不上陈玉成大军就在他的身后，立即大声呼喊：“袁世坦破城了！袁世坦破城了！兄弟们，进城！进城！”困在壕里的湘军团勇群情激奋，发疯似的冲向安庆城，很快，湘军、清军纷纷涌向安庆城内。陈玉成、杨辅清见此情景，急将大军撤回，四援安庆功败垂成！

安庆之战历时一年零四个月，咸丰十一年八月初一日，长江上一座重要城市被湘军占领。曾国荃一进城，立即前往原安徽省府衙，寻找《古今金石名录》一书，说来也巧，书就放在很显眼的地方。曾国荃将书及攻城将士功劳簿一并飞报在长江对岸的曾国藩，曾国藩当即署袁世坦、水青萍头功，并对李鸿章说：“少荃老弟果然慧眼识人，你这两员干将在战场上真是所向无敌！”又对范瑾瑜说：“范先生神机妙算，果断地绝其水道，‘活诸葛’名不虚传！”范瑾瑜笑笑说：“若是钱江在此，属下就没有更多的办法了！”

曾国藩直打哈欠，不断地揉着眼睛，李鸿章见状，对范瑾瑜说：“大帅好几夜都没有睡个囫囵觉，我们走吧，让大帅休息一会。”又转过来向着曾国藩，发现曾国藩神色不同寻常，以为曾国藩病了，于是，关切地问：“老师是不是哪里不舒服，叫军医来看一下吧！”曾国藩一愣，随即说道：“是有点困倦，不要紧。本帅休息一会，就行了。”李鸿章、范瑾瑜告辞，转身离去。曾国藩也站起来，突然，“啪”的一声，什么东西从他的衣袖里掉到了地上。范瑾瑜回头一看，是一本书，看那封底，好像在哪里见过，非常眼熟。李鸿章忙问：“老师，没事吧？”曾国藩迅速将书捡起，藏在袖子里，说道：“没事，没事！”便慌不择路地走了。

李鸿章觉得今天曾国藩的表现很奇怪，就问范瑾瑜：“范先生，你是否觉得大帅有点怪怪的？还有，明明有东西掉到地上了，我一回头，却什么也没看到！”范瑾瑜说：“大人，属下倒是看见了，那是一本书。”李鸿章问：“一本书有什么必要藏起来？跟宝贝似的！”范瑾瑜一拍脑袋，说：“大人，属下想起来了，那本书就是《古今金石名录》！属下见过，封底一模一样！”李鸿章吃惊地问：“《古今金石名录》？大帅怎么会得到这本书呢？”范瑾瑜想了一想，说：“大人，这不奇怪，九帅进入安庆，就有可能得到这本书。大人，您应该记得前不久大帅曾经跟我们说到‘一棵白菜半个瓜，千万银子难买它’的事，当时属下介绍了《古今金石名录》这本书，大帅肯定叫九帅攻下安庆后，务必找到这本书，好在日后按图索骥，照着图寻找‘翠玉白菜’和‘翡翠西瓜’！”李鸿章若有所悟地说：“难怪大帅神情如此紧张，原来是怕我们知道他在寻宝！”范瑾瑜说：“从大帅的表现来看，真是个厚道人、君子，平时光明磊落惯了，一旦打起小九九，就紧张得不成样子！”说完，和李鸿章相视而笑。李鸿章笑着说：“范先生，我们出去走走，别打扰大帅！”

曾国藩为防别人打扰，藏进房间后，关紧门窗，放下窗帘，把油灯调到最小，借着豆大的灯光，他抖抖索索地拿出《古今金石名录》，抑制不住内心的激动，先简单地浏览了一下目录，找到“翠玉白菜”“翡翠西瓜”，便迫不及待打开，贪婪地盯着，生怕漏掉了图画上任何一笔，生怕看漏了任何一个字。看着看着，曾国藩不禁感叹：自己虚度了五十年光阴，世间如此精美的奇宝，以前连听都没有听说过！他将书合上，小心翼翼地塞进床垫的夹层里，他从小在家就是这样，最珍贵的东西总是藏到床垫的夹层里。检查一遍后，他吹灭油灯，拉开窗帘，打开房门，来到书房。他要写两封信，一封给九弟曾国荃，一封给袁世坦。

曾国荃接到大哥的信，看了几行，就收起来了。他对袁世坦说：“世坦老弟，大哥的意思是要你带五百人过江保卫他，担心受到流寇偷袭。”袁世坦正要问个究竟，自己的信也到了，信是曾国藩写来的。袁世坦拆开看了看，信上说安庆城刚被占领，长毛流寇在沿江到处流窜，东流镇守军不多，有可能被长毛流寇偷袭。袁世坦看完信就起了疑心，曾国藩直接把信差人送到他袁世坦手上，无论如何都不合常理。袁世坦急忙告辞，到萍字营找水青萍商量。水青萍听说后，也觉得事有蹊跷，但曾大帅以亲笔信的方式命令袁世坦，袁世坦也不能不听，便说道：“世坦哥哥，你去吧，这里有我！”袁世坦说：“青萍妹妹，我走后，你务必小心在意，要密切注意湘军动向。坦字营还有五百人，关键时刻你直接指挥。另外，坦字营五百人与萍字营分两处驻扎，有紧急情况可以互相救援。”水青萍点点头，说：“世坦哥哥，你放心！”八月初三早上，袁世坦率领坦字营五百人渡江前往东流镇。

袁世坦与水青萍商量的时候，曾国荃也召集湘军几个心腹干将，商量大事。曾国荃神秘地说：“大帅来信，说安庆城有两件国宝，要我们务必找到。大帅为方便我们寻宝，特意将袁世坦调到江南。我们可不能辜负大帅的期望啊！”湘军将领在进入安徽前，曾接受过曾国藩的训诫，曾国藩严厉告诫他们：“皖人有功于湘军，有恩于湘军，进入皖境不得抢劫财物，不得掳掠妇女，违者军法从事！”他们收到训诫后，在安徽境内作战的两年多时间内，确实没有做过什么坏事，不过，内心固有的野蛮和贪婪憋得他们特别难受，现在一听曾国荃这一番话，犹如久困的囚徒听到了大赦令一般，激动得狂啸起来，纷纷卷衣捋袖，表示要大干一场！

曾国荃提醒道：“诸位，别忘了，袁世坦虽然走了，但坦字营尚有五百人在城内，水青萍统领的萍字营现在差不多变成第二个坦字营了，早就跟我们不是一条心了！所以，本帅决定，八月初四一早先解决萍字营，只能缴械，不能伤人。然后，我们一面轮流围困坦字营留守的五百人，一面轮流分片搜寻两件国宝！”曾国荃将安庆城划分为五大区域，分派湘军将领负责具体区域。将领们摩拳擦掌，得意忘形。曾国荃说：“安庆不是一座普通的城市，这里的老百姓受石达开流毒最深，他们不会配合的。各位应该知道该怎么做。还是老办法，该杀的杀，该打的打，该烧的烧，该抢的抢，不要手软，不怕死人！”湘军将领一听说“石达开”三个字，便没有了底气。有人说：“石达开打仗神出鬼没，说不定我们初三晚上调兵时，他就会从天而降！”曾国荃鄙夷地说：“谁这么胆小，就不要参加这次寻宝行动！石达开早就被我们挤到几千里外的广西了！怕什么！”将领们开始分头准备，好不容易熬到初三晚上，大家还是畏畏缩缩的。曾国荃恼了，他训斥道：“你们这么惧怕石达开，当初为什么打下安庆城！听本帅的，石达开此刻不知身在何处呢！行动！”

这个晚上，身在广西贵县的石达开得到了安庆城破的噩耗，他一下子晕了过去。张自芳等人急忙施救，不一会儿，石达开醒了，他连声大呼：“完了，天国完了！”石达开捶胸顿足，涕泪横流：“这都是我石达开的过错啊！都是我石达开的过错啊！要不是我负气出走，天国能落到今天这步田地吗？我有罪，我有罪啊！”张自芳说：“翼王，你不要自责！即使你留在天京，天王能让你发挥作用吗？天王不给你兵权，你能带兵打仗吗？”石浩然也说：“义父，您不是负气出走，您再不走，就会成为韦昌辉第二！您是被天王逼走的！安庆被围，您写信恳求天王，军师也去拜求天王，可是，天王让你回去吗？”麦靖芠说：“义父，孩儿认为安庆失守，责任在天王！”石达开默然不说话，良久，才挤出一句话：“不管怎样，我石达开都是对不起天国的！”张自芳拍拍石达开后背，温柔地说：“翼王，眼下东归更加无望，即使回去了，也没有太大意义。下一步，我们应该怎么办？”

众人扶着石达开坐下，随后也都坐下了，听候石达开安排。石达开久久不开口，石浩然急了，他说：“义父，要不，我们就以贵县为中心，开辟一块属于自己的天地。这里的老百姓对我们相当拥护，他们也都劝我们留下来。”麦靖芠说：“义父，凭您在这里的威望，完全可以站稳脚跟。”石达开摇摇头，说：“广西连年战乱，老百姓流离失所，昔日人口稠密、为争土地而大打出手的州县，如今已是人烟稀少、满目荒凉。这十多万军队长期驻下去，恐怕连饭都没得吃。”张自芳说：“可以用屯田这个办法来解决粮食问题。据我所知，仅贵县就有抛荒良田二十万亩，种一季水稻就足够我们十万人马吃一年了！”石浩然、麦靖芠也都认为屯田可行。石达开说：“屯田，我也想过。一季水稻从播种到收获，总该有一百天吧，这一百天不能被别人追着到处跑吧，可是，如今清军整天跟在我们屁股后面追，我们能有一百天的安定时间吗？”大家一想，也是，可哪有别的办法呢？石达开见状，说：“今晚不说了，以后再议吧！大家早点休息！”张自芳准备去给石达开调洗澡水，麦靖芠也在收拾干净衣服，独有石浩然坐着不动，好像在思考着什么。

石达开问：“浩然，你在想什么呢？”石浩然说：“义父，孩儿想起四川李蓝义军头领李永和寄给您的信！”石达开用手挠挠头，对石浩然说：“你说下去！”石浩然说：“去年李永和曾经来信邀请您率大军入川，只是当时您还想着回安徽，就没有答应他。现在，安徽回不去了，不如我们到四川去！”张自芳、麦靖芠立即放下活计，坐到桌旁，一齐赞同：“到四川去！”张自芳说：“四川自古有‘天府之国’的美誉，而且近些年没有什么战乱，老百姓生活相对安定，粮食应该不成问题。再说，‘蜀道难’天下闻名，占据四川后，只要把守住几处要害之地，清军一时很难攻入。”石达开思索了一阵子，说：“入川最佳时机已过。去年李头领写信给我时，四川原总督正手忙脚乱，差一点把成都都丢了。后来，清廷调骆秉章为四川总督，他到任仅一年零两个月，李蓝义军就只有招架之功而无还手之力了。现在，整个四川重要城镇都在骆秉章的控制之下。”张自芳问：“骆秉章做了四川总督？”石达开说：“张女侠认识骆秉章？”张自芳说：“不认识。不过，我听说那个人从小志向远大，读书用功，平时鬼点子多，是个不好对付的人。”石达开说：“花县出了两个人，一个是天王，一个是天王的对头骆秉章！两个人都是当今鼎鼎有名的大人物！话又说回来了，四川那么大，骆秉章人手有限，未必能控制全境，我们只要占据它几个县，日后再图发展，也未必不可能！”很快商定了入川计划。

石达开命令石浩然押运一百五十万两白银至三水琴沙岛，张自芳考虑到石正义太小，不便于带着长途行军，就让石浩然把石正义带给小师姐，让小师姐代为照顾一段时间，等日后在四川立足了，再把石正义接到四川。

八月初四一大早，石浩然带着石正义，押着一百五十万两白银，前往三水琴沙岛。石达开嘱咐石浩然一路小心，张自芳说：“翼王放心，曾剃头打下安庆城肯定要大肆搜刮一番，其他清军头目也想分一杯羹，哪有心思关照到浩然呢？”只有麦靖芟心里忐忑不安，她对石浩然是千叮咛、万嘱咐，深恐石浩然在路上出什么意外。石浩然说：“芟妹，不用担心。姨说得对，湘军团勇贪婪成性，嗜财如命，他们现在也许在安庆城内大肆抢掠呢，哪里顾得上我！”

湘军确实顾不上石浩然，他们正完成了对水青萍萍字营的包围。湘军有一个习惯，每攻下一座城，曾国藩都要迟几日入城，其目的就是纵容手下烧杀抢掠，湘军所过之处，犹如被剃头的推剪推过一遍，老百姓称曾国藩兄弟为“曾剃头”也有这一层含义。攻下安庆后，曾国藩故伎重演，不仅如此，为方便曾国荃在安庆城放手烧杀掳掠，还特意将袁世坦调走，这正是他老谋深算的地方。当然，曾国荃抢得了财物后，不可能没有曾国藩一份，曾国藩既得到财物，又保住了名誉。这次攻下安庆，曾国藩就驻扎在安庆江对岸不远处建德县东流镇，几个时辰的水路就能到安庆，但他就是迟迟不肯进城，曾国荃对大哥的这番用意自然是心知肚明，更何况还有大哥要求寻宝的亲笔信！初三晚上，他把一切都布置停当。初三下半夜，他指挥湘勇悄悄地推着十几门火炮安放在萍字营周围，又调集五千人马在萍字营周围埋伏着。初四天尚未大亮，十几门火炮、五千人马死死围住萍字营。水青萍一看，湘勇阵势不小，硬拼肯定不是办法，幸而当时听袁世坦的话，营地一角连通菱湖，于是，她一方面命令萍字营稳住阵脚，与湘军对峙，不要轻举妄动；一方面亲自护送几名水性极好的士兵从菱湖游过去，将消息告诉坦字营五百人。几名士兵尚未到达坦字营留守营地，就发现原来坦字营营地也被包围了，包围坦字营的是几百名枪手及两千名湘勇。几名士兵又回到萍字营，水青萍命他们立即到江南向袁世坦报告。几名士兵从江边湘军水营拼死夺得一条船，摆脱了湘勇的围追堵截，逃到江南，往东流镇逃去，向袁世坦求救。一路上，他们与湘勇殊死搏斗，人人遍体鳞伤，但仍然忍着疼痛继续前行，因为安庆城内还有萍字营、坦字营士兵等待救援，更主要的是成千上万无辜的百姓等待救援！

安庆城内被围的坦字营留守士兵面对几百条乌黑的长枪、几百个黑洞洞的枪口无所畏惧，他们冷静观察，等待时机。慢慢地，他们发现每隔一个时辰湘勇就会换班一次。坦字营士兵在卒长的带领下，悄悄地商量对策。终于，又轮到湘勇换班了，坦字营五百名士兵同时出击，缴了湘勇的长枪，吓得几百名湘勇枪手狼狈逃窜。手中有了武器，坦字营留守士兵很快突围了，他们一路上马不停蹄，直奔萍字营而去。在萍字营外围，鸣枪示警，赶走了炮手，占领了十几门大炮。此时，包围萍字营的五千湘军兵勇迅速包围了占据大炮的坦字营留守士兵。坦字营留守士兵不得已，向湘勇开了两炮，炸死了几十名湘勇，吓得其余湘勇溃逃而去。坦字营留守士兵趁机进入萍字营，与萍字营会合。

水青萍义愤填膺地说："真没想到，这一帮湘勇比长毛不知道恶劣多少倍！你们看，安庆城到处是火光；你们听，安庆城到处是百姓惨叫的声音！他们，这一群禽兽，在安庆城见东西就抢，见钱财就夺，见男人就杀，见女人就奸，见房子就烧！兄弟们，安庆原来是安徽省府，是我们的家乡，我们守土有责，决不允许这一帮强盗在我们家乡横行霸道！你们说，是不是！"一千多人齐声呐喊："跟他们拼了！""跟他们拼了！"水青萍说："硬拼，他们人太多，我们未必是对手。我们要智取！现在，我将一千五百人分成五十个'锄魔队'，每队三十人，换上便装，怀揣利刃，潜藏在安庆城不同的地方，斩杀湘匪，解救百姓！"众人齐呼："斩杀湘匪，解救百姓！""斩杀湘匪，解救百姓！"一千五百人迅速分成五十个"锄魔队"，潜藏在安庆城各个角落，铲除施暴的湘勇，解救被困的百姓。一时间，安庆城内湘勇惊魂四散，提心吊胆，不敢放肆地胡作非为。然而，湘勇毕竟人多，坦字营、萍字营势单力薄，无法与湘勇抗衡，安庆城经过湘勇一天的蹂躏，民房被焚二分之一，无辜百姓近三万多人死在湘勇的屠刀下，数千名妇女惨遭淫污。湘勇还掳掠了几百名年轻女人，把她们集中关押在一个秘密的地方，准备偷偷转卖到别处。安庆城遭遇了几百年来最大的浩劫！

初四晚上，天黑了，偌大的安庆城只能看到星星点点的豆大的灯光，昔日繁华兴旺的安庆，如今已成了"万户萧疏鬼唱歌"！就在安庆城对岸，东流镇曾国藩大营，袁世坦正在怒不可遏地向曾国藩控诉着湘勇在安庆的暴行，袁世坦说："属下恳请大帅下一道命令，让九帅阻止湘勇祸害安庆！大帅，不要说普通百姓，即使是长毛士兵，也都是大清国子民，我们起兵的目的不就是保国安民吗？"李鸿章心情尤其沉痛，他说："老师曾经告诫过九帅等湘勇诸将，进入安徽后，不得骚扰百姓。老师自衡东起兵以来，一向以纪律严明著称，如今九帅等人如此横行不法，岂不有损老师军威！学生恳请老师命袁世坦即刻过江，前往安庆，传达老师旨意！"曾国藩无可奈何，只好下了一道手令，让袁世坦带着坦字营五百人连夜过江，阻止湘勇暴行。

袁世坦一回到安庆，就与水青萍取得了联系，水青萍很快通知分散活动的士兵集中起来，两营官兵合于一处。袁世坦正要去见曾国荃，这时，一名卒长报告了一个重要情况，他们发现了湘勇囚禁年轻妇女的地方。袁世坦、水青萍即刻带领两营官兵前去解救被关押的年轻妇女。袁世坦他们来到关押年轻妇女的地方，就听见里面传来湘勇的淫笑声和女人的哀号声。袁世坦大怒：“把这帮禽兽全部捆起来！把糟蹋妇女的杂种全部废了！”两千名士兵一齐动手，不到一刻钟，数百名看守妇女的湘勇悉数被擒，正拥着妇女淫乐的湘勇全被废了一副牛黄狗宝，有的疼得昏死过去！袁世坦指挥官兵押着被俘的湘勇，带着这几百名年轻妇女，到萍字营驻地扎营。袁世坦一面命人看紧被俘湘勇，保卫被解救的妇女，一面布置与曾国荃作战的准备工作。

曾国荃听说袁世坦解救了被掳妇女，担心掠卖人口的事情败露，急忙带着近两万人马围住袁世坦、水青萍，索要被掳妇女，企图毁灭罪证。袁世坦、水青萍凭借十几门大炮，凭着几百条长枪与曾国荃对峙着。那边早有人飞报曾国藩、李鸿章！

第二十七回 恭亲王倚重曾大帅 西太后寄望李巡抚

曾国藩、李鸿章正在东流大营焦急地等待安庆消息，信使飞马来报："禀告大帅，安庆城内剑拔弩张，一场厮杀一触即发！"说着，还气喘吁吁，不住地用手抹着汗水。李鸿章说："不要急，说清楚一点，到底什么情况？"信使缓了一口气，讲述了安庆城内曾国荃与袁世坦两军对峙的情景。一听到"大炮"二字，曾国藩吓得几乎要跳起来，他问："谁开炮了？伤亡多少人？"信使说："袁管带，伤亡上百人。"李鸿章听说袁世坦居然开炮了，也吃惊不小，忙问："袁管带为什么开炮？"信使说："属下打听清楚了，一开始，九帅派出十几门大炮、几百名枪手、几千名士兵包围了坦字营留守五百人及萍字营，后来袁管带夺了大炮，缴了枪手的枪，击溃了包围的士兵，引得九帅发怒，于是，九帅就带着两万人包围了坦字营、萍字营，要把人抢回去！袁管带不得已，开了两炮。"范瑾瑜问："抢人？抢什么人？"信使知道自己说漏了嘴，但听到范瑾瑜追问，只好硬着头皮说："被袁管带俘虏的几百名枪手。"范瑾瑜有点怀疑，几百名枪手被袁世坦俘虏，曾国荃决不会动用两万人去抢的，这里面一定还有什么秘密，于是进一步追问："你说仅仅几百名枪手，就能让九帅动用两万人吗？是不是隐瞒了什么？"信使情知瞒不住，只好说："还有抢女人！"曾国藩仿佛被雷击了一般，浑身一颤，问："抢什么女人？"信使小声说："属下听说将士们掳了一些年轻妇女，准备过一段时间卖到别处，被袁管带发现了，袁管带解救了这些妇女，九帅他们怕事情闹大，就打算把妇女抢回去！”曾国藩跌足叹道：“拐卖人口，按律当斩！这是多大的罪啊！”说完，让信使退去。李鸿章小心地说：“老师，不要听一面之词。先过江去看看，调查清楚了再处置不迟！”曾国藩急切地说：“少荃老弟，范先生，我们一刻也不能等了，马上去安庆！”

曾国藩、李鸿章、范瑾瑜从陆路骑快马，不到一个时辰，即来到安庆对岸。三人向北望去，但见安庆城到处浓烟滚滚，城外江岸、江边聚集着一堆一堆的人。他们渡江上岸，原来江岸、江边一堆一堆的全是百姓，他们扶老携幼、拖儿带女，人人衣衫褴褛，个个面带愁容。看见他们几个人来了，人群立即骚动起来，纷纷避让。李鸿章忙说：“乡亲们，大家不要怕！我们是官军，不会伤害你们的！”人群一下子凝滞不动，大家你看看我，我看看你，又都看着曾国藩一行人，气愤地说：“不要说什么官军！曾剃头不是官军吗？半个安庆城都被他毁了！天打五雷轰啊！这位大人请告诉曾剃头，我们安庆人今生不跟他算账，来世一定饶不了他！反正我也活够了，我新婚不到半年的妻子被他们抢走了，父亲被他们杀死了，三间瓦房被他们烧掉了，所有家产被他们毁了！我活着还有什么意思！”李鸿章还没来得及回话，人们一下子全部围拢过来，一把鼻涕一把泪，控诉着湘勇在安庆城犯下的罪行。场面很快就失控了，人群高呼：“还我父母！”“还我妻子！”“还我子女！”“还我房子！”声讨此起彼伏，慌得随从人员不知所措。李鸿章挥动双臂，大声说道：“乡亲们，我是李鸿章。请相信我，我会禀告曾大帅的，一定还大家一个公道！”说着，不顾汹涌人群围堵，拉着曾国藩快步向城内走去。

到了城内，放眼望去，满目凄然。瓦砾遍地，死尸塞道，空气中到处飘着烟火味和血腥味，耳边不时地传来哀号声和哭泣声。范瑾瑜难过地说：“造孽啊！安庆城遭此一劫，百年之后怕也难以恢复元气！”李鸿章也说：“老师，这样下去民心尽失啊！我们打仗到底为了什么？”曾国藩铁青着脸，一言不发。他原来也估计曾国荃他们会在安庆城烧杀掳掠一番，万万没有料到他曾国荃竟然毁了半座城！一向标榜“以霹雳手段行菩萨心肠”的他，面对此情此景，也不免有点羞愧！饱读史书的曾国藩知道，这些罪行将会永远刻在历史的耻辱柱上！

曾国藩此时心急如焚，恨不得一下子飞到曾国荃身边。好不容易看到两股人马互相对峙。湘勇从四面包围着坦字营、萍字营，两营外一圈排开十几门大炮，炮口都向着湘勇军营。袁世坦站在大炮前，他的对面就是曾国荃，两人都怒目相向！看见曾国藩来了，曾国荃恶人先告状。他跑到曾国藩面前，添油加醋地说着袁世坦的不是。曾国藩怒不可遏，狠狠地甩了曾国荃一个耳刮子，打得曾国荃后退了两步。李鸿章忙说："老师息怒，问明原因再说不迟！"曾国藩大声地说："还有什么可问的？安庆城毁了一半！就这一条，一百次死罪都抵不了！"又怒向曾国荃："快把人马全部撤走！回营再收拾你们！"曾国荃愤愤地说："大帅一来，不问缘由，就先打我！袁世坦打死我们一百多人，这笔血债我一定要向他讨还！我不撤！我不走！"曾国藩更加来气了，他又要打曾国荃，幸得李鸿章拉住。曾国藩说："好！你不走，你来做大帅！我走，我回荷叶塘去！"说完，解开官服扣子，脱下官服，摘下管帽，扔到地上，转身就要离开。湘勇一齐跪下，哀声说道："大帅，您不能抛下我们不管啦！我们错了！我们认错了！"曾国藩等将士们连喊数声后，才慢慢转过身来，说："既然知道错了，还不撤围！回营！"曾国荃没有办法，只得下令回营。

袁世坦来到曾国藩面前，跪在地上，伏首叩头，说道："属下有罪，请大帅处罚！"曾国藩说："袁管带，起来吧！本帅来给你们兄弟讲和的！大家都是自己人，不要伤了和气！"李鸿章也说："世坦，去向九帅认个错，你两炮轰死人家一百多人；还有，把枪手、枪支都还给九帅！"袁世坦命人押着数百名枪手，又命坦字营团勇将手中的枪支还给湘勇枪手，曾国荃羞愤难当，骂着枪手："真丢人！让人家赤手空拳就缴了枪！"袁世坦想笑，但忍住了。曾国荃一来念想袁世坦鄱阳湖救命之恩，二来又期望袁世坦能把自己部下掳卖妇女的事情压下去，所以就主动对袁世坦说："世坦老弟仗义，愚兄领情了！听说部下抢了一些妇女，收藏在隐蔽处，准备寻欢作乐，既然老弟解救了她们，那就放她们回家吧！"袁世坦一想，曾国荃敢于在安庆城胡作非为，践踏国法，甚至掠卖人口，没有曾国藩撑腰是不可能的。刚才，曾国藩打了曾国荃一记耳光，又当众斥责了曾国荃，现在，曾国荃也主动表现出讲和的姿态，自己何不就坡下驴呢！这样想着，觉得应该给对方一个台阶下，于是，说道："九帅，不是属下鲁莽，实在是安庆城劫难之大令人震惊啊！还请九帅严饬各位将士，切勿再在安徽境内伤害无辜百姓！至于九帅所嘱之事，属下很快就会办好！"曾国荃还真怕袁世坦不依不饶，一见袁世坦这样表态，连忙笑着说："大家都是兄弟，相逢一笑泯恩仇！"很快撤围而去。

回到军营，曾国荃还是有点气愤不平，湘军其他将领也都很不服气，觉得大帅太偏袒袁世坦了。曾国藩耐心地说：“各位请好好想一想，如果本帅不息事宁人，一旦这些事情，特别是掳卖人口的事情传出去了，那后果将不堪设想！掠卖人口，按律当斩！到那时，即使本帅想庇护你们，恐怕朝廷也不会饶过本帅的了！再说，皇上驾崩，恭亲王不在八个顾命大臣之列，朝廷局势还不知道如何变化，此时有把柄捏在别人手里，将来也许死无葬身之地了！”有湘军将领说：“那兄弟们拼死拼活，不是白忙了一场！”曾国藩说：“安庆是长江上一座城市，曾经做过安徽省省府，其富裕程度虽比不上南京、汉口，但比我们长沙不知强多少倍；长毛在安庆一直执行石达开‘安庆易制’的政策，这么多年来，积累的财富也够多的了。你们抢了安庆城，金银财宝怕是一辈子也用不完！还在这里跟本帅哭穷！本帅有言在先，安徽境内任何一个城镇，一分一毫都不许抢，任何一座村庄一草一木都不许动！将来有机会打下南京，本帅放你们七天假！要知道，安徽沿江所有城镇财宝加在一起，也比不上半个南京城！”湘军将领一听此言，一个个高兴得手舞足蹈。曾国藩说：“不要太得意了，免得让李鸿章他们知道了！”湘军将领说：“大帅放心，属下对外只字不提！属下即刻去操练兵马，争取早日打下南京城！”曾国藩笑了笑，说道：“看把你们急的！先要安顿好安庆百姓，不能让百姓流离失所！还有，胡玉美蚕豆酱虽然是石达开扶植起来的，但味道确实好，不能让它停产了，本钱不够，就从府库里先借一些给它，日后再还回府库！”

湘军将领退下后，曾国藩对曾国荃说：“九弟，大哥刚才打了你，你不生气吧！”一边用手抚摸着曾国荃刚才被打的半边脸。曾国荃早就没有火气了，他挨了大哥一个耳刮子之后，头脑也清醒了不少，他本来有机会在大哥来安庆前与袁世坦和解的，可是，自己一时头脑发热，弄得双方差一点就火拼了！曾国荃说：“大哥一耳光打醒了九弟，九弟应当感谢大哥提醒，否则，不知道会闯出什么乱子来！”曾国藩终于可以舒一口气了，他说：“九弟明白大哥的用心就好！那两件国宝见到没有？”曾国荃说：“九弟把安庆城都犁过一遍了，对省府都掘地三尺了，也没有见到那两件国宝！也许那两件国宝根本就不在安庆！”曾国藩小声说：“不用再说了！《古今金石名录》那本书你带在身边，日后留心就是了！大哥估计两件国宝应该在南京城内，等有机会打下南京城再去找吧！”曾国荃说：“大哥，我们打下南京城，不要再让袁世坦他们来搅和了！”曾国藩点点头，说：“这个，大哥心里有数！等一会，去请李鸿章他们来帐议事！”

在坦字营、萍字营驻地，李鸿章听完了袁世坦、水青萍讲述湘军在安庆所作所为之后，疑惑不解地问："老师饱读圣贤之书，一向清心寡欲，简直就是不食人间烟火的圣人，怎么也会被'利'字玷污清誉呢？"袁世坦、水青萍也不理解，因为在他们心目中，曾国藩根本不是老百姓所传的"曾剃头"，而是一位和蔼可亲、克勤敬职的长辈，怎么会默许甚至纵容部下侵害百姓呢？范瑾瑜分析道："大人，两位管带，曾大帅开始募集湘勇、开办团练之时，除了乡人捐助少许银两外，经费很少。那么多人要吃饭，打仗要置办兵器，将士们要发饷银，哪一样不要钱？可是，朝廷当时根本没有钱给他们，怎么办？只能自己解决！曾大帅让湘勇抢点钱财也是情非得已。后来，虽然条件改善了，但湘勇恶习已经养成，想改也改不掉了，这样，只要曾大帅不制止，不严禁，湘勇们就会遇城必抢，逢镇必掠！"李鸿章觉得很有道理，袁世坦、水青萍也认为范瑾瑜说得清、说得透。

水青萍问："那湘勇在安徽还会侵害百姓吗？"范瑾瑜说："总体上不会，但不排除个别人偷偷地干一些坏事。"袁世坦说："那就不能让他们进入运漕镇！"李鸿章点点头，说："世坦倒是提醒了我们，运漕百姓不能让湘勇祸害，否则，我们就是对运漕犯罪啊！"范瑾瑜、袁世坦、水青萍都坚定地说："决不让湘勇一兵一卒进入运漕！"李鸿章说："各位都准备准备吧，一会，老师要召集我们去议事了。"曾国藩召集诸将不是议事，而是总结安庆之战。曾国藩高度赞扬了坦字营和萍字营，并说攻城第一功当为袁世坦和水青萍。袁世坦立即站起来，说道："大帅过奖，属下实不敢当！首功非九帅莫属！"曾国荃听到袁世坦肯定自己的功劳，也假意客气了几句。曾国藩笑着说："你们都不要推让，本帅自有主张！眼下，最主要的是精诚团结，同仇敌忾！几年平叛快到最后一战了。南京之战还要有劳诸位！"曾国荃"蹭"地站起身，慷慨激昂，说道："大帅放心，长毛已是强弩之末，属下三个月拿下南京，活捉洪秀全！"曾国藩严肃地说："自古轻敌乃沙场大忌。长毛虽失了安庆，但仍有几十万大军，所谓'百足之虫死而不僵'。不要说三个月，能在三年内削平长毛叛乱就不错了！各位切勿浮躁，切勿懈怠！"曾国荃、鲍超、袁世坦、水青萍等应诺，自去安抚百姓。

曾国藩与李鸿章、范瑾瑜继续谈论着当前形势。曾国藩说："常州、苏州失守，江苏与浙江陆上重要通道平望镇被攻破，昆山、嘉定、青浦、松江均被长毛军占领，上海已成三面被围之势。一旦上海有失，则东南之地尽为长毛所有了。东南乃国家财赋重地，湘军一半以上饷银就出自东南。如果洪秀全放弃南京而经营苏州，保有东南财赋之地，则五至八年也未必能消灭他。”李鸿章十分赞同曾国藩的看法，他说：“老师所虑极是！不过，学生以为长毛一年内未必能攻下上海。其一，上海城墙高而厚。其二，上海有许多外国租借地，那些外国人为保自己的利益，已经动用洋枪洋炮帮大清官员守城了。其三，上海东面靠海，只要东面不被包围，各种物资就能源源不断地运进城内。”曾国藩说：“少荃老弟只知其一，不知其二。上海毕竟已成孤岛，长毛想要切断上海的海上交通也很容易。洋人帮大清官员守城，但不要忘了，长毛信上帝，洋人也是信上帝的，时间一长，他们就会勾结在一起。到那时，我们又多了一个对手！”李鸿章不说话了，曾国藩对范瑾瑜说：“范先生，你的意见如何？”

刚才李鸿章与曾国藩在探讨太平军苏南军事行动及上海城存亡问题时，范瑾瑜就想发表自己的看法，怎奈两位大人说得正欢，自己根本就没有插嘴的机会，现在，曾国藩点将了，范瑾瑜岂有不说之理！范瑾瑜说：“大帅和李大人讨论的话题归结起来有两个。首先是长毛会不会与洋人勾结的问题。属下认为，根本不会。长毛想认洋人为亲戚，可洋人经过考察后，认为长毛的‘拜上帝教’一点都不正宗，是假冒的，早就弃之如敝屣了。大帅和李大人分析了洪秀全弃南京而经营苏州，长毛内部如钱江、李秀成等人肯定会这样劝洪秀全的，不过，依属下看来，洪秀全决不会迁到苏州。”曾国藩略一思忖，恍然大悟地说：“他怕自己成为汉献帝第二！”李鸿章也说：“自李秀成一年内先后攻占苏锡常松等江南重镇要地，长毛内部已经是他一家独大了，有人有地有钱有枪，洪秀全能不防吗？”范瑾瑜突然想起来什么，曾国藩问范瑾瑜：“范先生好像想起了什么事？”范瑾瑜想了一会，开口道：“大帅，李大人，属下搜得江南一首民谣，两位大人鉴赏鉴赏。”于是，一字一顿地吟诵出一首江南民谣：

天国栋梁是忠王，一年扫平苏锡常。

跟着忠王打天下，清朝皇帝轮我当！

曾国藩哈哈大笑，说道：“有此民谣，李秀成能保住性命就很不错了，还能指望洪秀全去守苏州？”李鸿章也笑着说：“当年一句‘太平天国第一王’就把石达开逼走了，现在竟然是‘清朝皇帝轮我当’，他要直接做皇帝了！老师，学生记得这首民谣的后两句很早就有，只不过当时是‘跟着洪杨打天下，清朝皇帝轮我当’。”曾国藩高兴地说：“既然断定洪秀全不会放弃南京经营苏州，那我们就在南京解决他！”

劝洪秀全迁都的事，安庆城被破的第二天，钱江就做了。钱江一得到安庆城被破的消息，即刻向洪秀全上万言书，劝洪秀全迁都苏州，全力攻下上海，保守东南半壁江山。洪秀全没有回复。八月初七日，钱江忍不住了，不待洪秀全诏命就直接到天朝宫殿觐见洪秀全。

洪秀全、钱江君臣会面，钱江痛哭流涕，悲痛欲绝。钱江说：“天王，四援安庆功亏一篑，臣有罪，请天王降罪！”洪秀全安慰道：“军师的谋划天衣无缝，可是，人谋不如天意啊，谁也料不到中间突出变故，转胜为败。军师有什么罪呢？要说有罪，朕才是最大的罪人！若翼王没有出走，安徽战场不会如此被动，更不会有安庆之失！悔啊！恨啊！”钱江说：“安庆之战已告一段落，下一步作何打算？”洪秀全说：“朕这段时间心烦意乱，没有头绪，军师的意见呢？”

钱江说：“臣的想法万言书里写得很详细。臣以为命陈玉成大军、罗三娘水军扼守天京上游地区，命李秀成等人迅速打开苏南、皖南、浙西、浙北局面，天王迁都苏州，经营东南半壁江山，坚守三至五年不成问题，以后徐图发展。”洪秀全说：“朕将你的万言书看了十来遍，说得很有道理，不过，就是太繁了，你能给朕简要地说说吗？”钱江明白了，原来洪秀全还没有完全理解自己的意图，于是，简单地思考了一会，说：“迁都苏州，战略优势明显。其一，苏南广大地区除上海县外，苏州、无锡、常州、松江均在我掌握之中；苏北泰州、通州，浙北湖州、嘉兴也在我控制之下。其二，自古以来，就有‘苏湖熟，天下足’的说法，占据苏南、皖南、浙西、浙北，一则使我财用丰足，更主要的是使敌方财用枯竭，这样就会形成‘敌消我长’的喜人形势。其三，迁都苏州，进退自如。进可由通州北上穿过苏鲁直逼直隶，退则可由海上入主南洋，亦不失为一方诸侯！”洪秀全“唉”了一声：“军师说得很有道理。不如召开御前会议，大家都议一议吧！”说完，心事重重地站着发呆，钱江知道洪秀全内心在进行着反复的权衡、激烈的斗争。

说是御前会议，其实也无多少人参加，无非是钱江、陈玉成、李秀成，外加一个洪仁玕。会议一开始，钱江说了一下自己的想法，陈玉成极力赞成，洪仁玕也认为可行。洪仁玕说：“弟在海外游历，南洋很多地方都地广人稀，吕宋、棉兰老、爪哇、苏门答腊，物产丰饶，人民稀少，实在不行，到那些岛屿上自在为王也未必不可。”钱江早年也听说过，广东很多人下南洋，也留在了马来、爪哇等地。洪秀全问李秀成："忠王，朕要迁都苏州，你有什么意见？"李秀成兴奋地说："安庆城破的当日，臣就想劝天王考虑迁都苏州！"接着，眉飞色舞地描述了自己治理下的苏福省四郡二十二县的丰足富裕，并表示，只要天王迁都苏州，大军即刻就会占领上海，到那时，还怕他"曾剃头"吗？洪秀全听完李秀成的描述，脸色渐渐有点异样，他突然问了一句："忠王，江南百姓欢迎我们吗？"李秀成正在兴头上，他想都没想，便脱口而出："江南百姓拥护、热爱之情溢于言表，江南有一首民谣，说'天国栋梁是忠王，一年扫平苏锡常'……"突然，他意识到了什么，停住了嘴。钱江、陈玉成、洪仁玕早就听到过这首民谣，大家一直都小心翼翼地回避着，没想到李秀成自己说出来了！洪秀全假装平静，缓缓说道："此事以后再议吧！"他站起身，似乎在下决心："朕不学咸丰那个狗皇帝，别人还没打进来，自己就先逃跑！算了吧，此事到今天就止住，朕哪里都不去，朕死也要死在天京！"众人默默离去，洪秀全叫住钱江，要与钱江单独聊聊。

洪秀全说："军师，刚才忠王念的民谣还有两句，朕念给你听听：'跟着忠王打天下，清朝皇帝轮我当！'想当年，翼王也只说他是'太平天国第一王'，这忠王干脆连'第一王'都嫌小，直接去做皇帝了！"钱江不知道说什么好，他知道洪秀全的疑心病又犯了，当年因为一句不靠谱的"太平天国第一王"就逼走了石达开，现在，他能相信李秀成吗？君臣之间缺少最起码的信任，这样下去，天国的事情能做好吗？想到这里，钱江说道："民谣向来都有夸张的成分，天王不必当真！"洪秀全笑笑说："把军师留下来并不是讨论这首民谣，朕不想马上就去苏州，还有其他原因。"钱江一愣，忙问："其他原因？"

洪秀全仿佛在计算着什么，他缓步走来走去，说："军师，这咸丰一死，立的顾命大臣有八个，为首的是肃慎。肃慎这个人朕多少还知道一点，他反对重用汉臣。肃顺当权，曾国藩就失去了后台，那天京城岂不固若金汤！"天哪，这是什么逻辑！把自己的命运寄托在敌方的变局上，太侥幸了吧！钱江觉得自己与洪秀全认识水平根本就不在同一个层次上，自己怎样说，洪秀全才能明白呢？钱江说道："天王，咸丰临死前，既安排了肃顺等八大臣辅国，又让皇后、懿贵妃制约他们，时间一长，两宫皇太后与肃顺之间必然势同水火，最终会出现变局，共存几无可能。臣分析形势，结果是两宫皇太后勾结恭亲王奕䜣共同对付肃顺，肃顺必败，奕䜣掌权。奕䜣是清皇室中与汉臣最接近的，几年来一直是曾国藩的靠山，他一掌权，曾国藩不但不会受到排挤，反而权力更大。”洪秀全不相信两个二十六七岁、常年在深宫内院的女人能做出什么大事，于是，轻率地说道：“那两个女人能成什么大事？清廷现在完全掌握在肃顺手中，钮祜禄氏毕竟不是孝庄皇太后，肃顺也不是多尔衮！再等一等，看清廷政局发展情况再做决定吧！”钱江只好同意了，于是，与洪秀全一起等待着曾国藩命运的变化！

曾国藩其实也在等待着决定自己命运的时刻。攻下安庆的喜悦没有保持几天，就被如烟似雾的朝廷政局所带来的烦恼取代了。他连续几天坐卧不安，不住地唉声叹气。半个多月前，咸丰皇帝驾崩了，驾崩于承德避暑山庄烟波致爽阁，当时，安庆之战正处于紧急关头，他根本没有时间考虑皇帝驾崩对自己命运的影响。安庆攻下后，又闹出曾国荃与袁世坦的对峙，他又没有心情去想这些事情。现在，一切都风平浪静了，曾国藩又有了闲暇的时光，这一闲下来，诸多烦恼便一时涌上心头！皇帝驾崩，顾命大臣以肃顺为首，肃顺的骄横跋扈人所尽知，尤其令曾国藩忧心的是，肃顺从来都不赞成重用汉臣，自己起兵以来几次被排挤都与肃顺从中作梗有关。自己的最硬后台恭亲王奕䜣竟然连“八大臣”都算不上，管着一个别人不想管的总理各国事务衙门，看上去挺威风的，却没有多大实权，整天跟洋鬼子打交道。曾国藩不明白恭亲王为什么对国内大事几乎不闻不问，现在倒好，连“八大臣”都不是。恭亲王没有实权，自己的政治前途不会光明的。也许，平定长毛叛乱到头来不过是一场梦而已！

曾国藩烦恼，李鸿章则是既悲痛又愧疚。皇帝对自己有知遇之恩。这八年来，李鸿章官衔升迁之快，朝中很少有人能够企及。回乡时只不过是一个低级的七品翰林庶吉士编修，虽说是后备官员，但要授实缺，还不知要等到哪一年，也许是“编修”一辈子。初战运漕，即获得一套六品顶戴，不久又被授予五品知府衔、四品按察使衔，直至最近竟升为三品布政使！八年之间，自己能从一个七品芝麻官升至三品地方大员，皇帝对自己真是恩重如山啦！可是自己又是怎样回报皇帝的呢？李鸿章回忆咸丰皇帝在养心殿秘密召见自己的情景，一切犹如昨天才发生过，竟那样清晰地呈现在自己眼前。“一棵白菜半个瓜，千万银子难买它”，两件国宝，虽已得其一，但限于条件，又没有把它献给皇帝！八年了，皇帝交代的任务尚未完成！自己能不愧疚吗？皇帝驾崩，还有谁会赏识自己呢？肃顺做了顾命大臣，那家伙一向排挤汉臣，自己前途难测啊！

范瑾瑜看出李鸿章心情不太好，就问道：“大人，何事烦心？”李鸿章说：“范先生，不瞒你说，皇帝驾崩，我的感觉就是三个字：悲，愧，恼！”范瑾瑜笑了一笑，说道：“皇帝驾崩，举国同悲，大人深受皇恩，自然不同于常人。八年了，大人还没有完成当年皇帝交给的任务，将来即使完成了，但皇帝不在了，又向谁去缴旨？肃顺成为八大臣之首，权势煊赫，而恭亲王又只是掌管着一个貌似无足轻重的总理各国事务衙门，前途莫测啊！其实，在属下看来，大人‘悲’是应该的，没有皇帝知遇之恩，大人也许还是一个七品翰林院编修呢！那‘愧’‘恼’二字就没有必要了！”李鸿章说：“正想听听范先生高见！”范瑾瑜说：“皇帝既然特别看重那两件国宝，必然会在临终前嘱咐皇后或懿贵妃的，即两宫皇太后，将来找齐了两件国宝，可以向两宫皇太后缴旨。如果皇帝没有叮嘱两宫皇太后，那就说明这两件国宝在皇帝心中不太重要，将来寻得之后，交与不交都没关系，如此，大人何愧之有？”经范瑾瑜这么一说，李鸿章心里着实轻松不少，笑着说：“先生真不简单！我每每有了烦心事，经你一说，烦恼就一扫而光了。那‘恼’字为什么也没有必要呢？请范先生为我剖析剖析！”

范瑾瑜分析道：“咸丰皇帝临终前做了两件大事：一是安排了八个顾命大臣，二是授予两宫皇太后各一枚印章，且规定，八大臣拟的谕旨，必须同时盖有两枚大印才有效。这样一来，八大臣特别是肃顺与两宫皇太后之间必然有矛盾，且这种矛盾无法消解，最终定有一拼！”李鸿章心里也知道，咸丰皇帝给两宫皇太后各一枚印章，无非是阻止八大臣专权，玩弄年仅六岁的小皇帝同治。八大臣个个老谋深算，年轻的皇太后，一个二十六岁，一个稍微大一点，也只有二十七岁，外加一个年仅六岁的小皇帝，真正的孤儿寡母。李鸿章有点担心，他问道：“两个年轻的皇太后外加一个年幼的小皇帝，如何斗得过权倾天下、狡猾如狐狸的官场老手？”

范瑾瑜轻轻一笑，说道：“万事万物有常局，也有变局。八个顾命大臣并非一个整体，他们不是都听肃顺的，有两个与肃顺一向有矛盾；而两宫皇太后此时不能不同心同德。再者，肃顺虽然权势很大，但为人骄横跋扈，众人慑于他的威势才听命于他的，其实，他的人缘极差，尤其是京师九门提督、通州大营及塘沽大营统军将领都被肃顺得罪过。皇太后钮祜禄氏一向温良谦和，在朝臣心目中也算得上是一个贤后；懿贵妃叶赫拉那氏据说聪慧过人，非等闲女子。她们如能联合恭亲王，那肃顺就等着被砍脑袋了！”李鸿章心里也想过这些事，但就是没有范瑾瑜梳理得这么清晰，叶赫拉那氏他也见过，当年在养心殿，侍候咸丰皇帝茶水的就是她，那年她才十九岁，但其表现已很老成，进退有仪，却非平常人可比。但李鸿章还是放心不下，即使恭亲王愿意与两宫皇太后联手，单凭他的实力能斗得败肃顺吗？李鸿章问道："恭亲王，为人倒是很不错；但多年来一直为皇帝所忌，处于边缘状态。那……"

范瑾瑜不慌不忙，从容分析道："恭亲王有三大优势。他主持的总理各国事务衙门，看似没有实权，可网罗了当今天下最杰出的一批人才，仅智谋之士就以百数计。恭亲王平时为人豪爽，仗义疏财，慧眼识人，有'贤王'之美誉。最关键的一点，京师九门提督及京城周边二百里范围内统兵将帅不少与恭亲王有私交，他们在先皇驾崩的情况下，会跟着恭亲王走的。"李鸿章一听，心里豁然敞亮，他问："那恭亲王如何才能与两宫皇太后联系上呢？"范瑾瑜轻松地说："恭亲王身边智谋之士操的心，我们管他做什么呢？"接着，范瑾瑜语气肯定、态度严肃："大人，有大事发生了！恭亲王必然掌权，我们前途一片光明！"几句话说得李鸿章热血沸腾，范瑾瑜说："大人，曾大帅可能也为这些在烦恼呢，您相机跟他说说。"李鸿章连连说道："那是一定的！"

说曹操，曹操到，曾国藩来找李鸿章，想约李鸿章到江边走走。八月天气，安庆的午后不是很凉快，太阳虽不像夏天那样刺眼，但映照在江面上，那粼粼泛起的波光还是有点晃眼。曾国藩和李鸿章沿着江堤，向振风塔走去。曾国藩向李鸿章说出了自己的烦恼，李鸿章详细剖析了朝廷政局即将发生变化的原因，然后说："老师，恭亲王一定会主持朝廷大局的，老师还会获得更大的权力！"曾国藩听了李鸿章的一番剖析，笼罩在心头几天的阴霾一扫而光，他顿时觉得天也高爽了许多，地也阔大了不少。李鸿章趁机说："老师要先行一步，做出姿态，以主动配合朝廷新的任命。"

曾国藩随即部署进攻南京的整体战略。他一面整训军队，一面派兵攻占安庆以东、庐州以西各州县，做出向南京发出总攻的态势。李鸿章也与曾国藩一起，在忙碌中等候朝廷政局发生变化。

曾国藩一系列的攻势，让钱江感到了直接的威胁，而刘元合派人侦察得到的消息更令钱江难以沉住气了！安庆城破之后，湘军势如破竹，在江淮大地上所向披靡，在江南也是不断攻城略地。江北宿松、桐城、舒城、三河一个接着一个被湘军占领，八月十三日，庐江被湘军攻破；九月十八日，曾国荃占领了无为州。在江南，南陵、繁昌以西所有州县已尽为湘军所有了！天京上游，江北仅有庐州、巢县、含山、和县、江浦五座府州县城，唯一有战斗力的仅庐州一座孤城；江南仅有铜陵、芜湖、太平，真正有战斗力的只有太平金柱关水营。天京上游大门几乎对湘军敞开了！

洪秀全此时也知道了曾国藩的举动，但他认为这是曾国藩在朝廷新贵面前表现表现，以获得好印象，不至于很快被排挤，所以，当钱江心急火燎地赶到天朝宫殿时，洪秀全却不急不慢地说出了自己的想法："军师，朕以为这不过是曾国藩在朝廷新贵面前邀功之举，不必太在意。即使他真的为攻天京做准备，朕也不怕他，朕就在天京城下设下天罗地网，将湘军一网打尽！"钱江很着急，没法让他不急，如此颟顸无知还要强做主，钱江真是一点办法都没有。钱江说："天王，自古以来很少以都城做诱饵引敌人上钩的。再说，天国现在还是缺少一个能统调全军的人。即如天王设想的那样，湘军真的落入了我们设下的天罗地网，也没有一个能收得起网的人！到时候恐怕鱼未死而网已破！"洪秀全不高兴了，钱江好像又在重弹安庆之战的老调，把丢失安庆的责任推在天王不愿用人上，洪秀全阴着脸说："军师，安庆远，朕不能御驾亲征；天京之战，朕御驾亲征，还统调不了各路大军！"钱江害怕极了，他怕洪秀全到时候真的御驾亲征，那还不如现在就弃城而走。洪秀全语气和缓地说："军师，相信朕的判断！他曾国藩不会有多大作为的！清廷不会重用曾国藩的！"钱江见洪秀全侥幸得不可理喻，也只好回到运漕。

钱江回到运漕时，哨探来报，运漕四面都有湘军出没。南面最近，湘军已到三官殿；西南，湘军正在石涧休整；西面，虽较远，但也不上一百里；北面，古河出现了湘军一个营，六七百人；甚至连东面，三汊河都有小股湘军活动！钱江命令刘元合做好保卫运漕的战斗准备。几天后，据侦察得到的消息，湘军之所以不敢进占运漕，最主要原因是刘元合的"军师卫队"驻守在运漕，这是一支令湘军闻风丧胆的军队，湘军在鄱阳湖之战中吃尽了"军师卫队"的苦头！

又过了几天，正是咸丰十一年（1861）十月初二日，钱江惊闻清廷两宫皇太后联合恭亲王发动了政变，夺去了大权。钱江说："完了！曾国藩这下子真是如鱼得水了！天国的日子越来越难过了！"大凡一件大事发生，总是有人忧愁有人欢喜。

十月初二日，李鸿章起床后，尚未梳洗，就听见曾国藩在叫他："少荃老弟，少荃老弟！"李鸿章连忙跑出来，见曾国藩也是衣冠不整，知他起床不久，什么事情引得老师如此急迫？曾国藩一把抓住李鸿章的手，激动地说：

“少荃老弟，好消息，好消息啊！”曾国藩说着，即将八百里加急送来的京城邸报给李鸿章看，李鸿章急速浏览了一下，也是喜从天降：两宫皇太后联合恭亲王发动了政变，逮捕了六位顾命大臣，肃顺赫然列于榜首！更让李鸿章高兴的是，恭亲王已是议政王，位列军机处领班大臣！

曾国藩喜滋滋地说：“少荃老弟，我们终于有出头之日了！平定长毛叛乱指日可待！”此时，范瑾瑜也走了出来，曾国藩告诉他，恭亲王奕䜣现在是全国最有权势的人。范瑾瑜笑笑说：“大帅，可喜可贺！属下建议大帅上书朝廷，表明心迹，誓灭长毛！”曾国藩当即上书朝廷，表明态度，决心扫灭长毛，为国除害！

十月初八日，曾国藩正在营帐举行早会，朝廷钦差到，降旨加曾国藩“太子少保衔”，总督安徽、江苏、浙江、江西四省军务，仍居两江总督实职！送走钦差，曾国藩召集众人会商下一步行动。会上，曾国藩激动不已，他说：“本帅衡东起兵以来，跌跌撞撞走到今日，屡败屡战，愈挫愈勇，而能建下大功，全赖诸位扶助。本帅当表奏诸位功劳，恳请朝廷奖擢诸位！”当日，曾国藩上表，奏请朝廷表彰李鸿章、曾国荃等人功劳。数日后，两宫皇太后慈安、慈禧垂帘听政，降旨李鸿章署理江苏巡抚，官阶二品！曾国荃担任江苏布政使，官阶从二品！其余诸人各有封赏、升迁！一时间，湘军大营、坦字营、萍字营喜气洋洋，斗志高昂！

升得太快，三品按察使转瞬即变为二品巡抚，连“从二品”都跨过去了。更为重要的是，以前“三品按察使”是虚衔，并无实职；而今天“二品巡抚”却是实职，尽管前面加了“署理”二字。李鸿章有点晕晕乎乎的。晚饭后，他独自坐在议事帐内，还在回味着上午朝廷特使宣读诏书的情景，那真让人万分幸福！

突然，卫兵来报，说有一人要见李大人。李鸿章嘱卫兵让他进来。来人身穿粗布衣服，背对着李鸿章。李鸿章问：“敢问先生姓甚名谁？见李某人有何指教？”来人缓缓转过身来，李鸿章一看，吓了一跳，不自觉地说了一声：“特使大人！”特使示意李鸿章不要出声。李鸿章问：“大人，您不是启程了吗？怎么又回来了？”特使小声说：“此非说话之处。且叫上范瑾瑜、袁世坦、水青萍，寻一处僻静的地方，有要事相告！”李鸿章不敢怠慢，忙叫上范瑾瑜、袁世坦、水青萍，一起来到菱湖边一处废弃多时的民居内。

李鸿章问：“特使大人有何吩咐？”特使说：“李大人，先帝在日，曾于八年前在养心殿秘密召见过你，并降了一道密旨要你寻找两件国宝。密诏如今还在吗？”李鸿章不知来人底细，未置可否。特使取出慈禧太后亲笔懿旨，懿旨要李鸿章务必寻得“一棵白菜半个瓜”，以完成先帝遗愿！李鸿章无法不佩服范瑾瑜的分析，咸丰皇帝果然嘱咐身边最亲近的人寻宝之事！李鸿章拆开官服，取出密诏，交给特使。特使看罢，连同慈禧太后亲笔懿旨一并交给李鸿章，嘱其藏好，勿泄机密。

特使说：“李大人，太后特别看重这两件国宝。太后说，只要得到这两件国宝，灭了长毛后，长毛所有的金银财宝朝廷都可以不要，任你们处置！”李鸿章郑重地点点头，始终未敢说出国宝已有一件在手。看看事情交代得差不多了，李鸿章说：“特使大人，请回营息宿吧！夜深露重啊！”特使说：“李大人，不可以，本特使这就走！”李鸿章问：“这么晚了，怎么走？”特使说：“不瞒李大人，本特使随从在三十里外一座小山岗等候，请李大人派两人护送本特使至那座小山岗。我们会合后，连夜赶路。”李鸿章问：“特使为何如此匆忙？”特使小声说：“不是匆忙，是怕泄露秘密。这个秘密一旦泄露，李大人也许会有性命之忧。本特使出安庆城不久，就换成这身打扮，傍晚时分，夹在人群中混入安庆城，直到夜幕降临，才来李大人军营，目的是避开湘勇耳目，以免引起曾国藩怀疑！所以，本特使必须连夜赶路，也是不让湘勇怀疑。”李鸿章让袁世坦、水青萍护送特使至小山岗，袁世坦、水青萍直到天亮时才回到军营。

天亮不久，曾国藩又亲临坦字营、萍字营，李鸿章心里一下子紧张起来，不知曾国藩来为何事。他很担心特使返回的事让曾国藩知道了！

第二十八回 步步为营湘攻南京 孤军深入淮救上海

曾国藩突然莅临，令李鸿章着实吃惊不小，他担心曾国藩知道了昨晚特使来营的事情。李鸿章心怀忐忑，将曾国藩迎入帐内，小心地问道：“现在卯时一刻还没到，老师这么早就莅临我营，不知有何重要事情？”曾国藩说：“没有什么大事，本帅就是过来看看。”李鸿章此时尚未整理内务，但曾国藩来了，自己又不能不陪同，真有点为难。曾国藩似乎看出了端倪，他对李鸿章说：“少荃老弟，你先忙自己的事情去吧，忙完了再来见本帅。本帅先一个人在营内走走。”李鸿章告辞一声，忙自己的事情去了。

曾国藩先来到坦字营官兵营房区，发现营房门口竖有一块牌子，高两尺多，宽约四尺。曾国藩凑近一看，原来是“团练第一营坦字营作息时间安排”，全天自卯时初至子时初，共分为十三个时间段，每一个时间段都有明确的事项。曾国藩眼光落在倒数第三个时间段，只见上面写得明明白白：“戌时正至亥时初，学习军纪、教唱军歌、学习文化。”曾国藩对“学习文化”四个字尤其感兴趣。转过牌子背面，也有字。曾国藩一看，原来是《子弟兵爱民歌》，清清楚楚地规定哪些事不能做。

曾国藩又转到萍字营营房区，同样看到一块牌子，一面是“作息时间安排”，一面是《子弟兵爱民歌》。曾国藩随便叫住一名士兵，问他每天都做些什么，那名士兵有条不紊地把一天所要做的事情全部说出来了。曾国藩让他唱

《子弟兵爱民歌》第三段，那名士兵立即唱道：

第二扎营莫偷懒，莫去人家取门板。

莫拆民房搬砖石，莫踹禾苗坏田产。

唱得自信，唱得虔诚！曾国藩十分满意，笑着点点头，正要再说几句，不料，那士兵一个军礼：“禀报大帅，会操时刻已到，属下即刻去会操！”曾国藩说：“本帅与你一起去。”

到了操场，曾国藩看到操场面积不算很大，但也够两千人操练的了。操场上官兵们列队整齐，士气高昂。袁世坦面对着列队官兵，水青萍也面对着萍字营官兵，两人都没有看到曾国藩。袁世坦、水青萍讲了几点要求，会操便开始了。两人又到队伍中，查看动作规范与力度，并不时地纠正个别官兵动作，有时还亲自示范几下。

会操结束，袁世坦、水青萍方才发现了曾国藩，便跑向曾国藩报告会操情况，曾国藩连连点头，表示满意。早餐时间到了，在官兵食堂，饭菜已经分好，官兵却都立正站在那里。范瑾瑜起了个头：“三军个个仔细听，行军先要爱百姓”，官兵们齐唱《子弟兵爱民歌》，唱得铿锵有力。袁世坦、水青萍说：“开饭！”两千多人吃饭，几乎听不到什么嘈杂声，食堂里静静地飘着饭菜的香味。

李鸿章说：“老师，我们也用早餐吧。”袁世坦引着曾国藩来到官兵饭桌旁边的一张小桌上，桌上五份早餐已经准备好。曾国藩看到有稀饭、馒头、红薯，还有臭豆腐、腌白菜、蚕豆酱，与官兵伙食品种完全一样，只是装蚕豆酱用的是小陶罐，官兵们用的是小陶碗。范瑾瑜解释说：“团勇们用陶碗盛酱主要是便于他们舀到饭碗或直接拿着馒头蘸。”曾国藩问道：“团勇们能吃饱吗？”李鸿章答道：“正常情况下绝对管饱，有时急行军只带着馒头或干饭，边走边吃。”曾国藩喝了一口稀饭，说：“别人家的饭菜就是好吃！”须臾，早餐结束，官兵们已将食堂收拾干净，在自由活动。

曾国藩在营房内走了一圈，查看了官兵们床单、蚊帐，看见每个官兵床头都有一本小册子，小册子不厚，大概有七八页。曾国藩拿起来一看，是军纪内容。曾国藩问范瑾瑜：“你们印的这些纪律条文，团勇们能看懂吗？”范瑾瑜说：“这个小册子有两个用处，一是宣传军纪，二是教他们识字。”曾国藩有点惊讶了，他说：“本帅疏懒，一直没有能到你们军营里看看，竟然不知道你们的团勇是识字的！”李鸿章说：“老师，学生在运漕刚刚组织团练时，范先生就把许多常用字编成歌谣，让团勇们学习。老师可能也看到了，我们作息时间里有一项就是学文化。”曾国藩捻须颔首，甚为满意。

官兵们有的在唱《子弟兵爱民歌》，有的翻开小册子，一边学习着军纪，一边用树枝木棍在地上写字，大家都做得很认真。曾国藩叹息一番，说：“少荃老弟治军果然与众不同，本帅早就应该让湘军的那些将领们过来学习。”

军营里响起了号角声，官兵们纷纷收起小册子，整理衣服，扎紧带子，分成两拨，跑向不同的场地。坦字营很快在操场上列队完毕，袁世坦听候各卒卒长报告人数，然后说了一声：“开始！”但见官兵立即分成很多个小组，每个小组少则三五人，多则七八人，分别围着酱缸、石鼓、磨盘、石碾，轮流举起那些沉重的家伙，也有几个人推着平放在地面上的石磨盘，曾国藩看那石磨盘，估计有三四百斤，竟然被官军推移一两丈远。曾国藩问袁世坦：“官兵们训练的是什么？”袁世坦答道：“大力移山拳。”曾国藩没有听说过这种拳，便问：“谁传他们的？”袁世坦反而有些腼腆了，小声说：“属下。”曾国藩赞许地说：“难怪你和坦字营对湘军能够以一敌十呢！那次可没让他们少吃苦头啊！”说完，高兴地笑了起来。李鸿章问：“老师，世坦什么时候跟湘军过招的？”曾国藩说起了当年在鄱阳湖时的事情，范瑾瑜笑着说：“世坦老弟怕李大人骂他，没敢禀报，但对属下说过这件事。”

曾国藩、李鸿章、范瑾瑜三人又来到菱湖边，萍字营正在这里训练。曾国藩看到一种奇怪的水上训练：那些官兵先直立沉下水，然后再慢慢直立浮出水面，待水淹在腰部时，大喊一声，直立跃出水面，并在水面上停留，有的停留时间长一点，有的停留时间短一点。曾国藩从未见过这种训练，便问水青萍：“水管带，他们练的又是什么功？”水青萍说：“禀告大帅，他们练的是‘疍家水上漂’。”曾国藩很好奇，又问：“‘疍家水上漂’是一种什么功夫？”水青萍不好回答，也很难解释清楚，只好说：“这种功夫练到一定程度，可以在水下憋气半个时辰，也可以徒步在水面上行走。”曾国藩瞪大眼睛，问：“徒步在水面上行走？”水青萍说：“禀告大帅，正是如此。”曾国藩来劲了，他兴奋异常，说：“水管带，能否让他们表演一下，让本帅也饱饱眼福。”水青萍一声号令，三百多官兵迅速向岸边靠拢，然后上岸。水青萍做了一个手势，三百多人一齐徒步跑向水面，从水面上向湖心跑去，大约跑出三五十丈，又一齐从水面跑回来。曾国藩带头鼓掌，李鸿章、范瑾瑜、水青萍跟着鼓起掌来。

曾国藩笑得合不拢嘴，说：“少荃老弟，你瞒着本帅把团勇们训练得人人身怀绝技！”李鸿章说：“老师以前没有过问学生军营之事，学生岂敢对老师有所隐瞒？”

下午训练内容相同，只是场地交换了一下，坦字营在水上训练，萍字营在操场上训练。晚饭后，官兵们稍事休息，自由活动。戌时起，学习军纪，齐唱军歌，学习文化。曾国藩巡视了官兵们的训练，观看了官兵们学习文化的场面，很有点感动。他走到一组正在互帮互助学文化的官兵中间，问：“你们学文化有什么用？”一个卒长模样的人回答说：“禀告大帅，范先生告诉我们，将来仗打完了，国家要造大兵舰，属下想开动大兵舰！”大家七嘴八舌，说的无非是对未来军队建设的憧憬。最后，有两个士兵说：“禀告大帅，属下没有他们的远大志向，属下兄弟俩只想识几个字，将来仗打完了，回家做个小生意，自己会记账，不用请账房先生。”说得大家哄笑起来。曾国藩笑着说：“不管将来是开动大兵舰，还是回家自己记账，都是好样的！你们懂得学文化，知道文化重要，本帅就非常高兴！”官兵们就寝了，曾国藩要回大营，袁世坦、水青萍负责护送。

次日，李鸿章、范瑾瑜、袁世坦、水青萍都出席了曾国藩安庆阅兵筹备会。会上，曾国藩详细介绍了他在坦字营、萍字营一天的见闻，决定阅兵式重点是观看坦字营、萍字营的表演。不少湘军将领都不服气，只有鲍超、程学启表示要向坦字营、萍字营学习。

散会后，湘军将领在曾国藩面前发牢骚，埋怨曾国藩“胳膊肘向外拐”，曾国藩也不说话，只要求各位将领回营加强训练。数日后某个清晨，卯时尚未到，曾国藩叫醒了所有将领，带着他们来到坦字营、萍字营驻地。一天参观下来，所有将领都服了，他们确实没有袁世坦、水青萍做得好。最令他们服气的是，萍字营那一千多人原来在湘军里面就很自由散漫，正因如此，曾国藩将那些人抽出来交给李鸿章，大家才没有意见，甚至有少数湘军将领庆幸自己卸了“包袱”！可如今，那一千多人不仅技艺超群，而且纪律严明、令行禁止！这些，都是那些湘军队伍所无法比拟的。曾国藩说：“你们看见了吧，同样的一批人，在你们营里，就是一群乌合之众；而在少荃部下，本帅不说，你们也知道，在奇袭安庆之战中立了首功！你们再看看自己的士兵，那是兵吗？那简直就是匪！抢钱、赌博、酗酒、玩女人，五毒俱全！回去好好管教你们的那些人！阅兵式上别给本帅丢脸！”湘军将领不再趾高气扬了，他们唯唯诺诺地退出坦字营、萍字营营地，回去准备一个月后的安庆大阅兵。

曾国藩安庆大阅兵取得了巨大的成功，树出了榜样，整肃了军纪，凝聚了军心，振奋了士气。安庆阅兵后，湘军内部又进行了一系列的整顿，面貌为之一新。

军纪整肃，士气高昂，曾国藩看在眼里，喜在心里。年底的一天，他带着李鸿章、范瑾瑜巡视安庆各军营。曾国藩问："少荃老弟、范先生，两位认为何时进攻南京比较稳妥？"李鸿章说："老师，学生认为越快越好。现在，南京上游陈玉成顾此失彼，已无力阻挡我们进军；李秀成在竭尽全力经营着苏福省小王国，李世贤又在浙江。南京已无多少屏障。"范瑾瑜接过李鸿章的话："大帅，属下完全赞同李大人的意见。不过，进攻南京尚需阻止李秀成、李世贤的救援，或者至少能拖住李秀成、李世贤。"曾国藩笑了笑，说："两位的想法与本帅完全一致。本帅打算以四路大军进攻南京，两路大军分别拖住李秀成、李世贤。"李鸿章说："老师已有全盘计划了，学生自当主动请缨，上阵杀敌！"曾国藩说："本帅早有让少荃老弟亲自统领一路大军作战的想法，但一直犹豫不定，不过，自从那天突然袭击视察你的两个营后，本帅决定将程学启总兵两千五百人交给你，同时自鲍超部抽调五百人归你指挥，这样，本帅先调拨六个营共三千人给你！本帅相信你能带好！"李鸿章万没料到曾国藩会如此信任自己、器重自己，他激动地说："学生得老师这般器重，深感责任重大，学生当尽心竭力，不辜负老师厚望！"

曾国藩用期许的眼光看着李鸿章，说："不要客气了，通知诸将大营集中，本帅将作进攻南京的全面安排！"

曾国藩大营升帐，曾国荃、曾贞干、杨载福、鲍超、左宗棠等湘军主要将领站在大帐右侧，李鸿章、范瑾瑜、袁世坦、水青萍、程学启列于大帐左侧。曾国藩满意地扫了一眼两边人物，郑重地说道："列位，对长毛最后一战即将开始。现在，本帅宣布作战计划。江苏布政使曾国荃！"曾国荃立即出列，朗声答道："属下在！"曾国藩严肃地说："命令你率湘军主力近四万人自安庆沿长江北岸直取南京！"曾国荃非常高兴，这正是他日夜盼望的，他神情庄重地接过曾国藩的令牌，站直身子，大声说道："属下听命！"曾国藩又分别命令同知曾贞干率五千人由池州沿长江南岸攻取芜湖，命令杨载福率湘军水师沿江而下，命令提督鲍超率领八千人由江西进入皖南，强攻宁国府。鲍超说："大帅，属下经常指挥的将士有八千五百人，今日进军江西何故只有八千人？”曾国藩说：“本帅调你一个营五百人归江苏巡抚李鸿章指挥。”鲍超没有异议，他也很佩服李鸿章的治军思想和带兵能力。曾国藩接着说：“以上四路最终全部直指南京！本帅命令浙江巡抚左宗棠全力进攻浙江，务必阻止李世贤回援南京！”左宗棠本来就不想与曾国荃在一起，正好曾国藩命令他进攻浙江，他当然愉快地接受了曾国藩的安排。

李鸿章正等着曾国藩给自己安排任务，恰好曾国藩说道：“江苏巡抚李鸿章听令！”李鸿章出列，说：“属下在！”曾国藩说：“命令你率领坦字营、萍字营、程学启总兵五个营及鲍超提督一个营，计五千余人，直插镇江、丹阳、金坛、溧阳一线，阻断李秀成西援南京之路！这一路完全在敌后作战，困难重重，少荃老弟辛苦啊！”李鸿章其实已经预料到自己要赴江苏作战，因此，并不认为曾国藩在给他出难题，于是，他坚定地说：“属下必尽全力拖住李秀成！”曾国藩说：“李秀成有数十万大军，且有江南财力支持，你就区区五千人，且远离后方大营作战，只宜智取，不可硬拼！”李鸿章说：“属下谨遵大帅教导！”

曾国藩安排已毕，脸上表情又严肃起来，他按了按佩戴的“安天”宝剑，说：“各位，战场上没有兄弟、师生、同乡之情，有的只是军纪、军法，各位务必努力向前！若有违误，本帅决不宽贷！”说完，抽出“安天”宝剑，一剑砍下了几案一角。众人齐声说：“消灭长毛！保国安民！”

曾国藩部署已定，正待宣布散会，忽大帐外传来一阵喧闹。曾国藩问：“何人在帐外搅扰？”士兵报告说：“禀告大帅，上海来的钱先生一定要拜见大帅，属下拦住他，他就与属下起了争执！”曾国藩问：“哪个钱先生？”卫士方才呈上来人拜帖，曾国藩一看，说：“原来是故人之子，快请进！”

来人三十出头，一身儒士打扮。他一走进大营，便扑通跪倒在曾国藩面前，苦苦哀求：“大帅，快救救上海吧！大帅，快救救上海吧！上海完了！上海完了！”曾国藩被来人弄得莫名其妙，连忙说：“世侄不要这样，快快请起！”早有李鸿章、曾国荃扶起了来人。曾国藩说：“世侄，上海怎么啦？你慢慢说来！”

来人谦恭地说：“大帅，九帅，各位将军，在下姓钱名鼎铭，受上海道台委派，来安庆乞师求援！”众人方才知道他就是原浙江巡抚钱宝琛之子钱鼎铭，难怪曾国藩说是“故人之子”呢！钱鼎铭继续说道：“大帅，九帅，各位将军，上海危矣！去年二月，李秀成大军从南京出发，进攻苏南。四月，钦差大臣和春自尽，常州失守；五月，江苏巡抚徐有壬自杀，苏州城破；十一月，浙江巡抚王有龄身亡，杭州城陷。李秀成大军旋即北上，全力进攻上海！几个月来，李秀成横行上海周边，嘉定、宝山、川沙、南汇、奉贤、金山卫、松江、青浦所有县城、重镇均已陷落，上海县已经成为一座孤岛！今年四月以来，南翔、真如、徐家汇、江湾都已落入贼手，上海县城旦夕不保！”

曾国藩说：“世侄放心，本帅已经做了部署，相信不久就可以解上海之围。”那钱鼎铭也真不愧为名士，他不相信曾国藩的话，就问道：“大帅所言‘不久’，到底是多长时间？”曾国藩也很难肯定，就含糊答道：“最多一年！”钱鼎铭冷笑一声：“大帅饱读经典，‘涸辙之鲋’这个典故应该看过吧！若真如大帅所言，上海早就落入贼手了！上海一旦被长毛攻破，江南富庶之地则全为长毛据有了，到那时，大帅一半军饷将无所出，扫平长毛也许会成为奢谈！既然如此，请容在下告辞！”说罢，转身欲走。

曾国藩忙挽留钱鼎铭，说：“世侄勿急，容本帅再想想办法。”钱鼎铭转过身来，斩钉截铁地说：“大帅欲救上海，则须派遣精锐之师速赴上海；若迁延时日，则不如不救上海。在下来时，上海县城已被长毛围得铁桶一般，在下是搭乘英吉利商船才来到安庆的。大帅如果真救上海，则让大军与在下一起乘船直抵上海；若有难处，在下这就乘船回上海，与上海共存亡！”曾国藩听到“英吉利商船”一词，便问：“那英吉利商船是火轮还是民船？能运多少人？”钱鼎铭一听这话，觉得有希望了，便回答道：“回禀大帅，英吉利商船是火轮，从上海到安庆逆水只需七天时间，从安庆到上海顺水应该不到五天。两艘商船可运兵近三千人！船就靠在迎江寺下，船上还有上海绅商士民所捐军饷白银二十万两。”曾国藩明白，上海各界诚意来请，不能不答应，但自己总攻南京部署已定，重新调整尚需时日，便对钱鼎铭说：“世侄，既然上海各界如此诚挚相邀，本帅焉能坐视不救！只是本帅还要调整部署，扩充兵员，这都需要时间。本帅承诺，四十五天内首批两千人直抵上海，两个月内，赴上海作战精锐之师不下万人！”钱鼎铭向曾国藩深深鞠了一躬：“在下钱鼎铭代表上海各界感谢大帅，感谢九帅，感谢众位将军！”钱鼎铭请曾国藩派人去船上搬取银两。

一听说有银子拿，湘军将领争先恐后，都要请求由自己带人去搬取银两。曾国藩看着李鸿章，说：“此事就劳烦少荃老弟吧，银子直接搬到大营即可。”李鸿章本来就想去看看英吉利商船，一听曾国藩要自己承担运银任务，当然很高兴，说：“学生愿为老师效劳！”即命袁世坦、水青萍回营召集团勇，自己与范瑾瑜跟着钱鼎铭先去迎江寺外码头。

李鸿章远远就看见两个庞然大物稳稳地停在距离江岸十丈开外的地方，两个大家伙周围是湘军水师木船。在李鸿章看来，那两艘英吉利商船泊在一群湘军水师木船中间，根本不能用“鹤立鸡群”来形容了，简直就是两只硕大的凤凰落在一群毛都没有长齐的雏鸡中间！这场景给李鸿章带来了强烈的震撼！范瑾瑜说：“什么时候我们自己也有这样的大船就好了！”李鸿章点点头，算是给范瑾瑜肯定的答复。接着，他又问钱鼎铭：“钱先生，那船为什么不靠岸边停呢？”钱鼎铭隐隐约约地感到李鸿章对上海有兴趣，心想：找对人了！有把握了！但他还要进一步挑起李鸿章对上海的欲望！钱鼎铭说：“李大人，岸边水太浅，船无法停靠。大人可知这两艘船的吃水深度吗？说出来都有点不可思议！三十五英尺！”李鸿章说：“三十五英尺？那是多少丈？我来算算！”李鸿章在翰林院时曾看过翻译成中文的西洋书，略知西洋度量衡与中国度量衡的换算关系。他默算了一下，随口报出数字：“三丈一尺五寸！也就是说，这两艘船光吃水深度就有三层楼高！了不起，了不起！范先生，我们到船上看看！”

上了船，李鸿章目测船长应有四十五丈，宽至少十五丈，全部是铁甲，无比坚固。船身两旁各有五门火炮，看那口径，也该有八寸。船头两边各有一门火炮，口径至少九寸。钱鼎铭介绍说：“船头火炮有效射程近五千英尺，船两边火炮有效射程也不少于三千英尺！”钱鼎铭与船上一名水手叽咕了几句洋话，那水手对着一个弯弯烟囱模样的家伙叫了几声，很快几十名水手扛着洋枪走上甲板，列队喊口号。钱鼎铭说：“李大人，他们是在欢迎您！”李鸿章上前与水手打招呼，虽然不会说完整的英语，但“哈罗（Hello）”“好多油多（How do you do）”还能说出来的，洋人水手向李鸿章敬礼。李鸿章要求到船舱看看，他主要是想看一下这么个大家伙到底是怎样开动的。钱鼎铭向船长说了几句，船长立马伸出手，邀请李鸿章下船舱。

船舱很大，也很高，连李鸿章那么高的个子，到舱里竟然都不用弯腰。随后，又往下走了一层，李鸿章闻到一股煤烟味。李鸿章看到一个足有半间房子大的铁柜，铁柜门一拉，里面是熊熊燃烧的煤炭，一名水手正将一大铁铲足有五十斤煤往柜门里塞！那位船长引着李鸿章来到一间房子里，李鸿章一看，惊呆了，满屋子都是齿轮、皮带、转盘，还有不少扳手！船长哇里哇啦地说了一通，钱鼎铭翻译道：“船长说，这艘船上锅炉输送出蒸汽，蒸汽推动活塞，活塞带动曲柄，曲柄一伸一缩推动涡轮，涡轮搅动水流，船就可以前进、后退、转弯、掉头。”李鸿章啧啧称赞。

参观完英吉利商船，袁世坦、水青萍所带的人也都来了。船长拿出一个簿册，与袁世坦对照簿册清点贴有封条、盖有大印的箱子，清点完以后，与袁世坦共同在两张中英文交接单上签名。李鸿章问钱鼎铭，要不要给船长一点小意思，钱鼎铭说：“英国人规矩很严，船长若拿了好处，回去会以受贿罪投入监狱的。”李鸿章慨叹：“英吉利强大确实是有原因的啊！”

回去的路上，钱鼎铭继续向李鸿章介绍英国军队的先进武器，李鸿章叹道：“钱先生今天让我开了眼界，与英吉利相比，我大清不知落后多少年啊！”范瑾瑜也说：“在下曾看到区区几千洋人竟然从广州一直打到镇江，当时大骂大清军队腐败无能，现在看来，武器不如别人才是主要原因！别人是长枪火炮，我们是大刀长矛，又怎能是他们的对手呢！关天培、邓廷桢这些英雄死得冤啦！”

李鸿章又问：“钱先生，那英吉利近年来一直与大清开战，现在怎么反倒帮助大清了呢？”钱鼎铭说：“英吉利无非是想与大清做生意，赚取利息，既然有钱可赚，那为什么非得要打仗呢？打仗是要死人的，不值得！他们有句名言，叫‘能通过贸易得到利益，就无须动用武力’！英吉利这次可不是仅仅帮我们运兵，他们还答应与美利坚一起，用五个营的洋枪洋炮来装备我们的军队，美利坚还有一支两千人的洋枪队，准备划拨给我们指挥。”一席话说得李鸿章两眼放光，垂涎欲滴。

李鸿章看着钱鼎铭，欲言又止。钱鼎铭说：“在下实不相瞒，这一次来安庆求援，目的就是想请李大人带兵救上海的。在下早就得知，李大人在翰林院时就对西洋诸事颇有兴趣，上海开埠以来，西洋各国都有不少人来到上海，英吉利、法兰西、西班牙、葡萄牙、德意志、美利坚，带来了许多新鲜的东西，大人若来上海，真是如鱼得水。再者，在下深知湘军匪气较重，他们到了上海，上海就要遭殃；大人麾下纪律严明，‘保家卫国’‘护境安民’的宗旨深入人心，上海由大人来保护，最合适不过了！”李鸿章假意推说兵少力弱，钱鼎铭说：“兵在精而不在多。大人现有精兵五千。程学启的两千五百人都是淮勇，打仗不怕死的；鲍超五百人英勇善战；鄱阳湖救曾大帅，坦字营名闻遐迩；安庆城出奇兵，萍字营建头功。大人若再募集三千人，那大人八千人的军队足以抵得上李秀成十万军队！更何况，苏南一带各镇村皆有团练，总计人数不下三万，大多装备了西洋武器，战斗力也很强，只是没有人能够把他们聚集起来。大人一旦打出‘援救上海’的旗号，则这些人都会归附大人！到时候，加上美利坚洋枪队，大人的兵力也接近五万！如此，大人虽不忍取曾大帅而代之，但至少能与曾大帅分庭抗礼！”最后两句话重重地敲在李鸿章胸口上，令李鸿章几乎不能自持！李鸿章说：“钱先生为什么不直接向曾大帅提出来呢？”范瑾瑜说：“钱先生是怕曾大帅起疑心。”李鸿章恍然若有所悟。

李鸿章问：“据你二人估计，曾大帅会派我们去救援上海吗？”范瑾瑜说：“大人，属下分析曾大帅不会首先想到我们的，他首先想到的是九帅。不过，九帅是不会去上海的，他的目标是南京，因为南京是长毛老巢，攻下南京将建不世之功；再者，传说长毛在南京有千万两银子的财宝！九帅不会将快到嘴的肥肉让给我们的！”钱鼎铭拊掌叫好：“范先生不愧为当今‘活诸葛’，分析得无比透彻！大人，为今之计，我们以静待动，等着曾大帅找到我们，那样，我们可以争取更多有利的条件！”范瑾瑜注意到钱鼎铭已经把他自己当成李鸿章的部下了，于是，趁机说道：“钱先生，我们对上海一无所知，到上海后，凡事还要仰仗钱先生！”钱鼎铭说：“范先生言重了，什么‘仰仗’不‘仰仗’的，大人若有要在下效劳的，尽管差遣！”李鸿章表示感谢，钱鼎铭说：“大人这样说，未免太见外了。若大人不嫌弃，在下愿效劳左右！”李鸿章高兴地说：“得钱先生相助，大事已成一半了！”范瑾瑜笑着说：“也许现在大帅正在跟九帅说着上海的事呢！”

范瑾瑜估计得没有错，曾国藩找了曾国荃，劝他去援救上海，曾国荃死活不肯。曾国荃说：“大哥，扫平长毛逆乱的头功不能让别人抢去；还有……”他附在曾国藩耳边说：“大哥，你忘啦，长毛在南京的金银财宝？那可价值上千万两银子啊！那些财宝岂能落入他人之手？”一句话提醒了曾国藩，巨大的名利诱惑，使得这位号称“圣人”的曾国藩也动心了，他问：“那让谁去援救上海呢？”曾国荃毫不迟疑地说：“让少荃老兄去！”曾国藩说：“他的人太少了，大哥怕他扛不住啊！”曾国荃说：“大哥可再给他一千人，让他去募兵两千，上海城守军至少有两千吧，这样，少荃老兄就有一万多人了，在上海一带顶几个月还是可以的。等我们打下南京城，然后再去助他，岂不更好！”曾国藩感到自己的这位九弟这些年历练得越来越成熟了，竟然能把不去上海的理由说得滴水不漏，心里很舒坦，说：“那你先去探探少荃老弟的态度！”

曾国荃到李鸿章驻地时，正赶上李鸿章、范瑾瑜、钱鼎铭从码头回营。看见曾国荃，范瑾瑜、钱鼎铭与李鸿章交换了一下眼色，李鸿章会意。李鸿章说："九帅，愚兄刚完成大帅交给的任务。九帅亲临，有何指教？"曾国荃笑笑说："指教谈不上，小弟不过是送一桩生意给少荃兄。"李鸿章高兴地说："愚兄知道，有什么好事，九帅总是第一个想到愚兄！"曾国荃说："也不知是不是好事，不过，在小弟看来，应该对少荃兄有益而无害。少荃兄是否留意钱先生的请求呢？"李鸿章冷笑一声，说："愚兄以为是什么好事呢，原来九帅是想把上海那块硬骨头扔给愚兄啦！九帅是知道的，愚兄不过五千人，一下子投入上海，置身于李秀成几十万大军的包围之中，还不是肉包子打狗啊？"边说边看着范瑾瑜、钱鼎铭。钱鼎铭随即附和道："李大人兵力太少，难以应付上海的局势啊！在下恳请九帅出手相助！"

曾国荃想了一想，说："兵在精而不在多。小弟可以请大帅再增拨几千人给少荃兄！听说，上海还有外国人的洋枪队，到时候少荃兄稍加运作，将洋枪队收归己有，也不是没有可能的！少荃兄只要能支撑半年，小弟打下南京城后，立即增援你！"李鸿章这才舒展了眉头，笑着说："感谢九帅帮忙，不知大帅能增拨几千人给愚兄？"曾国荃说："至少两千人，少荃兄再回乡招募两千人，差不多凑够一万人马。"范瑾瑜为难地说："父老乡亲还指望我们能保护运漕镇。他们对湘军在安庆的所作所为亦有耳闻，怕你们进入小镇后，也像在安庆城那样。"曾国荃脸上红一阵白一阵，相当难看，说："范先生放心，湘军决不进入运漕镇，运漕镇由你们接收！"接着，话锋一转，对李鸿章说："既然大家都把话说开了，那小弟也说几句。俗话说，亲兄弟明算账。少荃兄知道，小弟为进攻南京筹划已久，南京小弟是志在必得，小弟相信有能力解决南京，不希望他人插手！"李鸿章说："九帅放心，愚兄哪怕到了离南京一百里的地方，也不会加入九帅的攻城战斗。南京这块肥肉，理所当然地属于九帅！"曾国荃笑着说："还是少荃兄深明大义！我们不愧为好兄弟！"说完，匆忙回去报告曾国藩。

半个时辰不到，曾国藩请李鸿章、范瑾瑜、钱鼎铭前去议事。曾国藩首先说："少荃老弟勇挑重担，本帅甚感欣慰！"李鸿章谦虚地说："老师抬举，学生岂敢不尽力！"曾国藩让曾国荃将湘军其他几位将领也召进帐。一会，湘军各路将领入帐议事。曾国藩说："各位，上海百姓翘首以待，我们不能不回应！今有江苏巡抚李鸿章愿意承担援救上海的重任，减轻了各位的负担。不过，少荃老弟兵力太少了，还需各位调拨一些人马给他。”当即就有湘军将领表示愿意，大概凑够了四个营两千人。曾国藩说：“少荃老弟自己也当回乡再募集一千五百人左右。这样，共计十三个营六千五百人，加上坦字营、萍字营，有八千五百人。上海方面也表示，洋枪队两千人可以归少荃老弟指挥。精兵一万，差不多能与李秀成周旋半年。半年后，若江苏布政使曾国荃攻下南京，本帅即派曾国荃增援少荃老弟！”李鸿章说：“老师在上，学生当竭尽全力保卫上海！”

众人退去，曾国藩独留李鸿章。曾国藩捻着胡须走来走去，似有心事。李鸿章小心地问：“老师还有未解之事？”曾国藩说：“少荃，湘军名声不是太好，本帅不想让你打着湘军的旗号！”李鸿章不解地问道：“难道老师要把学生赶出湘军？”曾国藩说：“不是赶出湘军。本帅自有考虑。本帅认为，你带的一万多人干脆称作‘淮军’吧！”这很出乎李鸿章意料，他说：“学生愿意永远在老师麾下，一辈子侍候老师！”曾国藩说：“不可以！那样的话，你我都很危险！少荃啊，眼下扫平长毛逆乱几乎已成定局。扫平长毛逆乱，即是当今不世之功！自古以来，狡兔死，走狗烹，雕鸟尽，良弓藏，功高震主绝没有好下场。因此，一打下南京城，老师将主动裁撤湘军的五分之四，仅留鲍提督和左巡抚两支纪律良好的军队。湘军一裁，我们师生还有一大批出生入死的兄弟就失去了甲胄，那样就会任人宰割了，所以，老师打算助你组建淮军，到时候可保我们在有生之年不受戕害！”李鸿章太佩服曾国藩了，他激动地说：“还是老师有远见！”曾国藩说：“少荃，老师还有几句话要叮嘱你。老师之所以在那么多人当中选中你，主要是看你刚柔兼济、进退有据，既有治军本领，更有治国才干；湘军中曾国荃声名狼藉，鲍超性格暴躁，左宗棠好认死理，很难找出像你这样的人才！朝廷忌讳我们走得太近，从此以后，你不要与老师走得太近，凡事心照不宣即可。”李鸿章感动得热泪盈眶，他向曾国藩深深鞠了一躬，泣不成声：“学生全靠老师栽培！学生永记老师提携之恩！”曾国藩说：“少荃啊，老师只能‘安天’，这‘补天’的事就交给你了！去吧，好自为之！”李鸿章含泪告别曾国藩。

李鸿章一回到营地，就命令袁世坦、水青萍回乡募集新兵。凭着袁家在合肥、肥东、巢县一带的人脉，袁世坦很快招募了一千四百名新兵，他让水青萍先带新兵回安庆，自己独自潜回运漕镇，再招募一百名新兵。水青萍嘱咐袁世坦要小心，因为运漕镇毕竟在刘元合的控制下。袁世坦说：“青萍妹妹放心，运漕有那么多我们的人，我不会有事的！”水青萍深情地望着袁世坦，说：“世坦哥哥，到运漕后，凡事多与洪启元商量，他应该有办法；实在不行，洪仪泰有一百多号伙计，招几十人应该没有问题！”袁世坦感动了一下，与水青萍告别。

袁世坦秘密潜回运漕镇，他首先来到袁府，告诉叔叔来运漕募兵一事。袁世坦先后请李昌和、汪氏酱坊汪老板、洪启元、许经中等人商量，大家都说尽量游说劝募。袁世坦说：“感谢诸位，世坦透露两个消息，可能在座诸位有的已经知晓。李大人当上了江苏巡抚，奉命带领军队前去保卫上海！”袁百顺问：“世坦，李大人去保卫上海了，运漕怎么办？湘军在安庆烧杀抢掠早已传遍了大江南北，运漕父老乡亲还指望着你们来保护大家呢！”袁世坦笑笑说：“叔叔，这正是世坦要说的第二个好消息。李大人与曾国荃达成了君子协定，李大人不打南京，湘军不进入运漕。运漕镇到时候由我带着坦字营来接收！”众人一听，连连叫好！

李大人当上了巡抚，运漕镇由坦字营接收，消息很快在运漕镇秘密传开，许多青壮年都要参军，袁世坦请各位老板、掌柜帮忙秘密挑选了一百人。这么多人集中在一起肯定会引起刘元合注意，这又是一个难题。大家在一起商议，范金莼说：“洪仪泰房子多，可以先让这些人扮作伙计，到时候跟着洪仪泰运酒船出去！”袁世坦从内心佩服自己的妻子，真不愧“女诸葛”称号，再难的事，她都能轻易化解。

洪仪泰捐出一万坛“大麦烧”酒，运漕绅商士民又捐出五万两白银，洪启元将这些财物全部秘密运上船，袁世坦要亲自押运至安庆。洪启元说：“世坦老弟好不容易回来一趟，应该多看几眼弟媳妇！你要是放心的话，就让愚兄替你押运到安庆吧！”盛情难却，袁世坦暂时留在运漕，洪启元带着扮作伙计的新兵，押着银子和酒，前往安庆。

俗话说得好，久别胜新婚。袁世坦与范金莼一夜有说不完的话，两人几乎一夜未合眼。天亮后，范金莼起床，做了早餐。吃完早餐，袁世坦说：“叔叔，金莼妹妹，我要赶快回安庆，免得李大人悬望！”袁百顺说：“洪启元先去了，你再过几天吧！”范金莼说：“叔叔，我也想世坦哥哥在家多住几日，但军情紧急，李大人一日都离不开世坦哥哥；再说，李大人只见到洪启元，而没有见到世坦哥哥，他可能会有想法的。让世坦哥哥走吧！不过，世坦哥哥跟在洪启元后面追，恐怕很难追上。我建议，从无为州穿过去，直达荻港。我估计他们今晚会在荻港一带停靠。”袁百顺觉得自己的侄儿媳妇真有头脑，便要袁世坦按范金莼的建议直插荻港。袁世坦从内心感激范金莼，感激她顾全大局，处处替丈夫考虑，也感激她足智多谋，总能出人意料地给出建议。当晚，袁世坦果然在荻港与洪启元会面了。

袁世坦回到安庆，上海的求援告急文书又到了，上海形势更加危急。李鸿章说：“钱先生，让袁世坦、水青萍先带两千人过去救急，我随后就来！”钱鼎铭这些天在营地到处走到处看，深知坦字营、萍字营的战斗力，虽然仅有两千人，但绝对能与李秀成五万大军抗衡！钱鼎铭很放心，说道：“好的，属下一定动员上海各方为袁管带、水管带提供一切方便！”

同治元年（1862）三月二十四日，坦字营、萍字营两千人，乘坐英国商船抵达上海。此时，吴淞、青浦、南汇、松江、川沙均已被太平军攻下，甚至上海城北最后一道屏障虹口都已几易其手，上海城北、南、西面所有重镇均已落入太平军之手，太平军只等夺下并占住虹口后，即全力攻城。上海城内人心惶惶，不少市民都在准备逃出城外，连各国商人都拿起了武器，时刻准备着保卫自己的商行。

听说有一支军队来解救上海，上海各界先是激动了一番，随后又不免失望，原来这支军队不仅人数少，更主要的是他们衣着朴素，没有象样的武器，上海市民嘲笑袁世坦、水青萍的两千人是“丐帮子弟”。淮军官兵受到嘲笑，心里很不是滋味。袁世坦说：“要想得到别人尊重，必须拿出实力！”紧接着，虹口一战，全歼太平军五千人，上海各界争相传说“虹口大捷”。接下来的半个月，江湾、吴淞、真如、七宝、莘庄等重镇太平军也都一一败退至五十里开外的地方。此时，洋枪队也不敢轻视坦字营、萍字营，他们主动要求配合作战，上海各界捐款、捐物、捐武器，从头到脚武装了坦字营和萍字营。好消息不断传进上海：宝山、嘉定长毛军被打退，青浦、松江长毛军一败涂地，川沙、南汇、奉贤全都掌握在淮军手中！整个上海沸腾了，人们纷纷出城，争相目睹淮军的风采！远在苏州的李秀成闻讯后，感叹道：“我们遇到克星了！”李秀成正要亲自出马率领大军再攻上海，却不料洪秀全连下几道圣旨，要他回援南京，因为曾国荃大军已经兵临南京城下！

同治元年（1862）二月，曾国荃率领湘军主力沿江东下，长江两岸重镇名城接连被攻破。三月二十日，曾国荃占巢县、含山；四月二日，占和州。湘军渐渐逼近运漕镇，虽然此前大家已经听说袁世坦会回来接收运漕镇，但现在李鸿章尚在安庆，袁世坦、水青萍又在上海，毕竟远水救不了近火，毕竟湘军的残暴凶恶带给人们的恐惧远远超过人们对袁世坦、水青萍的期望！镇上绅商士民不得不请求参加刘元合队伍，请刘元合带领大家共同保卫运漕镇！钱江劝全镇百姓不要紧张，自己愿以性命担保，决不让湘军进占运漕！人们将信将疑，然而，不久，攻下东关的一支湘军居然绕过运漕，直接去攻打无为州，此后，湘军各支队伍均未在运漕附近十五里范围内停留，运漕镇才算稍稍恢复平静。

湘军一路东进，甚至占领了南京正南要隘秣陵关及西南重镇板桥，离南京城不到二十里。钱江着急了，他冒着危险来到天朝宫殿。洪秀全一见钱江，便责骂道："形势这么急，你不怕死啊！"钱江哭着恳求道："天王，快走吧！臣来之时，天京上游各城各镇，除运漕外，全被湘军占领；曾国荃军队已经占领秣陵关、板桥，离城不到二十里！天王，天京城东暂时还没有湘军，现在走，还来得及！"洪秀全说："军师只知其一，不知其二。李鸿章在上海收编了洋枪队、地方团练，据说现已拥有五万精兵，正在苏南攻城略地。去苏州有什么用？到时候苏州也是保不住的！半年前，全力经营苏南，还有出路；如今，我们在苏南已无立足之地了！"钱江说："天王，臣的意思是以天京一城拖住湘军主力，命忠王李秀成堵住李鸿章，缠住左宗棠，命侍王李世贤率军护卫天王迁往福州，则将来可进可退！"洪秀全沉思了一会，断然拒绝："军师，不是所有的人都像你这样忠心耿耿，朕担心一出天京城，朕就可能身不由己了！"钱江没有办法，咬着牙说："天王，那就采纳臣的下策吧。调李秀成、李世贤大军来天京，聚歼湘军，然后再去消灭李鸿章！如今之计，只能拼死一搏了！"洪秀全说："朕的想法正是如此！朕不相信六十万太平军吃不了他曾剃头的十万湘军！"钱江说："天王既已采纳臣的下策，那就让臣留在京城，以协调诸路大军吧！"洪秀全说："军师，你留在天京用处不大，李秀成、李世贤等人由朕直接调度！朕现在相当关心的还有一个地方，他在朕心目中的地位仅次于天京！那就是运漕！"

洪秀全说："军师，湘军为何单单留下运漕呢？"钱江说："天王，臣也纳闷，湘军为何独独留下运漕呢？臣思前想后，觉得此事必是曾国荃与李鸿章之间协调的结果。运漕是李鸿章的发迹之处，又是范瑾瑜、水青萍的家乡，而袁世坦也算得上是半个运漕人了，他们当然不愿意湘军占领运漕了，他们担心湘军进入运槽，会毁了运漕。臣这样猜测，不知对不对！"洪秀全说："朕的想法也如军师猜测的一样。军师，运漕是守不住的，必要时，你可以决定运漕的命运。不过，只能交给李鸿章，不能交给曾国荃！朕有一个大胆的想法，你去找一下李鸿章，让他派人来接收运漕！”钱江觉得洪秀全有点失常，怎么能让自己的军师去联系投降之事呢！钱江说：“天王，臣宁可战死，也不能未战先降啦！”洪秀全说：“军师，朕吃运漕粮，喝运漕酒，品尝运漕名吃糕点，整整八年了，朕真的不想任何人去践踏运漕啊！军师，你就成全朕吧！也成全朕的女儿！朕不想女儿、女婿一家受累！去吧，当断则断，决不能让湘军祸害运漕！”

第二十九回 洪秀全赠宝天王府 石达开失利川滇黔

尽管洪秀全一再催促钱江离开天京、回到运漕，但钱江仍然留在天朝宫殿，辅佐洪秀全，筹划各路大军齐集天京城下与湘军决战之事。经过洪秀全、钱江与在京的一般文臣武将一番讨论乃至争吵，直至第三天傍晚，才拟定了天京决战方案。洪秀全让钱江在荣光大殿向众文臣武将宣布天京决战方案。

洪秀全站在御案后，钱江站在御案前，手捧拟定的方案，望着眼前百十号文武众臣，高声宣布："着英王陈玉成死守庐州，阻挡清军劲旅多隆阿部；调扶王陈得才十万征西大军速返天京，扼守九洑洲，切断湘军水师杨载福进攻之路，待时机成熟时，配合罗三娘水营，全歼杨载福水师。忠王李秀成三十五万大军作如下调配，五万人在上海附近与李鸿章周旋，十万人守苏州，以苏州一城拖住李鸿章，使其不能西进；十万人守住江北通州、扬州，以策应天京决战；忠王本人亲率十万精锐之师立即开拨至雨花台，正面进攻曾国荃部湘军。侍王李世贤一部守金华，侍王亲率精兵十万开赴大胜关，从侧面包抄曾国荃后路！"洪秀全补充道："杨辅清、汪海洋等仍按前所部署拖住湘军、清军其余各部！天京决战事关天国存亡，各位务必全力以赴，如有贻误战机、不听指挥者，军法从事！"钱江命人点上灯烛，一霎时，荣光大殿灯火通明，整个大殿一下子敞亮多了。洪秀全心情也变得舒畅起来了，他说："军师，即刻拟旨，火速颁至前线各部！"钱江旨已草拟完毕，洪秀全阅过，盖上天王御印，当即派特使飞速传旨至前线各部。

忙完了这一切，待满朝文武散去后，洪秀全觉得全身轻松了不少，他说：“军师，今晚陪朕小酌两杯！”钱江却显得忧虑重重，洪秀全不解地问：“军师，还有什么忧虑的？”钱江说：“天王，臣最担心庐州一路，英王陈玉成虽有五万精兵，但并没有结集于庐州城内，庐州城内仅有一万人，臣担心英王守不住庐州。”洪秀全伸出左手，来回翻了三次，说：“军师不必担心，英王陈玉成只要能守庐州十五天，我们就能在天京城下解决湘军主力！”钱江皱着眉头，叹道：“臣估计曾国藩不会让英王守十五天的，多隆阿数万精兵已到舒城，距庐州仅一步之遥，只要曾国藩一声令下，庐州城支撑不了三天！曾国藩迟迟不下令，关键是怕多隆阿攻下庐州后，旋即开赴天京城下，与曾国荃争功。曾国藩在犹豫啊！此时，只要有一个人提醒他，他立刻就会让多隆阿全力攻打庐州城！”洪秀全笑了，他说：“军师不必多虑，朕知道，湘人贪利，且家乡观念极浓，他们是不会让别人来抢功的！因此，无人会提醒曾国藩！那就让曾国藩做他的春秋大梦去吧！”

钱江看到洪秀全如此自信，心里的忧虑不觉又增添几分，他知道李鸿章、范瑾瑜决不会仅仅盯着苏南那几个城市，他俩要助曾国藩建奇功！钱江说：“天王说得有道理，不过，敌人那边也有头脑清醒的人，更可怕的是有李鸿章、范瑾瑜二人！范瑾瑜此人非同寻常，李鸿章对他是言听计从，曾国藩也从来不敢忽视范瑾瑜的意见！”洪秀全手一挥，说道：“李鸿章、范瑾瑜一不属于湘军，二则他们死盯着上海、苏州，哪有那个闲情管曾国藩的事呢！”钱江似乎自言自语，又似乎是在说给洪秀全听：“李鸿章得到曾国藩帮助，组建了淮军，他不能不报答曾国藩。他置身江南，更容易对形势有全局的了解，何况范瑾瑜原来就劝曾国藩欲占南京，必先下庐州，肃清江北。也许，此时曾国藩正在打开李鸿章、范瑾瑜的信函呢！”

历史上许多事情就是这样，英雄所见略同。李鸿章、范瑾瑜联名急信刚刚呈送曾国藩。曾国藩一看信封，收信人称呼有变化，是“总督”而不是“老师”。曾国藩知道事情很严肃，李鸿章不以私人情谊说说自己的看法，而是以下属身份劝谏自己！曾国藩摊开信笺，李鸿章大气而规整的字体呈现在眼前。

两江总督加太子少保衔曾大人钧鉴：

南京一战事关长毛生死存亡，贼众必作鱼死网破之争。

今九帅虽兵临南京城下，然江北尚有敌陈玉成五万人马、陈得才十万军队，江南李秀成拥兵三十五万，浙江李世贤二十万大军正蠢蠢欲动，兼之南京城内长毛守军不下十万。若敌人麇集一处，我军则须应对八十万众，属下担心胜负难料！

为此，属下建议，浙江巡抚左宗棠全力拖住李世贤，使其不得北上；属下竭力牵制李秀成，令其无法西援；最关键之举，乃是令多隆阿总兵速占庐州，一则可以肃清江北之敌，二则可阻陈得才东归之路！如此，九帅即可从容破城，一建全功！

江苏巡抚李鸿章　署理常州知府范瑾瑜

同治元年四月某日

李鸿章、范瑾瑜此时来信，确实让曾国藩难以做出决策。难道为了尽快剿灭长毛，就要让他人来与自己的九弟争功！

曾国藩走出大帐，信步来到振风塔下。他面朝大江，但见江水静静地流向东北。他转过身，向北望去，触目之处只见断壁残垣，偶尔几个人扶老携幼行走在逃难的路上；近处几块田地，荒草丛生，掩住了几根已经结荚的油菜籽。“这里曾是人烟稠密、富得流油的鱼米之乡啊！是战争，造成了国家破败、田园荒芜、民不聊生！我必须尽快结束这一切，拯救百姓，振兴国家！”曾国藩自言自语道，立即大步走回帐内，命令多隆阿立即攻占庐州，肃清江北之敌，阻止陈得才东归南京，其余各部仍按既定方案或牵制敌军，或作速攻城！

不久，战报雪片似的飞向天朝宫殿，每一份都令洪秀全心惊胆寒，让钱江手足无措：

“清军多隆阿部占庐州！英王弃城而走，下落不明！”

“清军多隆阿部占定远、凤阳、全椒、滁州、来安，其前锋已达浦口，与我水营总部隔江对峙！”

“英王陈玉成轻信苗沛霖谎言，被胜保诱捕！”

洪秀全一下子瘫软在地上，一点力气都没有了！钱江扶起洪秀全，正待说什么，不想，又一份战报呈上来了，钱江一看，每个字都刺得他心口疼痛：“扶王陈得才十万大军受阻于皖西大别山，无法向天京靠拢！”钱江尚未将战报呈给洪秀全，又一份致命的战报呈上来了：“侍王李世贤与清妖左宗棠在金华缠斗，无法北上援京！”钱江无力地将接连送来的两份战报呈给洪秀全，洪秀全一看，气不打一处来：“他李世贤十万大军，就算打不过左宗棠，撤出浙江还不行吗？朕看他是舍不得金华的安乐窝！这样的人，朕留着他何用！”说完，将战报撕得粉碎。

君臣二人坐在地上，天色渐渐昏暗下来，又是掌灯时分了，钱江却觉得今晚荣光大殿的灯烛不怎么亮，一切都似乎笼罩在一片薄雾之中。不知不觉，君臣二人昏睡过去，一觉醒来，天已大亮，荣光大殿亮堂多了。钱江扶起洪秀全，走向内室，洗漱用餐。洪秀全勉强地喝了一碗蚕豆粥，钱江也陪着他喝了一碗蚕豆粥。蚕豆是刘元合冒着危险从运漕带来的，上市不久，相当新鲜，吃起来清香满口。刘元合报告说，天京上游长江全境已为湘军控制，运漕河几处要隘裕溪口、雍家镇、三汊河也都在湘军手中，甚至距凤尾洲粮库仅七八里的铜城闸都被湘军占领了，运漕镇陷入了湘军的四面包围之中。刘元合担心湘军一旦进入运漕镇，运漕镇会成为第二个安庆。还有最要紧的，运漕镇秘密“圣库”中尚有数百万两白银，数十万两黄金，一大批奇珍异宝！

洪秀全吃完了蚕豆粥，精神也好了不少。他坐在龙椅上，准备接受百官朝见。钱江呈上一份战报，洪秀全不敢看，钱江说：“天王，忠王李秀成十万精兵已抵达天京城下，忠王即刻前来觐见天王！”洪秀全说：“传旨忠王，不必上殿朝觐，叫他亲自督战，务必将曾国荃赶走！”

李秀成大军前来救驾，洪秀全松了一口气，他开始思考起运漕镇的前途了！运漕镇上游东关、下游三汊河、南面陡沟、北面铜城闸均已落入湘军之手，此外，多隆阿尚有一千多人驻扎在巢县，一日之内便可直达运漕。刘元合的一千人无论如何也守不住运漕镇的！“军师，运漕镇决不能落入湘军、清军之手！”洪秀全斩钉截铁地说。他望着钱江、刘元合，思考了一会，下定决心：“军师，你速去苏南，找李鸿章，让他派袁世坦来接收运漕镇！”钱江愣了一下，说：“天王，运漕镇不战而降，臣不甘心哪！”洪秀全拍拍钱江肩膀，温和地说：“军师，朕起兵为的是什么，为的是救世安民！只要老百姓少受点苦难，休说一个运漕镇，即使是天京城，朕也愿意让出！朕最近看到翼王的《白龙洞题壁》诗，深有感触！你听，‘我志未酬人犹苦，东南到处有啼痕’！我们起兵本为救百姓于水火，不料，到头来受到伤害的仍然是老百姓！朕守天京，实在是不想让湘军糟践天京百姓啦！军师，你去吧，清军里头有点仁心的恐怕只有李鸿章了，更何况运漕镇是李鸿章的起家之所，是范瑾瑜、袁世坦、水青萍及坦字营众多将士的家乡，只有他们能够保全运漕！”

洪秀全突然大声说：“军师钱江接旨，朕命你速去苏南，让李鸿章派袁世坦接管运漕、保卫运漕！”钱江领旨。

洪秀全命令刘元合火速回到运漕，一面做好防御工作，一面准备配合袁世坦接管运漕，并与袁世坦共同保卫运漕。刘元合领命。

袁世坦顺利地接收了运漕，他同意师弟刘元合的请求，允许刘元合继续为南京运输粮食。自同治元年（1862）五月底，至同治元年八月底，在袁世坦暗中保护下，刘元合共向南京运粮六十万担。

同治元年九月初一，刘元合交割了最后一批八万担粮食后，带着十几车东西去朝觐洪秀全。洪秀全看到刘元合运到天朝宫殿的，除了一车糯米，还有小麦、大麦、黄豆、蚕豆、花生、芝麻、甘薯等十几种杂粮，最后两车都是运漕洪仪泰“大麦烧”和同泰祥各色糕点。洪秀全高兴地说：“呵呵，朕的女儿慈萱还带来这么多糕点，朕没有白疼她啊！”刘元合却流着眼泪，好半天说不出一句话。洪秀全问：“元合，朕没见你流过眼泪，今天怎么啦？”刘元合哽哽噎噎地说：“天王，臣与袁世坦三个月的君子协定今日到期，以后，运漕的粮食、酒菜、糕点恐怕进不了天京城了！臣一想到这些，就伤感不已！”洪秀全笑着说：“元合，你这三个月运来的粮食，足够朕及天京军民吃一年的啦！不必管它，陪朕好好逛逛天朝宫殿！”

刘元合跟在洪秀全身后，走出荣光大殿，穿过基督殿，来到真神殿，并未作停留，直接自西小门出。出西小门，便是一条长廊，长廊连着真神殿和西花园。洪秀全指着长廊上的彩绘，说起了“忠孝节义”的故事，刘元合觉得今日的洪秀全不像个君主，倒像一位慈爱的父亲！

“来，搀扶着朕！”洪秀全说道。刘元合搀着洪秀全，走进西花园。迎面就是一座三层楼房，精致无比，名曰“忘飞阁”。穿过忘飞阁，一座小巧玲珑的拱桥横跨湖面，拱桥为条石垒成，桥面、栏杆皆为汉白玉，照例是雕龙画凤，精美绝伦。这样的拱桥刘元合见得多了，因此，也没将观景放在心上。君臣二人行过拱桥，上了一艘石舫。石舫足有六丈长，头向北，尾向南。洪秀全站在石舫船头，看着湖北岸漪澜阁，半天不说话。刘元合偶尔一回头，透过石舫舱门缝隙，看到湖南岸的石望亭里似乎有人倚柱而观，那大概是洪秀全众多王妃之一吧！

“走，上夕佳楼！”刘元合搀扶着洪秀全，踏上一座小桥，小桥紧连着石舫和夕佳楼，桥面一律为青石板，与自己家乡香泉小河上的石板桥并无二致。夕佳楼共三层，刘元合搀着洪秀全登上第三层，凭栏东望，整个天朝宫殿一览无余。天朝宫殿房屋、假山、泉流、树木、花草，洪秀全都烂熟于心，在他看来，这一切都了无新意。洪秀全转身来到夕佳楼朝向西边的一面，趴在红漆栏杆上，入神地看着稍远处围墙外的景致，也许，围墙外的世界对洪秀全来说才充满着神秘感。

刘元合紧挨洪秀全站着，凭栏远眺。楼下不远处是一排平房，房后即为围墙，围墙那边两丈开外的就是御沟。御沟两旁，栽满了杨柳。时已中秋过后，柳树叶子有点枯黄。刘元合想起几年前春天，跟随军师钱江沿着御沟走了一个圈子，那时候，春风骀荡，杨柳依依，绿柳、绿水融为一体，景色美得让人心动。他至今还记得军师钱江随口吟出的那两句诗：

又是梁上燕归时，春风春雨柳如丝。

一阵秋风飚起，柳叶纷纷落下，有几片落叶被秋风托起，飞过围墙，漫无目的地飘向一丛丛枯草中，不见了踪影。洪秀全掸了掸身上的灰尘，漫步走下夕佳楼，刘元合跟着他，沿着弯弯曲曲的碎石小路，向藏珍阁走去。身后落木萧萧，刘元合禁不住回头看了一下，但见秋阳下，夕佳楼的影子拖得老长老长，几乎盖住了楼旁的半个湖面，湖水一下子暗了许多。

洪秀全带着刘元合，路过三层楼的藏珍阁，便直入内宫。内宫三排平房，第一排为天王寝宫，后两排是众王妃住处。洪秀全从最大一间寝室里，取出一只秀气而朴素的小木盒，打开木盒，拿出两把钥匙，对刘元合说："元合，跟朕到这边来！"洪秀全说的这边，是寝室里的一间暗房，他打开房门，走进房间，拉上厚厚的窗帘，点燃蜡烛，关上房门。刘元合觉得很奇怪，他不知道洪秀全要做什么，但又不敢问，只好站在一旁静静地看着。

洪秀全在一边墙壁上摸索着，突然，"咔"的一声，墙壁上开了一扇门，刘元合一看，原来是暗藏在墙壁里的立柜。立柜共三层，最上面一层是一顶王冠。洪秀全指着王冠对刘元合说："元合，认得这顶王冠吗？"刘元合怎能不认识呢？这顶纯金王冠正是当年杨秀清为洪秀全打造的。刘元合说："天王，认得！"洪秀全小心翼翼地取下王冠，将它放在房间的一张紫檀小桌上。刘元合就着烛光，细细欣赏起这顶王冠。它用纯金制作，外镶三十多颗宝石，有几颗宝石还放出五颜六色的荧光，真是人间罕见！洪秀全说："朕原来打算用这顶王冠做慈萱的嫁妆，朕的心意此前已向你说过，朕确实曾想过招你做驸马。"刘元合小声说："臣辜负了天王的一片苦心！"洪秀全说："不要说什么辜负不辜负的话！现在慈萱的生活也很不错。慈萱结婚，朕没有亲自道贺，心里愧疚啊！想朕的女儿慈萱，很小就没有了母亲，朕这个做父亲的又没有尽到照顾的责任，朕欠她的啊！元合，此次你回运漕，代朕将这顶王冠交给慈萱，作为她的嫁妆。王冠纯金打造，黄金二十多斤，把它熔化了吧，熔出黄金就用作同泰祥的本钱。还有，王冠外镶的三十多颗宝石，价值少说也有几千两黄金，告诉慈萱，以后陆续卖了它们，留着没用，不能当饭吃。朕衷心祝愿同泰祥的生意越做越红火，因为，朕知道，许家人很厚道，他们绝不会委屈我女儿的！”洪秀全拿出王冠，交给刘元合，刘元合双手举过头顶，接住王冠。

洪秀全站在那里，若有所思，一会儿，说道：“元合，你还是先放下王冠，等一会再走！你去将壁柜第二层那只梳妆盒取来！”刘元合取来梳妆盒，同样放在桌上。他定睛一看梳妆盒也是纯金制作，前后左右及盒盖上都雕刻着各种吉祥图案，与王冠镂空雕刻不同的是，梳妆盒的雕刻都是浮雕，图案凸起，这样一来，就多出了不少黄金，难怪拿在手上比王冠重多了。盒盖上雕刻的是“龙凤双喜”，图案设计与民间常见的“龙凤呈祥”大同小异，所不同的是，龙睛是两颗宝石，凤眼、凤凰翎毛上的翎眼，都是由宝石镶成。刘元合细看，龙的左前爪下有两个字，清清楚楚，乃是“元合”！洪秀全说：“元合，看到了吧，龙就是你！你再看凤凰伸出的那只脚的下方有什么文字。”刘元合分明看到刻着“紫芸”二字。奇怪的是，“元合”二字是阳文，“紫芸”二字是阴文。洪秀全说：“元合，你猜猜，朕亲自督造的这只梳妆盒上所有图案都是浮雕，所有文字都是阳文，为何‘紫芸’二字独独为阴文？”刘元合确实只能猜测：“天王，‘紫芸’是女的，所以为阴文。”洪秀全笑笑说：“朕告诉你吧，‘紫芸’两个字是铲去别的字后另錾上去的！朕不说，你也知道了，原来的两个字是‘慈萱’。朕做这只梳妆盒时，你和慈萱的年龄加在一起，正好是三十三岁，所以朕的这只梳妆盒恰好用了三十三斤黄金，外镶三十三颗宝石！”刘元合除了感激，还是感激；除了愧疚，还是愧疚！“堂堂的天国之君，竟如此垂爱我刘元合，这是我哪辈子修来的福分啊！我如何报答呢？”刘元合嘴唇动了几下，说出的话连自己都听不清，但洪秀全却听得真真切切，洪秀全抚着刘元合的肩膀说：“孩子，你不必内疚！你应当享受朕的垂爱！朕给军师、三娘下了两道圣旨，都用黄绫誊写了，放在梳妆盒内，你回运漕后，让军师遵旨行事！”刘元合口称“遵旨”，心下却有点狐疑，他不知道洪秀全的圣旨里说了些什么！

容不得刘元合多想，洪秀全又拿出一对蜡台，放在桌上。刘元合看那蜡台并无多少奇特之处。洪秀全说：“元合，将蜡烛灭了！”刘元合不知道洪秀全葫芦里卖的是什么药，但既然天王发出命令了，他也不敢不从。他伸手灭了蜡烛，可房子里仍然亮若白昼！他十分惊奇，开始寻找光源，原来发光的正是那对并不起眼的烛台上两颗鸡蛋大小的珠子！洪秀全说："稀世之珍啊！朕的这对夜明珠传说是朱元璋谋士刘伯温坟墓里的，朕也不知是真是假，但朕想，当今天下，能承受得起这一对珠子的，恐怕只有朕的军师钱江了！朕反正用不着它们了，你把它们带给军师吧！"刘元合心里越发不是滋味，今天是怎么啦，天王为什么像交代后事一样一件一件说得这么清楚呢？"元合，听到了吗？"洪秀全看着发愣的刘元合，轻声问道。刘元合忙说："天王，臣遵旨！天王……"洪秀全打断了刘元合的话，说道："元合，朕已知道你想说什么。朕留着这些人间罕见的珍宝有什么用？元合，不瞒你说，安庆失守，朕就知道天国大势已去；天京决战策略最终破产，朕更明白天国大限不远了！"刘元合问："天王，军师、忠王都请天王'让城别走'，这不失为一个好的计策。天王为什么不同意呢？"洪秀全并没有直接回答，只是淡淡地说了一句："元合，你要多读一点史书！不说了，你带着三件东西，快点离开天京，去寻军师！"语气之坚定，不容刘元合有丝毫迟疑。刘元合只得辞别天王，朝宫殿外走去。

刘元合出了忠义门，只见左右两边东西朝房冷冷清清，值守士兵看见了刘元合，忙打起精神，立正站好，刘元合客气地打了招呼，径直走向圣天门。出圣天门，就听见东西两个鼓吹亭响起了懒洋洋的送客曲。刘元合没有理会这些，而是一径穿过天朝门，左右各三排朝房内寂静无声，甚至都不见值守的卫兵。刘元合倍感凄凉，从五龙桥上走过，穿过天朝牌坊，看见天父台上十分空旷，大照壁前非常寂寥。刘元合在天父台、大照壁前徘徊良久，竟不见一个人影。夕阳西下，天色顿时昏暗下来，刘元合才从右旁门出，经估衣廊、北门桥、马台街，直接穿过仪凤门大街，自仪凤门出城，来到下关码头，往右沿江走不上三里，到了大王庙。

大王庙水营总部灯火通明，士卒见了刘元合，立即禀报罗三娘。罗三娘忙出来迎接刘元合，刘元合见罗三娘身着便装，觉得有点奇怪。平时罗三娘不会这么早卸下戎装的，难道发生了什么变故？罗三娘一见刘元合，开始唠唠叨叨："元合，你来评评理！我罗三娘治军有什么过错吗？天王为什么不信任我？肯定是有小人从中挑拨！我正准备明早进宫问个究竟。元合，你不要走，明早陪我一起进宫！"罗三娘噼里啪啦地一顿炸，让刘元合糊涂了，他根本没有听明白这一番话的意思，于是，立在那里，问道："姨，到底是怎么回事？为什么要面见天王？"罗三娘方才明白自己刚才的一番话说得太快了，刘元合根本就没有听清楚。罗三娘怪不好意思的，她语速放慢了一些，说道："元合，你说天王是怎么想的？他居然在这个关键时刻派人来接替我！这不是自毁长城吗？"刘元合也不是很清楚天王的意图，只好含糊地说："姨，天王这样安排，自有他的道理，我们做臣子的，不能抗旨不遵啊！"罗三娘根本听不进刘元合这温和的劝谏，她说："元合，若在平时，天王如何调配，我罗三娘作为臣子，当然要服从了！但是，现在曾剃头已经兵临城下，天王却要把我调走，临阵换将，这不等于……"罗三娘突然刹住车，刘元合听出后面没说的是四个字——自寻死路！罗三娘说："不行，无论如何，我都要去天朝宫殿，当面问个明白！元合，你不必陪我去，你留在大王庙，协助处置紧急情况，我连夜去天朝宫殿！"无论刘元合如何劝阻，罗三娘都听不下去。

罗三娘几乎是一口气跑到天朝宫殿，到了天朝门，门口守卫士卒拦住罗三娘，说道："天王有旨，罗三娘擅闯宫殿，格杀勿论！"罗三娘一下子将卫兵推出老远，气呼呼地说道："就凭你们！哼，能杀我罗三娘的人恐怕还没有出世！"直接闯过天朝门、圣天门，欲冲进荣光大殿。几个卫兵"扑通"一声跪倒在罗三娘面前，哀求道："罗总管，放你进殿，天王要杀我们；不放你进殿，你要杀我们！横竖都是死，干脆我们自己动手了！"说完，挥起宝剑即欲自杀。罗三娘不禁动了恻隐之心，对那几个卫兵说："麻烦几位禀报天王，就说我罗三娘在忠义门外等候天王召见。天王一时不召见，罗三娘就等一时；一天不召见，等一天；一年不召见，等一年；一辈子不召见，我罗三娘就等到死！"罗三娘一番话吓得几个卫兵连滚带爬地跑向荣光大殿，向洪秀全禀报！

洪秀全早就听到罗三娘在门外高声叫喊，直至此时，方才降旨，同意罗三娘觐见。罗三娘一见洪秀全，未及施礼，就咋咋呼呼地嚷开了："天王，臣罗三娘究竟犯了什么错？天王为什么要撤掉我的水营总管职务？"洪秀全待罗三娘发泄完了，慢条斯理地说："三娘，朕并不是撤你的职，朕是不想对不起大纲兄弟啊！"罗三娘不知洪秀全为什么突然又提起罗大纲，便问："天王，臣愚鲁，不明白天王此话何意。"洪秀全看着罗三娘，虽然风尘仆仆，仍不失窈窕曼妙，心里似乎动了一下，与他当年第一次看见罗三娘时的感觉差不多。罗三娘被洪秀全看得浑身不自在，语气和缓地说："天王，想说什么就说吧！"

洪秀全来回踱着步，时不时地抬头望望大殿墙上的灯烛，良久，似乎下了很大的决心："三娘，朕也是将死之人了，俗话说得好，'人之将死，其言也善'。你就听朕说几句吧！"罗三娘说："天王请说，臣正听着呢！"洪秀全缓缓说道："三娘，你知道吗？当年朕第一次见到你时，心里扑扑直跳，但看你与大纲兄弟在一起的样子时，朕控制了自己的情绪，朕由衷地祝福你和大纲兄弟！大纲兄弟为国捐躯，将你托付给军师，朕心里暗暗替你高兴，你还是有一个好的归宿！朕已降旨，赐你与军师克日成婚，诏书就在刘元合携带着的梳妆盒子里！你、军师、元合、紫芸不能给天京陪葬！朕另有重要后事托付你们！所有的安排都在给你们的诏书里一一作了交代！你们都死了，谁来完成朕的心愿！"

洪秀全的一番话说得罗三娘有点尴尬，当年，在洪秀全、罗大纲、钱江这三个同龄兄弟中，罗三娘最欣赏的是钱江，但钱江为人有点酸腐气，虽然心中爱着罗三娘，然而就是始终不说出口，洪秀全看见罗三娘与罗大纲常在一起，又不忍心夺兄弟之爱，唯有罗大纲大大咧咧，径直跑到罗三娘面前，请求罗三娘嫁给他。众人顺水推舟，硬促成了一对！往事历历在目，罗三娘感慨万千。罗三娘说："难得天王对我们如此信任！天王，臣还是想与天京城共存亡！"洪秀全说："三娘，朕说过了，与天京城共存亡至多也就是玉石俱焚，那样，天国的种子就绝了！天国就没有东山再起的时候了！"罗三娘说："天王，你也到运漕吧，暂避敌人锋芒，等待时机，我们东山再起！"洪秀全凄然一笑，说："朕的目标太大了，曾国藩要的就是朕的脑袋，朕是无处藏身的。为了阻止军师、三娘、元合、紫芸到天京来，朕已下旨，从明日起，天京城内任何人都可以处死你们四人！"罗三娘悲痛难忍，说："天王，这是何苦呢？"洪秀全挥挥手，说："走吧！"说完，背着手，转身向内宫走去，只留下罗三娘站在那里发呆！

罗三娘跌跌撞撞回到水营总部时，天都快亮了，刘元合还在焦急地等待着。罗三娘说："元合，天王不要我们了，我们走吧！天王已经降旨，天京城内任何人看见我们四人，都有权处死我们！"罗三娘与刘元合告别了水营大寨，登上最后一批回运漕的船，袁世坦早已派人在江面上迎接他们两人！

袁世坦委派的人把罗三娘、刘元合直送至运漕巡检司，钱江、冯紫芸问起天王的情况，刘元合打开纯金梳妆盒，取出黄绫诏书，四人一起围看诏书，尚未看完，都放声大哭。钱江说："天王决心自殉天京，我钱江岂能坐视不管！不行，就是杀了我，我也要与天王在一起，活着在一起，死也要死在一起！"

罗三娘、刘元合、冯紫芸心中万分悲痛，他们也要与洪秀全同生共死！钱江说："先将天王所赐之宝藏好，不要落入他人之手！元合，你去请许经中和慈萱来一趟，将天王所赐之宝交给他们！"

刘元合很快带着许经中和赖慈萱来到巡检司，钱江告诉他们洪秀全嘱托之事。许经中至此方才知道妻子原来竟然是太平天国二公主！一向忠厚的许经中跪在地上，对天发誓，表示自己永远保守这个秘密！赖慈萱也跪下来了，夫妻二人面向南京，磕了三个响头，谢洪秀全之隆恩！随后，夫妻二人告辞而去。

钱江、罗三娘、刘元合、冯紫芸接着商量如何进入天京，不巧，袁世坦来了。袁世坦一见四人眼睛红红的，罗三娘的脸上似乎还有泪痕，便问："金戈道长，你们这是怎么啦？"钱江说："世坦啊，我们没有什么事！"袁世坦不高兴地说："金戈道长若是信不过我袁世坦，那就算了！我袁世坦什么时候出卖过兄弟、出卖过朋友的？有什么难事，说出来，大家一起想办法！"刘元合便将他们四人准备与天王共存亡的想法说了一遍，袁世坦一听，惊得半天合不拢嘴，半晌方说："几位这样做，也许会置我袁世坦于死地啊！我死不足惜，只是运漕父老乡亲恐怕就要遭受湘军蹂躏了！"袁世坦一席话，警醒了众人，大家重新讨论，最后商定，军师钱江暂去南京。在袁世坦、刘元合兄弟俩合力帮助下，钱江顺利地进了天朝宫殿，他决意要和洪秀全同生共死！

钱江走后，朝廷降旨，任命袁世坦为庐州府同知，任命刘元合为和州知州兼领含山县令，仍驻运漕办理公务。朝廷诏命二人赈济难民，维持治安，恢复生产，兄弟俩忙了几天，主要事情渐渐有了头绪。这一日，公务之余，兄弟俩出巡检司，沿河堤向西，慢慢地边走边聊。

沐浴着九月初的秋阳，两人不知不觉地走到了唐湾。运漕河在这里向陆地一测弯了进去，水枯季节，河滩显露，疍民们坐在河滩上晾晒鱼篓、编补渔网，远处河面上几只疍家小船正在下网，河堤内外一派安静忙碌的景象。袁世坦、刘元合看着这一切，心里既踏实又坦然，便决定继续漫步河堤。

黑鱼潭到了。"黑鱼潭！"刘元合不经意地说了一句。袁世坦说："刘师弟大概是想起了九年前我俩在此相会的情景了吧？"刘元合说："谁说不是呢？时光匆匆，如白驹过隙，一转眼九年过去了，而九年前的一切仿佛昨天才发生似的！唉，人生有几个九年哪！"袁世坦望望河面，当时李鸿章与钱江就是在河面上的一只小船里长谈了两个时辰，自己则与师弟在岸上较量了两下武功。袁世坦说："刘师弟，虽然当时我俩各为其主，但大家的宗旨只有一个，为了老百姓少受一点苦。也许，这正是我们九年后携手共进的基础！”刘元合觉得确实如此，当年他到南京去考太平天国的武状元，其目的也是拯救天下苍生！而他的天王、翼王甚至东王、北王，哪一个起初之时没有救民于水火的远大抱负呢！刘元合说道：“其实，你的李大人，湘军曾国藩，我的洪天王，我们的三师叔，他们起兵之初莫不怀有保国为民的志向，尽管他们政见不同，甚至在战场上互为仇敌，但一颗保国为民之心还是值得我们敬仰的！”提起“三师叔”，刘元合不由自主地想起了石达开，他说道：“三师叔现在不知到了哪里？处境如何？”袁世坦欲言又止，刘元合问：“袁师兄一定有三师叔的消息！快告诉师弟吧！”袁世坦说：“我也很难过！我们回巡检司，大家一起想想办法吧！”

回到巡检司，罗三娘、冯紫芸都在。袁世坦从怀里掏出几份战报，递给刘元合，说道：“刘师弟，本来不该瞒着你，但师兄怕你看到战报后克制不住，所以一直没有给你看。”刘元合、罗三娘、冯紫芸一份一份地看着战报，寻找石达开的消息。

同治元年二月，石达开到达高家镇，抢渡长江失败。

同治元年三月，石达开围涪州，抢渡长江失利。

同治元年四月，石达开围綦江，一月未下，撤围而去。

同治元年七月，石达开长宁与数倍于己之敌力战，损失惨重。

同治元年八月，也就是一个月前，石达开带领两万余残部在川滇黔三省交界处活动。

短短数月，四川清军、湖南清军、贵州清军、云南清军及云贵川土司军队近八十万大军围堵石达开，石达开在短短半年之内，兵力由二十万骤减至两万，且处于数省清军与土司兵重重包围之中。

刘元合惊呆了，半晌不说话；罗三娘、冯紫芸流着眼泪。罗三娘说：“翼王处境如此险恶，这可怎么办啦？”刘元合对袁世坦说：“袁师兄，三师叔处境危险，我们能不管吗？”袁世坦心里也挺难受的，他自从在运漕观看了石达开与麦巡检的一场恶斗后，就十分敬佩石达开，敬佩他武功超群，更敬佩他胸襟宽广，说实话，如果三师叔有什么不测，他内心一辈子也不会安宁的。今天的事，与其说是刘元合追问，不如说是袁世坦主动告诉大家关于石达开的情况。可是，就算大家都知道了石达开目前的境况，又能怎样呢？川滇黔边界与运漕镇相距万里之遥，即使是他与刘元合率领运漕两千人去救石达开，也许还没到，石达开就已经战死或被擒了！想到这里，袁世坦说：“师弟，不是师兄不让你去。你想想，就算你去了，又能找到三师叔吗？说不定……”袁世坦难过了，他没有说下去。众人也不说话，袁世坦说：“明天我叔叔请客，到时候大家再商量一下。”众人也只能同意袁世坦的提议了。

次日一早，袁府的请帖便送到巡检司，其中还有邀请金戈道长的帖子。刘元合犯难了，说：“军师已到南京，如何能赴宴？怎么向袁叔叔解释呢？”正在犯愁之际，突然钱江回来了，刘元合很惊讶，钱江说：“天王让他的卫兵捆住我的手脚，将我押送至城外！”刘元合说：“袁府送来请帖，邀请您赴宴。”罗三娘、冯紫芸也来了，她们说起了石达开的消息，钱江说：“我已经知道了，四川总督骆秉章正打算在四川雅州到云南巧家一带围歼翼王。翼王现在仅有余部两万，且已久疲，备受饥饿寒冷困扰，战斗力极弱；而骆秉章率全川精兵十万，粮草充足，士气高昂，士卒多为川人，他们受骆秉章蛊惑，严防死守，决不让翼王入川；云贵川土司本为地头蛇，岂容翼王安身！翼王已被围困在以昭通为中心、方圆不足三百里的狭小地方，短时间内很难突围。”刘元合焦急地问：“金戈道长，那现在我们怎么办？”

钱江找出西南数省地图，仔细研究一番，然后对刘元合说：“为今之计，只有劝翼王不要恋战，而应尽快摆脱敌人的围堵，由云南折向四川西部。四川西部地广人稀，且有高山深谷，都可以藏兵，如能休养生息数月，再杀回广西，或由云南进入缅甸！我写一封信，派人送给翼王。”刘元合说：“金戈道长，属下去送信吧！他人恐难完成这一艰巨的任务！”钱江说：“元合啊，按理说由你送信最合适不过的了，但一来你已是清廷命官，在情势不明的时候到翼王那里去，会连累运漕百姓；二来，即使拿着我的信，你也未必劝得了翼王！须一得力之人方可！”

罗三娘说：“金戈道长的话，属下明白，属下这就准备去四川走一趟！”钱江握着罗三娘的手说：“三娘，这可是有生命危险的啊！无论翼王听劝还是不听劝，你都要回来，我等你回来！”罗三娘从未见过钱江如此表达感情，便知这一去也许是死别，于是，含着眼泪说道：“金戈，放心，即使是为了你，我三娘也要活着回来！”四只手紧紧地握在一起。冯紫芸放心不下师父张自芳，也要跟着去，钱江、刘元合认为一路上有个伴也好，便同意冯紫芸陪罗三娘去找石达开。筹划已毕，钱江、罗三娘、刘元合、冯紫芸安排好一些事情，看看天色将午，四人便同去袁府。

袁百顺早已在门口恭迎，袁世坦引四位入院内。天井院内一张很大的桌子，桌旁已围坐了不少人。桌上摆放着同泰祥糕点，麻油香气，馥郁浓酽。许经中、赖慈萱端来几碟大方片、小方片、玉带糕、大雪枣、万字糕、麻烘糕，请四人品尝。天井院内青石板地面上，摆放着五坛大麦烧，洪启元说："今天袁叔叔做东，小侄启元备酒！二十年窖藏大麦烧！"旁边水红菱抱着一个幼婴，幸福溢满了娇红的脸颊。

范金莼端来了一盘剥开的菱角米，送到钱江面前，笑吟吟地说："金戈道长，尝尝！"钱江、罗三娘、冯紫芸各取几粒，刘元合看了看，也拿了一粒放进嘴里。范金莼来到水红菱身旁，伸出一只手指，去逗弄水红菱怀中的婴儿，婴儿被逗笑了，引得众人一阵欢笑。罗三娘问："有三个月了吧？"水红菱答道："三个月零五天了。"罗三娘又问："叫什么名字？"水红菱说："名字还没有。启元的意思是想麻烦金戈道长给取个名字。金戈道长学识渊博，上通天文，下通地理，取出的名字一定不同凡响！"钱江被点名了，只好让水红菱将婴儿交到他的手里。钱江笨拙地抱着婴儿，仔细端详，问道："这应该是启元的第二个儿子了吧？"洪启元忙答道："金戈道长记性真好！是在下第二个儿子。"钱江看看洪启元，又看看怀中婴儿，笑着说："我还记得启元的大儿子叫洪伯雄，这个儿子就叫'洪仲雄'吧！"洪启元、水红菱想了一想，说道："多谢金戈道长，'仲雄'这个名字好听、好记！"洪启元接着说："在下洪启元能在五年之内连生两个儿子，全靠赖大妹妹给的方子！"洪启元、水红菱又一起向赖慈萱道谢，赖慈萱说："你们真应该谢金莼姐姐，当初若不是她提醒，我还真想不起来呢！"水红菱说："金莼姐我们当然要谢了！"范金莼说："各位，入席吧！"

一番推杯换盏，不知不觉间，一个时辰过去了，桌子上是杯盘狼藉，桌子旁是东倒西歪。范金莼还算清醒，烧了点醒酒汤，又新泡了昭关翠须，几杯汤茶下肚，大家也都清醒了不少。袁世坦问刘元合去救三师叔石达开的事情，钱江说了一下大致的安排，并没有提到要石达开向川西转移的设想，袁世坦说："路途遥远，望多保重！三娘阿姨、冯姑娘，世坦有一言相赠，不论三师叔听劝还是不听劝，两位都要回来啊！金戈道长还有我师弟在运漕等着两位呢！"

当下，众人散去。两天后，罗三娘、冯紫芸在钱江、袁世坦、刘元合目送下，踏上了西寻石达开的征程。

第三十回

地有义少年运神兵
天不仁英雄逢绝境

同治元年十月十八日，在四川横江镇，罗三娘、冯紫芸找到了石达开。罗三娘送上钱江的亲笔信，石达开看完，大笑：“军师知我也！”然而，此时，石达开遇到了钱江无法预料的困难，他拿着钱江的亲笔信，又看了两三遍，仍在屋内徘徊不已，众人看着石达开心忧如焚，却也毫无办法。良久，石浩然说：“义父，孩儿想说说自己的看法！”石达开说：“浩然就说说吧，大家也都听听。”

石浩然走到文案前，指着地图，说：“孩儿刚才得知，我们派出袭扰后方土司兵的队伍，已夺下巧家厅，由米粮坝渡过金沙江，正向会理开进。军师信中说，如果要进军，则由巧家厅进入川西，再寻机北上，赶在高山融雪、江水上涨之前强渡大渡河，进而控制雅州、邛州，把守要隘，那么，骆秉章军队再多，也很难吃掉我们！因此，孩儿斗胆建议，义父放弃攻占叙州计划，率领本部迅速转移！”众人认为石浩然所言，不失为一个好办法。

石达开问：“骆秉章前锋已抵达江安，距横江不过百里，一日之内即可进逼横江，我们即使转移，能来得及吗？”石浩然说：“这正是孩儿下面想说的话。义父悄悄地率领本部人马迅速转移，孩儿带领新收编的将士就在横江拖住骆秉章，待义父渡江成功，孩儿便去追赶义父，与义父会合。”

石达开虽然觉得这种办法可行，但也太冒险了，他说：“浩然，你觉得可行吗？要知道，骆秉章人马不是从江北进攻横江，而是自江南而来。你留下来，无险可守。这一次，骆秉章调集了全川精锐之师十万之众啊！你拖不住他！”石浩然笑着说：“义父放心，孩儿自有办法。义父还记得吗？攻下横江第二天，义父就带着孩儿察看横江周围地势地形，在石城山下，义父还给孩儿说过，‘此山可挡十万雄兵’。孩儿就打算在石城山挡住骆秉章三天，三天时间足够义父本部人马渡过金沙江了！”

“石城山？”石达开不是没有想起此山，而是当初并没有打算坚守横江，所以也就没有在石城山布防。现在，骆秉章军队距横江仅有一日之程，即使马上修建寨扎，也来不及啊！石达开说：“义父确实说过此话。但防守须修筑寨扎，你能来得及吗？”石浩然信心十足地说：“来得及！当日义父跟孩儿说了此山之险固，孩儿便多留了一个心眼，寨扎早已修好，且储存了大量武器，还有不少火铳、黑火药呢！”石达开一听，立即说道：“张女侠、三娘、冯姑娘、靖芰，你们立即组织横江本部人马，做好转移准备。本王随浩然去石城山看看！”

父子二人策马赶到石城山，自北门转向东门、南门、西门，一周下来，足有八十多里路程。石达开这一次是认真察看了石城山，山状如覆斗，环列如城，四周均为高达百丈的悬崖峭壁，直冲云霄，不要说人马无法越过，便是飞鸟也难飞上山巅！前人有诗赞曰：

石城门峻谁开辟，更鼓误闻风落石。

界天白岭胜金汤，镇压西南天半壁。

石达开叹道：“难怪此山自古以来就是兵家必争之地！浩然，东门、北门哪来那么多的黑火药？”石浩然说：“义父，石城山以前一直由土司把守，寨扎都是土司所建，黑火药也是土司所藏。义父率大军到达符县时，土司跑了，来不及烧毁寨扎，带走黑火药。”石达开笑了一下，说：“义父要是土司，一定不会逃跑！”石浩然笑着说：“义父相信孩儿所说的了！孩儿还有一个建议。为了掩盖义父真实意图，孩儿在石城山打着义父的旗号，吸引骆秉章全军。”石达开真的不能小看石浩然了，他高兴地说：“浩然所言极是！浩然真的长大了，成熟了！”石浩然谦虚了几句：“这都是义父教导有方！”父子二人哈哈大笑，笑声回荡在方圆四十里的石城山！

当晚，石达开召集众人，部署下一步行动。石达开指着地图，说：“今天半夜，本王即率主力悄悄撤出横江，预计三日后可渡过金沙江。本王刚刚得到前方报告，说我们派出的军队改走永定营、普格森，拟占领宁远，在宁远休整。那本王也打算经永定营到宁远，这是一条近路，比经会理州至少可以省下两天时间。今夜二更烧火做饭，让将士们多吃点好的，三更天准时出发。押运粮草、辎重就请张女侠、三娘负责了，你们要多带点粮草，好在横江镇本来就是云贵川三省方圆三百里的粮食集散地，多带点粮食对百姓生活不会有大的影响。据前方哨探来报，横江至巧家厅一路畅通，金沙江西岸直至宁远，有大量土司兵屯聚，那一带一向是土司盘踞的地方，到时候未必能够顺利通过。要做好与土司周旋一个月的思想准备。任务最艰巨的是浩然。浩然，你只有一万来人，而且又是新收编的，骆秉章有十万之众，且都是能征惯战之士，义父还是有些担心啊！实在有困难，就及早撤退，不必阻击他们三天！”

石浩然慨然应道：“义父绝对放心！孩儿这一万来人，可顶三万！他们都是李蓝大军旧部，与清廷有着深仇大恨，为清廷不赦之人。再说，他们长期跟随李蓝头领作战，作战经验非常丰富，最主要的，他们熟悉利用云贵川地形地势条件，不要说三天，即使守上十天半个月，也没有问题。”石达开郑重地说：“浩然，石城山阻敌，关系重大，小心谨慎为妙！”石浩然应诺。

石达开果断地说：“各位立即分头行动！”麦靖芠站了起来，她走到石达开面前，说道：“义父，孩儿愿与浩哥一起守卫石城山，掩护大军西进！”石浩然连忙阻止：“芠妹，石城山我一个人防守就够了，你随义父一起出发吧！”麦靖芠说：“义父，师父，浩哥，我留下来打着师父的旗号，可以让骆秉章更加相信我们的大部队就在横江！”张自芳一听，认为此计甚好，便劝石达开：“翼王，靖芠说得对，因为我们一路走来，有石达开的地方，必有张自芳。就让靖芠打着我的旗号，与浩然同守石城山吧！”石达开见张自芳说话了，当下没有不允许的理由。

当晚，二更烧火做饭，饭毕，将近三更。石达开召集众人，清点军士，约一万五千人，一声号令，悄悄出发。石浩然、麦靖芠将大队人马送出横江镇后，便回到石城山。

石浩然与麦靖芠将留守兵士分成三拨，三千人守横江镇，三千多人把守横江至石城山隘口，剩下的四千多人分别守卫石城山东南西北四个寨门。石浩然命令士兵于各据守之处分别竖起两面大旗：

太平天国电师通军主将翼王　石　　　　太平天国天官副丞相　张

同时于各处寨扎遍插军旗，造成全军均在横江、石城山的印象，以此来迷惑骆秉章。

石浩然对麦靖芠说："既然假扮义父，我就要扮得像一点。来，给我粘上胡须，再涂点油彩，让我变得憔悴一点、老成一点！"麦靖芠帮石浩然粘上胡须，涂上油彩，石浩然拿过镜子一照，与石达开一模一样！麦靖芠笑着说："你这个扮相，不要说骆秉章认不出来，就是我们乍一看，也很难一眼分辨出来！"石浩然看着麦靖芠，说道："听说骆秉章在家乡的时候也看过姨演的戏，对姨的扮相应该有印象，你也化一化装，免得他看出破绽。"

麦靖芠对着镜子，想象着张自芳的模样，一点一点地在脸上描画，慢慢地，发现自己越来越像师父了。石浩然一看，还真有几分像，但气质还是相差很远。石浩然说："姨当年以冷艳著称，你的性格、气度还是不符！"麦靖芠站起来，摆出一副"冷艳"的姿态，说："浩哥，看我这样，够'冷艳'了吧！"石浩然看着麦靖芠，确有几分"冷艳"，虽然与张自芳还是有距离，但离得远一点，再少说几句话，别人应该分辨不出来。石浩然答应着："芠妹，现在确有几分'冷艳'，但与姨相比，还差得远。不过，也没关系，离人三丈以外，再尽量少说话，别人应该看不出破绽。"

诸事准备就绪，只等骆秉章亲率十万精锐前来打一场消耗战了！早餐刚过，骆秉章大军如约开至横江镇外。骆秉章远远看见横江镇军营里两面大旗，一面是"太平天国电师通军主将翼王　石"，另一面是"太平天国天官副丞相　张"，不禁一喜一惊，喜的是石达开、张自芳都没有走，自己突然袭击已初见成效，惊的是石达开、张自芳都在这里，要想啃下这两块硬骨头，自己那十万人不死个七八万恐怕都难！然而，已是箭在弦上，只能硬碰硬了！当下指挥前锋冲向横江镇，然而，不到一刻时光，几千人就毙命于连弩、强弓、火铳、黑火药之下，气得骆秉章后悔不迭！他因为贪功心切，重器、土炮等大杀伤力武器都没有携带过江，十万人马仅有一千多条长枪，其余都是弓箭、大刀、长矛，哪里是火铳、火炮的对手呢！

骆秉章不想多死人，于是率领大军企图突破横江镇与石城山之间的隘口，从背后包抄横江镇。骆秉章大军刚到隘口，立足未稳，就被一阵火炮轰得七零八落，血肉横飞。骆秉章只得又丢下几千具尸体，转向石城山。临近石城山一看，他惊呆了，原来山上早有重兵把守。面对黑洞洞的火炮口，骆秉章此次并没有莽撞，而是命令大军退出火炮射程扎营，自己派使者向石城山守军下一份战书，约定明日决战！

石浩然接到战书，觉得有些奇怪，这玩意其实早就过时了，太平天国与敌人作战时，几乎没有向敌人下过战书，也没有接到过敌人的战书。石浩然说："这里面有诈！"麦靖芠问："何以见得？"石浩然说："不合常理！这是骆秉章施的诡计，他想骗过我们，让我们放松警惕，好趁着夜色来偷袭我们！好的，就让他尝尝我们的厉害吧！"当下做好部署。

四更天后，骆秉章果然分三路出击，偷袭横江镇、隘口、石城山，在丢下近万具尸体后，失败而归。与此同时，石浩然派去的连弩手还用火药、火油烧毁了骆秉章大营所有将领的营帐，骆秉章大营扰扰攘攘，直至早餐时都没有停止哭喊、喧嚣！骆秉章气急败坏，恨不得一口生吞了石浩然！好容易收拾了乱局，石浩然的战书又到了，骆秉章气不打一处来，一把拿起战书，撕得粉碎，大声说："今日不战！快挂免战牌！"立即命令各营在白布上写下"免战"两个字，用竹竿挑起来，插在营帐门口！

骆秉章连败两阵，白白损失两万精锐，心疼不已，他在思考对策，他想改强攻为劝降。于是，写了一封言辞恳切的劝降书，派使者送给石浩然。

石浩然接到劝降书，与麦靖芠商量，决定给骆秉章回一封信，约定次日两军阵前会话。骆秉章见石浩然愿意与之答话，心里轻松了不少，当夜无话。

两军阵前，骆秉章先问了一句："来人可是太平天国电师通军主将翼王？"石浩然见骆秉章虽年逾花甲，但精神矍铄，说话中气很足，便在马上答道："正是。总督大人有话请讲！"骆秉章先是说了一番敬仰的话，然后转入劝降话题，并拍着胸脯保证向朝廷举荐石浩然，让石浩然也能做到封疆大吏，成为一方诸侯。麦靖芠忍不住了，她怒斥骆秉章："总督大人休想！"骆秉章早已看见麦靖芠，他以为麦靖芠就是张自芳，便说道："张女侠果然名不虚传，骆某敬仰已久！"石浩然担心僵持下去，会让骆秉章识破，忙接过话头，说道："总督大人，此非小事，并不能由小王三言两语决定，待小王与诸将商议，明日是战是和，自有分晓。"于是，各自回营。

傍晚时分，石浩然接到急报，说石达开已由巧家厅米粮坝渡过金沙江，正向永定营挺进！石浩然立即命令各营将士，做好准备，连夜撤走！一更烧火做饭，二更天出发，丢下所有火器、辎重，每人仅带三天干粮，轻装疾进。石浩然的这一万多人惯走崇山峻岭，更兼路途熟悉，向导众多，专走捷径，天亮时分，即已到达百里以外的永善县。

天亮以后，骆秉章一直等候石浩然回音，但就是等不到。他命使者前往石浩然大营，使者返回报告说，石城山已空无一人！接着，又传来消息，说横江镇、隘口已空无一人！骆秉章正在感叹对方用兵神出鬼没，会理州十万火急战报送到，说石达开已于昨日清晨自巧家厅米粮坝渡过金沙江，逼近永定营！“昨日早晨？”骆秉章脱口而出，信使确定地说：“就在昨日早晨！”骆秉章糊涂了，明明昨天上午我还与石达开阵前会话，这怎么可能呢？一位幕僚说：“大人，属下听说石达开有一个义子，叫石浩然，与石达开相似！昨日与我们阵前会话的莫非就是他！”骆秉章叹道：“如你所言，难道天下竟会有这样的奇事吗？”当即下令紧急打探石达开动向，同时饬令会理州驻军及周围土司挡住石达开北上之路。傍晚时分，消息传来，石浩然部一万人从小路到了巧家厅米粮坝，正准备渡江！骆秉章不由得从心底发出感叹：“石达开的义子用兵尚且如此，可见石达开‘战神’之谓并非浪得虚名！”

中午时分，在永定营，石浩然见到了石达开。石达开异常憔悴，精神萎靡。石浩然问：“义父没有休息好，义父去休息一下吧，这里交给孩儿！”张自芳说：“浩然，我们已经陷入重重包围之中，能否冲出包围圈，现在还很难说。”石浩然了解到，石达开一渡过金沙江，就陷入了宁远驻军、会理驻军、川南土司兵的包围、堵截之中，仅仅打了一个永定营，就损失了一半兵力！幸好石浩然带来了一万人马，大军士气才稍稍振作了一点。

接下来的一个月，每过一个关口，都要鏖战数日，损失一两千人马，一路艰难地闯过普格森、河西镇、冕宁县、铁宰宰，到达大渡河边紫打地时，仅剩四千人。粮草断绝，武器损毁，将士伤病，天气寒冷，四千人几乎陷入绝境！所幸的是，虽然已是三月二十三日，但今年春天比较冷，高山融雪尚未开始，大渡河水细得犹如一条线，仿佛一步就可以跨过去！

石达开命令人不卸甲、马不卸鞍，立即渡河！然而，一连四五十天的急行军、拼死作战，将士们早已疲惫不堪，有的士兵走着走着，便摔倒在地，还有的士兵干脆躺在河边渡口，任凭怎么拉，也都拉不起来。石达开见此情景，心有不忍；看看天气尚晴好，料短时间内不会有风雨，便让将士们休息两个时辰，午饭后渡河。

午饭尚未用完，太阳突然暗了下去，一大堆乌云涌上来，转眼之间便布满天空，一场大雨顷刻便至！石达开急令：“渡河！”然而，话音未落，暴雨倾盆。这场暴雨下了足足三个时辰，直至傍晚才停！

大渡河水陡涨数丈，河面宽阔，较之三个时辰前，宽了何止十倍！河水湍急，裹挟着上游山上拦腰斩断的大树箭一般向下游冲去；水面上漩涡翻滚，简直就是一锅滚开的水！河水的咆哮声几里路之外都听得清清楚楚。有时候，河水撞击岸边，撞击力震得地面发抖。全军四千多人，没有一个人敢靠近岸边。

石达开与石浩然看着奔腾而下的河水，两眼发呆。石达开看到岸边有一块巨石，估计应该在三百斤以上，他走过去，两手一使劲，巨石“轰”的一声滚落水中，随波上下，逐流十几丈，方沉入河底！同行的将士们吓得面无人色！

天色暗下来了，石达开看到紫打地对面灯火通明，寨扎、旌旗在灯火映照下清晰可见。石浩然眼尖，看见对岸一面帅旗，中间圆圈里是一个大大的“唐”字。“唐字？难道是唐有耕已经到达安庆坝了？”接着，就听哨探来报，彝族土司岭承恩奉骆秉章急令，已经到达新场，具体人数不明，估计最少也有三千人。石达开心情沮丧到了极点，他低声说：“前有唐有耕，后有岭承恩，我们现在是进不得退不得！”

一个李蓝部下老兵说：“附近小松林河上有一座铁索桥，桥由十三根铁索组成，两边各有两根铁索作护栏，桥面是九根铁索，上铺木板，宽可并排行走六七人。”石达开一听，说：“走，看看去！”

一行人来到小松林河铁索桥头，失望至极！原来桥面木板早已不见踪影，只剩下十三根光光的铁索横拉在河面上。由于刚下过暴雨，平时仅有两丈宽的小松林河变成了一条足有二十丈宽的大河，地势陡峭，水流凶恶，危险程度比之大渡河有过之而无不及！众人正在怨天尤人之际，河对岸桥头一群人手持火把，猖狂叫嚣。石达开一打听，他们是蕃族土司王应元部下，王应元也是奉骆秉章急令来扼守铁索桥的。在这一带土司中，他的实力相当强大！

石达开说：“浩然，我们向左突破的路也被堵死了！”而就在此时，哨探又报：“清军杨应刚部已经开进至纳耳坝、石门坎一线！”石达开跌足叹道：“浩然，我们右转之路断绝了！”石浩然忧虑重重，说：“义父，如今，东南西北皆是数倍于我之劲敌，我们被围在紫打地、老鸦漩、洗马姑方圆不足三十里的狭长地带，如何是好！”

石达开思考良久，说：“听说彝族土司岭承恩为人还算仗义，从不落井下石，我们是否可以向他借道呢？”石浩然自告奋勇地担任使者，前去与岭承恩交涉。岭承恩回答得很干脆，若在平时，自当让出大路，但此番是朝廷命令，不敢违反。不过，岭承恩还算仗义，送了一批粮食、布匹、银两，石达开亲自前往致谢。

岭承恩设宴招待石达开。席上，岭承恩说：“久仰翼王威名，今日一见，果然神采不同寻常！对翼王眼下困境，本土司只能深表同情，但也无力相助。难道翼王就打算这样守着方圆不足三十里的方寸之地？”石达开答道：“小王时运不济，以致落到走投无路的地步！小王早已将功名利禄、胜负成败置之度外，只是这四千兄弟，他们不该陪着小王送死！”岭承恩说：“翼王有如此仁义胸怀，本土司愿意助你成全！”石达开激动地说：“岭土司在上，请受小王一拜！”说完，倒身下拜，岭承恩忙扶起石达开，说：“快莫如此，折煞本土司！”石达开说：“诸事都要麻烦岭土司了！只要放小王这四千兄弟一条生路，小王愿意接受任何刑戮！”岭承恩一面护送石达开回紫打地，一面向骆秉章禀报，同时通报唐有耕、王应元、杨应刚，让他们暂停进攻石达开。

石达开回到紫打地，首先利用岭承恩送来的布匹，加紧赶制蕃族、彝族、汉族百姓服装，众人都不解何意，唯有石浩然知道，石达开准备让四千将士扮作平民百姓逃走，更明白石达开已经做好了“以一人牺牲换四千将士性命”的准备。石浩然心里很不是滋味，“自己能为义父做点什么呢？”石浩然头脑里突然闪现一个大胆的想法：假扮石达开！

石浩然对麦靖芰说：“芰妹，我们去江边走走吧！”麦靖芰随着石浩然沿着小松林河向上游走去。经过铁索桥，他们看到仅有十三根铁索空空荡荡地横在河面上，桥下小松林河河面宽阔，波涛汹涌，时不时看到巨大的树干随着波浪，一上一下，直向下游冲去。过了铁索桥，渐渐人烟稀少，山越来越陡，已经没有了河岸。石浩然问麦靖芰：“芰妹，你有没有注意到义父正在命人赶制平民百姓衣服？”麦靖芰回答：“看见了。我也觉得很奇怪，是不是义父要我们化装成平民百姓突围？”石浩然附在麦靖芰耳边小声说：“义父打算遣散将士们了！”麦靖芰大吃一惊，简直不敢相信自己的耳朵：“浩哥，你说什么？我没听清楚！你再说一遍！”石浩然说：“简单地说，就是义父打算一死以救四千将士生命！”石达开会死，麦靖芰宁愿相信大渡河水可以倒流，也不会相信石达开会死！她斩钉截铁地说：“浩哥，不会的，义父不会死！义父一定能带着我们冲出重围的！”石浩然问：“芰妹，你认为义父会不会打仗？”麦靖芰不知道石浩然为什么会问这样的问题，她说：“笑话，‘战神’不会打仗吗？”石浩然抚着麦靖芰肩膀，耐心地说：“这就对啦！正因为义父很懂军事，所以在眼下这种绝境中，肯定会放弃作战的！你有没有想过，我们刚到紫打地时，敌人从四面八方涌过来，把我们包围在这方圆不足三十里的崇山峻岭之中，要消灭我们，其实很容易，一两天的时间就足够了！可为什么自从义父去了趟岭承恩那里后，近在咫尺、数倍于我且已紧紧围困了我们的敌人竟然不再向前推进了呢？你不觉得很蹊跷吗？答案只有一个，那就是义父正在协商与敌人讲和！”麦靖芰对这几天敌情变化是很清楚的，唐有耕一万人、蕃族土司王应元六七千人、杨应刚一万人，还有彝族土司岭承恩三千人，都近在咫尺，不要说一两天时间就可以消灭我们，即使是说半天时间就能消灭我们，我麦靖芰也是绝对相信的！麦靖芰越想越觉得石浩然的话很有道理！可这么大的事，石达开为什么不事先告知大家一声呢？

麦靖芰问道：“浩哥，经你这么一分析，我也觉得义父确实要与敌人讲和。可这么大的事，义父为什么都不跟我们说一声呢？”石浩然笑笑说：“芰妹，你真是个小傻瓜！义父这是要自己一人去送死啊，他说了，我们会同意吗？”麦靖芰不住地点头。石浩然接着说：“义父是想让生米做成熟饭，到时候由不得我们了！”麦靖芰望了望眼前滔滔翻滚的河水，又看看石浩然，仿佛在寻找解救石达开的办法。

石浩然早已觉察出了麦靖芰内心的想法，他说：“为今之计，我们只能想办法救义父了！”麦靖芰一听，觉得石浩然可能想出了什么办法，于是问道：“浩哥想出好办法了？”石浩然未置可否，麦靖芰连问数遍，石浩然就是不回答，麦靖芰急了，她说：“浩哥到底想出了什么办法？你快说呀！”石浩然问：“芰妹，你赞成浩哥的办法吗？”麦靖芰说：“只要能救义父，什么办法我都支持！”石浩然说：“芰妹，这可是你说的！要是我替义父去死呢，你也支持吗？”麦靖芰以为石浩然在开玩笑，就随口说道：“你真想替义父受死吗？”石浩然说：“当然了！谁还敢拿死来开玩笑！我长得太像义父了，由我替下义父，敌人根本辨别不了真假！”语气坚定，不容置疑！

“轰”的一声巨响，两人一齐回头，原来是河边小山因暴雨侵蚀而崩塌一角，一块块房子大小的巨石纷纷滚落小松林河，沉入河底！两人从未见过此番情景，着实吃了一惊。石浩然将麦靖芰搂入怀中，不巧，腰间悬挂的两把宝剑碰在一起，发出异样的响声，这响声非常奇怪，清脆而悠长，足足响了一顿饭的工夫！那边张自芳、罗三娘、冯紫芸听到了异响，一路寻着声源，跑了过来。

张自芳过来一看，明白了，异响声是从“忠靖”“贞靖”两把宝剑内部发出的，她下意识地说了一声“不好”，顿时，脸色煞白！罗三娘问：“浩然，靖芝，你们两人躲在这里干什么？”冯紫芸心里也觉得事情不妙，她担心石浩然、麦靖芝会出什么事，便拉住麦靖芝说：“师妹，快回营吧！”张自芳眼睛红红的，说道：“我最担心的就是浩然和靖芝了！你们可千万别出什么事啊！”当下，众人一起回营。

石达开看到一行人回到营中，张自芳眼睛红红的，似乎要流出泪来，罗三娘、冯紫芸表情异常，石浩然、麦靖芝总是有意无意地避开石达开的眼光。石达开觉得事情怪怪的，便问：“你们几个人到哪里去了？”张自芳简单地讲述了一下刚才发生的事情，石达开迷惘地说：“我没有听到什么异响，你们是不是听错了？”罗三娘、冯紫芸也证明确实听到了异响，而且异响声就是石浩然、麦靖芝的宝剑发出的，石达开顿感这是不祥之兆，也担心石浩然、麦靖芝会出什么事，便说：“浩然、靖芝，这几天你们自己要小心一点！你们可不要出什么事啊！义父最放心不下的就是你们两人！”说完，神情黯淡了许多。麦靖芝看了，内心涌起一阵酸楚。几天后，麦靖芝同意了石浩然的想法，同时，暗中与石浩然悄悄准备。

石达开的言行越来越不可理喻，他每天都要以各种借口，开除二三十名乃至五六十名士卒、军官，半个月后，四千多人的军队仅有不足两千人还留在军营，大家都不明白石达开为什么要这么做，张自芳隐隐约约感觉到石达开要遣散军队，让将士们自己去寻找一条活路。张自芳不好直接问石达开，便悄悄地问麦靖芝，麦靖芝说出了她与石浩然的猜测，但并没有说出她与石浩然的计划。

张自芳从麦靖芝那里证明了自己的猜测，便想直接问石达开到底作何打算。一天夜里，张自芳来到石达开卧房内，石达开仍然静静地坐在案前，正在想什么。自从开始远征，石达开虽然带着三位王娘和自己的儿子，但一般情况下，都是自己独居一室，王娘们带着儿子住另一间卧室，偶尔，石达开也去与王娘亲近一番，因为石达开平时对三位王娘都很好，所以，三位王娘一点怨言都没有，这样，也让石达开省下不少时间，用于指挥作战。张自芳一进门，石达开就察觉到了，他立即收起书案上的几封书信，随手垫在屁股底下。但是，他的这一动作被张自芳全部看见了。

张自芳假装什么都没看见，进来以后，直接坐在石达开身边。石达开问：“芳姐还没有休息吗？”张自芳说：“开弟，姐睡不着，心里烦得很。”石达开问：“芳姐所烦何事？”张自芳回答道：“开弟，你为什么开除那些将士？

他们有什么错？你把人都赶走了，靠我们几个人能冲出重围吗？你是不是连我、三娘、紫芸、浩然、靖芠都要赶走？”石达开望着张自芳，看出来，张自芳并不是来质问这些的，而是来质问自己这么做的目的。以前没有告诉他们，是怕他们阻拦；今天，接到了骆秉章及唐有耕的亲笔信，敲定了“以一人之身换四千将士生命”这件事，现在告诉张自芳也无妨了。

石达开说：“芳姐猜对了，弟最终会连你们一起开除的！”张自芳终于从石达开嘴里得到了验证，她明白石达开想以自己一命换取四千将士的生命，她也明白了，石达开能把这个计划说出来，表明这个计划已经筹谋完毕，无法否决了！此时此刻，张自芳还能说什么呢？

张自芳轻轻地问了一句：“开弟，告诉姐，骆秉章给你开出了什么条件？”石达开从屁股底下拿出一封信，交给张自芳，说道：“芳姐，还是你自己看吧！”张自芳急不可耐地打开信笺，一行一行地认真阅读着。

看着看着，不禁怒火中烧，骂了一句：“骆秉章这个老贼，竟然连一个六岁的孩子都不放过！太狠毒了！”石达开无可奈何地说：“骆秉章这也是为了斩草除根哪！他愿意放我四千兄弟一条生路，我已经感激不尽了！我也想过了，虽然我和儿子会对面受戮，但石氏一族不会绝后，我的堂兄弟、侄子们不还都在无为州吗？芳姐，你也不要难过，将来如果遇到合适的人，就组成一个家庭，不要太苦了自己！”张自芳淡淡地问了一句：“大家一起逃走，不行吗？”石达开说：“若是逃，等剩下的两千人都遣散了，我们六个人是能逃出去的。但是，现在，漫山遍野都是骆秉章、唐有耕、岭土司、王土司的士兵，只要在四月二十五日还看不到我，骆秉章一声令下，他们的士兵就会封锁所有的通道，杀死我们的兄弟。我石达开一日不自缚请降，几千兄弟的性命就一日悬在那里！事到如今，唯此一途，别无选择！”张自芳又小声地问：“那芳姐陪你去受死！”石达开忙阻止道：“断断不可！根本无须作此无用的牺牲！弟决不会同意！”张自芳没有说话，默默地坐了一会，起身走了。石达开也准备就寝。

朦胧之中，石达开觉得有人在掀他的被子，他一下子坐了起来，立即点上灯烛，眼前的一幕让他惊呆了！

张自芳就站在面前。头发披散，神情迷离，面颊绯红，全身肤色光洁如玉，外套、内衣均已脱去，仅有一件红红的小肚兜。时虽四月，但大渡河地处高寒，张自芳几乎是光着身子，有点瑟瑟发抖！石达开一时不知道怎么办才好！让张自芳穿上衣服走人，眼看着她全身抖得厉害，自己又不忍心；让张自芳进被窝，他简直不敢想象那将会有什么样的后果。就在他进退两难之时，张自芳牙齿打战，用颤抖的声音说：“开弟，想冻死姐姐吗？”石达开再也不能抗拒了，他一把抓住张自芳就往被窝里拖，张自芳趁机紧紧抱住石达开，从石达开身上取暖，石达开怜惜张自芳，只好任其所为！

有顷，两人的身体都回暖了，张自芳干脆连肚兜都解了，挺拔的双乳紧紧贴住石达开的胸膛，石达开头晕目眩，全身酥倒，任凭张自芳摆弄。张自芳脱去了石达开所有的衣服，两人不自觉地缠绵起来，其间感觉无法言说，云收雨散之后，石达开头脑清醒多了，他自责道：“芳姐，小弟没有能控制自己的情欲，毁了芳姐名节！”张自芳说：“开弟，姐终于想明白了，做人没有必要被条条框框捆住手脚！再说，现在是四月初，到四月二十五日还有将近二十天时间，姐不相信不能为开弟生一个儿子！”石达开闻听此言，内心感激不已！

此时，最先发现张自芳不一样表情的是冯紫芸。冯紫芸早晨起来给张自芳准备洗漱用品，却发现张自芳不在房间。“师父这么早能去哪里？”冯紫芸心里嘀咕着。冯紫芸问罗三娘，罗三娘也说不知道。冯紫芸心里突然闪过一个念头，但随即又否定了：不会的，天还没有亮，师父应该不会到翼王卧室去的！然而，找了一圈，就是不见师父踪影，冯紫芸决定去石达开那里看看。

石达开卧室门果然开着，师父背对着门口坐在那里，翼王斜侧着身子坐在师父身边，两人的关系显得十分亲近。冯紫芸说：“师父！”张自芳一回头，冯紫芸分明看见师父脸上写满了幸福，那种满足的情绪溢于言表！冯紫芸接着说：“师父，弟子已经准备好洗脸水了！”张自芳显得不够自然，刚说“就放那里吧”，又连忙改口说“为师梳洗过了”。冯紫芸紧追了一句：“师父什么时候梳洗的？弟子服侍不周，弟子该罚！”张自芳心里真的恨冯紫芸多事，但口头上又不好发作，于是说道：“为师起得太早了，就不想惊动你们！你回去吧！”石达开也说：“冯姑娘，请回吧！你师父已经梳洗了！”冯紫芸心里暗暗骂了一句“撒谎”，嘴上却应答道：“弟子这就回去！”

冯紫芸决定到张自芳房间看看。进了房间，发现被褥铺得整整齐齐，靠脚的一头上面仍然罩着一条短毛毯，那是冯紫芸怕张自芳脚冷，特意罩上的。昨晚铺好的被子、毯子甚至放枕头的位置，仍然保持原样！“天啦！师父怎么能做出这种事？”冯紫芸内心震荡着，不过，随即一阵暗喜涌上心头，师父终于克制不住了，自己和状元郎君的婚事没有障碍了！冯紫芸快步走出张自芳卧室，不料，迎面撞上了张自芳。张自芳没好气地说：“野丫头，一大早跑到为师房间干什么？”冯紫芸说：“帮师父整理床铺！师父，床铺弟子已经整理好了！”张自芳脸色都变了，她突然想起自己昨晚床铺上的东西动都没有动过。“完了，一定让这个野丫头知道了！”张自芳心里想着。

冯紫芸抑制不住内心的得意，忙说：“师父，弟子告辞！”张自芳没有应，冯紫芸也不敢马上就走，而是站在那里等张自芳发话。许久，张自芳说：“紫芸……”冯紫芸一听，挺高兴的：“师父，你不称弟子‘野丫头’啦？”张自芳沉下脸，说：“你才不野呢！你的心思比为师都细密，为师做的任何事都逃不出你那双机敏的眼睛！实话跟你说吧，为师与翼王已经……”冯紫芸怕张自芳尴尬，忙打断张自芳的话：“师父，弟子明白！”张自芳说：“你不明白！为师如果不抓紧时间为翼王生个孩子，将来就永远没有机会了！”冯紫芸吃惊地问：“为什么？”张自芳几乎要哭了，她擦了擦眼睛，用手抚着冯紫芸肩头，说：“孩子，为师现在还不能说，不久你会知道的！”冯紫芸也不敢再问什么，便告辞了。

很快，罗三娘、石浩然、麦靖芝也都知道张自芳与石达开的事情。在罗三娘的倡议下，当天中午，大家以茶代酒，向张自芳与石达开表示祝贺。席上，冯紫芸表现得相当兴奋，她不住地敬茶，直到罗三娘说了一句话之后，才停止了频频敬茶的举动。罗三娘开玩笑地说：“紫芸，你师父再也没有理由不同意你的婚事了！”张自芳脸上很不自在，石达开忙说：“芳姐从来就没有反对元合与冯姑娘的事情！冯姑娘也不要急，过一段时间，你师父会亲自为你操办婚事的！”罗三娘急了，她连忙说：“翼王说得不对，元合与紫芸的婚事是包给我罗三娘和军师的！不过，说句扫兴的话，我们还能不能活着回到运漕！”热闹的空气瞬间凝固了！

第三十一回

长义幼忠心昭日月
父慈子孝行垂千秋

众人闷头喝着茶，低头吃着饭，没有人说话，没有人吭气，室内宁静得令人害怕。石达开知道这种宁静中有不解，有不满，甚至还有抗议，今天，他要给大家一个说法。石达开说："三娘放心，列位都请放心，大家一定能活着回到运漕！近一段时间，本王遣散了两千多人，注意，不是'开除'，而是'遣散'。本王让他们扮作汉族、彝族、蕃族百姓，从几个方向分散逃去；本王给足盘缠，让他们可以逃得更远一些。本王估计，最早的一批应该早就逃出了包围圈，到达安全地带！四千多人突围，目标太大，本王想化整为零，将他们分批分批零零散散地转移出去，待将士们全都出去之后，我们几个人要走就容易多了！本王今日开始分批分批'开除'最后两千人！"罗三娘、冯紫芸恍然大悟似的"噢"了一声，他们为翼王的良苦用心而感动；张自芳默不作声，别过脸去，不与大家目光相遇；石浩然、麦靖芠仍旧喝茶、吃饭，一副处之泰然、胸有成竹的样子。

下午的事情相当地不顺利，要"开除"最后两千人，这本来是极秘密的事，然而，最后两千人有的是当年起义之初从家乡贵县跟着石达开走出来的，有的是"西江飞鱼"突击队队员，他们宁肯被石达开处死，也不愿意先行逃跑，石达开一点办法都没有，对这些真正的子弟兵，他又有什么办法呢？石达开只好等着四月二十四日这一天了！

同治二年（1863）四月二十四日，午饭后，石达开在紫打地谷场上集中了最后两千人，准备当众宣布诈降突围计划。两千多人行列整齐，精神抖擞，但不发一言，周围死一般的沉寂，连一向咆哮汹涌的大渡河、小松林河仿佛也停止了喧嚣，在静静地等候石达开的最后部署。

石达开站在谷场的石磙上，面向众人，他的眼光从每一个脸上扫过，这些人，他都能叫出名字，他们有的自咸丰元年（1851）起就跟着他，算起来足足十三年了，有的是咸丰四年、咸丰五年投奔他的，少说也有八九年了，他真的舍不得这一批与自己同生共死的兄弟！“今日一别，今后再也不能相见！”想到这一点，石达开不禁悲从中来，但他还是抑制住内心的不忍和不舍，清了清喉咙，开始了最后一次部署！

“各位猛将勇士们，本王自幼研文习武，立志报效国家，造福百姓。十四年前，天王、南王、军师来到本王耕读的小山村，向本王谈了他们的远大抱负和伟大理想，深深吸引了本王。十三年前，本王投效天王，此后，为天国征战四方！”石达开情绪越来越平静，说起他个人的经历，仿佛在宣讲一部传奇史，众人心情轻松了不少，有的开始轻声交谈，也有的不住地点头赞叹！

石达开略一停顿，场上的躁动也跟着停了下来，两千多人、四千多道目光全部集中在石达开身上。石达开继续说道：“各位，本王初衷是要带领大家共襄义举，建立人间小天堂，与天下百姓同享太平！不料，天不遂人愿，不久，祸生肘腋，乱起萧墙，两万多精锐冤死于一场内讧之中。至今想起来，还让人痛彻心扉啊！本王痛定思痛，为不蹈东王、北王覆辙，逃出天京，遥应天王，幸得众位一路跟随，不离不弃。六年来，先后辗转十省，江苏、安徽、江西、福建、广东、湖南、广西、贵州、云南、四川，无不留下我们足迹！无奈时运不济，天不助我，致使今日局促于紫打地至洗马姑不足三十里的一隅之地！前方唐有耕一万五千精兵扼守要冲，背后彝族土司岭承恩三千多人占据要隘，左边蕃族土司王应元五千余众虎视眈眈，右手杨应刚一万余人张网以待，我们已经是上天无路，入地无门！上天无路，入地无门啊！”人群一片叹息声，背后，大渡河、小松林河涛声又起！石达开并不作停顿，他一口气说出了自己与骆秉章达成的协议，话音刚落，群情激奋，呼声四起：“属下不走，属下要与翼王同蹈死地！”石达开果断地说：“各位必须走，立即就走！”“我们不走！”突然冲出五六个人，举起刀剑，跪在石达开面前，大声说道：“翼王丢下我们，我们就先行一步了！”说完，刀剑刺向自己胸膛，五六人倒在血泊之中。石达开震惊了，他举起了“流光”宝剑，横在自己颈脖处，向着众人，厉声说道：“若是诸位不听从本王安排，本王即自行了断！”谷场上顿时一片宁静，须臾，众人跪倒在石达开面前，哭着说道：“翼王，属下听从安排！属下听从安排！”

石达开拿开“流光”宝剑，重新站定，说道：“诸位请起！本王还有几句话要说。”众人一起站起身来。石达开说：“等一会把眼前几位兄弟安葬了！前一段时间，彝族土司岭承恩送来一些布匹、粮食、银两，现在，本王作如下分配，每人换上一套百姓衣服，带上五天干粮，携带十两银子，或三人一股，或五人一群，四散逃去，昼伏夜出，专拣山间小路而行，务必要活下来！活下来，就是诸位头等大事！诸位能活下来，就是对本王最大的忠诚！”众人叩头拜谢石达开。

石达开、张自芳、罗三娘、冯紫芸、石浩然、麦靖芠忙着分配衣被、银两、干粮，又用抽签的方法留下三位勇士，然后吩咐众人一俟暮色降临，即开始疏散。当下安排已毕，近两千人迅速隐入周围群山之中。

紫打地此时只有十三个人了，石达开、张自芳、罗三娘、冯紫芸、石浩然、麦靖芠，还有三位王娘、三名勇士，最后一位是石达开六岁的儿子。暮色降临，石浩然、麦靖芠亲自下厨，为大家准备一顿晚餐。晚餐尚未做好，就传来了噩耗，三位王娘结伴跳入波涛激荡的大渡河！石达开大哭一场，在大渡河边设坛，祭奠一路相伴的三位王娘。忽然，大渡河水猛烈地翻滚起来，波浪相激，涌起一道三丈多高的水柱，水柱上三缕轻烟袅袅升起，向东南方天空飘去，消失在远方红黑相间的天际！众人见此情景，无不惊异，心知三缕轻烟乃三位王娘精魂所化，便一起面向东南方，仰望星空，默默祝祷！

晚饭很迟，约莫酉尽戌初。麦靖芠搜罗了所有好吃的东西，做了满满一桌子菜肴；石浩然准备了两坛酒，那是从仁怀县带来的茅台。石浩然建议，两坛酒十个人均分，每五人一坛，石达开同意。石浩然与麦靖芠分别给众人斟酒。石浩然依次给三位勇士及自己和麦靖芠斟酒，麦靖芠斟的是石达开、张自芳、罗三娘、冯紫芸、石达开儿子的酒。众人一起举杯，石达开儿子太小，不能饮酒，其酒由石达开代饮。

烛光昏黄，由于心中难受，一杯酒下肚，众人就什么也都咽不下去了！大家呆呆地坐着，突然，冯紫芸跌倒在地，瞬间昏迷不醒。罗三娘忙将冯紫芸抱到房间，让她睡下。罗三娘回到桌边，一个趔趄，差点摔倒，紧接着，感觉体力不支，伏在桌边。张自芳将罗三娘扶到房间，又让麦靖芝做两碗醒酒汤来。张自芳陪着罗三娘，自己也感到身上不适，她以为这是近来心力交瘁所致，也没有太在意。石达开让三位勇士带着儿子去休息，麦靖芝开始收拾碗筷。偌大的客厅里只有石达开与石浩然父子俩。石达开说："浩然，义父明天就去见唐有耕了，留着这身功力没有太大用处，今晚就将内功全部传给你吧！"说完，开始运功，然而，气总是凝聚不到一处，他突然悟道："浩然，酒里有毒吗？"石浩然说："义父，酒里确实有毒，是孩儿亲手下的！"石达开冷笑一声，说："浩然，你是怕义父受不了唐有耕的酷刑，提前毒死义父！"

石浩然坐在石达开面前，望着石达开，说："义父，让孩儿多看你几眼。这两坛酒，一坛没有毒，孩儿、靖芝、三位勇士喝的酒没有毒；一坛有毒，义父、姨、三娘阿姨、冯姑娘喝的酒有毒。"石达开不解地问："浩然，你为什么要这样做？这酒里到底是什么毒？"石浩然拉着石达开的手，说起这毒药的来历及功效。石浩然说："义父，容孩儿不敬！此毒乃彝人逃婚用的毒药。""彝人逃婚？"石达开问道。石达开在广西时也听说过，彝族青年男女往往喝一种毒药造成假死，待十二个时辰或三十六个时辰药效消失，人自然醒来，然后双双逃走。石达开问："浩然，你是从何处得到这种毒药的？你为什么要这样做？"石浩然说："义父，孩儿千辛万苦，访遍周边彝人郎中，才寻得这种毒药。这种毒药作用于人，也因人体质不同而功效各异。没有武功的人，喝两口，当场昏死过去；武功平平者，一顿饭工夫，会昏倒在地；像义父、姨、三娘阿姨内力深厚的一代宗师，只会功力暂时消失十二个时辰。不过，在这十二个时辰内，只能静养，不能动武，否则，功力永久消失！义父，您与姨、三娘阿姨、冯姑娘明天由芝妹照看，孩儿带着弟弟和三名勇士去见唐有耕！明日戌时，毒性消退，义父，您带着姨、三娘阿姨、冯姑娘还有芝妹回运漕吧！芝妹、小师姐、正义、正仁他们烦请义父代为看顾！请原谅孩儿，孩儿不能在义父膝下尽孝了！"说完，"扑通"一声跪在地上，向石达开连叩九个响头！石达开泪如雨下，拉起石浩然，说："浩然，我儿，义父白疼你了！"

石浩然扶着石达开走向房间，这时，张自芳、罗三娘感觉好了一些，唯一不舒服的就是全身乏力，连走路都觉得脚步沉重，麦靖芝也收拾好碗筷，大家便都来到石达开房间。石达开涕泗交流，痛不欲生，一个劲地埋怨自己粗心。张自芳问何故，麦靖芝跪下说："义父、师父、师叔，请原谅孩儿和浩哥事先没有禀报！浩哥等一会替义父去见唐有耕！"张自芳、罗三娘齐声问道："你说什么？”石达开便将石浩然与麦靖芰私下里谋划之事告诉了张自芳和罗三娘，她俩听后百感交集，五味杂陈，说不出心里到底是一种什么样的感受！

张自芳将石浩然搂在怀里，罗三娘将麦靖芰搂在怀里，两人“儿啊”“肉啊”地哭了一通，石浩然说：“姨，时间不早了，你们休息吧！孩儿还要去准备准备！”石达开没有说话，只是流泪，众人劝都劝不住。石浩然说：“义父，不要难过，您应该高兴才是。孩儿能够这么做，芰妹能够同意孩儿这么做，确实是您的仁慈之心感召所致！”麦靖芰也说：“义父，孩儿支持浩哥去见唐有耕，不是一时冲动，孩儿不会后悔的！义父要留着有用之躯回到运漕，与军师一起赈济灾民、安抚百姓！那样，浩哥走这一趟也就值了！”石达开擦擦眼泪，说道：“浩然，你休息一会儿，明天精神会好一点。”石浩然与麦靖芰回到自己房间，罗三娘也告退，房间里只有石达开与张自芳了！

石达开仍在自责：“我怎么就没有注意到这两个孩子的行动呢？我太不敏感了！”张自芳叹了一口气，说：“开弟，姐早有预感，知道这两个孩子的结局，只是没想到会以这种方式。开弟，你不记得一个月前两把宝剑的异响了吗？那天，大家都听见了，你愣说没听见！”石达开急了，他说：“芳姐，弟确实没有听见！这就怪了，怎么你们都听见了，唯独我没有听见呢？”张自芳思索片刻，猛然醒悟：“开弟，这是天意。如果当初你也听到了异响，那你肯定会格外留意这两个孩子的言行，他们便没有机会谋划这件事了！也许真是天意吧！”石达开说：“也是，这两把宝剑到了浩然、靖芰手里，几次显出异象，难道真的受到诅咒了吗？芳姐，我们今后应该多留意靖芰了！”张自芳点点头。

石浩然到了房间，对麦靖芰说：“芰妹，那毒酒还有吗？”麦靖芰取出剩余的毒酒，交给石浩然。石浩然说：“我要带上一点，否则，一旦被骆秉章识破，会污损义父名声的！我要证明给他看，义父确实是我下了毒，而不是贪生怕死、让人代己受过！”

麦靖芰泪水止不住地往下流，浸湿了衣襟，滚落到地面上，她悲痛欲绝地说：“浩哥，你也该安排自己的身后事了！”石浩然说：“我没有多少事需要安排的了！正义由小师姐带，我还不放心吗？芰妹，你最好跟着义父他们直接回运漕吧，不要管孩子的事了。正义跟着小师姐也有好几年了，他现在未必和你亲近。至于我本人，死后自有三尺坟地葬身，你也不用操心！”石浩然看着麦靖芰，麦靖芰用异样的眼光盯着石浩然，那眼光分明告诉石浩然，还有事情没说清楚。在麦靖芰的逼视下，石浩然犹豫再三，说道："芰妹，有一件事我确实对不起你，虽然当时有千万个理由，但我始终没有原谅自己！"麦靖芰其实也就是要个说法而已，根本没有别的意思，现在听了石浩然这么一说，她心理平衡了，她说道："浩哥，别说了，换成我，在那种情况下也不敢保证，我在内心早已原谅了你，否则，我是不会同意小师姐照看正义的。只要浩哥心里有芰妹，芰妹也就满足了！浩哥，我们也休息吧！"当天夜里，两人自有说不尽的恩爱！

次日清晨，吃罢早餐，石浩然将"忠靖"宝剑交给麦靖芰，怀揣着一壶毒酒，背着石达开的儿子，在三名勇士的护卫下，踏上一条不归之路！告别场面之凄然情景，令人无法描绘。行至老济堡，石浩然挥了一下手，说："停下！"三名勇士停了下来。石浩然说："见唐有耕用不着那么多人，没有必要让大家都搭上性命，但我一个人去，总不太好，因此需要留下一个人陪我！"三名勇士争先恐后地要陪石浩然，石浩然说："还是老办法，抽签！"石浩然将石达开的儿子交给未抽中的两名勇士，说："这是翼王的一点骨血，我不能把他送给敌人！这里有一份地址，麻烦你们两位到广西桂平县平治村找到翼王的姐姐，将翼王的儿子交给她！"两位勇士问："石指挥，我们如何让她相信呢？"石浩然摸出一块小玉佩，上刻二字"敢当"，说："这个玉佩是翼王从小就戴在身上的，我昨晚向翼王讨来的，它可以为你们作证！"两位勇士带着石达开的儿子，夜行昼宿，最终到达广西桂平县平治村，将石达开的儿子交给石达开的姐姐，为了掩人耳目，石达开儿子改随姑父姓胡，其后裔绵绵不绝！

傍晚时分，石浩然在一名勇士的陪同下，拜会了唐有耕。唐有耕展开石达开画像，对着石浩然看了三四遍，抑制不住内心的狂喜，高兴地说："就是他！"于是，立即传报杨应刚、王应元、岭承恩，上报骆秉章，骆秉章传令唐有耕押着"石达开"经雅州、邛州回成都，自己率部由叙州、眉州回成都。唐有耕沿途大肆宣扬"生擒石达开"，很快，"骆秉章生擒石达开"的消息传遍了四川，传到了广西，传到了广东，甚至传到了安徽、江苏，全国上下早已轰动，朝廷内外无不震惊，垂帘听政的慈禧在接到骆秉章的奏章后，当即下令，褒奖骆秉章、唐有耕、王应元、岭承恩、杨应刚等一干人众，并让骆秉章就地处置石达开！

真正的石达开，此时正与张自芳、罗三娘、冯紫芸化装成商人，行走在前往成都的路上。五月初六，他们到达了成都；而也就在这一天，石浩然也被唐有耕押到了成都，骆秉章早在四川总督衙门等候唐有耕与“石达开”。

骆秉章一见到石浩然，心里“咯噔”一下，知道唐有耕抓错了人，但消息早已传遍全国，自己也奏报朝廷了，如果人们知道了真相，那自己头颅被砍不说，还要连累多少人脑袋分家！“怎么办？”“怎么办？”他焦急地思考着，不如将错就错，干脆让石浩然顶着石达开的名头，就以处死石达开的名义处死石浩然，人一死，即死无对证，日后即使是真的石达开又出现了，自己完全可以说他是假冒的！思虑再三，他下定了决心：“暂将匪首石达开收监，明日起，游街数日，即行处斩！”石浩然松了一口气，骆秉章果然将他石浩然认作了石达开，这一关终于混过去了！

石浩然和那名勇士被关在重囚牢房。晚饭后，牢房打开了，骆秉章传话：“将石达开用重枷枷了，带到本督后堂问话。”牢头给石浩然换上了八十斤重的重枷，枷了石浩然，带到骆秉章衙署后堂。

骆秉章屏退所有的人，并将门窗都关上，突然喊了一声：“石浩然，还记得老夫吗？”石浩然心中一惊，随即镇定下来：“总督大人认错人了吧！本王坐不改姓，行不更名，石达开是也！”骆秉章也不回话，而是走到石浩然面前，伸手撕去了石浩然的假胡须，扔到地上，随后又捡了起来，帮石浩然粘上。骆秉章做完了这一切，看着石浩然，不禁感叹道：“像，真像！世间竟有这般相像的两个人！不过，石浩然，外表再怎么像，你说话的底气还是出卖了你！你缺少一种发自身体内部、自然而然的王气！这种王气你是无法模仿的！石浩然，老夫说对了吗？”石浩然听了这些话，又见骆秉章将撕下的胡须粘回原处，于是说道：“总督大人好眼力！在下确实就是石浩然！在下曾在石城山与总督大人有一面之缘！”

骆秉章哈哈大笑，随后又冷冷地说：“都说石达开是奇男子，宁愿天下人负他，他都不负天下人，现在看来，徒有虚名罢了！”石浩然说：“总督大人不要污我义父美名！这都是在下设计用毒酒困住义父，不让他去见唐有耕！”骆秉章吃惊不小，他问：“石浩然，你用毒酒毒死石达开，老夫用酷刑处死石达开，这有本质区别吗？”石浩然笑笑说：“总督大人误会了，在下怎么会用毒酒毒死义父呢，只不过困他十二个时辰，十二个时辰一过，毒性自解！”骆秉章惊得头上冒出冷汗，他担心的事情也许真的成为现实，他紧张地问：“你是说石达开还活着？”石浩然点点头，肯定地说：“当然还活着！”骆秉章又问：“传说石达开武功高强，毒酒怎么能困得住他？”石浩然轻轻一笑，说：

“总督大人在四川就没有听说过一种毒药吗？它是彝族男女青年逃婚用的！这种毒药，普通人吃了，会昏死三十六个时辰；有点武功的，会昏睡十二个时辰；像我义父那样武功高强之人，也会失去十二时辰的功力，功力失去后，不要说动武，即使是行路，也很缓慢。在下就是以此毒药困住我义父十二个时辰的！只要十二个时辰，在下就可以面见唐有耕。面见了唐有耕，那‘生擒石达开’的消息就会迅速传播开了，在下义父就没有性命之忧了！”骆秉章以前也听说过彝族青年男女逃婚常服一种毒药，有的用量掌握不准，永远死过去的，也有的会逃婚成功，他只是没有想到逃婚毒药会被石浩然作此用途！他更担心石达开如果真的东山再起，自己要费多少口舌才能将事情摆平！

骆秉章小心翼翼地问：“石浩然，本督问你，你要说实话。石达开逃过这一劫，还会东山再起吗？”石浩然十分肯定地说：“总督大人，我义父决不会东山再起！实不相瞒，义父之所以支撑到今天，也是情势使然。实际上，义父心里一直装着国家、装着百姓！金田举义十三年来，当初的小天堂没有建成，却将人间闹成了地狱，对此，义父曾有两句诗颇能表明他的心迹。大人若有兴趣，在下就背出来！”骆秉章笑笑说：“本督对石达开的诗才早有耳闻，好吧，你背出来，我们就来个奇文共赏！”石浩然说：“我志未酬人犹苦，东南处处有啼痕！”“我志未酬人犹苦，东南处处有啼痕！”骆秉章重复了一遍，说道：“果然有一种悲天悯人的情怀！”石浩然看着骆秉章，说道：“总督大人，自古道诗言志，我义父数年前就作出此诗，如今还会有东山再起、再动刀兵的念头吗？”骆秉章来回徘徊了几趟，反复咀嚼着石达开的两句诗，最后仿佛做出了一个重大的决定：“石浩然，既然如此，你就要顶着石达开的名头受死了！本督说的是极刑，因为朝廷旨意要凌迟处死！凌迟处死，你懂吗？”石浩然轻轻一笑，说：“总督大人，不就是用刀子在我身上割下一块块的肉吗？放心，在下能承受得了！”骆秉章说：“眼下，全国人都知道我骆秉章生擒了石达开，成都百姓更是要近水楼台先得月，一睹太平天国翼王风采，老夫只有满足众人的愿望了！只是有一事放心不下，听说石达开义子石浩然武功也很了得，到时候在闹市趁乱逃跑了怎么办？”石浩然托起脖子上的重枷，笑着说：“总督大人，在下如果真的想逃跑，这几十斤的枷能妨碍在下吗？”说完，“啊”的一声，脖子上的重枷瞬间碎成几块掉落地面，两腿一个劈叉，脚上锁链大铜锁“咔嚓”一声解开了，石浩然慢悠悠地走到骆秉章跟前，对受到惊吓尚未回过神的骆秉章说：“总督大人，在下既然已经来了，就不会逃走；因为在下一旦逃走，必然惊动清廷，又要引动刀兵，伤害百姓。在下捐弃一人之躯，能换得一方百姓安宁，夫复何求！大人，重新上枷锁镣铐吧！”骆秉章吓得脸色煞白，语无伦次。石浩然说：“大人，别害怕，在下绝对不会伤害你的！”说完，大喊一声：“来人，给石达开戴上一百斤重枷！”几个衙役抬着一副重枷跑过来，被骆秉章骂了一通。骆秉章赶走衙役后，说道：“石义士还有必要戴刑具吗？”当下给石浩然调换了一间条件极好的牢房，同时好酒好菜伺候！

次日早晨，狱卒伺候石浩然及那位勇士梳洗、早餐，骆秉章也来了，他说：“石义士，还有这位勇士，成都百姓今日想一睹两位风采！”石浩然笑笑说：“总督大人，不就是枷号游街吗？大人放心，我们是不会逃走的！快给在下换上囚服！”骆秉章摆摆手，推了推鼻梁上的老花眼镜，笑着说：“不，穿上囚服怎么能看出堂堂翼王的风采！老夫是让石义士就穿石达开王服，摆出石达开的气势，让成都百姓见识见识，看看真正的翼王到底是怎样的一个人！”石浩然拱拱手，说：“多谢总督大人维护在下尊严！”

石浩然装饰一新，果然风采异常！骆秉章并没有用关押重囚犯的囚车，也没有给石浩然上枷锁、镣铐，而是为石浩然量身定做了一辆高大的囚车，车上竖槛稀稀疏疏的，两根竖槛之间的缝隙大到足以让一个人随意进出。骆秉章这样做，主要是让成都百姓能更清楚地看看“石达开”。

石浩然站在囚车上，随着大队人马缓缓驶向督院街。督院街两旁早已挤满了围观的百姓，他们正翘首以盼，等待石达开的囚车到来。巳时正，大队人马从街东南头巷口走进来，前面一百多名武士执械开道，紧接着八名衙役鸣锣示警，后面跟着两辆囚车，第一辆囚车上站着一个人，他身长八尺，体态威武，举止潇洒，他身穿黄衣，面容俊朗，双目炯炯有神，脸上一团和气！他一边随车缓缓而行，一边谦恭有礼地向众人致意！

围观百姓怎么也不敢相信，眼前的这个人是十恶不赦的巨盗匪首，他分明就是一位飘逸俊秀的谦谦君子！石浩然的气度、神采深深吸引着围观的百姓，百姓们不顾执械武士阻拦，纷纷挤到囚车旁，有的送上酒食，有的与石浩然握手，更有一些年轻姑娘，顾不得害臊，向石浩然送上自己的汗巾、手绢！

骆秉章担心这样下去，即使石浩然不会趁着骚乱的机会逃走，围观百姓也会把石浩然抢走。他命令衙役、武士驱赶围观百姓，没想到，却激怒了百姓。有人说：“官府是否抓错了人？”有人说：“总督大人冤枉了好人！”人群的情绪渐渐有些失控了，有的人强行突破武士、衙役设定的封锁线，要抢走石浩然。石浩然望着群情激奋的百姓，一时不知所措。就在这时，他突然看见五个熟悉的身影，心中不禁一惊：“他们不是义父、姨、三娘阿姨、冯姑娘、芠妹吗？”石浩然看见五人准备劫走自己！他一下子紧张起来，急中生智，大声说道：“众位父老乡亲，大家的好意我石某人心领了！我石某人要想逃跑，其实很容易！但是，我是不会逃走的！因为，清廷要我的脑袋！我一日不死，则天下一日不得安宁！以我石某人一人之死，换得天下百姓安宁，值啊！求求各位了，不要节外生枝，石某人实在不想连累天下百姓啊！‘我志未酬人犹苦，东南处处有啼痕！’天下需要安宁哪！”人群顿时安静了下来，众人自动地让出一条道，让囚车缓缓前行。石浩然再向人群中寻找那五个熟悉的身影，已经不见了！

骆秉章心里一块石头终于落地了！在督院府后堂，骆秉章准备了几个时鲜小菜，备上极品好酒，请石浩然就坐。骆秉章说：“没有想到石义士如此诚信！否则，老夫真的死无葬身之地了！”石浩然说：“总督大人如此礼待在下，成都百姓如此敬重在下，在下忍心让总督大人背黑锅、让成都百姓受牵累吗？”酒过数巡，骆秉章小声说：“石义士，老夫怜你是一条好汉，不忍心加害于你，你就跟着老夫干吧！”石浩然疑惑了，问道：“总督大人，你如何向清廷、向百姓交代呢？”骆秉章笑笑说：“这个，请石义士放心了，老夫自会做得天衣无缝！”石浩然站起来，正色说道：“在下感谢大人垂爱！只是纸包不住火，在下跟随大人左右，时间一长，难免被人识破，到时候真的要连累大人了！”骆秉章一拍脑袋，哈哈大笑：“老夫真是老糊涂了！石义士真义士也！”酒足饭饱之后，石浩然仍回到自己的牢房。

石浩然一回到牢房，心里很难平静，今天在督院街枷号游街时，分明看见了义父，难道义父也跟着来到成都了吗？他们五人会劫法场吗？要真是那样，自己就白死了！石浩然认真梳理着刚才看见石达开前前后后的经过，断定石达开不会劫法场的，如果真的要抢走自己，督院街人群骚动是最好的机会！“看来，义父他们来到成都，本应打算趁乱劫走我的，后来，听了我的那一番话，放弃了行动。那他们走了没有？一定没走！等着替我收尸！”石浩然自言自语。他在牢房里走来走去，突然，一个念头闪现出来：“我何不告诉义父弟弟的下落呢！”“可是，又怎么告诉他呢？”他踌躇起来。

牢房门打开了，骆秉章带着两个狱卒，捧着笔墨绢砚走进来了。骆秉章说：“老夫请石义士写个自供状，也好向朝廷交代啊！”石浩然欣然应允，心想：“终于有机会告诉义父了！”石浩然写好了自供状，然后裁下一条绢，从上撕下两小片，一片写上“弟姑”两字，一条写上“平治”两字，揉成小团，分别塞进左右两耳中，他相信石达开一定会发现这两小块绢帛。做完这一切，他心里踏实多了，专等骆秉章来取自供状。

傍晚时分，骆秉章独自前来，他看了自供状，甚为满意，说道：“想不到石义士文笔如此流畅，议论如此犀利！”石浩然拱拱手，说：“总督大人过奖了！”骆秉章欲言又止，围着石浩然转了几个圈。石浩然说：“大人有何吩咐，在下一概服从！”骆秉章神情凝重地说：“石义士，按大清律令，你要被凌迟处死！可是，老夫真的不忍心让刽子手在你身上动刀啊！”说完，用手擦了擦眼睛。石浩然慨然说道：“大人放心，在下能够承受得了！”骆秉章打断了石浩然的话，说道：“石义士能承受得了，老夫相信！但是，老夫心里承受不了！老夫这两天在思考着一件事，就是怎样才能让石义士毫无痛苦地死去！老夫已谋得一策，现在就说来让石义士听听，看看行得行不得！”石浩然说：“大人请讲，在下定遵吩咐！”

骆秉章神秘地说：“石义士，老夫打听到彝族逃婚毒酒药力非同寻常，若剂量大，任何武功高强之人也会毒发身亡的！为此，老夫已秘密购得十倍剂量的毒药，并调制成断头酒，准备行刑前让你喝下，免去你临死之苦！”石浩然感动不已，激动地说：“感谢大人如此周全！”骆秉章接着说：“凌迟之后，判你绞刑，给你一具全尸！王法不可违！但老夫实在是爱才心切，这才绞尽脑汁，减少石义士痛苦！石达开今年三十三岁，一岁一刀，行刑时刽子手会割三十三刀；行刑完毕，老夫会令人将割下的皮肉缝上，保证毫发无损！”石浩然深深鞠了一躬，说道：“在下再次感谢大人能赐全尸！”骆秉章走了，似有无尽的不舍之意！石浩然的思绪又飞出了牢房，去寻找义父，寻找芰妹，还有姨、三娘阿姨、冯姑娘！

他的义父，他的芰妹，已经两天两夜没有合眼了，此时此刻，他们五人正在制台衙门斜对面小巷的一家客栈里，他们默默无语，作楚囚相对。罗三娘打破了沉默，她说：“上午游街那么好的机会我们都失去了，真是可惜！”冯紫芸见有人说话了，于是大着胆子说：“师叔说得没错，但浩然师弟说了一番话以后，围观百姓便安静下来了，真奇怪！”石达开、张自芳都一直没有说话，这时，麦靖芰说话了：“浩哥看得很透彻，老百姓饱受战乱之苦，人心思定！浩哥能以一身之死，换得天下百姓安宁的生活，也算死得其所了！我们就成全他吧，不要再挑动刀兵了！”石达开痛心地说：“浩然是为我而死的，还是我去替下浩然吧！”麦靖芰当即说道：“义父休要这样说，浩哥虽说名义上是为义父而死，但实质上是为天下百姓而死。再说了，即使是为义父而死，也是应该的，因为义父给了他一切！我们现在不要再作无谓的牺牲了，现在最主要的是想办法带走浩哥遗体，我不想让浩哥一个人留在异乡！”张自芳一把搂住麦靖芰，哭着说道：“靖芰，我儿，为师不忍哪！”麦靖芰说：“也许天意如此！徒儿与浩哥自从佩了两把宝剑以来，异象迭显！徒儿与浩哥能够上应天意，下合民心，知足了！”张自芳“哇”的一声大哭起来：“我儿，你千万不要作这种打算，你要好好地活下去，正义还要你照顾！”师徒二人抱头痛哭，众人连忙解劝，劝了一会儿，两人收泪止泣。众人心神不宁，茶饭不思，坐等石浩然赴法场！

天亮了，骆秉章穿戴整齐，邀请石浩然在后堂叙话。骆秉章说：“石义士，还有什么要求，老夫尽量满足！”石浩然长揖一下，鞠了一躬，说：“大人，陪同在下的那名勇士罪不至死，恳请大人饶他一命！”骆秉章不住地赞叹：“忠孝节义，四个字都占全了，老夫活了七十多岁，还是头一次看见！老夫有幸啊！老夫又不幸啊，老夫不幸的是，这样的君子竟然让老夫去断送他的性命！”

同治二年（1863）五月初十日，成都上莲花街督标箭道，数万百姓目睹石浩然就义的悲壮场面！骆秉章掩面而泣，行刑毕，当即命人缝合石浩然皮肉，盛装安葬。其后，在给唐有耕的信函中，骆秉章这样写道：

此贼举止甚稳，语言气概，不卑不亢，寓坚强于和婉之中。方其就死，纳履从容，若是我大清忠臣如此死法，叙入史传，岂不炳耀千载！如此之人不为朝廷所用，而使其为贼，谁之过欤？

成都百姓为石浩然的刚烈所震撼，称赞他不枉为“奇男子”；更有人捐资在其墓前立了一块石碑，上书十个大字：

忠义奇男子石达开之墓

数日后，一个雷电交加、暴雨倾盆的夜晚，石达开、麦靖芰、张自芳、罗三娘、冯紫芸五人挖开坟墓，抬出石浩然遗体，在舵工、向导的帮助下，连夜或顺江而下，或翻山越岭，直抵贵州。成都百姓都说，雷雨当晚，只听一个响雷，炸开了“石达开”的坟墓，“石达开”化作一道流光，向南方飞去了。骆秉章知道有人盗走了石浩然遗体，便派人将坟墓推平，此事遂不了了之。

在贵州境内，石达开等人寻得一种防腐草药，保护着石浩然遗体，经过数月辗转，终于来到三水河口，易三姑与小师姐接着，哭得昏天黑地！

小师姐领过来两个男孩，大的男孩正是石浩然与麦靖芝的儿子石正义，小正义看见麦靖芝，站在那里半天没有说话，似乎在努力回忆着什么，突然，他跑向麦靖芝，喊了一声“妈妈”！麦靖芝将他搂在怀中，眼泪扑簌簌地往下直落，石达开、张自芳等人见此情景，无不动容。小正义问：“妈妈，爸爸怎么没有来？”麦靖芝泣不成声，无法回答；小师姐痛哭流涕，话都说不出来。张自芳说：“正义，你爸爸本是天上神仙下凡，他现在到天上去了！”说完，自己也哭了起来。渐渐地，麦靖芝情绪平静了下来，小师姐也收泪止泣，两人互道问候。这时，小一点的男孩喊了麦靖芝一声“大娘”，麦靖芝一看，约莫四五岁，小师姐说：“他也是浩哥的儿子！”麦靖芝说：“我知道。感谢你这几年照顾、教育小正义，看到他成长得这么快，我也就放心了！”易三姑说：“麦姑娘，浩然的这个孩子没有随父姓，而是姓李，叫李正仁，因为文茂没有孩子，就让这个孩子姓李，以承李氏宗祧！事先没有跟你们说，三姑在这里赔个不是！”麦靖芝仔细端详小正仁，那模样、那身材、那言谈举止，简直又是一个石浩然，哪有不疼爱之理，当下也搂过来，亲了几下。

两个孩子出去自己玩耍了，众人商量安葬石浩然的事情。正在难以决定葬在何处时，“忠靖”“贞靖”两把宝剑莫名其妙地合璧了，众人一时惊慌，莫知所措。麦靖芝拿起合璧的宝剑，说了一声：“浩哥要我去陪他了！”言罢，猛刺自己胸口，事情发生得太突然，众人根本来不及阻止。张自芳将麦靖芝抱在怀里，失声痛哭：“靖芝，我的孩子，你怎么这么傻！”麦靖芝用尽最后一丝气力，断断续续地说：“师父，义父，小师姐，照顾好正义、正仁兄弟俩！我去陪浩哥了！”言罢，气绝身亡！

众人将石浩然、麦靖芝合葬于三水老鸦洲上，老鸦洲位于昆都山与锅边村中间。石达开说：“‘忠靖’’贞靖’两把宝剑自首次合璧以来，屡次呈现异象，看来不是凡品，当今世上没有人能够有资格佩这两把宝剑，还是让它们陪伴两个孩子吧！”张自芳也说：“开弟说得对，就让它们陪伴两个孩子吧！”石达开、张自芳在墓前立下一块墓碑，题道：

忠贞之墓

一个多月后，某一夜，月明如昼，但见老鸦洲闪出两道寒光，随后两把宝剑飞出坟墓，并排插入北江江底！

石达开化名“羽田公”，张自芳化名“长弓女”，罗三娘也叫回了原来的名字“杨荟茳”。易三姑问石达开：“羽田公，琴沙岛的财宝如何处置？”大家你一言我一语，一时也拿不出什么主意。石达开说：“易三姑，我们先回一趟运漕，相信应该还有机会来三水，到时候，这笔财宝也许能派上别的用场！”石达开、张自芳、罗三娘、冯紫芸告别易三姑和小师姐，回到了运漕。

袁世坦听了石浩然与麦靖芰的传奇经历后，唏嘘不已。袁世坦、刘元合两人提着祭品到河边祭奠师弟石浩然，冯紫芸则在巡检司天井院内焚香祭祀师妹麦靖芰！

第三十二回 割肉饲狼天国遗宝 丢卒保车清廷弃财

同治三年（1864）四月初六，常州失守。惠民长老、惠生长老突然驾临运漕，石达开向惠生长老请罪："师兄原谅，师弟没有保护好浩然！"惠生长老说："我早已知道他们两人的结局。自浩然'忠靖'宝剑与麦姑娘的'贞靖'宝剑合璧起，他俩的命运已经注定！"

石达开请求两位师兄帮忙，救洪秀全和钱江出南京城。两位师兄表示，救钱江可以，救洪秀全不可以，"洪秀全是自作孽不可活"！

正说着，钱江进来了，他一见石达开，不觉大吃一惊，刘元合便把石浩然、麦靖芝的传奇故事又说了一遍，钱江听了，也感叹不已！石达开说："金戈道长，我们正在商量如何救天王和你出天京城呢！"钱江说："不用了，天王是不会出城的，他已经卧床不起了。"石达开问："天王生病了？"钱江说："其实，自安庆城破之日起，天王就已经郁闷成疾，只是那时表面上尚能支撑，然而，今年新年刚过，天王实在撑不住了，医官说天王病情不容乐观，最多也就能拖上一个月罢了！"石达开凄然说道："小弟想见天王最后一面。"钱江说："现在，天京城已经被湘军围得似铁桶一般，很难进去。"石达开说："我们想点办法，应该可以进城的。"当下商定进城事项。

同治三年四月十二日，惠民长老、惠生长老、石达开和钱江、刘元合一行五人自运漕坐船前往南京。到了裕溪口才知道，自裕溪口至南京的水路全被湘军封死了，江面上只有湘军的战船，民船一只都见不到，甚至连一向在长江上畅通无阻的英吉利商船也不见了踪影。其他方面的消息也更糟，从和州、江浦一直到扬州，长江北岸没有一处可以渡江。幸而裕溪口一带湘军防备不是很严，在惠民长老、惠生长老的通力协助下，五个人勉强地渡过了长江。渡江以后，他们沿着江边，从金柱关、采石矶到铜井、板桥、大胜关，经过上新河，到达仪凤门外。

仪凤门外竟有三万多湘军屯扎，指挥官为朱兰桂。三万大军将大王庙、仪凤门、静海寺方圆五里的地面围得水泄不通，他们五人无法从仪凤门处入城。钱江折向北，到了神策门，早见曾国荃一万大军堵在城外，将一座神策门堵得死死的。从神策门到太平门，曾国荃另一万人守在城墙外面，随时准备攻城。太平门至紫金山，曾国荃三万大军封住了入城的所有通道，其中两万多人包围了天堡城，天堡城随时可能被攻破。石达开想到有一处可以进城，钱江说："地堡城！"五人来到地堡城附近，此处果然没有湘军，城墙上也没有太平军防守，五人就从这里逾城墙而入。入城后，沿着城墙根西行不到两里，便上了太平门大街，随即穿出太平桥，行过东箭道，从正门进入天朝宫殿。一路上，他们没见到几个士兵，更看不见一个百姓，街市冷清，地面安静，没有兵临城下乱哄哄、惶惶然的气氛。

天朝宫殿门可罗雀，一副凄凉黯淡的景象。钱江等人并没有通报，其实也没有人通报，就直接进入荣光大殿。洪秀全半躺在一个大的躺椅上，头戴王冠，身着龙袍，一脸病容；两边站立着三四人供其使唤。看到钱江五人进来后，洪秀全屏退了身边的近侍人员，并让五人看座。令人感到奇怪的是，洪秀全看到石达开，并没有表示格外的惊讶，仿佛早就知道石达开还活着，石达开一定还会来到天朝宫殿！五人坐定，钱江心里一酸，眼泪不自觉地流了下来，他说："天王，翼王师兄弟三人都来了，救天王出城易如反掌！天王，您就听臣最后一次相劝吧！"

洪秀全并没有回答钱江的话，而是将目光投向石达开，说："翼王，到朕跟前来，朕要好好看看你！"石达开站起身，走到洪秀全面前，洪秀全看了又看，说："翼王还是老样子，就是瘦了些！别人说翼王被骆秉章处死了，朕绝对不信！不要说朕不相信，就连李鸿章、曾国藩他们都不相信！这不，翼王不是好好的吗？"石达开抽抽搭搭地讲述了石浩然替他献身的事情，洪秀全说："好一个义士！好一个烈女！真要亲自设坛祭奠他们！"旁边惠生长老也流下了眼泪。

洪秀全说："承蒙惠民、惠生二位长老垂怜，朕感激不尽！在这样的时刻，军师、翼王、元合还有两位长老能来到天朝宫殿，朕心里是何等满足啊！不过，朕是不会跟你们走的！"洪秀全的态度大家早有预料，钱江、石达开、刘元合来到这里，与其说是救洪秀全出城，不如说是为了满足一种心愿，至于是什么样的心愿，连他们自己也说不清！三个人没有人问"为什么"，都静静地听着洪秀全说话。

洪秀全盯着刘元合，说："元合，朕早就跟你说过，朕不走！实话告诉你们吧，朕不想走，也不能走！"洪秀全接着说道："朕要留在天京，为战死的将士和冤死的百姓陪葬，朕对不起他们！军师是知道的，最近几个月，他一直在帮助朕疏散天京城内军民，有一半左右的人都被疏散出天京城了，朕不想让他们死在湘军的屠刀下！还有四十万百姓。十万将士死活不肯出城，朕也奈何他们不得！朕只能祈求上帝保佑他们！"

洪秀全喘了一口气，说："至于不能走，朕想你们应该明白！曾剃头要的是朕的脑袋。朕一日不死，战火就会一日不息，百姓就一日不得安宁；朕逃到哪里，战火就会烧到哪里，哪里的百姓就会遭殃！朕已病入膏肓，死期不远，何必再去祸害其他地方的百姓呢？各位心意朕领受了。但朕确实不能跟你们走！朕的想法你们清楚吗？"钱江、石达开、刘元合跪在洪秀全躺椅前，痛哭流涕："天王，臣等万死不能赎其罪！"洪秀全说："快起来，你们千万不能死！天国后代还要靠你们照顾！另外，还有两件大事，真要交代给军师和翼王。"

钱江、石达开齐声说："臣谨遵天王吩咐！"

洪秀全说："湘军贪如狼，凶如虎！他们一进城，烧杀淫掠，无所不为！为减少曾剃头对天京百姓的杀戮，朕将部分财宝留在天朝宫殿，这些财宝一共十万两黄金，近百万两白银，还有上千件珍奇古玩，估计价值三百万两银子，差不多能喂饱贪婪凶狠的曾剃头了！但是，朕及天国的大笔财宝决不能落入他们之手；落入他们之手，只会中饱了他们的私囊！"说着，从贴身衬衣里摸出一件东西，五个人一齐围拢过来，看了一下，不甚明白。

洪秀全指着那件东西，说："这是朕亲手画的藏宝图。元合那三个月运粮期间，朕也塞了一些私货，没有人知道它们是什么，连元合都不知道。那批私货是黄金五十万两，白银三百万两，稀世奇珍三千多件！朕把它们沉在了一个地方！”刘元合听了洪秀全的话，惊得伸出了舌头，洪秀全暗中调用各种船只，自己竟然一点都不知道！他不能不佩服洪秀全的手段！

洪秀全望着前方，似乎在回忆着什么：“朕年轻时，以‘斩邪留正’‘救世安民’为己任，金田首义，就是为了打出一个清平世界，建立人间‘小天堂’！然而，事与愿违，十四年来，几番波折，至今世界仍不清平，百姓仍然生活在水深火热之中！朕的这些财宝，留待清平世界圣人出现，在国家困难之时兴许还能发挥一点作用！军师，你要记住，务必等到真正的圣人出现以后，才能将这些财宝交出去；也许你等不到了，不过，没关系，让你的后代去等，一代不行，就两代；两代不行，就三代！朕相信中国总有一天会出现清平世界，会出现真正的圣人！”洪秀全说完，将藏宝图交给钱江，钱江接过藏宝图，仔细看了一看，也没有看明白，只觉得上面两句话颇值得玩味：

大水冲了龙王庙，一家人不认得一家人。

洪秀全并没有对藏宝图作任何解释，钱江只好将藏宝图折叠起来，藏进自己贴身衣袋中。惠民、惠生兄弟俩不禁肃然起敬，他们深为洪秀全惋惜！

石达开问：“天王有什么吩咐臣下的？”洪秀全说：“翼王，天国失败已是铁板钉钉的事了！目前，陈得才尚有十万将士，李秀成那里也不下二十万人，李世贤有二十多万人，汪海洋部、杨辅清部不少于二十万人，其他分散作战的太平军将士少说也有十万人，总计八十多万人！可是，他们即将被各个击破。”钱江、石达开觉得洪秀全分析得相当有道理，一场天京事变，让清军、湘军得到了喘息的机会，全军上百万人被分割在不同的区域，无法彼此呼应，被各个击破是迟早的事！想到这里，两人不禁锥心地痛！

洪秀全痛心地说：“朕后悔当初没有听从你们两位劝告，导致天京内讧，天国形势急转直下，以致今日只能坐以待毙！是朕亲手葬送了天国的大好前程！天国一灭，清军、湘军必然对我们的将士斩尽杀绝！八十万啦！八十万都是青壮年，他们涉及八十万个家庭，连同父母妻子兄弟姐妹何止五百万人！翼王，你要想尽一切办法帮助这八十万青壮年逃出生天！救活他们，等于救活了五百万人！”石达开素来视部属为骨肉兄弟，他当然同意洪秀全的看法了，只是这八十万人如何救得了？自己为救四千人性命，尚且要搭上义子石浩然，救八十万人谈何容易！

石达开不解地问：“天王，这八十万人如何救？臣去年为让四千人逃生，尚且颇费周折，还让臣失去了义子石浩然！”洪秀全从躺椅下取出一本簿册，指着簿册说："这是侯裕田托人转交给朕的。你看，上面清清楚楚地写着他在香港所开商行的商号、地址。侯裕田来信说，他的商行有大船上百艘，每船至少可以乘坐五百人，平时往来香港至香山、新会之间，运送货物。朕的意思是让翼王联系侯裕田，收拢被击溃的天国将士们，把他们运到海外，兴许可以给他们一条生路！"言罢，洪秀全两眼直视前方，仿佛前方就是海外，就是可以让天国将士们获得一线生机的海外！

惠民、惠生兄弟俩感动、敬佩之情油然而生，惠民长老说："洪天王到底还是一位仁慈之君！"石达开根本没有想到洪秀全竟如此深谋远虑，他用颤抖的双手接过簿册，说道："天王放心，臣尽一切力量组织将士们去海外谋生！"

洪秀全长舒一口气，说："朕早已重病缠身了，如今，去日不多矣！军师、翼王、元合，你们将来的责任重大啊！去吧，朕不留你们了！都去准备吧，朕也准备准备！"说完，他大声地咳了几下，几个近侍走出来，对钱江说："军师，走吧！天王要休息了！"说着，抬起躺椅，往内宫走去，钱江五人目送着洪秀全，直到看不见为止！

惠生长老说："走吧，久留无益！"五人仍从地堡城附近逾墙而出。他们向东、向南经过朝阳门、洪武门，看见湘军萧孚泗部三万多人集结于此；转向西，通济门、聚宝门外驻扎着湘军彭毓梧三万多人，最后折向北至水西门、旱西门，那里，湘军黄翼升带着三万多人正准备进攻水西门、旱西门！南京城周围十七万湘军精锐虎视眈眈，恨不得一口吞了整个南京城！

钱江精神相当颓唐，两条腿都不大听自己使唤，幸得刘元合一路搀扶着，方能继续前行。五个人心情都非常沉重，谁都不愿说话。他们一路默默无语地往回走，一路经受着痛苦的刺激，南京周围江南村镇，原来人烟辐辏、富庶繁华，然而，湘军一来，这里很快就萧条败落得令人心痛！刘元合清楚地记得，就在前几个月，他被洪秀全"赶出"南京城时，南京城方圆五十里的市镇哪一个不是繁华富庶、人头攒动的，可如今，仅仅几个月，这里到处是断壁残垣，到处是累累白骨，简直就是一座人间地狱！

刘元合愤怒地说："千刀万剐的曾剃头，硬生生地把鱼米之乡变成了人间地狱，简直是强盗！"钱江哼了一声，说道："真正的强盗、土匪，我还真佩服他，因为他敢作敢当，敢于承认自己就是强盗、土匪！然而，有的人一方面把自己打扮成圣人模样，一方面却干出了狗彘不为的勾当，又想树牌坊，却又忍不住地去做婊子，这种人我最看不起！我真难以想象南京城五十万军民要遭受什么样的劫难了！”刘元合若有所思，他似乎在征求大家的意见：“要不，我们去干掉曾剃头兄弟，干掉湘军那些统帅，让朝廷换上李鸿章的人，至少李鸿章还有点人味！”石达开抚着刘元合肩膀，说道：“元合，师叔何尝没有想过？但湘军毕竟有近二十万精锐，清廷也不敢轻易地把他们交给李鸿章；再说了，湘军一向家乡观念重、地盘意识强，南京是他们快要到口的禁脔，在这个时候，他们会让李鸿章染指吗？最主要的，我们未必能将曾剃头及其手下将领一网打尽！李鸿章收拾残局，虽是人心所向，但眼下时机尚不成熟！”石达开说得很有道理，众人不能不信，虽然在万般无奈的情况下，他们内心都希望由李鸿章接管南京！

希望李鸿章出来收拾残局、接管南京的，还有远在几千里之外的京师的两个人，一个是慈禧太后，一个是恭亲王奕䜣。紫禁城坤宁宫，慈禧太后问道：“恭亲王，李鸿章前几天就攻下了常州，为什么到现在都没有开赴南京？哀家看常州到南京不过区区二百里，他就是爬也爬到了南京啦！”恭亲王说：“启禀太后，臣已派人八百里加急去催促李鸿章了，想必李鸿章很快就会发兵的！”慈禧太后鼻子里哼了一声：“依哀家看，李鸿章不会如我们所愿去攻打南京的！他一向重情重义，眼看南京城很快就要被打下来，而打下南京城则是建了不世之功，曾国藩对李鸿章有恩，李鸿章在这个时候会去抢曾国藩的功吗？哀家看，还是算了吧。催一催，他真的不出兵就不出兵吧！李鸿章还了曾国藩这个人情后，就可以不唯曾国藩马首是瞻了，到时候，我们稍加笼络，李鸿章必然能为我所用了！”恭亲王忙说：“太后远见，臣弟不如！只是臣弟尚有顾虑。”慈禧问道：“恭亲王顾虑何事？”

恭亲王上前一步，小声说道：“太后，那曾国藩为人喜怒不形于色，城府极深，且门生故吏遍及朝野，现又拥数十万精锐之师，不可不防啊！臣弟从各州县呈报上来的奏章看，湘军声名狼藉，所过州县无不烧杀淫掠，闹得民怨沸腾。攻占安庆后，甚至掠卖妇女，幸得李鸿章部将袁世坦冒死解救，那几百名妇女才免于被转卖的厄运！民间以‘曾剃头’来称呼湘军！再说，湘军内部任人唯亲，自抱成一团，外人根本插不进去，如此一来，必成尾大不掉之势，危及朝廷啊！”慈禧面部肌肉顿时紧绷起来，她说：“哀家何尝没有这样的顾虑！恭亲王的意思无非是长毛一灭，即令曾国藩自解其军。那朝廷是不是会引起人们的议论，说我们‘卸磨杀驴’！”恭亲王笑笑说：“太后，臣弟已有一计，叫‘卸磨养驴’！”慈禧问：“何为‘卸磨养驴’？”奕䜣不慌不忙地说：“给曾氏兄弟及湘军将领高官厚禄，让他们遣散军队！湘人贪利，只要能得到大把的银子，谁也不愿再拎着脑袋在枪林弹雨中讨生活！”慈禧太后说：“湘人贪利，这一点哀家早就听说，但一下子遣散那么多军队，没有五百万两银子恐怕不行吧！哀家到哪里弄这五百万两银子？”奕䜣诡谲地一笑，说：“让他们自行解决！攻下南京后，就应该有办法！”慈禧太后早就惦记着太平天国的财宝，她惦记着传说中的天国“圣库”一千多万两银子，更惦记着“一棵白菜半个瓜，千万银子难买它”，现在奕䜣居然准备放弃这些财宝，这令她很不高兴！

慈禧太后沉着脸说：“恭亲王，长毛的财宝是国家的，怎么能落入他们私囊呢？哀家正等着这一笔财宝呢，哀家早已将它们派上了用场！”

奕䜣忙说：“太后，臣弟斗胆进一言。南京城可以拿下，但南京城千万财宝朝廷未必能得到！曾国藩起家之时，军中粮饷基本上靠劫掠公私财物来解决，后来虽有‘厘金’拨付，但湘军恶习已经形成，每下一城，必刮地三尺，搜金求银，攻下南京后，那真如狐狸进了鸡窝、馋猫进了鱼肆，他们能忍得住吗？纵使曾国藩想洁身自好，可他能约束得了二十万人吗？他也不敢约束！曾国藩以前攻下城市后，都要放几天假，实际上是纵容手下胡作非为，听说，这次攻打南京之前，他给湘军诸将许诺，攻下南京城后，放假七日！放假七日，不要说一个南京城，就是三个南京城也毁了啊！等到曾国藩进入南京后，南京城内恐怕没有了一间能住的房子，一两未被抢走的银子！所以，臣弟认为，攻下南京城后，曾国藩最多上缴朝廷几十万两散碎银子！”慈禧太后勃然大怒：“他敢！哀家看他有几个脑袋！”奕䜣连忙跪地，口称“太后息怒”“太后息怒”！慈禧太后指着奕䜣骂道：“他曾国藩就是被你惯出来的！”奕䜣忙说：“太后息怒，臣弟话还没有说完，容臣弟把话说完！”慈禧怒色稍解，说：“起来吧，你说！说得不好，哀家连你一并治罪！”

奕䜣做出一副诚惶诚恐的样子，又向前走上一步，凑近慈禧太后说：“太后，先帝驾崩至今，您垂帘听政不到三年，天下大势还难以预料，曾国藩拥有二十万精兵，且久战沙场，经验丰富，如果相逼太急，臣恐他狗急跳墙，到那时，局面将很难控制。太后要治曾国藩也不在这一时，能够容忍数年，待他兵散势尽，再治他也不迟啊！何况眼下长毛虽已束手待毙，但捻祸未消，还要靠李鸿章等人为朝廷效力，如果对曾国藩处之过急，会让李鸿章等人胆寒失望的！”慈禧太后面色和缓了很多，她说：“那依你这样说，长毛的财宝就不问了？”奕䜣说：“太后，臣不是这个意思。长毛的财宝肯定还是要追回到朝廷来的，只不过不在当下，等两三年后，朝廷派一个心腹大臣代替曾国藩两江总督，一定能查出个水落石出！千万两银子财宝也许不能全数追回，但追回个六七成应该没有问题。”慈禧太后虽然心有不甘，但眼下只能采用这个办法，她咬牙切齿地说：“那便宜了他们！”奕䜣笑着说：“太后，有个账您还得算一算，几百万两银子和天下，哪一个更有价值？太后想想，仅上海一地每年关税银就有好几百万两！”说完，神秘地笑了一笑，慈禧太后也笑了，她骂道：“难怪先帝在日就夸你鬼点子多，难怪肃顺等六大臣骂你‘鬼子六’，现在看来，哀家也要骂你一声‘鬼子六’了！速让上书房拟旨，命曾国藩克期攻下南京，哀家不想再等了！命令李鸿章速赴南京，协助曾国藩！”奕䜣立马应了一声“喳”，即往上书房传令拟旨！

皇帝圣旨、太后懿旨很快传到常州，李鸿章犯难了，若助攻南京，则有违自己与曾国荃之间的协议，更主要的是会给外界落下“抢功”的话柄；如果不去南京，则有抗旨不遵之嫌。他与范瑾瑜商量了老半天，范瑾瑜说：“大人先别急着表态，待曾大帅表明意图后再作打算。”李鸿章等了一上午，果然，午饭一过，曾国藩亲笔信就到了，李鸿章拆信一看，又犯迷糊了：“为什么老师亲自邀请我助攻南京呢？”范瑾瑜笑了，他说：“属下等的就是曾大帅的亲笔信！大人写一封回信给曾大帅，就说苏南刚刚平定，还有很多事情要做，无法奉命相助；同时，给朝廷上一道奏折，就说苏南尚有长毛余部以待搜剿，暂不能奉旨助攻南京，三个月后，待局势完全平定了，即刻遵旨行事！”李鸿章是何等人物，他能不明白范瑾瑜这一番话的意思吗，当即写了一封信，连同呈送朝廷的奏折，一并呈给曾国藩，曾国藩自然心领神会，曾国荃也感激不已！慈禧太后、恭亲王奕䜣早已料到结果如此，既然有了一个台阶，干脆做个顺水人情，成全李鸿章报恩心愿，同时严令曾国藩务必于两个月内攻克南京城！

曾国荃加紧了对龙脖子、地堡城的进攻，南京城内顿时紧张起来。洪秀全再次强令疏散城内军民人等，然而，没有人愿意出城，原因很多，有的要誓死效忠天王，有的觉得出去了未必有活路，更多的百姓舍不得城内置下的产业，他们相信曾国藩的军队是官军，官军不会伤害平民的。洪秀全焦急万分，思虑过度，病情转重，以致时时出现昏迷！安王、福王及太子洪天贵福随侍左右，寸步不离！同治三年（1864）四月二十八日傍晚，昏迷数天的洪秀全苏醒过来了，他看见安王洪仁发、福王洪仁达坐在床前流泪，太子洪天贵福正拉着自己的手，几位自己经常宠幸的王妃也坐在床边地上，擦拭着仿佛永远也擦拭不尽的眼泪，昏黄的烛光拉长了每一个人的影子。

“朕要坐起来！”洪秀全吃力地说着。洪仁发、洪天贵福扶起洪秀全，洪天贵福顺势坐在床头，让洪秀全靠在自己怀中。洪秀全指着早已敞开的立柜，告诉洪仁发：“安王，你去把柜子里的藏宝图拿出来！”“藏宝图？”众人眼睛一亮，原来天王要把财宝分给大家啊！可是，生命都未必能保全，要这些财宝又有何用？洪秀全展开藏宝图，神情气色好多了，脸上红光迸发，长期饮食不正常导致松垮下来的皮肤也绷紧了，连说话声音都大了，话说得流畅多了！洪天贵福说：“父王病情好转了！这是孩儿的福分！”洪仁发、洪仁达并没有说话，他们知道，这不是病情好转，而是回光返照，洪秀全能否熬过今夜还很难说！

洪秀全指着藏宝图，对洪仁发、洪仁达说：“曾剃头打进天京城后，你们负责把这张藏宝图献给他！”洪仁发简直不敢相信自己的耳朵，他怀疑自己是听错了，便问道：“天王说要把这张图献给曾剃头？臣没有听错吧？”洪秀全点点头，说：“朕的话正是此意！听朕的，没有错！”洪仁达有点不高兴了，他大声说：“天王，臣宁可被曾剃头处以极刑，也不愿拿着天国财宝换来苟活的生命！天王，臣确实做过不少坏事，但是，臣对天王、对天国还是赤胆忠心的！天王这样嘱咐臣，是对臣的气节的侮辱！”洪仁发也说：“天王，臣虽然曾经对不起天国军民，但臣决不会向曾剃头摇尾乞怜的，更不会拿着天国的财宝向曾剃头献媚的！”洪天贵福不理解洪秀全为什么要这样说，明明是病情好转，高烧也退了，不能说是烧糊涂了吧！他越想越觉得不对劲，忍不住地说了一句：“父王怎么能叫两位伯父投降变节呢？”

洪秀全显然生气了，他的脸上泛出紫红色的光，接连咳了几声，慌得洪天贵福连连抚拍他的胸口，洪仁发、洪仁达两人也接着说：“臣等谨遵天王旨意！但不知天王为何要做出这样的安排？”洪秀全从金田首义宗旨说起，说到建都天京，又说到天京内讧、翼王出走、曾剃头兵临城下，最后，他喘着粗气、流着眼泪说：“朕这样做，无非是让曾剃头少伤害百姓！你们理解朕的苦心吗？”洪仁发、洪仁达点头流泪同意了。

“天王，臣等还有另外的计策，可以最大限度地减少湘军对天京百姓的伤害！”洪秀全正欲躺下，一下子来了几个人。洪秀全定睛一看，军师钱江、翼王石达开、干王洪仁玕、忠王李秀成、刘元合五个人齐齐围在他的身边！洪秀全急了："军师、翼王、元合，你们怎么还没有走啊？"李秀成说："天王，他们又回来了！"洪秀全喘息得上气不接下气，说道："军师、翼王，朕说过的话你们怎么就不听呢？元合，你立刻滚回运漕，不要给湘军留下口舌，让他们有机会糟蹋运漕！你再不回去，朕这就死给你看！"刘元合慌忙跪下说："臣要与天京城共存亡！"洪秀全抓过一个抱枕砸向刘元合，气愤地说："你要胆敢这样做，朕死都不会原谅你！"大家都劝刘元合立即回到运漕，刘元合这才向洪秀全连叩三个头，含泪离开了天朝宫殿内殿。

钱江说："天王，臣以为要想最大限度地减轻湘军对天京百姓的伤害，必须大量消灭湘军攻城兵勇，如果能够消灭掉十万，那么他们对天京百姓的伤害就会减少一半！臣与翼王、干王、忠王商量好了，动员全城力量，采取一切手段，消灭湘军攻城及入城兵勇！只有杀死大量攻城及入城湘勇，才能真正减轻湘军带来的伤害！"石达开也说："仁义只能对讲道理的人，对待湘军这样一群野兽，必须杀到让他们害怕的地步！"洪秀全已经没有力气再与钱江等人理论了，只好含糊地答应着。许久，洪秀全说："军师、翼王，你们自己一定要活下来，帮助朕完成两件大事！""洪天王，放心，我们兄弟俩绝对保证我师弟及军师的安全！"洪秀全一听，原来惠民长老、惠生长老也来了，有他们在，洪秀全确实放心了许多！洪秀全又安排其他的事情，四月二十九日凌晨，他再次昏死过去，众人都知道洪秀全再也醒不过来了，便命人押着几位王妃，要强行将她们送出城，几位王妃不愿离开洪秀全，更不愿出城受辱，全都在洪秀全身边自杀身亡！众人准备安排洪秀全后事。天亮以后，约莫辰时三刻，洪秀全突然说了一句："朕去上帝那里搬救兵！"吓得众人魂飞魄散。当众人回过神来，却见洪秀全已经溘然长逝了！

同治三年（1864）四月二十九日辰时正，一代枭雄洪秀全与世长辞，享年五十一岁！他走完了自己的人生道路，担当了自己应该担当的生前事，又何计后人评说他的功过是非！

三天后，曾国藩在南京城南郊雨花台会集众将，作攻城总动员。曾国藩升帐，两边猛将林立，人人脸上露出渴望的神色。曾国藩心里很清楚，这些将领他们不是渴望为朝廷建功立业，而是渴望南京城千万财宝，渴望南京城内成千上万的大家闺秀、小家碧玉；他心里更清楚，南京城这一座六朝古都即将毁在这些人的手里，他们一个个贪婪凶狠、嗜血成狂；他们一个个好色滥淫、体内膨胀着最原始的欲望！然而，现在，谁也阻止不了他们——这一群猛兽！

“攻城！”曾国藩打了一个冷战：这令一出，我曾国藩虽然能成为当今朝廷第一功臣，但随即便是毁灭南京第一历史罪人！曾国藩迟疑不决，两边站立的湘军将领人人眼里冒出火辣辣的光，他们都在焦急地等待主帅一声号令！

事到如今，已是箭在弦上，做了再说，管他后人如何评价！曾国藩眼一闭，牙一咬，挤出两个字：“攻城！”刹那间，整个大帐沸腾了，人们纷纷捋袖揎拳，跃跃欲试，仿佛即将分食一大块熬得熟透了的、满屋飘香的肥肉！

曾国藩命令道：“江苏布政司曾国荃。”右班第一位的曾国荃立即答道：“有！”曾国藩抽出一支令牌，说：“命令你部五万人围剿地堡城残匪，首先打开南京城缺口，进城后兵分两路，占领天王府及‘圣库’！谍报贼首洪秀全已死，但你仍要仔细搜查，找到洪秀全尸首或坟墓，务必验明正身；搜罗贼首洪秀全为逆证据，一并呈报本帅！”曾国荃万分高兴，但他仍极力掩饰内心的兴奋，只是平淡地说了一句：“属下服从大帅命令！”

其他将领一听，心里嘀咕开了：什么“内圣外王”，关键时刻胳膊肘总是往里弯，最好的两个地方都被他曾家占去了！最不服气的是黄翼升，因为他的人马已经集中在水西门外，只要自己一声令下，不到半个时辰就可以全部开进灯笼巷总圣库，他自己早已盘算好了如何从圣库里攫取更多财宝，现在仗还没有打，自己就已经输了！“不管曾大帅如何部署，反正本督亲兵营要在第一时间占据灯笼巷总圣库！”黄翼升暗暗下定了决心。

曾国藩也在平衡各路将领的利益，他不想因抢夺财物而导致内部火拼，所以，接下来，他看着一脸不满情绪的黄翼升，说：“提督黄翼升，你的人马现已集中在水西门，你即率部自水西门入城，迅速控制英王府、忠王府、侍王府、干王府，这几个王府是长毛目前最有权势的府第，责任重大，难度也相当大，你可要小心在意！”黄翼升当然听出来了，曾大帅还是赏了他几块肥肉，英王陈玉成虽然死了一段时间，但洪秀全一直念着陈玉成的好处，经常赏赐他的家人，因此，英王府财宝绝对少不了；其他忠王李秀成、侍王李世贤、干王洪仁玕都是长毛中权势显赫的人，财宝肯定少不了！黄翼升对自己刚才的决定有点动摇了，“大帅待我不薄，还是听大帅的吧！”他心里改变了原来的计划，脸上随即露出满意的神色。

曾国藩搞定了黄翼升，下面的事情就好安排了。他命令朱兰桂率部由仪凤门攻入，抢占顾王府、听王府、勇王府；萧孚泗自洪武门进城，控制幼东王府、辅王府、章王府；其余各部，杨载福、鲍超、曾贞干、彭玉麟、李巨典等统帅各按图示防区戒严大街小巷，搜查漏网逆贼，肃清乱党余孽！

对于这样一个攻城部署，或者说“分赃大会”，大多数将领基本满意，十四年的亲冒矢石很快就有结果了，那将是盆满钵满、美女如云，自己下半辈子还有子孙后代都享用不尽的啊！

曾国藩看到将领们一个个面露喜色，知道他们都在盘算着如何尽情地抢夺金银，如何尽兴地淫人妻女！曾国藩此时心里说不出是何种滋味：欣喜？有点！担忧？有点！成功？也有一些！失败？肯定有！自己辛辛苦苦带出来的将领们将彻底毁了他“内圣外王”的形象！算了吧，反正事已至此，干脆一个人情做到底！

曾国藩说：“诸位务必努力向前！如有贻误战机，让贼首逃脱者，军法从事！本帅坐镇雨花台，诸位务必在七日之内肃清城内一切敌人，以迎接本帅进城！”此言一出，底下炸开了锅，曾大帅竟然真的放纵七天，让他们攫金搜银、欺男霸女！曾国藩手一挥，说：“开始行动吧！”随即离开大帐，向北走去，不上一里，就来到了大报恩寺。对于大报恩寺，博学的曾国藩当然非常了解，尽管此前一直没有机会亲眼仰瞻它的庄严恢宏和富丽堂皇，此后也永远没有机会见到它的金碧辉煌和玲珑剔透。曾国藩知道大报恩寺是明成祖朱棣为纪念其生母碽妃所建，历时十九年，耗银二百五十万两，征调工役十多万人。寺院位于雨花台与聚宝门之间，恰好在长干里的中段。长干里，地势高亢，物产丰饶，交通便利，商业繁荣、人口密集。因临近秦淮河，又近大江，商船往来，帆樯林立，这一带人也世代操舟为业。唐代崔颢《长干行》写出了此处的风俗民情。

君家何处住？妾住在横塘。停船暂相问，或恐是同乡。

家临九江水，来去九江侧。同是长干人，生小不相识。

朱棣当年选择长干里来建大报恩寺，无非是想让熙熙攘攘的市廛百姓陪伴他的母亲。也许是为了吸引更多的人，聚集更多的人气，朱棣建大报恩寺颇费了一番心机。

大报恩寺占地一百多亩，周长九里十三步；寺内殿宇甚众，计有画廊一百一十八间，经房三十八间。大雄宝殿又名碽妃殿，九层八面，周长三十多丈，高二十五丈，内部形制仿紫禁城坤宁宫，但远比坤宁宫雄伟壮丽。大报恩寺镇寺之宝为九级五彩琉璃塔，塔高三十多丈，通体用琉璃烧成，五彩缤纷，昼夜通明，堪称奇迹！建成之后，来自阿拉伯、南洋、欧罗巴各国商人和政要无不叹为观止，称之为“中国之大古董，永乐之大窑器”！

“可惜！”曾国藩自言自语。今天，他来到大报恩寺看到了什么？看见了寺院围墙全部被拆，围墙砖也不知被搬向何方。跨过围墙墙基，满目凄然，到处是残砖碎瓦，还有未烧尽的木头。大雄宝殿只剩下几尊折成几截、躺在地上不动的佛像，九级五彩琉璃塔已经变成散落在地面上的碎琉璃片。传说中的三十八间经房只剩下两三间，且歪斜欲倒。

“造孽啊！”曾国藩摇摇头，又愤愤地骂道：“长毛罪该万死，遗臭万年！”一骂到“遗臭万年”，自己内心一紧，心里说道：“我曾国藩也许要遗臭万年了！谁能帮我保住南京城！怎么办？”他越想，心越虚；越想，越觉得自己罪孽深重！“找少荃谈谈，他兴许能给我想出好办法！”曾国藩决定悄悄地去找李鸿章，问问如何保住南京城。曾国藩放出话，称自己有病，需休息三天，其实，他是偷偷地跑到了常州，说是让李鸿章想办法帮他保住南京城，但也是要从李鸿章那里寻得一点心灵上的慰藉、精神上的支持。

李鸿章听完曾国藩关于攻克南京城的部署后，默然不语。曾国藩问：“少荃以为本帅攻城方略如何？”李鸿章沉默半晌，方才心情沉重地说：“老师攻城方略滴水不漏，只是可惜南京城又要遭受一次劫难！”一句话说得曾国藩心都凉了，他没有多说话，心情沮丧地回到了雨花台。

曾国藩一走，李鸿章即找范瑾瑜商量，范瑾瑜也拿不出好办法。范瑾瑜说：“袁世坦保护安庆城的办法肯定不起作用，除非大人亲率十万淮军到南京，否则别无他法！”李鸿章大吃一惊，说：“范先生怎么能说这样的话，十万淮军一到南京，定然与湘军发生火拼，震动朝野，惊动天下，无法收场。再说，皖北捻祸未除，湘淮火拼必然两败俱伤，若让捻党乘虚而入，则十多年征战之成果毁于一旦，国家永无宁日矣！”

范瑾瑜作苦思冥想状，良久，方说：“大人，属下认为，此次救南京城只可智取，不可硬拼。”李鸿章仿佛抓到了一根救命稻草，迫不及待地问：“如何智取？”范瑾瑜说：“让钱江他们去谋划。如果能让曾大帅把‘放七日假’改为‘放三日假’，则南京城可救下一半！”当即商定派水青萍去运漕，向钱江送上李鸿章的亲笔信！

水青萍做事就是快，半个时辰不到，她已经做好了一切准备。她来到李鸿章大帐，向李鸿章辞行。李鸿章看着水青萍一身渔家女的打扮，甚是满意。李鸿章问："水头领，你打算从哪条路到运漕？"水青萍一愣：是啊，自己只顾准备行装，却没有想好要从哪一条路到运漕！此刻，她只能怪自己虑事不周，有点不好意思地说："回大人的话，属下还真的没有想好！应该走水路吧。"李鸿章未置可否，而是将目光转向范瑾瑜，似乎在征求范瑾瑜的意见。

范瑾瑜笑笑说："水头领难道忘了，长江自上海至安庆已经封锁很长时间了！"水青萍这才觉得自己刚才的话太冒失了，简直没有经过大脑考虑。她尴尬地说："哎呀，我一急，倒忘了眼下的形势！"李鸿章笑了，他说："范先生快给水头领指一条近路！"

范瑾瑜来到地图前，指着常州以西的几个地名，说："长江水路不能走，江北陆路不好走，水头领就从江南走吧。具体路线是常州到金坛、溧水、当涂，然后自东梁山过江。这条路比长江水路要近一百多里，比江北陆路也要近七八十里！"水青萍非常高兴，正欲告辞。李鸿章伸出手，示意水青萍等一下，水青萍便站住，等李鸿章发话。李鸿章说："安徽境内有水匪，水头领要小心在意！"原来是这句话，水青萍哑然失笑："大人，那几个小喽啰能把属下怎么样！不过，大人提醒得好，属下一定提高警惕！"说罢，告辞而去。

水青萍一路上几乎没有遇到身体强壮的人，她遇到的人，不是孤儿寡母，就是老弱病残，金坛、溧水乡村市镇，房子都被烧得差不多了；沿途看见的最多的东西竟然是死尸和白骨，还有在荒凉的田野上六神无主的狗！"这难道就是江南鱼米之乡？"水青萍简直不敢相信眼前的一切都是真的！

到了安徽境内，人似乎多了几个，水青萍想起李鸿章的提醒，便稍稍警觉起来。走着走着，一条小河挡住了去路。换作平时，她可以不费吹灰之力就过去了，可是，现在，她是一身普通渔家女的打扮，她不想在路途上暴露自己的身份。水青萍便向河边张望，说来也凑巧，河面上还真的划来了一条小船。水青萍问："船家，摆渡吗？"船夫应声答道："姑娘，上船吧！"水青萍一听，觉得哪里不对，噢，原来船夫操的是湖南口音。水青萍在湘军里呆过几年，对湖南口音相当熟悉，甚至连湘东、湘西、湘南、湘北的话都能够分辨出来。"一个湖南人怎么会在这里摆渡呢？莫非他就是水匪？"水青萍向船上一望，船上并无重物，但小船吃水却很深；舱门紧闭，看不到舱里的情况。"这么热的天，闭着舱门，不合常理！舱里应该有人，看那吃水深度，肯定不止一两个大人！"水青萍心里很清楚，她确实碰上了"水匪"！

水青萍佯装什么也不知道，她走下河堤，等着小船靠岸。船渐渐近了，突然，她发现船夫很面熟，好像在哪里见过！“噢，原来是杨载福水师里的一个卒长！”水青萍低下了头，她不想让对方认出自己。船靠岸后，水青萍半遮着脸上了船；上船后，坐在船上，背对着船夫。船很快向河对岸划去，渐渐地，船越划越慢，最后干脆停在了河中心。水青萍明白，他们要动手了！

水青萍猛然转过脸来，大喝一声：“混账东西，叫你的人都出来！”说完，站起来，面对着船夫。船夫一愣神，两眼直直地看着水青萍，半晌，“扑通”一声跪在船板上，口中哀求道：“水教习，小人有眼不识泰山！水教习饶命！饶命啊，水教习！”水青萍尚未开言，舱门突然打开了，从船舱里钻出四个大汉，也许是长时间憋在狭小的船舱里，他们一个个面红耳赤。那四个大汉说：“大哥，你怎么向一个女子磕头呢？不要怕，我们结果了她！”船夫大声说：“还不跪下！你们知道她是谁吗？她是水教习！大帅、九帅都要敬她三分！”那四条汉子哪里相信船夫的话，其中一个汉子说：“什么教习不教习的，我们五个大男人害怕她一个小丫头！”说着，就要冲上来。水青萍一抬脚，离开船头，稳稳地立在水面上，那汉子冲过来扑了一个空，一下子窜到水里。水青萍一只脚踏在那汉子头上，抬起另一只脚狠狠地蹬向船头，小船竟然倒着驶向了对岸。水青萍一把抓住水中汉子的衣服，脚踏水面，迅速地踹水前行。来到岸边，将那汉子重重地摔在地上，说：“你们还有谁来？”五个人都懵了，一时竟不知所措，唯求饶命。水青萍冷笑一声，说：“算你们还识趣，饶了你们的狗命！”

船夫及四条汉子跪在地上，叩头不止。水青萍说：“本教习已经饶过你们了，起来吧，本教习有话问你们！”五个人如同得了赦命一般，连忙站起来，毕恭毕敬地等着水青萍问话。水青萍问船夫：“你不是杨提督水师的卒长吗？为什么在此做水匪？”船夫回答道：“禀告水教习，小人犯了过错，被削去军籍，无以营生，便干起了这个勾当！小人本来也做了几票，积攒了一些盘缠，原打算回湖南老家的，没想到郑老板收编了小的几个人，搜去了小人的盘缠，还逼着小的几个每十天上敬一次！小的几个没有办法，才又做起了水匪！”水青萍听到什么“郑老板”，不知道“郑老板”是谁，便问：“什么郑老板？他人在哪里？带本教习去见见他！”那四条汉子说：“禀告水教习，小的几个人从没有见过郑老板，小的几个人上敬的银子都交给了黑沙洲刘副总。小的几个人真的是被逼无奈啊！”水青萍看他们说得很真诚，谅他们也不敢说谎，本打算到黑沙洲去端掉匪窝，再顺便查一查“郑老板”到底是何方神圣，但自己身负重任，实在抽不出时间。于是，她拿出五十两银子，交给五个人，说：“看在杨提督面子上，看在你们本不是坏人的份上，本教习给你们每人十两银子，你们用作盘缠，回湖南老家吧！以后好好做人，若再犯到本教习手里，就别怨本教习不客气了！”五个人齐刷刷地跪在水青萍面前，痛哭流涕：“谢谢水教习再生之恩！今生今世若再违水教习教导，狗彘不如！”说完，起身，鞠躬，挥泪而去！

回到了阔别两三年的运漕镇，水青萍感到格外亲切，她顾不上多看几眼镇容镇貌，便直奔运漕粮台而去。袁世坦在信中说，坦字营、萍字营主要驻扎在粮台粮库，负责守卫杨柳圩东部。水青萍一到粮台，就被两营官兵发现了，大家高兴地拥上来，仿佛看到了久别重逢的亲人！团勇们告诉水青萍，虽然袁同知与刘知州分守杨柳圩东西两部，但袁同知日常办公地点多在运漕巡检司衙署。

第三十三回

为鬼为蜮真乃孽种
舐痈吮痔堪称贱人

水青萍来不及与团勇们叙叙别后之情，当即前往巡检司衙署。袁世坦果然在这里，他正坐在桌旁，他的身旁几面都坐了一些人，水青萍认得，他们是钱江、石达开、刘元合、张自芳、罗三娘、冯紫芸。“这么多人集中在一起，一定是在讨论什么重要的事情。”水青萍正在思考着七八个人坐在一起到底商量着什么大事，袁世坦早看见水青萍，他显得既十分激动又十分意外。袁世坦说：“水头领怎么回来了，李大人呢？”说罢，忙站起身，准备迎接水青萍。钱江等人也站了起来，招呼水青萍入座，水青萍也不客气，傍着袁世坦坐下来。

水青萍刚坐下，冯紫芸斟了一盏茶递给水青萍，水青萍接过茶，谢了一声，便三两口喝完了，冯紫芸又将茶斟满。袁世坦急切地问：“水头领，你回来了，那李大人还有范先生呢？”水青萍用手抹了一下嘴，说道：“李大人、范先生还在常州，他们身边都有亲兵营保护着，你放心好了！我这次回来也是李大人的意思。”袁世坦吃惊地问：“江南局势尚未完全平稳，李大人为什么要你回来？难道是让我去替换你吗？”水青萍说：“不是的。李大人让我带一封信给金戈道长，是有急事邀请金戈道长帮忙！”说完，从怀中取出密信，呈给钱江。

钱江拆开李鸿章的信，那熟悉的字体一下子跃入眼帘。

金戈道长钧鉴：

常州一别，已有两年，甚念！

同治三年五月初十日，湘勇各部会攻南京部署已毕，二十万精锐蓄势久矣，号令一出，则南京城旦夕可下！

曾大帅许诺城破之后“给假七日”。先生想必早闻湘勇破城即“给假”之惯例，名曰“给假”，实则放纵兵勇掠城、屠城、毁城！吾恐七日之后，南京城内难见一条鲜活之生命，难觅一间完整之屋宇！先生忍心见之乎？

吾与范先生议及此事，以为湘勇入城之后烧杀淫掠势不可阻，然其胡作非为之时日仍可限，若能将“七日”缩减为“三日”或“四日”，则南京城一半生灵可得拯救，全城半数房舍可得保全。不知先生意下如何？

坊间传闻南京财宝堆积如山，“圣库”存银数百万两，天王府金银亦数百万两，其他各王府黄金白银、珍宝玉器不计其数。湘勇多来自穷山恶水之地，见此金银财宝，焉能不拼上性命抢夺！湘勇内部亲疏有别，以愚之见，劫得财宝多者当为曾国荃、曾贞干、黄翼升、朱兰桂、萧孚泗数人，而最多者当为曾氏兄弟！六朝古都，美女如云，秦淮佳丽，艳名远播。湘勇多出于穷乡僻壤之处，素来有掠卖人口之恶习，半老徐娘、黄脸婆子尚能数度转手、几次赚钱，而妙龄女子一旦转入湘中，则可坐地起价、居为奇货！以愚之见，抢劫、绑架人口最多者当为李巨典部下及杨载福水师！

金银财宝乃民之膏血，一旦为湘勇所夺，则必然悉数收入私囊！先生所知，战火延烧十数年，大江两岸百业凋敝，公私积蓄消耗一空，嗷嗷待哺之民数以千万计，若抚之不当，不数月即生民变！此情此势，怎能容忍湘勇私吞财宝！城内妇人皆百姓妻女，一旦被掳，百姓必然妻离子散、家破人亡！我等焉能坐视不管！

先生亦知，李某如今身不由己，截夺湘人所掠财宝、解救湘人所抢妇女必须仰仗先生，我李某定会暗中相助！

据吾所知，南京城破之日，即为湘勇裁撤之时，届时，湘勇人数骤减，归心似箭，毫无战心，各怀异志，各自为政，其势不堪一击！为助先生成截宝救人之大功，李某调拨一万将士归先生指挥，运漕镇三千驻军由先生调遣！

先生与羽田公当世奇才，张女侠、罗三娘女中豪杰，袁世坦、刘元合、水青萍、冯紫芸少年英雄，必能成此大功！

如此，则天下甚幸，百姓感恩！

合肥鸿章　字

同治三年五月十三日

钱江等人一口气读完了李鸿章的急信，深感李鸿章提供的情报太重要了，也觉得李鸿章的考虑相当周密，同时还为李鸿章为国为民的赤诚之心所感动，决定认真研究对策，与李鸿章一起共同完成三大任务：迫使曾国藩提前结束万恶的“给假”；截夺湘军抢劫的财宝；解救湘军掳掠的妇女！

钱江等人商量了半个时辰，决定利用曾国藩因杀人过多而内疚的心理，装神弄鬼威吓他，迫使他提前结束“给假”；利用城破之后湘军内部各自为政的形势，对曾国荃、曾贞干等人各个击破，截夺湘军所抢财物，解救湘军所掳妇女。当下商议已定，袁世坦问水青萍说：“水头领还没有去洪仪泰吧？”水青萍说：“没有，我一到运漕，就直接来找你们了。”钱江说：“那水头领还是先去洪仪泰，和你妹妹叙叙旧，我们继续议事，等会中午过来吃饭。”水青萍忽然想起刚才自己进来时，他们七个人都聚在一起，正商量着什么事情，于是问道：“金戈道长，我刚进门时，看见你们好像正在商量什么事情。”钱江皱着眉头，说道：“是一件毫无头绪的棘手的事。”罗三娘抢白道：“金戈，你就直说吧，不要藏着掖着了，你们这种酸腐秀才真没劲！”几句话把大家说得哈哈大笑，钱江也觉得挺不好意思的，于是带点歉意说道：“水头领，眼下长江南北，河湖港汊到处闹水匪，剿不胜剿，让人头疼！”袁世坦也说道：“真拿他们没有办法！”刘元合说：“这些水匪盘踞在安庆至当涂的江面上，散落在裕溪河、天河、牛屯河、清溪河、林头河、得胜河各处，连滁河、巢湖都有，他们抢劫杀人，祸害百姓，扰乱地方，无恶不作！”袁世坦接着说：“他们人数虽不多，但点很分散，且忽聚忽散，行动诡秘。我们加强防备时，他们就藏着不动，待我们稍一松懈，匪情马上遍地开花，令人防不胜防！”众人你一句我一句，都在诉说着匪情，又都表现出无可奈何，水青萍也插不上嘴，便去了洪仪泰，一个时辰后，又回到了巡检司，看见众人还在讨论剿灭水匪之事。

钱江忽然问道：“诸位请想一想，我们紧张时，水匪就收敛一下；我们刚松一口气，水匪就全面出击！是不是有人在统一指挥这些水匪呢？还有，是不是运漕镇有人给水匪送情报呢？”“郑老板！”水青萍下意识地叫了一声。

袁世坦问：“什么郑老板？”水青萍答道：“水匪的头就是郑老板！我在路上听几个水匪说的。还有黑沙洲的刘副总。”又蹦出了“刘副总”，众人实在不明白水青萍在说什么，钱江说：“水头领，还是把你路上遇到的事情详细说一遍吧！”水青萍一五一十地说了自己路遇水匪的事情，钱江边听边思索。

水青萍说完后，钱江站起身，向厅外走去，众人面面相觑，不知钱江又要说什么。石达开说："金戈道长一定是理出了什么头绪，各位不要急。"

果然，钱江转过身，急急地走到桌旁，坐下，说道："水头领说的事情太有价值了！其一，验证了我们此前的猜测，那些水匪果真就是湘军兵勇；其二，他们看似分散，实际上是有头目统一指挥的，这个头目是谁呢？就是郑老板！这个郑老板肯定在运漕镇上安插了耳目，所以才对我们的动向一清二楚。各位想一想，哪些人最有可能是郑老板的奸细？"一听说"郑老板"，大家几乎不约而同地想到一家木业店，那家木业店为"东关郑木匠运漕分店"！石达开说："应该就是它！世坦、元合暗中查查！查明情况后，我们再行动！"袁世坦、刘元合立即准备安排暗中监视事宜。钱江忙阻住二人，说："不行。你们稍等一等，容我再想一想。"袁世坦、刘元合二人站住，其他的人也都看着钱江，不知道钱江又在考虑什么问题。

钱江说："我听说'东关郑木匠'已经好几年了，'运漕分店'开业也有两年了。'运漕分店'的伙计七八人每天都走村串巷，足迹遍及杨柳圩大大小小的村庄，遍及运漕镇大街小巷，可能已经掌握了我们所有的秘密。'郑木匠'之所以还没有行动，可能是在等邀功的机会。一旦他把这些情况全部报告给清廷，不仅我们这些人都得死，而且还要连累到少荃老弟。事不宜迟，必须立即动手，封闭东关总店、运漕分店，抓获所有老板、管家、账房、伙计，不能让一个人走脱！元合，你速带两百人前往东关，查封郑木匠总店，将店中男女老少全部押来运漕，无论如何不能让那个'郑老板'跑了，活要见人，死要见尸！"刘元合说："元合遵命！"说完，点齐两百人，火速奔赴东关。

刘元合走后，袁世坦问道："金戈道长，运漕分店怎么办？"钱江说："运漕分店不能直接查封，尤其不能在白天查封！"众人一听，不知道钱江为什么要这样说，但也没有问，因为他们相信钱江自有钱江的道理。钱江接着说："世坦，今夜三更，你带二十人突袭运漕分店，逮捕店中所有人员，仔细搜查，务必要搜出那些人窃取的情报。随后，从外面锁上大门，贴上启告，就说店中人员回东关奔丧，休业三天。注意，千万不要惊动运漕镇上居民！"袁世坦回去暗做准备，水青萍也去协助袁世坦夜间突袭行动。

安排了这一切，钱江并没有丝毫的轻松，脸上神情依旧比较严肃。石达开看到钱江有些心烦，便问："金戈道长已经安排妥帖了，为何还是愁眉不展？"钱江说："羽田公请想一想，能够把这么多水匪组织起来，这本身就不容易；再让他们统一行动，这就更不简单！看来，这个‘郑老板’真不是寻常人物！我最担心我们凤尾洲粮库的秘密他说不定也知道了！”一听说“凤尾洲粮库”，冯紫芸忽然想起了什么，她努力地回忆着，突然，大叫一声：“糟了！”张自芳见众人吓了一跳，便嗔了冯紫芸一句：“野丫头，你叫什么？”

冯紫芸说：“师父，弟子刚才猛然想起一件事，与‘郑老板’有关！”钱江立即问道：“什么事？快说！”冯紫芸说：“两年前，元合准备给南京运送粮食前，需要修理运粮船，当时有人推荐‘东关郑木匠’，‘郑木匠’便派了几个伙计来，船修好后，时隔不久，‘郑木匠’托伙计捎话给元合，说就让那几个伙计在运漕开个分店，以便元合随时支使。”钱江问：“那个‘郑老板’没有亲自来过运漕吗？”冯紫芸说：“我也问过伙计，伙计说‘郑老板’人很忙，一般一个月能来一趟运漕，而且都是晚上来，歇一夜，第二天一早就走。我和元合都没有见过‘郑老板’本人。”

钱江听了冯紫芸一番话后，没有再问什么，但眉头却皱得更紧了，似乎在破解什么难题。“那个‘郑老板’确实有点古怪，我们元合好歹也是主政一方的人，也是一棵大树，他为什么不主动来攀这棵大树呢？”罗三娘快人快语说了几句，石达开说：“三娘说得对，‘郑老板’行迹确有可疑之处。他在运漕开分店，自己又是每月来一趟运漕，他有很多机会来见见元合，拉拉关系，但为什么就是对元合避而不见呢？莫非……”钱江斩钉截铁地说：“没有‘莫非’！他一定认得元合和冯姑娘，他避而不见，是怕元合和冯姑娘认出他！他一定是我们都认识的人！”钱江的话让众人倒吸一口凉气，原来危险就在身边，自己却毫无察觉！

他是谁呢？为什么藏头露尾的？大家你一言我一语，也没说出一个什么名堂来。钱江说：“诸位勿吵，让我捋一捋头绪！”大家顿时安静下来了。“木业店老板，也应该就是木匠吧！”钱江自言自语，冯紫芸说：“他本人就是木匠，自称‘郑木匠’。听伙计说‘郑木匠’手艺相当不错，到东关才几年，就凭着自己的手艺买房、娶妻、生子，还开分店！”钱江问：“‘郑木匠’不是东关本地人？他什么时候到东关来的呢？”冯紫芸不假思索地说：“不是东关本地人。他是‘天京内讧’那年到东关的！”石达开问：“‘天京内讧’？紫芸姑娘，你怎么记得那么清楚呢？”冯紫芸答道：“‘郑木匠’的伙计说过几次，说他们老板在咸丰六年（1856）才到东关，在这兵荒马乱的年代，仅仅几年就能把家业做得这么大，很了不起！”

石达开紧张地展开联想，回忆“天京内讧”前前后后的事情。想着想着，突然心中一惊，不自觉地说：“该不会是唐正财吧？”“唐正财？”大家齐声问道。“正是唐正财！”钱江十分肯定地说。大家把所有的疑点汇到一起，慢慢地串出了真相，不禁出了一身冷汗！

钱江说：“唐正财这个人一向善于投机，这一次，他肯定还要投机！他一定会投靠曾国藩，因为他知道南京城很快将被攻破，曾国藩也将是清廷举足轻重的人物，更何况曾国藩又是他的同乡！运漕镇的任何一个秘密，都足以让他后半辈子有着享不尽的荣华富贵！冯姑娘，你速率二百人到东关，一旦发现唐正财逃走，你让元合带人去追，你留在东关搜查唐正财的木业店！羽田公、张女侠、三娘，你们各带几个人分成几路，堵住唐正财，不要让他逃到南京！”石达开、张自芳、罗三娘带着几个人，兵分三路，去要津渡口阻截唐正财，冯紫芸率领二百多人跑步奔赴东关。

冯紫芸到达东关，见到刘元合，刘元合说：“我也刚到，‘郑老板’跑了！”冯紫芸急乎乎地说：“他不是‘郑老板’，他是唐正财！”“哪个唐正财？这到底是怎么回事？”刘元合真的糊涂了，怎么突然冒出一个唐正财来了？冯紫芸说：“还有哪个唐正财，不就是‘航王’唐正财吗？你也别问事情的来龙去脉了，等抓到他以后，一切不都明白了吗！金戈道长叫你把这里的事交给我，你带着人马去追，往南京方向追！一定要抓住唐正财！”刘元合考虑到从东关到南京有几条路可以走，便将两百人分成五队，一队由东关出发，经福山、含山、和州，到乌江渡口设下埋伏；一队直扑西梁山渡口，一队直接控制金河口渡口；另一队从东关经襄安直趋黑沙洲，在黑沙洲附近设下埋伏；自己亲率一队沿着“东关、太湖山、铜城闸、沈家巷、裕溪口”一线，从大路直奔裕溪口！吩咐已毕，五队人马立即出发，沿着各自路线前去搜捕唐正财！

刘元合在路上边跑边想，他怎么也不明白，没有任何人走漏风声，可唐正财为什么就跑了呢？

原来唐正财当年从韦昌辉手下逃得一命以后，就来到了含山县东关镇重操旧业，做起了木匠，他怕别人知道他的真实身份，就以自己名字中间的一个字为姓，改作姓“郑”，对外号称“郑木匠”。平心而论，唐正财作为一名木匠，其木工技艺无人能比，再加上他能说会道，因此，方圆几十里范围内都知道东关有个“郑木匠”，这样一来，他的生意也就自然越做越大，再加上从南京城带出来的一些银子，不到五年，他就买房、买门面，娶妻、生子，收徒弟、请伙计，日子过得相当红火！

按说一个死里逃生的人能够活到这个份上，他应该知足了！可唐正财毕竟是唐正财，天生的贪婪让他又不自觉地惦记起东王府财宝的下落。东王府黄金白银、珠宝玉器、古董字画，价值何止千万！可是，竟让韦昌辉一个人吞去了！更可气的是，韦昌辉死后，这笔财宝竟然下落不明！那么大的一笔财宝，南京城内哪个角落能藏得了！一定是转移到城外了！可会转移到哪里呢？唐正财想破了脑壳，终于勾画出一个大致的路线：石达开主政，得了那笔财宝；石达开与钱江关系很好，钱江常年经营的地方就是运漕镇；石达开主政期间，水营船只完全由罗三娘掌控——很明显，财宝一定是被转移到了运漕镇！

他本来也想到运漕镇看看，可是又怕被钱江、刘元合等人认出来，所以一直没有机会去运漕。也是功夫不负有心人，刘元合修船运粮，请他唐正财帮忙，唐正财自然不敢亲自出面，不过，他派了最精干的伙计、徒弟，赢得了刘元合的赞扬。于是，唐正财趁机会在运漕镇开设分店，嘱咐伙计全方位搜集运漕镇情报，并将经常与刘元合来往的人肖像画出来。唐正财每月到运漕一趟，取回这些情报，将它们一一整理好，看能不能寻找到东王府财宝去向的蛛丝马迹。

然而，随着对运漕情报的整理，唐正财发现了天大的秘密：洪秀全的女儿竟在运漕镇！此时，东王府财宝下落已经不重要了，重要的是洪秀全的女儿赖慈萱！他继续搜集情报，准备带着这些情报投靠清廷！他曾为自己投靠谁而烦恼，待曾国藩将南京城围得水泄不通后，唐正财明白了，南京城很快就会被攻破，南京城一破，曾国藩就是当代第一大功臣，成为清廷举足轻重的人物，而曾国藩又是自己的同乡！唐正财决定带着所有的情报投靠曾国藩！

唐正财本来打算等曾国藩破城心情高兴时，去南京城“献宝”。然而，水青萍教训那几个湘勇水匪的事情很快传到他的耳中，他顿觉大事不妙，打算立即带着情报逃走。就在他准备带着情报逃走时，又传来了刘元合到达海子口的消息，于是，借口“外出收账”，只身逃往南京，连事先准备好的情报都没来得及带上！唐正财还是那个老毛病，他太自信了！他认为钱江等人至多知道“郑老板”通匪，根本不知道“郑老板”是谁，更不知道“郑老板”就是唐正财！他认为刘元合到东关只是搜查一下而已，不会对他唐正财穷追不舍的。唐正财盘算着，到南京将钱江、石达开、赖慈萱等人一网打尽，自己也就立了大功，下半辈子会有享不尽的荣华富贵！他越想越高兴，决定从大路到南京，从东关出发，翻越太湖山，经铜城闸、沈家巷，在裕溪口过江，由芜湖直达南京！

第二天上午，唐正财到了裕溪口，他大大咧咧地叫了船家，让船家摆渡，渡过长江。有一条船上的船老板应了，唐正财几步便跨上了船，他很自然地往船舱里走。待他走到船舱里时，惊呆了！原来船上几人竟是石达开、张自芳、罗三娘、刘元合！唐正财到死都想不通，等着他的竟是这几个死对头！唐正财两腿一软，“扑通”一声跪在石达开面前，哀求道：“翼王饶命！翼王饶命！”石达开冷笑一声，说：“唐正财，好一个‘郑老板’，你竟然通匪！也别哀求翼王饶命了，我早就不是什么翼王了，你还是跟我们到运漕，听候金戈道长发落吧！”石达开等人雇了一只小船，押着唐正财，从裕溪口回到运漕。

袁世坦、冯紫芸早将运漕分店、“东关郑木匠”总店所有人员押到运漕粮台几个废旧粮仓里隔离看管起来了。袁世坦在运漕分店搜到了两张图，一张图上表明了各小股水匪详细藏匿地点及主要负责人，另一张图不大容易看得懂，好像是刘元合凤尾洲粮库布局图。袁世坦将两幅图都交给了钱江。

冯紫芸在“东关郑木匠”总店搜出一本四开线装书，书名为《运漕人物画册》，她随手一翻，不禁大惊失色，第一个人就是赖慈萱！她在最后几页看到了自己还有袁百顺、洪启元、许经中等人！他立即将《运漕人物画册》送到钱江手上，钱江也是大惊失色！这一本画册若落到曾国藩手中，整个运漕镇就要被湘军踏平了！唐正财的用心何其险恶！钱江焦急地等待着石达开、刘元合等人带来的消息！当石达开、刘元合、张自芳、罗三娘将五花大绑的唐正财推到钱江面前时，钱江才长长地舒了一口气，他庆幸，运漕镇应该可以保全了！

钱江命刘元合押着唐正财到洪仪泰，让洪启元把唐正财关在废弃的酒缸里，严加看管。钱江与石达开研究起《运漕人物画册》和那两幅图。《运漕人物画册》连同封面、封底共十五页，内页第一页是运漕镇全貌，图下有运漕镇简介；第二页为赖慈萱，详细记载了赖慈萱的出身以及与洪秀全的关系；接下来的依次是钱江、石达开、罗三娘、张自芳、袁世坦、刘元合、冯紫芸、袁百顺、洪启元、李昌和，最后一页是许经中，每一页都有人物肖像及对人物行迹的详细记述；封底是运漕镇屯兵图。

钱江、石达开看完了画册及两幅图，两人简直不敢相信，这一切都是真的！就在我们眼皮底下，就在数千兵勇驻扎的运漕镇，敌人居然能把情报搜集得如此详尽，真是令人羞愧难当！

此时，袁世坦、刘元合也来了，他们心情很沉重，觉得自己有负运漕父老乡亲重托，险些让运漕镇陷入万劫不复的境地！袁世坦说：“金戈道长，羽田公，两位长辈狠狠地责罚我和元合吧！是我们太大意了！”钱江说：“事情也不能全怪你们兄弟，我也没有注意到！算了，先不说这些了！羽田公，唐正财目前尚不知道我们已经搜出了他要毁灭运漕的证据，所以，还是先利用他，联络各股水匪，将他们集中到一处，聚而歼之！”石达开说：“不必了，既然有了水匪联络图，我们何不分而击之，各个击破！然后，再向全镇百姓揭露唐正财及运漕分店所有人员的阴谋，让运漕百姓决定如何处置他们！”钱江觉得有理，于是命令袁世坦、刘元合等按水匪联络图中所示，迅速出击，将水匪悉数擒获！

此后的事情进行得很顺利，运漕镇百姓强烈要求处决唐正财等一干水匪头目，可怜唐正财，聪明反被聪明误，人心不足蛇吞象，到头来搬起石头砸自己的脚，砸中了自己的脑袋，将自己砸得脑浆迸裂，一命呜呼！其余土匪喽啰给付盘缠，让他们回到湖南，自己谋生。唐正财的儿子郑有福交洪启元抚养，此时正好四周岁，钱江等人还为他过了生日。

肃清了长江南北、巢湖一带的水匪后，钱江并没有停下来，他与石达开商量如何建立一支常年活动的剿匪队伍。石达开同意钱江的看法，湘军一旦占领南京，曾国藩很快会裁撤湘军，到那时，从战争中没有捞到什么好处的湘军兵勇，就会齐聚一处，为匪为盗。沿江百姓将会再次受害。可是，建立一支队伍并不是一件容易的事情，袁世坦、刘元合又不会常驻运漕的，他俩现在是清廷官员，随时可能被清廷调走，依靠他俩来剿匪显然不行，那依靠谁呢？什么样的人可以组成剿匪队伍呢？钱江、石达开等人商量了好一会，也没有拿出一个能让自己接受的办法！眼看湘军破城在即，两人内心万分焦灼。

钱江、石达开于是开了一个大会，要大家都谈谈自己的想法。然而，大家提出一个办法，又否定一个办法，到头来还是一筹莫展！快吃午饭了，范金莼来巡检司找袁世坦，要袁世坦回家吃饭。袁世坦在建立坦字营之初，便定下规矩，官兵同饮食、同歇宿，自己从不搞特殊化，真有事情，还向队伍请假。今天不同，合肥老家来人，叔叔袁百顺让他回家陪客，于是，范金莼才破例来到巡检司衙署喊袁世坦回家吃饭。

范金莼一踏进巡检司衙署，就看见八个人分坐方桌四面。上首是钱江、石达开，右首是罗三娘、张自芳，左边是袁世坦、水青萍，下方坐着刘元合、冯紫芸，范金莼见此情景，心里略略有些不快，站在门口没有进厅堂。钱江看见了范金莼站在那里不动，立即说道：“范姑娘请进！”钱江素来知道范金莼足智多谋，兴许能帮大家破解这一难题。范金莼进厅堂后，水青萍下意识地站了起来，退出座位，手指着自己刚才坐的地方，说：“姐姐来啦，请坐！”范金莼笑着谢了一声，便坐下了，水青萍则站在一旁。范金莼又站起身来，对袁世坦说：“世坦哥哥往中间坐一点，我坐你的左手，让青萍妹妹坐你的右手，这样，大家就都有座位了！”袁世坦很难为情，他向长条凳中间挪了挪，空出长条凳两头，范金莼、水青萍依次坐下，众人看着他们三人的表现，觉得怪怪的，不禁哑然失笑，袁世坦、范金莼、水青萍三人也都不好意思地笑了！

钱江说：“久闻范姑娘‘女中诸葛’大名，我们正有一事难决，能否参详参详？”说完，便将连日来商量的事情说了一遍，范金莼思忖片刻，说：“这事恐怕还要仰仗青萍妹妹了！”众人不解，范金莼接着说道：“世坦哥哥、元合弟弟现在都是朝廷的人了，他俩要随时听候朝廷调遣，不可能常驻运漕；湘勇匪患不是一时半刻就能根除的，必须建立一支常年可用的队伍。不过，大张旗鼓地招募兵勇，肯定会引起朝廷的猜疑，因为战事快要结束了！我的意思是明的不行，我们就来暗的。长江南北、巢湖一带河湖港汊疍民众多，总人数怕不下五万，前一段时间深受湘勇水匪之害，对湘勇水匪深恶痛绝，他们很想剿灭湘勇匪盗，只是没有人把他们团结起来，也没有人对他们进行有效的训练，他们手中没有象样的兵器。现在，青萍妹妹正好就在运漕，而青萍妹妹的武功、水性在这些疍民中广为传颂，所以，只要青萍妹妹振臂一呼，几万疍民就会群起响应，一支队伍很快就能组织起来。疍民向来与朝廷、官府没有太紧密的联系，朝廷、官府也不过分关注疍民，因此，由疍民组织的护乡队伍是不会引起官府注意、朝廷猜疑的！”

范金莼的话刚说完，钱江便带头鼓掌：“妙！真妙！范姑娘不愧‘女中诸葛’名号！”水青萍听得范金莼连夸自己，心中又喜又愧，喜的是范金莼对自己这么看得起，愧的是自己虽然向范瑾瑜保证过要与袁世坦保持距离，但一回到袁世坦身边，还是不自觉地黏着袁世坦，真有愧于范金莼对自己的夸赞！水青萍忙说：“姐姐就是有办法，我完全听你的！”范金莼笑了一笑，算是回应，然后转向钱江，说：“金戈道长，事不宜迟啊！”钱江、石达开当即谋划组建“疍民护乡团”，因为，南京城没有几天就要被攻破了！

第三十四回 狂掠滥淫罪恶昭彰 断子绝孙报应不爽

一想到南京城不日将被攻破，钱江、石达开等人心里不禁忧虑起来，他们很难想象出，湘军进城后，城内到底会是怎样的一副惨状！

“置民护乡团”很快就有了眉目，众人议定，袁世坦、水青萍、刘元合、冯紫芸留守运漕，钱江、石达开、罗三娘、张自芳到南京，指挥守城官兵、城内军民大规模消灭湘军兵勇！临行前，石达开将“大力开碑手”七至九重功夫传给刘元合，张自芳将“红船咏春”的第五、第六段传给冯紫芸，并嘱咐他俩在运漕寻找一个聪明、好学、有正义感的少年，把这两门功夫都教给他一个人，刘元合、冯紫芸流着泪答应了。关于凤尾洲秘密“圣库”财宝的处置，钱江、石达开也作了指示。钱江唤来洪启元，把藏宝图交给他，让他等到政治清明之时，等到出现真正为老百姓谋利益的政府出现时，再交出去；自己等不到，就交给儿子；儿子等不到，就传给孙子！钱江相信，中国一定会出现一个真心实意为老百姓谋利的政府！

钱江、石达开、罗三娘、张自芳四人一进南京城，.便直奔天朝宫殿。天朝宫殿里静悄悄的，钱江喊道：“安王、福王，你们在吗？”一会儿，洪仁达推着轮椅，轮椅上坐着洪仁发，他俩一见四人，还是激动了一番。石达开问：“总指挥忠王在哪里？”话音刚落，洪仁发、洪仁达未及回答，从大殿外急匆匆地走进一人，他大声说：“军师、翼王，属下正等着你们回来呢！”

忠王李秀成来了，他面容清瘦，精神疲惫，应该是很长时间睡眠不好所致。石达开问：“眼下战况如何？”李秀成答道：“地堡城已失！曾国荃正指挥湘军兵勇日夜挖地道，属下也指挥将士们去破坏地道，无奈，地堡城一带机关太多，不少将士触碰机关，未战先亡。眼看湘军兵勇的地道有的快挖到城墙根下，属下无计可施，正准备放弃太平门一带要塞！”石达开说：“你不要放弃，我们按计划进行！为了天国最后的尊严，为了减少城内军民所受的伤害，我们要让南京城变成湘军兵勇的坟墓！”当即与钱江、李秀成重新谋划大规模成建制地消灭湘军兵勇的方案！

形势越来越严峻。太平门至地堡城一线，城外湘军兵勇的地道一天天向城内掘进，有的甚至已经掘进至城墙根下。在石达开、李秀成的指挥下，太平军将士们完全摸清了城外湘军地道的走向。李秀成命令将士们依着湘军地道的走向，在城内挖隧道，让隧道能够对接湘军的地道。隧道门口设下双层木质厚门，门上挖一个圆孔，门板以数层湿棉被覆盖。门外一丈左右，砌一个严密封闭的灶台，灶台出烟口与门上圆孔之间架设圆形铁管，让灶台内产生的烟能够被全部送入隧道。做好这一切之后，在灶膛里燃烧剧毒草药，不断地向隧道内输送剧毒烟雾。隧道内充满了剧毒烟雾，将士们又用湿棉被封住灶台，不让剧毒烟雾外泄。

城外曾国荃并不知晓这一切，他见地道快挖进城内，决定增派人手，一鼓作气，争取在一天之内将地道挖通！他巡视了城外二十多条地道的进度，很快便调集精兵强将，换下早已疲惫不堪的工兵。其实，每到关键时刻，曾国荃都要让这一万人冲在最前面，因为他们大多数是湖南双峰人，有一半是曾国荃老家荷叶塘的人，其中曾姓就占去了三分之一。曾国荃让他们冲在最前面，当然不是让他们去送死，而是让他们去抢头功，他们是曾国荃大军中抢银子最多、抢女人最疯的一万人！这一万人分成二十队，每队五百人，唱着歌，喊着号子，拼命向前掘进，他们都在争着要拔头筹！

不久，就听到“硿硿”的回响，他们狂欢了，高兴地叫了起来：“通了！通了！”几乎与此同时，每一条地道里都发出了“轰”的一声巨响，湘军兵勇还没有反应过来，就被一股烟雾强大的冲击力冲倒在地！这些剧毒烟雾，在隧道里憋得太久，一旦打开通道，它们立即找到了出口，于是，顷刻之间，全部冲入地道，并以迅雷不及掩耳之势弥漫整条地道！

没有人知道发生了什么，没有人来得及往外跑，所有的人几乎在一瞬间，便全部倒在了地道里，饱受毒烟折磨，最后眼珠突出、舌头伸得老长、面部肌肉扭曲，痛苦地死去！

他们哪里知道，这些剧毒烟雾正是三种顶级毒草燃烧后混合而成的，这三种毒草的名字说出来就令人心惊胆寒：西域乌头根，草原狼毒花，云贵马钱果！据百年以后的人研究，这三种顶级毒草里的生物碱，可以使人眼眶崩裂，鼻歪口斜，舌头僵直，四肢蜷曲，胸口绞痛如刀割，胃肠痉挛似篾抽，痛苦万分，惨不忍睹！曾国荃得到消息的时候，一万子弟兵全部惨死在地道里！曾国荃悲痛欲绝，如丧考妣，他不知道将如何面对自己的父老乡亲、宗族亲信！他咬牙切齿地说："不杀李秀成，此生誓不为人！"

曾国荃一边安排人收葬被毒死的兵勇，一边向曾国藩报告此事。曾国藩在城南雨花台连续几天，眼皮跳得厉害，心里慌得厉害，他预感到将有大祸临头，待接到曾国荃的报告，他反倒心安了一些。他十分清楚，这也许就是报应！从衡阳起兵以来，这一万人一路上立功无数，曾家兄弟也特别倚重这一万人，倚重便纵容，越纵容，他们犯下的罪就越大，因而也就越不可饶恕。现在，老天只能用这种最残酷的方式给他们坏事做绝的一生算了总账！这一万人都是从十几岁就跟随曾家兄弟出来的，虽然一路上祸害了不少妇女，但一直没有正经八百地娶妻生子，因此，也就没有留下后代，也许老天就是要让他们断子绝孙！曾国藩虽然饱读儒家典籍，但却挺迷信的，很相信因果报应，因此，对这一万精锐、一万子弟兵的惨死并不是很悲伤，从某种意义上，他反而觉得是一种解脱！南京城一破，自己就要裁撤湘军，而这一万人很难被裁，但这一万人如果不被裁撤，朝廷肯定不放心，因为他们对曾家兄弟赤胆忠心，他们还掌握着湘军里所有最先进的武器！如今，一切都提前结束了，省去了曾国藩的不少烦恼！曾国藩让曾国荃调整作战方案，曾国荃于是改变了攻城策略。一方面，他命令地堡城炮台猛烈开炮，用自己强大的炮火压制城墙垛堞上太平军的炮火；另一方面，他命令数千人在己方炮火的掩护下，重新开挖地道。这一次，曾国荃吸取了教训，他只将地道挖到城墙根下，然后让爆破手将整桶整桶的火药安放在地道内，使火药上方正对着城墙根，又在每个火药桶上安插引信，再将所有引信编在一起，一直拉到地道口。他要炸毁城墙，然后挥师入城！

曾国荃的计策早已在钱江、石达开的掌握之中，他们知道南京城破最多两三天！钱江、石达开让李秀成保护幼天王冲出城外。同治三年六月十五日深夜，李秀成保护幼天王企图冲出南京城，但以失败告终。石达开说：“眼下，只有我亲自保护幼天王从洪武门出城，然后忠王再保护幼天王向孝陵卫、淳化方向转移。”钱江说：“翼王和忠王先保护幼天王出城，城内的事情就交给我、三娘、张女侠！城陷之后，如果我们还活着，就一定前去找你们！”当下计议已定。

同治三年（1864）六月十六日正午，曾国荃让所有湘军兵勇饱餐一顿，随后，令他们齐集太平门东侧。湘军兵勇三四万人汇聚太平门东侧，只等曾国荃一声令下，便冲进南京城，实现他们抢夺财宝、抢掠妇女的愿望！

曾国荃站在地道口，对充满着欲望的湘军兵勇说：“兄弟们，大帅有令，攻下南京城后，‘给假七日’，大家尽情享受吧！”“大帅英明！”“大帅英明！”口号声此起彼伏，因为他们知道，“给假七日”意味着成千上万两金银，意味着数以万计的江南美女！

“预备——放！”曾国荃发出了总攻的命令，爆破手点燃了拖在地道口外的引信，引信“丝丝”地叫着，向地道里燃烧！“轰”的一声，震耳欲聋，太平门东侧直至龙广山外，地动山摇，很多人被震得瘫软了下来！随即砖石乱飞，方圆三里，遮天蔽日，落下的砖石纷纷砸向湘军队伍，三四千人应声倒地！然而，此时，湘军兵勇们眼睛都变得血红血红了，死神也无法阻止他们冲入城内！

太平门东侧城墙被炸毁二十多丈，一个巨大的缺口暴露在湘军兵勇面前，他们一个个饿狼似的扑向缺口，冲入城内。进入南京城，湘军兵勇兵分两路，一路经太平门大街至成贤街过浮桥，从西门攻入天朝宫殿；一路由龙广山出发，跨太平桥，自正门攻入天朝宫殿。

湘军兵勇人人争先、个个逞雄，然而，没跑几步，数十名兵勇便落入陷阱，陷阱内满是竹木尖桩，落下陷阱的兵勇还没来得及惨叫，就被竹木尖桩刺贯胸膛，一命呜呼。湘军兵勇在连续碰到十几个陷阱、丢下上千条性命后，放慢了进攻的步伐。他们小心翼翼地往前走，突然，有的兵勇身上被喷了什么液体，用手一摸，湿答答的，黏乎乎的，滑腻腻的。“不好，我们身上被喷了火油！注意防火！”个别有经验的兵勇提醒道。可是，已经晚了！不知从何处射出成千上万支火箭，点燃了兵勇们身上的火油，霎时，湘军陷入了一片火海之中。身上着火的湘军兵勇惊慌失措，到处乱窜，打乱了湘军队形。兵勇们为了逃脱火海，便慌不择路，结果，又纷纷落入一路上分布不规则的陷阱里！

从太平门经太平门大街到天朝宫殿，从太平门经龙广山过太平桥到天朝宫殿，两条路满打满算都不足五里，而湘军兵勇从中午一直打到晚上，直至初更时分，才行进至天朝宫殿外层围墙。曾国荃原来考虑人多，才决定兵分两路会攻天朝宫殿的，现在一看，出发时的三四万人仅剩一万八九千人。他在伤痛之余，将两路兵马合为一路，从天朝宫殿大门直入东朝房、西朝房、荣光大殿！

曾国荃一进入荣光大殿，就觉得不可思议。荣光大殿内烛火通明，巨型蜡烛好像刚刚换上；荣光大殿、基督殿、真神殿直至后面内宫，更是一片敞亮。他走出荣光大殿东侧门，看见东花园石船、半亭也都点亮了灯烛，后面第九进三层高楼灯火辉煌。他穿过荣光大殿，转过西侧门，西花园的石望亭、石舫、夕佳楼、忘飞阁、漪澜阁、藏珍阁简直耀如白昼！

曾国荃感到有点恐惧，一路上湘军兵勇横死暴亡的情景令他惴惴不安，他不知道天朝宫殿是否暗设机关！他浑身汗毛竖了起来，壮着胆子喊："有人吗？"无人回答，只有回声。他又喊了几句："有人吗？人都死绝了吗？"还是不见有人出现。他恼羞成怒，命令手下："搜！"手下兵勇正要搜查，此时，一个声音从荣光大殿后传了过来："是曾老九吗？我们兄弟已经等你多时了！"

曾国荃紧张地看着出现的两个人，一个人坐在轮椅上，另一人推着轮椅，两人旁若无人地缓缓地向曾国荃身边走来。卫士们迅速围成一圈，将曾国荃护在中心。坐在轮椅上的人淡淡一笑，说："壮士勿惊，我们兄弟早已是刑余之人，手无缚鸡之力，又焉能伤得了你们九帅？"曾国荃觉得自己刚才有些失态，于是呵斥身边卫士，让他们站到一边去，卫士们"哗"的一下，全部撤到曾国荃身后，十几双眼睛紧紧地盯着眼前的两个怪人。

曾国荃问："你们二人是谁？还有人吗？"轮椅上的人淡定地说："回禀九帅，我们二人正是太平天国安王洪仁发、福王洪仁达，在下是洪仁发，身后是舍弟福王洪仁达！我们兄弟二人奉天王遗旨在此专候九帅！"太平天国安王、福王，曾国荃早有耳闻，他们是洪秀全的族兄，"韦杨事变"后，依仗洪秀全支持，把持朝政，结交肖小，排挤石达开，坑害百姓，迫使石达开负气出走，从某种意义上说，这二人是太平天国灭亡的第一罪人！曾国荃向来看不起依仗权势、胡作非为的人，因而当然也就看不起洪仁发、洪仁达了！他冷笑一声，说："两位想必就是洪逆两位脓包族兄了！洪秀全的天国能有今天的下场，多半拜两位所赐！像你们这样成事不足败事有余的人，还有何颜面存活在世上！去，让有本事、有气节的人来与本帅答话！"说完，故意背过身子，以此羞辱洪仁发、洪仁达。

洪仁达平静地说："曾老九，你这个脾气本王喜欢！你刚才的一番话有对，也有不对。"曾国荃就是这种人，他不喜欢别人对他点头哈腰的，尤其看不起对手拜倒在他的面前，他只佩服强者，只敬佩那些有骨气的人。听到洪仁达喊他"曾老九"，他反倒对洪仁达敬佩三分。曾国荃转过身来，已经没有了刚才的那种十成的傲气了，他说："洪仁达，你说说，本帅哪些话是对的，哪些话是错的？"洪仁达平和地说："九帅说在下兄弟二人是脓包，在下认了，我们兄弟二人确实没有什么本事；说我们成事不足败事有余，我们不服。翼王出走前，我们确实做了不少有伤国体的事情；翼王出走，天王震怒，褫夺了我们兄弟的爵位，我们终日自省己过，痛改前非。忠王、英王忠心见疑，我们兄弟极力劝谏天王，幸而天王采纳了我们意见，对忠王、英王信之、专之。天王崩逝前，我们遵照天王遗旨，强行驱走宫内一切人等，给她们一条活路，不让她们为天京城陪葬；我们还遵天王遗旨，端坐天朝宫殿，静候九帅到来，以托要事！"曾国荃始料不及，洪仁达哪里是脓包？倒是有些儒者之风！

曾国荃改容，恭敬地问："敢问福王，所托何事？"洪仁达不慌不忙地从怀里掏出一块皮质的东西，左手轻轻一抖，扬了扬，说："九帅，这是天王绘制的藏宝图，天王所蓄之宝全部藏在天朝宫殿。天王崩逝前，再三嘱咐我们兄弟，要将藏宝图亲手交给九帅。不过，天王是有条件的。"说完，顿了顿，等候曾国荃问话。曾国荃做梦也没有想到，洪秀全竟能将天王府财宝主动献出来，他实在不敢相信自己的耳朵。曾国荃一愣神，他没有问话，他或许被事态的发展震惊了，或许在等着洪仁达谈条件。见曾国荃没有问话，洪仁达提高了嗓门，说："九帅，条件是两句话：拿了银子就不要再杀人，抢了财宝就不要再抢人！天京城的百姓是无辜的，请九帅约束部下，不要伤害天京城的百姓！九帅若答应这个条件，天朝宫殿的财宝尽在这张图上，九帅及部下可以按图索宝，省去许多搜寻之苦。天朝宫殿黄金数十万两，白银数百万两，其他珠玉珍玩、尊彝炉鼎，不计其数，价值至少数百万两，几项合计，不下千万银子！"洪仁达的话就像一枚重磅炸弹，立即在湘军兵勇中间炸开了，他们嚷成一团，整个大殿人声鼎沸。

湘勇们群情激奋，几近癫狂，眼看场面难以控制，曾国荃转过身来，面向湘勇，厉声说道："谁也不许乱！兄弟们请放心，有本帅的，就有你们的！都站好队，听本帅安排！"湘勇们渐渐安静下来，曾国荃又转过身来，对洪仁达说："福王请放心，本帅一定约束部下，不让他们骚扰百姓！"洪仁发说："那就希望九帅言而有信！"说完，从洪仁达手中拿过藏宝图，交给曾国荃。洪仁发提醒道："九帅千万不要侮辱天王遗体，否则必招灾厄！"曾国荃嘴上应承着，其实心早已融在了那张藏宝图中了。他按藏宝图所示，指挥一万多兵勇，挖掘财宝，也顾不上处置洪仁发和洪仁达了！

洪仁达推着洪仁发，缓缓地向基督殿走去，一直走到洪秀全墓前，二人便伏在墓碑上，说："天王放心，后事安排已毕，臣兄弟二人随天王来也！"说完，咬舌自尽。洪秀全坟墓里金银最多，曾国荃分派了自己的亲信来掘墓搜宝。曾国荃来到洪秀全墓前，发现洪仁发、洪仁达已经自杀身亡，不禁唏嘘不已。他命人移开两人尸体，准备掘坟。忽然，他总觉得哪里不对，今夜的一切太顺利了，太顺利了是不是意味着疏忽了什么。他连忙叫来最先到达墓前的亲信，问道："洪仁发、洪仁达死前说过什么话？"其中一名亲信答道："回禀九帅，好像说过'天王放心，后事安排已毕'。""后事安排已毕？什么后事？"曾国荃像是在问亲信，又像自言自语。蓦然，一个火花在他脑海里闪了一下，瞬间又消失了。他愣了一愣，突然猛击自己额头："出大事了！出大事了！洪天贵福跑了！洪天贵福跑了！"跑了幼天王，这是一件天大的事情，曾国荃不敢怠慢，当即召来自己的马队，命令他们火速侦查清楚洪天贵福的下落，并全力追击洪天贵福，一定要把他找到，活要见人，死要见尸！马上就要抢夺金银财宝了，这个时候却被派去追赶洪天贵福，马队兵勇很不情愿，曾国荃许诺，捉住洪天贵福，马队参与追赶的兵勇每人奖赏纹银五百两！马队兵勇权衡了一下，便去追赶洪天贵福。

"洪天贵福是怎么逃出南京城的？现在又逃到了哪里？"曾国荃绞尽脑汁也想不出所以然来，他当然无法理解洪天贵福是如何逃出南京城的了，因为这一切都是钱江、石达开、李秀成共同谋划的。同治三年（1864）六月十五日夜晚，李秀成率领天朝宫殿侍从官兵保护着洪天贵福，打算从洪武门冲出南京城，但由于人多引人注目而告失败。退回天朝宫殿后，钱江、石达开主张洪天贵福带上一些金银细软，由石达开保护，从仪凤门方向出城，到安徽境内寻一僻静村镇，过自己的富家翁小日子。洪天贵福对钱江、石达开的话没有兴趣，一来他不想过一种平民的日子，他是太平天国的"幼天王"，二来钱江、石达开也不是他成为幼天王的扶持者，他信不过他们两人。

李秀成有自己的打算，上次钱江劝洪秀全迁都时提到的方案，他一直都记在心里，他不止一次想过，万一南京守不住，那就占据南洋，为此，他让在金华的族弟太平天国侍王李世贤早做准备，李世贤打造了百艘海船，常年停靠在浙江象山海港，以备不时之需。如今，李秀成尚有十万大军在衢州，李世贤军队不下二十万，如果再加上福建康王汪海洋近二十万军队，那就有五十万大军！五十万大军占南洋绝对绰绰有余！

见洪天贵福并不采纳钱江、石达开的意见，李秀成抛出了自己的想法。他说："幼天王，臣尚有十万大军在衢州，侍王李世贤、康王汪海洋也都各有二十万大军，臣等三人合在一起即有军队五十万！臣等拥立幼天王，凭借浙江、福建两省与清廷抗衡，进可恢复版图，即使是退，我们也有退路，侍王准备了海船百艘，可以随时将我们运到南洋。到那时，我们有五十万大军，又有茫茫大海阻隔，还怕他清廷吗？幼天王做混江龙李俊第二也未尝不可！"

李秀成的一番话说得洪天贵福热血沸腾，他即位不久，天王的瘾还没有过足，他要好好地体验被臣民拥戴的感觉。对李秀成，洪天贵福是一百二十个放心，这位四十岁的李叔叔是天国上下对他最好的人，但对李世贤、汪海洋两人，他还是有点信不过，毕竟，他两人的军队加起来数量远远超过"李叔叔"的军队！洪天贵福说："忠王的话，朕就是爱听！不过，侍王、康王愿意跟我们去南洋吗？"李秀成知道洪天贵福对李世贤、汪海洋不够放心，于是回答道："幼天王请放心，侍王是臣的族弟，对天国一向忠心耿耿。至于康王，他对天国更是忠心可鉴，当年他冒着生命危险，冲破重重险阻，毅然回到天王身边，深得天王赞赏和信任！幼天王洪福齐天，再加上有臣等三人忠心辅佐，最起码也能做个混江龙第二！"洪天贵福听完了这一番话，他的疑虑彻底打消了，他摆出一副天王的架势，说："忠王不愧为国之栋梁，朕准奏！"

钱江、石达开一看这阵势，心知无法挽回了，也只好随洪天贵福的性子，为了确保洪天贵福能够安全抵达浙江象山，钱江说："既然幼天王有复国壮志，臣等理应拥护。幼天王，此去浙江，路途艰险，臣建议由翼王护送幼天王一程！"洪天贵福冷冷地说："翼王？算了吧。朕既不想去安徽，也不想逃到四川！朕只想到浙江！"这句话简直有点骂人的意思了，谁都能听出来这是在敲打石达开，嘲讽石达开当年负气出走。钱江、石达开无话可说，遇着这么一个主，他们能有什么办法呢！

幸好洪天贵福采纳了钱江的意见，到傍晚时分，趁着城内混乱之机，趁着曾国荃抢夺财宝、无暇他顾之机，从城墙毁塌处逃出城。逃出城后，直趋淳化镇。石达开让钱江、罗三娘、张自芳速回运漕，全力部署截夺湘军抢劫的财宝事宜，安排人手随时解救被湘军兵勇所掳掠的妇女，他自己留在天京城，暗中摸清湘军运宝、运人的情况，同时，相机恐吓曾国藩，迫使他将“给假七日”改为“给假三日”！

说起“给假七日”，曾国藩内心挺纠结的。“给假七日”意味着南京城也许将不复存在，因为他深知自己手下那些兵勇他们根本就不是人，简直是禽兽！试想想，二十万凶猛的野兽在南京城蹂躏七天，那南京城还有什么理由存在？另一方面，“给假七日”又是湘军兵勇的兴奋剂，有了“给假七日”的承诺，湘军兵勇就会全力攻城，迅速破城。

曾国藩“给假七日”这一招很奏效，很快前方便传来了激动人心的消息，同治三年（1864）六月十六日中午，南京城墙太平门东侧被曾国荃炸开了一个二十多丈长的大缺口，顷刻之间，四万湘军精锐蜂拥而入，按预定计划兵分两路攻打天王府。曾国藩很兴奋，他决心到大报恩寺去静一静，临行前，他吩咐从人，一有前方消息，立即报告。他来到大报恩寺，眼前的残破景象他早已熟知，他并未留意这些，而是直接向仅存的两间破庙的其中一间走去，那一间破庙里面不知何故，菩萨金身塑像还完好无损，但庙里光线比较昏暗。

曾国藩在菩萨塑像面前的蒲团上坐了下来，双手合十，闭目养神，也许他在回忆自己自咸丰二年（1852）起直至今日，这十二年所走过的历程。可是，没过多久，消停了近两年的顽癣又发作了，他全身奇痒难忍，实在坐不住了，便打道回营。回营后，他用老方法来止痒，先草药泡澡，再硫黄熏蒸，最后涂上药膏，奇怪的是今天这些方法总是不奏效，一直折腾到了天黑的时候，身上才感觉好了一些。

曾国荃的报告又来了，他们进了天王府，付出了惨重的代价，曾国藩神情顿时黯淡下来，心情也沉重起来，他想不到太平军抵抗意志这么顽强。算上前两天在地道被毒死的人，曾国荃大军折损六成，三万人，三万人哪！那些人是他们兄弟一个一个从湖南招募来的，其中一万人还是子弟兵，这一切使他不由得不心疼。接下来各路攻城主将的报告更让曾国藩欲哭无泪，他的眼前缓缓移过一幅一幅惨烈的景象！

黄翼升指挥大军急速奔向英王府、忠王府、侍王府、干王府。虽然月明如昼，但地面青石板的颜色还是比较暗，兵勇们手中的火把也无法照亮地面。这些兵勇求财心切，一个劲地往前冲，突然有人摔倒了，后面的人跨过倒地的兵勇，继续往前冲，冲着冲着，摔倒的兵勇躺在地面上，绵延数十丈，方才有人发觉他们正在布满地面的铁蒺藜上行走，待他们往回撤或寻找其他出路时，发现所有巷口都被铁蒺藜封死了！黄翼升觉得很奇怪，兵勇们踩上铁蒺藜后，应该会喊叫的，为什么一声不吭就死去了呢？莫非铁蒺藜上有剧毒？见血封喉！黄翼升命人牵来一匹马，用铁蒺藜在马皮上划了一下，一匹骏马应声而倒，一声不吭！黄翼升惊呼："剧毒！小心！"他们的兵勇不敢从地面上走，只好架人梯攀上墙头、屋脊，小心翼翼地向前摸索着前进！兵勇们从墙头上、屋脊上掉落地面，惨叫声不绝于耳！——黄翼升人马折损六成以上！

曾贞干数万人被数万太平军勇士堵在几条狭小的巷子里，他们正在左冲右突之际，数万只火把纷纷扔向曾贞干的队伍中间，紧接着，几万火人一齐冲向曾贞干的兵勇，这些火人紧紧抱住兵勇，与兵勇同归于尽！曾贞干在卫队拼死保护下，才逃得一劫。——数万兵勇仅存三千，曾贞干本人因这一场惊吓，回去之后就得了重病，水米不进！

朱兰桂损兵折将三分之一，才攻入顾王府一带；杨载福死伤一半以上兵勇，才勉强行进至鼓楼附近！

曾国藩一屁股跌坐在地上，自己一手带出来的湘军，精锐损失殆尽，自己的家底拼得差不多了！

"鲍超、李巨典不知怎么样了？他们为什么还没有战报呈上来？怕也是凶多吉少！"曾国藩坐在地上，胡思乱想。

天刚亮，鲍超战报呈上来了，曾国藩急不可耐地迅速浏览了一遍，他主要是看看鲍超损失了多少人，他已承受不了湘军再有大规模的伤亡了！幸而鲍超三万人，仅伤亡三四千人。鲍超在战报里还说，他们在"皇城"搜得纹银四百万两，拟作如下用途：五十万两抚恤伤亡兵勇，二百万两充作军费，其余一百五十万两上交府库！曾国藩看完战报，心里安慰不少。他立即批示：所有四百万两纹银完全由鲍超自行处置，不必上交！

曾国藩喝完一碗新米粥，身上的顽癣又发作了，他正吩咐侍从准备汤药、硫黄、药膏，李巨典的副将跌跌撞撞地闯进大营。曾国藩尚未问话，副将就大声哀号起来："大帅，李提督他、他、他……"曾国藩情知不妙，忙问："李巨典怎么了？"副将才断断续续地说："李提督死了！""死了？"曾国藩心头一震，一员二十七岁的猛将怎么好好的就死了呢！他不相信！

说起这个李巨典，他与曾国藩的关系还真的非同一般。李巨典，湖南邵东人，与曾国藩邻县。李巨典的父亲李员外，与曾国藩有同窗之谊，相交甚厚。曾国藩回乡办团练，李员外捐款捐物，还特意请工匠锻造了一把“安天”宝剑，送给曾国藩。最令曾国藩感动的是，李员外还将时年十五岁的二儿子李巨典交给了曾国藩。那李巨典虽然只有十五岁，却生得膀大腰圆，一股牛劲与鲍超不相上下，打起仗来不知道什么叫“性命”！守南昌、攻武昌、战安庆、保护曾国藩，他做得比谁都好，深得曾国藩溺爱！溺爱，就难免有点纵容，所以，曾国藩明知李巨典好色纵欲，也从不加以劝阻。这样，曾国藩明知李巨典就好这一口，还是把李巨典安排去攻占“上江考棚”——太平军四千营妓所在地，也许在他心里，还真的是想犒赏他的这员猛将呢！李巨典本人呢，对钱财看得不是很重，但一见女色，便连“性命”也顾不上了。战前部署之时，他一听曾国藩让他去占上江考棚，心里顿生感激之情。这一个多月来，他每天不止一次地盘算着进城后如何肆意纵欲。昨晚戌时，他带着五千多人占据了上江考棚一带。一进上江考棚，他就让手下将领带着几千兵勇恣意淫乐，他自己则挑了二十多名营妓，那些营妓一个个貌美如花、风情万种，李巨典从未见过！自戌时末至卯时初，四个多时辰里，他不断地与营妓交合，中间还吃了几次淫药。一开始，他还能酣畅淋漓、一泻千里，渐渐地时间越拉越长，汗水流到床上、榻上、桌上、地面，到处都沾上了他身上的腥臭味；到后来，流出的不是精，而是鲜红鲜红的血！李巨典慌了神，急命手下去找郎中，然而，他的几千手下早就累得气喘吁吁，连站起来的力气都没有了，哪里还能替他去寻郎中。血不停地往外流，李巨典一点办法也没有。约莫一刻光景，他的腰际犹如刀割一般疼痛，痛得他全身青筋暴涨，两只眼珠挤出眼眶外面，一根舌头青紫青紫的，挂在颌下，看上去倒像是无常鬼；又过了一刻光景，李巨典仰面躺在地上，四肢抽搐，然后四肢蜷缩，肚子鼓得高高的，身下的血汪起来了，慢慢地，他没有了气息。副将看到李巨典时，李巨典恰如一只仰面朝天的癞蛤蟆，其惨状令人震恐，其丑陋令人作呕！

曾国藩听完报告，大哭一声，捶胸顿足：“是我害了这个孩子！是我害了这个孩子！”曾国藩全身又奇痒难忍，他不得不用剑锋在身上刮，刮得身上血糊糊的。他猛然想起李巨典手下还有五千人，不知道这五千人现在乱成何种状况了。曾国藩问：“那你们的五千兵勇呢？他们没有乱吧？”副将的一番描述，让曾国藩对自己一手带出来的湘军彻底失望了！这样的军队不裁撤掉，天理难容！

昨晚，李巨典把兵勇交给部将后，就再也没有过问兵勇们的所作所为了。正所谓上行下效，李巨典好色，他手下几千兵勇无一不是淫棍，历来淫辱妇女、掠卖妇女主要就是他们干的。这一帮畜生到了上江考棚一带，真是狗掉进了粪坑，猫进了鱼肆，一头扎进大街小巷，强闯民宅，淫辱民女，上至六七十岁老太太，下至七八岁幼女，都不放过；当着父母的面强奸人家女儿的，当着丈夫的面奸淫人家妻子的，当着孩子的面强暴人家母亲的，种种罪行，罄竹难书！所谓善有善报、恶有恶报，那些兵勇也遭到了百姓最解恨的报复：胳膊被拧断，腿被打折，眼被剜，耳鼻被割，更多的是一副牛黄狗宝被废，从此断子绝孙！

副将早晨清点了人数，五千人中有一千人下落不明，两千五百多人带着各种伤残，剩下的一千人拖回五百具尸体，那些尸体没有一具是完整的，有的头被砍，有的四肢被剁，还有的全身烧成了焦炭，其状极其丑陋，看了能让人吐出黄胆！曾国藩恨恨地说："活该！报应！罪有应得！死有余辜！"突然，他心里打了一个冷战，"消停了两年的恶癣又疯狂发作，大概也是报应吧！"他看着血糊糊的胳膊、血糊糊的小腿，厉声说道："回去约束剩下的一千人，如再危害百姓，本帅决不轻饶！"副将唯唯诺诺，急忙退回。

曾国荃又来了呈报。曾国荃的呈报让曾国藩喜怒交加，喜的是获得了价值数百万的财宝，怒的是曾国荃部下为争夺财宝，自相残杀，尸横天王府，血溢青溪河！

曾国藩下令征调杨载福水师船只随时听用，又密谕曾国荃拿出部分银两安抚下属，其余财宝待天黑后运抵下关码头，焚毁天王府，以掩人耳目；穷追洪天贵福和李秀成，务必缉拿回南京！

挨至六月十七日夜半，曾国藩见城内东北处火起，知道是曾国荃在焚烧天王府。不久，南京城东南西北中无处不起火，无处不冒烟。大火最先由太平门大街、天王府烧至马台街，绵延十里；油市大街、灯笼巷一带火光冲天，卢妃巷至花市大街，前后五六里官廨、民房全部着火，旱西门大街房屋上的瓦片纷纷飞向天空，落到城内繁华之处，估衣廊、丰富巷、吉祥街、乌衣巷、珠宝廊都是整条街、整条街地被大火烧为灰烬！

曾国藩一夜未眠，大火呼呼声，百姓嚎哭声，兵勇叫嚣声，不间断地钻进他的耳朵，令他头痛欲裂；身上顽癣恶疾发作到了癫狂的程度，仿佛有几万只小虫子硬生生地往肉里钻，自己恨不得用剑将全身的皮剥下来！

大火直烧至六月十八日中午，才渐渐熄灭。曾国荃又送来了呈报，说已按吩咐妥善处理了天王府。呈报还粗略地统计了南京城被焚官署、王府及民居的数量，曾国藩一看数字，就惊呆了，昨晚半夜加上今天一个上午，南京城一半房屋被焚毁，十多万百姓流离失所，无家可归！曾国藩不知如何安置这十多万百姓，他拿着曾国荃的呈报，呆呆地站在那里，忍受着仿佛万千只蚂蚁从身上爬过的痛苦。忽然，他一低头，看见了"鲍超"两个字，不禁眼睛一亮。呈报说幸得鲍超打开西华门，将五六万百姓迎入"皇城"，安置在"八旗驻防城""将军署""都督署"乃至"明宫城"，并从搜得的四百万两纹银中拿出部分银两接济百姓。曾国藩心里舒坦了不少，鲍超真是好样的，帮曾国藩赎了不少罪！

可是，接下来的消息一个比一个让曾国藩闹心：杨载福水师兵勇勾结李巨典残部强抢三千多妇女，已经押上杨载福水师大船。彭玉麟两万多兵勇因为没有抢到什么财宝而发生哗变，后被其他湘军兵勇驱散，逃出南京城，不知去向，弄得彭玉麟成了一个光杆司令。

曾国藩什么也不想看，什么也不想听，他烦死了，闷死了，他要静一静，他要找一处僻静的地方待一待。

第三十五回 失民心空有“安天”志 纾民困尽展“补天”才

曾国藩屏退侍从，出了营帐，独自向北走去。没行几步，他停了下来，侧着耳朵，似乎在倾听什么。原来是歌声！他不知几年没有听到歌声了，于是，站在那里，极力搜寻歌声的踪影。那歌声断断续续，时远时近，听出来的：

豌豆开花花蕊红，太平军哥哥一去无影踪。

他内心一震，现在居然还有人称“长毛匪军”为“太平军哥哥”，他有点好奇，继续听着。下面听得不是很懂，但总体感觉歌应该有四段，前三段开头两句都是相同的，“豌豆开花花蕊红，太平军哥哥一去无影踪”，但后面听得不大真切；最后一段头几句听得不甚清楚，不过，结尾两句倒是真真切切：

“太平军哥哥”五个字，永远记在妹心中！

歌应该是用吴侬软语唱的，哀婉忧伤，思绪绵长，充满了对“太平军哥哥”的怀念之情。平心而论，曲调相当优美，让人感到江南水乡清新明丽之风扑面而来，然而，歌词却似一把锥子，刺得曾国藩心头直流血！

他郁闷，甚至愤怒了！咸丰二年（1852）起兵衡阳，十二年来，枕戈待旦，宵衣旰食，为的是什么？不就是剿灭长毛匪军、拯救黎民百姓吗？可结果又怎样呢？曾国藩摇摇头，心里骂着这些愚氓是非不辨、好坏不分！

突然，身上一阵奇痒，曾国藩明白，顽癣恶疾又发作了！只不过这一次发作比夜间来得更凶猛！从头到脚，仿佛有亿万只蛆虫在肉里拱来拱去，他忍无可忍，抽出“安天”宝剑，用剑锋狠狠地剐，上午刚结的痂被剐破了，黄的水，红的血，直往外渗，不一会，全身再次血肉模糊！烦躁不安的曾国藩加快了步伐，他要尽快赶到大报恩寺，在那间破庙里让心静下来，缓解这钻心的奇痒！

在庙门口，他停了下来，他总觉得今天的破庙有些异常。仔细一看，庙门口多了一副对联。

上联：内圣外王不过强盗行径

下联：烧杀淫掠岂是王师作为

横批：悬崖勒马

“不好，有刺客！”转身欲逃。“来人可是曾国藩？”声音从破庙里传来，语调平缓，言辞温和，看来不像是恶人。曾国藩此时才注意到，破庙里、佛像前，自己平时常坐的蒲团上，一个出家人正坐在那上面，面朝佛像，背对庙门。曾国藩胆子大了起来，他高声说道：“在下正是一品顶戴、加太子少保衔、两江总督曾国藩！”出家人鼻子里“哼”了一声：“好个‘一品顶戴’！贫僧问你，你那‘一品顶戴’是从何处得来？”曾国藩顺口答道：“朝廷所赐！”出家人没有说话，只是静静坐在蒲团上。曾国藩倒是有些不安，他问道：“难道在下说错了吗？”出家人说：“你没有说错。不知你是否听过这句话：用鲜血染红顶子。依贫僧看，你那顶子正是用鲜血染成的！”曾国藩不高兴了，他最恨别人说“用鲜血染红顶子”，因为他的“一品顶戴”恰恰是无数百姓鲜血换来的，今天，眼前这位出家人一下子戳到了他的痛处，他不禁恼怒起来。

曾国藩不满地说：“长老此言差矣！长毛逆乱，祸害百姓，在下起兵衡阳，剿匪安民，此举上应天意，下合民心，所到之处，百姓无不箪食壶浆热情相迎！在下顶子与其是说朝廷所赐，不如说是百姓所献！”出家人先是哈哈大笑，接着厉声说道：“自欺欺人，一派胡言！贫僧不想听你巧言狡辩，贫僧只想问你打下南京后‘给假七日’是不是你的意思？”曾国藩不知道对方是什么来头，但能知道“给假七日”的，肯定是十分了解湘军底细的，所以不敢撒谎。曾国藩没有了刚才的底气，他小声说：“是在下的意思。在下只是认为将士们为朝廷效力，舍生忘死，辛苦异常，因此，让他们休整数日，也在情理之中。”

出家人气愤地说：“收起你的那一套歪理！谁不知道这是你湘军的恶习！

你们十二年来，每下一城，必给假数日，纵容兵勇烧杀淫掠！你们抢夺金银财宝，你们滥杀无辜百姓，你们掠卖年轻女子，你们焚毁商铺民宅！一桩桩，一件件，真是‘罄南山之竹，书罪未穷；决东海之波，流恶难尽’！曾国藩，贫僧且问你，你全身顽癣恶疾何时染上？为何每下一城，便发作一次，令你求生不得、求死不能？你是否还记得有这样一句话，道是：天理昭彰，报应不爽！”

出家人所言句句是实。湘军起兵衡南，那里土地贫瘠，民风强悍，虽说不上“穷山恶水出刁民”，其实也好不到哪里去。湘军起兵之初，缺粮断饷，曾国藩只好“以战养战”，每攻下一座城池，他都会“给假”数日，实则纵容兵勇劫财宝、抢女人；后来，虽有“厘金”补足粮饷，无奈湘勇恶习已然养成，每个兵勇都指望着占领一座城池后，狠命发财，狠命淫乐！这些，曾国藩心里清楚；他不清楚的是，这十二年来，湘军兵勇到底抢劫了多少金银财宝，掠卖了多少年轻女子！不过，有一点可以肯定，绝大多数兵勇们都在家乡买了田、置了屋，湘南、湘西穷乡僻壤之地的光棍汉们，不少都娶上了妻子！

上述种种，朝廷内外尽人皆知！可以说，湘军这支军队，在给曾国藩带来权力和声望的同时，也给曾国藩带去了凶险和骂名！曾国藩在全力攻打南京城之前，就已经下定决心：攻下城后，让兵勇们捞够捞足，便裁撤八成人员！也可以说成是“干上最后一票，就散伙”！否则，这些兵勇今后恐怕只能给他带来凶险和骂名了！朝廷不给钱，让他如何遣散这些湘勇。曾国藩并不怕兵勇们哗变，但他是个很讲义气的人，这些子弟兵是他带出来的，为他卖命十几年，如果让他们空手而归，自己将来又如何面对三湘四水的父老乡亲！正因如此，攻城之前，他犹豫再三，最后还是对兵勇们做出了“给假七日”的承诺。话一出口，他就意识到一座千年古都将完全毁在自己手里。他为求得心安，还特意跑到常州，希望能从李鸿章那里寻得心理安慰，可是李鸿章并不赞成他这么做，他失落至极，又怏怏而回。可以说，这一个多月来，他是世界上最孤独的人！

“给假七日”，到现在已是三日两夜，将近三十个时辰，他不知道南京城究竟被糟蹋成什么样子了！他的大本营在雨花台，从雨花台出发向北一里，就是大报恩寺，大报恩寺再往北一里，就是聚宝门。一进聚宝门，也就进了南京城。然而，他愣是不敢再往北走上一里！个中原因他自己也说不清，只好在营帐里等着下属呈来表功不言罪的战报！他太想更具体、更全面地了解南京城内的情况，但没有人跟他说，连一向忠直敢言的鲍超也没有跟他说！

眼前这位出家人对湘军底细了解得如此清楚，想必也应该知道南京城内的真实情况。曾国藩思前想后，还是决定向这位出家人打听打听。曾国藩向前走几步，深深鞠了一躬，说道：“长老在上，请受曾某一拜！长老一席话，令曾某战战栗栗，汗不敢出！湘军兵勇骚扰百姓，诚非得已，其间原因难以尽说，还望长老理解。攻城之前，曾某确向兵勇说过‘给假七日’之言，但话一出口，曾某便懊悔不迭！六月十六日以来，曾某更是如热锅上的蚂蚁，焦躁不安而又不知所措。南京城破已有三日两夜，城中详情曾某一无所知，长老既关心曾某，想必知晓城中详情。恳请长老指教！”心情迫切，态度诚恳。

出家人从曾国藩说话的语气中，感觉到曾国藩确有愧悔之意，于是说道：“那你听着，贫僧一一为你道来！你的九弟占据天王府、灯笼巷‘圣库’，共搜得黄金五十万两、白银八百万两，不计其数的古玩字画、奇珍异宝！”曾国藩一听，远远超出自己的料想，他不知道如何处理这些价值至少两千万两纹银的财宝。渴望得到财宝，可一旦得到一座宝山，曾国藩竟然慌得六神无主、手足无措。他又向前走了几步，“扑通”一声跪在出家人身后，声音颤抖地说：“舍弟胆大无知，他在战报中对如此巨额财宝只字未提，在下不知道如何处置这笔财宝！”曾国荃战报中提到了天王府财宝，只不过数字没有这么大，曾国藩已经做了安排。

出家人心里明白，曾国藩根本不想把这笔财宝交给朝廷，但也不敢完全收入私囊，因为数字太大了，他曾家无论如何也消受不起！出家人轻轻一笑，说：“看来你还有自知之明。贫僧也不知如何处置。假使贫僧有了这些财宝，会做如下处置：或在沿江赈济难民，或在家乡行善积德，总之，不能尽归私囊。”当曾国荃报告搜得几百万两银子时，曾国藩心里就打算捐出一部分，在湖南各地多办学校，开启民智，培养人才；现在，这位神秘的出家人说的与自己当初的想法十分契合，他便很自然地附和道：“长老言之有理！尽归私囊，我曾家也消受不起！”出家人稍微挪动了一下身子，仍是背对着曾国藩。出家人说：“曾国藩，你误解了贫僧的意思！贫僧以为拿这些财宝来赈济灾民、行善积德，并非你无福消受，而是让你来消灾弭祸！曾国藩，你可知道，十万湘军兵勇、十万长毛士兵都为你而死，南京城内死去的军民等何止二十五万！曾国藩，你可知道，李巨典纵欲而死，他的部下及杨载福水师兵勇，恣意祸害城内百姓，先后强掳三批妇女，共计一万多人！南京城西南上江考棚一带数万家庭妻离子散、家破人亡！李巨典死有余辜，杨载福罪不可赦，你曾国藩难辞其咎！”

曾国藩全身一颤，内心强烈翻腾起来：“给假”才三日，那些合该千刀万剐的兵勇就强掳了年轻妇女一万多人！“七日”假满，全南京城恐怕再也找不到一个活着的年轻女人了！不行，我要尽快结束“给假”！想到这里，曾国藩说：“长老教诲，句句说到在下痛处！在下明日一早即移营城内，尽早结束‘给假’！”出家人并未理睬曾国藩，而是继续说道：“曾国藩，你知罪吗？睁开你的狗眼瞧瞧，南京城内一半以上的地方，家家火起，户户冒烟！从太平门大街一直到马台街，大火延烧了六里！六里，多少间民房！灯笼巷、上江考棚、油市大街，大火整整烧了六个时辰！六个时辰，难道你就没有看见吗？还有，距你大营咫尺之遥，甚至就在你的眼皮底下，就在聚宝门内，三山街、花市街烧红的瓦片漫天乱飞，你的狗眼瞎了吗？”曾国藩刚才还有后悔之意，然而，被眼前的出家人几句“狗眼”一骂，他竟有点不高兴了，他说道：“长老不必辱骂在下，有理说理嘛！”出家人厉声喝道：“骂你，是在替你减轻罪孽！你的罪，万死难赎！来，随贫僧出来，你看看，你听听！”说完，拖着曾国藩就往外跑。

出了大报恩寺废址，就是长干里大路，出家人将曾国藩扔在地上，并勒令他双膝跪地，面向长干里大路！出家人说：“曾国藩，你自己看看，大路上的那些人，他们拖儿带女，他们扶老携幼，他们如惊弓之鸟！你知道为什么？贫僧告诉你，他们祖祖辈辈住的房子被你烧了，他们积攒了几代人才有的一点祖业被你毁了！你再听听，他们唱的是什么？你灭了长毛，可他们却怀念长毛！贫僧担心长此以往，你的下场还不如洪秀全！”

曾国藩看着逃难的队伍，其间惨状令人不忍目睹！曾国藩极力耸起双耳，想听清楚逃难的市民唱的是什么，无奈，他真的听不懂吴侬软语，出家人便一段段地翻译给他听。

豌豆开花花蕊红，太平军哥哥一去无影踪。

我做件新衣等他穿，我砌间新屋留他用。

只见雁儿往南飞，不见我哥哥回家中。

听懂第一段，曾国藩觉得歌词也挺平常的，不见什么多深的怀念，他便接着听第二段。

豌豆开花花蕊红，太平军哥哥一去无影踪。

我早上等到黄昏后，我三春等到腊月中。

只见雁儿往南飞，不见我哥哥回家中。

曾国藩在一定程度上也是一个迂腐的读书人，所以尽管能够感受到歌词中的“我”的苦苦等待，却很难体悟出其中的痴心痴情。接下来的一段，倒是触动了曾国藩的神经。

豌豆开花花蕊红，太平军哥哥一去无影踪。

老娘哭得头发白，妹妹哭得眼睛红。

只见雁儿往南飞，不见我哥哥回家中。

曾国藩不记得自己已有多长时间没有回湖南老家了，他知道自己的老母亲一直盼望他这个儿子能回去看看，他也曾暗暗发誓，等打下南京城，自己一定回荷叶塘，陪母亲说说话！经过十几年的战争，自己还能活着回去看望老母亲，自己是幸运的，他的母亲也是幸运的；然而，天下又有多少白发老娘在盼望着自己的儿子，也许她们在有生之年，再也见不到儿子了！

曾国藩的耳边又想起了歌声，他感到，歌声似乎变了，由哀婉变成怨愤，又由怨愤变成了期盼，正是这种期盼令人心惊肉跳，令人沮丧万分，突然之间，他觉得自己这十二年的艰辛劳苦一文不值了！

豌豆开花花蕊红，太平军哥哥一去无影踪。

来年种下小豌豆，开满了鲜花到处红。

“太平军哥哥”五个字，永远记在妹心中！

他确实有点灰心丧气，今天的结局与当初的愿望大相径庭，个中缘由，他十分清楚！他不能再迟疑了，必须立即进城，制止湘军兵勇残害百姓！曾国藩说道：“长老，在下知罪！在下即刻进城，结束‘给假’，制止暴行，安抚百姓！”出家人拉起曾国藩，仍旧背对着他，曾国藩也不敢看出家人的正面，只好站在那里，等着出家人发话。出家人说：“曾国藩，你知道犯了什么罪吗？贫僧告诉你，你要好好记着，否则，贫僧一定彰显你的恶行，揭发你的罪状，让你还有你的那些部下、兵勇永世不得翻身！曾国藩，你听好了。其一，你欺瞒朝廷，隐匿财宝！仅此一条，足够你被夷灭三族的了！其二，你纵容兵勇，残害百姓！此一条更严重，上天替你记着呢！从今往后，你要一点一点地洗刷自己的罪恶！你好自为之吧！贫僧就此告辞！”说罢，飘然而去，眨眼之间，不见踪影！曾国藩如梦方醒，立即返回大营，全身披挂，率领身边侍从人员穿过聚宝门，直奔天王府！

曾国藩一进城，南京城内的混乱渐渐平息下来了，正在南京城外下关码头附近侦察湘军兵勇动向的石达开也感觉到了。石达开得到一个令人着急而又无奈的消息：杨载福水师兵勇、李巨典残部掳得的四千妇女今天早上已经装船运走了，现在估计应该到了当涂！石达开得此紧急消息，便连夜抄近道赶回运漕。

到了运漕，已是临近中午，钱江、袁世坦、刘元合、水青萍正在谋划营救被劫妇女之事。石达开问：“金戈，你们怎么这么快就已经得到消息了？”水青萍说：“‘疍家护乡团’得到的情报。根据‘疍家护乡团’的情报，这批劫运妇女的船只体形比较大，速度也相当快。整个船队共有二十六条大船，其中十六条大船上每船关押妇女二百五十人，另有五十个湘勇负责划船；另外十条船每船有二百个湘勇，负责守卫。为了防止中途遇袭，湘勇兵船每两条为一组，被劫妇女的船只每四条为一组，船只经过精心的编队，两条湘勇船只后就是四条被劫妇女的船只，最后由两条湘勇船只压阵。主要情况就是这些。”钱江问：“水管带，你说他们船速很快，是如何快法？”水青萍答道：“他们昨天早上从南京下关码头出发，傍晚就到了金柱关码头。”钱江一边摇着折扇，一边用手比画着：“六个时辰就能走两百里路，那七个半时辰应该可以走两百五十里水路，也就是说，如果他们今天天刚亮就走，一直走到晚上天黑下来，至少可以到达黑沙洲。”“黑沙洲？”众人一齐问道。钱江点点头，收起折扇，用扇子一点桌面：“好，今晚我们就在黑沙洲动手！”接着，钱江做了详细部署。

黑沙洲是长江上面积较大的一个沙洲，位于无为州与铜矿山之间的江面上，历史上一直属无为州管辖。黑沙洲长约十里，宽约十里，洲上没有什么人，只在靠近无为州的一面有一个小村庄，二十多户，一百来人。洲上土地肥沃，水甜草茂，盛产菱角、芡实、莲藕、茭白，但因出入不便，再加上无为州本身也是地广人稀，因此，无人来此洲采莲、采菱，更无人来此种植庄稼，把个偌大的黑沙洲全部让给了芦苇。黑沙洲芦苇无处不在，长得十分旺盛，又高又密，上万人钻进芦苇荡，也不会被外人发现。独特的自然环境使得这个江心洲备受水匪江盗青睐，就在两个月前，钱江他们刚刚捣毁了洲上的一个大水匪窝，活捉并遣散了五六百名湘军兵勇。黑沙洲形势险恶，没有武装保护的民船根本不敢停靠，而许多执行秘密任务的船只特别偏爱在此停靠。

从运漕镇到黑沙洲，抄近路也要八十里。钱江先让水青萍通知“疍民护乡团”，晚上亥时初在黑沙洲西边沙滩上集中，然后吩咐袁世坦、水青萍、罗三娘各率三百人前往黑沙洲营救被掳妇女，吩咐张自芳、刘元合、冯紫芸一面守护运漕，一面清理凤尾洲粮库，准备用来临时安置四千妇女，自己和石达开坐镇运漕协调各方。

袁世坦问："金戈道长，那些湘军兵勇如何处置？"钱江咬着牙说："全部消灭，一个不留！"石达开接着说："世坦，你们不能手软，必须不留一个活口！水管带，据我打探的消息，两千五百湘军兵勇中，有一千人是李巨典残部，他们是一批死不改悔的禽兽。南京城破的那个晚上，李巨典手下五千兵勇到了上江考棚一带，真是狗掉进了粪坑，猫进了鱼肆，一头扎进大街小巷，强闯民宅，淫辱民女，上至六七十岁老太太，下至七八岁幼女，都不放过。不过善有善报、恶有恶报，那些禽兽也遭到了老百姓最解恨的报复：胳膊被拧断，腿被大折，眼被剜，耳鼻被割，更多的是一副牛黄狗宝被废，从此断子绝孙！五千兵勇就剩下一千人还算完好无损！然而，这一千兵勇在目睹了同伴遭到最残酷的报复后，仍然不思悔改，继续掠卖妇女！各位，这样的孽种留在世上还有什么用？"众人听了石达开的一番话，气得拳头都捏得咯咯作响，恨不得将那一千湘军千刀万剐！

钱江接着说："不仅是要除恶务尽，更重要的是为了不暴露目标。曾家兄弟上千万两金银财宝尚未运出，如果让他们觉得长江水道不太安全，那我们截夺曾家兄弟财宝的难度就大多了！水管带曾经帮助过杨载福训练水师，因此杨载福水师中不少小头目都认识水管带，杨载福知道是我们在解救被劫妇女，那运漕镇就要遭殃了！"罗三娘补充道："那些大船怎么办？放在黑沙洲江面上，迟早会被湘军兵勇发现的！"钱江说："黑沙洲上一望无际的都是芦苇荡，先把大船拖进芦苇荡，黑沙洲有秋冬季节烧芦苇的习惯，到时候放一把火烧掉就可以了！还有，要捞出湘军兵勇的尸体，拖进芦苇荡埋了！"

一方面钱江计划周密，另一方面，湘军兵勇认为长江自武昌至镇江全部都在自己人手里，因此，警惕性不高，或者说，就是没有警惕性，大家都急着要把被掳妇女尽快运回湖南，卖个好价钱，所以，这一次营救获得了巨大的成功！两千五百湘军兵勇全部抛尸黑沙洲芦苇荡，到阴曹地府去好好地享受阎王给他们准备的美好生活！四千多被掳妇女悉数获救，并安全转移至凤尾洲粮库！

一下子来了这么多人，这吃喝开销就不小了，而这些被掳妇女几乎是赤身裸体，光给她们添置一身衣服这一项，恐怕也要花上五千两银子，可巡检司衙署里供日常开支的银子仅有一万两，且三个营的将士们已有两个月没有发给银饷了，将士们虽无怨言，但钱江、袁世坦、刘元合、水青萍等人心里过意不去。钱江说："不管多困难，都要先给这些妇女做一身衣服，总不能让她们一直光着身子吧！至于其他开支，我们再另想办法。"

其实，银子是有的，凤尾洲秘密"圣库"里就有三十万两银子，取出一点来应急也是能说得通的，可是，钱江有些顾虑，因为袁世坦、水青萍是李鸿章的部下，这个秘密一旦泄露，后果很难预料。所以，尽管经济上捉襟见肘，但钱江一直没有动用秘密"圣库"银子的打算。刘元合也曾悄悄地问过几次可否从秘密"圣库"里支出一些银子，钱江都否决刘元合的提议。

几天后，衣服全部做好了，也有相当一部分妇女与在南京的家人联系上了，钱江先让妇女们穿上新衣服，然后集中她们说了几句话，主要意思就是分批地送她们回家，妇女们欢天喜地、感激涕零。钱江却发愁了，说说容易，真的要护送这些与家人联系上了的妇女回家，又要一批银子，没有两万两银子是办不成此事的。他几次欲从秘密"圣库"里支取银子，但最终还是克制住了。

第一批共三百名妇女很快就要启程了，可银子还没有着落，袁世坦建议可由运漕商家暂且代支，以后夺取了湘军所劫财宝后再还给他们，钱江也没有同意。就在大家一筹莫展之际，忽报李鸿章自常州带来急信。钱江打开急信一看，大喜过望，李鸿章很清楚运漕驻军的日常开支，也知道这一次护送被劫妇女回家需要大笔银子，便从淮军军费中临时支出五万两银子，派人昼夜兼程，运抵运漕镇。这五万两银子来得太及时了，钱江、袁世坦、刘元合、水青萍很快安排人手秘密护送第一批被劫妇女回南京。前后十来天，就有三千八百多名被劫妇女被送回南京，与家人团聚，然而，还有两百来人始终无法与家人取得联系，也许有的本身就没有家人，这两百名无家可归的妇女只能暂时留在运漕。

钱江等人商量如何安置这两百多名妇女，袁世坦问："金戈道长，要不，我们把她们送回南京，让她们自己投奔亲戚。"钱江说起了这四千妇女的身份及经历。这四千妇女说穿了就是太平军的"兼职营妓"，她们有的是清廷南京官员的后代及丫鬟、佣人，有的是当年追随杨秀清而遭抄家的太平军将领家的婢女，也有的原来在太平军王府里服役，后来王府被弃，进入上江考棚，她们都是"营妓"。太平天国实施新政以后，让她们按照自己的意愿，择配底层无妻之人，白天在家为人妻，夜晚来营做“营妓”，按工取酬，补贴家用。曾国荃部下李巨典占领上江考棚时，恰好这些人都在那里，就全部被掳走了。现在三千八百多人都有定落了，这两百多人的丈夫估计已在战火中死去了，她们在南京又无别的亲友可以投靠，这样，就滞留在运漕镇了。

袁世坦、水青萍方才知道了这些人的来历，难怪在解救她们时，她们敢于赤身裸体地行走在光天化日之下。水青萍觉得有点奇怪，便问钱江：“金戈道长，属下有一事不明白，那些妇女都做了营妓，她们的丈夫怎么还能忍受呢？”钱江苦笑了一下，说道：“她们的丈夫想必也是无可奈何吧！不过，有老婆总比没有老婆要好一些，况且，他们娶妻前便知道自己的妻子原来的身份了，因此，接受起来要容易一些。”袁世坦也说：“俗话说，饱汉子不知饿汉子饥，不管怎么样委曲求全，先做个饱汉子再说。世间有多少这些无可奈何的事啊！金戈道长，现在这些人怎么安置呢？运漕镇及杨柳圩适龄青年没有结婚的不多，即使让所有没有结婚的人娶了这些妇女，也娶不了那么多，再说村民还不一定愿意娶营妓为妻呢！”

张自芳低着头，看样子是在努力回忆着什么。大家虽然不能确定她回忆的内容，但可以判断出一定与这两百多名妇女有关，也就不敢打扰她。过了一会儿，张自芳抬起头来，一看大家都望着她，也觉得有些诧异，她一愣神的工夫，大家都笑了。钱江笑着说：“张女侠定是想出好办法了！”张自芳也笑着说：“办法倒是没有想出来，不过，我想起了我们家乡佛山一带有许多缫丝作坊，那些作坊常年雇佣缫丝女工，给的报酬还不低，一个熟手挣的钱完全可以养活一个五口之家。这些妇女大多出身底层，能吃得苦，到了佛山那边应该很抢手。只是，这些年打仗，很多缫丝作坊停工了，还有，佛山那么远，这些妇女愿不愿意还很难说！”钱江一听，连声说“好”。钱江说：“张女侠放心，不必让这些妇女去那么远的地方，江南一带自三国以来蚕桑业就特别兴旺，就是打仗，也有很多缫丝作坊开工，这些妇女不少人从小就习惯养蚕、剥茧、抽丝、浣纱，让她们去这些作坊，是最好的出路了！但我们与苏杭一带的作坊主没有打过交道，我看，这个问题还是听听少荃老弟的意见，他在苏杭一带已有两年多的时间了。”众人都松了一口气，这两百多名妇女终于快有着落了！

钱江着手草拟给李鸿章的信，袁世坦自告奋勇地要求送信任务，其实大家心里都明白，袁世坦是想念李鸿章了。钱江的信尚未送出，李鸿章的信却送来了，钱江以手加额，说：“看来少荃老弟比我们早了一步！这两百多名妇女有着落了！”大家都围过来看李鸿章的信，李鸿章先在信中高度赞扬了钱江、石达开等人的功绩，然后说到了被营救的妇女，李鸿章说洋人在上海周边开了不少缫丝工厂，开出高薪招工，甚至到江西一带去招人，但人手还是不够，如果有无法安置的妇女，不妨让她们到上海周边洋人的工厂里做工，养活自己应该没有问题。李鸿章随信还寄来了几份空白推荐信，都是推荐农村劳力去洋人工厂做工的。罗三娘深有感慨地说："想不到清廷官员中也有好人！"钱江说："少荃老弟的确与清廷的一些贪官、酷吏不同，他为人清廉、谦和。"石达开也说："李鸿章不但为人清廉、谦和，还是一个有胆识、想做点实事的人，对于这样一个敢冒风险、勇于担当的人，我们没有理由不支持他！那就让世坦护送这两百多名妇女去上海吧！不过，要快去快回，这里还有许多事情等着你做！"钱江补充道："为了及时掌握南京湘军动向，从'军师卫队'也就是'元'字营中选拔二十几个身手敏捷、机智灵活的士兵，让他们潜入南京城，搜集情报，迅速反馈，便于我们采取行动！"刘元合立即去办理此事。袁世坦得令后，首先征求两百多名妇女的意见，大家没有不愿意的。袁世坦准备已毕，择日启程。

袁世坦回到袁府，与叔叔、妻子话别，袁百顺无非说了一些路上小心在意之类的话，也是常规嘱咐，范金莼却提出了一个令袁百顺吃惊、让袁世坦难以接受的要求，她居然要跟着袁世坦一起去上海！袁百顺说："这一路上多危险，你要是出了什么事，我们袁家怎么向你的父母交代！"袁世坦紧跟着说："范大小姐，仗还没有打完，沿途兴许还有水匪，我照应这两百多人都困难，哪里保护得了你！"范金莼认真地说："正是因为路途危险，我才要陪世坦哥哥一起，到时候也好有一个帮手！别的不说，单说长江自芜湖到镇江都掌握在湘军手中，任何往来船只他们都要搜查，你打算如何应付？"一句话说得袁世坦有些尴尬，他还真的没有认真考虑过这种情况，但他相信凭借自己在湘军中名声应该没有人敢阻拦他。袁世坦自信地说："这一点倒不用金莼妹妹操心，凭我袁世坦在湘军中的威名，恐怕没有几个人敢挡我的路！"范金莼轻轻一笑，说道："世坦哥哥威名远扬，这一点我早就知道。但是，在长江上，世坦哥哥的神威会受到限制；再说了，湘军水师掌控着长江，他们在水上未必给你面子！"

袁世坦沉吟不语，袁百顺也连连点头："金莼说得有理。世坦，你看是不是多带一些人，坦字营人人水性都很好，他们都是水姑娘一手调教出来的。"

范金莼说："叔叔，人多了声势太大，反而容易引起湘军注意，只需带青萍妹妹一个人就行了！"袁世坦有点为难地说："水管带若能同去，那当然更好。不过，她是否愿意去呢？"范金莼十分肯定地说："放心，她肯定会同意的！我还敢肯定，她现在正在洪仪泰与洪启元、红菱妹妹商量这件事呢！走，我们去看看！"袁百顺将信将疑，不过，他一向对自己的侄儿媳妇信任有加，随即，他便相信水青萍肯定会去。袁世坦自然相信水青萍，于公于私，水青萍都会帮他安全护送这一批妇女的。

正如范金莼所言，水青萍真的就在与洪启元、水红菱商量帮助袁世坦护送妇女的事情。石达开将护送妇女的任务交给袁世坦时，水青萍私下里就认为石达开这样做太冒险了，他太高估了袁世坦的武功。袁世坦武功超群，这不假，但湘军水师的兵勇不一定买账，就算部分水师兵勇会给袁世坦面子，可这长江自芜湖至镇江完全控制在湘军手里，湘军巡逻船只来来往往，说是防卫长江、缉拿太平军余党，实际上干的多半是勒索往来商船、满足他们贪欲，逢上能捞到一大笔银子，他们会立即带着银子开小差回湖南老家的，所以，他们基本上是只认银子不认人。这些德行石达开等人并不一定了解，可石达开说了，她水青萍也不好多嘴。水青萍回到运漕，突然发现自己很孤独，军旅之事，讨论问题时除袁世坦外，其他人都是太平军里的，与水青萍几乎没打过交道，所以大部分情况下，她只有听的份，根本说不上话；平时与袁世坦单独相处的机会不多，即使两人单独在一起，也不敢说太多的心里话，二十八岁未嫁的老姑娘在他人眼里本来就是一个怪物，如果再像十一年前那样经常黏着袁世坦，那别人还不知道怎么看她！有时候，她很怀念从前风里来雨里去的生活，荡一叶扁舟，于滂沱大雨中，在雾气茫茫的水面上撒下一网，那是多么惬意的事啊！可是，父亲不知到何处去了，自己赖以栖身的小船已经送给邻居了，吊脚寮，曾经是运漕河边最大、最气派的吊脚寮也倒掉了，只剩下几块断砖、几根木棍，她每每走过那里时，心里都会莫名其妙地涌动着一种伤感！她顿时觉得自己无家可归！

幸好还有洪仪泰！洪仪泰的大门对她是完全敞开的，她想进就进，想出就出，妹夫洪启元比较忙，只有吃晚餐才有时间在家里；妹妹水红菱拉扯着三个孩子，也不得闲。水青萍有时候顺路去洪仪泰坐坐，找妹妹说说话。石达开让袁世坦护送妇女去上海的事，水青萍心里不是很满意，她觉得石达开太自信、太冒险了，她想陪袁世坦一起去上海，但又怕传出去之后受到范瑾瑜的嘲弄，因为自己回运漕前曾保证过与袁世坦保持距离！她一方面担心袁世坦在水上未必能降服湘军兵勇，更主要的是担心这两百妇女重新落入湘军手中！她内心很焦急，但又没有办法。袁世坦明天就要走了，怎么办？她只能到洪仪泰，找妹妹、妹夫商量。

水青萍说出了自己的想法，洪启元说："姐姐说得对，袁大哥武功了得，但在水上未必能施展得开，多一个人多一个帮手也好。只不过，袁大哥是否同意让姐姐跟他一道呢？"水青萍清楚，洪启元实际上是说范金莼不同意，范金莼不同意，袁世坦也就不敢同意。水青萍有时候恨袁世坦没出息，年纪轻轻的就被老婆辖制住了；她也烦范金莼，干吗要辖制自己的丈夫！她常常想，如果袁世坦与她结婚，在一起生活，她一定给袁世坦享受绝对的自由！水红菱说话了："应该没有问题，金莼姐姐也不是那样的人！"真可恶，任何时候，自己的亲妹妹都向着别人！范金莼"大方"是有底线的，以前她放心，那是因为有李大人和范瑾瑜监督，这次可不同，半个月时间，孤男寡女朝夕相处，范金莼能放心吗？不要说范金莼不放心，即使换做水青萍，也不会放心的！一想到这些，水青萍不禁泄了气！三个人商量了好一阵子，也没有理出个头绪来。水青萍站起来说："不行，我还是直接去找世坦哥哥，他同意也罢，不同意也罢，我都要去！这次行动太重要了，一则关系到世坦哥哥的声誉，二是这些妇女再落入湘军兵勇之手便必死无疑，最严重的后果是暴露了我们营救妇女、杀死湘勇之事，为我们下一步截夺湘军所劫财宝一事埋下隐患！事关重大，我顾不了许多！我现在就去找世坦哥哥！"说完，转身出门。

刚到门口，迎面撞见袁世坦和范金莼。范金莼笑着说："不用找了，我把世坦哥哥给你送来了！"说着，一手拉着水青萍，一手拉着袁世坦，向厅堂走去，那边洪启元、水红菱早迎了过来。

五人落座，范金莼谈了自己的看法，并表示她要随袁世坦一道。刚才水青萍还有点感动乃至敬佩，范金莼真的"大方"了；现在，她又有些失落，范金莼到底还是放心不下！水青萍说："一切听金莼姐姐安排，我没有意见！"范金莼耐心地解释道："我这么做，绝对不是不信任世坦哥哥和青萍妹妹，而是一路上临机处事。"水青萍小声地说："哪有什么临机处事？兵来将挡，水来土掩！"范金莼并没有生气，她仍旧面带微笑，和声细语地说："青萍妹妹，从芜湖到镇江几百里水面随时都会碰上湘军水师，打是打不完的，杀是杀不尽的；再说，仅凭世坦哥哥和青萍妹妹两人如何应付得了源源不断、多如蝼蚁的湘军兵勇呢？”水青萍无话可说，水红菱知道范金莼心中早有良策了，便笑着问范金莼：“金莼姐姐恐怕是胸有成竹了吧！”范金莼笑了，水红菱真的善解人意！范金莼说：“我想到了三种办法：一是收买，二是恐吓，三是震慑！世坦哥哥完全赞成我的想法！总之，我们一路上不死人、不伤人，那就最好了！即使万不得已需要动手，也只是给他们一点厉害看看，不要把人往死里打！”袁世坦说：“明天一早两百妇女就要上船，我们现在立即去报告金戈道长、羽田公，请他们批准我们的办法！”

五个人说走就走，其实，没走几步，就到了巡检司衙署，钱江一看这阵势，马上明白肯定有要事相议，便请石达开、张自芳、罗三娘、刘元合、冯紫芸都来议事。范金莼陈述了自己的计策及全盘考虑，钱江、石达开不禁拍案叫好，哪有不同意的道理呢！钱江说：“范姑娘说得对，仗很快就要打完了，人是最宝贵的，不管是什么人，只要他不是坏事做绝，都不能杀！”石达开等人完全赞成范金莼的办法，第二天一早，大家就分头准备。

袁世坦、水青萍紧张地给妇女们“上课”，告诉她们，说自己是无为州、巢县、和州、含山一带的良家妇女，因家人在战乱中逃亡之后，杳无音信，便到上海洋人开的丝厂做工。冯紫芸、范金莼向全镇妇女购买旧衣，给那两百名妇女换上。刘元合早已将停靠在裕溪口附近的几艘“坡山艇”调入运漕河。这几艘“坡山艇”是当年罗大纲任水营头领时置办下的，湘军来到这里，因为他们自己有大船，便没有征用“坡山艇”，刘元合平时就让它们停靠在裕溪口，以备急用。若在平时，这几艘大型“坡山艇”不容易进入运漕河，好在今年梅雨水大，又逢秋水浩荡，运漕河水比枯水季节涨了两三丈，这种大型的“坡山艇”正好能从裕溪口驶入洪仪泰码头。

钱江负责伪造洋人工厂与这些妇女签订的合同，这些合同是用来“恐吓”湘军兵勇的。别看这些兵勇在中国老百姓面前如狼似虎，可一见了洋人，一个个简直就是龟孙子！范金莼想出了这个办法，拿着洋人的合同，吓唬内战内行、外战外行的湘军兵勇！

一切准备就绪，袁世坦、范金莼、水青萍便带着两百多名妇女，乘坐一艘大“坡山艇”，在众人的注目中，离开了洪仪泰码头！钱江、石达开、罗三娘、张自芳、刘元合、冯紫芸，还有洪仪泰洪启元、同泰祥许经中、袁府袁百顺、李昌和、汪老掌柜等都默默地为他们祈祷，希望他们一路平安，尽管大家深知前路凶险莫测！

第三十六回 金莼诚心欲称娥皇 青萍决意拒为女英

路上的凶险，袁世坦并不担心，他觉得自己这一路有几重保障，李大人的推荐信，钱江伪造的洋人工厂用工合同，范金莼的智谋，水青萍的武功及她在湘军水师中的影响，当然，还有他袁世坦本人在湘军中的名气！他担心的是在将来的二十天时间内，范金莼、水青萍能否和睦相处。他的担心不是多余的，还没有上船，他就看到了水青萍今天有些异样。

水青萍一改以往的打扮，她上身穿了一件奶白色对襟小褂，小褂在腰部收窄，恰好突出了胸部和臀部；奶白色又衬出脸颊有点嫩白，脸色也温和了许多，不像平时皮肤紧绷，神情严肃。下穿一条淡蓝色裤子，紧紧地束住髋部；裤子较短，高高地吊着，露出粗细适中而匀称协调的小腿。身材凹凸有致，颇有些动人。

见到水青萍这般打扮，袁世坦一愣，他的内心隐隐感到水青萍的打扮是冲着他来的。早晨，运漕镇各界重要人物来到洪仪泰码头送别袁世坦、范金莼、水青萍，水青萍跟大家打了一个招呼，就先上船了，安顿好那些妇女后，便站在船头，像是在等候袁世坦。大约半个时辰后，看见袁世坦、范金莼在众人的簇拥下，走下河堤。袁世坦一手挽着范金莼，一手拎着一只箱子，那箱子是广藤编的，油光发亮，看出来，箱子里东西不少。水青萍知道范金莼对大船不熟，本想下去帮忙扶一把，但一看到范金莼已经挽住了袁世坦的手臂，心里便觉得有点堵，也就站在船头，纹丝不动。袁世坦挽着范金莼走了几级台阶，来到了跳板搭在岸上的一头，正待踏上跳板。此时，袁世坦下意识地抬起头，向船上看了一眼，发现水青萍站在船头正看着他，四目对视，短短一瞬，水青萍脸上顿时布满红云。水青萍接着别过脸去，转过身，向船尾看去。袁世坦忽然发现，原来水青萍也有圆满的臀部，也有浑圆诱人的大腿！自己以前怎么就没有注意到呢！

“世坦哥哥，走啊！”范金莼轻声的提醒让袁世坦的脸一下子红了起来。范金莼挽着袁世坦的手臂，走了几个台阶，正待踏上跳板时，忽觉袁世坦站着不动，她顺着袁世坦的目光，很自然地看到了站在船头的水青萍。水青萍今天打扮不同寻常，范金莼早上看见水青萍的第一眼时，就感觉出来了，水青萍似乎用这种打扮告诉袁世坦，她水青萍不仅仅是萍字营管带，更是一个女人，一个与范金莼一样的女人！袁世坦、水青萍的一个眼神、一个动作，都没能逃过范金莼的眼睛，她心里隐然生出一丝嫉妒：袁世坦的心里始终有水青萍！范金莼没有得到袁世坦百分之百的爱！自己百分之百地付出，却得不到百分之百的回报，这也许就是宿命吧！“好在自己已经有了准备。成全他俩算了！”范金莼这样想着。范金莼的这种想法，并不是今天才有的，有好多次，她都在考虑一个问题，自己如何与水青萍一起共同陪伴她们的“世坦哥哥”。这次外出，同样的衣服，范金莼都是准备两套的，一套是自己的，一套是留给水青萍的。

范金莼提醒袁世坦，一半出于女人的敏感，一半由于“坡山艇”。“坡山艇”是范金莼有生以来看到的最大的船，范金莼从未见过如此庞然大物。船头很高，离岸又远，搭在船头与石阶之间的跳板又宽又长，在范金莼的眼里，那简直是一座悬在空中的天桥，尽管范金莼也不是孤陋寡闻之人，但在高悬的跳板面前，她还是不由自主地胆怯止步了。袁世坦听到范金莼的提醒，立即回过神来，略带歉意地挽着范金莼，慢慢地走上了跳板，一边走，一边说：“莼妹，不要怕，有我在！”

袁世坦、范金莼上了船头，坦字营的兵士们便解开缆绳，收起锚锭，开动“坡山艇”。船稳稳地斜出河中心，掉了一个头，即向下游驶去。范金莼轻声说道：“我们到舱里去吧！”说罢，紧走几步，赶上了水青萍，笑吟吟地打招呼：“青萍妹妹，我们一起到舱里坐坐吧！”水青萍机械地点点头，被动地应了一声：“好的，金莼姐姐，我在前面带路，你可要小心啊！船上行走你不习惯！”

这艘“坡山艇”又长、又高、又宽，长有十丈，高三丈有余，宽两丈多，分上中下三层，每层各有两排船舱，共计二十四间船舱。说它是“坡山艇”，其实更像是“红单船”，它是当年罗大纲结合“坡山艇”船面宽平的优点，吸收“红单船”船大体坚的长处，重金打造的。取名“坡山艇”而不是“红单船”，主要原因是怕杨秀清阻挠，因为杨秀清竭力反对建造“红单船”。太平军与敌人作战，一般都以优势兵力压倒敌人，“坡山艇”在打造时，罗大纲就充分考虑到了这一点，因此，罗大纲打造的“坡山艇”每船少则容纳两百多人，多的能装三百多人。刘元合调给袁世坦的这艘“坡山艇”是大船，能装下三百多人。

袁世坦、范金莼的舱房在最上面一层靠近船尾的地方，是指挥舱，相当于普通舱房两个大。指挥舱对面就是参谋、警卫住的，是两个普通舱房。

水青萍一打开指挥舱，就觉得舱内的陈设似乎在哪里见过！她想了一会，终于想起来了，是父亲曾经向她描述过的。父亲说过，水师提督关天培将军的指挥舱什么都有，关将军把吃饭、睡觉与工作融为一体，他的指挥舱里什么都有，他经常一边吃饭，一边看海图。水青萍非常熟练地抹了一下舱房中间的方桌及桌旁的四条长凳，用掸帚扫了扫床铺，指挥袁世坦将箱子放到行李架上，最后将蚊帐放下来，仔细检查了一番，用手拍死了一两只饿得快要发晕的蚊子。

范金莼对船上的东西不熟悉，再说，大船虽稳，但毕竟在水面上，总有点晃动，她现在需要的是尽快适应船上的生活，首先是尽快站稳。无暇他顾的范金莼只是站在那里，微叉两腿，极力保持平衡，看着水青萍忙这忙那。水青萍拎来了河水，打湿抹布，把桌凳又重新擦了一遍，然后请范金莼坐在凳子上。范金莼着实有些感动，她很难想象出一个整天舞枪弄棒的水青萍一下子变得如此温柔，如此有母性！范金莼说：“青萍妹妹，你忙到现在，我们这个房间该整理的你都整理好了，也该整理一下自己的房间了。”水青萍勉强地挤出一丝笑容：“金莼姐姐，我的东西很少，就几件换洗衣服、洗漱用品；船上的床铺不干净，我知道哪些地方最容易藏蚊子、臭虫。再说了，这些粗活、脏活，你做也有失身份！”范金莼笑笑说：“不要紧，世坦哥哥也可以做！”水青萍不假思索地说：“世坦哥哥会做这些吗？你问他自己，他什么时候做过这些事的？再说了，一个大男人，就是他要做，我也不让他做！”突然，水青萍意识到哪里不对劲，忙止住话头。范金莼看了一眼袁世坦，说：“世坦哥哥，我以为你真会做这些事情呢，原来你是在吹牛啊！青萍妹妹，感谢这么多年来，你对世坦哥哥的照料！”袁世坦、水青萍顿时尴尬起来，水青萍解释说：“在外面，我也不是单照料世坦哥哥一个人，也还帮李大人、范先生洗衣服，他们是男人，不会做这些事情！世坦哥哥，金莼姐姐，你们先休息，我去整理一下自己的房间。”说完，随手拿起自己带的包裹，轻轻地关上舱门，出去了。

水青萍走后，范金莼要袁世坦坐下，袁世坦惴惴不安地坐在长凳上。范金莼说：“世坦哥哥，今天青萍妹妹好像变了一个人似的。你知道为什么吗？”袁世坦不清楚范金莼的用意到底何在，不敢贸然作答，想了一会，说：“恐怕也没有什么特别之处，只不过衣服穿得和平时不一样。不过，也可以理解，因为我们要去上海，去大地方！”范金莼见袁世坦避重就轻、言不由衷，心里不太满意，于是直接说道：“还是早点把事挑明了吧！省得大家都受折磨！”袁世坦虽然隐约知道范金莼说的是什么事，但也不敢确定，便问道：“什么事？这么神秘！”范金莼艰难地笑了笑，说：“没什么，晚上再说吧！也许是我想多了！”袁世坦分明看见范金莼眼里闪着泪花。

中午三个人简单地吃了从运漕街上带来的茶点，晚饭是水青萍准备的，因为范金莼一整天都是晕晕乎乎的。饭菜端上桌子，范金莼一看，全是袁世坦喜欢吃的东西，心里有说不出的滋味。吃罢晚饭，水青萍将桌子擦得锃亮，又沏上三杯茶，先端给袁世坦、范金莼，然后自己留了一杯，三个人坐在桌边品茶。

范金莼让袁世坦打开箱子，水青萍瞟了一眼，发现箱子里全是衣服，衣服分成三格，袁世坦的衣服放在中间一格，两旁的格子里放的是同样的衣服。她虽然感到有些奇怪，但也没有多想。范金莼指着其中一格，对水青萍说：“青萍妹妹，这些衣服你喜欢吗？”水青萍惊讶地问：“金莼姐姐，那是你的衣服，你干吗要问我喜不喜欢？”范金莼诡秘地一笑，说：“从今天晚上起，那一格衣服全都是你的了！”水青萍越发不解了，问道：“金莼姐姐，你这话是什么意思？我自己有衣服！再说，我还没有穷到衣服都穿不起的地步！”袁世坦也不懂范金莼的意思，他估计是范金莼想以此来笼络水青萍，便帮了一句腔：“青萍妹妹，也就是几件衣服而已，你喜欢就拿去，不喜欢就不要。”

范金莼又从那一格衣服底层取出一个小布包，打开布包，是几件首饰。范金莼将首饰放到水青萍面前，问：“青萍妹妹，喜欢吗？”水青萍一看，那些东西都是订婚时男方送给女方的聘礼，她原来看到过洪仪泰送给妹妹水红菱的。见到这几件首饰，她似乎明白了什么。她说：“金莼姐姐拿出的东西好像是聘礼吧。你要把我嫁给谁？”袁世坦现在总算弄明白了，原来妻子范金莼想让水青萍做二房，便连忙制止：“莼妹妹，收起这些东西吧，青萍妹妹的事情让她自己做主，我们就不要掺和了！”

范金莼没有理睬袁世坦的话，她温和而诚恳地说：“青萍妹妹，我真心希望我们姐妹二人共同陪伴世坦哥哥一辈子！我完全出于真心，若有半句假话，让天雷劈了我！”袁世坦、水青萍几乎异口同声：“不可能！”话一出口，两人不由自主地对视了一下，随即又都回避了对方的目光。

水青萍站起来说：“金莼姐姐，我相信你是真心的，也很感谢你如此大度，但我绝不能够与别的女人分享世坦哥哥！这就是我的真心话！我宁愿做你们的丫鬟、奴婢，伺候你，伺候世坦哥哥，伺候你们的孩子！我早就说过，只要每天能够看到世坦哥哥就行了！”范金莼说：“世坦哥哥能让你做丫鬟、奴婢吗？男人三妻四妾多的是，自古以来，姐妹二人共侍一夫的也有不少，娥皇、女英不就是共侍舜帝的吗？我们姐妹共同陪伴世坦哥哥一辈子又有什么不可以的呢？”水青萍显然是生气了，她斩钉截铁地说：“金莼姐姐，我有我做人的原则！请你以后不要再提起这件事，否则，大家连姐妹都做不成了！我还是那句话，让我做丫鬟、奴婢，我愿意；让我做二房，不要再提！世坦哥哥，金莼姐姐，你们休息吧，我该回房了！”说完，一转身，几步走出指挥舱，回到自己房间。

袁世坦问范金莼：“莼妹妹，你怎么想起来做这样的事？”范金莼眼泪一下子涌了出来，她说：“世坦哥哥，结婚好几年了，洪仪泰的药酒也喝了不少，但一直都没能给袁家生下一男半女，作为女人，不能生孩子，内心的痛苦你能理解吗？”袁世坦一把揽过范金莼，范金莼顺势依偎在袁世坦的怀抱中，手抚着袁世坦臂膀说道：“世坦哥哥，也许我这一辈子都生不了孩子了，青萍妹妹那么爱你，我就想把你俩撮合到一起，好歹也给袁家续上香火！”袁世坦抚着范金莼后背，轻声说道：“莼妹妹，生孩子是两个人的事。这些年我一直奔波劳碌，没把心思放在这件事上面；以后天下太平了，我们都努力一点，一定会有自己的孩子的！另外，我跟你说，上海有几家洋人开的医院，条件很好，到了上海，我们去看看。”范金莼抬起头来，看着袁世坦，袁世坦望着她梨花带雨的面庞和充满渴望的眼神，不禁心旌摇动，褪去了范金莼的衣服，随即，两人紧紧搂抱在一起，进入了神仙般的境界！说来也巧，结婚数年没能怀孕的范金莼，却因这一番云雨，竟珠胎暗结。十个月后，生下一男，此系后话，暂且不表。

第二天早饭后，起锚开船。船近芜湖江面，远远地看见前方驶来一艘湘军水师巡逻船。两船靠近时，巡逻船示意“坡山艇”停下。袁世坦站在船头，范金莼、水青萍也跟了上来。对方船上一员头领喊道：“来船快停下，我等奉命巡查！”袁世坦一看，原来是湘军水师巡江都尉，姓姜，自己认识。袁世坦命船停下，喊道：“来将可是姜都尉，在下袁世坦，这位是水教习！”巡江都尉拱一拱手，说：“原来是袁管带、水教习，在下奉命行事，多有得罪！”范金莼忙说：“取出李大人推荐信，外加五百两银子，你俩亲自送上船去。”袁世坦拿着李鸿章的推荐信，水青萍带着五百两银子，直接上了巡逻船。袁世坦将李鸿章推荐信递给姜都尉，水青萍将银子放在姜都尉脚边，说：“兄弟们辛苦了，这点散碎银子拿去喝茶吧！”姜都尉一脸谄笑，忙说：“既有李大人亲笔推荐信，那还有什么好说的呢！你们一路走好！——放行！”袁世坦、水青萍称谢道：“多谢姜都尉，后会有期！”

船过南京，碰上湘军水师巡江检校，按范金莼办法，带上李鸿章推荐信、钱江伪造的合同及一千两银子，倒也轻松过关，对方也只是派了几个兵勇上船来象征性地查看了几个舱。

第四天，船过镇江江面，眼看就要通过湘军水师防区，袁世坦舒了一口气，说：“总算对付过去了！”范金莼说：“世坦哥哥，未必，也许会有更大的麻烦呢。我们真动起手来，也只需点到为止，千万别出人命！”袁世坦虽不太相信，但也不敢掉以轻心；水青萍也做好了准备。

“不好！”水青萍说，“那边有一艘湘军水师大船！”袁世坦看过去，果见一艘大船正从下游逆水而来。坦字营士兵又发现左前方、右前方各有一艘大船在向“坡山艇”靠近。“来者不善啊！”水青萍见到三艘船上旗语要求“坡山艇”立即停在原地。袁世坦说：“再有五里就过了湘军水师防区了，命令士兵加快航速，冲过去！”水青萍指着正前方的那条船，说：“不行！世坦哥哥，你看，船上有炮！我们跑不了的！”范金莼说：“世坦哥哥，必须面对面地较量了！先停下船，待他们靠近时，相机而动！”袁世坦命令停船。

湘军水师三艘大船很快靠近“坡山艇”，它们摆成“品”字形，将“坡山艇”包围在垓心。正前面那艘看样子是指挥船，船头上站着一名湘军水师偏将。水青萍眼尖，一下子就认出了偏将。水青萍说：“世坦哥哥，那个人是湘军水师偏将郑才云！看来我们今天是遇到对手了！”郑才云，是湘军胡林翼的远房表弟，仗着表兄胡林翼在湘军中的权势，平时把谁都不放在眼里，连湘军水师主帅杨载福都十分讨厌其为人。

袁世坦拱手问候：“在下袁世坦见过郑将军！”郑才云十分傲慢地说：“袁世坦，哦，这个名字有点耳熟。本将军不为难你们几个人，你们走吧。但大船必须留下，待本将军仔细搜查后，向曾大帅禀明实情，由曾大帅定夺！”袁世坦取出李鸿章的推荐信、钱江伪造的用工合同，告诉郑才云事情原委。郑才云说：“本将军不受李鸿章节制；至于洋人吗，曾大帅不敢得罪他们，本将军从来就没有买过他们的账！袁世坦，还有什么招数，尽管使出来吧！”双方谁也不让谁，僵持了好一阵子。

郑才云指挥三艘船上兵勇登“坡山艇”搜查，袁世坦大喝一声：“你们谁敢向前再走一步，我就不客气了！”湘军兵勇早闻袁世坦威名，都站着不敢动。郑才云掏出手枪，说道：“你们怕什么！他袁世坦身手再快，能快得过子弹吗？”接着，朝天放了一枪，喝令：“搜！一个也不放过！”袁世坦大喝一声：“郑才云，你别找死！”一腾身，攀上“坡山艇”主桅顶端，连发三招，三艘大船主桅应声折断，船身顿时倾向一边，吓得湘勇们哇哇乱叫！

郑才云一看袁世坦动真格的了，仗着自己有六百多人，两百多条枪，指挥洋枪队向袁世坦射击。正在千钧一发之际，水青萍一跃跃上湘军水师指挥船，一把抓住郑才云，像老鹰叼小鸡一样，将郑才云狠狠地摔倒“坡山艇”甲板上。湘军水师洋枪队见此情景，知道水教习功夫了得，纷纷收起武器！袁世坦乘势下落至甲板上，郑才云尚未反应过来，两臂两腿早已脱臼，像一条癞皮狗一样躺在甲板上，嗷嗷直叫，豆大的汗珠从头上、身上滚落到甲板上！

袁世坦问：“郑才云，你放不放行？不放行，你就这样躺着吧，慢慢地看着你那三条破船翻船吧！”郑才云像狗一样叫唤着：“袁管带、水教习，我郑才云有眼不识泰山，你们就饶了我吧！”哀号声很大，三只大船上的湘勇听得清清楚楚。袁世坦不想耽搁时间，也不想彻底闹翻，便将郑才云脱臼复位。袁世坦夹着郑才云，说：“命令他们让出一条道，快！”郑才云哭丧着脸说：“快！快放行！”袁世坦挟着郑才云，直至“坡山艇”驶出湘军水师防区，然后找了一处可以停靠“坡山艇”的江岸，将郑才云扔到了江堤上，随手扔下二十两银子，说：“拿着盘缠滚！再让本管带看见你，你想想下场吧！”

船到上海，袁世坦与洋人办了交接手续后，便带着范金莼去看病。先看中医，接诊的是告老还乡的御医，他一搭脉，便站起来，恭喜袁世坦、范金莼，随后更说出了令袁世坦吃惊的话："从脉象看，尊夫人身孕不足一个月！"袁世坦道谢，又去英国人开的一家诊所查看了一下，英国人拿着化验报告单说："怀孕不足一个月！"袁世坦知道，"不足一个月？难道就是在船上这几晚？"袁世坦脸一红，道谢而去。路上，袁世坦说："莼妹，你说真的就有效果了？"范金莼一想，脸上绯红，啐了袁世坦一口："你真不害臊！"接着又说："我终于能对得起袁家列祖列宗了！"

一路上，袁世坦对范金莼呵护有加，水青萍也知道范金莼怀孕了，从此心如死灰，仍旧穿着以前的衣服，蓝色褂子，墨绿色裤子，外加一双圆头黑布鞋，看上去年龄不下四十岁！范金莼看到水青萍故意自我作践，心里也挺不舒服，但面对一个在感情上陷入绝望之中的女人，自己又能说什么呢！说来说去，还是水青萍太固执，不愿迁就、变通！袁世坦更觉愧疚，他悄悄地对水青萍说："青萍妹妹，我袁世坦这辈子欠你的，下辈子一定还！"水青萍淡淡地说："你不欠我什么，这是我自己的选择！说实话，自从你与金莼姐姐圆房后，这些年来，我一直在思考着自己的出路。这几天，我想通了，明白自己该怎么做了！待完成了李大人、金戈道长策划的大事后，我就到我该去的地方了！"袁世坦急了，他忙说："青萍妹妹，你千万不要做糊涂事啊！"水青萍望着滔滔向前的长江水，说："放心，我不会去死！"

"世坦哥哥，青萍妹妹，饭好了，快来吃饭吧！"范金莼来了，请二人回舱吃饭。真是人逢喜事精神爽，范金莼这几天容光焕发，越发显得水青萍脸上黯淡无光。此后，水青萍一整天一整天地望着滚滚东流的长江水出神，范金莼暗地里叮嘱袁世坦多陪陪水青萍，袁世坦便陪着水青萍一同坐在船头，这样，一直到常州。

李鸿章、范瑾瑜接着袁世坦、范金莼、水青萍，自然是喜不自胜，五个人在桌旁聊起别后诸事，不禁感慨，天翻地覆，令人恍若隔世！李鸿章吩咐厨房准备几个新鲜下酒菜，取出珍藏的二十年大麦烧，打算中午要痛痛快快地喝几盅。袁世坦笑着说："大人珍藏的二十年陈酿大麦烧就不要拿出来了，还是留着救急吧！"李鸿章乜斜着眼，看了袁世坦一眼，说："世坦这是怕我存酒不多！世坦啊，这一点你大可不必担心！再说，今天拿出好酒，也不光是为你们三人接风，还要招待一位重要人物！"

"重要人物？"袁世坦问。李鸿章仿佛在回忆着什么令他高兴的事情：

"是的，他叫马新贻。世坦，你还记得十年前在含山时的事情吗？当年，你与他是擦肩而过，无缘见上一面！"袁世坦想起来了，十年前，正是那个庐州知府马新贻给正在困境中的他们带来了鼓励，李大人那次被授予五品知府之衔，范瑾瑜被授予七品知县之衔，自己是从七品千总，水青萍也当上了八品守备，整个坦字营人人都有封赏！那真是无上的荣誉！袁世坦当然记得了！袁世坦正要说话，水青萍抢先说道："属下记起来了，就是大人的年兄、庐州知府！"李鸿章笑了，他摇了摇头，说："知府？不，人家如今也是巡抚了！新任浙江巡抚！"范瑾瑜说："大人何时得知？属下……"李鸿章明白了，他笑着说："早上刚接到马巡抚的亲笔信，只是匆匆浏览了一遍，尚未就此事与范先生商量，世坦他们三人就来了！"说着，将马新贻的亲笔信递给范瑾瑜。

范瑾瑜看了几遍，锁眉沉思，良久方说："大人，看来马大人遇到了重要的事和困难的事！"李鸿章吃了一惊，问："何以见得？"范瑾瑜指着信里的几行字，说："马大人正在皖北剿捻，接到诏命后，他本可以直接赴浙江上任，但为什么还要进京面圣呢？大人，您实授江苏巡抚并没有去面圣啊！另外，马大人本应急速前往杭州，但他为什么一定要在常州停留呢？由此可见，马大人此次任浙江巡抚，恐怕还有朝廷另外的使命！大人不妨探一探马大人的口风！"李鸿章觉得很有道理，范瑾瑜又说："如果马大人向您求助，大人您应如何应答？"李鸿章想了一想，说："向我们求助，无非就是两个字：人，钱！要人，我就从淮军将领中挑几个精明强干的给他；要钱，我就在苏锡常上海一带给他筹点钱。"范瑾瑜肯定地说："大人，当今朝廷内外，巡抚一级官员中只有马大人与您志同道合，因此，我们要不遗余力地支持马大人！"李鸿章点头称是。几个人又聊了一些无关紧要的事，李鸿章说："年兄应该快到码头了，范先生、世坦，我们去迎接一下！"

三个男人走后，厅堂里又陷入了一片沉默之中。范金莼首先打破了沉默，她说："青萍妹妹，我有一事始终不明白，你那样爱世坦哥哥，可又为什么宁愿做一个丫鬟，也不愿跟我一起共同侍奉世坦哥哥呢？"水青萍冷笑一声，未作回应。范金莼问："妹妹为什么冷笑？"水青萍面无表情地问："姐姐是想听真心话呢，还是想让我敷衍你几句？"范金莼说："当然是想听真心话了！"水青萍直了直身子，说道："那姐姐就听好了！这辈子我最佩服的人就是姐姐了，换了任何一个女人，我都不会善罢甘休的，我一定会争到底的！我做丫鬟，我就会提醒自己的身份，就不会对世坦哥哥产生非分之想。要我做二房，我真的做不到，我不能像姐姐那样委曲求全，我的修养未到！姐姐，你与世坦哥哥好好过日子吧！待完成了李大人、金戈道长策划的大事后，我会给自己找一处归宿的！”范金莼问：“妹妹有了新的意中人了？”水青萍轻轻一笑，说：“姐姐知道我不可能有新的意中人，我的心里只装着世坦哥哥一个人！难道女人就一定要嫁人吗？前段时间，我去了几趟西来庵，觉得哪里挺清净的。”范金莼心下一紧，水青萍想出家了！范金莼说：“青萍妹妹，你这又何苦呢？实在不行，你做大，我做小！”水青萍说：“姐姐，这不是谁大谁小的问题！你不要再说了！恨只恨我们两人都爱上了世坦哥哥，也许这是命运吧！我们还是去厨房看看，午饭准备得怎么样了！”

正说着，二人尚未起身，李鸿章他们就回来了。范金莼欲待回避，袁世坦阻止了她：“不要紧，马大人不是外人。”六人落座，李鸿章、马新贻首席，范瑾瑜二席，袁世坦、范金莼坐在三席位置上，水青萍末席陪坐。宾主相见毕，正是午饭时间，酒菜上来，双方觥筹交错，气氛融洽，直至未时初刻方休。碗筷撤去，香茗沏上来，马新贻品着茶，问：“少荃老弟，这茶好像不是碧螺春！”李鸿章笑着说：“碧螺春名气虽大，但随处都能买得到。我这茶虽然名不见经传，但你拿银子怕也无处去买！这是特殊的‘昭关翠须’。这茶奇就奇在采摘方法上。”马新贻笑着说：“愚兄倒想听听！”范瑾瑜说：“李大人说的奇特采摘方法，马大人想必也有所耳闻。”李鸿章品着茶，咂了几下，说：“范先生不要卖关子了，直接讲给马大人听听！”范瑾瑜放下手中茶盏，说道：“谷雨之前，茶方生出三片嫩叶，种茶人家即让家中未嫁少女前往采摘。采摘很有讲究，天亮以后，太阳尚未露脸，未嫁少女头不梳、脸不洗，即前往茶园，用她的两排细牙将茶叶嫩芽咬下来！”马新贻也觉惊奇，说：“原来也听说过，以为是神话，却不想竟是真的！那种茶人家没养女儿怎么办？抑或女儿出嫁了怎么办？”李鸿章笑着说：“年兄，这正是此茶的珍贵之处！一亩茶园，一年也很难产出一斤啦！上次，含山朋友送给我五两，我一直舍不得喝，今天才拿出来。”范瑾瑜说：“我们也是沾了马大人的光！”

马新贻心不在焉地应答着，随即表现出心事重重的样子，李鸿章、范瑾瑜装作没看见，继续谈着茶经，从“谁谓荼苦”谈到陆羽，从“独携天上小团月，来试人间第二泉”谈到祁红、屯绿、碧螺春，马新贻越来越不耐烦了，几次欲言又止。最后，他实在忍不住了，问：“少荃老弟难道就不想知道愚兄此来的目的吗？”李鸿章佯装不知，说：“年兄走马上任，路过敝区，你我兄弟叙叙旧而已。”马新贻说：“能有机会浙江任职，还要感谢少荃老弟的举荐！愚兄进京面圣，太后对少荃老弟赞誉有加，其中特别提到少荃老弟举贤不避亲！不过，少荃老弟也给愚兄出了两道难题啊！”李鸿章连忙摆摆手，说：“年兄德才兼备，朝廷欲大用年兄，非只一日，哪里是小弟的奏章所起的作用呢？再说，一个浙江巡抚，年兄应该足以胜任！”

马新贻让人拿来剪刀，脱下官服，将官服里层缝着的针线拆开，从里面掏出一张尺牍，打开，递给李鸿章，李鸿章一看，大惊失色，说：“朝廷真有这样的想法？”马新贻又拿回尺牍，折叠起来，仍旧塞进官服里层，寻来针线，亲自缝好。马新贻忧心忡忡地说：“弄不好，愚兄也许会搭上一条性命！”言罢，不住地叹息。李鸿章止住马新贻：“年兄不要说了，还是先把浙江巡抚分内的事情做好！”马新贻想了一想，说道：“少荃老弟言之有理，可是如何回复朝廷呢？”李鸿章也愣住了，如何回复呢？既不能轻言“有”，也不能草率地说“没有”，真难啊！

范瑾瑜慢悠悠地说道：“马大人，在下猜想一定是朝廷让您暗中留意长毛财宝的下落吧！”马新贻一下子紧张起来，不知如何应答。李鸿章开导说：“年兄不必如此，在座诸人皆为心腹，言之无妨。”马新贻方才松了一口气，说：“人说范先生是‘活诸葛’，今日马某亲眼见识了！范先生定是有了良策，还请先生指教！”范瑾瑜说：“马大人不必过谦。在下以为，半年之后，可以给朝廷上一奏章，只说已有蛛丝马迹，但两江铁板一块，水泼不进，只能寻机行事。马大人首先应治理好浙江，因为浙江特别是杭嘉湖一带是朝廷的粮仓和钱库！”

马新贻一听，恍然大悟：“范先生高明！”接着又摇摇头，连声叹息道：“唉，不瞒少荃老弟、范先生、在座诸位，我一接到朝廷任命，即已先派人到浙江了解省情，没想到浙江已经病入膏肓。长毛逆乱期间，全省人口损失过半，许多设施遭到破坏，海塘坍塌，海水甚至淹到了绍兴。内河淤塞严重，几天不下雨，干枯见底；下一场大雨，就水漫金山！各州府浮收钱漕导致民怨沸腾，杭、嘉、湖、金、衢、处、严七府问题尤为突出，稍有不慎，就会激起民变！总之，‘漕运’‘河工’‘盐政’三政荒废，急需治理！可是，这一切都需要银子！哪来的银子啊！就是把我马某人卖了，也筹不了这么多银子！”李鸿章算了一下，说：“三政治理至少二百万两银子！年兄放手去干，老弟在上海苏锡常一带给你筹措一些银子，先救救急！浙江本为富裕之省，一旦缓过劲来，就不愁银子了！”马新贻激动得站了起来，他向李鸿章长长作了一个揖，说道：“愚兄先代浙江父老乡亲向李大人道谢！”李鸿章说：“年兄不必多礼，你我本当同舟共济！”

马新贻刚才动作幅度大了一点，身上挂的玉佩撞击到了长凳上，叮当作响。正是这一声响，让马新贻又想起了另一件极秘密的事！马新贻取来随身携带的包裹，解开后，拿出一本书，交给李鸿章，李鸿章一看，不禁脱口而出：“《古今金石名录》！”范瑾瑜、袁世坦、范金莼、水青萍异口同声地“啊”了一下。马新贻问：“诸位见过这本书？”李鸿章说：“听说过书名，但没见过此书！”见马新贻疑惑，李鸿章又命人取来剪刀，脱下官服，剪开里面，取出一段黄绫，交给马新贻。马新贻抖开黄绫，只见黄绫上写有十四个字：

一棵白菜半个瓜，千万银子难买它！

马新贻念叨着这十四个字，突然说道：“太后的口谕也是这十四个字，‘一棵白菜半个瓜，千万银子难买它’！咦，少荃老弟这上面是先帝的玉玺！”李鸿章便讲述了咸丰皇帝赐密诏之事，接着说道：“真是稀世之珍啊！可是，到哪里去寻找呢？也许南京城破之日，它们已经葬身火海了！”众人叹息一番。马新贻收好《古今金石名录》，范金莼替李鸿章将密诏重新缝进官服里。李鸿章、范瑾瑜、袁世坦、范金莼、水青萍看见了“翠玉白菜”的写真图，赞不绝口！

送走了马新贻，李鸿章说：“各位，看来慈禧太后对那两件宝贝耿耿于怀啊！”水青萍问：“大人，那我们藏在西范村深水塘里的‘翡翠西瓜’怎么办？”李鸿章看着范瑾瑜，并未回答。范瑾瑜略一思忖，说：“大人，属下认为这宝贝最终是要献给太后的，太后十分在意这件宝贝，藏怕是藏不住了。但献宝也需要一个前提，必须找到那棵‘翠玉白菜’，两件宝贝都献上去，只献一件，会招致灾祸的！”袁世坦问：“我们把宝贝献上去，好歹也是大功一件，怎么会招来灾祸呢？”范金莼插话了：“世坦哥哥有没有听说过‘干将莫邪’的故事？干将莫邪铸了雌雄两把宝剑，把雌剑献给吴王，把雄剑留下，结果干将被吴王杀害了。我们献上一件宝贝，太后怀疑另一件宝贝一定也在我们手中！”李鸿章说：“莼儿说得对。只是那棵白菜又在哪里呢？也许在曾老九的手中。世坦，你回去对金戈道长说，请他留意‘翠玉白菜’的下落。”范瑾瑜问：“世坦老弟，你们几时走？”袁世坦说：“明天一早就出发！金戈道长他们正等着我们呢！”

范瑾瑜摊开地图，指着地图对袁世坦说："世坦老弟，考虑到眼下一些情况，我建议坦字营士兵暂留在常州，你们三人先回去。另外，你们回去不要走水路，你们来的时候已经得罪了湘军水师副将郑才云，那家伙心胸极其狭窄，睚眦必报，撞上他，肯定通过不了。你们从常州出发，经金坛、溧水、博望镇、芜湖，从荻港过江，穿过无为州，这样，就基本上可以避开湘军兵勇了！溧水向西三十五里就是博望镇，到了博望镇就算到家了，那是安徽境内，目前没有湘军驻扎！只是这一路很辛苦，需要步行！"李鸿章掐指一算，说："范先生，这一路足有五百里，莼儿能走得下来吗，更何况她已经有了身孕！"范瑾瑜笑笑说："大人不必担心，属下已谋划一策。让我妹妹扮成回娘家的新媳妇，世坦老弟送新媳妇回娘家，就不会引人注目了，新媳妇回娘家一般骑个小水牛，这样，我妹妹也就能走下来了！"说完，大家都笑了，袁世坦、范金莼也不好意思地笑了。水青萍问："范先生，我扮什么？"范瑾瑜说："水姑娘扮成新媳妇的妹妹，娘家妹妹来接姐姐回娘家！"水青萍嘟囔了一句："看来，我也只是那个命了！"李鸿章又在想什么，范瑾瑜问："大人，还有什么不放心的？"李鸿章说："水牛走路太慢，不如换匹马吧！"范瑾瑜笑笑说："大人不用担心，好的水牛一天也能走一百二三十里；我妹妹骑马太招人注意了，很不安全。"李鸿章不由得称赞道："范先生考虑得真周到！"次日早餐毕，袁世坦、范金莼、水青萍辞别李鸿章、范瑾瑜，出常州城，向金坛进发。路上还算平安，第二天傍晚，已到溧水城下。此时，太阳虽已偏西，但离地还有三丈多高。范金莼说："世坦哥哥，我们就在溧水投宿吧！"袁世坦抬头看看溧水城墙，上有湘军兵勇走动，又向西看看天，见天色尚早，便说："莼妹，大哥说溧水往西三十里就是安徽地界了，再向西走五里，就到了博望镇。天色尚早，我们还是赶路吧，到博望镇住宿！"水青萍也赞成到博望镇住宿，大家都不想碰到那些杀千刀的湘军兵勇！

三人紧赶慢赶，待到达博望镇时，已接近亥时初了。一进入镇子，袁世坦、水青萍就感到有些异样。博望也不是一个小镇，才亥时初，整条街道便是一片漆黑，连一个客栈的幌子都不见；欲待找个人问问，无奈大街上一个人影都没有。袁世坦说："青萍妹妹，小心一点！"水青萍会意，紧紧地护住范金莼，水牛的蹄声格外清脆。借着星光，袁世坦发现了一家客栈的招牌，便走上前推了推客栈的大门，推不动；向里面喊了几声，却又无人应答。袁世坦一跃，翻过围墙，进入院内，打开大门，让水青萍护着范金莼进入客栈。袁世坦摸向柜台，准备找一根蜡烛照明，却不料与一个人撞了一下。那人立即“扑通”一声跪倒在地，连连哀求道：“大王放过小店吧，小店真的分文不剩了！”水青萍一下子就明白过来了，原来对方把他们三人当成劫匪了，于是说道：“店家，你起来，不要怕，我们是来住店的！”

那人听到是来住店的，且又是女人的声音，胆子稍稍大了一些，站起来说道：“客官，镇上不安全，你们还是到镇子外面找个隐蔽的地方躲上一夜，明天一早就赶快走！小镇闹水匪，已经半个多月了！”那人原来是店主。袁世坦问道：“店家，为什么不掌灯？”店主回答道：“水匪一看见灯光，就会来打劫！”袁世坦说：“不要怕，我还会点武功，三五十人还能应付得了，快掌灯吧！”店主只好点上蜡烛，用烛光一照，原来是一男两女外加一头小水牛，是新媳妇回娘家，便放下心来。他上下打量着袁世坦，但见袁世坦身材魁梧，像个有力气的汉子；不过，那一身打扮，又让他怀疑袁世坦是否真有武功。袁世坦见对方将信将疑，便说：“老人家不相信我有武功？”说着，三两步走到天井院内，指着水井旁一口大石臼，说：“看！”袁世坦一使劲，轻轻将石臼搬起来，绕着天井走了一圈，然后又轻轻地将石臼稳稳地放回原位。店家相信了，忙招呼家人为袁世坦三人准备晚饭。

袁世坦与店主坐着聊天，袁世坦问：“水匪有多少人？是从哪里来的？来到镇上都干些什么坏事？”店主说：“不知道有多少人，一般也就十来个。他们到镇上主要是抢钱，不杀人，也不抢女人！至于从哪里来的，听他们说话的意思，好像是从丹阳湖、石臼湖那边过来的。他们说话，我们也不是很懂，只能听个大概。”水青萍哼了一声，说：“那一定是逃散的湘军兵勇了！这帮东西，赶不尽杀不绝的！”袁世坦不解地问：“他们也就十来个人，你们镇上少说也有两三千人，怎么就怕了他们呢？”店主叹了口气，说：“客官有所不知，他们手里有长枪，本身又会些武功，打伤了镇上几个身强力壮的年轻人，此后，就没有人敢抗拒他们了！”袁世坦听了，十分生气，问：“他们打伤了人？”店主说：“打伤了几个年轻人，不过，临走时还留下了治疗伤残的药。他们打人，主要目的还是吓唬镇上的人，逼镇上人听他们话！”袁世坦转向水青萍：“看来，他们尚有良知。我看，应该是彭玉麟手下的兵勇。”

正聊着，突然从门外闯进来七八个人，他们人手一杆长枪！

第三十七回 螳螂捕蝉魔高一尺 黄雀在后道高一丈

袁世坦、水青萍连忙将范金莼护在身后，又暗暗做好格斗准备。六七个人一进入大门，便站成一个半圆形，端着枪，黑洞洞的枪口直指屋内。水青萍发现站在半圆中间的那个人有点眼熟，好像在湘军军营里见过。那个人看来是个小头目，他做了一个手势，其他几个人都把枪收起来，仍在原地站好。小头目反复打量着袁世坦、水青萍，良久，方才开口问道："你们是什么人？到这里来干什么？"袁世坦装作卑怯地说："大哥，我们是庄户人家。小的送媳妇回娘家。"又拉过水青萍，说："这是媳妇娘家妹子。大哥，你就行行好，放过我们吧！"小头目走近袁世坦、水青萍，再三审视后，说："既然这样，那你们走吧，这里与你们无关！"袁世坦说："大哥，我们一家人是来投宿的，到现在饭都没有吃，天黑了，我们能往哪里走？"那小头目来气了："你们往哪里走，我不管！店家，你看，兄弟们辛苦了，给几个喝茶的钱！"店主哀求道："大王，小店已经分文不剩了，连吃饭都成问题，求大王高抬贵手放过小店吧！"小头目不说话，其他的几个人齐声喝道："少废话，快拿钱！"

袁世坦上前一步，抱拳作了一揖，说："大哥，您就放过他们吧！"小头目歪斜着头，瞅着袁世坦："你还真会蹬鼻子上脸！我放过你们一家人，已经是够给你面子的了！快滚，这里没有你的事！年轻人，以后少管闲事！"说完，伸手将袁世坦往后面推。袁世坦斩钉截铁地说："大路不平有人铲！今晚这桩闲事我是管定了！”小头目怒斥道：“我看你是不想活了！”话音刚落，那几个人同时举起长枪，枪口对准了袁世坦。水青萍命令道：“让你的人放下枪！”小头目不屑一顾：“你个弱女子，不要多嘴！大爷从来不欺负女人！”水青萍一下子扯下头帕，大声说：“混账，睁大你的狗眼，看看本姑娘是谁？”

小头目定睛一看，两腿发软，不自觉地双膝跪地：“水教习！小的有眼不识泰山，小的该死，小的该死！”袁世坦说：“你是该死，你们都该死！好好的兵不当，出来做水匪！”小头目终于知道眼前的这个庄稼汉原来就是袁管带袁世坦，他连忙转过身来，对着袁世坦，说：“袁管带，你惩罚小的吧！”又转过头，喝道：“还不把枪放下！”那几个小喽啰立即放下枪，跪在小头目身后，磕头求饶。袁世坦说：“你们都起来吧！”六七个人慌忙站起身来，围在袁世坦、水青萍面前。袁世坦指着身后的桌凳，说：“都坐下来，本管带有话问你。店家，多准备几个人的晚饭！”小头目说：“不用了，袁管带，小的几个晚饭吃过了！”

水匪们都坐下了，连同小头目共有七人。水青萍、袁世坦将范金莼夹在中间，三人同坐一条长凳。袁世坦问：“你们为什么要出来做水匪？”小头目像见到了久别重逢的亲人一样，向袁世坦大倒苦水：“袁管带，小的们走上这条路也是迫不得已的！南京城打下不久，曾大帅就把我们裁掉了，遣散我们回湖南老家，可是，我们连回家的路费都不够！”袁世坦问：“曾大帅不是发了遣散费了吗？你们怎么连回家的路费都没有呢？”小头目愤愤不平地说：“袁管带，您一提遣散费，小的们就恨死了曾大帅！遣散费不是曾大帅统一发的，而是各位领兵头领发的。有的头领，比如说曾国荃、曾贞干、杨载福等，在打南京城时，分到了好的地方，他们手下兵勇一个个腰缠万贯。我们头领彭提督为人老实、清廉，又不准我们肆意抢劫，兄弟们每人只得到了五两遣散费！兄弟们卖了十几年的命，才得到五两遣散费！兄弟们恨死了曾大帅和曾老九！可是光恨他们也解决不了问题，所以这才出来做起了水匪！袁管带，兄弟们真的是逼上梁山啊！”袁世坦明白了，他们果真是彭玉麟部下哗变后出逃的兵勇，从某种程度上讲，袁世坦也挺同情他们的，再有一点，这些水匪也就抢了几个钱，没有做别的坏事。袁世坦决定帮他们回家。

袁世坦问：“你们一共有多少人？”小头目回答道：“袁管带，小的们一共二十五人，就在丹阳湖、石臼湖周围活动。”袁世坦又问：“你们愿意回老家吗？”小头目及其他人齐声答道：“小的们做梦都想回老家！”“小的们本想抢几个钱，攒够了路费就回去的，没承想这一带集镇、农村都很贫穷，有两个钱的都搬到县城里住了。小的们抢了半个月，连路费都没有凑齐！”小头目补充道。袁世坦说：“那好，你们把所有的兄弟都召集来，本管带还有水教习愿意资助你们回家！”小头目及小喽啰站起来，离开长凳，面向袁世坦、水青萍跪下磕头：“袁管带、水教习，你们就是小的们再生父母！”水青萍一听水匪将袁世坦和自己说成是“父母”，心里有一种说不出的滋味，忙说：“不要乱说，快起来！”又对小头目说：“你派几个兄弟连夜把所有的人都召集到这里来，听袁管带安排！”小头目说：“小的亲自带人去办！”小头目留下三个人，说：“你们不许胡来，要听袁管带、水教习的话！”说完，带着三个人消失在茫茫的夜色中。

袁世坦、范金莼、水青萍吃过晚饭，袁世坦对范金莼说：“莼妹，你去休息，我和青萍妹妹坐在这里等他们。”范金莼问：“世坦哥哥，你带的银子够吗？”袁世坦将装银子的褡裢打开，点了一遍，说：“应该差不多，有将近三百两银子，他们一共二十五个人，每人十两，够了！”范金莼说：“念他们良知未泯，每人再加五两吧！我箱子里还有一些银子。”说着，将箱子打开，在袁世坦换洗衣服下有一个小布包，小布包直接缝在箱底衬布上。范金莼解开系着布包口带子，取出一百五十两银子，放到桌上，说：“本来是带着路上救急用的，现在，还有两三天就到家了，用不了那么多银子。世坦哥哥，拿给他们吧！”袁世坦用感激的目光看着范金莼，范金莼笑着说：“看了这么多年，还没看够啊！”袁世坦也笑了，说：“莼妹，亏你想得周到，快去休息吧！”水青萍嘴一撇，酸溜溜地说：“范大小姐，快去休息吧！不要再引逗得世坦哥哥说出这些让人肉麻的话！走，我去给你整理床铺！”说着，拉起范金莼，向客房走去。范金莼有点激动，说：“谢谢青萍妹妹！你对我太好了！”水青萍随口说道：“我不是看你的面子，我是看你肚子里世坦哥哥儿子的面子！”

范金莼睡下后，水青萍出来了，袁世坦笑着问：“青萍妹妹，你怎么就断定莼妹怀的是男孩？”水青萍也笑了：“世坦哥哥，我是随口说的，你别当真！不过，我倒是真希望他是一个男孩！”两个人坐着，说着话，那三个小喽啰坐在天井院子里闲聊。约莫四更时分，小头目带着二十多人来到了客栈，那些人依次参见了袁世坦、水青萍。

袁世坦指着桌子上的银子说：“本管带知道，各位做水匪也是被逼的，又知道各位很想回到家乡，但缺少路费。本管带这次出门，也没带很多银子，所以，只能资助你们每人十五两。”那些小喽啰本来估计最多每人能拿十两银子回家，现在突然听到“十五两”，一个个喜出望外，大家齐声说：“感谢袁管带！感谢水教习！你们的大恩大德小的们终身不忘！”袁世坦说：“银子不多，但足够你们回家路费的，你们回家后，用剩下的银子买几亩田或做点小买卖，不愁日子过不下去！天亮后你们就回去吧！”水青萍给小喽啰分银子，小喽啰们千恩万谢，难以尽说。最后，水青萍又从自己随身带的布包里取出二十两银子，单独交给小头目，说：“你们雇一条船，先到长沙，然后再回各人的家。”小头目激动得双唇发抖，他说：“袁管带、水教习，大恩不言谢！小的们商量着相送你们一程！”袁世坦立即阻止说：“不用了，我们三个人在路上你们还不放心？”小头目说：“袁管带、水教习，我们不是这个意思。你们资助我们回家，回家之后这二十五条枪也没有什么用处，就送给你们吧！我们想送三位恩人一程，一是感谢，二是帮着扛枪。不瞒袁管带、水教习，也有人出价五百两银子要买走所有的枪，我们担心这些枪要是落入真正的歹徒之手，那后果不堪设想，就果断地拒绝了！”袁世坦点头赞许：“你们做得很不错！很有责任感！枪，本管带和水教习就收下了，但一时拿不出那么多银子。”小头目说：“袁管带，我们不是卖枪，您就收下吧！”袁世坦、水青萍说：“谢谢你们！”

早餐后，一行二十八人出发，离开博望镇，镇上百姓出门相送，也有给点银子、铜钱的，资助湘军兵勇回老家，最后算下来，每名湘勇平均又有了六七两银子的进账！最让大家感到意外的是，店主人一下子资助了十两银子！小头目感叹说：“平时抢也抢不到这些，没想到老百姓主动送上来！这里的百姓真好啊！兄弟们，以后不许再做那些伤害百姓的事情！”众湘勇跪地起誓：“再伤害百姓，天打五雷轰！”

袁世坦他们走后，博望镇百姓集资为袁世坦、范金莼、水青萍塑了像，供在庙里！

袁世坦一行二十八人行至荻港，小头目找来了一条稍大的船，谈好租金，先送袁世坦、范金莼、水青萍过江。临别之时，小头目率领二十四名湘勇向范金莼施礼：“我们祝愿范夫人子孙满堂、福寿双全！”一句话把范金莼的脸都羞红了！

钱江、石达开等人听完袁世坦、水青萍讲述路上的经历后，便共商如何截取曾国荃的财宝。而几乎与此同时，曾国藩也在与曾国荃商量如何安全运送财宝事宜。

打下南京城不久，朝廷内外到处都在谈论曾国藩，谈论湘军，一时间，曾国藩和湘军被推到了舆论的风口浪尖上，这让曾国藩坐立不安。曾国藩找来曾国荃，忧心忡忡地说道：“九弟，现在谣言四起，说什么的都有。有的说我的部将准备仿效陈桥兵变，让我‘黄袍加身’；也有的说我在天王府头戴王冠、身着王袍，接受部将朝拜。一个个说得有鼻子有眼的，人言可畏啊！”曾国荃听到的比曾国藩听到的更多、更凶险，他不敢对曾国藩明说，但也感到了“功高震主”的压力。曾国荃问：“大哥，你说怎么办？”曾国藩抽出“安天”宝剑，狠狠地划了一下：“九弟，天下已快安定，这把‘安天’，宝剑也该入鞘了！我的意思是立刻裁撤湘军，至少裁撤一半！”对裁军之事曾国荃早有思想准备，因此他并不感到意外，他感到不可理解的是大哥为什么这么急着要裁军。曾国荃问：“大哥，现在就裁军吗？我们的财宝还没有运回家呢！”曾国藩说：“九弟，不裁不行啊，不快不行啊，迟则朝廷生疑。再说，兵在精而不在多，你想想，我们起家只有一万五千子弟兵，打南京时所有的军队在一起，不过二十万，长毛军队不下两百万，我们不是照样一路凯歌，最终取得彻底胜利了吗？还有，你想过没有，运送财宝回湖南，需要几万人吗？几万人运送财宝，能不走漏风声吗？我的意思是运送财宝的事只能交给几个亲兵营，他们大多是曾氏家族的人，最远的也是曾氏家族姻亲，与我们曾家‘一损俱损一荣俱荣’，让人放心！唉！当初的一万五千子弟兵就剩下这六个营三千来人了！”曾国荃听了这一番话，觉得很有道理：“大哥就是大哥，看问题就是透彻，处理问题就是果断。”他不由自主地赞美起了曾国藩！

湘军开始执行曾国藩裁军命令。除左宗棠外，其他各部湘军共十万人，裁撤五万人，给发遣散费，让他们回原籍或种田或经商。鲍超三万人分拨给其他将领两万，自己亲率一万人移驻川鄂两省；杨载福水师保留一万人；曾国荃保留一万人。

遣散费由各部将领自筹，因此，发放的标准并不统一。大多数湘勇领到遣散费后，纷纷回到家乡。但彭玉麟部下人均遣散费很少，只够回家路费，这些人便一哄而散。还有少数湘勇领到遣散费后，喝酒赌博，一掷千金，很快将遣散费挥霍一空，连回家的路费都没有了。这几股湘勇又勾结上了攻城之前即已为匪的杨载福水师兵勇，勾结上了破城之初逃散的彭玉麟部下，在苏皖沿江、沿湖一带为匪为盗，一时间，盗匪竟高达七八千人！曾氏兄弟有愧于为匪的湘勇，所以只能睁一只眼闭一只眼，任其胡作非为。安徽境内稍好一些，一则马新贻在任期间创制了一套打击盗匪的行之有效的办法，二则湘勇们害怕坦字营、萍字营、元字营。江苏境内情况就不好，尤其是扬州、镇江、南京至宜兴一带，匪患更加猖獗，地方官屡次飞报朝廷，曾氏兄弟饱受诟病。然而，现在对曾氏兄弟至关重要的是运送财宝回湖南双峰荷叶塘！

曾国藩对外界的批判、指责一概不闻不问，表现出一副“死猪不怕开水烫”的样子，他最关心的是曾国荃、曾贞干到底抢夺了多少财宝。曾贞干在攻城之时目睹自己部下惨死的情状后，病得很重，整天只能睡在病床上；曾国荃只好带着十几个堂兄族弟去统计财宝。统计了半个月，还没有统计完。曾国藩心里越来越恐慌，财宝太多，已经绝非曾家承受得起了！十弟曾贞干病重卧床不起后，曾国藩更加认为这是财宝太多折损阳寿所致！

曾国荃拿着簿册来见曾国藩。曾国荃抑制不住内心的狂喜：“大哥，统计出来了。白银一千二百万两，黄金六十万两，古董珍玩不下千件，其市值不下千万两银子。我估算了一下，全部财宝折成白银应该不少于两千八百万两！”

曾国藩两眼发黑，两腿发软，差一点晕了过去，幸得曾国荃上前扶住。曾国荃以为曾国藩是内心极度兴奋所致，他哪里知道曾国藩的内心有的只是巨大的恐慌！曾国藩本来生活并不富裕，在北京十年，他先后借了同僚上千两银子，这些银子直至回乡办团练后才陆续还清的；他平时并不算贪，在军中所得饷银多数用来买书；至于湘军上下贪婪成风，那是他觉得不能亏了为他卖命的兄弟们，这才放纵了他们。老实说，曾国藩本人手头不宽裕，他需要钱，但在巨额财宝面前，他又进退两难了！

全部运到湖南，肯定会走漏风声，那一路上不用说充满着风险。上交朝廷，也不行，自己事先在给朝廷的奏章上已经说过“并无财宝”，现在一下子弄出这么多财宝，这可是货真价实的“欺君之罪”！再说了，即使朝廷不追究他“欺君”行为，都交上去，他的心里也舍不得。

曾国藩很难决定，他对曾国荃说：“派心腹干将昼夜把守，至于如何运回湖南，待我想一想，再图良策。先将簿册放这里，你们这几天也都辛苦了，好好休息吧！”曾国荃将簿册放在书案上，退了出去。曾国藩一连几天，从早到晚，对着簿册发呆，迟迟下不了决心。这事又不能找李鸿章商量，他忽然怨恨起来，为什么当年起兵之时，不寻一个自己的“范瑾瑜”呢！

曾国藩犹豫不决，杨载福却管不了那么多。他的水师与李巨典部下抢的第二批妇女急待运回湖南。第二批妇女全是良家女子，既有大家闺秀，也有小家碧玉，个个样貌可人，运回湖南定能卖上好价钱。他们急于要将这批妇女运回湖南，变成现银。杨载福最后决定，派五百名亲信负责押送，定于七月初八出发。一共十六条船，其中有两条大船上面集中了湘军水师兵勇，另十四条船上，每船大概有五个兵勇看守被掳妇女。此一消息，很快被刘元合手下侦得，他们立即将这一重要情报传到运漕。钱江、石达开等人迅速商量营救之策！

钱江说："根据今年黄历，七月初七立秋。押运妇女的大船七月初八出发，以正常速度航行，七月初十晚上应该能够抵达黑沙洲！""又是黑沙洲！"众人不禁脱口而出。钱江说："我们就在黑沙洲让杨载福的五百亲兵全部葬身鱼腹！"说完，收起折扇，狠狠地在桌子上敲了一下！石达开笑着说："金戈道长看来是胸有成竹了！"

钱江用折扇在桌上比画，说道："黑沙洲位于长江拐弯处，附近江面水势浩大。立秋前后，黑沙洲一带天气变化频繁，白天烈日蒸煮江水，江水变成水汽，升到天空；夜晚温度骤降，水汽在空中凝结成雨，降落到黑沙洲及附近江面。而这一带急弯较多，水流湍急，风向不定，旋风频起，搅动天上云层，催动雨势，几点小雨眨眼之间即化作倾盆暴雨。暴雨一现，乌云翻滚，电闪雷鸣相伴而生。这种天气，一般要持续一个时辰！这一个时辰足够我们营救被抢妇女了！"众人对钱江佩服得五体投地！

石达开问："金戈道长，你能肯定七月初十夜晚有雷电暴雨吗？"钱江自信地说："羽田公，这件事不是闹着玩的，我能拿这些妇女的生命开玩笑吗？"石达开明显觉察出了钱江的不满，他立马略带歉意地说："金戈道长误会了，小弟不是这个意思。小弟想到了一条计策，小弟想我们师兄弟三人可以趁着天降响雷之机，用真气之球击毁湘军水师兵勇集中的两条船。"钱江说："羽田公此计甚妙，只是两位长老现已不知云游何方，到哪里请他们呢？"石达开笑着说："我们的大事还没有做完，小弟的两位师兄怎么可能云游远方呢！说不定他们就在巡检司衙署外面呢！"

正说着，从巡检司外面来了一人，大家一看，原来是范金莼，她是来送糕点的。范金莼将糕点摆好，说道："这是同泰祥刚做好的糕点，各位慢用。"大家请范金莼坐，范金莼依着袁世坦坐下了。坐下后，对袁世坦说："刚才我看见师父和二师叔，我请他们到巡检司衙署来，他们说一会就来。"石达开哈哈大笑，说：“金戈道长，怎么样？”众人有的惊讶，有的不解，种种表情，不一而足！范金莼问袁世坦：“世坦哥哥，你们刚才说了什么？”钱江便将众人谋划营救被掳妇女的计策说了一遍，石达开又将自己的话重复了一遍，范金莼也跟着笑起来。

钱江又说：“还有一点需要提醒各位注意，我们现在还不能暴露身份，因为后面还要截夺曾国荃财宝。我们应该化装一下，扮作长江水匪。”“金戈道长，我们怎么能扮作水匪呢？”很熟悉的声音，原来是惠民长老来了，他的后面紧跟着惠生长老。惠生长老也说：“什么都可以扮，就是不能扮水匪！”众人忙请两位长老上坐。大家也觉得扮作水匪好像不妥。石达开说：“是的，水匪怎么会营救被掳妇女呢？再说，一旦水匪闹出这么大的动静，必然会令曾国荃加强防备的！可是，扮作什么好呢？”众人思考着，小声议论着，一时谁也给不出答案。

一会，范金莼看了看钱江，钱江说：“看来我们的‘女诸葛’有办法了！”范金莼说：“既然师父、二师叔、三师叔趁着电闪雷鸣之机，用真气之球击毁湘军水师大船，那为什么不做得更神奇一点呢？”袁世坦说：“莼妹，你就直说吧！”范金莼笑了一笑，说道：“干脆给他们来个’神出鬼没’！师父、二师叔、三师叔不如扮作天神或雷公，在击毁湘军水师大船之前，以上天名义谴责湘军兵勇的禽兽行径，并明确告知他们即将遭到天打雷劈，然后击毁他们大船，也好让那些妇女知道解救她们的不是凡人，而是天神。世坦哥哥、元合兄弟、青萍妹妹带着水性极好的百十号人，扮作虾兵蟹将，先除掉关押、看守妇女的兵勇，然后划船将妇女送到南京九洑洲，让部分妇女回城报信，大力宣扬湘军暴行激怒上苍，遭到天谴。这样，我们就可以隐瞒身份了！”钱江等人拍案叫绝，惠民长老说：“我这个儿媳妇真不是一般的聪明！”又拍了拍袁世坦的肩膀，说：“小子，你真有眼光！”袁世坦不好意思地傻笑着，就在他短暂的一瞥中，看到了正在生气的水青萍。袁世坦连忙对范金莼说：“莼妹，行了！这里已经没有你的事了，你快回家吧！”水青萍冷笑一声，说：“金莼姐姐还没有对这次行动作详细部署呢！”范金莼也感觉到了水青萍的不满，于是笑着向众人告别，回家去了。

同治三年七月初十夜，将近二更天气，无为州黑沙洲，雷电交加，暴雨倾盆，狂风大作，吹得停靠在洲边的大小船只东摇西晃。船上湘军水师兵勇虽然水性也不差，但这种恶劣天气还真是第一次碰上，他们纷纷来到甲板上，放下桅杆。突然，一道强烈的闪电划过天空，一霎时，整个江面耀如白昼，湘勇们不自觉地抬起头向天空看去，这不看不要紧，一看吓得屎尿流了一裤裆。天空中无数天兵天将，向大船逼近。湘勇们尚未反应过来，但听空中传来天神说话声："你们这些禽兽听着，快放了被掳妇女，否则必遭天谴！"湘军水师兵勇从未见过这种阵势，不少人都吓得鬼哭狼嚎。不一会儿，天空又是一片漆黑，除了风声、雨声，其他什么声音都没有了！

湘军水师头领大叫："什么人在此装神弄鬼？兄弟们，别害怕，朝天上开枪！"有几个大胆的兵勇举枪朝天空开了几枪，但暴雨太大，不久，枪全部哑火了。头领大叫："放下枪，取出弓箭，朝上射箭！"刚才放枪时，天空并无反应，湘军兵勇胆子又大了一些，几十名兵勇站在甲板上，做好了射箭的准备。恰在此时，又是一道闪电划过，湘军兵勇不仅看到了天兵天将，还看到了无数虾兵蟹将踏着水面杀向大小船只。拿弓箭的湘勇吓得扔掉了弓箭，头领还在叫嚣。只听天空一声巨响，一个巨大的火球从空中砸向兵勇的大船，大船瞬间土崩瓦解，散成了一块块碎木板，船帆也烧了起来，但随即被大雨浇灭。须臾，水面上浮起了近两百具尸.体。另一条大船上的兵勇见此情状，纷纷弃船跳江逃生，怎奈风大浪急，他们很快被江水吞没、卷走，不一会儿，全都直挺挺地漂浮在水面上。那十四条大小船只上，虾兵蟹将将吓得目瞪口呆的湘军水师兵勇全部扔进长江，那些兵迅即被卷到了漩涡里面，不见踪影。闪电过后，人们看见二三十丈开外的江面上浮起了一具具尸体。前后不到半个时辰，五百个湘军水师兵勇全部葬身鱼腹之中、江豚之口，真应了那句"善恶到头终有报"！

又过了半个时辰，云收雨散，繁星满天，大江之上，风平浪静。虾兵蟹将解开被掳妇女身上的绳索，又取来一些干净衣服让她们换上。虾兵蟹将在甲板上集中了所有被掳妇女，让她们向天空看去。星光下，飘来三个大神，约在十丈高的空中停住，其中一位大神说："上天垂怜，敕我等来救你们，现在湘军禽兽已被殛灭。水龙王也来相助，派出虾兵蟹将护送你们回南京。船到九洑洲后，你们每船派出十名代表，由虾兵蟹将先送进城，报告家人，让家人来九洑洲接你们回家！"说完，三位天神隐然而去，众妇女连忙跪在甲板上，向天空祝祷！

南京城很快就传开了，湘军兵勇遭到天谴，被天雷击杀；几千被掳妇女在虾兵蟹将的护送下，安然回家，毫发未损。南京城内，市民敲锣打鼓放鞭炮唱大戏，奔走相告，一时间，鞭炮竟然脱销。戏台上，一个个湘军兵勇模样的纸人被天雷打、被天火烧，甚至曾国藩、曾国荃、曾贞干、杨载福、李巨典的纸人也遭雷打火烧！曾国藩羞愧难当，南京城内的事情很快传遍大江南北、朝廷内外，湘军名声臭上加臭、臭不可闻。曾国荃气得火冒三丈，杨载福也恨得咬牙切齿，他们要抓捕演戏民众，被曾国藩制止。

曾国藩沉痛地说："我们确实罪有应得！老百姓说我们怯于外战，而勇于屠戮国内百姓，说得没有错啊！我们将被后世唾骂！九弟，杨提督，少造一点孽吧，为我们自己及后代子孙积点德吧！否则，我们将来有没有后代还很难说，毕竟，我们做的很多事都是足以让我们断子绝孙！"杨载福默然自惭，告辞而去。曾国荃问："大哥，事情都已经做了，现在如何补救，怎样积德？"曾国藩说："上交所有财宝！"

曾国藩一句话虽然只有短短六个字，却恰似晴天霹雳，惊得曾国荃目瞪口呆！良久，曾国荃突然跪倒在地，抱着曾国藩的两腿，哀求道："大哥，您这么做，会连累整个曾氏家族的，湖南双峰曾氏也许真的就断子绝孙了！"曾国藩犹豫了，他说："九弟，你起来！把我当初写给朝廷奏章的草稿取来，让我再看看！"曾国荃立即取来奏章草稿，曾国藩一字一句地看了一遍，又念了一遍。

历年以来，中外纷传洪逆之富，金银如海，百货充盈。

臣亦尝与曾国荃论及城破之日查封贼库，所得财物，多则进奉户部，少则留充军饷，酌济难民。乃十六日克复以后，捕杀三日，不遑他顾，伪宫贼宫一炬成灰。逮二十日查询，则并无所谓贼库者。克复老巢，而全无货财，实出微臣意料之外，亦为从来罕闻之事。

曾国藩一下子跌坐在椅子上，背后衣服全汗湿了，浑身恶疮复发，奇痒难忍。曾国荃急忙走上前来，帮曾国藩挠痒。曾国藩推开曾国荃挠痒的手，说："恶疮传染，我自己挠。九弟呀，你当初为什么只说几百万两银子呢？"曾国荃也不知如何回答，过了一会，他说："大哥，不要笑话九弟。九弟长这么大，还真的是第一次见到这么多财宝！在九弟眼里，几百万两银子已经是多得不能再多了，哪里能够想象出有上千万两银子呢？大哥原谅，九弟真的没有见过世面！"曾国藩一想，也是，自己也想不到南京城真的就有几千万财宝，怪不得九弟。曾国藩的瘙痒缓解了一点，他放下奏章草稿，站起来，走了两步，曾国荃紧随其后。曾国藩问："九弟，这么多财宝，即使全部用大船来装，也要装两百多船，从南京到长沙，这一路太招摇了！”曾国荃也知道此事还需掩人耳目，他和曾贞干早已商量好了计策，只是一直不敢说，现在既然大哥曾国藩在征求他的意见，他也只好说了。

曾国荃小声说：“大哥，我和十弟私下里也议过此事，觉得确实需要掩人耳目。我们想，先对外放出风声，就说把老母亲接到南京来享几天福，再以护送老母亲回家为名，将财宝运回湖南老家。”曾国藩一听，跌足骂道：“这等不敬不孝的忤逆之事，你们也能想得出来！断断不可！”曾国荃委屈地说：“大哥，我们也知道这样做对母亲大人不敬，但舍此别无他法。只要我们兄弟以后加倍孝敬母亲大人，也就能消弭我们的罪孽了！”曾国藩还能有什么办法呢，他只得点头应允。另一方面，他已经很长时间没有看到母亲大人了，现在官居两江总督，掌管四省大权，在朝廷举足轻重，也该让母亲风光风光！曾国荃当即派出心腹亲信，乘船从南京出发，前往湖南双峰荷叶塘奉迎他的母亲大人，一路上大张旗鼓、大造舆论，一时间，江南江北、朝内朝外，人人称赞曾氏兄弟的孝行，处处传扬曾氏兄弟行孝的事迹！

第三十八回 黑沙洲夺宝天助力 西来庵剃度人留情

这么大的动静，运漕还能不知道。石达开、袁世坦、刘元合等人很快汇聚巡检司衙署，他们都想听听钱江对曾氏兄弟此事的看法。钱江请众人坐下，兴奋地说："诸位都是为曾氏兄弟的事情来的吧。我只能说，我们的时机成熟了。诸位见过这么大张旗鼓行孝的吗？曾国藩啊，真有你的，为了那些财宝，竟然拿孝敬母亲做幌子，亏你读了那些年的圣贤书！"众人会心而笑。袁世坦说："听说曾氏兄弟一向孝顺母亲，这次怎么竟然打着孝敬母亲的旗号，干起了运送财宝的勾当的？真是玷污了'孝顺'两个字！"石达开说："世坦，话不能这么说。人家也是迫不得已，但凡能想出更好的办法，谁还会出此下策！""利令智昏！"钱江总结性地说了一句。

石达开对钱江说："金戈道长，既然形势已经明朗，我们应该做好准备吧！"钱江答道："是该着手准备了。首先要尽快通知在南京城内的元字营探子，让他们想办法摸清曾氏兄弟运送财宝的准确时间。"石达开立即应道："金戈道长，让我去通知他们吧！"钱江说："那就劳烦羽田公走一趟，不过，一定要小心！"石达开说了一声"放心"，转身就去装扮自己了。不一会儿，一个精明的小商贩就出现在大家面前，大家都笑着说："真像一个奸商！"石达开迈开步履，走向巡检司大门。

突然，他与一个人撞了一下。"范先生，是你！"石达开惊喜不已。范瑾瑜抓住石达开的手，问：“羽田公这身打扮，要到哪里去？”“去南京！”石达开随口答道。范瑾瑜仍然没有放手，说道：“幸好我回来及时，要是迟到一步，羽田公怕是已经上了渡船了！李大人特意派我回运漕，正是为金戈道长、羽田公两位！走，进屋说话！”

围坐在桌旁的几个人早已站起来了，钱江说：“范先生快请进，羽田公你暂且留步！”范瑾瑜等众人一起落座。范瑾瑜说：“我们私下里了解到，曾氏兄弟根本就不相信羽田公被骆秉章所害，暗中一直在注意羽田公的下落，湘军军营中，什长以上军官，人手一份羽田公肖像，羽田公切不可去南京！至于金戈道长，也要小心在意！”袁世坦听后，站起身，说：“三师叔不能去南京，那就由小侄代劳吧！”刘元合也站起来，他阻止了袁世坦，袁世坦问何故，刘元合笑着说：“师兄去南京，那真是树大招风了！你在南京一露面，曾国藩、曾国荃马上就知道了，你哪有机会通知元字营探子呢？非但不能成事，反而还有可能坏事，暴露了我们的行动。还是让师弟我去吧！”袁世坦说：“当年鄱阳湖一战，你率领的‘军师卫队’令湘军闻风丧胆，你的大名早已传遍湘军军营，你能去南京吗？”刘元合笑笑说：“鄱阳湖一战，至今已近十年，当年与我交手的湘军将领死的死、走的走，留在南京的一个也没有，至于那些湘军兵勇，他们当时都不敢正眼看我，哪里还记得起我的相貌呢？”石达开说：“世坦，不要再争了，元合去南京比较适合！”钱江郑重地说：“元合，现在南京城秩序已慢慢恢复，盘问、巡查也比较严，你要认真做好准备工作，想好应对之策。这样吧，你现在就去准备，明天一早启程。”刘元合答应着，自己与冯紫芸去做准备。

范瑾瑜命几十个士兵抬进来五十只箱子，看出来箱子比较重。范瑾瑜打开一只箱子，众人一看，原来是满满一箱的银子。范瑾瑜说：“金戈道长、羽田公，诸位，这里每箱纯银一千两，共计五十箱五万两。李大人让我转交各位，一则作为坦字营、萍字营、元字营的军饷，二则添置农具、购买耕牛、招募流民，耕种无为州自汤沟至凤凰桥一带抛荒的田地，那几万亩田特别肥沃，闲置了实在可惜！”钱江、石达开等人感叹道：“你们李大人真是一位做实事的好官啊！”钱江有点激动，他拉着范瑾瑜的手说：“范先生，请转告少荃老弟，我、羽田公，还有在座诸位一定好好筹划募民种田之事！”范瑾瑜说：“这件事就交给世坦他们去办吧。李大人力邀二位亲赴常州商量大事，这是李大人的亲笔信！”

罗三娘急了，她问：“范先生，李大人为什么同时邀请他们两个人呢？”范瑾瑜笑笑说：“三娘女侠这是不放心啊！”钱江、石达开已经看完了李鸿章的亲笔信，说：“感谢你们李大人相邀，我们俩正有这个打算。到底截夺曾国荃多少财宝，截夺了财宝之后又该如何处置，确实需要集思广益。范先生，我们几时走？”范瑾瑜说：“明日就走！”

次日一早，大家用完早餐，范瑾瑜、钱江、石达开、刘元合同时登上渡船，他们打算取道荻港，从江南走。罗三娘、张自芳、冯紫芸到渡口送别，不舍之情无法尽言。钱江对刘元合说：“元合，若能在三天之内打听到曾国藩运送财宝的消息，你就直接到常州，向我们报告！”刘元合答应着。

范瑾瑜、钱江、石达开三人，一路几乎是昼夜兼程，直至第三天傍晚，他们才到达常州，李鸿章早已备下酒肴。范瑾瑜、钱江、石达开三人洗去一路风尘，即入席畅饮。席间，四人无话不谈，道尽相思倾慕之情。酒已微醺，钱江说：“少荃老弟请我们到常州来不是要商量大事情的吗，怎么只顾着叙旧情呢？”李鸿章问：“金戈道长，你以为截夺财宝后应该如何处置？”钱江不假思索地说：“其一，恢复农业，扶持商业；其二，救济难民，抚恤孤弱。历朝历代在战后都是这么做的！”

李鸿章举起一杯酒，一饮而尽。他离开座席，走到地图边，拿起放在地图上的宝剑，又回到座位上。他抽出宝剑，深有感慨地说：“这把剑是当年我在运漕募兵时乡人所赠，名曰‘补天’。”钱江与石达开相视一笑，然后说：“少荃老弟当时还即兴赋诗一首。”钱江当即吟诵道：

杯酒藉浇胸磊块，枕戈试放胆轮菌。
愁弹短铗成何事，力挽狂澜定有人！

李鸿章大吃一惊，问道：“金戈道长何以知道李某人写的这几句诗？”石达开说起来当年他们几个人躲在袁百顺房顶上偷看的事，众人不禁哈哈大笑。石达开说：“正是那件事，让我们觉得少荃兄不同于清廷其他官员，也让我们对少荃兄心生敬佩！”李鸿章说：“‘补天’，‘天’是什么，‘天’是国家，不只是哪一个王朝。我李某人要‘补’的不光是大清王朝，更主要的是我泱泱中华帝国！刚才金戈道长说的两点我完全赞成，但考虑到当今世界潮流，我认为还有一点相当重要，它是我们泱泱中华立于世界的基础！”钱江真的想不出还有哪一点，竟然那么重要。正待发问，李鸿章却自己说出了两个字：“洋务！”

“洋务！”钱江、石达开几乎是异口同声。李鸿章用力将宝剑推入剑鞘，掷地有声地说：“洋务！只有洋务才是‘补天’的根本！我们要向洋人学习，开矿，炼铁，造机器，造汽船，造大炮！我们也要有坚船利炮！”钱江仿佛又看到了李鸿章当年募兵训勇的那一幕，他说：“十一年前，少荃老弟就想到过要有大兵舰，这些年来，少荃老弟一路升迁，直做到一方诸侯的位置，没想到还是不忘初衷啊！我以为少荃老弟只会做官呢！”李鸿章笑着说：“金戈道长说得对，我李某人确实一直追求做官，但我做官是为了做事，做大官是为了做大事！洋人的机器就是好啊，不服不行！”众人一致点头认同。钱江说：“我有一事不明，前几年我看到过英吉利商船，很难理解烧着煤炭就能不用人力把船从英吉利‘划’到中国！”李鸿章笑了，他说：“那不是‘划’，那是‘开’！我在上海到洋人的汽船上参观过，汽船能航行，主要得力于一个叫‘汽炉’的大家伙。”

“汽炉？”李鸿章说：“是叫‘汽炉’。发动起来很奇妙，我当时写了一篇短文，介绍‘汽炉’运动的过程。两位如有兴趣，可以看一看！”范瑾瑜很快找来了李鸿章的那篇短文，钱江、石达开展开一读，惊叹不已！

镟木、打眼、铸弹诸机器，皆绾于汽炉，中盛水而下炽炭，水沸汽满，开窍由铜喉送入气筒，筒中络一铁柱，随汽升降俯仰，拨动铁轮，轮绾皮带，系绕轴心，彼此连缀，轮转则带旋，带旋则机动，仅资人力之发纵，不靠人力之运动。

钱江摇头叹息：“令人难以置信，难以置信哪！它竟出自一名科举出身、顶戴花翎的清廷官员之手！”石达开问：“洋人的汽炉真有这么神奇？”李鸿章说：“羽田公不相信？”范瑾瑜说：“江阴码头就停靠着洋人汽船，明天我们去参观参观！”“那太好了！”石达开兴奋地说。转而不无担忧，他接着说：“就怕洋人不让我们参观！”范瑾瑜笑笑，说道：“洋人不会的。一则我们混得比较熟，二则他巴不得我们去看，他们洋人公司很想把机器卖给我们！”钱江问：“那我们为什么不买一些呢？”

李鸿章抿着嘴笑，不说话。钱江急了，问道：“少荃老弟为何发笑？”李鸿章说：“不瞒两位，我去年就买下了洋人的机器设备，创办了上海洋枪三局。”钱江、石达开不禁“啊”了一声。李鸿章接着算起了账：“一发英吉利生产的炮弹要卖三十九两白银，一万发铜帽子弹要卖到十九两银子。凭什么我们要把白花花的银子送给洋人！”

李鸿章越说越激动："最关键的是，坚船利炮不能总是控制在洋人手中，万一哪一天洋人跟我们闹翻了，不卖这些先进武器给我们，那我们难道要束手就擒吗？小国可以仰仗大国，但大国必须靠自己！我们要有自己的国之重器！"

钱江、石达开、范瑾瑜显然被感染了，钱江说："要有自己的国之重器！"李鸿章仿佛一下子从巅峰跌入谷底："两位，这些都要银子！办洋务需要钱，买机器需要钱，办工厂需要钱，聘请洋人来培训中国人还是需要钱，可是眼下朝廷最缺的就是钱！"李鸿章没有停止，继续说道："就拿我去年办的洋枪三局来说吧，工厂办成了，可运转没有钱，直到今年方得鲍超鲍提督资助三十万两银子，我才得以再添置两台机器，聘请外国工程师，招募国内有志青年，让他们跟在外国工程师后面学习。可是，到正式投产，还需要大把银子！"

钱江说："少荃老弟，别说了，我们明白！少荃老弟要强国富民，正是我和羽田公几十年来苦苦追寻的理想！我们绝对支持！"石达开感慨万千，说："唉，如果当年清廷就有少荃兄这样的官员，我们又何必起事呢！"李鸿章说："你们起事的初衷是好的，无非是希望能够建立国强民富的政权！大家的目标是一致的，都是希望国强民富，只是手段不同而已。难得两位与我志同道合，以后还要请两位鼎力相助！"四人直饮至二更，方才撤席。李鸿章建议泡上昭关翠须，作彻夜长谈，大家一致赞同。

次日上午，李鸿章、范瑾瑜陪同钱江、石达开到江阴码头，参观了四艘外国轮船，钱江、石达开高兴地说："真是大开眼界。"中午，四人在外国轮船上用了西餐，下午返回常州。回到常州时已是傍晚，李鸿章命备酒，再次畅饮。饮至半酣，忽然，刘元合来了。李鸿章认识刘元合，彼此打了招呼。钱江问："元合，怎么这么快？"李鸿章看着有点喘气的刘元合，便说："元合，坐下说，边吃边说。"刘元合挨着范瑾瑜坐下了。

刘元合说起了事情的经过，众人一听，深感意外！

刘元合一进南京城，就与元字营探子联系上了，彻底摸清了曾国藩、曾国荃等湘军重要人物的住所。刘元合决定潜入曾国藩的居所。曾国藩的居所在江宁将军署后花园第三间厢房，是江宁将军署整个院落之中最不起眼的一间，之所以选择这一间，主要还是出于安全考虑。刘元合一进入曾国藩的居所，便找到了最佳位置，侦察曾国藩的一举一动。

整整两天，曾国藩没有做出任何有关运送财宝的部署。他有时候不言不语，两眼长时间地瞪着几案上的簿册发呆；曾国荃来过几次，只是向曾国藩汇报了曾贞干的病情，然后站一会就走了。曾国藩有时抚着“安天”宝剑，长吁短叹，喃喃自语：“‘安天’啊‘安天’，你说，天下真的安定了吗？洪逆孽子下落不明，长毛余孽尚作困兽之斗，皖北捻子横行数省，贵州苗民、云南回民、陕甘回民，西安、大理、昆明、贵阳……唉！”曾国藩无聊之极时，也随便翻翻几案上的簿册，然后又将簿册随手扔在几案上，自己背着手，走出房间，在后花园踱步。每逢此时，刘元合必乘隙翻看几案上的簿册，他简直难以相信，曾氏兄弟竟然掠夺了两千八百万财宝！

第三天上午，曾国藩又在抚着“安天”宝剑自言自语，曾国荃来了，很显然，他已经有些不耐烦了。曾国荃不满地说：“大哥，什么‘安天’‘安天’的？长毛不是已经灭了吗？天下应该安定了吧！”曾国藩摇摇头，说道：“九弟，天下真的安定了吗？我且问你，长毛匪酋洪天贵福找到了吗？长毛余孽李世贤、汪海洋尚有数十万人马；皖北捻子横行苏鲁豫皖数省，直逼京师；贵州苗民造反，贵阳岌岌可危；云南回民闹事，昆明以西尽归乱民掌控；陕甘回民已占据甘州、宁夏、兰州、西宁，西北重镇、千年古都西安朝不保夕！天下真的安定了吗？”曾国藩两眼直瞪着曾国荃，吓得曾国荃不由自主地后退几步，答不上话。刘元合听了曾国藩的这一番话，觉得有点道理。

曾国藩又问：“九弟，我再问你，这两千八百万财宝是从哪里来的？”曾国荃不假思索地说：“没收长毛的。”曾国藩先是颔首，接着又摇头，问：“长毛的财宝又是从哪里来的呢？”曾国荃说：“抢夺老百姓的。”曾国藩笑了：“老百姓有这么多财宝，他们还会跟着长毛造反吗？九弟，这些财宝绝大多数都是长毛所经各省、府、州、县各级官员的，他们积攒了这么多财宝，可是，当国家动乱之际，还能留得一分一毫吗？九弟呀，国家若安定，则我们兄弟粗茶淡饭，也怡然自乐；国家动乱，则我们曾家即使有亿万财富，恐怕也守不住啊！这个道理你明白吗？”曾国荃很不高兴，说道：“大哥，绕了这么大的一个弯子，说来说去，还是要上交财宝啊！”刘元合颇感意外，难道曾国藩真的要将两千八百万财宝上交清廷？绝对不可能！

曾国藩走近两步，抚着曾国荃的肩膀，说：“九弟，你听大哥把话说完。我们曾家欠湖南百姓的实在太多了！起兵之初，百姓踊跃参军；没有军饷，百姓慷慨解囊；每逢恶战，又是百姓子弟拼死向前。我们的官位、我们的名誉，是全湘父老乡亲用他们的生命财产换来的！因此，大哥准备在湖南做几件大事！”曾国荃垂下了眼皮，说：“是的，我们曾家欠湖南父老乡亲的，如今也算是功成名就了，不能不报答父老乡亲的厚爱！大哥，您就在湖南做几件善事吧，我们兄弟一定支持您！”曾国藩笑了，他拍拍曾国荃肩膀，说：“这才是我的九弟！”原来，曾家兄弟也算是有情有义之人，刘元合不禁露出赞许的神情。

曾国藩两眼望着前方，仿佛那前方就是三湘四水之地，就是双峰荷叶塘。曾国藩说：“九弟，大哥要做的第一件事就是治理湘江、洞庭湖的水患，创造一个旱涝保收的鱼米之乡！其次，购买农具、耕牛，募人耕种抛荒农田。然后，救济老弱病残，优恤伤残湘勇，抚慰已故湘勇家人。”曾国荃听了直点头，说：“大哥，我一直觉得有愧于跟着我们出生入死的兄弟，不用说，给多少钱都行！”曾国藩不无歉疚地说：“是啊，七八千湘勇因为遣散费不足，而为匪为盗，我们兄弟对不起他们啊！想办法传出话去，对那些失散在苏皖一带的湘勇补发遣散费，让他们回家吧。”曾国荃说：“大哥放心，我一定办好！”刘元合终于相信了曾国藩确有“菩萨心肠”！

曾国荃明白了，大哥曾国藩不是要向朝廷上交财宝，心里轻松了不少，他说：“大哥，那财宝什么时候运回湖南呢？”曾国藩又拿起“安天”宝剑，说：“天下不安定的原因有很多，其中最重要的原因是缺少‘安天’之才！大哥要在湖南做的第四件大事，也是最重要的大事：广设学校，开启民智，培养人才，拯救国家！我泱泱中华帝国，有着数千年文明，有着广袤的国土，还有几万万国民，怎么能够落后于西洋各国呢？大哥是想在湖南开风气之先，以影响全国！”一席话说得曾国荃拍掌叫好：“大哥有眼光，有远见！”

曾国藩笑了笑，说：“先别忙着夸奖，还有一件事与你商量，你打算给曾家留多少财宝？”曾国荃一愣，不好回答，他确实没考虑过这个问题，其实也没有时间考虑这一问题，因为关于财宝的分配设想曾国藩刚刚才提出来；曾国藩突然问起这个问题，曾国荃根本来不及算细账，迟疑了一会，说道：“大哥说了算！”曾国藩说：“二百万两银子，几十件古玩，足矣！”曾国荃进入南京城后，只顾埋头抢金银财宝，至于抢的财宝的准确数字他也一直不清楚，没想到统计出来的结果是两千八百万，这数字着实吓了他一跳，他都不知道如何处置这些财宝，只想着尽快运回湖南双峰荷叶塘；至于运回老家后做什么、怎么办，他也不清楚，心里没有一本账，因为财宝实在太多了，多到了令他手足无措的地步！“二百万两银子”对曾国荃来说，还算是一个比较清晰的数字，他想了一想，说：“听大哥的！”

二百万两银子对为清廷建下不世之功的曾氏兄弟来说，也不算多。俗话说：“三年清知府，十万雪花银。”曾氏兄弟为清廷卖命十二年，历经数次生死考验，除掉了朝廷的心腹大患，怎么也值二百万两银子！

刘元合认为曾氏兄弟这还不算贪婪，更为曾国藩的远见卓识而敬佩不已！

曾国藩让曾国荃坐下，两人商量起运送财宝的事情。最后商定，运送财宝船只分三批出发。第一批，由心腹爱将率船十艘，押运一百万两银子，九月初六出发，一为先锋，一为探路。最后一批，曾贞干率船四十艘，押运四百万两银子，九月初十出发。而最重要的一批是第二批，九月初八出发，曾国荃亲自率领一百六十艘大船，亲奉老母，同时押运七百万两白银、六十万两黄金及上千件古董珍玩。

曾氏兄弟当日下午即安排财宝装船。

李鸿章、范瑾瑜、钱江、石达开听了刘元合的讲述后，内心真叫五味杂陈，一时竟不知说什么好。天下有很多事常常出人意料。他们原来估计曾氏兄弟会悉数私吞所有财宝，那样截夺起来就充满着正义感，现在可好，曾氏兄弟要拿出九成以上的财宝在湖南做善事，这真让李鸿章等人不知所措。

李鸿章有点尴尬地说：“既然老师要用这些财宝行善，我们就成全他吧，毕竟他也不容易。”范瑾瑜说：“大人说的有理，但曾氏兄弟所得的财宝并不是湖南一省的，是广东、广西、湖南、湖北、安徽、江苏、江西、浙江、福建九省的，因此，他不能只在一省行善！”钱江、石达开也赞成范瑾瑜的意见，大家都认为不能拿其他八省的财富来肥湖南一省，必须截夺部分财宝，李鸿章也表示赞同。李鸿章说：“大略已定，具体操办还请金戈道长、羽田公主持，当然，不能暴露我们的身份，否则，截夺的财宝就成为招来的灾祸！”钱江说：“这个请少荃老弟放心。大事已谋定，我们也该告辞了！”

李鸿章左手握着钱江，右手拉着石达开，说：“还有最重要的一件事相托两位！我们只是要财宝，不是要人命。尽量少杀人，最好不杀人！湘军兵勇也好，太平军士兵也罢，大家都是中国人，事情能和平解决，就不要刀兵相见、自相残杀。这些士兵、兵勇都是二三十岁的青壮年，是每个家庭的顶梁柱，死一个人就是毁一个家！从国家发展来说，他们正是最有力量做事的一群人，国家兴旺还要靠他们！”范瑾瑜补充道：“李大人在江南和李秀成部下作战，除必惩之首恶外，对绝大多数太平军将士都给出路，默许甚至暗中帮助太平军将士从海上逃到国外。据英吉利设在上海的海关统计，两年来，逃到日本、美利坚、美洲其他国家的太平军将士不下五万人！”李鸿章说：“我认为，即使逃到国外，他们也能挣钱帮助家人；另外，也可以为将来去外国谋生的国人打前站。何必赶尽杀绝呢！”钱江、石达开紧紧握住李鸿章的手，深有感慨地说：“李大人有如此慈悲胸怀，中国有望了！”言罢，辞别而去。

钱江、石达开、刘元合回到运漕，袁世坦、罗三娘、张自芳、水青萍、冯紫芸便集中巡检司衙署，商量截夺曾氏兄弟财宝一事。钱江、罗三娘首座，石达开、张自芳二席，袁世坦、水青萍坐在钱江、罗三娘的对面，刘元合、冯紫芸坐在石达开、张自芳的对面。钱江问道：“基本情况就是这样，曾国荃亲信心腹仅押运一百万两，实在不值得我们动手；曾国荃亲自押运的七百万两白银、六十万两黄金及上千件古董珍玩，是第二批；第三批为曾贞干押运的四百万两白银。我们到底该截曾国荃的还是曾贞干的？”石达开立即接过钱江的话，说：“截夺财宝很不容易，要截就截曾国荃的，截最多的一批！”袁世坦、刘元合等人不太赞成石达开的意见，他们都主张截曾贞干的，截最后一批。钱江也不发表意见，待双方都陈述了各自的理由后，他说：“这样吧，把范姑娘请来，听听她的意见。”袁世坦命人去请范金莼。

范金莼来的时候，水青萍与袁世坦正坐在同一条长凳上，范金莼便坐在袁世坦的左边，水青萍便往右端挪了挪，说：“世坦哥哥，往这边挪一挪，好让金莼姐姐坐得舒服一些。”袁世坦连忙站起来，跨出长凳，拉着范金莼坐在自己的位置上，自己坐到了范金莼的左边。冯紫芸见了，笑着说：“金莼姐姐好福气，袁大哥和青萍姐姐两个人保护着你！”罗三娘笑着说：“应该的，莼儿现在是重点保护对象！”大家轰然一笑。钱江用折扇敲了敲桌子，说：“各位，谈正事吧！”于是，将刚才双方意见向范金莼说了一下。

范金莼略一思忖，谦逊地说道：“金戈长老、羽田公，我只说说自己不成熟的意见，至于最终如何行动，还要两位裁夺！第一批，太少，不值得，再说还容易打草惊蛇。第二批，差不多是曾氏兄弟的全部家当，曾国荃必定拼死护卫，真正到了鱼死网破的时候，还有几万湘军，他们都在长江一带布防，鲍超的军队也才到九江。一旦惹怒曾国荃，他会不计后果地纠结湘军进行报复的，到那时，不但到手的财宝保不住，甚至沿江一带也会遭殃的！而曾贞干就不同了，一来他的财宝相对而言不算太多，二来前两批都很顺利，他的警惕性就没有那么高，也更容易得手；最主要的一点，曾国荃见保全了前两批财宝，对曾贞干财宝被截就不会追得那么紧，我们截得的财宝也更容易保得住。”

“范姑娘说得很有道理，我们还是只截曾贞干的银子吧！”罗三娘说道。张自芳接着也说：“相比较而言，截曾贞干的银子最划算。”冯紫芸、水青萍也都赞成范金莼的意见。钱江问：“世坦、元合，你俩说一说。”刘元合说：“金戈道长，元合的意见早就说过了，还是截曾贞干的比较稳妥。”袁世坦刚要说话，水青萍隔着范金莼，对袁世坦说：“你要是敢说一个‘不’字，回家看金莼姐姐怎么收拾你！”说完，很得意地看着范金莼，范金莼捏紧小拳头，在水青萍的后背上敲打了几下。大家又是一阵哄笑。

石达开更加孤立了，而且孤立得非常明显，他说：“范姑娘所言我也赞同，只是心里咽不下这口气，凭什么曾国荃把那么多的财宝带到湖南，凭什么八省财富就肥他湖南一个省！”范金莼笑着说：“羽田公真想截曾国荃财宝，不一定要在长江上，可以在湘江上，甚至可以在曾国荃家门口！”“曾国荃家门口？”石达开眼前一亮，站起身来，取过“流光”宝剑，来到地图旁，众人也都起身，跟着来到地图旁。

十几张地图叠放在一起，钱江找出长沙之战的地图，摊在几案上，众人看到了洞庭湖、湘江，沿着湘江向南，在湘潭县河口镇的地点处，看到有一条小河，自西向东注入湘江。石达开用“流光”宝剑沿着那条小河向上游指画，在河段的中部就是曾国藩、曾国荃的老家——双峰荷叶塘。石达开回忆起当年长沙之战，记起了那条小河名叫“涟水”，河面不宽，河水也不深，大船不能航行。石达开说：“大船进不了涟水，那曾国荃必然会将大船停靠在湘河口镇附近，然后或转上小船，或由陆路转运，可以考虑在河口镇附近设伏，截他几百万两银子！”钱江说：“在河口镇设伏是个好办法，但我认为截夺白银，不如截夺黄金。几百万两白银不容易藏匿或运走，而几十万两黄金相对而言就容易多了。六十万两黄金从堆头来看，也只相当于三十二万两白银，好藏，也好带走。更主要的是，曾国荃不大喜欢黄金，他嫌黄金在市场上不好用，他更喜欢白银。截夺他六十万两黄金也许不会引起他多大的恼怒，但截他一百万两白银，他可能就受不了。”石达开似有所悟地说道：“是啊，曾国荃十几年来都在军队里面，军饷发的都是银子，这十几年，他没少为银子感到苦恼，所以对银子培养了深厚的感情。金戈道长，那我们截夺曾贞干的银子也等于在割曾国荃的肉，他能善罢甘休吗？”经钱江一分析，再经石达开一发问，大家觉得截了曾贞干的银子会招来曾国荃的报复。“那怎么办？”冯紫芸不自觉地望着范金莼，于是，大家也都将目光投向了范金莼。范金莼一见众人都望着自己，觉得挺不好意思的，就低下了头。罗三娘说：“范姑娘说说吧。”范金莼没有办法，她不慌不忙地说：“依我看，有一个办法可以打消曾国荃报复的念头，那就是给曾贞干留下一百万两银子。假如我们在黑沙洲截了曾贞干押运的银子，曾贞干飞报曾国荃，曾国荃得到消息时，他的船队差不多已到望江，他想报复也觉得有点难；如果看到还剩一百万两白银，曾国荃就有可能打消报复的念头。如果我们再扮成湘军水匪，曾国荃绝对不会报复，因为他觉得反正是被湖南人抢去了，肥水没有流进外人田！”水青萍咬着牙说：“金莼姐姐，你真让我又爱又恨，难怪世坦哥哥那么听你话！”冯紫芸笑着说：“青萍姐姐，我要是袁大哥，也肯定听金莼姐姐的话！真的，我们几个人中，就数她最有办法，我也最佩服她！”水青萍向范金莼瞥了一眼，说：“金莼姐姐，我很想不服你，但又不得不服你！”大家哄笑了一阵子，只是羞了袁世坦和范金莼。

两路夺宝计划已定，九个人都很高兴，罗三娘说：“今晚我们好好地喝它几碗，预祝我们两路夺宝马到功成！”众人都说：“好！”当晚，九个人围坐在一起，除了范金莼不适宜饮酒外，其他八个人你来我往，好不热闹。酒过三巡，气氛愈加热烈，忽门外有一自称“香港何老板”的人求见。“香港何老板？”钱江、石达开、刘元合似乎耳熟。钱江说：“请进！”“香港何老板”进屋后，脱下帽子，鞠了一躬，抬起头来，说道：“何雅林拜见金戈道长、羽田公、刘状元！”“何雅林？就是当年从运漕运走了十六万石粮食的那个人！”袁世坦心想。“是你！”罗三娘上下打量着何雅林，虽然穿的也是长袍马褂，后面拖着根辫子，但一看就知道那根辫子是假的。罗三娘说：“何老板，你也弄了根假辫子？”何雅林说：“没办法，只好如此，好在一路上没有被识破。”

众人邀请何雅林就座，何雅林正欲挨着刘元合落座时，被石达开拉到了自己身边坐下。钱江问道：“你从香港来？一路上该有惊无险吧！”何雅林接过石达开递上来的一碗酒，深深地饮了一大口，赞叹道：“好酒！还是当年那个味！”接着，讲述了一路上的所见所闻。

何雅林运漕取粮有功，一回到天京就被提升为夏官正丞相，在韦昌辉帐下听用。后来，他越来越感到洪杨之间矛盾尖锐，他不想卷入这场内斗之中，更不愿看到洪秀全、杨秀清同室操戈、手足相残，恰好洪秀全物色去香港联络洪仁玕的人选，何雅林便主动要求赴香港寻找洪仁玕。洪仁玕已在香港建立了一个联络站，他让何雅林就在香港负责联络站工作，自己只身到了天京。洪秀全下旨，派人辗转送了几十万两白银，命何雅林在香港开一个商行，以联络各方豪杰，何雅林原来的夏官正丞相之职由他的孪生弟弟何雅树顶替，而真正的何雅林摇身一变，成为“香港何老板”。后来，何雅树与巨王洪和元同时战死，外界都以为何雅林已死。同治二年（1863）十一月，何雅林来到陷入重围的天京城，拜见了洪秀全。洪秀全要他做好准备，收纳、安置战败逃散的天国将士，并嘱咐他，必要时请金戈道长、羽田公两位帮忙。何雅林带走了洪秀全身边八位儿女，又回到了香港。

自同治二年年底起，陆陆续续有一些太平军将士逃到香港，找到何雅林，请求帮助。何雅林协助他们或出逃海外，或在香港做工。今年，天京城被攻破，为了防止清军赶尽杀绝，他安排三名心腹干将分别带着洪秀全的八个子女，逃到日本、美国、澳洲。然而，天国败亡，各地天地会义军战败，逃到香港的将士越来越多，何雅林的银子实在不够支出；他又从逃亡将士口中得知，三水有两个人，一个叫易三姑，一个叫小师姐，她们也在资助逃散的将士逃到香港，再转逃海外。何雅林决定到三水看看，他根据逃亡将士的提示，从香港出发，在新会崖门登陆，经天沙河、西江，到达三水琴沙岛，见到了易三姑、小师姐，知道了一条义军将士逃亡之路，即从三水琴沙岛上船，经西江、天沙河，在崖门入海，坐海船到香港。但是，由于沿途清军截杀，出逃成功的大概只有五分之一，大多数人在出逃过程中被清军杀害。易三姑告诉何雅林，主要原因是她们力量太弱，无法为出逃将士提供保护。何雅林便决定到运漕镇来找钱江、石达开，寻求解决办法。

石达开沉痛地说：“我能想象出兄弟们被清军截杀的场景！太惨了！”何雅林说：“还有更悲惨的。我一路上看到几十群失散的天国将士，他们总人数不下五万，在躲避湖南、江西、福建、浙江地方团练的追杀，其状惨不忍睹。我无能为力，只好求助金戈道长和羽田公。”

钱江盘算了一会，说：“银子问题好解决。我们打算在湘江截夺曾氏兄弟的财宝，如果行动成功，则足以资助十万人外逃。至于天国将士沿途遭到清军及地方团练截杀的事，只有请李鸿章来帮忙了！”“请李鸿章帮忙？李鸿章会帮忙？他可是我们的死敌！”钱江、石达开笑了：“刚才给你介绍的这位袁管带就是李鸿章最得力的干将！”何雅林站起来，看着袁世坦说：“我想起来了，袁管带名讳应该是袁世坦！真是闻名不如见面啊！”袁世坦笑着说：“何老板用兵严谨绵密，针插不入，水泼不进。十一年前，我打了几个时辰，就是无法从西来庵打到小码头！佩服，佩服！”钱江笑了，他说：“真是不打不相识啊！李鸿章说得精妙透彻，其实大家的初衷都是一样的，都是希望国强民富，只是各自的手段不同罢了！上次在常州，李鸿章说他已经暗中放人甚至帮助江南天国将士出逃，因此，我去找李鸿章，他应该会帮忙的！湘江夺宝之事，还请羽田公认真筹划，因为风险大、困难多，不能掉以轻心。”

石达开命掌灯，然后一手持灯，一手握剑，对着地图比画。石达开说：“何老板，明天你就快回三水，沿途注意观察涟水、湘江、衡山、大庾岭、北江沿岸的地形，记住险要之处及隐蔽之处，好为将来夺宝做准备。另外，请转告易三姑、小师姐，请她们在琴沙岛搭建一些临时居所，先安置逃亡的天国将士，待清军追杀不紧的时候，再组织外逃。”何雅林答应着，钱江说：“明天一早我就去常州，何老板就去三水，我们分头行动。”何雅林说：“金戈道长、羽田公，我尚有一个心愿没有了却。我想明天先去祭拜一下麦巡检和罗粮台，他们尽忠职守、献身殉职的精神值得我敬仰！”大家又说起麦巡检、罗粮台的英勇，接着说到了麦靖芠、石浩然，何雅林说：“我在三水见过了石浩然的两个儿子，大儿子石正义已经八岁了，小儿子李正仁正好六岁，两个小家伙简直就是两个小石浩然，太可爱了！”说着，石达开、张自芳、袁世坦、刘元合、冯紫芸都流下了眼泪，何雅林也能理解，毕竟他们都是石浩然至亲的人！

次日一早，何雅林一行来到运漕镇北白骨塔，祭拜了麦巡检和罗粮台。钱江与何雅林分别前往常州与三水，去完成他们的使命。十天不到，钱江就返回了运漕；又过了几天，清廷任命淮军系列人物郭嵩焘为广东巡抚，据说郭嵩焘到了广东后，第一件事便是撤去了自西江、天沙河至新会崖门的清军，一条放任太平军将士外逃的通道被打开了！钱江、石达开等人一颗悬着的心终于放下了，他们得以全力以赴地筹划截夺曾氏兄弟财宝的大事！

同治三年九月十一日，已是戌时正，元字营探子终于从南京回来了。带回来的消息是，今天辰时，曾贞干的四十艘大船从下关码头正式起航。曾贞干手下非常小心，他们用绳子将大船系在一起，每十艘为一队，总共编成四队。曾贞干的亲信护卫都集中在第一队，后面三队大船，每队也有十来个护卫，不过，这十来个护卫基本上集中在每队最后面的一条船上。

这个情况大致在钱江的预料之中，于是，他做了全面部署。

同治三年九月十三日，夜幕降临，黑沙洲一带笼罩在一片浓雾之中。按理说，将近十五，本应有着明亮的月色，但黑沙洲附近因水汽充足，秋冬季节，每至夜晚，气温降低，便大雾弥漫。曾贞干由四名贴身护卫抬着，最后一次巡视了四十条大船，便回到自己船上休息了。大雾笼罩，稍有点军事常识的人都知道，极有可能发生意外，曾贞干有着十多年的行伍经验，不可能不清楚。但是，他病得很重，早就没有多少精力来考虑如何防范盗匪的事情了。另一方面，他放心得很。曾氏兄弟自九月初六出发以来，一直都是顺风顺水的，并没有发生任何险情。再说了，长江上自安庆、下至镇江，都在湘军水师的控制之下，谁敢动他曾家一根毫毛！长江沿线水匪也因马新贻剿匪得力而销声匿迹！曾贞干有一分放松，他的护卫们便有十分松懈。曾贞干一回到自己船上，护卫们便也回到自己船舱内，品着佳肴，饮着美酒，一副天下太平的样子。不久，三队大船上三十来个护卫全部进入了醉乡。

二更天之后，黑沙洲沉沉睡去。三十多人分别登上三艘大船，他们向船舱里施放了一阵浓烟，船舱内的三十多个护卫睡得更沉了。岸上，十几名身穿湘勇号衣的人解开缆绳，随后，大家一齐调转船头，大船即向下游漂去，直漂至五里外的一个小洲，名叫鲫鱼洲。船刚停稳，岸上一千多人分头出动，拥向大船，不到一个时辰，鲫鱼洲上的芦苇丛中便整整齐齐地码放了一千多只大箱子。

稍后，一只小船靠近鲫鱼洲，人们七手八脚地将睡得很死的三十几名护卫抬到小船上，剥下他们的衣服，让施放浓烟的三十多人穿上。施放浓烟的三十多人又将三队大船牵往黑沙洲，停稳。此时，已是四更天气。天亮后，曾贞干看到大雾已经消散，江面一片澄澈，便命令船队起航。九月十六日中午，船队航行至华阳镇，曾贞干看看即将进入江西境内，心里更加放松起来，他让船队停靠华阳镇，让几个亲随抬着自己到镇上逛了一圈。午后，曾贞干回到船队，命令船队晚上在华阳镇停泊。九月十七日早餐后，曾贞干命船队起航。行了约三四里，护卫前来报告，说后面三个船队没有跟上来。曾贞干觉得事情有点奇怪，他怀疑后面三队没有接到自己的命令，于是派人折返华阳镇，催促后面船队快速航行，务必于当晚赶到彭泽县。

派去的人回来禀报：“三个船队上空无一人，所有银子不知所踪！”曾贞干听罢，简直不相信自己的耳朵，他让船队就近停靠江边，命十几个护卫抬着自己直奔华阳镇。曾贞干一条船一条船地查看，果然空无一人，船上三百万两银子不翼而飞，曾贞干一时急火攻心，一下子晕了过去。十几个护卫掐人中的掐人中，捏胳膊的捏胳膊，折腾了半个时辰，才将曾贞干弄醒。

曾贞干呆了半晌，方才醒悟过来，吩咐护卫："快，解开一条大船，我们乘船前往下游查看！"曾贞干与护卫乘着大船沿江而下，在靠近池州的江面上，迎面一条小船主动向大船靠近，船上人大呼："曾提督，快救我们！"曾贞干命令身边护卫将小船上的几个人救上来。

几个人上了大船，曾贞干才看清他们原来是丢失银子的那三支船队上的护卫。曾贞干问："就你们几个人吗？你们怎么穿着这样的衣服？"一名护卫说："他们拿了银子都逃走了，我们几个不愿逃走，就一路向上游来寻提督大人。"曾贞干迫不及待地问："他们拿了多少银子？你们到底是怎么回事？"护卫答道："他们每人拿着二百两银子从岸上向南逃跑了！"曾贞干惊讶地问："他们每人才拿二百两银子？那我的三百万两银子哪去了？"护卫急忙说："提督大人，我们也说不清楚。我们一觉醒来，就在那只小船上。当时，小船好像停在铜陵城西附近的江边，有十几个手执武器的水匪，看守着我们，他们自称是杨提督部下逃散的兵勇，因不满……不满……"护卫不敢说，曾贞干急切地问："不满什么？"使劲瞪大两眼，逼视着护卫，护卫不敢隐瞒，只得照实说来："不满曾家兄弟中饱私囊的做法，所以趁着夜晚大雾，劫了三百万两白银，准备分给滞留在江淮一带的两千五百兄弟。他们让我们每人拿二百两银子回家乡，买田置地娶媳妇，那二十多名护卫每人都带着二百两银子上了岸，向南逃去，我们几个人坚持要找到提督大人，他们就让我们给提督大人带一封信。"说完，将信呈给曾贞干。

曾贞干三下两下就拆开了信，紧张地浏览了一下，又仔细看了两遍，并未发现有关财宝的蛛丝马迹。信首先痛斥曾家兄弟贪得无厌，搜刮了两千八百万金银财宝，然后指责曾家兄弟借护送母亲之名来偷运财宝的不孝行为，最后说出了对三百万两财宝的处置办法。曾贞干气得脸色发白，嘴唇发紫，全身抽搐，护卫们一看不妙，赶紧施救，足有一顿饭的工夫，曾贞干才恢复了神志。曾贞干咬牙切齿地说："这帮狗杂种，若给老子逮住，老子一定要剥他的皮，抽他的筋！"随后，曾贞干又让被救的护卫走近自己，望着他们说："念你们对本督忠心耿耿，本督就不追究你们丢失财宝之罪了！二百两银子算什么，回去本督赏你们每人两千两银子！"那几名护卫慌忙跪下谢恩。

曾贞干一边火速飞报曾国荃，一边催促船队快速离开安徽境内。曾国荃接到曾贞干的报告时，他已经到了湖北蕲州，他想亲自前往曾贞干处询问详细情况，又担心自己押运的财宝有失，所以，只给曾贞干一顿训斥，叫他不要大肆宣扬，而要暗中详侦此案，争取早点破案，缉拿盗匪。曾贞干知道，九哥这么处理其实就是息事宁人、丢卒保车。为防再次发生意外，曾国荃将三批财宝合在一处，彼此照应。五天之后，九月初六、九月初八、九月初十先后出发的三批两百多条大船终于合在一起，浩浩荡荡向上游驶去。

曾国藩接到禀报，已是丢失三百万两白银后的第七天，曾国藩倒是很赞成曾国荃的处置意见，他不想扩大事态，同时，他的内心反而轻松了许多，他觉得丢失三百万两白银可以减轻他们兄弟的罪孽，所以也就未加追究，这也为钱江等人押送一百万两银子给马新贻创造了条件。

黑沙洲夺宝后的第三天一早，石达开说："我要去一趟三水，商量湘江夺宝事宜。"钱江说："你不能一个人去，一个人去也起不了多大作用。"当下商定，罗三娘、张自芳跟随石达开去三水，会同易三姑、小师姐、何雅林等人展开湘江夺宝行动。石达开说："世坦、元合，运漕镇上的财宝就交给你们了，你们一定要小心在意！"袁世坦、刘元合说："三师叔放心，侄儿确保万无一失！"石达开满意地点点头，又问刘元合："元合，上次让你去物色一个徒弟，你做得怎么样了？"刘元合恭敬地说："回师叔的话，侄儿平时一直留意这件事，经过多方观察、考验，弟子初步相中了一个十三岁的小男童，他叫寇树勋，家住运漕镇东三元观村。"石达开说："既然如此，午饭后，我们一道去看看。"

午饭后，石达开、张自芳、罗三娘、袁世坦、刘元合、冯紫芸一行六人来到运漕镇东三元观村。村子不大，总共就三个姓氏，寇家住在村子最西头，全村姓寇的仅此一家，也就是一对夫妇带着一个小男孩。寇家东边，住着张姓四兄弟，都是从肥东迁过来的；再往东，为甘姓兄弟七人，是本乡本土人。平时三姓和睦相处，没有矛盾纠葛。寇家有十几亩良田，都是一家三口自己耕种，日子过得不算富裕，但也衣食无忧。众人看寇家小男童，身材匀称，骨骼精奇，气定神闲，真是习武的好材料。众人当即与其父母言及收徒之事，其父母自是欣喜万分。寇家就在镇边，备办拜师礼也很方便，不到半个时辰，一切备办齐整，寇树勋便拜刘元合、冯紫芸为师。众人祝贺刘元合、冯紫芸开门授徒！

若干年后，寇树勋成为运漕镇精武第一人，也曾做下轰轰烈烈的大事，此系后话，详见《“故乡源”系列之二·漕川洪仪泰》。

次日一早，石达开、张自芳、罗三娘辞别运漕镇诸人，急速上路。他们一路上晓行夜宿，甚至昼夜兼程，十三天后便从运漕镇走到了三水琴沙岛，一场惊心动魄的夺宝大战即将拉开帷幕。

钱江、袁世坦、刘元合、水青萍、冯紫芸留守运漕。钱江召集众人商讨与李鸿章取得联系，钱江说：“让元合送我去常州，世坦、水姑娘、紫芸姑娘留在运漕，注意守好财宝！”水青萍说：“金戈道长，守财宝的事情就交给世坦哥哥、紫芸妹妹吧！”钱江闻听此言，颇感疑惑，忙问：“水姑娘是否身体不适？”水青萍淡然地说：“我曾经说过，待完成了金戈道长、李大人的重要任务后，就开始寻找一种属于自己的生活。如今，该做的大事已经做完了，我到了兑现诺言、实现心愿的时候了！”钱江又问：“莫非水姑娘有了意中人，找到了自己的归宿！”水青萍不满地说：“有了意中人又能怎么样？十几年前，我就有了意中人，可是，我找到归宿了吗？没有！金戈道长，没有意中人，也可以找到自己的归宿！”袁世坦坐不住了，他急忙劝道：“青萍妹妹，你为什么那么固执呢？上次莼妹说得很清楚，你难道就不能变通一下吗？”水青萍语带讥讽：“世坦哥哥，我早已说过，我肯做你的婢女，也不做你的二房！想挽留我，只有一个办法，就是休了金莼姐姐！你不忍心，我更不忍心，我不忍心那么好的人受到伤害！希望你今后彻底忘了我，把你的心全部交给金莼姐姐！诸位，西来庵的清静正是我最想要的！”大家苦苦相劝，水青萍果断地说：“我意已决，我心已死！诸位不要再劝了！”

同治三年九月二十日上午，运漕镇西来庵内，十分宁静。西来庵主持，一个五十多岁的老尼，带着几个小尼姑，来到跪在蒲团上的水青萍身后。老尼姑用手抚摸着水青萍那齐腰的头发，轻轻地说了一声：“多好的头发！”水青萍的面前，站着袁世坦、水红菱等二三十人。袁世坦听得清清楚楚，这一头秀发，他十分熟悉，十几年前，当他第一次亲手抚摸这些头发时，头发还没有这么浓、这么密、这么黑，那时，略显枯黄的头发仿佛在说明主人十分辛劳，后来，等头发长得浓密乌黑时，袁世坦也不敢随便抚摸了；如今，这一头秀发就要永远脱离尘世，他不由得悲从中来，掏出手绢，轻轻拭去眼角的泪；水青萍看见了，但面无表情，木然地听任主持摆弄她的头发。水红菱哭了，她推着身边三个孩子，大的六岁，第二个四岁，第三个才两岁，就是钱江取名的那个孩子，叫洪俊三。洪俊三年龄虽然最小，却仿佛最懂事一般，他蹒跚着脚步，走到水青萍面前，拉住水青萍衣角，哭着说：“大姨，不要剪掉头发，我喜欢大姨的头发！”闻听此言，二三十人无不潸然泪下，袁世坦更是哭出声来，范金莼也哭得像个泪人。

钟磬敲响，木鱼声声，水青萍的头发一绺绺地落到地上，袁世坦目不转睛地瞪着那些飘落到地上的头发，心如刀绞。不一会，水青萍的头上泛出青色的头皮，她站起来，几个小尼姑给她披上素色的僧袍。水青萍在主持的引导下，向诸佛顶礼膜拜。拜毕，即随主持走入后堂。袁世坦再也控制不住了，他冲上前去，一把拉出水青萍，说道：“青萍妹妹，你别这样！”水青萍回过头来，合掌道：“施主请放尊重些，贫尼法号‘玄坦’！”说完，回转身，走向后堂。袁世坦分明看见水青萍两眼噙着泪花！

钱江在刘元合的保护下，赶赴常州，与李鸿章相见。在李鸿章私人寓所里，钱江看到一个年纪四十五六岁的官员，身穿清朝二品大员官服，鼻直口方，声音洪亮，一看就是性情爽快之人。李鸿章介绍说：“新任浙江巡抚，名讳马新贻。”见是家乡父母官，钱江恭敬地答道：“久闻大名，如雷贯耳，在下不胜仰慕之至！马大人安徽剿匪措施相当得力，安徽境内水匪几乎绝迹！马大人于安徽功莫大焉！”马新贻问李鸿章：“这位道长是……？”李鸿章说：“年兄，他是位世外高人，号金戈道长！”马新贻看见钱江气宇不凡，忙说：“失敬，失敬！金戈道长刚才谬奖了，马某只不过对那些为非作歹、残害百姓之徒深恶痛绝，下手确实重了一些，也许冤枉了少数好人，湘军将领、兵勇对马某都有些怨言啦！”李鸿章说：“他们怨不得别人！年兄不要因为曾大帅与小弟有师生之谊，就自责！其实老师何尝不痛恨水匪呢，只是有心无力啊！”

钱江笑着说：“听说马大人要在浙江推行‘东南三大政’，在下敬佩不已！只是‘河工’一政，在下尚有美芹之献，不知马大人有无兴趣接纳？”马新贻连忙拱拱手，说：“马某正为此而头痛不已，海宁、镇海一带海塘屡修屡毁，马某询访了不少人，但始终不得其法。今先生既然有妙招，马某真是喜出望外！”钱江即献“抛桩固基”之法，马新贻欣喜若狂，.欲聘钱江为幕僚，钱江说：“在下做了一辈子幕僚，到头来都是一事无成，现在老了，没有了仕进之心，承蒙马大人错爱，在下实在不能接受！”

马新贻想，钱江该不会是李鸿章的幕僚吧，当着李鸿章的面故意推却？于是，马新贻对李鸿章说：“年弟，你看，你有范先生和金戈道长两个人，而愚兄那里连个能说说话的人都没有，能否借金戈道长一用？”李鸿章哈哈大笑：

“年兄，小弟哪里用得起金戈道长？大家都是兄弟，小弟就说一说金戈道长的身世，想必也无妨！金戈道长，浙江湖州长兴人，年轻时就才华显露，道光年间辅佐林则徐大人虎门销烟、三元里抗英，后又随林大人远赴新疆。开渠挖井，种柳治沙，造福边疆百姓。林公仙逝后，转投太平军，即为洪秀全军师。他的真实名讳……”李鸿章尚未说完，马新贻便抢着说道：“钱江！钱东平先生！真是久仰，久仰！”钱江谦逊地说：“虚名而已！在下不想影响马巡抚前途，在下就此告辞！”马新贻严肃地说：“东平先生这么说，是怀疑我马某人会卖友求荣！先生如此侮辱马某，马某愤慨不已！”李鸿章急忙打圆场：“两位，我们彼此志同道合，一心为天下百姓，不应彼此心存疑虑、误会对方！”钱江、马新贻相视一笑，两人相见恨晚。李鸿章说：“年兄，浙江那边你放手干，需要银两，小弟当为年兄筹集！”马新贻称谢不已，与钱江等人道别而去。

马新贻走后，钱江正欲向李鸿章说明截夺湘军财宝之事，不巧，又进来一个人。来人二十七八岁，生得威风凛凛，英气逼人，唯一不足的是一脸细麻子。李鸿章介绍说：“直隶提督刘铭传！”钱江笑着说：“就是那位‘急先锋老六’！久闻大名！”刘铭传问：“听说武状元也来了？刘某人唐突，想讨教两招！”李鸿章阻止说：“刘老弟，你根本不是他的对手！”刘铭传愈加不服，坚持要与刘元合比武，李鸿章只得让人叫来刘元合。刘元合很长时间没有与人切磋武艺，手正痒得慌，一听到刘铭传要来讨教，二话不说，拉开阵势。那边，刘铭传也摆出样子，两人争斗一触即发，李鸿章、钱江根本阻止不了！

第三十九回 截湘江天公肯作美 渡珠水事亦在人为

刘元合知道刘铭传也是练家子出身，武功非同寻常，因此不想缠斗，只想在十招内结束战斗。看着刘铭传举起大刀向自己劈来，刘元合让过两招，正准备让第三招时，发现刘铭传刀法太过狠辣，直奔自己命门而来，让无可让了。于是，使出“大力倒海掌”，只听“咔嚓”一声，刘铭传两只手臂顿时垂耷下来，手中的大刀也“噔啷”一下紧紧地插进廊柱里！刘元合忙说：“刘提督，一时失手，多有得罪！”言罢，两手对着刘铭传手臂一搓一揉，刘铭传两臂顿时完好如初，伸缩自如。刘铭传作了长长的一个揖，说道：“不愧为‘武状元’，在下佩服之至！”刘元合也觉得刘铭传是个值得结交的人，.于是说道：“省三兄大度豪爽，在下十分佩服！”李鸿章见两人情味相投，便说：“两位既是志趣相投，何不结为同姓义兄弟！”刘铭传高兴地说：“大人，属下正有此意！”当即，在李鸿章、钱江的见证下，刘铭传与刘元合结为同姓义兄弟。刘铭传小两岁，为弟，刘元合为兄。刘铭传称刘元合为“状元哥”，刘元合称刘铭传为“省三弟”！此后数十年，两人为清廷转战数省，与外国侵略者作战多次，留下了一段佳话。

刘元合与刘铭传自去谈论武功，钱江终于等到机会，他说：“少荃老弟，我们截夺了曾贞干财宝三百万两白银，如何处置，还请明示。”李鸿章说：“可否先借马巡抚五十万两救急？”钱江果断地说：“如果少荃老弟同意，我们愿意捐出一百万两给马巡抚！我们截夺财宝的目的是什么，是造福百姓。不管他是谁，不管他在哪个省，只要他是造福百姓的，我金戈都敬佩他、支持他！马巡抚的‘东南三大政’直接造福数千万浙江人，其中包括我的父母兄弟，我还有什么理由不支持他呢？”一席话说得李鸿章连连点头，他抽出“补天”宝剑，伸出两个指头，并拢起来，在剑锋上擦过去，说：“如果中国人都像金戈这样顾大局、识大体，那‘补天’之事也就不算太难了！可惜……”

钱江有点疑惑，问道：“少荃老弟可惜什么？”李鸿章愤愤地说：“这个世界就是这么奇怪，你想做点事情，偏偏就有人叽叽歪歪。‘洋务’推进缓慢，十年前一条修铁路的建议被搁置到今天都没有结果，皆因朝廷内一帮清议之士阻挠所致！他们自己不做事，却对做事的人横加指责、百般诋毁、万般阻拦，真是可恶之至！”钱江明白了，李鸿章所说的是以江南公孙鹞为代表的清议官员，本来李鸿章与公孙鹞并无矛盾，只因李鸿章曾为曾国藩写了一份奏章，一下子弹劾掉了公孙鹞的大哥，致使现在李鸿章想做什么，公孙鹞及公孙家族的其他为官之人总要掣肘，李鸿章想扩大“洋务”的规模、想修中国第一条铁路的愿望很难实现，因为公孙家族的人把持着户部，李鸿章想从户部要一两银子，除非拿二两银子来换！李鸿章收起“补天”宝剑。意味深长地说：“金戈道长，‘补天’不易啊！你想‘补天’，但偏偏有人拆台！不过，我李鸿章既然认准了这条道，就决不会半途而废！我有责任、有义务来担当！”

钱江为李鸿章的一番话所感染，说：“少荃老弟颇有担当意识，在下万分敬佩！凡事慢慢来，总有办法。”李鸿章大声说：“金戈道长，慢不得啊！西洋各国那种进步真是一日千里啊，我们再不前进，将会被别人越甩越后啊！不过，眼下，也只能像金戈道长所说的‘慢慢来’了！算了吧，不谈这个沉重的话题了，我俩聊聊别的事吧。”

钱江说：“水青萍出家了！”李鸿章只是觉得可惜，却一点也不感到惊讶。李鸿章说：“这种结局我早预料到了，只是没想到会来得这么快。范姑娘一直诚心诚意邀请水青萍做二房，水青萍却是宁可为奴为婢，也不做二房！按理说，世坦是先与水青萍交好的，应该娶水青萍；可是，水青萍桀骜倔强的个性让世坦最终选择了范姑娘！可惜，那么好的一个人最终出了家，与青灯古佛相伴下半辈子！”钱江不以为然，他说：“依我看，水姑娘出家未必是一件坏事，也许这正是水姑娘自知之明的体现。她知道自己与范姑娘无法同处一个屋檐下，从某种意义上说，她选择出家其实也是避祸。”李鸿章说：“金戈道长，拨出一些银两给庵里，请庵里老尼不要为难水姑娘。我要做的也只能有这些了！过段时间，我再去运漕看看大家，慰问慰问水姑娘！”

“当，当，当……”自鸣钟响了十一声。钱江一看，时针指向午时初刻，便问李鸿章：“少荃老弟，在下过去听到的自鸣钟声不是这样的，每个时辰响的声数是一样的，为什么这座自鸣钟还会敲响十一声呢？”李鸿章请钱江到自鸣钟前认真看看，原来自鸣钟的时间刻度标示竟有两种，一种是“子丑寅卯”等十二时辰，一种是“一二三四”直至“十二”，觉得有些新奇。李鸿章笑着说：“这是洋人专门为江苏巡抚定做的。洋人将一昼夜分为二十四个钟头，对应我们中国十二个时辰，正好两个钟头相当于我们一个时辰。刚才午时初刻，在洋人看来，正是上午‘十一点’，所以钟敲了十一次。等一会午时正，相当于洋人正午‘十二点’，自鸣钟就会敲响十二次。”钱江这下真的明白了，洋人的物件确实先进。李鸿章接着说：“午时初刻已到，范先生差不多也该回来了！金戈道长，稍事休息一下，范先生一回来，我们几个人再把酒言欢，畅叙幽情！”钱江问：“范先生去了哪里？”李鸿章说：“南通州，马上就回来了！”话音未落，范瑾瑜回来了，与他同来的还有一个人。

其人三十七八岁，文人打扮。一进门，李鸿章便迎上去：“荫堂先生肯屈尊光临，真乃李某之大幸！”四人叙明身份，分宾主坐下。钱江方才知道来人是南通州世家大族范氏传人范如松，久闻其人学贯中西，处事刚柔兼济，颇有祖上范文正公之遗风，不禁肃然起敬！李鸿章举起酒杯，噙着眼泪，说：“李某自运漕募兵起家，即有范先生早晚教诲，如今功业未成，先生即弃我而去，令李某惶恐不知所措！”范瑾瑜动情地说：“自咸丰三年跟随李大人，蒙大人抬爱，对属下言听计从，属下不胜感激！今李大人功业初成，以后少不了要与各色洋人打交道，属下对外国研究甚少，难为大人谋划矣！荫堂先生与属下是远房亲族，上海开埠十几年来，一直关注洋人处事风格、处事原则，熟悉洋务，可为大人出谋划策。愿大人亲之信之！”李鸿章闻言，即对范如松说：“今后李某还要叨扰荫堂先生，万望先生不要推辞！”范如松站起身，说：“本族自明末起即不问政事，本来在下也没有求闻达的想法，怎奈族弟瑾瑜一再相邀，实在不好推辞！当然，在下投李大人帐下，还有更重要的原因。这些年来，在下环顾宇内，唯有李大人思想开明，实心实意为国分忧、为民办事，尤其难能可贵的是，对华夷一视同仁，既不盲目自大，更不卑躬屈膝，诚为难得！举目四顾，中国未来最需要李大人这样善于与洋人打交道的官员，在下断定，李大人将来必定权倾朝野、势如中天之日！在下并非面谀李大人，在下所言实在是发自肺腑、出自内心！在下投李大人帐下，并非冲着李大人的权势，而是要在旁提醒李大人今后不改初衷，为国、为民尽忠竭智，排除众议，做出几件利国利民的大事！”李鸿章再三称谢！

席散之后，钱江、范瑾瑜、刘元合向李鸿章、范如松、刘铭传辞行，回到运漕。数日后，钱江以“送冬衣”为名，将一百万两白银交给李鸿章，李鸿章随即悉数转交马新贻，马新贻万分感动。

钱江、范瑾瑜、袁世坦、刘元合等人按李鸿章吩咐，加倍归还坦字营成立之初运漕各大商家、社会各界捐赠银两及实物折银，并代表李鸿章向大家表示感谢。购买大量耕牛、农具、种子，招募流民，组织他们耕种含山县、巢县、和州、无为州等地抛荒农田，扶持运漕镇等江北主要集镇的工商业。两县两州百姓无不欢呼雀跃，大家争相传颂李鸿章的功业。

此情此景，令钱江感慨不已。他说：“老百姓是很容易满足的。他们只要有活干、有饭吃、有衣穿、有房住，再有两个零花钱，你就是把刀架在他们的脖子上逼迫他们造反，他们也不会造反的！为官者有了一颗爱民之心，做事哪有不顺的呢！”袁世坦深有同感，他说：“这么多年来，我们做事还算顺利，也主要在于大家都有一颗爱民之心，做事时事事出于公心！”停了停，他突然想起来什么，说道：“不知道三师叔他们顺不顺？”刘元合掐指算了一下，说：“三师叔他们走了差不多一个月了，也许正在湘江与曾国荃碰上了呢！”钱江也默算了一下，说：“他们应该到了动手的时候了，但愿一切顺利！”

石达开他们九月十六日从运漕出发，一路上相当顺利，没有人注意到他们。进入江西、湖北、湖南，他们看到清廷官员主要忙于恢复农业生产。到了广东，给人的印象陡然变成了“乱”！不少州县连主持政事的官员都没有，三水县虽有县长，但却被命令带兵前去增城肃清乱党余孽，根本没有时间处理政务。不过，这样倒好，官府也就放松了对所辖州县的控制，客观上给石达开等人的活动提供了条件。石达开到达三水县城河口的时候，县衙里冷冷清清，连正常办差的人都找不到，整整三个月事实上处于一种瘫痪的状态。

易三姑等人引着石达开一行登上琴沙岛，来到当年李文茂起义时的议事厅，坐定后，易三姑、小师姐端上茶来，请各位品尝。大家品着茶，聊着天，叙述着别后的思念之情。不一会儿，来了两个男孩。石达开认识，大的叫石正义，八岁，是石浩然与麦靖芰的儿子；小的叫李正仁，六岁，是石浩然与小师姐的儿子。石达开、张自芳各拥一个孩子在怀里，不住地亲吻，在场诸人无不潸然泪下！石正义耍了一套“红船咏春”，还真有模有样；李正仁也不甘落后，唱了一支粤曲小调，有板有眼！众人不禁开怀大笑，心里安慰了许多。

当天下午，易三姑召集了一批人在议事厅议事。参加会议的有“琼花会馆”掌门师兄、掌门师姐，有“西江飞鱼尖刀队”负责人，此外，还有石达开、张自芳、罗三娘、小师姐、何雅林。

易三姑开门见山，说：“这位‘羽田公’我不用介绍，各位都认识。他当年也曾振臂一呼，应者云集，其文韬武略，无与伦比。一是请各位转告你们的部属，从明天起，所有兄弟姐妹三百多人都要受‘羽田公’节制。二是‘羽田公’身份不能公开，请诸位务必保密。三是各位每天上午申时初来议事厅议事，申时末回营安排事务。以上三点，务请各位遵照执行，如有违背，必严惩不贷！”石达开补充说：“各位兄弟姐妹，我们将要做一件大事，到湖南截夺曾剃头的财宝！”下面有人小声议论。石达开接着说：“各位也许还不知道，江西、湖北、湖南、福建，包括广东、广西，当年和我们同时起事的义军将士正在遭受清军和地方团练的追杀，我们不能坐视不管！怎么管？协助他们出逃海外！出逃海外要有路费啊！路费从哪里来？路费向曾剃头要！曾剃头抢夺了几千万财宝，想据为己有，这绝对办不到！我们要让他吐出一些来！”几句话说得群情激奋，人人摩拳擦掌！

石达开说：“各位先不要摩拳擦掌！我们要充分认识到这次行动的艰巨性。我们这次是到曾国荃的家门口截夺他的财宝。这是真正的虎口拔牙，其凶险无法言说！”几句话说得大家冷静多了。石达开取出随身带来的长沙之战地图，摊在几案上，拔出“流光”宝剑，在地图上边指画边说：“看，曾国荃从洞庭湖入湘江，继续向南行驶，一直行到涟水与湘江交汇处，那里有一座小镇，名字很好记——湘河口！”“湘河口？”众人重复了一遍，“是的，湘河口！我们这里是河口，那个小镇比我们这里只是多了一个‘湘’字！”石达开接着说：“曾国荃的家不在湘江边，而在涟水边，涟水河窄水浅，不利大船航行。因此，曾国荃的船队到了湘河口，必然会停下来，或改由陆路运送，或改为小船沿涟水运回双峰荷叶塘。陆路可能性较小，因为自湘江至双峰，道路崎岖难行，再说，一时也很难征用到那么多车马，因此，必定改由小船装运，沿涟水运回老家。换句话说，他们必在湘河口停留很长时间，以将财宝分装至小船上！这就是我们动手的机会！”

何雅林补充道：“我沿路观察了自长沙至涟水两岸的地形，也留意了一些可以藏身的洞穴，到时候，我们将黄金带在身边、裹在身上，分成三支小队，逃到广东境内再会合！”石达开说：“因此，我们的目标是曾国荃的黄金，而不是白银。曾国荃共掳得六十万两黄金，装在一只大船上，进入涟水前，必然要分装到两条小船上，待他们分装完毕，我们想办法划走一条小船。”

何雅林说：“船自湘河口一直要划到见家河。见家河位于长沙城南十五里的地方，从湘江西边注入湘江。见家河弯弯曲曲，适合船只隐藏。见家河河口湘江对岸，就是豹子岭，自豹子岭往南一直到广东境内，基本上是崇山峻岭，隐蔽性很强。羽田公，我请求率领十来位擅长使舵的人，先行出发，熟悉一下湘河口至见家河口一带的湘江水情，以便一旦得手后，能尽快地将船划进见家河。”

石达开想了一想，点头道：“可以。见家河北岸三四里的地方叫金牛岭，当年围攻长沙时，我的队伍就驻扎在山下，整整十二年了！我与其余三百多兄弟就埋伏在金牛岭的丛林里，你们的船一进入见家河，就立即派人通知我们，大家再龙回潭集中，然后分藏财宝！”有人问：“羽田公，我们什么时候出发？”石达开说：“根据曾国荃船队航行速度，估计他的船队到达湘河口时应该是十月中旬。今天是九月三十，何老板的十几个人明天就可以出发，大队人马十月初五出发。各位都要做好准备，特别是负重的准备。三十多万两黄金，三百多人，每人需带千两黄金，六十多斤重的黄金，不好带啊！请易三姑、小师姐备齐三百多个长条布袋，要结实点，到时候用来装黄金！”

在座诸人有的说道：“说来惭愧，长这么大，都没见过金锭、金饼、金条，这下可要好好开开眼界了！”

石达开笑着说：“也不是单纯让兄弟姐妹开开眼界而已，这次行动不能让大家白忙一场。我提议，以各人所背回黄金重量的百分之一作为奖品，奖给背运黄金的兄弟姐妹们，也就是说，背回一千两黄金，就可以获得十两黄金的奖励！不过，我事先提醒各位，希望各位转告你们的下属，不要背着千两黄金开小差逃走，你逃不走，那千两黄金你花不出去！曾国荃就是嫌黄金不方便使用，才对黄金看得不重，这也是我们决定只截黄金不截白银的原因。黄金背回来后，由何老板与香港洋人洋行联系，将黄金换回白银或银元，就方便使用了！”原来是这样！众人算是见识到了当年太平天国翼王的才识与能力，无不钦佩！

次日一早，何雅林带着精心挑选的十五名“西江飞鱼尖刀队”队员出发了，众人到河口镇上为他们送行。石达开等人又回到琴沙岛，自琴沙岛乘船前往老鸦洲，祭奠石浩然与麦靖芝。

石浩然与麦靖芝合葬之墓位于老鸦洲最高处，坐西面东，周围是一片香蕉林，此时，香蕉已经全部采割，只剩下尚不算衰败的蕉林立在那里。微风吹过，蕉叶沙沙作响，似乎在向人们讲述着石浩然与麦靖芝的传奇故事！

众人面对坟墓，依次祭拜。小师姐在坟前号啕大哭，哭声痛彻心扉，良久，方才收住眼泪，止住哭声。拜别，来到江边准备上船回琴沙岛，突然，石达开、张自芳看见北江江底直直地插着两把宝剑，那是“忠靖”宝剑和“贞靖”宝剑。接着，众人也都看见了。小师姐水性好，她一个猛子扎下去，潜入江底，伸手握住“忠靖”宝剑，想把它拔起来，但无论怎样用力，“忠靖”宝剑仍是纹丝不动。小师姐露出水面，换了一下气，再次下去，伸出双手，分别握住两把宝剑的剑柄，准备用力拔起。恰在此时，只听水下“当啷”作响，旋见两股剑气自水下往上冲，将小师姐托出水面，任凭她想尽一切办法，都再也无法潜入水中。小师姐悻悻地上了船，失望至极，说：“浩哥和靖芝姐姐不希望我打扰他们的生活，他俩才是真正的夫妻！”众人只得安慰小师姐，小师姐也没有再说什么。就这样，大家各怀心思，回到了琴沙岛。

当晚，石达开、张自芳、罗三娘、易三姑、小师姐都做了一个同样的梦。梦中石浩然、麦靖芝说：“宝剑伤人，所以就没有让小师姐拔出水面，请小师姐不要误会！我们两人没有急于去投胎转世，主要是等着小师姐百年之后，三个人一起去转投阳间，来世再做夫妻！”早上醒来后，各自诉说梦中情景，无不惊诧！石达开说：“浩然与靖芝太过刚烈，死后精魂不散，这不是什么好事，看来我们要想办法让他们早一点去阳间投生！”罗三娘说：“记得十六年前，我在横州起事时，军中还请了几个端公，每打一仗，对敌我双方死得特别刚烈的人进行祭奠，超度亡灵，让他们能够入土为安。”石达开表示可以试一试。

当天，寻到几位端公，置办鸡血狗血、香烛纸马，念经打醮，忙了整整三天。三天之后，众人再次前去祭奠石浩然与麦靖芝，行经宝剑入水处，却不见了两把宝剑，大家感到非常奇怪。石达开解释说：“这不奇怪，宝剑本来就不在江底，而是在坟墓中。浩然与靖芝死后，精魂不散，附于宝剑之上，便随剑气沉入北江江底，凝结成宝剑幻影，小师姐力气没有他们大，武功没有他们高，当然无法拔起这两把宝剑了！现在，浩然与靖芠已得超度，精魂回到人间寻找投生之所，江底的剑气也回到墓中，归附于墓中的两把宝剑之上。”众人听罢，甚觉有理，又不免一番唏嘘叹息！祭奠完毕，大家又返回琴沙岛。

石达开召集众人议事，到会的仍然是罗三娘、张自芳、易三姑、小师姐，“琼花会馆”掌门师兄、掌门师姐，“西江飞鱼尖刀队”两名负责人。经过一番讨论，大家取得了一致意见，易三姑、张自芳、小师姐及“琼花会馆”掌门师姐带着“琼花会馆”十来个师兄弟、师姐妹守岛，其余诸人随石达开、罗三娘前往湖南截夺财宝！

同治二年十月初五，早餐毕，石达开等人率领三百多人浩浩荡荡出发了，广东境内几乎无人盘问，地方官员也不知道在忙着什么。进入湖南后，更是畅通无阻，以致连石达开都觉得太顺利了，他不由得再三叮嘱众人提高警惕，以防不测。这样，大家都小心在意，一直到达金牛岭。

金牛岭，石达开太熟悉了，十二年前，他曾在这一带驻扎过几个月，这里的山脊、山坳、山路、山洞、山泉，他都能准确地画出它们的位置。石达开将队伍分散开，让他们分别住在几个较大又较隐蔽的山洞里，自己带着“琼花会馆”三十多名师兄弟师姐妹住在一间相当宽敞的洞穴里。石达开安排已毕，便带着“琼花会馆”两位师弟走出洞外，沿着丛林间的小路向山下走去，一则散散心、解解乏，二则再次侦察一下周围形势。三人来到山脚下，抬头向半山腰看去，只见漫山遍野都是树，全是丛生的灌木与挺拔的乔木，深秋季节，灌木葱绿，乔木火红，红绿相间，煞是好看！一位师弟说：“羽田公找的地方隐蔽性真的很强，我们住的洞穴根本看不到！”石达开和另一位师弟极力向半山腰望去，试图搜寻驻扎的洞穴，可是，连洞穴的影子都看不到！就在他们收起目光、准备返回洞穴之时，突然看见另一处较大的灌木丛中有人影闪过。“有人！”一位师弟喊道。

灌木丛中的人是什么人？他们绝对不是石达开带来的人，因为石达开知道他的那些人离刚才见到的那片灌木丛有一点远，他带来的那些人这么短的时间内是不会走到那片灌木丛中的。“去看看！”石达开说。一位师弟说：“羽田公，我去洞穴里再多叫几个人。”石达开阻止了他：“人多未必是好事，说不定会暴露我们自己。”三个人悄悄地向那片灌木丛前进。那边的人也似乎发现了石达开三个人，他们又紧急地向别处转移，石达开三人紧追不放。终于在另一片更大的灌木丛中相遇了。相遇之时，双方都大吃一惊：原来都是自己人！

石达开三人追索的竟然是何雅林他们十几个人！

石达开急忙问何雅林："何老板带着人钻进灌木丛做什么？"何雅林有些尴尬，说："我想金牛岭上应该有山洞，可以让我们十几个人暂时藏身，谁知道在山上找了一两个时辰，还是没有找到！羽田公，你们隐蔽在哪里？我怎么看不到？"石达开笑着说："何老板，我们三百多人全部分散隐藏在这金牛岭上的山洞里，你又怎么能看到呢？"何雅林吃了一惊，问："全部在山洞里？金牛岭上有很多山洞吗？"石达开大笑："当然，当然。何老板看到没有，你穿过这几丛杂树，就会看见一处山洞，洞内面积挺大，足够你们十几个人藏身的；洞中有水，水还比较甜！不信，我们一起穿过去看看！"

石达开带着两位师弟、何雅林的十几个人，穿过几丛杂树，果见一个洞口，洞口高约八尺，宽约五尺，洞口不大，因此藏在杂树后面，不易被人发现。何雅林有些失望，石达开笑着问："何老板是嫌洞太小了，是不是？"何雅林笑了笑，算是表明了态度。石达开打头，何雅林紧跟石达开身后，走进山洞，果然别有洞天！把个何雅林惊得半天都没有回过神！这哪里是山洞，简直就是一处府邸！洞内平整，宽敞，比一座三进五间两个天井的院落还要大！更奇的是大洞套小洞，洞穴内有十几个紧挨在一起的小洞，每个小洞深一丈有余，宽五尺多，高八尺左右，形似一个个小房间！洞穴的最深处，有一股细细的泉水，一直流个不停！何雅林带来的十几位"西江飞鱼尖刀队"队员一个个喜不自胜，他们从未见过如此天造地设的"院落"，便纷纷寻找适合自己的"房间"！

石达开笑着对何雅林说："还够住吧？"何雅林早已是合不拢嘴，连说："够住！够住！"何雅林又疑惑了，石达开说："你大概在想我是怎么知道这里有一间好洞的吧！十二年前，我在金牛岭一带驻扎近六个月，战事不紧张的时候就带着几个人上金牛岭，没想到竟然发现了许多洞穴，有时候，我们晚上就睡在洞穴里，真惬意啊！何老板，你们不在湘河口，怎么跑到这里来了呢？"

何雅林皱了皱眉头，说："羽田公，说起来真是一言难尽啊！你们来的时候应该没有从湘河口经过，所以不太清楚那边的情况。"石达开说："是的，为了赶路，我们没有从湘江乘船顺流而下，而是绕过湘潭，直插金牛岭。你快说说湘河口那边是什么情况。"何雅林喘了一口气，说："自湘河口至窑湾绵延十里的湘江上，全是曾国荃的船队。我们看到，大船首尾相接，从湘河口一直连到窑湾，大船在江中编成四排，把湘江航道都堵得水泄不通！在湘河口上游、窑湾下游，曾国荃各设一道拦江铁索，铁链都有茶杯口粗细，任何船只都无法从水上越过铁索！而要从岸上进入湘江则更不容易，从湘河口至窑湾的湘江两岸，每隔十丈就有一个哨兵，每一个时辰，都要报一声‘平安无事’，很难从他们眼皮子底下进入湘江。所以，到现在也没有侦察出哪一条船是装运黄金的！”

石达开听罢，神情顿时严肃起来，他知道曾国荃上次在黑沙洲丢了三百万两银子后，现在变得警觉多了。“是啊，总共六百多条船，船的外观也都差不多，谁也不容易马上就能看出哪条船是装运黄金的。形势比我们事先预想的要严峻得多啊！这样吧，你先安排好这十几个人，等一会到我的洞穴里，大家反复商量一下！”

石达开与罗三娘、何雅林、“琼花会馆”掌门师兄、“西江飞鱼尖刀队”负责人齐聚洞穴开会，会上，石达开让何雅林简单地说了一下曾国荃的防备措施，众人听后，不禁倒吸了一口凉气，难度太大了！石达开说：“眼下最主要的是先弄清装运黄金的那条船到底在什么位置。”“琼花会馆”掌门师兄说：“还是我先去侦察一下，确定装运黄金的大船的位置。”众人觉得，也只能这样了。石达开提醒道：“根据曾国荃的个性，他很可能把装运黄金的那条大船停靠在窑湾附近。”

下半夜，“琼花会馆”掌门师兄回来报告说：“曾国荃果然把装运黄金的大船停在窑湾附近，准确地说，停在湘江中间紧邻拦江铁索处！”众人一听，立即兴奋起来，纷纷说道：“真是天赐良机！曾国荃配合得真好！”石达开笑着说：“大家先不要太高兴了，还请掌门师兄注意黄金分装到了哪两条小船上。”几天后，“琼花会馆”掌门师兄报告了新的消息：“黄金已经分装到两条小船上了，从吃水深度看，两条小船上装的黄金重量不一，紧贴拦江铁索的那一条小船显得很沉重，估计应该有三十五万两黄金；另一条小船轻飘飘地浮在江面上，显然装的黄金比较少。”众人一听，不禁发出一阵骚动，纷纷说道：“要截就截多的！”“羽田公，你就安排吧！”

看着一班人跃跃欲试、按捺不住的样子，石达开笑了，笑得相当开心。石达开说：“诸位，我们盼望已久的时机到了！不过，曾国荃也非等闲之辈，更何况他已加强了戒备。湘江两岸自湘河口至窖湾，真可谓五丈一岗、十丈一哨，防备得相当严密。因此，划出来的装满黄金的小船在湘江里航行的时间越短越好。原计划划到见家河，可见家河距离窑湾有七十多里水路，即使顺流而下，也需要四个时辰！四个时辰啊，太耽误事情了！幸而有另一条无名小河可以让我们藏匿船只，分藏财宝。我们也看过了，湘河口之内十丈远的地方有一个河湾，河湾周围都是矮小的山包，隐蔽性很强；我们可以把船引入河湾，在河湾处分藏财宝。小河南岸是一片山冈地，丛林布满山冈，便于我们隐藏或转移。为此，特作出如下部署，请各位务必记住自己的位置，记住自己的事情！”石达开做了详细的部署，最后，石达开说：“当然，不是现在就行动，至于何时行动，请等候命令！诸位千万不要擅自行动，如有违者，严惩不贷！”

石达开将一切都安排妥当后，绝口不提何时行动，一连几天，他只是带着两三个随从到处闲逛，显得十分轻松悠闲，很多人都憋不住了，他们纷纷要求尽快动手，石达开总是笑笑说：“地利、人和都有了，现在单等天时。”“天时？什么天时？”众人问道。石达开总是神秘地笑笑，说：“天时，当然天机不可泄露！”

十月二十一日起，接连刮了几天北风，天气越来越冷了，幸好众人事先都有准备，倒也没有遭受寒冷之苦。十月二十四日，天空竟然下起了冻雨，随行人员多数没有见过冻雨，一个个冻得两手通红。石达开说：“行动开始！罗三娘率领三百多人渡过湘江，前往无名小河河湾处等候；何老板率十几名‘西江飞鱼尖刀队’队员在窑湾对面湘江江滩上埋伏；其余人众随我直奔窑湾。”大家立即分头行动。

湘江边上，窑湾附近，夜幕降临后，天气更加寒冷。二更天气，江边岗哨哨兵一个个都躲进隐蔽处避风了，连船上看守人员也都上岸寻找避风之处。一连二十多天的紧张劳碌，让这些湘军兵勇早已疲惫不堪了；二十多天，没有发生任何意外，让湘军兵勇紧绷的神经放松了不少，更何况在他们心中，“拦江铁索”足以让他们高枕无忧！石达开要的就是湘军兵勇的这种精神状态，这是一场精神较量、心理战争！

江上漆黑一片，石达开等几个人轻轻跃上停泊在拦江铁索边的小船上，船上恰好空无一人。几个人站在吃水不深的小船上，运起内功，硬是将那条吃水较深的小船托起，托过拦江铁索；又运起内功，将那条小船推往窑湾对面的湘江东岸。小船靠近江滩，石达开数人踩着拦江铁索，迅速到达对岸，然后跑向小船停泊的江滩。何雅林率领的十几个人早已等候在江滩上，看见小船和石达开等人，何雅林连忙迎了上去，石达开手一挥，何雅林即率领十几名“西江飞鱼尖刀队”队员上了船。这些队员惯于撑船弄潮，因此，船行如飞，不到半个时辰，就已经驶至无名小河的河湾处。船一停稳，罗三娘即指挥三百多人上船搬运黄金。搬毕，石达开清点了一下数字，整整一百一十七箱，按每箱三千两计，总共三十五万一千两黄金！打开箱子，即便在暗夜，众人也都能看见黄金发出的烁人的光芒！那些金锭、金饼、金条、金砖，看了着实令人垂涎欲滴。石达开指挥众人迅速分藏黄金，三百多人一个个背着六十多斤重的黄金，感到无比充实。令人感到意外又可惜的是，箱子底部还有不少黄金小挂件小摆设，但袋子实在装不下那么多，即使装得下，路途这么远，能否背回三水，还很难说，大家只好将其弃置在河滩上！罗三娘笑着说：“我们太奢侈了，简直是‘挥金如土’！各位，大家多少再捡一点，带回去也是宝贝啊！谁捡着就是谁的！”大家每人也就随便捡了几件小挂件小摆设，每人怀金不下十余两！石达开将三百多人分为四队，连夜撤回，途中不再会合，直奔三水琴沙岛！

第六天傍晚，当最后一队到达琴沙岛时，石达开让大家将黄金全部拿出来，按金锭、金饼、金条、金砖分类摆放，整个议事厅及院子里，霎时金光闪闪，晃得人眼睛都难以睁开！石达开按照事先约定兑现奖励，同时，守岛人员每人奖励黄金二十两！众人无不欢欣鼓舞！

不久之后，何雅林联系了香港数家外国洋行，将黄金全部兑换成了银锭或银币，储存在三水琴沙岛，资助逃散的太平军及其他各路义军将士。三水琴沙岛有个“羽田公”，他神通广大、能力超凡，他慷慨仗义、挥金如土，他全力资助逃散的义军将士出逃海外，这一消息迅速传遍两广，传到湘赣闽浙苏皖数省，乃至传到湖北、陕西、河南，每天都有数百人从琴沙岛领取足够的盘缠，由琴沙岛上船，经西江、天沙河，至新会崖门出海，到香港后，在何老板的安排下，或到日本，或去美国，也有的选择南美，更多的是前往吕宋、爪哇、婆罗洲、澳洲。然而，有一点很让人感到奇怪，这些获得资助的义军将士从未亲眼看到过“羽田公”，“羽田公”穿什么衣服、长得什么样子、性格如何，没有人知道，总之，他是一个极其神秘的人物！

腊月中旬的一天，有两个人来到琴沙岛，他们一定要见到“羽田公”，并声称有极其重要的事情面陈“羽田公”。罗三娘、易三姑她们没有办法，只得禀报石达开。石达开全面了解了来人的情况后，发现他们确实来自干王洪仁玕身边，于是，同意见一见这两个人。

两人一见石达开，大吃一惊：原来是翼王！原来翼王没有死！他们立即施礼，口称“翼王”！石达开忙说：“本人号‘羽田公’，并不知道你们所说的‘翼王’！”来人会意，即改口称“羽田公”。石达开微笑着问：“两位前来，有什么事吗？”其中一人说：“在下只是奉干王之命，寻找‘羽田公’，呈上干王的亲笔信。干王说，这封信只有‘羽田公’能看得懂！”石达开一听，不禁悲从中来，说：“干王已经殉国了，这封信你们是怎么得到的？”

那人说：“信写于干王被俘前，那时干王与幼天王都在江西新城，清兵包围新城已经五六天了，干王估计新城无法保全，为了掩护幼天王，他决定第二天出城引开清兵，好让幼天王逃走。当天晚上，干王写了这封信，让在下无论如何都要呈给‘羽田公’。一开始在下实在不知道‘羽田公’是谁，在哪里，后来大家都传说三水琴沙岛有一个‘羽田公’，我们两人就找到了这里，本来是来碰碰运气的，不料却见到了令我们无比敬佩的翼王！”石达开叹了一口气，说：“不要这么称我，我早就不是翼王了！天王驾崩前，我曾与军师、刘状元诸人进入天京，准备把天王救出天京城，但被天王拒绝了；不过，天王叮嘱我，将来如果天国灭亡了，将士逃散，就一定要想办法让失散的天国将士们出逃海外、保全性命！天京城破之时，我也想请幼天王到乡下隐居，做一个丰衣足食的富家翁，但也被幼天王拒绝。幼天王执意要忠王李秀成护驾突围，万般无奈之下，我们几个人只好协助忠王保护幼天王突围。本来打算一直护送幼天王到金华找侍王李世贤，但一从城内突围出来，幼天王马上就翻脸不认人，坚持要赶走我们几个人，没有办法，我们只好离开了幼天王！万万没有料到，仅仅四个月，幼天王就在南昌殉国了！”

另一人说：“幼天王确实脾气乖戾、固执、狂妄，我们干王也多次遭他斥骂。有一次，干王劝他放弃王位，做一介平民，结果被幼天王骂了十几天，还差一点被幼天王杀了。幼天王真的让人不可捉摸，最荒唐的是，在逃难途中，有时他竟然要我们停下来，围成一个圈，好让他临幸王妃！干王私下里曾跟我们说，天国气数已尽，幼天王无人愿意辅佐，即使有人愿意辅佐，但将来也必定是个昏庸、残暴的君主，到时候，受苦的又是天下老百姓！”

石达开听后，他并不感到惊讶，只是觉得可惜！他打开洪仁玕的亲笔信，准备一阅。两位送信之人见机马上站起身欲告辞。石达开问：“两位是否愿意到海外谋生？”两人应道：“愿意！”石达开即吩咐罗三娘：“每人给付五十两纹银做盘缠。”又对两人说：“你们到香港后，直接找何老板何雅林！”两人称谢而去。

石达开展开洪仁玕的亲笔信，阅过一遍，顿时心生敬佩之情：这封信真的只有他石达开和军师钱江才能读得懂！

洪仁玕亲笔信全文如下。

羽田公钧鉴：

写信之时，我尚为阳间一人；羽田公阅信之日，我已为阴间一鬼！明日一早，我即先行出城，引开围堵之敌，以掩护幼天王洪天贵福转移。此非我“忠心”之体现，实乃兑现我对天王的承诺！幼天王性格怪僻、脾气乖戾、思想愚昧、行为荒唐，根本不值一辅，又何谈“忠心”！幼天王本无君临天下之天赋才能，却因其为天王长子即可凌驾万人之上，何故？姓洪！由此，我不禁一叹：天下本是天下人的天下，天下本应能者、有德者居之，这种道理我们都懂，可我们却为何墨守“一家一姓之天下”的陈规！

广德被围，侍王李世贤自抚州遣心腹爱将勤王，王炳文率六万大军，行至宁国，遭遇左宗棠两万人马的阻拦，未经一战，即率众投降。数日后，王炳文暴毙，顷刻之间，六万大军即作鸟兽散！天国将士，毫无斗志，他们真的不想打仗了！既然不想打仗，又何必驱使他们上战场呢？

广德被围期间，汪海洋近在咫尺，且拥近二十万大军，却眼睁睁看着幼天王蒙尘逃难而不施援手！事后方才得知，他自己有称王称帝之野心！他部下二十万大军要为他打出一个姓汪的天下！可怜二十万将士，他们拼死拼活，不过是为一个野心家作嫁衣裳！殊为不值！

羽田公，幼天王若能侥幸逃得一命，则烦请教他好好地做一介平民，安稳度日！李世贤、汪海洋部属四十万天国将士，不能冤死战场，请羽田公设法援救！人之将死，其言也善。羽田公若能采纳一二，则我死亦可瞑目矣！

洪仁玕绝笔

太平天国甲子十四年八月廿二夜于新城

石达开阅毕，心如刀绞！洪仁玕已于十月十八日在南昌与幼天王洪天贵福同时殉国！侍王李世贤、康王汪海洋分别率军由赣入闽、由赣入粤，四十万大军在清军、地方团练的围追攻击下，死伤惨重，那可都是二十来岁血气方刚的年轻人啊！他们的人生刚刚开始，却已枉送性命！石达开不能再袖手旁观了，他要伸出援手，救那些年轻生命于将亡之中！

石达开将洪仁玕的亲笔信交给罗三娘，罗三娘阅毕，说：“干王说得对！

我们起事本为天下百姓，却怎么又陷入为‘一家一姓’的怪圈了呢？李世贤、汪海洋为了个人野心，驱使年轻的生命去战场上搏杀，我们能眼睁睁地看着那些年轻的生命作无谓的牺牲而漠然置之吗？羽田公，你一定有办法援救他们！你说吧，我们应该怎么做？”石达开说：“三娘，还是请大家都来议一议吧！”

罗三娘心急火燎地跑出去通知人，一会儿，众人都来到了议事厅。大家围坐在一起，石达开将洪仁玕的绝笔信交给他们，让他们传阅。众人始则惊讶，继则陷入沉思，想了半天，也没想出一个好办法，于是，很自然地照例将目光转向石达开，石达开心里明白，这是大家要他拿主意。石达开简单地整理了一下思路，说出了自己的想法。

众人乍一听，都拍手叫好，可是仔细一想，难度太大！易三姑说：“羽田公，预计几天内有十万人要从琴沙岛出发，前往香港，哪有那么多的船？我们现有大小船只一百二十四艘，其中‘红单船’十艘，‘坡山艇’五十四艘，其余的都是小船，满打满算，能够运走三万人就很不错了！如果在平时，可以多运几趟，可眼下，一下子涌出十万人，肯定会引起官府注意的，一旦引起官府注意，结果可能是一个人也运不出去！”小师姐不无担忧地说：“小小的琴沙岛一下子聚集十万人，官府不可能不注意，一旦官府派人上岛，那岛上的财宝可就保不住了！”

石达开环顾众人，说：“眼下确实是一个极好的机会，便于义军将士集中出逃。首先，广东全省主要兵力远在粤北、赣南、闽西、闽南、粤东一带作战，广东提督高连升把提督府都临时搬到了嘉应州，以方便指挥粤境清军进攻潮汕地区；整个粤西地区兵力十分空虚，广州府、肇庆府加在一起总兵力不足一万，且九成以上住在广州城内，他们不敢出广州城半步；三水县城全境一个官兵的影子都不见。各位请想一想，这一段时间，我们能够从容地组织义军将士出逃海外，固然是沾了李鸿章的光，李鸿章暗示广东巡抚郭嵩焘睁一只眼闭一只眼，但广东境内清军难以西顾也应该是重要原因。当下，最有可能的就是趁此机会，超大规模地组织义军将士出逃海外，这是最后一次了，因此，能逃多少就逃多少，不要说十万人，就是二十万人，我们也要帮助他们出逃海外！刚才大家说这么多人集中在琴沙岛，肯定会引起官府注意的，没错，确实如此！所以，我们要在三天之内把汇聚到琴沙岛的义军将士一个不落地送到新会崖门！三天之内，只能在三天之内！超过三天，高连升布防在龙川、连平一带的两万精兵就会回援粤西，义军将士出逃会变得非常困难，或者说，就要流血牺牲！高连升不听郭嵩焘的，他只听两广总督瑞麟的！”

众人无不佩服石达开的气魄，易三姑在心里也暗暗佩服石达开，“是啊，羽田公比自己的丈夫李文茂强多了。”易三姑说：“羽田公做事确实很有气魄，但是，一下子哪能找到那么多的船呢？”石达开微微一笑，说：“刚才易三姑说的‘找’，实在是太对了，船不够，可以‘找’！到哪里‘找’呢？当然是西北两江及珠江八门了。平靖王升天至今已近六年，这六年大家在西北两江跑船运输，应该结识了不少船帮老大，可以向他们租船，别人出一倍的钱，我们可以出两倍的钱！我就不信，没有人接我们的生意！”易三姑豁然开朗，笑着说：“羽田公这样安排，没问题，船的事就包在我身上了！”石达开说：“让三娘协助你吧。三娘早年在这一带也是威名远扬的！”石达开又将整个行动做了详细规划。

石达开让张自芳带着“琼花会馆”掌门师兄师姐、小师姐及正义、正仁两个孩子，先去香港，告诉何雅林三水琴沙岛超大规模的行动，并协助何雅林落实义军将士到港后的吃住等事项，联系出海船只。易三姑、罗三娘联络船帮老大，商谈租船之事。船帮老大早就敬仰李文茂、苏三娘，自然没有不同意的！很快，三百条大船都落实了，全是“红单船”和“坡山艇”！

数日之后的一个早上，粤北、赣南、闽西、闽南、粤东各府州厅县的交通要道口，都张贴了广东、江西、福建三省巡抚的通告，通告大意如下。

近日，广东三水琴沙岛有流民号“羽田公”者，引导、资助洪逆余党出逃海外，望相关府州厅县严防死守，全力阻截欲出逃之长毛余孽！

通告一出，立即引起骚动！府州厅县飞报巡抚，江西、福建两省巡抚立即发出告示，澄清事实；广东巡抚郭嵩焘心知此为“羽田公”的计策，于是发出通告要求各府州厅县注意事情的发展趋势，以静制动！“以静制动”，其实就是放任各路义军将士出逃！这正是各级官府求之不得的事情！他们视失散的义军将士为瘟神，只要不在自己辖区，管他去了哪里！于是，本来还在堵截失散的义军将士们的地方团练，纷纷放开一条大道，让他们汇聚三水！

这一来，三水县令紧张了，短短两天时间，三水河口一带西江两岸聚集了十万人，十万各路义军将士！三水县令手里并无一兵一卒，只好连夜飞报巡抚郭嵩焘，郭嵩焘一面严令广州城内清军加强戒备，一面命令三水县令以静制动！三水县令愁坐县衙，无计可施！

第三日早上，三水县令发现，三百多艘“红单船”“坡山艇”已银帆高挂，整装待发。这正是石达开部署的第二批出发人员：十万外逃的义军将士！他们由“西江飞鱼尖刀队”两名负责人率领，即将从琴沙岛出发，逃往“乐土”“生天”！

“出发！”石达开一声令下，帆翼饱满的三百艘大船即刻起锚，浩浩荡荡地驶向西江下游，驶向珠江八门之一的新会崖门！

当最后一艘大船驶出了石达开的视野，石达开便亲率一百二十条大小船只，与易三姑、罗三娘一起，乘风破浪，直驶崖门。滔滔向前的西江水拍打着船帮，为石达开等人送行，同时，也见证了这一段历史：十万义军将士集体成功出逃海外！他们，连同自上海口岸逃走的义军将士，从厦门、珠江口偷渡出海的义军将士，共计二十多万人，遍布日本、美国、南美、南洋、澳洲等地，其中五万人参加了南美独立战争，改变了南美的政治版图！

望着大船里层层叠叠的箱子，易三姑说：“羽田公智谋过人，我们正不知道如何处置三水琴沙岛的财宝呢！现在真好，大家的心愿都满足了！”罗三娘笑着说：“羽田公目光远大，能够看到十年后、二十年后，到那时，正义、正仁他们成长起来了，那又是一番怎样的景象！”石达开说：“希望何雅林能把正义带上路，最好是告诉正义，用这一笔财宝修一条铁路，广州到三水河口的铁路，造福三水百姓。”易三姑接过话头，忙不迭地说：“恢复粤班，是文茂临终前郑重的嘱托。文茂起事后，清廷烧掉了红船，拆毁了戏台，关闭了会馆，驱散了艺人，封存了戏装、道具，粤班真的一无所有了。原来从柳州带回来的戏装、道具，受潮、霉烂，都不堪使用。如今好了，有了这一笔银子，不愁粤班的振兴了！”罗三娘望着石达开，说：“羽田公，你与李鸿章关系不错，你去游说李鸿章，让他上一道奏折，为粤班解禁吧！”石达开点点头说：“我试试！相信李鸿章一定会这样做的！你们可能还不知道吧，李鸿章平时就喜欢这些民间艺术。小时候，经常学唱‘小倒戏’；驻兵含山时，又学会了‘含山滩簧调’；到了苏州，居然连‘评弹’也能唱上几句！”易三姑、罗三娘瞪大了眼睛，她们难以相信，一个科举出身的清廷大员，竟然也喜欢下里巴人的东西！

三水琴沙岛原共沉宝四百二十万两白银，其中石达开二百万两，李文茂二百万两，都是公银；张自芳十万两，石浩然、麦靖芝各五万两，皆为私银。天国失败后，石达开等人截得曾国荃黄金折银三百五十万两，这样，总计白银七百七十万两。

资助太平天国将士外逃，前前后后共用去四百五十万两。

张自芳将自己十万两私银全部拿了出来，委托三水县的几位“自梳女”，仿照顺德县“冰玉堂”，在南海、番禺、东莞、宝安、新会、香山等“自梳女”较多的几个县，建造“冰玉堂”，置办纺织器具。

“西江飞鱼尖刀队”几名老队员，带着石浩然、麦靖芠两人共十万两银子，购置几艘稍大一点的渔船，在石浩然、麦靖芠坟墓旁搭了几间茅屋，白天打鱼，晚上守墓。

其余三百万两银子分成两块，各一百五十万两。一块由何雅林代管，教石正义经商做生意，待石正义长大之后，再将一百五十万两白银移交给他，争取尽快修一条广州通往三水的铁路。小师姐代管另外一百五十万两银子，他日清廷解禁，即交给李正仁，以兴粤班。

至此，三水琴沙岛所有在册财宝都有了归宿！然而，琴沙岛毕竟曾是李文茂大军驻扎之地，又是李文茂、石达开等人沉宝之所，因此，村头巷尾、蕉田沙滩散落一些小块的黄金白银乃至珠宝玉器，也是正常现象，以至后人常在琴沙岛捡得三五两黄金、一小锭白银！

同治四年（1865）三月上旬，张自芳在香港产下一子，石达开为之取名“石浩斌”。满月后，石达开兄弟三人、张自芳、罗三娘带着小浩斌，返回运漕。阔别数月，大家相见之后，自有叙不尽的相思之情，一连饮了几天酒。惠民、惠生两位长老以诸事既毕，执意要回名山为师父守墓，石达开、袁世坦、刘元合将两位长老送至名山。

第四十回 同气相应兄弟护宝 同声相求姐妹述珍

一连欢饮数日，钱江忽然对刘元合叹道："元合，这么多天来，我和你三师叔两家一直靠你和世坦接济，我们谢谢你们兄弟俩的孝心！但这毕竟不是长久之计啊！"刘元合捉摸不透钱江这几句话的含义，不敢贸然作答；袁世坦也不敢接话，席上众人更是无人敢造次，一时间竟有些冷场。每逢这样的时刻，众人的目光都要投向范金莼，今天自然也不例外。范金莼一看这阵势，分明是要轰她出来回答钱江的话，不过，好在她听出了钱江一番话的弦外之音。

范金莼放下筷子，和缓地说："金戈道长、羽田公是想找个事情做吧！请恕晚辈斗胆说一句，两位长辈肯定找不到适合的事情！金莼有个建议，两位长辈不如就在运漕镇上租两个门面，做点小生意，也可保衣食无忧！"原来如此！众人都长舒了一口气，又从内心或嘴上对范金莼作了一番夸奖。袁百顺听侄儿媳妇这么一说，便知道自己该说什么了，于是，他不等钱江回应，便抢着说："金戈道长、羽田公，我侄儿媳妇的建议值得考虑。在下知道，两位一向清廉自守，身无长物，眼下一时拿不出银子做本钱！请二位放心，只要你们点个头，本钱包在我身上！"恰好此时李昌和亲自来上菜，听了袁百顺的话，马上应和道："也算上我一个！"天下的事情往往就是这么凑巧，洪启元、许经中也来了，他们是来送酒、送糕点的。洪启元问："李老板，什么事？能不能带上我们俩？"说着，指了指旁边的许经中。李昌和便将事情的前因后果说了一遍，洪启元、许经中几乎是异口同声："算上我们！算上我们！"洪启元接着说："本钱大家凑，至于跑腿打杂之类的琐碎事务，就交给我和经中吧，袁叔叔给我们把把关，至于李老板嘛，五福和从早到晚抹桌不干，一刻都离不开你，琐事就不用你操心了！"李昌和表示感谢，袁百顺看着钱江、石达开，似乎是在征求他们的意见，又似乎是在作出决定："金戈道长、羽田公，如果两位没有异议，依在下看，此事就这么定了。让启元、经中他们尽快去筹划吧！"

钱江、石达开很是激动，他俩不由自主地站了起来，哽咽着说："范姑娘主意很好，各位掌柜古道热肠，令我们感动不已。只是，要各位掌柜破费，我们深感不安！我们从来都没有帮到大家什么，现在大家对我们这样好，我们真的过意不去！"袁百顺说："金戈道长、羽田公，千万不要这样说！我们这样做，不足以回报你们大恩大德的百分之一！这十几年，如果没有你们，那运漕镇不知道要被战火焚毁多少回，运漕镇百姓不知要被湘军糟蹋成什么样子了，我们这几个掌柜能不能活到今天都很难说！我们，还有全镇百姓，早就想报答两位，一直苦于没有机会，现在，就请两位把这个机会给我们吧！"一席话说得在座各位无不动容。钱江、石达开噙着眼泪，使劲地点点头，说："谢谢了！"

同治四年（1865）四月二十八日，钱江和罗三娘开的"杨氏粮行"、石达开和张自芳办的"蒙氏正骨水"同时开张。中午，两人在五福和设宴招待前来贺喜之人。正值酒酣耳热之际，忽报李鸿章信使到。李鸿章带来千两白银的贺仪，同时还有一封信。

李鸿章信中说，他现在已经升任两江总督，准备五月初六专程来运漕，完成一件"大事"，以了自己心中夙愿！信中特意叮嘱，五月初六上午要十二个人到码头迎接他，这十二个人是：钱江与罗三娘，石达开与张自芳，袁世坦与范金莼，刘元合与冯紫芸，洪启元与水红菱，许经中与赖慈萱！

李鸿章做事一贯喜欢直来直去，这次为什么又跟众人打起了哑谜？大家百思不得其解！当下席散，各自回府。

钱江、石达开估计李鸿章要来处置所剩财宝之事，便让袁世坦和刘元合将所截获的曾氏兄弟财宝开支的详细账目整理出来，以备李鸿章查问。袁世坦一见琐细的数目就不胜其烦，便请求钱江、石达开让刘元合一个人去做，自己先回袁府取几件东西，然后回军营值守，钱江、石达开只好点头同意。

刘元合很快就厘清了凤尾洲宝库和运漕巡检司地窖财宝的出入情况，并作了汇总。

凤尾洲宝库财宝出入一览表

（为方便起见，一律以清廷纪年方式表示年份）

年份	出入项目	数量
咸丰三年	“圣库”拨付购粮款	白银二百万两
咸丰四年	缴获湘军姑塘存银	白银一百万两
咸丰三年底 至咸丰六年底	购粮及其他支出 （时粮价每石为三两）	白银二百八十万两
咸丰六年	起获东王府财宝	白银八百万两，黄金十万两， 共计折现银九百万两
咸丰六年	起获东王府财宝金石古玩等	一千一百二十五件，暂无法折成现银
咸丰七年	拨给远征将士军费	白银三百万两
咸丰七年初至同治元年十月	购粮及其他支出 （时粮价为每石白银三两左右）	折现银五百九十万两
截至同治元年十月	出入两抵	余银：三十万两 金石古玩等一千一百二十五件

运漕巡检司地窖银两出入一览表

（为方便起见，一律以清廷纪年方式表示年份）

年份	出入项目	数量
同治元年	淮军拨给紧急费用	白银五十万两
同治元年	三大营军费及安抚流民费用	白银近五十万两
同治三年	截获曾氏兄弟财宝	白银三百万两
同治三年	支持“东南三大政”	白银一百万两
同治三年至今	赈灾、还债、安抚百姓、 恢复百业等	白银九十万两
截至同治四年	出入两抵	余银：一百一十万两

钱江、石达开看着两份统计表，思忖许久。钱江说：“截获曾氏兄弟的财宝余银一百一十万两，李鸿章肯定会过问的，其用途也应与李鸿章商量，这件事很好办。但凤尾洲宝库的三十万两白银，还有从东王府起获的一千多件金

石古玩要不要向李鸿章通报，凤尾洲地下宝库的秘密能不能告诉李鸿章，各位还请发表一下意见。”石达开、罗三娘、张自芳、刘元合、冯紫芸纷纷发表看法，有的认为该告诉李鸿章了，有的认为李鸿章毕竟是清廷大员，知道太多的秘密反而不好。大家商量了一两个时辰，也没有商量出切实可行的办法。钱江说：“这样吧，等李鸿章来了，看他怎么说，再见机行事吧！”

再说袁世坦回到袁府，范金莼还没有睡。袁世坦让范金莼找出自己需要的几件东西，范金莼将袁世坦要的东西备齐，放在梳妆台上，自己坐在长凳上，抚摸着挺得老大的肚子，说：“世坦哥哥，我思前想后，总觉得李大人的‘大事’应该是为我们六对有情人举办婚礼！”袁世坦对范金莼的话一向都很相信，他挨着范金莼坐下，顺势将范金莼揽在怀里，说：“莼妹，那你在巡检司衙署里为什么不说？”范金纯说：“现在说也不迟啊。你对金戈道长和三师叔说一下，他们应该会理解李大人的意图的！”

次日，袁世坦将范金莼的意见对钱江和石达开说了一下，他们将李鸿章的亲笔信又看了两遍，确信范金莼说的没有错。钱江说：“羽田公，少荃老弟是个重情重义之人，我们六对有情人虽然情况各异，但有一点是共同的，那就是没有举办过正式婚礼，这不能不是一个遗憾！也许，少荃老弟就是不想留下这一遗憾！也难为他了！”石达开说：“既是这样，那我们应该做一点准备吧！”

同治四年（1865）五月初六上午，运漕镇大码头早已聚集了不下两三千人，乡亲们听说李鸿章要来运漕，又听说李鸿章升了两江总督，都纷纷拥向大码头，想一睹朝廷一品大员的风采！大家庆幸，运漕镇遇到了李鸿章，庆幸坦字营接管了运漕镇，庆幸运漕镇躲过了湘军的摧残！在大家的想象中，几十条大船浩浩荡荡向运漕驶来，李鸿章就在那条最大的船上！

钱江与罗三娘、石达开与张自芳、袁世坦与范金莼、刘元合与冯紫芸、洪启元与水红菱、许经中与赖慈萱，六对有情人身着盛装，站在大码头的台阶两旁；他们的身后，是那块“漕川古渡”石碑，不过，今天的石碑被人洗得干干净净，碑身还系着一条红绸带。

正在众人企盼之际，水面上传来了一曲《花好月圆》，众人循声望去，一条画舫正从下游缓缓驶来，船头那个用红绸布扎成的圆球格外突出。

画舫靠近码头，岸上接船的迅速系好缆绳，放稳跳板。一位身材高大、着一身喜庆服饰的中年人走出舱门，站在船舷旁，笑容满面。他先向台阶两旁的六对有情人拱拱手，又向岸上乡亲拱拱手，然后走上跳板。他就是李鸿章！有的人有些失望，堂堂的一品大员外出，仅乘坐一条画舫；更令人不解的是，他居然没有侍卫！但更多的人赞扬李鸿章做官没有官架子，是一位亲近百姓的好官！李鸿章的身后跟着一班吹鼓手，他们正十分卖力地吹奏着《花好月圆》。吹鼓手后面跟着花轿，先后出来六顶！李鸿章与六对有情人一一相见，又与岸上诸人相见毕，便被大家簇拥着走进了运漕巡检司衙署。众人坐定，李鸿章说五月初八是黄道吉日，他要于五月初八为六对有情人举办一个隆重的婚礼！

同治四年（1865）五月初八，运漕镇迎来了有史以来最喜庆的日子！一等毅勇伯、加太子少保衔、两江总督李鸿章要亲自主持六对有情人的婚礼！运漕镇万人空巷，运漕河河堤东起百子桥、西至西来庵，全部挤满了人！五福和、鲍义兴等镇上八家大菜馆在北门上至大码头的一条主街上，摆开了流水席，初八全天，一日三餐，免费让乡民尽情享用！初九全天，舞龙灯、踩高跷、杂耍、武艺，让全镇的人大饱眼福！初十，镇内设三台戏，一在镇北万年台，唱大戏（京剧）；一处是大码头长安客栈，唱“小倒戏”（庐剧）；李鸿章最喜欢看的是在洪仪泰糟坊演出的含山滩簧戏。

十一年前，李鸿章驻守含山县城时，曾经听人唱过含山滩簧戏，那个叫黄先生的，扮演的伍子胥给李鸿章留下了极其深刻的印象。今天，李鸿章一上来，点的又是《伍子胥过昭关》。主演是一个年轻人，大概二十出头，嗓子特别好，表演十分到位，把伍子胥在危急关头的焦急心理表现得淋漓尽致，让李鸿章仿佛看到了十一年前含山那位黄先生的影子。

一出《伍子胥过昭关》令李鸿章唏嘘不已，他叫住主演和两名司胡，问道：“你叫什么名字？你的表演怎么特别像以前含山县城的黄先生呢？”主演恭敬地答道：“回禀总督大人，草民姓俞名孟兴。黄先生是草民家师！”李鸿章以手抚须，说道：“难怪本督从你身上看到了黄先生的影子呢！”俞孟兴谦虚地说：“总督大人过奖！草民连皮毛尚未学到，与家师相比，差距何止十万八千里！”李鸿章赞赏地看着俞孟兴，说：“的确，火候尚未到。不过，你的嗓音比黄先生的好。本督送你一个外号，叫‘唱弓金嗓子’！”俞孟兴诚惶诚恐，磕头致谢！李鸿章又对两名司胡说：“本督活了四十多年，还是头一回听到如此摄人魂魄的二胡！人才啊！本督送你俩一个外号，就叫‘运弓妙手’吧！”两名司胡慌忙磕头致谢！那边洪启元早备好了赏银，看到李鸿章兴致如此之高，立即打赏了俞孟兴等人。钱江说：“刚才少荃老弟所赐外号里都含有一个‘弓’字，并且含山滩簧戏主要伴奏乐器是二胡，何不就称此戏为‘含山弓子戏’呢！”李鸿章先是一愣，继而高兴地点头，说：“金戈道长言之有理！就叫‘含山弓子戏’吧！”俞孟兴急忙跪下，激动地说：“草民感谢总督大人、金戈道长赐名！”

李鸿章带头捐助纹银一百两，嘱咐俞孟兴等人置办戏装、购买锣鼓家伙，招收学徒，把“含山弓子戏”传下去。洪启元、袁百顺等人也都捐助百十两纹银，加上这次唱堂会的赏银，俞孟兴等人共得白银计三百二十两，俞孟兴便置办家什、招收学徒，广传“含山弓子戏”（后世简称为“含弓戏”）。又经两代传承，20世纪50年代末，传至马正德、许萍，在张居和、骆家禄、郭大佑等人的共同努力下，“含弓戏”达到了发展的巅峰。此后，由于众所周知的原因，含弓戏几起几落，直至21世纪初，含弓戏的守望者陈礼清等人在县委县政府的支持下，为含弓戏申报了“安徽省非物质文化遗产”。2004年，含弓戏成为“安徽省非物质文化遗产”保护项目。此系后话，详见《“故乡源”系列之三·表妹家在大圩湾》。

当天，又先后演了《陈姑追舟》《小圆房》《刘二姑吵嫁》，李鸿章兴趣盎然；而一出《懒婆娘怕烧锅》让李鸿章与在座诸位笑得前仰后合。李鸿章度过了无忧无虑、轻松快乐的一天。

晚饭摆上来了，李鸿章正待举杯，忽然刘铭传进来了，李鸿章知有急事，忙问刘铭传：“何事如此紧急？”刘铭传欲言又止，李鸿章说：“在座诸人都是本督至亲好友、心腹下属，但说无妨！”刘铭传方才说道：“禀告大人，宫中颁下密旨。”说着，双手将密旨呈上。李鸿章接旨，小心恭敬地看了一眼，又是熟得不能再熟的十四个字：

一棵白菜半个瓜，千万银子难买它！

很明显，慈禧太后要李鸿章利用担任两江总督的有利条件查一查“翠玉白菜”“翡翠西瓜”两件稀世之珍的下落。李鸿章长叹一声，众人心知李鸿章有了烦心事，但又不好发问，顿时兴致大减。

李鸿章考虑到两江现在已由自己掌控，江苏巡抚、安徽巡抚、江西巡抚、上海道台均为淮系掌握，密旨在这个范围内公开也没有什么危险；再者，让钱江、石达开知道有这么回事，他们兴许还能提供查找“翠玉白菜”的线索。于是，李鸿章将密旨遍传桌上诸人，范瑾瑜对“翠玉白菜”和“翡翠西瓜”的前世今生又说了一遍，钱江、石达开似乎有所触动。钱江说：“据在下所知，当年攻下安庆城，确实得到了这两件珍宝，后为东王杨秀清据有，‘天京变乱’后，宝物不知所踪！”刘元合也不敢透露“翠玉白菜”的下落，他和刘铭传推杯换盏，一连饮了好几杯。

李鸿章不愿因自己的事而让大家扫兴，在讲了咸丰皇帝和慈禧太后所赐密旨一事之后，便带头畅饮，他一口气打了一个通关，众人无不佩服他的海量！很快，席上觥筹交错，敬酒、猜拳之声此起彼伏，甚是热闹。李鸿章看着微醺的众人，为自己饮了这么多酒却仍能面不改色心不跳而感到自豪！李鸿章正乐滋滋地看着众人放肆饮酒，忽有通报，说有急信。大家一时酒醒了一半！

急信是恭亲王奕䜣寄来的，催促李鸿章落实创办制造“制器之器”工厂一事。钱江早在同治元年就听李鸿章讲过“洋务”方面的事情，此时又闻“制器之器”，便忙问这几年“洋务”的进展。李鸿章为钱江诸人一一道来，末了，李鸿章说：“前几个月看中了美国商人的一处铁厂，想把它盘下来，开办制造‘制器之器’的工厂。我已上奏太后，太后也很支持，但一听说需要一次性投入上百万两银子，便有些犹豫了，准备在朝会上让内阁大臣和各部尚书议一议，我现在最担心的就是这议一议了！”钱江问为什么。

李鸿章开始大倒苦水：“金戈道长，你不知道，现在做一件事有多难！朝廷里有那么一批人，他们整天以道德楷模、清议领袖相标榜，只吵架，不做事，别人做事，他们还要说三道四，千般阻拦，万般掣肘！”刘铭传接着说：“李大人说的情况确实如此！更可恶的是，你做事，他们吵架；你不做事，他们也吵架。总之，不管你做还是不做，他们都吵！”钱江一语中的：“他们整天为吵而吵，无非就是为了证明自己的存在，或证明自己存在的价值！”李鸿章苦笑着说：“你们自己吵就行了，不要干涉我们这些做正事的人！但我们想做一点事，都要通过各部，而那些整天以吵架证明自己存在的人大多数都身居各部尚书、侍郎，尤其是户部，几乎清一色的吵架王！办‘洋务’，要想从户部要一两银子，除非拿二两去换！我就始终搞不明白，那几个人为什么如此仇视‘洋务’！”李鸿章不住地摇头，众人看出他心里很苦。

钱江说：“少荃老弟不必为银子的事情烦心，运漕巡检司地窖里还有一百一十万两银子，足够你创办制造‘制器之器’的工厂！”李鸿章忙说：“金戈道长不要误会，我不是来要那些银子的，给我三十万就行了，我自有办法凑齐一次性投入所需的银两。范如松给我出了一个主意，以私人名义与美国那家铁厂谈判，结果开始出价一百万两的工厂最终只要五十万两即可成交！你们给我三十万两，其他二十万两银子也好办，正有两人准备以银赎罪，差不多能凑齐所需银两。至于运漕余银，请在座诸位商量一下，找出一个更好的办法，帮助运漕镇发展。”

钱江建议李鸿章再写一份奏折，说明资金已经得到落实，以此争取能够早日办成制造“制器之器”的工厂。

李鸿章略一思忖，借着酒兴，一口气写下了两千多字的奏折，洋洋洒洒，条理清晰，关于“制器之器”工厂的创办缘由、筹款方法、建造程序、远景规划无不一一道明，字里行间透出李鸿章的远见卓识和实干精神，透出李鸿章“自强”“求富”、让国家摆脱内忧外患的满心期待！众人看后，不禁发出由衷的赞叹！

席散之后，袁世坦、刘铭传等护送李鸿章回袁府，刘元合陪同钱江、石达开来到运漕巡检司衙署。钱江落座后，感叹不已：“有李鸿章这样的人，国家中兴有望！”石达开试探地问：“金戈道长，我们要不要再帮李鸿章一把？”钱江说：“这样的人不帮，我们帮谁去？想当年，我们的期望不就是‘民富国强’吗？现在李鸿章要帮我们实现这个理想，我们有什么理由不助他一臂之力呢？”石达开想了一想，说：“金戈道长说得有理，李鸿章不但有远见、有能力，而且人品也不错，不是那种过河拆桥乃至卸磨杀驴之人，我们应该把所有的秘密都告诉他了！”钱江说：“是的，所有的秘密，包括那棵‘翠玉白菜’！”石达开有些犹豫了，他说：“小弟是担心那一棵‘翠玉白菜’会给李鸿章招致灾祸。传说当年干将为吴王铸剑，他铸了雌雄两把宝剑，后来只交给吴王一把雌剑，结果被吴王杀害。”刘元合说：“三师叔是担心仅交一件珍宝，朝廷会怀疑李鸿章藏起了另一件珍宝。”钱江点头称是。

“可是，那‘翡翠西瓜’让那个蒙面黑衣人抢去了，现在到哪里去找那个人呢？”钱江自言自语，刘元合依稀记起咸丰四年（1854）的事情，他说：“说来也怪，当时我们就觉得那两个蒙面黑衣人的行为很特别！”石达开早就听刘元合说过咸丰四年的那件事，他早就怀疑那两个蒙面黑衣人就是自己的两位师兄，他说：“金戈道长，小弟隐约觉得那两个蒙面黑衣人很可能就是小弟的两位师兄！”钱江说：“既然如此，羽田公何不去名山走一趟，弄清‘翡翠西瓜’的下落。”石达开果断地说：“小弟现在就去，天亮之前就可以赶回来！”钱江、刘元合连忙阻止，石达开说：“金戈道长信不过小弟的功夫？元合，三师叔你还信不过吗？”说完，大步流星地走出运漕巡检司衙署，钱江、刘元合则在衙署等候石达开回来。

五更时分，石达开回来了，他说："金戈道长、元合，'翡翠西瓜'果然在李鸿章手里！"钱江说："天亮以后去试探一下李鸿章，如果他并不隐瞒'翡翠西瓜'的下落，那我们就把所有的秘密包括'翠玉白菜'的秘密告诉他，否则，我们就把这些秘密带进棺材里！"石达开、刘元合表示赞同。

天亮以后，钱江、石达开、刘元合匆匆用完早餐，便去寻李鸿章，却被告知李鸿章一大早，饭都没有吃，就带着袁世坦、范金莼、洪启元、水红菱、许经中、赖慈萱等人去看望水青萍了。钱江几个人赶到西来庵时，并不见李鸿章、袁世坦，只有范金莼、水红菱两人在陪水青萍说话，她们的旁边放着李鸿章所赠的三千两白银，还有范金莼供奉的一只宣德炉。钱江问范金莼："范姑娘，少荃老弟哪去了？"范金莼说："金戈道长，李大人和世坦哥哥一起去名山了，李大人要拜谢两位长老，世坦哥哥要去拜望师父、二师叔！估计今晚才能回来！"钱江、石达开、刘元合听罢，深为李鸿章重情重义所感动。

傍晚，李鸿章回来了，钱江、石达开约李鸿章私下里聊几句，李鸿章同意了。钱江问："少荃老弟要找的那两件稀世珍宝有没有眉目了？"李鸿章估计钱江、石达开会向他打听这个问题的，只是没有想到钱江问得这么直接。上午，李鸿章和袁世坦前往名山，经过黑鱼潭那段河堤时，袁世坦突然想起咸丰四年那个夜晚，记起刘元合所说的"翠玉白菜"，他马上把自己的猜测告诉李鸿章，李鸿章简直有点不敢相信自己的耳朵，难道那棵"翠玉白菜"就在钱江手里！他本打算找个机会与钱江聊聊，打探一下实情，若钱江不愿说出实情，那就算了，不再考虑寻找两件稀世珍宝了！现在，李鸿章还没来得及约见钱江，反倒被钱江、石达开约上了！李鸿章决定把"翡翠西瓜"的秘密告诉钱江、石达开两人！李鸿章坦诚地说："金戈道长、羽田公，实不相瞒，那半块切开的'翡翠西瓜'就在运漕镇，沉在范先生家门前的那口深塘里！"石达开惊讶地问："什么时候沉的？"李鸿章笑笑说："说出来你们两位也许不相信，就是咸丰四年即十一年前的冬天！"钱江、石达开交换了一下眼色，钱江说："少荃老弟晚上随我们去一个地方，也许能找到那棵'翠玉白菜'的线索呢！不过，最好先带上你的那块'翡翠西瓜'！"

那边袁世坦、刘元合分头行动，袁世坦与水青萍将"翡翠西瓜"取出，刘元合与冯紫芸前往凤尾洲粮库，准备开启地下宝库！

约莫二更天气，钱江、石达开、罗三娘、张自芳陪着李鸿章来到运漕镇北五里沟头凤尾洲粮库，同来的还有范瑾瑜、袁世坦、袁百顺、洪启元、水红菱、洪俊三、许经中、赖慈萱、李昌和等；水青萍护持着范金莼，小心翼翼地跟随众人进入地下宝库。

宝库里烛火通明，耀如白昼，一排排库房整整齐齐，一条条甬道纵横交错，李鸿章揉了揉眼睛，他无法相信宝库及宝库里的一切都是真的！石达开说："少荃兄，这地下宝库是金戈道长设计、元合监督建造的！"钱江说道："羽田公也提出了不少好的建议。"李鸿章由衷地感叹："金戈道长、羽田公、元合，你们都是王佐之才啊！王佐之才啊！"刘元合奉上《凤尾洲宝库财宝出入一览表》《运漕巡检司地窖银两出入一览表》，李鸿章看后，赞不绝口："朝廷户部的那些官员也未必有这般理财能力！"

须臾，刘元合取来一条布袋，请示钱江后，将布袋口松开，取出一棵"翠玉白菜"，众人清晰地看见，白菜上斯螽的触须纤毫毕现！袁世坦请示李鸿章后，打开铁盒，取出半片"翡翠西瓜"，晶莹红润的瓜瓤令人馋涎欲滴，恨不能抱起来狠狠地啃几口！两件宝物刚一并在一起，霎时，宝光四射，晃得众人头晕目眩，难以自持。钱江忙说："宝光晃动，会招来盗匪，用什么东西才能镇住宝光呢？"李鸿章一时手足无措，看看周围，烛光暗淡了许多，他让袁世坦、刘元合将两件宝物再装进铁盒和布袋里，然而，还是不能掩住宝物的光芒！李鸿章急了："这可如何是好？"范瑾瑜说："一物自有一物降。大人不妨用太后所赐密旨镇一镇。"李鸿章也只好试一试，他从衣袖的倒袋里掏出一条黄绫，铺在布袋和铁盒上，顿时，宝物收起了光芒，烛光依旧耀如白昼！众人看那黄绫，上现十四个金光闪闪的大字：

一棵白菜半个瓜，千万银子难买它！

袁百顺算是见识什么是国宝了，他啧啧赞叹："休说千万银子，便是亿万两银子也未必能买到这一对国宝啊！"

钱江说："少荃老弟，你秘密地将这两件宝物献给慈禧，以换取她对你创办制造'制器之器'工厂的全力支持！"李鸿章有些为难了："金戈道长，我怎敢夺人所爱！"钱江摆摆手说："少荃老弟有所不知，愚兄平生不喜欢这些东西，自咸丰三年天王赐我这棵'白菜'以来，我都没有赏玩过几回！再者，愚兄以为，太过贵重的东西在我的手里，一则会让我招致杀身之祸，二则运漕镇从此恐怕也难以安宁！如果这两件宝物能换得慈禧对'洋务'的完全支持，能换得'自强''求富'理想的实现，那愚兄也就死而无憾了！"李鸿章激动不已："金戈道长、羽田公、元合，请受我李鸿章一拜！"说完，倒身下拜，众人慌忙扶起。

当下，众人在此商定，以运漕巡检司地窖八十万两白银和凤尾洲地下宝库三十万两白银为本钱，在运漕等江北各镇开设当铺，以低息或免息的方式借钱给沿江一带需要资金的工商业从业人员，扶持沿江经济发展。至于凤尾洲一千多件金石古玩等奇珍异宝，暂时封存，待日后国家中兴，再上交国家。

钱江说："少荃老弟，你给当铺取个名字吧！"李鸿章略一思索，说道："就叫'李鸿章当铺'吧！"袁百顺忙说："不行，不行！这有污大人的官声名节！"李鸿章笑笑说："江北各镇一下子冒出来那么多当铺，谁不会起疑心，万不可叫别的名字！至于'李鸿章当铺'嘛，反正不少人都说我攻下苏州后，得到了忠王府的财宝，叫这个名字大家相信。说到官声名节，我相信一句话，清者自清，浊者自浊。还有，当年虎门销烟之时，林公曾说过这样一句话：'苟利国家生死以，岂因祸福避趋之。'只要利国利民，个人的荣辱得失又算得了什么！"钱江深为感动，说："天下之事，总需有人担当！愚兄最佩服少荃老弟这种勇于担当的精神！"

翌日，李鸿章携带"翠玉白菜""翡翠西瓜"两件稀世珍宝，在惠民长老、惠生长老和石达开三兄弟的暗中保护下，秘密进京，所幸一路无惊无险。李鸿章首先面见恭亲王奕䜣，呈上两件珍宝及一份奏折；奕䜣立即护送李鸿章进宫觐见慈禧太后。慈禧太后看见两件珍宝，欣喜若狂，取来《古今金石名录》稍加核对，确信真实无疑。太后摩挲着两件珍宝，把玩良久，完全没有顾及奕䜣和李鸿章还站在旁边！奕䜣启奏，李鸿章还有一份奏折呈上。慈禧太后看了奏折后，当即降旨准许，连李鸿章此前所奏"洋务"若干事项也一并照准。慈禧太后认为李鸿章的这一份奏折尚需润色，降旨三个月内重上一份奏折。三个月后，同治四年（1865）八月，李鸿章又上了一份奏折，即著名的《置办江南机器制造总局奏折》。

数十年后，慈禧太后薨逝，遗嘱以"翡翠西瓜"陪葬。民国十七年（1928），大盗孙殿英炸开慈禧陵墓，盗走了这一珍宝，从此，"翡翠西瓜"下落不明！至于"翠玉白菜"，在清帝退位后，移交故宫，几经辗转，被台北故宫收藏。2012年5月，台北故宫展出"翠玉白菜"，一时轰动海峡两岸！此系后话，暂不详表。

再说，李鸿章在钱江等人的帮助下，终于让慈禧太后批准了有关"洋务"

的一切事项，自此，李鸿章一直忙得不可开交。钱江、石达开、范瑾瑜频繁往来于合肥、孔城、巢县、柘皋、炯炀、三河、运漕之间，协助经营“李鸿章当铺”，皖江经济得到迅速发展，直追苏锡常一带。

同治九年（1870）六月初五，马新贻来到湖广总督府，面见时任湖广总督的李鸿章。李鸿章喜出望外，热情款待了他的同年兄长。撤席之后，屏退众人，马新贻向李鸿章说了一件极其重要的事情。

马新贻小声地说：“贤弟，自同治七年八月任两江总督以来，愚兄一直奉旨秘密调查长毛财宝之事，结果让愚兄无法相信、不能接受，又不知如何处置！无法相信，曾氏兄弟如此大胆，一千多万两白银，数十万两黄金，还有无数价值连城的稀世珍宝，他们竟然敢瞒着朝廷，偷运回家，中饱私囊！这可是欺君之罪啊！灭他九族，都不为过！我无法接受一个事实，曾贞干丢失三百万两白银，并不是因为遇上水匪，而是我一向尊重有加的少荃老弟的精心谋划！更让我无法接受的是，我推行‘东南三大政’所支出的费用竟然是赃银！贤弟啊，这是全部案卷，你看如何处置！”

李鸿章急速地浏览了一遍所有案卷，他十分佩服自己的这位同年兄长，真是一个干才，这么复杂的问题，竟被他梳理得井井有条，所有证据一环套一环，无懈可击！李鸿章明白，马新贻的案卷一旦移送朝廷，就会被定为铁案。如果朝廷真的追责，势必激起湘系发动兵变，奋战多年、来之不易的和平环境将荡然无存，其结果，必然是生灵涂炭、国运衰微，甚至国家分崩离析！

李鸿章试探地说：“那请年兄如实上奏朝廷。”马新贻不高兴了，他说：“如实上奏朝廷，愚兄还要来找你商量！愚兄知道，一旦上奏朝廷，就意味着战乱再起，国家发展中断，‘自强’‘求富’的理想永远不可能实现！愚兄来此，不只是找你商量，更是要告诉你，愚兄准备彻底销毁这些案卷，永绝后患！”李鸿章大吃一惊：“朝廷要你查案，你既有了结果，不仅不上奏，反倒要销毁所有案卷，你这也是欺君之罪啊！”马新贻一副淡然的样子：“放心吧，愚兄思谋已久，到时候会以特定的方式给朝廷一个交代的！长毛财宝会永远是个谜！”李鸿章心里一惊，知道马新贻要以死来保守太平天国财宝的秘密，很是悲慨，但也没有解救之法，于是，他惨然说道：“兄长除了这样做，就没有其他办法了？”马新贻反问一句：“难道贤弟还有什么更好的办法吗？”李鸿章无话可说。良久，李鸿章含泪说道：“兄长可将案卷另抄一份，由小弟将之藏于运漕，兴许百十年后，有人会将长毛财宝的来龙去脉梳理清楚，公告天下，让天下人明白兄长今日之良苦用心！”马新贻告辞而去。

同治九年（1870）七月二十三日，经李鸿章同意，袁世坦将马新贻另抄的一份案卷藏于袁府。

同治九年（1870）七月二十六日，马新贻于校场阅兵之时，遇刺身亡，成为震惊朝野的“刺马案”！消息传至九省通衢之地，李鸿章站在总督府门前，遥望南京，默悼马新贻！

看着藏在家里的案卷，回想着袁世坦所说的种种事情，范金莼内心无比震撼！是的，在国家处于危难关头，在历史需要有人站出来的时候，一大批仁人志士挺身而出，慨然以天下为己任，献出了青春，献出了幸福，甚至献出了宝贵的生命！范金莼觉得很有必要把他们可歌可泣的英雄事迹写下来，传之后世，让他们名垂竹帛、光耀千秋！

自同治九年十一月起，范金莼撰稿，水青萍审查、补充，历时十三年，至光绪九年初，完成了第一稿。范金莼、水青萍名之曰《大清咸同遗事》！

光绪九年初春，年届花甲的李鸿章又一次来到运漕，这是他生平最后一次亲临运漕。此时的运漕，与三十年前的咸丰三年相比，发生了天翻地覆的变化。大码头舸舰弥津，万商云集，运漕镇内百业兴旺，人口激增，呈现出一派欣欣向荣的景象！运漕人感念李鸿章，听说他要来，照例拥向大码头，总想先睹李鸿章的风采。

李鸿章下船登岸，但见“漕川古渡”石碑上缠绕着黑色绸布。李鸿章问何故，许经中答道：“回禀中堂大人，乡民惊悉太夫人仙逝，主动戴孝以悼念太夫人！大人，您看，全镇家家户户都是如此。”李鸿章相当不高兴，说道：“家母葬礼已毕，我尚且被朝廷夺情起复，你们为什么还要为家母守丧？谁牵头的？”这时，一位十八九岁的年轻人答道：“回禀中堂大人，无人牵头，乡民们自发的！”李鸿章问：“你是……”年轻人回答：“小民乃洪仪泰新任掌门人洪仲雄，家父洪启元！”李鸿章很高兴，说：“原来是仲雄，都长这么大了！我也听说启元带着两个儿子赴徽州接掌家业，把运漕洪仪泰交给仲雄了！”洪仲雄垂手站着。李鸿章长叹一声：“时光真如白驹过隙啊！一眨眼的工夫，仲雄都长大成人、独掌洪仪泰了！才几年不见，我的老朋友百顺公竟作古了！”钱江等人说道：“少荃老弟不必如此伤感，至少还有我们！再说，自古以来，长江后浪推前浪，芳林新叶催陈叶，少荃老弟应该看到一大批新人已经成长起来，我们的事业后继有人！”李鸿章连连点头，说：“金戈道长说的何尝不是？‘洋务’推进这些年来，国力大增，民智大开，欧洲诸国对我中华也开始以礼相待了，不再动辄以武相加。特别值得一提的是，恩师曾文正公虽已仙逝，但曾氏兄弟及曾氏后人谨遵恩师遗命，用当年装回湖南的银两在湖南大力倡办教育，湖南风气为之一新！”在李鸿章的要求下，全镇两千多住户及商户撤去了黑纱、黑绸。

众人一路来到运漕巡检司衙署，畅叙别后思念之情。范金莼呈上《大清咸同遗事》初稿，李鸿章等人粗粗浏览一遍，又交还范金莼。李鸿章说："世坦远赴海外，协助袁世凯守朝鲜；元合也到了福建，与刘铭传一起筹划台湾设省事宜。东洋日本自明治维新后，野心勃勃，觊觎属国朝鲜及我台湾已久，不能不防啊！世坦和元合的艰苦努力很难在本书中得以体现了！《大清咸同遗事》所述之事，大多属实，但眼下还不宜刊行，就请范姑娘先藏起来，日后自有人来让它公之于天下的！"

李鸿章离开运漕后，范金莼采用特殊的方式将《大清咸同遗事》一分为三，上卷藏于巢湖中庙大殿中梁上，下卷藏于广东三水县河口文峰塔尖顶里，中卷藏于运漕"李鸿章当铺"西边山墙内。数十年后，亲历者、知情人先后离世；范金莼临终前曾嘱袁世坦择机取出《大清咸同遗事》，刊行于世，然而，袁世坦后来辗转各地做官，无暇顾及此事。几年后，袁世坦亦亡故。

太平天国巨额财宝竟如谜一般，一百多年来，引得世人各种猜测，其真相始终无人能揭开！

后记

“太平天国巨额财宝”这一神秘话题，被世人谈论了一百多年。公元2000年的一个夏夜，一场大雷雨袭击了运漕镇，“李鸿章当铺”西边山墙毫无征兆地倒塌了。天明之后，有市民拾得一只铜匣，不敢开启，便上交至运漕镇派出所。运漕镇派出所考虑到铜匣出自百年老宅墙壁中，极有可能是珍贵文物，于是上交含山县公安局。含山县公安局报告安徽省文物局后，在各方代表的监督下，打开铜匣。

铜匣里是一个长方形的油纸包，工作人员小心翼翼地一层层剥开油纸，好家伙，整整三十层油纸！众人凝神屏气，期待出现他们想象中的珍宝！然而，当最后一层油纸剥去后，呈现在众人眼前的却是一本普通的线装书，封面上题写着六个大字及两个小字。

大字：大清咸同遗事

小字：中卷

《大清咸同遗事》中卷很快交到了文物管理部门，全县文物专家奋战数日，只能看清“长毛”“银两”等字样，但无法解读其内容。于是，有人推荐了运漕中学两位退休教师，他们是教语文的许先生和教历史的佘先生，他们两位功底深厚，见多识广，曾经为许多考古专家和文物专家破解过古文学和古代史难题，更难能可贵的是，两位先生从年轻时就开始探寻太平天国巨额财宝下落的真相，收集了大量资料。

许先生和佘先生翻阅了《大清咸同遗事》中卷，看到不少“长毛”“银两”等字样，虽然全文难以通读，但两位先生隐约感到将要揭开一个惊天的秘密，只是还缺少“上卷”和“下卷”。含山县公安局向太平天国活动的主要省份发了秘密协查请求。

说来也巧，此后三个月内，“上卷”和“下卷”竟然奇迹般地到了两位先生的手中。原来，巢湖市加固中庙，在中庙大殿中梁上发现了《大清咸同遗事》上卷；广东省三水市在扶正文峰塔尖顶时，发现了《大清咸同遗事》下卷。两位先生在昭关宾馆研究了半个月，终于理清了三本书的头绪，于是，许先生读，佘先生记，整理出《大清咸同遗事》全本。两位先生担心他们的研究成果被束之高阁，也担心他们经半个世纪的努力才求索到的真相不能公之于天下，所以，又誊抄了一份，以备有机会自行刊印。

不久，两位先生的得意弟子宝木先生前来拜别恩师，许先生和佘先生内心豁然开朗，何不让宝木将《大清咸同遗事》稍作扩充，敷衍成乡土历史小说，也许更易行于天下！许、佘二老即嘱宝木先生完成这一宏愿。宝木先生谨遵师命，呕心沥血，批阅三载，增删数次，终成《“故乡源”系列之一·天国沉宝》！

《天国沉宝》主要人物一览表

姓名	类型	身份	性别	籍贯	生平主要事迹
钱江	历史人物	太平天国军师	男	浙江长兴	身世扑朔迷离。大多数人认为，他曾于1853年向雷以诚献“厘金法”，亦于同年被雷以诚所杀。民国小说家黄仲则《洪秀全演义》则认为钱江是洪秀全军师，天京事变后，不知所踪。
李鸿章	历史人物	安徽团练大臣	男	安徽合肥	1823年生于安徽合肥。1847年中进士，后在翰林院供职。1853年起，任安徽团练大臣，先后与太平军、捻军作战。1861年，组建淮军。官至直隶总督兼北洋通商大臣，授文华殿大学士。
石达开	历史人物	太平天国翼王	男	广西贵县	1831年出生于广西贵县，十六岁接受洪秀全、冯云山的邀请，拟共图大计。1851年，参与谋划金田起义；“永安建制”被封为“翼王”。1854年，主政安徽，实行一系列善政，史称“安庆易制”。1857年，负气出走。1863年，被围紫打地，决心舍己一身以全三军。1863年，英勇就义。一说石达开没有死，其义子冒充他向唐友耕投降，因此，受酷刑而死的是他的义子。
张自芳	历史人物	太平天国丞相	女	广东三水	一说广东鹤山人。琼花会馆粤班头牌花旦。色艺无双，高贵冷艳。
袁世坦	乡土先贤	安徽团练将领	男	安徽含山运漕	历史上的袁世坦生于1855年，身材颀长，颧骨较高，一副刚毅勇武的样子。少年时喜读兵书，常叹曰：“市廛岂能困我手！”投笔从戎后，屡立战功，升至总兵。1910年，任江西提督；民国时，任陆军中将。
范金纯	乡民口传人物	袁世坦妻子	女	安徽含山运漕	出生于安徽含山运漕镇西范村。自幼读书，智谋超群，号称“女诸葛”。晚年撰写《大清咸同遗事》，即《天国沉宝》蓝本。

（续表）

姓名	类型	身份	性别	籍贯	生平主要事迹
水青萍	乡民口传人物	安徽团练将领	女	安徽含山运漕	本为运漕河疍民。1853年，参加李鸿章团练，屡建战功。因恋袁世坦无果，而于1864年在运漕西来庵削发为尼。后来，于雪地捡得一女婴，抚养至七岁，取名“水白菜”。
刘元合	乡土先贤	太平天国武状元	男	安徽和县香泉	原型为太平天国武状元武立勋。生于安徽和州乡下。1853年，太平天国“天试”元甲第一名，成为“天王状元”。1854年，协助石达开“安庆易制”。后在主持武举考试中，因命题触犯忌讳而遭降职。
冯紫芸	乡民口传人物	刘元合妻子	女	广东三水	琼花会馆粤班来三水演出，张自芳在河口镇拾得。长大后，随张自芳参加太平天国起义。1864年，与刘元合收运漕小童寇树勋为徒，造就运漕武术“陆家班”祖师。
石浩然	乡民口传人物	太平天国指挥	男	广东三水	生于三水昆都山下江根村。幼年拜惠生长老为师，习得“大力倒海掌”。1853年，在运漕被石达开收为义子。1863年，利用其外貌酷肖石达开的条件，设计假冒石达开向唐友耕投降；同年，英勇就义。
麦靖芠	乡民口传人物	石浩然妻子	女	广东三水	生于三水芦苞锅边村的一个武术世家，幼年拜琼花会馆粤班张自芳为师。1853年，到运漕寻找其父麦巡检，巧遇其师。不久，嫁给石浩然。1863年，石浩然就义，自杀殉夫，与石浩然合葬于三水北江中的老鸦洲上。
小师姐	乡民口传人物	石浩然妻子	女	广东鹤山	琼花会馆粤班班首李文茂侄女，张自芳之后琼花会馆粤班当家花旦。嫁与石浩然，生子李正仁。若干年后，帮助李正仁重振琼花会馆粤班。

（续表）

姓名	类型	身份	性别	籍贯	生平主要事迹
洪启元	乡土先贤	洪仪泰掌门人	男	安徽含山运漕	历史上的“洪启元”，原名不详。徽州祁门人。奉父命主持运漕洪仪泰糟坊事务。育有三子，长曰洪伯雄，次曰洪仲雄，第三个儿子叫洪俊三。
水红菱	乡民口传人物	洪启元妻子	女	安徽含山运漕	运漕河疍家女。嫁与洪启元，育有三子；代姐姐水青萍抚养“水白菜”。
范瑾瑜	乡民口传人物	安徽团练军师	男	安徽含山运漕	生于运漕西范村。1853年投奔李鸿章，为李鸿章智囊。1864年，功成身退。
罗大纲	历史人物	太平天国丞相	男	广东揭阳	历史上的罗大纲出生于1804年，太平天国早期重要将领，为太平天国水师建设做出了重大贡献。作战骁勇劲悍，用兵“剽疾如风，雄冠诸将”，又“可与众同甘苦，士卒乐为效死”，因此，“凡遇军事艰危之际，辄以大纲往”。1855年，作战受伤，不治而亡。
罗三娘	历史人物	太平天国女将	女	广西灵山	原名杨玉娘，一说广东高州人。太平天国具有传奇色彩的女将。十六岁嫁与苏三相，改名苏三娘。苏三相死后，嫁与罗大纲，易名罗三娘。1857年，镇江城破，为太平天国捐躯。罗三娘武艺超群，作战勇敢，所向披靡，清廷状元龙启瑞曾作诗赞道：“城头鼓角声琅琅，牙卒林立旌旗张。东家西家走且僵，路人争看苏三娘。”
袁百顺	乡土先贤	袁府当家人	男	安徽含山运漕	运漕袁氏重要人物。为人忠厚温和，持家克勤克俭，生意做得风生水起，日益兴旺，在运漕镇西头盖了一所大宅子，取名“袁公馆”。1853年，曾救李鸿章一命；1883年，其后人在袁公馆接待过扶榇回乡的李鸿章。

（续表）

姓名	类型	身份	性别	籍贯	生平主要事迹
惠民长老	乡民口传人物	大力拳大师兄	男	安徽合肥	“大力移山拳”继承人，袁世坦师父，自始至终关注石达开、袁世坦。
惠生长老	乡民口传人物	大力拳二师兄	男	安徽合肥	“大力倒海掌”继承人，刘元合、石浩然师父，一直暗中相助石达开、刘元合。
洪秀全	历史人物	太平天国天王	男	广东花县	1814年生于广东花县，太平天国天王。早年创立“拜上帝会”。1851年，发动金田起义，建立太平天国。1853年，定都南京。1864年6月1日，病逝。身后毁誉不一。
许经中	乡土先贤	同泰祥少爷	男	安徽含山运漕	历史上的许经中出生于运漕镇，运漕同泰祥商号少爷。
赖慈萱	乡民口传人物	太平天国公主	女	广东花县	生于广东花县，洪秀全与原配赖英莲所生的第二个女儿。嫁到许家后，孝敬公婆，支持丈夫，教子有方，努力经营，为同泰祥商号迅猛发展做出重大贡献。
李文茂	历史人物	大成国国王	男	广东鹤山	自幼学武学戏，十几岁便为琼花会馆粤班台柱之一，后为班首。1854年，发动广东天地会起义，史称“洪兵起义”。1855年，与陈开建“大成国”，被封“平靖王”。1859年，因重伤不治而于广西融水岸边怀远山中去世。
马新贻	历史人物	清廷官员	男	山东菏泽	回族。1847年中进士，历任安徽建平知县、合肥知县、安徽按察使、安徽布政使、浙江巡抚、两江总督等职。1870年，遇刺身亡。主政浙江期间，实行“东南三大政”，惠泽后世。
曾国藩	历史人物	湘军统帅	男	湖南双峰	1811年生于湖南双峰荷叶塘，1872年卒于南京。曾子七十世孙。中国近代政治家、战略家、理学家、文学家。创立湘军，镇压太平天国起义。支持李鸿章组建淮军，与李鸿章、左宗棠、张之洞并称“晚清四大名臣”。官至两江总督、直隶总督、武英殿大学士，封一等毅勇侯。

（续表）

姓名	类型	身份	性别	籍贯	生平主要事迹
杨秀清	历史人物	太平天国东王	男	广东嘉应州	1823年生于广西桂平农家。1846年加入“拜上帝会”，1851年，参与发动金田起义，“永安建制”中被封为“东王”，地位仅次于洪秀全。由于大权独揽，排斥异己，1856年“天京事变”中被杀，其家人及僚属几乎尽遭屠戮。
唐正财	历史人物	太平天国航王	男	湖南祁东	历史上的唐正财善操舟，初以贩运为业。1852年，投奔太平军；1854年，被封为“航王”。1863年，在苏州与戈登的“常胜军”作战中，中炮牺牲。